国家社科基金重大项目「民国词集编年叙录与提要」（13&ZD118）

国家社科基金重点项目「民国诗话词话整理与研究」（15AZDB066）

国家社科基金重大项目「民国话体文学批评文献整理与研究」（15ZDB066）　相关成果

上海大学中华诗词创作与研究中心、中华诗词研究院战略合作项目

全清诗歌总集文献整理与研究（18ZDA254）

民国旧体文学研究

曹辛华　主编

第二辑

国家图书馆出版社

图书在版编目（CIP）数据

民国旧体文学研究（第二辑）/ 曹辛华主编 . -- 北京：国家图书馆出版社，
2017.8

ISBN 978-7-5013-6099-4

Ⅰ . ①民… Ⅱ . ①曹… Ⅲ . ①中国文学—近代文学—文学研究—民国
Ⅳ . ① I206.5

中国版本图书馆 CIP 数据核字（2017）第 099364 号

书　　名　民国旧体文学研究（第二辑）
著　　者　曹辛华　主编
责任编辑　苗文叶
封面设计　徐新状

出　　版　国家图书馆出版社（100034　北京市西城区文津街 7 号）
　　　　　　（原书目文献出版社　北京图书馆出版社）
发　　行　010-66114536　66126153　66151313　66175620
　　　　　　66121706（传真）66126156（门市部）
E - mail　nlcpress@nlc.cn（邮购）
Website　www.nlcpress.com →投稿中心
经　　销　新华书店
印　　装　河北三河弘翰印务有限公司
版　　次　2017 年 8 月第 1 版　2017 年 8 月第 1 次印刷

开　　本　710×1000（毫米）　1/16
字　　数　641 千字
印　　张　37

书　　号　ISBN 978-7-5013-6099-4
定　　价　120.00 元

卷首语

　　集刊《民国旧体文学研究》第二辑是在第一辑出版之前就已开始组稿的。由于第一辑是创刊号，所收论著篇幅长、容量大，几成"砖"著。有鉴于此，我们编辑第二辑时，酌情减少篇数，但由于民国旧体文学"新"矿，需要开采的维度较多，特别是以文献史料、目录、考据为主，其"厚重"所减有限。在此辑的组稿、编选过程中，河南大学胡全章教授积极帮忙约稿数篇，台湾林玫仪先生的博士后陈建男约数篇台湾学人文章，中国艺术研究院的陈斐老师也曾推荐几篇他与叶嘉莹先生合作项目"民国诗学名著"整理方面的相关论述，厦门大学出版社的王依民先生也帮忙约到所编《厦门丛书》的前言等文章。其他得于学界投稿也有不少，限于篇幅，本辑未用，拟待下辑。投稿学者中有前辈专家如胡迎建、王伟勇、孙克强、陈水云等，也有新加坡的林立、香港的陈炜舜等与辛华年纪相若的学者，更多的青年学者——民国旧体文学研究的未来希望寄托者，还有一些博士、硕士等。业师钟振振先生还专门为本刊题写了书名。

　　第一辑出版后，辛华曾邮寄给学界专家与同行。大家反馈意见不一。约有三类，一类自然是褒赞，肯定其开创意义；一类是建设性意见，如当加大除诗词外的民国旧体文学研究以开拓此领域的研究，应加强文献史料、考证的篇幅以提供更多文献给学界，应注意对青年学者的培养以准备研究人才等；一类是委婉的批评，如当加强批评与文献并重，批评研究也当与文献整理同步，而不是割裂开来，当对更多的二三流作家进行较全面的研究等。尽管有不少良好见解，但我们在编辑时，也只能按当前所收到的稿件进行编辑，容以后慢慢引导并力行之。

　　《民国旧体文学研究》第二辑"民国诗词研究专栏"收录林立《乡邦传统与遗民情结：民初白雪词社及其唱和》，是专门对民国江苏宜兴的白雪词社的考论；陈炜舜《生于王土，走向共和：清末一代旧体诗人及其诗作管窥》一文则对晚清以来诗人溥儒、溥杰、胡兰成、王家鸿、曾缄等予以全面地评述；张博钧《生就填词命——王以慜生平及〈檗坞词存〉编年考述（下）》、高春花《王闿运与〈湘绮楼词选〉论略》、杜运威《"不薄无能遣有涯，别裁癯意付腴词"：论吴白匋词》、汪梦川《名山宝藏，遗民心史——清末民国诗人张其淦及其诗初探》等均是较上乘的论文。"龙榆生研究专栏"中，张培艳《龙榆生与〈同声月刊〉》一文对《同声月刊》的编辑目的、过程以及"忍寒心迹"、其中的国外作品等问题进行了考述；周翔的《龙榆生诗词唱和考》、陈建男《龙榆生诗词补遗》则是对龙氏所作的某些考据。"民国文章学专栏"，收录笔者与闫菲所整理《民国期刊所载古文文话考录》，对民国时期古文研究或有裨益；朱春雨《陈衍〈石遗室论文〉的批评特色》专门对陈氏文话进行了研究。"话体文学批评专栏"中，有薛乃文《夏承焘〈瞿髯论词绝句〉论姜夔词探析》、黄培《徐兆玮〈北松庐诗话〉考论》等专论词话与诗话，张晓丹《民国曲话考录（上）》、杨宇峰、蔡晓伟《全民国剧话考录（中）》等，均为黄霖先生所主持的重大项目"民国话体批评文献整理与研究"的相关成果。而冯永军《南溪精舍词话》则为当代人以词话方式论民国词的新作。"民国古代文学研究专栏"中，收录宋亚凤《民国时期苏轼研究文献考录》，对民国时期关于苏轼生平研究，关于苏轼书画、宗教研究，关于苏轼诗、词、文研究，创作思想、雅谑故事、杂谈类文献、苏轼研究文献、步韵仿拟题咏等方面的相关文献进行全面考录，而齐伯伦《民国时期李清照研究文献考录》、郜旻《民国时期陆游研究文献考录》则分别对当时对李清照、陆游等研究的文献进行编目，这有利于了解民国时期对前代文学家的研究状况的认知。在"新旧文学比较研究"方面，本刊选登留学日本的赵侦宇《流动的文本——谈胡适早期诗作及〈尝试集〉》，此文对胡氏《尝试集》与旧体诗的关系有一定的论述。

"民国旧体文学文献"专栏，杨传庆的《郑文焯词学著述考》、孙文周的《吴虞著述考》、陈旭鸣的《刘毓盘著作考述》三篇，是专门对民国文人著述进行的考索。孙达时整理、陈水云审订的《〈天际思仪庵词话〉校考》，孙克强、聂文斐整理的《赵尊岳〈珍重阁词话〉汇辑（二）》为整理词话的成果。"年谱·传记"部分，胡迎建先生的《诗人胡雪抱年谱》为力作；除此，还继续刊载郝文达《民国词人赵尊岳简谱》、仇俊超的《陈匪石简谱》、闵军《顾随词创作年表》三篇。"民国文献数据库研究"专栏，刊载杨菲《〈中国近代中文报纸全文数据库——新闻报（1893—1949）〉的价值及其影响》、陆依君《〈民国时期期刊全文数据库〉的出版及其价值》两篇。目前来论，人们对民国旧体文学数据库问题的研究尤其薄弱，希望有更多学人关注。"杂缀"部分，荣幸收到陈水云先生为《填词百法》所作序言《论顾宪融的词学师承及其〈填词百法〉》一文；李保阳兄的《读半塘词笔记（一）》多有可观处。所收当代学者谢泳为《固哉叟诗集》《寄傲山房诗钞》、洪峻峰为《红兰馆诗钞》、何丙仲为《梦梅花馆诗钞》等所撰写的前言也是足资学林的论文，仅以其为前言，才缀于此。此部分所载《民国诗词学高端论坛发言记录》为 2016 年 11 月在北京所举行的高端论坛的发言记录，会后虽然有一些报道，但限于篇幅，未能更多示人，此次专门刊载，可启发当代学林重视民国旧体文学这一亟待开发的领域。

　　"民国诗词学研究、民国旧体文学研究前景广阔"，这是去年在北京"民国诗词学高端论坛"中，面对记者采访，笔者所说的第一句话。被采访时，笔者认为："包括民国诗词学在内的民国旧体文学将是新世纪的新的学术热点。与出土文献、敦煌文献以及域外文献相比，这一领域是被各种因缘有意或无意忽略而造成的'荒原'。与民国史研究、民国新闻史、民国军事等领域相比，民国旧体文学研究有相当的滞后性。而与现代文学或新文学研究相比，此领域更是缺少学术层面的深入研究。专门针对民国旧体文学如诗、词、曲、赋、戏剧、文章、文体等本身相关问题进行的各种研究，民国旧体文学学术研究，民国旧体文学与西方文化、传统文化、新文化、新文学以及当代文化等关系的研究，对民国域外汉学与旧体文学的研究，民国文献及其电子资源研究，未来 30 年内，将成为五大研究重心。随着大批高质量民国旧体诗词文献的整理出版，这方面的研究前景广阔，大有可为。"现在移此卷首语中，权作为民国旧体文学研究"大业"的呐喊。

曹辛华丁酉六月于上海大学红炉一雪斋

目　录

话体文学批评专栏

民国古代文学研究专栏

新旧文学比较研究

民国旧体文学文献

年谱·传记

民国文献数据库研究

杂缀

学坛通讯

民国诗词研究专栏

乡邦传统与遗民情结：民初白雪词社及其唱和

林 立

清末词人结社唱酬之风甚盛，莫立民在《晚清词研究》中，列出由道光至清末的词社十三家；万柳的《清代词社研究》，亦指出由光绪年间到清末，最少有十个词社①。其中著者，有王鹏运（1848—1904）、朱祖谋（1857—1931）等在北京倡立的咫村词社，郑文焯（1856—1918）在苏州主持的吴社和鸥隐词社，以及程颂万（1865—1932）在长沙发起的湘社。另有偶发性的群体唱酬，如王鹏运和朱祖谋于八国联军入京时举办的庚辛唱和。除切磋词艺、推尊某种词风外，若干词社成员亦借唱酬抒发身世之感，痛惜国运之不彰②。逮至民国，词人结社流风未泯，上海、天津、南京等地先后成立春音词社、须社、沤社、如社、午社。笔者在《沧海遗音：民国时期清遗民词研究》一书的第四章中，对春音词社、须社及沤社的唱酬情况已有阐述，大意是说清遗民藉着此类集社活动，试图巩固其群体的遗民身份与记忆③。至于如社、午社，发起人均为春音词社及沤社盟主朱祖

---

① 莫立民：《晚清词研究》，北京：中国社会科学出版社，2006年，第33页；万柳：《清代词社研究》，郑州：中州古籍出版社，2011年，第265—322页。

② 详参万柳：《清代词社研究》，第265—316页。吴盛青对庚辛唱和的背景、词作及其时代意义有精辟的分析，见 Shengqing Wu, Modern Archaics: *Continuity and Innovation in the Chinese Lyric Tradition*, 1900—1937（Cambridge, MA: Harvard University Asia Center, 2013）, pp. 83—104.

③ 拙著《沧海遗音：民国时期清遗民词研究》，香港：香港中文大学出版社，2012年，第233—334页。另参拙著《群体身份与记忆的建构：清遗民词社须社的唱酬》，《中国文化研究所学报》第52期，2011年1月，第205—245页。

谋的词友或晚辈，时代较后，其唱酬性质与倾向，尚待进一步研究①。春音词社和沤社都成立于上海。在这个新兴的文化大都会，各种思想的交汇促进了文学社团的发展，不同政治、社会背景的文人亦多了交往的机会。加上出版业的蓬勃、人才的集中，使得上海的文学社团格外多姿多彩，在全国的新旧文坛独领风骚②。在词学方面，龙榆生（1902—1966）便将上海视为民国时期的词学中心（另一中心在天津，主要是因为须社的成立）。这除了因为朱祖谋、况周颐（1859—1926）、张尔田（1874—1945）、夏敬观（1875—1953）等词坛名宿都在上海，还因为有春音词社和沤社的缘故③。此外，龙榆生在上海创办《词学季刊》，向全国词学界征稿，也大大提高了上海在民国词坛的领导地位。上海的词社成员多、名气大，加上上海因素，特别引人注目，自不足怪。然而上海等通都大邑以外的词社（甚至其他传统的诗文社），又呈现出甚么样的格局和面貌？本文试图对此课题进行初步的探究。笔者《沧海遗音》一书，关注的都是活动于上海、天津的著名词社，而未曾旁及地方乡镇的词社。新近出版的《清末民国旧体诗词结社文献汇编》显示，民国时期一些小乡镇亦有诗词结社的活动和作品结集，尤以江南一带为著④，其中即包括了本文的研究对象宜兴白雪词社。这类文学社团的成员一般都来自本地，不像上海、天津的那样，成员每多外地的流寓者，故相较之下，地域色彩更浓，社员之间的关系更为密切。明清以还，在全国大大小小的城乡里，应有不少这样的文人社团，它们的唱酬活动，在较广泛的、地方性的士绅阶层而言，或许更有代表性。对这些文人社团进行研究，无疑有助于我们了解乡镇文化以及地方文人的生活情态和思想意识。曹辛华在《清末民国旧体诗词结社文献汇编》的序言中，列出一类他称为"宗风型"的诗词社团，其中又细分为两类：一是

---

① 有关如社活动的忆述，参考卢前：《冶城话旧》，载《卢前笔记杂钞》，北京：中华书局，2006年，第420—421页；吴白匋：《金陵词坛盛会——记南京如社词社始末》，载南京市秦淮区地方史志编纂委员会编：《秦淮夜谈》第6辑，1991年，第1—9页。

② 关于上海文学社团的蓬勃，参见 Shengqing Wu, Modern Archaics, pp. 195—196。

③ 见龙榆生：《晚近词风之转变》，《同声月刊》第1卷第3期，1941年2月，第65页。

④ 其他如上海宝山地区的小罗浮社、江苏丹徒的海门吟社、浙江宁波的棠荫诗社、宁波的蛟川崇正诗社、广东东莞的盂山吟社等。见南江涛选编：《清末民国旧体诗词结社文献汇编》，北京：国家图书馆出版社，2013年。据同书曹辛华所撰的序言可知，目前民国时期可考的诗词社团共476个，数目甚为可观。见该书，序第9页。

以"发扬乡邦文化、宗尚乡贤之风所形成的地域型诗词社团",一是"以前代诗词大家或领袖为主所形成的专业式社团"(例如以朱祖谋为首的沤社)。本文研究的白雪词社,即属于前者,因为它"对乡邦诗词文化历史"有所延续,"也是乡邦文人交流的依托"[①]。作为地方性的"宗风型"词社,白雪词社具体的唱酬情况如何,它如何表现出对乡邦文化的宗尚,便是本文要关注的课题之一。

一、白雪词社考述

白雪词社 1921 年创立于江苏宜兴,活动至 1923 年间,比天津的须社、上海的沤社出现得还要早。白雪词社的唱酬集题为《乐府补题后集》,名称袭自宋遗民王沂孙等著的《乐府补题》。查紫阳在《民初白雪词社考论》一文中交代了《乐府补题》在清朝的流传及影响,并称:"为《补题》'绵一线之传'的正是白雪词群,而且他们又有不少创造,譬如他们的题材已不仅只限于咏物一格,而是呈现出多样化的面貌;他们的选调与命题也与《补题》大不相同,并未去和任何一首《补题》词作;但是他们的许多作品,由于距国变不远,均有深沉的感喟与寄托,堪称很好地继承了《乐府补题》的精神传统。"[②]查紫阳又指出,该社的五位发起人都堪称遗民[③]。除查氏之外,曾经提及白雪词社的学术论文,尚包括朱征骅的《宜兴清代词学简说》,该文概述了宜兴一地的词学传统,并介绍了白雪词社的活动[④]。本文即以查、朱二文为基础,试图从较宏观的角度,审视白雪词社在民国词坛的特殊性,以及该社与其他词社的异同,并对其唱酬内容及风尚做更深入的文字分析。在进入正题前,有必要论述一下在新思潮冲击之下,民国时期传统文人的创作心态以及传统文学社团的文化取向,俾读者能透过文化研究的框架,审视那一代词人的结社意识。

---

① 曹辛华:《序》,载《清末民国旧体诗词结社文献汇编》,第 11—12 页。

② 查紫阳:《民初白雪词社考论》,载周勋初、杨义主编:《文学评论丛刊》第 10 卷第 1 期,南京:南京大学出版社,2008 年 1 月,第 314—315 页。有关《乐府补题》内作品的寓意及写作手法,参考 Kang-i Sun Chang, "*Symbolic and Allegorical Meanings in the Yüeh-fu pu-ti Poem Series*," Harvard Journal of Asiatic Studies 46, no. 2 (December 1986), pp. 353—385.

③ 查紫阳:《民初白雪词社考论》,第 306—319 页。

④ 朱征骅:《宜兴清代词学简说》,《苏州大学学报》(哲学社会科学版)1995 年第 1 期,第 50—51 页。

民国时期词社的持续活动，展示出传统文人对旧体文类的执着以及旧体文类本身恒久不衰的艺术吸引力。旧体诗词之所以被文学革命者诟病，乃由于其严格的形式与音律要求，还有用典、拟古及所谓的无病呻吟等创作风尚，因而好此道者皆习惯性地被视为保守。然而格律形式恰恰是旧体诗词的魅力所在，文学形式与意识形态之间亦不能简单地划上等号。吴盛青即指出，那种视创作白话文即为进步，创作文言旧体即为保守的论调，忽略了作品本身的偶然性（contingencies）与非一致性（contradictions）、形式的重要性以及创作者与读者之间的互动功能①。形式、格律能给予创作者一种情感表达的制约和规范，而受形式限制下仍能自如地抒写情致，则会为创作者带来无穷的审美乐趣（此即闻一多所说的"戴着脚镣跳舞"，虽然他指的是新诗中的形式）。吴盛青又称，当社会秩序变得不稳定的时候，诗歌固定的形式即成为一些文人所能把握的少数实在的东西，它为这些文人提供了一个"微型的世界"（miniature model of the world），让他们可以在其中抒发情感，以此来维护他们心目中一致的世界观和协调的文化秩序②。旧体诗词中的用典与互文（intertextuality），亦能使创作者将自我投射于诗歌史的创作氛围中，那并非纯粹是掉书袋、卖弄知识的行为，而可以理解为向前人及传统文化致敬的一种表现。在用典与使用互文的过程中，创作者不但参与今与昔的诗歌对话，还能与同时代的酬唱者达到声气相求的目的，并藉着对传统意象的深化、挪用，构筑出幽微深眇的艺术效果。另一方面，透过群体的唱酬活动，身处政治、社会、文化转型期的传统文人，亦试图以此来肯定自我，追溯并维系风雅（literary elegance）的文人生活方式，抚平因时代变易带来的情感创伤，或藉唱酬建构同人的身份与记忆③。进一步来说，传统诗词社都有严格的创作模式（如按题、依韵唱和等）和交游礼仪（如社集），因此亦是一种维系群体秩序精神的机制（institution）和手段，毋怪其为身处乱世的传统文人所重视。

文学社团的成员，一般都具有大致相近的政治和文化意识。民国时期的旧体诗词社亦不例外，例如天津的词社须社，上海的诗社超社和逸社，基本上都

---

① Shengqing Wu, *Modern Archaics*, pp. 19—20.

② Ibid., p. 22.

③ 有关用事、互文在旧体诗词创作中的特殊意义，见 Shengqing Wu, *Modern Archaics*, p. 36。Literary elegance 一辞亦借用自吴氏著作（第 39 页）。笔者亦曾分析唱和作品中的互文现象，如何有助于词人达到同声相应、同气相求的目的。见《沧海遗音》，第 290—313 页。

由清遗民组成，具有颇强的忠清意识；但若干民国词社的成员，身份却颇为驳杂，甚至政治立场不同，例如上海的春音词社（成立于 1915 年）和沤社（成立于 1930 年），成员中便有清遗民、曾经反清的南社成员、民国官员等。出现这种情况的原因大致有二，一是社中的清遗民和南社社员，都属于政治上的温和派，遗民如朱祖谋等，并不赞成清室复辟①。至于南社中的一些成员，在清亡后便对政治失去兴趣，甚至"渐渐的堕落了"②。二是他们对词都极为热衷，文学上的志趣相投，远大于他们政治上的分歧③。近年学界的论述，都倾向于将清遗民按政治态度分为两大类，其一是"政治遗民"，他们大抵都主张光复清室；其二是"文化遗民"，他们虽然效忠清室，却不从事复辟活动，只以维护传统文化、道德体系为己任，而且一般都热心于文教工作和典籍、文献的编汇④。这种文化上的共同点，形成了遗民与非遗民交往的基础⑤。

换一个角度来说，这些词人无论在政治上属于哪个阵营，他们都采取了回望过去的姿势，感伤已逝的人事，对今昔之间出现的时间断裂、世变带来的文化冲击异常敏感。透过文体的抉择，他们表达了共同的文化意向，即要回归传统，借助古典的文学形式和文字，重新构建、巩固渐渐消失的文化记忆与氛围，跳出他们所要面对的陌生而难以适从的现世。

---

① 胡小石指出，寓居于青岛、上海的清遗民，在对待清室复辟的问题上并不一致，青岛方面赞同与日人合作，在东三省建立"大清国"，上海方面则颇持异议。见刘禺生：《世载堂杂忆》，北京：中华书局，1997 年，"清道人轶事"条，第 136—137 页。上海的清遗民对复辟持审慎态度这一现象，另见熊月之：《辛亥鼎革与租界遗老》，《学术月刊》2001 年第 9 期，第 12—15 页；王雷：《民初前清遗老圈政治心态浅析》，《哈尔滨学院学报》2004 年第 12 期，第 106—107 页。朱祖谋不赞同清室复辟一事，见龙榆生：《词籍题跋·强村晚岁词稿》，载《龙榆生词学论文集》，上海：上海古籍出版社，1997 年，第 519 页。

② 南社领袖柳亚子指出，辛亥以后社员"便渐渐的堕落了"，原因之一是袁世凯当了总统，有社员"认为中国无事可做"，有些则"抱着'妇人醇酒'消极的态度，做的作品，也多靡靡之音"。又因为社员太多，"鱼龙混杂"，几乎甚么样的人都有。见柳亚子：《我和南社的关系》，载柳亚子：《南社纪略》，上海：上海人民出版社，1983 年，第 101 页。另见汪梦川：《从淞社和春音社看南社与民初遗老旧臣之交游》，载《文学与文化》第 10 辑，2009 年，第 144、147 页。

③ 春音词社中，曾经是南社和同盟会会员的陈匪石、庞树柏、吴梅，甚至曾师事朱祖谋。

④ 有关"政治遗民"和"文化遗民"的区别，见彭海铃：《汪兆镛与近代粤澳文化》，广州：广东人民出版社，2004 年，第 2 页；林志宏：《民国乃敌国也：政治文化转型下的清遗民》，台北：联经出版事业股份有限公司，2009 年，第 13—14 页。事实上，不少在政治上拥护民国，但文化意识仍趋向保守的文人（例如许多南社社员），亦可视为"文化遗民"。

⑤ 笔者曾对遗民与非遗民的交往做过详细的分析，见《沧海遗音》，第 62—64 页。

王德威曾提出"后遗民"（post-loyalist）写作的概念，虽然他议论的焦点是台湾文学，但对我们研究二十世纪的旧体文学却不无启迪。他说"后遗民"的"后"，"不仅可暗示一个世代的完了，也可暗示一个世代的完而不了"。而"遗"的意思，除了是遗"失"——失去或弃绝；也可以是"残"遗——缺憾和匮乏；也可以是遗"传"——传衍和留驻。按照王氏的定义推演，伤逝、遗憾或精神上的失落固然是遗民固有的心理状态，而尽量将一己所重视、眷恋的事物留传予后人，亦是遗民余生要从事的事业。王氏的立论进而大大扩展了"遗民"一词的意涵，使它具有了想象和论述的多重性，不独是朝代的遗民、种族的遗民、国家的遗民，也包括了宗教信仰和意识形态的遗民、文化的遗民等。后遗民写作因此突破了传统的忠君保国意识，而"更关乎时间轨道的冲撞，文化想象的解体，还有日常生活细节的违逆"等主题①。本文论述的白雪词社，社友的政治属向并不一致，将词社定性为效忠前朝的遗民文学组织固然不符事实，但社集作品中经常表现出来的失落和匮缺感，却在一定程度上符合王德威所说的"后遗民"写作。

二、白雪词社的成员身份与族缘关系

民国词社中，白雪词社规模较小，社友仅得八人，即便加上四位社外词友（称为"同声"），亦不过十二人，远逊于春音词社的二三十人，沤社的二十九人，须社的二十人（午社、如社亦各有十五及二十四人）②。然而该社成员之间的关系，却有甚强的家族性特征，此一族缘上的紧密性，又非民国时期其他由师友组成的词社所具备。春音词社、须社、沤社等，社友率皆为流寓于沪、津、宁等大城市的文人或清遗民，鲜有本地人。白雪词社的社友，则全为宜兴人，且几乎都出自当地望族。查、朱二氏指出，宜兴的词学传统，远者可上溯至宋代的陈克与蒋捷。自清初的阳羡（宜兴古名）词派开始，更形成庞大的以姻亲族

---

① 王德威：《后遗民写作》，台北：麦田出版社，2007年，第6—7、11页。

② 查紫阳《民初白雪词社考论》一文将白雪词社视为"大规模"的词社唱酬活动（第309页），并不符合事实。各社的人数，分见西神（王蕴章）：《春音余响》，《同声月刊》第1卷创刊号，1940年12月，第178页；周延礽：《吴兴周梦坡先生年谱》，北京：北京图书馆出版社影印1934年本，1999年，第59页；朱祖谋等：《沤社词钞》，出版地、出版社不详，1933年；朱祖谋、夏孙桐等编：《烟沽渔唱》，天津：须社，1933年；《午社词》，上海，1940年；《如社词钞》，南京，1936年。

氏为纽带的词人群。文化世族如陈、任、徐、吴、蒋、储、史、万诸氏，俱以词名①。故白雪词社的家族性特征，实与这一地方文化传统密不可分。

白雪词社创立之初，成员只有徐致章、蒋兆兰、程适、储凤瀛、徐德辉五人。其后，任援道在第八集加入，储蕴华在第十六集（1921年重阳节）加入，储南强在第二十三集加入（但他在整部唱酬集中仅有四首作品，尚少于社外词友李丙荣的十三首）。社友的背景，具见于《乐府补题后集》内的词人姓氏录，查、朱二文亦有简介，查氏更交代了社友之间的族缘关系。以下将所见资料列为两表，另据朱德慈《近代词人考录》及宜兴新旧县志等书加以补充，并附各人于《乐府补题后集》内作品的数目，庶几一目了然。

表一 白雪词社社友背景

姓名	字号	生卒年	科名	宦迹	集内词作数目	著作
徐致章②	字焕琪	1848—1923	光绪戊子（1888）科举人	浙江瑞安县知县	48	拙庐诗词稿（词草四卷）
蒋兆兰③	字香谷	1855—1932	增贡生	无	45	青菱盦诗文词集（词四卷）、《词说》
程适④	字肖琴 号蛰莽	1867—1937	光绪丁酉（1897）科拔贡	安徽知县	46	《蛰莽类稿》
储凤瀛	字映波⑤	1870—1927	光绪癸卯（1903）科举人	两浙盐运副使	41	萝月轩诗词稿

---

① 见朱征骅：《宜兴清代词学简说》，第51页；查紫阳：《民初白雪词社考论》，第316—318页。

② 《光宣宜荆续志·官职志》载："徐致章，敬承子。癸酉拔贡，浙江富阳知县。"见陈善谟、祖福广修，周志靖纂：《光宣宜荆续志》，南京：凤凰出版社影印民国十年（1921）刻本，2008年，卷八，第429页。

③ 《江苏艺文志·无锡卷》云："尊长子。增贡生。少随父客江西，濡染家学，以词鸣于时。返宜兴后，与上元顾云为交，学益进。与修《宜兴荆溪县续志》，光绪二十五年（1899）参加胡金石等创办的寒碧词社。……晚岁客授苏州。"见南京师范大学古文献整理研究所编著：《江苏艺文志·无锡卷》，南京：江苏人民出版社，1995年，第1589页。

④ 《光宣宜荆续志》载："程适，原名肇基，嘉杰孙。"卷七，第429页。

⑤ 朱德慈称储氏"原名瀛年，字荫高，号映波，又号翔甫"。见朱德慈：《近代词人考录》，北京：中国社会科学出版社，2004年，第250页。

续表

姓名	字号	生卒年	科名	宦迹	集内词作数目	著作
储蕴华	字朴诚 号餐菊	1870—?	光绪癸卯科举人	浙江盐大使①、民国宜兴县视学	29	餐菊诗词稿
徐德辉	字倩仲②	1873—?	光绪壬寅（1902）科举人	法部主事	48	寄庐诗词稿
储南强	字铸侬 号定斋	1876—1959	光绪戊子科贡生③	民国宜兴南通县知事	4	不详
任援道	字亮才 号豁盦	1891—1980	无	民国津浦路北段交通司令、京汉路警备司令、汪伪绥靖部部长	23	《青萍词》《鸥鹭忆旧词》《海疆痛史》
李丙荣	字树人④	1862—1938⑤	附贡生	安徽知县、安徽按察司照磨兼任司狱	13	《绣春馆词钞》《大观亭志》
陈思	字慈首	1873—1932	光绪壬寅科举人	广西藤、容二县知县、江苏江阴县知事	2	《西王母辑释》《华藏诗集》《白石道人年谱》《稼轩先生年谱》

① 此据《光宣宜荆续志》卷七第 434 页补入。

② 朱德慈《近代词人考录》称徐氏"字润身，号倩仲"，第 250 页。

③ 见《光宣宜荆续志》，卷七，第 429 页。储南强入民国后曾任县民政长、县长及县第二届众议员，见江苏省宜兴市地方志编纂委员会编：《江苏省宜兴县志》，上海：上海人民出版社，1990 年，第 538—539 页。

④ 《词综补遗》称李丙荣，"字素人，晚号三山逸叟，江苏丹徒人"。按"素人"或为音误。见林葆恒辑、张璋整理：《词综补遗》，上海：上海古籍出版社，2005 年，卷七十二，第 2708 页。

⑤ 《江苏艺文志·镇江卷》将李丙荣生年误作 1867 年。又同书列出其著述十二种，不包括词集。见南京师范大学古文献整理研究所编著：《江苏艺文志·镇江卷》，南京：江苏人民出版社，1994 年，第 398—399 页。

续表

姓名	字号	生卒年	科名	宦迹	集内词作数目	著作
王朝阳	字饮鹤 号野鹤①	?—1932	不详	不详	1	《柯亭残笛谱》
赵永年	字祝三 号咏岩	?—1982后②	诸生	无	4	《天海词谱》

　　社外词友俱为外地人，如李炳荣是江苏丹徒人，陈思是流寓于宜兴的奉天辽阳人③，王朝阳是江苏常熟人，赵永年是江苏仪征人。查紫阳称诸人"均不在本邑，无法参加词社集会"④。此说值得商榷，因为丹徒、常熟、仪征距宜兴不过一百多公里，诸人或曾造访宜兴，亦未可料。唯资料匮乏，姑存疑。

（作者单位：新加坡国立大学中文系）

---

　　① 《词综补遗》称王朝阳，"字饮鹤，号野鹤，又号柯亭，江苏常熟人"。卷三十七，第1381页。

　　② 查紫阳《民初白雪词社考论》一文称赵氏，"字明湖，号祝三，江苏仪征人。诸生，有《天海词稿》。第308页。赵永年在1982年写有《宜兴的词学》一文，故将其卒年定于1982年后。见《宜兴文史资料》第2辑，1982年，第68—69页。

　　③ 陈思流寓宜兴的说法见《清代宜兴书画人物》，载"宜兴书画网"：http://www.yixingart.com/wenyuan/09-15.htm。

　　④ 查紫阳：《民初白雪词社考论》，第308页。

生于王土，走向共和：清末一代旧体诗人及其诗作管窥

陈炜舜

一、引言

　　清末一代，也就是 1890 至 1911 年——清代最后的二十年出生的这一代人，在清朝诞生，在民国成长，不少人有诗作、诗集传世。他们的背景、学养、职业之多元化，亘古仅见；1949 年后，有的留在大陆，有的去了台湾、香港或海外。如马勇在《晚清二十年》里提到，从甲午战争、戊戌变法、义和团运动、新政改革、到推翻帝制、走向共和，是这二十年历史发展的基本轨迹。这一代人成长于清朝，有的在清亡的时候已经弱冠，他们主要活动的年代还在民国，不少人还跨越了 1949 年。2015 年夏天，香港中文大学举办了"风雅传承：民初以来旧体文学国际学术研讨会"，我们邀请的龚鹏程校长为四位主讲嘉宾之一。龚老师的演讲题目就是《关于民初以来旧体文学的思考》。他说：新文学运动和五四运动提倡白话文，"指责传统文学为贵族的、山林的、死的文学，使传统文学丧失了存在的合理性"，各种教学、媒介体系、组织体系都以新文学为尚，传统文学慢慢淡出舞台，其受众也日益减少。龚老师还指出旧体文学发展的难题，在于"新时代写旧体文"，包括旧体诗在内，创作难度大于古人，"旧体裁的生命力已被古人发挥尽了"，我们现在想后出转精、超越古人，那是很困难的。而且我们在旧体诗的理论进展上，看不到什么新的突破，因此"难怪旧体文学之美，反而有赖于新文学家之阐发"。就如余光中先生，我们常说他的新诗里有一种古典文学的美，即"师其意而不师其辞"。

　　那么在 20 世纪，尤其是五四运动之后，旧体文学的意义又何在？陈平原

教授就举过一个例子：抗战的时候，西南联大的教授们常常在一起创作旧体诗，"要说压在纸背的心情，除了在著述序跋中偶尔流露，更多且更直接的表现，其实是日常吟咏的旧体诗作……这些诗作不仅仅记录下当事人在特定岁月的艰辛生活，更是那个时代中国读书人的心灵史"。可见很多学者作家的白话散文、白话诗都写得很好，但当他们表达个人感悟的时候，却往往会选择旧诗。这些旧诗通常不太会集结出版，有的甚至是随写随弃，只是表达当下的感悟，因此也不太会像正式发布的一首新诗、一篇白话散文那般字斟句酌，反而更加随兴。所以我认为，五四以后的学者作家所写的旧诗，有些像北宋晏殊、欧阳修这些文坛大佬的词作，北宋时诗是正统，而词是"小道"，像欧阳修就不会将词收入自编的文集。但正因是"小道"，故能表达更私人的心情。当然，五四之后的旧体诗不像北宋词之新兴，更似乎是一种"过时"的体裁，但它的功能和词非常接近。

接下来，我们且将晚清一代旧体诗人的身份背景作一粗略分类，列表而观照之：

表一

皇族遗少：溥儒、溥杰等	新派文人：臧克家、沈从文等
贵胄子弟：张伯驹、袁克权等	音乐界：韦瀚章、陈蝶衣等
北洋要人：曹经沅等	书画界：张大千、刘海粟等
国民党人：易君左、梁寒操等	科学家：苏步青、顾毓琇等
外交家：王家鸿、金问泗等	社会学家：萧公权、潘光旦等
军界：李则芬、陈孝威等	哲学家：方东美、冯友兰等
汪系人物：陈公博、胡兰成等	历史学家：陈寅恪、劳干等
共产党人：郭沫若、田汉等	宗教人士：太虚、李炳南等
旧派文人：陈定山、瞿兑之等	中医：赖少魂、郑曼青等

皇族溥儒，也就是与张大千齐名、号称"南张北溥"的著名画家。溥儒、溥杰都是皇族遗少。又如张伯驹、袁克权是贵胄子弟。克权是袁世凯的五公子，张伯驹其人，章诒和《最后的贵族》有专文谈他，最近他的全集也出版了。北洋时期还有青年得志的曹经沅，身居要职。之后，国共两党中写旧诗者就更多了，中共方面有郭沫若和田汉，毛泽东、叶剑英和陈毅也属晚清二十年出生的人物。国民政府仅如外交界中，有旧诗留存者就有王家鸿、金问泗、胡庆育、吴南如等，稍后我们会谈王家鸿。军界方面如李则芬早年是军人，去台湾后致

力于历史研究，写了多部著作；陈孝威也是军人，来香港之后创办了《天文台报》，邀约了很多前朝遗老撰文，其中被指责为"五四三大卖国贼"之一的曹汝霖，就是应陈孝威之邀，在《天文台报》连载回忆录，后来集结出版，题为《曹汝霖一生之回忆》。另外汪系人物如陈公博、胡兰成，进而言之，瞿蜕园（即瞿兑之，不少著作近来有重印）、钱仲联都和汪系政府有关（周作人年岁较大，不属于晚清一代）。

再看旧派文人，例如陈定山，诗文书画皆佳，著作等身，他的妹妹陈小翠的文集最近也整理出版。又如瞿兑之是清末大学士瞿鸿禨的公子，如前所言和汪系政府有些关系，也算旧派文人。新派文人中，像臧克家、沈从文晚年皆好写旧诗。1949 年之前则有众所周知的闻一多、郁达夫等人。

音乐界的韦瀚章，以前供职于上海音专（上海音乐学院前身），学声乐的朋友对他应该比较熟悉。他和黄自是最佳拍档，黄自作曲，韦瀚章作词，其中较著名的作品有中国最早的清唱剧《长恨歌》，还有艺术歌曲《思乡》《旗正飘飘》《白云故乡》等。韦瀚章后来定居香港，香港中小学至今还会唱他的歌。陈蝶衣和韦瀚章不同，他参与海派歌曲的创作，很多著名的歌词都是他写的，由周璇、白光、姚莉、葛兰等演唱，如《凤凰于飞》《爱神的箭》《春风吻上我的脸》《我有一段情》《南屏晚钟》《情人的眼泪》《我的心里没有他》等。陈蝶衣除了写歌词、写剧本，也毕生写作旧体诗，他的诗集在香港出版了三大册。

书画界方面，张大千往赴台湾，刘海粟留在大陆，还有鲍少游定居香港。科学界方面，留在大陆的苏步青、顾毓琇都是著名的科学家。社会学家如萧公权，近来在大陆重新获得关注，他的文集也刚刚出版了。六七十年代，晚年萧先生就请门人汪荣祖替自己将诗集、词集编辑出版。社会学家潘光旦也有诗集留存。哲学家方面，方东美的文集近年由北京中华书局再版，其中所收《坚白精舍诗集》仍是影印本，所幸这部诗集也得到安徽黄山书社注意，排印出版。冯友兰的文集中有诗集部分，不过在"文革"时的一些诗作大概由于为亲者讳，并无收录入全集，颇为可惜。历史界方面，陈寅恪恰好是 1890 年出生的，在晚清一代中年纪最长，余英时有《陈寅恪晚年诗文释证》。劳干是劳思光的叔父，两叔侄皆有诗集传世。

宗教界方面，如倡导人间佛教的太虚法师有《海潮音舍诗集》，太虚法师著作宏富，文集中有很多宣扬佛法的文章，都以一个高僧、智者的形象出现，但读他的诗集会发现，这位高僧并非只写一些恬淡的佛理诗，却也是一个有血有肉的人物，他在清末是参加过革命党的。顺便一提，太虚的师兄圆瑛老人的高足赵朴初，韵文集也有三大册，由上海古籍出版社出版。赵先生悼念太虚的诗，小序回忆到太虚法师在 1947 年圆寂前的十天，把自己关于人间佛教的著作送给自己。所以 1979 年之后，政治环境宽松了，赵朴初就开始继承师叔遗志，在大陆推广人间佛教，倡导"利乐有情，庄严国土"。这两位都是晚清二十年出生的人物。大陆的朋友或许不太熟悉李炳南，他是末代衍圣公（北伐后改称大成至圣先师奉祀官）孔德成的主任秘书。1949 年时，孔老师在美国耶鲁大学访问，奉祀官府从山东曲阜迁到台中，就是由李先生主事。李先生的儒学根底非常深厚，又是印光法师的高足，信奉净土宗，成为在家居士。他居台期间在帮孔老师处理奉祀官府事务之余，在台中办了莲社。在台中莲社讲学时，李先生不仅讲佛法，也讲《礼记》《论语》，以及旧诗写作。后来台中中兴大学成立，诗选及习作课就特别邀请李炳南讲授。李先生除诗集外，还有一本诗话叫《诗阶述唐》，教大学生如何欣赏、写作旧诗。

至于中医界，喜爱民国史的朋友大概听过赖少魂其人。赖先生擅长绘画，又有《长啸斋吟草》。郑曼青不仅是中医、书画家，还是郑氏太极拳的创始人，是个很特殊的人物，最后去了台湾。大陆近年出版了他的散文选。

表中开列了不少学界的人物，但我几乎并未举中文系背景者为例，原因是中文系师生的旧诗创作是不待多言的。而其他各系的教授，乃至学院以外的学者，都参与了旧诗创作，因为那一代的人早年即使入了民国，毕竟还受过幼学书塾的教育，有这样的文学根底，因此他们在后来的日子里会继续写作旧诗。

如果按照群体划分的话，留在大陆的诗人非常多，定居台港者也不少，另外还有南洋华侨。从民族和族群来看，满洲、蒙古等族都有，台湾、香港则本土、外省背景者兼具。从性别来看，女性诗人为数不少，港台大陆及海外都有。接下来，我们会举几位诗人为例，与大家作进一步探讨。

二、末代王孙溥儒（附溥杰）

首先要和大家谈的就是溥儒（溥心畬）的诗词。我锁定他的游观诗，也就是以游历过程中所见所闻所感发为主体的作品，看故国意象是如何体现的。所谓"故国乔木"，对于溥儒而言，清朝是他的故国，而北京城作为清朝的代表和象征，溥儒又是怎样书写的呢？溥儒在 1949 年之后去了台湾，而其堂弟溥杰则留在了大陆，他们两人关于北京以及北京以外各处的诗歌是怎么写的呢？这是非常有趣的问题。

我们先介绍一下溥儒的背景。他是恭亲王奕䜣的次孙、"小恭王"溥伟之弟，家世显赫。在辛亥革命的时候，溥心畬已经十六岁，对于家世、国族的认同感已经形成了，对于西太后还有特殊的好感。他作为皇室子弟，自然对于已经灭亡的清朝有依恋和怀旧之情，这里我讲一个听自孔德成老师的故事。孔老师说，众所周知溥心畬诗书画造诣非凡，他一边画画一边构想诗作，画画好了，诗也成了，可见他的捷才。现在很多人要用现成的句子题画，而溥心畬的题诗一定是原创。甲午战后，北洋海军全军覆没，李鸿章失势，中枢乏人，朝堂上下十分惶恐，孔老师的父亲，也就是七十六代衍圣公孔令贻在西太后面前力荐老恭王奕䜣出山，衍圣公府因此和恭王府成了世交。咸丰去世后，老恭王和两宫太后一起扳倒了八大顾命大臣，两宫垂帘，恭王辅政。后来恭王和慈禧闹矛盾，下台了，史称"甲申易枢"。此后恭亲王就闭门隐居，绝交息游。甲午后，敢推荐他出山的竟只有从前并未深交的一品大员衍圣公，足见世态炎凉、患难真情。因此，孔老师和溥心畬也是好友。有次孔老师对溥心畬说："你的诗写得又快又好，不如作一首来叙一叙我们两家的世谊吧。"但溥心畬回答道："此诗不能写。我们两家是因为老恭王复出才成为世交的。如果诗中称颂先祖，就对太后不敬；如果称颂太后，又委屈了先祖。"最后终于没有写。

溥心畬有一个别号叫"西山逸士"，就是遗民自居，而西山就是北京的香山。清亡后，溥心畬隐居西山多年，观摩家藏书画，无师自通，成为大家。"西山逸士"的典故，还出自《史记·伯夷列传》。武王伐纣之后，伯夷、叔齐义不食周粟，时常唱一首《采薇歌》：

> 登彼西山兮，采其薇矣。
> 以暴易暴兮，不知其非矣。
> 神农虞夏，忽焉没兮。吾适安归矣。
> 吁嗟徂兮，命之衰矣。

所以溥心畬以前清遗少自居，是很明显的。有传闻说，1949年之后国府迁台，宋美龄要学国画，想拜溥心畬为师。溥心畬拒绝道："你是新朝元首夫人，我是前朝王孙，怎么可以成为师徒呢？"后来宋美龄只好随黄君璧学画。

我们可以把溥心畬的诗作分为几个时期，聊举几首看看。他在北京隐居的时候，看到玉泉山静明园里乾隆御题诗的诗碣，于是写了一首七言绝句：

> 玉阶青锁散斜阳，破壁秋风草木黄。
>
> 只有西山终不改，尚分苍翠入空廊。

此诗表面上写景，但西山就意味着逸民、不与新朝合作。"西山终不改"，一方面指西山的山色苍苍、依然不变，另一方面也是讲自己的志节不变。西山苍翠的山色映入空荡荡的走廊，照在乾隆的御碑上，这不是相映成趣吗？所以这首诗显然表达了替清朝守节的心志。三十年代，溥儒应邀南下参与各种美术活动，名声鹊起。到抗战的时候，他也不跟日本合作，不加入伪满洲国，气节非常高尚，因此抗战胜利后，蒋介石就邀请他当了国大满洲族代表。他这个时期的诗，依然在讲述遗民情怀，对于民国虽然不能说认同，但态度却也软化了一些。他不苟同蒋介石的政见，但蒋毕竟领导了八年抗战，令溥心畲有所颔首。

到了台湾之后，溥心畲走南闯北，饱览各地美景，写了很多诗。他这些诗有个共同点：他往往会将台湾的风物比拟成大陆某处。去过台湾的朋友都知道，慈湖是蒋介石陵寝暂厝之处，因为那里和他老家溪口的景色非常接近，令他想起亡母，因此被称为慈湖。这种心态在那批渡海的人士中间是很普遍的，无论政界还是文化界都如此。台湾青草湖有一座武侯庙，是祭祀诸葛亮的，溥儒有诗吟咏：

> 湖光树色远涵空，丞相祠堂在此中。
>
> 寒食杜鹃啼不尽，春风犹似锦城东。

根据我们考证，溥心畲大概一辈子都没去过四川，但此诗为什么会提到四川呢？可以想见，当他还在大陆时，北京是清朝的象征、故国的象征，但渡海之后，这个故国的概念就从一个北京城扩展到整个中国大陆。虽然他从未去过四川，但四川此时已属于他故国版图的一部分。再如描写台湾原住民（大陆称为高山族）的诗《高山番》：

> 构木栖岩穴，攀藤上杳冥。
>
> 射生循鹿迹，好武冠雕翎。
>
> 箭影穿云白，刀光照水青。
>
> 圣朝同化育，嗟尔昔来庭。

前三联六句对原住民的情态描写极为生动，末联引用了《诗经·大雅·常武》的句子："四方既平，徐方来庭。"所谓"来庭"，指四方蛮夷远道而来朝觐中央天子。清朝之世，朝廷已在台湾替平埔族、高山族办学，移风易俗。这就是"化育来庭"的注脚。

我们再看看溥儒的堂弟溥仪、溥杰两兄弟。他们比溥心畬小十来岁，在清亡时尚且年幼，所以他们所谓的故国之思大概是要到民国以后，在故宫的小朝廷里才慢慢形成。根据溥杰回忆，当溥仪 1959 年从抚顺特赦回北京之后，写下了这首诗：

> 京华不是旧京华，莫向东陵问种瓜。
> 三十五年归故国，春风吹入帝王家。

溥仪也用了"故国"一词，溥杰的心境大概和他颇为接近。有趣的是，"由于众所周知的原因"，溥杰的诗歌还是以明朗的情绪为主，多歌颂之作，我们阅读时如果不了解背景，恐怕根本不知道原来成于那样的时代。打开《溥杰诗词选》，这类诗占了很大的篇幅，例如 1965 年的《春郊》：

> 眼底一天春气象，雏莺啼柳两三声。
> 尖芦出水相成趣，红杏含苞亦有情。
> 晌午圃农新稼始，踏青儿女绮装轻。
> 和风骀荡郊原暖，无限生机绿意萌。

溥杰的《京华漫吟》一辑诗写北京的新气象、新生活、新环境，那么他的故国之思何在？的确不容易发现。但我找到了一首作品，略有一丝类似的情感。这首《南楼对酌》有一个副标题："一九六二年回到北京后路经什刹海。"就这样看，不知就里的读者大概不知所云。南楼是什么地方？原来就在他以前生活的醇王府里。醇王府在抗战后逐渐荒芜，1949 年之后溥杰之父、"小醇王"载沣将府邸卖给国家，中共政府为宋庆龄筹建住宅时相中了醇王府，1961 年整饬花园，宋庆龄两年后入住。溥杰这首诗写于 1962 年，恰恰就是宋庆龄搬入前夕。大概政府想做统战工作，于是趁宋庆龄入住前让溥仪、溥杰兄弟姐妹回到老房子聚一聚。溥杰诗云："明朝懒折阳关柳，云树天涯会面难。"其实他们兄弟姐妹大多都在北京，会面又有何难？可以说，难再会面的不是兄弟姐妹，而是这座老房子，从这里可以看出这么一丝惆怅之情。2007 年新闻报道，溥杰四弟溥任九十大寿，特地安排在已成为宋庆龄故居的醇王府度过，由此可见他们家族对老宅的情结。

后来，政府安排他们外出游览，了解新中国的面貌，溥杰又写了不少诗作，集为《神州游踪》，如《五哨口》就是描写井冈山的。在溥杰回忆录里提到一件事：溥仪、溥杰两兄弟在杭州"柳浪闻莺"公园散步时，发现了乾隆御笔题的石碑。溥杰说："我和溥仪都恋恋不舍地在那里徘徊踯躅，用手（将石碑）摸了又摸。清王朝已经结束了，但是人们仍然正确评价乾隆的功绩，也妥善保护着有关他的文物，我俩很受感动。"如果这件事发生在现在，恐怕激发灵感后会诗兴大发，写很多作品出来。但我们在《溥杰诗词选》中找不到相关的诗作，很可能是根本没有写。怀念故国，在那个时代依然是个禁忌。

溥仪的诗作虽然传世不多，但他的两句"京华不是旧京华，莫向东陵问种瓜"是具有概括意义的，概括了那一批逊清皇族诗人的故国情怀。他们的故国意识是以北京为中心的，而且像溥心畬那样的是扩展到整个中国大陆的。在时代的变局里，他们失落了皇族的地位，被迫从事他业，但他们特殊的身份却不得不让他们回首、怀念过去，而且早早地把自己年轻的生命和一个不存在的故国连接在一起。因此溥儒所想望的故国并不在海峡对岸，溥杰所称颂的故国也并非当下即是，那个业已消隐的故国，只能以祖辈传述、自己经历的形式活在他们的记忆的深处，时而发为伤情无奈的诗句，最后随着他们的故去而再度消隐。

三、汪系文人胡兰成

因为张爱玲的原因，胡兰成现在很受关注。他的诗没有结集，但是朱天心和小北已分别辑了《幽怀记》及《兰成之诗》两辑。

抗战胜利之后，胡兰成因是汪伪政府官员，所以受到国民政府通缉。颠沛流离之际，胡兰成依然不改"风流才子"习气，在杭州临安认识了斯家小娘范秀美，而且带着范秀美一起遁居温州。范秀美在临安有蚕桑事业，第二年春天不得不回去照料，而胡兰成就留在温州，除了每天教书之外，就是写《山河岁月》。清明时他写了一首诗给范秀美：

春风幽怨织女勤，机中文章可照影。

> 岁序有信但能静，桃李又见覆露井。
> 好是桃李开路边，从来歌舞向人前。
> 大荆饷耕满田畈，永嘉击鼓试龙船。
> 村人姓名迄未识，远客相安即相悦。
> 松花艾饼分及我，道是少妇归宁日。
> 即此有礼间里光，世乱美意仍潇湘。
> 与君天涯亦同室，清如双燕在画梁。

请大家注意最后两句："与君天涯亦同室，清如双燕在画梁。"果然是才子，能写出这样的诗，那女子怎会不动心呢？但是这样就最可怕、最危险了。

大家看一看，这首诗也附在他给唐君毅写的信里，这是 1949 年之后他在日本寄信给唐君毅的诗：

> 我居青山如居市，纤纤十指勤织素。
> 鬖影花枝机中新，与斗岁月在桃李。
> 桃李好是开路边，从来歌舞向人前。
> 大荆饷耕满田畈，永嘉击鼓试龙船。
> 邻家小妇身姓薛，三日归宁忽如客。
> 松花艾饼分妯娌，压粽团扇照人洁。
> 即此有礼间里光，世乱美此仍潇湘。

大家比对之下，看出了什么问题吗？第一，前面"春风幽怨织女勤，机中文章可照影"被他改成"我居青山如居市，纤纤十指勤织素"。这样改写意义何在呢？大家可以看到，原来《山河岁月》版本的那两句，似乎就是在讲范秀美从事蚕桑事业。但是唐君毅信函版本一改，就好像在表达自己在颠沛流离之际自得其乐了。我觉得改得不好，"我居青山如居市"当然没问题，大隐于市，小隐于野罢了。但"纤纤十指勤织素"，是谁织素啊？肯定不是胡兰成自己。这两句的主语变得不同了，前后文意有扞格，很明显是临时改的。至于最后，令人很动心的"与君天涯亦同室"那两句，干脆删掉了。为什么删掉？因为是写给唐君毅看的，投其所好：后面一删，前面一改，中间那一段看上去，套用胡兰成自己的话来讲，这真是"中国的礼乐风景"啊！所以阅读胡兰成写的诗，往往能看出文人狡狯之处。

还有一首《纳凉词》，大概也是写给范秀美的：

> 明月亦辛苦，瓯江有安澜。
> 百年岂云短，急弦不可弹。
> 且与邻妇话，灼灼双金环。
> 小院风露下，助其收罗衫。

在夜凉露湿之前，与邻妇一边闲谈一边帮其收衣服，她手臂上一双金环在黄昏斜阳的映照下灼灼闪闪，一派风日洒然之美。所谓"穿衣吃饭，即是人伦物理"，胡诗意境正在个中。但仔细想想，那个邻妇即使是乡下人，会让一个邻居男人替他收衣服吗？这真是事有可疑。实际上这个邻妇盖亦指范秀美，否则"助其收罗衫"，仍有男女大防之嫌也。

大家再看胡兰成写给黎华标的信中，附有这么一首诗：

> 乱世光阴是无赖，佳丽千载此晤对。
> 初面便与我论学，理浅意深皆新态。
> 雨余微阳在瑶阶，高花摇动看笑黛。
> 岂知人间有誓盟，不觉坐久礼数乖。

他写给唐君毅的信里，又把这首诗改了一下，而且加了一个小注。他说是他在日本时有一个女书法家，叫极西夫人（绿子）来求书，他就写了这么一首诗：

> 乱世光阴是无赖，佳丽千载此晤对。
> 初面便问我书法，法惟婉正戒骄悖。
> 秋气微矛在瑶阶，感君肌态芙蓉佩。
> 岂知人间有誓盟，稍怕住久礼数乖。

请大家先注意两个版本的第二联。版本一讲论学，版本二在讲论书法。然后再看看两个版本的最后一句，一个是"不觉坐久礼数乖"，一个是"稍怕住久礼数乖"，这就有点问题了。与女子第一次见面，就会想到礼数乖，顾不上礼数，不由得让人怀疑别有居心。把"不觉"改成"稍怕"也无补于事，依然看到他想到的是"礼数乖"。大家或许会有兴趣知道，第一首诗是写给谁的呢？他给黎华标的信里没有讲。但细读文本，我们可以做一个推测。胡兰成的情人，

《今生今世》讲了不少，但真正具有论学水平，而且论得"理浅意深皆新态"的还能有谁呢？大概只有张爱玲了。我这里引一段《今生今世》里的文字：

> 我竟是要和爱玲斗，向她批评今时流行作品，又说她的文章好在哪里……
>
> 初次见面，人家又是小姐，问道这些（按：稿费）是失礼的，但是对着好人，珍惜之意亦只能是关心她的身体与生活。张爱玲亦会孜孜地只管听我说，在客厅里一坐五小时……而她的喜欢，亦是还在晓得她自己的感情之前。这样奇怪，不晓得不懂得亦可以是知音。后来我送她到弄堂口，两人并肩走，我说："你的身材这样高，这怎么可以？"
>
> 我给爱玲看我的论文，她却说这样体系严密，不如解散的好，我亦果然把来解散了，驱使万物如军队，原来不如让万物解甲归田，一路有言笑。

第二段谓"初次见面"就如何如何，"在客厅里一坐就五个小时""临走"那段大家都很熟悉的："我送她到弄堂口，两人并肩走，我说：'你的身材这样高，这怎么可以？'"这样的别有用心，不就是"不觉坐久礼数乖"嘛。我甚至认为"高花摇动"的那个"高"，恐怕也是讲张爱玲的身材。你看胡兰成一天到晚把"礼乐文明"宣之于笔、宣之于口，但对于初相识的张爱玲，也顾不得"礼数乖"了。

四、外交诗人王家鸿

我有一篇论文是把王家鸿和苏雪林放在一起比较，两个人都活过了一百岁，而且都在武汉大学教过书。苏雪林是五四女作家、大学教授，而王家鸿长期在国民政府当外交官。但两人都在二三十年代，也就是所谓的"战间期"（一战与二战之间）在欧洲留学过。苏雪林留学法国，王家鸿留学德国。我们这里只看看王家鸿的诗作。

王家鸿其人，不仅大陆所知不多，台湾的中文学界亦不太了解。他长期任职外交部，从外交部退休后，去了文化大学德文系当系主任，长期致力于中德文化交流。他年轻时候（清末时）在武昌求学就开始写旧诗，一直到过世前都还在写。北伐胜利后，国民政府派蒋作宾作驻德国大使，王家鸿担任他的副官。王家鸿在柏林工作时，还考取了柏林大学经济系博士，1933年毕业。王家鸿在德国前后待了八年，写了不少诗，集成《柏林吟》。也许当时碍于外交官的身份，很多内容不方便写，我这里先举他七十岁回忆过往时写的两首七绝。

王家鸿刚到德国时（那时还是魏玛德国时代），以外交随员身份得到了与总统兴登堡（Paul von Hindenburg）会面的机会，年逾八十的兴登堡跟他们一一握手。王家鸿晚年追忆此事道：

> 万国衣冠拜将坛，威廉街畔拥千官。
> 生平心折兴登堡，尊俎雍容带笑看。

另一首则是讲希特勒 1933 年成为总理的情景了：

> 叱咤风云大独裁，一时攀附尽多才。
> 二十年纳粹兴亡史，亲听三呼万岁来。

三呼万岁，就是德文的 "Heil Hitler"。当年纳粹德国远交近攻，与国民政府关系密切。可惜这些片段是几十年之后追忆的，并非在柏林当时所作。那他在柏林工作时写了些什么呢？我们可以看一看。

这一首《秋日柏林万牲园散步》，万牲园就是柏林的城市公园（Tiergarten），大家去柏林一定会去的名胜，也是世界上最早的现代意义上的动物园（Zoological Garden）：

> 西风渐作十分凉，媚眼云山似故乡。
> 野鸭倦游耽晚睡，美人期客倚新妆。
> 斜阳犹恋秋林好，溪柳全非向日狂。
> 节候循环一指弹，片时景物费平章。

此诗除了写到野鸭外，不及其他动物，知其乃是公余到休憩公园散步所作。诗中铺垫着西风、云山、野鸭、夕阳、秋林、溪柳、仕女等意象，营造万牲园的幽静美好，带出岁晚怀乡的轻愁。另一首《民国二十四年八月由爱省至杜色多夫参观德国煤铁工业区旅次书怀》则记录了他作为外交部官员，到杜色多夫（Düsseldorf）参访工厂：

> 一路浓烟送客行，道旁争看亚东人。

> 劳生初饮来因酒，衣袖犹沾爱省尘。
>
> 故国农桑原要政，此邦煤铁粒蒸民。
>
> 临渊真有思鱼意，望望神州谁与论。

浓烟自然是工厂的烟囱所冒出。"争看亚东人"也极有意思，不止中国人爱看老外，德国人也会看东方人——少见而感到稀奇嘛。最后"临渊真有思鱼意，望望神州谁与论"一联，可见当时中国工业化严重落后，诗人希望中国可以"见贤思贤"。

也许王家鸿经历过晚清、北洋，见过天下大乱、四分五裂，所以他有一种尊王思想，这也影响到他面对德国政治和历史的态度。前面已引到他"平生低首兴登堡"的诗句，而这首《德意志角吊威廉第一铜像》则吟咏摩泽尔河和莱茵河的交汇处的德意志角（Deutsches Eck）那座威廉一世（Wilhelm I）的铜像：

> 威廉英武世无双，铜像巍峨古道旁。
>
> 一角荒寒余霸气，两河浩瀚送斜阳。
>
> 挥刀跃马人安在，众志成城国不亡。
>
> 东望乡关渺无际，且随佳客醉壶觞。

威廉一世在由俾斯麦（Otto von Bismarck）的辅佐下建立了德意志帝国。此诗第六句自注称威廉一世雕像的底座有一句名言："忠诚一致，国决不亡。"（Nimmer wird das Reich zerstöret, Wenn ihr einig seid und treu！）王家鸿以为是威廉的遗言，其实来自诗人申肯多夫（Max von Schenkendorf）的一首诗《给祖国春天的问候》（Frühlingsgruß an das Vaterland）。王氏如此描写威廉一世，大概是联想到中国当时的处境，"言在此而意在彼"。

喜欢西方文学或古典音乐的朋友，一定知道诗人海涅（Heinrich Heine）根据民间传说写有一首《罗丽莱》（Lorelei）。罗丽莱是莱茵河畔的女妖，以美妙的歌声诱惑船上水手，使之触礁遇难。海涅的诗后来被谱成歌曲，传唱至今。王家鸿曾把海涅这首诗翻译成典雅的四言诗，又将罗丽莱和扬子江的小姑娘比拟，已经有比较文化、比较文学的意识。谨把德文原文、王先生的四言翻译和我的试译并列如下，供大家参考：

表二

Ich weiß nicht, was soll es bedeuten,	忧心悄悄，	不知道究竟是为何
Daß ich so traurig bin,	莫知其由。	我心如此悲伤
Ein Märchen aus uralten Zeiten,	言念古事，	有一个远古的传说
Das kommt mir nicht aus dem Sinn.	使我心愁。	我始终不能忘
Die Luft ist kühl und es dunkelt,	莱茵汤汤，	已黄昏，微风渐清冽
Und ruhig fließt der Rhein;	暮霭苍苍，	莱茵河在潺湲
Der Gipfel des Berges funkelt,	江上有峰，	群山巅辉光正明灭
Im Abendsonnenschein.	映彼斜阳。	于夕阳残照间
Die schönste Jungfrau sitzet	有美一人，	天壤间最美的少女
Dort oben wunderbar,	宛在中央。	高坐在山头上
Ihr gold'nes Geschmeide blitzet,	佩玉锵锵，	梳理着金色的发缕
Sie kämmt ihr goldenes Haar,	晞发金黄。	头饰闪闪发亮
Sie kämmt es mit goldenem Kamme,	言栉其发，	手拿着澄黄的金梳
Und singt ein Lied dabei;	言咏其歌。	双唇在唱着歌
Das hat eine wundersame,	美哉音调，	歌声里仿佛有妙术
Gewalt'ge Melodei.	既谐且和。	教人一听着魔
Den Schiffer im kleinen Schiffe,	招招舟子，	那歌声掳获了船夫
Ergreift es mit wildem Weh;	泛彼扁舟。	他疯狂又苦恼
Er schaut nicht die Felsenriffe,	念彼佳人，	不断地仰望着高处
Er schaut nur hinauf in die Höh'.	履险忘忧。	忘了水中暗礁
Ich glaube, die Wellen verschlingen	滔滔江水，	我相信，浪涛把扁舟
Am Ende Schiffer und Kahn,	言覆其舟。	和船夫都吞没
Und das hat mit ihrem Singen,	声色诱之，	罗丽莱用她的歌喉
Die Loreley getan.	其又谁尤。	造了这场灾祸

　　还有一段有趣的轶事，是王家鸿《某德教授以张文襄画像拓本见惠敬题短章》的本事。其诗云：

> 儿时识公名，不识公可贵。
> 读书走江汉，佩公富经纬。
> 抱冰思沼吴，布衣图霸魏。
> 楚人被遗泽，甘棠犹蔽芾。
> 蛇山拜遗像，清高起敬畏。

眼球右棱㷀，霜髭碟如猬。

先民逝不作，抚事增嘘欷。

西来得清照，精神逅髣髴。

静对获师承，慕公有正气。

王家鸿在德国入读柏林大学的博士班，师从舒马赫教授（Geheimrat Prof. Hermann Schumacher）。王氏拜师时，舒马赫以一幅张之洞的画像拓本相赠，王家鸿很诧异，问其缘故。舒马赫说，当年去过武昌拜会湖广总督张之洞，此画乃是张之洞的礼品。舒马赫更向王家鸿建议："你是湖北人，负笈武昌这么久，现在又读经济系，为什么不以汉阳的钢铁事业为博士论文题目呢？要建设中国，当从重工业入手，汉冶萍公司在武汉，初学经济政策，当以此大企业为目标。"王家鸿博士论文遂以《中国钢铁经济论》为题。而汉阳铁厂的设立，正是张之洞当年湖北新政中的重头戏。可惜的是，王先生这篇论文早在1933年通过口试，但至今还未翻译成中文。王家鸿获得业师的珍贵礼物之后，缅怀张之洞对中国的贡献，非常感触，故作此诗。而他毕生致力于中德文化交流，也肇端于此。

五、翻译诗家曾缄

最后要谈的是诗人曾缄，六世达赖（仓央嘉措）情诗的重要译者。仓央嘉措情诗目前有多种译本，而曾先生作为黄季刚（侃）先生的学生，文史涵养丰厚，故能以雅丽的七言绝句来翻译，脍炙人口。我有一篇论文谈曾先生的翻译，发表在上海的《东方翻译》（由谢天振担任副主编）。大家知道仓央嘉措的情诗第二十四首有一句"世间安得双全法，不负如来不负卿"。拙文的题目就叫"世间安得双全法"，因为翻译就是背叛，意大利文讲的"Traduttore, traditore"（Translation is betrayal），无法两全。

最早把仓央嘉措的情诗翻译成汉语的是于道泉先生。他在1930年以四种方式翻译六十六首诗作，分别是汉语逐字翻译、英语逐字翻译、汉语串译和英语串译，成果发表在当年的中研院史语所集刊上。于先生译本面世至今，陆续出现不少新的翻译，这些译者或真懂藏文，更多却是根据于先生的版本来改写的。因为于先生的逐字翻译忠于藏文原文，即使不懂藏文的人也能根据他的译本来理解原诗原意。

前不久有一种泰戈尔《飞鸟集》的译本，不是引起轩然大波吗？大家因此又想起民初贵州学者姚华曾把《飞鸟集》翻译成五言绝句。实际上姚华不懂英文，其作与其说是翻译，毋宁说是根据郑振铎译本的改写。因为姚华（1876—1930）的年纪比较大，不在我"晚清二十年"的研究范围之内。而曾缄先生在西康省蒙藏委员会任职过，是否懂得藏文还待考证，但他的译本与于道泉译本关系密切，学者黄颢在二三十年前已经指出。姚华、曾缄这种翻译或改写，与民初林琴南的翻译模式是颇为接近的。

我们先来读读于译本的第二十二首：

> 若要随彼女的心意，
> 今生同佛法的缘分断绝了；
> 若要往空寂的山里去云游，
> 就把彼女的心愿违背了。

虽然我们不懂藏语，但这样一首诗也许会令我们感到一种轻盈、空灵的感觉。但从汉语文学的角度来看，却也许有嫌质朴。那么曾先生是怎么翻译成七言绝句的呢？请看第一联：

> 曾虑多情损梵行，入山又恐别倾城。

"曾虑多情损梵行"一句，对应着于译本前两句"若要随彼女的心意，今生同佛法的缘分断绝了"；"入山又恐别倾城"一句则对应着后两句，"若要往空寂的山里去云游，就把彼女的心愿违背了"。曾译本仅两句便概括了原来的四句。不过既是七言绝句，仅此一联当然是不够的。那第二联怎么写呢？那就是：

> 世间安得双全法，不负如来不负卿。

现在很多人不假思索地认为"不负如来不负卿"是仓央嘉措的诗，但大家比较曾、于二家的译本看看，这一联的意思当然是仓央嘉措的原意，但如果说文字，那可不是仓央嘉措的原文了。实际上是曾先生用两句归纳了人家四句之后，补入的另外两句。

曾译本为什么会如此呢？其实大家不难发现，仓央嘉措的情诗四句，往往一二句跟三四句是排比句。现在举几个例子，表列如下：

表三

于译	曾译
第一是最好不相见， 如此便可不至相恋； 第二是最好不相识， 如此便可不用相思。	但曾相见便相知。 相见何如不见时？ 安得与君相决绝， 免教辛苦作相思。
宝贝在手的时候， 不把它当宝贝； 宝贝丢了的时候， 却又急的心气上涌。	明知宝物得来难， 在手何曾作宝看。 直到一朝遗失后， 每思奇痛彻心肝。

大家再看看曾先生的翻译，如果不参考于译，哪会想到原诗是两个排比句呢？全诗四句，两个排比，从藏文讲也许能接受，但如果就汉语文学而言，就不一定是那么好的章法了。中小学老师教学生写作文，往往要求在篇末营造高潮。一首七言律诗，第二联和第三联要对偶，一四联可对可不对，第四联很少对偶，除非是层递性的流水对。为什么？因为七八句要营造高潮，单收才容易达到效果。杜甫有一首广为传诵的绝句：

> 两个黄鹂鸣翠柳，一行白鹭上青天。
>
> 窗含西岭千秋雪，门泊东吴万里船。

前人或评论这首诗写得不太灵动，较为呆板。究其原因，乃是一二句、三四句各自对偶，看上去像七律的二三联，收结时高潮似乎不足。七绝如果要对偶，多在一二句；三四句就像七律的七八句一样，一般不对偶的。

另一方面，排比各句之间往往不但有相似的句型，还有相似的文字。但以首句不用韵的仄起式七绝为例，格律是：

> 仄仄平平平仄仄，
>
> 平平仄仄仄平平。
>
> 平平仄仄平平仄，
>
> 仄仄平平仄仄平。

四个基本律句先后出现一次，四句的平仄都不同。如果首句用韵，则改为"仄仄平平仄仄平"，一四句格律相同而已。仓央嘉措情诗原来的排比句式，一三句和二四句的文字、句式两两相近。但七绝的一三句和二四句，格律完全不同，创作相近的句式尚可想象，采用相同的文字（如"第一是最好不相见""第二是最好不相识"云云）则全无可能。因此，曾先生采用七言绝句的形式，就不得不把原诗的排比结构解散掉了。

六、结语

讲到这里，我们做个简单的总结。这次讲座讨论晚清一代的旧体诗人及其作品，先后举了四个例子。第一是末代王孙溥儒（包括溥杰），第二是半新不旧的汪系文人胡兰成，第三是受传统启蒙又喝过洋墨水的外交诗人王家鸿，第四是学者型的曾缄。希望大家能透过这四个例子，去了解清末一代（1890 到1911 年出生者）旧体诗人的面貌。当然，几百位诗人中只谈到这几位，自是远远不够。本人只盼望在分享一己管见的过程中，抛砖引玉，不当之处请大家多多指教。谢谢！

（作者单位：香港中文大学中国语言及文学系）

笔者按：本文原为 2016 年 2 月 18 日中国古典学微信群"古典学名家专场讲座"第二场的讲座内容，由蒋之涵、陆晨婕记录整理，最后经笔者剪裁润色而成。

生就填词命——王以慜生平及《檗坞词存》编年考述（下）

张博钧

三、《檗坞词存》各集编年考述

王以慜词集总名：《檗坞词存》，内容可大致分为初集十二卷与别集五卷，共十七卷，较《墓志》所载卷数多出一卷[①]。其中初集包括：《海岳云声》二卷、《燕山钟梵》三卷、《江上箏音》一卷、《陇笛余音》一卷、《天南小海唱》一卷、《坠鞭剩谱》一卷、《碧纱烟语》一卷、《宜君馆琴忆》一卷、《镂冰碎语》一卷；别集则有《霜天雁唳》二卷、《湘烟阁幻茶谱》三卷。以上各集之版本，据《清词别集知见目录汇编·见存书目》所载，均为"光绪九年刊檗坞词存十二卷别集五卷本"[②]，各图书馆之所以均将此书著录为光绪九年刊本，显是由于《檗坞词存》卷首收有钱塘叟恩煦光绪九年序的缘故。

笔者所据《檗坞词存》乃上海图书馆所藏，卷首除钱塘叟恩煦光绪九年序外，另收有题辞数则，写作时间均早于光绪九年[③]。《檗坞词存》的情况与《诗

---

① （清）王乃征：《清诗人王梦湘墓志铭》，（清）汪兆镛纂录《碑传集三编》，卷四十一，第126—560页。

② 吴熊和、严迪昌、林玫仪师编《清词别集知见目录汇编·见存书目》，0300、0878、1409、2833、3712、4513、4866、5326、5514、5515、5577、5917及5924诸目所记。诸目中仅5514将之著录为清刻本，迥异于他目。

③ 《檗坞词存》所收题辞有铁龄丁丑（光绪三年）秋日所作《绝句》二首、叟恩煦作于壬午（光绪八年）春日之《绝句》二首、蒋师辙丙子（光绪二年）秋日所作《蕙兰芳引》一阕、丁丑春日所作《念奴娇》一阕、丁丑冬日所作跋语一则、蒋其章丙子冬日所作《金缕曲》一阕以及张云骧癸未（光绪九年）春所作《探春慢》一阕。见（清）王以慜《檗坞词存·题辞》，卷首，第1a—3a页。

存》相似，卷首亦无扉页、牌记说明刊刻时间与地点，只能根据序跋、题辞提供的信息加以推测。与《诗存》不同的是，《檗坞词存》目录并未标明各卷所收词作起讫年限，各卷词作是否以时为序，也无法从目录中一眼看出，须待通读集中词作方可得知，因此在无进一步资料佐证的情况下，极易径以作序时间为刊刻时间。然而，细绎《檗坞词存》一书，可以发现书中各集所收词作，作年在光绪九年之后者并不在少数，恰足以证明《檗坞词存》绝不可能刊行于光绪九年。兹将各集系年概况，整理如下。

（一）《海岳云声》

该集分上、下两卷，共收词一百二十五阕，所收词作有明确系年者以开卷第一首，作于光绪元年（1875）之《河传·金荃体》为最早，最晚的则是第一百二十三首，即作于光绪十九年的《鬲溪梅令·癸巳上元后三日》。集中已有系年者共十六阕，如：光绪六年之《兰陵王·清河旅次，闻实甫有自都南返之信，胡马越禽，魂梦俱远矣。余辕复北，益怆于怀，再叠周美成韵即题李家店壁，时庚辰杪冬初五日》、光绪七年之《兰陵王·次美成韵 实甫南返，闻仍过沂，予以人事牵挽，恐不得见，赋此留当晤语，时辛巳五月端节后三日》、光绪八年之《兰陵王·七叠前韵 客夏实甫南返，有今秋自沂北上之约，西风望远，渺渺兮予怀也。载翻旧调，续赋一章，时壬午重阳后六日》、光绪九年之《一萼红·癸未人日用石帚韵》、光绪十年之《摸鱼儿·甲申七夕，用石帚辛亥秋期韵，所谓一洗钿盒金钗之尘者也》、光绪十一年之《高山流水·癸未夏，吾王怀骞同年自都南旋，访予右军祠中，谈诗竟日，相送南城，惘惘如梦，嗣闻其病殁滇中，思以楚些招之，苦未成也，暇日濡泪赋此。时乙酉端午前二日》等，均按时间顺序，先后排列。其它未标明作年者，大抵列于系年之作前后，略依时序排列，如：前述王以慜于光绪十一年端午前两日作《高山流水》一阕，时序为夏，此阕之前的《浪淘沙·偕友人游郊外》所记为春日景色，而后一阕的《玉胡蝶·秋日登沂城》则作于秋天，时序相续。由此可知，王以慜此集词作大致依创作时间排列①，所收词作始于光绪元年，终于光绪十九年，

----

① 邬国义《〈申报〉第一任主笔蒋其章卒年及其它》一文中提及王以慜《词存》一书编次，亦云此书大致依年份排列，并举《唐多令·壬辰夏五，予居都门，有骑省之戚，丧殡草草，复迫饥驱，七月出彰义门感赋》《鬲溪梅令·癸巳上元后三日》等词为例，略作说明。见《华东师范大学学报（哲学社会科学版）》2011年第1期，第91页。

集中词作自光绪五年以后，历年词作均有标明作年者，唯缺作于光绪十七年者，因此笔者推测《海岳云声》未收录光绪十七年词作，而是另立为《江上挐音》一卷，同《蘖坞诗存·南游集》之例，说明详后。

（二）《燕山钟梵》

是集分上、中、下三卷，共收词一百三十九阕，编辑情况与《海岳云声》相近，大抵依时间顺序排列，遇改岁之际，则于词题下标明作年，如：《摸鱼儿·王幼遐侍御得况夔生舍人金陵书，有江总持残碑拓本之寄，因绘秋窗忆远图索题，为赋此解 丙申》《好事近·探梅用宋韩仲止韵 正月初三日集张次珊给谏前辈宅，偕裴韵珊给谏、华再云、黄白香侍御三前辈同赋，未至者王幼遐侍御也 戊戌》《东风第一枝·赋得人日题诗寄草堂 社题同赋 己亥》等均是，且集中所收多为王以慜在京中与王鹏运、朱祖谋等人结社酬唱之作，尤以卷中最为大宗，时间刻度相当清晰。巨传友所撰《临桂词人年表》述及王以慜光绪二十一年至二十五年活动及作品时，基本上亦多依据此集顺序罗列陈述[①]。该集收词始于光绪二十一年（1895乙未），终于光绪二十五年（1899己亥）三月中、下旬，王以慜乞外出都之际，集中所收词主要为王氏在京时所作，故此题名为"燕山钟梵"，"燕山"代指北京，"钟梵"或借以言在京时期暮鼓晨钟的翰林生涯。

（三）《江上挐音》

是集仅一卷，共收词四十阕，集中并无明确系年之作。据该集首阕《洞仙歌·峒峿题壁》："二月山城好春色"（卷六，第1a页）之句看来，推测此集所收词作约始于某年二月。考王以慜行迹，其于光绪十六年进士及第，同年五月改翰林院庶吉士，光绪十八年五月散馆，授翰林院编修[②]，直至光绪二十五年四月乞外出都，方始赴江西任职。王以慜及第之后便长期寓居京师，在京的八九年间，王氏曾经四次离京，一次即光绪十七年南游，一次为

① 巨传友：《清代临桂词派研究》附录《临桂词人年表》，上海古籍出版社，2008年，第283—295页。

② 《清实录·德宗景皇帝实录》，北京：中华书局，1987年，55册，卷二百八十五，第795页，及56册，卷三百一十一，第46页。

光绪二十年甘肃典试，一次是光绪二十一年五月保阳之行，另一次则是光绪二十四年的广州之行。

其中光绪二十年、二十四年两次出京之词作分别独立为《陇笛余音》《天南小海唱》，不属《海岳云声》《燕山钟梵》两集。《海岳云声》所收词作止于光绪十九年，《燕山钟梵》却始自光绪二十一年，王以慜光绪二十年典试甘肃期间诸作则另立为《陇笛余音》一集，显系词人有意安排。《燕山钟梵》卷中收词止于《玲珑四犯·用待制韵答由甫，时予两人先后均拟出都矣》，正是王以慜光绪二十四年即将出都之际，卷下始于《水龙吟·小除夕立春和半唐韵》，已是王氏该年年末回京时所作，出都期间所作诸词则别为《天南小海唱》一集，此于二集卷名"陇笛""天南"等字样即可见出端倪。结合《词存》编辑之例与《江上挐音》词作内容看来，《江上挐音》的编辑情况极有可能与《陇笛余音》《天南小海唱》二集雷同，系王以慜某次行旅词作之集合，而此一行旅显然是发生在词人习以为常的生活轨迹之外，因此王氏有意将之别于《海岳云声》《燕山钟梵》两集之外，另立一集。其可能之作年有三：或作于光绪十七年南游途中，与《诗存·南游集》创作时间重迭；或作于光绪二十一年保阳之行途中；又或作于乞外出都至江西任所途中，若然，则此集系年当在光绪二十五年之后，上接《燕山钟梵》。

然细查王以慜词集可知，保阳之行的作品已收录于《燕山钟梵》卷上，此行约始于光绪二十一年五月下旬，至迟在该年中秋前后王氏便已回京[①]，其间所作如：《踏莎行·赴保阳出西便门作》《西河·涿州道中寄幼遐、子宓用美成韵》《临江仙·定兴道中》等集中均已收录，且《江上挐音》集中所述地名、方位均与之不合，可见并非此时之作。若言《江上挐音》乃光绪二十五年王以慜赴江西任所途中所作，则与集中《霓裳中序第一》（冰绡展剩墨）词题所谓"不见子苕六年矣，相遇吴门"（卷六，第4a页）之语不合。张祥龄于光绪二十一年始任怀远知县，王以慜在当年秋天曾与他在北京执手话别，并作《新雁过妆楼·送子宓之官怀远》《沁园春·偕子宓话别，时将之怀远，先赴苏州》

---

① 王以慜光绪二十一年曾作《莺啼序》一词，题中有"乙未夏五，予将出都"之语，此词列于王氏乙未五月中浣八日所作《莺啼序》之后，可知保阳之行当在五月下旬，而王以慜同年所作《征招·乙未中秋》中有"草草凤城归，问辽鹤、何心旧巢新扫"之句，可知至迟在该年中秋节前后，王氏已动身返京，方能在深秋时节与王鹏运、文廷式等人集于四印斋，共同为将往陕西怀远就任的张祥龄饯行。

二词以诉离情，此时距光绪二十五年未及四年，且张祥龄在光绪二十九年四月去世①之前，历任长安、怀远、大荔知县，最终卒于大荔任署，长期滞留陕西，如何能在光绪二十五年与王以慜相遇于吴门？由此看来，不论就时间或空间而言，《江上挐音》都不可能是王以慜于光绪二十五年赴任江西途中所作。

笔者对比《江上挐音》与《诗存·南游集》之后，发现此集作于光绪十七年的可能性较大。首先，《诗存·南游集》所收诗作始于光绪十七年（1891）二月，《江上挐音》所收词亦始于二月，而王以慜光绪二十五年乞外出都乃在三月中下旬，时间不合。

其次，《诗存·南游集》起首《南游口占》之后诗作为《岱城杂咏》十首、《登岱绝顶放歌》，可见王以慜之南游始于泰山，而《江上挐音》首阕《洞仙歌·岷峨题壁》中有"挥手泰山云"之句，亦是游泰山之后所作之语。仔细比对两集词作，可以看出两集所走路线基本相近，均是经沂州、扬州、江苏、杭州、沪上、金陵，且两集所作颇多可相应者，如：《诗存》之《发瓜步》与《词存》之《满江红·瓜洲守风》；《诗存·喜晤绍由》与《踏莎行·绍由饯予于城南刘氏别业即席口占》；《诗存》之《扬州绝句》十首与《西江月·扬州口占》；《诗存》之《题曾季硕女士纪梦诗遗稿次韵》与《无闷·留别张子苾》《霓裳中序第一·不见子苾六年矣，相遇吴门，出亡嫂曾季硕夫人未完春梦图索题，盖偕游石湖所作画稿，粉墨犹未竟也。仆本恨人，思归不得，时复有杭州之役，倚装塞责，并志别忱，落日孤篷，益难为抱矣》；《诗存》之《游天平山》与《梦芙蓉·四月十二日招金兰云校书偕游天平山，归饮舟中，絮梦飘烟，兰情堕水，谱此话别，扣舷歌之，真欲唤奈何不置也》；《诗存》之《泊吴江寄子苾、叔问吴中》与《寿楼春·抵杭州次韵寄叔问吴中》等均是，二集行迹如此相近，当非偶然。

其三，《诗存·南游集》始于泰山，亦归于泰山，后接《出山集》收录王以慜释褐以后在京诗作，《江上挐音》虽未明确记录王氏北返行迹，但其《惜

---

① 林玫仪《建立亲友关系网对作家研究之重要性：以清词为例》一文由张祥龄女婿严伟年谱中辑录诸多与张氏相关之记事，如"光绪二十七年辛丑二十岁"条记云："冬外舅汉州张子苾先生（祥龄）以庶常散馆，选授陕西怀远，调补大荔，抵任观风。"又"光绪二十九年癸卯二十二岁"条记云："四月张子苾外舅卒于大荔官廨"等，可知张祥龄卒于光绪二十九年四月。曹虹、蒋寅、张宏生主编《清代文学研究集刊》（第二辑），北京：人民文学出版社，2009年，第95—116页。巨传友《临桂词人年表》称张祥龄卒于光绪二十九年三月，实误。见氏著《清代临桂词派研究》，附录，第302页。

黄花慢·自清淮舍舟而陆，南朝旧梦，北客新装，归旌摇摇，秋绪如茧，以梦窗自度曲写之》题中"北客新装"四字明白点出王以慜此时身份仍为"北客"，所谓"新装"云云，当即指释褐而言，而"秋绪如茧"四字虽是言愁，亦点时序，暗合《诗存·南游集》终于八月的时间下限。

其四，王以慜光绪十二年曾作《四月十八日出都题榆垡壁》一诗，其中"新知赌唱墨纵横"句下小注云："连日偕义宁陈伯严三立贡士、萍乡文道羲廷式广钧……汉州张子绂祥麟……及实甫设诗钟之会，名流麕集，互长骚坛，诚一时之胜也。"① "汉州张子绂祥麟"即前文所引《霓裳中序第一》词题："不见子苾六年矣，相遇吴门"所言之子苾，即张祥龄。从光绪十二年算起，至光绪十七年，恰合六年之数。张祥龄于光绪十二年应易佩绅之请，举家迁往苏州，直至光绪十八年进士及第这段期间均寓居苏州②，与王以慜于光绪十七年相遇吴门，亦在情理之中。由此观之，《江上挐音》一卷显然极有可能作于光绪十七年南游途中，因此王以慜将它独立于《海岳云声》之外，并按照时间顺序置之于《陇笛余音》《天南小海唱》之前。

（四）《陇笛余音》

是集一卷，共收词三十阕。集中虽未有明确系年之作，但考其行迹，当为光绪二十年甘肃典试时所作，正与《诗存·登陇集》相应。《檗坞诗存》明载此集作于光绪二十年六月至八月，《陇笛余音》首阕为《大酺·出都作》，与《登陇集》首作《奉命典试甘肃出都至芦沟桥有述》相应，可见《陇笛余音》亦始于光绪二十年六月，但从卷末《戚氏·樊桥听雨，万绪纷来，以长调写之，秋声赋不足喻其悲也》词题，及其首句"客程遥。雪飞偏杂雨萧骚"（卷七，第16b页）所写的深秋景象看来，此集所载词作作年或有跨至《诗存·东归集》

① （清）王以慜《檗坞诗存·济上集一》，上海古籍出版社，2010年，780册，卷六，第667页。
② 戴正诚《郑叔问先生年谱》载光绪十二年："同年易仲实、易叔由昆季，随其父笏山（佩绅）在苏州藩司任所，与先生及张子芯、蒋次湘（文鸿）诸公立吴社联吟，歌弦醉墨，颇极文燕之盛。"见（清）郑文焯撰，孙克强、杨传庆辑校《大鹤山人词话》附录三"碑传年谱"，第461页。瞿惠远《左锡嘉及其诗词稿研究》（国立政治大学中文系硕士论文，2008）附录二《左锡嘉年表》光绪十二年下记云："易佩绅移苏藩，张祥龄应其邀请，挈家苏州。"见前揭书，第137页。另据郑炜明、陈玉莹《况周颐年谱·1891 光绪十七年辛卯三十一岁》记云："是年冬至翌年春，在苏州，与张祥龄、郑文焯素心晨夕。"可见张祥龄光绪十七年确在苏州。见前揭书，第55页。

之光绪二十年九月至十一月者①，尤其《东归集》中《隆德遇雪望六盘山》一诗，恰与《陇笛余音》之《渡江云·六盘山望雪》相应，或为同时之作。

（五）《天南小海唱》

是集一卷，共收词三十阕。首阕《绕佛阁·戊戌夏始，南行将发，幼遐、古微、由甫三君子以叠清真韵联句词飞骑传示，晚待潮海上，吟讽凄断，依调赓此。维时海山杳冥，刺船径去，先生殆真移我情矣》明言此集之作始于光绪二十四年（1898）。题中所言"南行"，当即《侧犯》（马嘶欲去）一词词题："予亦将有广州之行"（卷四，第14a页）之谓，巨传友《清代临桂词派研究》述及王以慜此年广州行迹时，所引词例均出自此卷，并依序罗列，可见巨氏亦以此卷为王以慜光绪二十四年离京赴粤途中所作②。

（六）《坠鞭剩谱》

是集亦一卷，共收词四十四阕。"坠鞭"或相对于"着鞭"而言，暗点词人自己连年科场失利，通籍身将老的处境。据《解连环·菊为孟郎如秋赋　照玉田吊西麓墓词填》词后小注云："右三阕久削去，迨己亥春予将出都，司马青衫，梨园白发，香桃一把，瘦骨何存，玉树三株，灵根尽化，打群莺于枝上，都是凄凉，溯雏凤于生前，谁怜文采，聊复存之，用志穠艳，若哂为少年绮语，所不辞焉。梦湘识。"（卷九，第2b页）从"右三阕久削去"等语看来，可知王以慜在光绪二十五年乞外出都之际着手整理经年所作词，曾将部分年少之作删汰，但最终仍是"聊复存之，用志穠艳"，因此所谓"剩谱"当是曾经有意删汰，最终仍归留存之作。

集中所收纪年明确、时间最早者乃《摸鱼儿·丙子下第出都题任邱壁》，"丙子"为光绪二年，此词之前，另有词七阕，其中《念奴娇》（东风无赖）一词中有"飘零湖海，华年二十虚度"（卷九，第2b页）之语，可见此词当作于王以慜二十岁时，正为同治十三年，若言实岁则为光绪元年，如此《坠鞭剩谱》之作年最早或可上推至同治十三年。集中时间最晚者则是作于光绪十九年

---

① （清）王以慜：《檗坞诗存·东归集》，第725页。
② 巨传友：《临桂词人年表》，《清代临桂词派研究》，附录，上海古籍出版社，2008年，第288—293页。

的《洞仙歌·癸巳清明偕黄桐士孝廉出永定门，因至霞郎墓》，其后的《瑞鹤仙·余子澄刺史以云酥感旧诗寄示倚此答之》虽未标明作年，但从"谱哀霞旧曲，雁翎书到"句下小注所言："客冬予成点绛唇词，同社诸子名为哀霞词，兼命题同赋。"（卷九，第 11b 页）恰可推知作年。小注提及的《点绛唇》乃指悼朱霞芬而作的《点绛唇》（冷月吹霞）一词，该词题中明言作于壬辰，即光绪十八年，正为《瑞鹤仙》小注所言之"客冬"，如此《瑞鹤仙》自当作于光绪十九年。由此可知，《坠鞭剩谱》所收词作约莫始于光绪元年前后，终于光绪十九年，与《海岳云声》一集之编年约略重叠。

将该集编年与词作所涉人事合而观之，集名"坠鞭"，亦有可能兼用白行简《李娃传》荥阳郑生"坠鞭于地"①之典。前文提及该集收词最早或可上溯至同治十三年，最晚则为光绪十九年，历时近二十年。王以慜《点绛唇》（冷月吹霞）一词题云："云酥主人朱霞芬色艺标格，推光绪初年第一，性高洁，不乐亲朝贵，体复清羸，坐是日困。予知之垂二十稔，今冬多病，一再访之。祀灶前二日握手榻前，宛转竟绝，昙花不春，嫠纬在室，乳燕嘤嘤，哀可知已。既脱骖助之营葬，并成此解。"（卷九，第 11a 页）此词作于光绪十八年，乃为悼念云酥主人朱霞芬而作，题中盛赞朱霞芬色艺双全，性格高洁，并言及王氏与朱霞芬相识近二十年，朱氏死后，王氏尚脱骖助之营葬。

从时间上来说，《坠鞭剩谱》的创作时间正与王以慜、朱霞芬相识、交往的时间重叠，该集第四阕词《暗香·兰为朱郎霞芬赋》即为朱氏而作，此词编列于《念奴娇》（东风无赖）一词之前，当为同治十三年所作，或即二人初识之时，集中最末一阕词《瑞鹤仙·余子澄刺史以云酥感旧诗寄示倚此答之》则作于光绪十九年，亦为悼念朱氏而作。就内容观之，集中提及的歌者除朱霞芬外，尚有张苓仙、孟如秋、钱秋菱、孙梅云、桂霞等人，词题与歌者相关之词作就有二十一阕，亦有题中未言及歌者，内容却与歌者相关之作，如《浣溪纱·八阕寄伯遴都门》之五："崔九堂前日易曛。江南花落又逢君。海天霞唱旧时闻。湘瑟调弦愁半破，秋兰纫佩久逾芬。愿随幽梦逐闲云。"（卷九，第 10b 页）此词化用杜甫《江南逢李龟年》诗意，词中又隐然嵌入朱霞芬之名，

---

① （唐）白行简《李娃传》："生忽见之，不觉停骖久之，徘徊不能去。乃诈坠鞭于地，候其从者，敕取之，累眄于娃，娃回眸凝睇，情甚相慕，竟不敢措辞而去。"陈万益等编《历代短篇小说选》，台北：大安出版社，2002 年，第 149 页。

颇有藉言歌者以抒发感慨之意。

如此看来,《坠鞭剩谱》一集可谓以朱霞芬始,亦以朱霞芬终,全集系年似以王、朱之交往为时间脉络,且集中与歌者相涉之作几达其半,歌者之名又均未再见于其它各集,则此集可视为王以慜与歌者交往之记录,此或亦集名"坠鞭"之因。

（七）《碧纱烟语》

是集一卷,共收词三十四阕。由集中词作多借闺情以写羁思的情况看来,"碧纱烟语"显然化用李白《乌夜啼》:"机中织锦秦川女,碧纱如烟隔窗语"[①]句意,明点集中之作以闺思为主。集中明确纪年之作唯有《浣溪沙·檐溜如绳,珠泉枯坐,偶有枨触,连缀书之,时丁亥五月》,该词六阕连缀,均作于光绪十三年五月,其余词作作年均付之阙如。从集中"凤城"一词的使用,如《人月圆》(西楼酒罢兰钗坠):"凤城前梦"(卷十,第1b页)、《氐州第一·凤城薄游有述》词题(卷十,第6b页)、《应天长·津沽晚泊》:"笑煞凤城归梦"(卷十,第7a页)、《点绛唇》(背锦行秋):"凤城子夜谁家曲"(卷十,第7b页)等语看来,显见京城尚未成为王以慜生活起居之所,犹是一个遥远的目标。加以集中一再言及天涯客恨、羁旅愁思,如《齐天乐》(东风吹绿城南路):"天涯路迥。甚空里柔丝,荡愁成阵"(卷十,第1a页)、《琐窗寒》(油壁双扉):"早载酒寻春,司勋游倦"(卷十,第2a页)、《秋霁·晏城有怀》:"风雨四壁,萍絮三生""此恨休诉,君看载酒樊川,泪痕无恙、鬓丝都改"(卷十,第3b页)、《浣溪沙·檐溜如绳,珠泉枯坐,偶有枨触,连缀书之,时丁亥五月》之六:"禅床客鬓又惊秋"(卷十,第5a页)、《鹧鸪天》(偶蹑飞泉上碧峰):"明年今日还相忆,人在孤篷冷雾中"(卷十,第8a页)等。从以上词语表现出的凄凉处境,飘零客感,可以推知《碧纱烟语》作于王以慜及第之前的可能性极高,因此"碧纱"一词或兼用王播碧纱笼之典。

（八）《宜君馆琴忆》

是集亦一卷,共收词六十五阕,其中以小令居多。集中唯有作于光绪十年《洞仙歌·甲申五日》、光绪十二年的《洞仙歌·丙戌下第出都,题平原店壁作》

---

① （唐）李白撰,（清）王琦注:《李太白全集》,北京:中华书局,1999年,卷三,第176页。

二词有明确纪年。此集词作大多无题，有题者多为注明"用某人韵""某某体"，少数例外者如上述二阕及《忆真妃·立秋日》《青衫湿遍·国朝纳兰容若自度曲，梦月词所谓虽非宋贤遗谱，音节有可述者也》《南乡子·即事》等，因此难以据之编年，但依前例看来，王以慜编定词集时似均有意识略依时间顺序排列，而前述光绪十二年所作之《洞仙歌》又为此集倒数第六阕词作，则此集之作或许约在光绪十三年以前。

（九）《镂冰碎语》

是集亦一卷，共收词七十一阕。此集所收均为咏物之作，有明确纪年者仅作于光绪五年之《霓裳中序第一·岁在己卯，予主琅邪讲席，院斋多树，群鸦所栖，朝散暮集，啼声恻恻，予感其体之微而生之瘁，又幸其鲜失群之叹也，为谱斯解以寄意焉》，与作于光绪九年的《水龙吟·白莲》《惜秋华·红蓼》①三阕。可推知纪年者，如：《长亭怨慢·自甲戌以来，五出都门皆值春暮，每过赵北口，垂柳千丝，掠波卷雪，殆不胜情。客窗忆远，用石帚自度曲兼借其韵谱之。此真所谓"树犹如此，人何以堪"也》，甲戌乃同治十三年，"五出都门"当指第五次应试落第，且此词编于前述《惜秋华·红蓼》一词之后，可见此词当作于光绪九年。另如：《八声甘州·六忆词和实甫韵》，"六忆词"乃易顺鼎于光绪十七年结湘社时所作，王以慜未曾参加湘社，因此其和六忆词当在该年之后。又如：《八声甘州·七夕雨甚叠韵答子相》《菩萨蛮·夜雨和子相二阕》，蒋子相卒于光绪十八年元宵②，因此与蒋氏唱和的三阕词，作年当不会晚于光绪十八年。由此看来，《镂冰碎语》所收极有可能均为光绪十八年以前所作，时间跨度与《海岳云声》《坠鞭剩谱》相近。

（十）《霜天雁唳》

是集分上、下二卷，共收词作八十三阕，与《湘烟阁幻茶谱》三卷同被列入别集。集中所收词作始于《金缕曲·出济城别诸父兄弟妹题塾台壁，时乙亥

---

① 此二词词末小注有"梁鹤俦寄白莲、红蓼七律索和，……时癸未荷花生日前二日识"之语，可知此词作于光绪九年，（清）王以慜《檗坞词存·镂冰碎语》，光绪间递刊本，卷十二，第6b页。

② 相关论述见鄢国义《〈申报〉第一任主笔蒋其章卒年及其它》，《华东师范大学学报（哲学社会科学版）》2011年第1期，第91—94页。

秋八月》，终于《金缕曲·成子蕃侍御以词赠别赋答次韵己亥》，时间为光绪元年，至光绪二十五年。集中词作明显以编年为序，自乙亥、戊寅，乃至己亥，丝毫不乱。该集所收词作之时间跨度与《海岳云声》《燕山钟梵》两集重叠，王以慜编辑词集时却不排入两集之中，反而特意另立别集存词，当有其用意。

（十一）《湘烟阁幻茶谱》

是集分上、中、下三卷，共收词两百二十八阕。此集所收均为集唐之作，各卷编排以所填词牌字数之多寡为序，由小令以至长调，当是王以慜各卷词集中，唯一未依时间顺序编排者。集中明确可知纪年之作仅：《减兰·己卯中秋》《减兰》（绿芜墙绕青苔院）①，二词均作于光绪五年。另可推知作年者有《瑞鹧鸪·感旧寄实甫长沙》，此词当作于光绪四年，此词上片结句"兰若去天三百尺，柳条垂岸一千家"，句末小注记云："感客岁天宁寺补禊事"（别集，卷三，第24b页），可知此词乃与易顺鼎天宁寺补禊事之来年所作。王以慜亦有诗作记此雅事，题曰："今岁夏孟二日，易实甫同年顺鼎招同人补禊天宁寺，兼有小启征诗，予适下第出都，无以应也，客窗愁坐，勉成四律奉寄。"②《诗存》将此诗系于丁丑年，即光绪三年作，据此则《瑞鹧鸪》既有"感客岁天宁寺补禊事"之语，可知该词当作于光绪四年。

另有《风入松·秋日偕张南湖游漱玉泉寻易安居士故址》一词，此词或作于光绪元年，《檗坞词存》卷一《海岳云声》收有《洞仙歌·柳絮泉寻易安居士故址和张南湖同年韵》，词后并附张云骧原作《洞仙歌·济城漱玉泉在城西南金泉精舍中，旧曰柳絮泉，实即易安居士故宅也。杪秋游此，赋柬梦湘》，词题所言时、地、人、物均若合符节，当为同时之作。《海岳云声》首阕词为《河传·金荃体》，题下有小字标明"乙亥"，《洞仙歌》为该集所收第三阕词，所写季节同为秋日，显然亦为光绪元年秋日所作，如此则《风入松》当亦作于此时。

除上述四阕之外，《湘烟阁幻茶谱》所收词作大多难以系年，但由此可

---

① 此词无题，词前小序写道："沂郡右军祠西北，东莞刘方伯别业在焉。予以己卯春日独游经此，见夫春花如笑，春水欲波，烟光鸟语，参差于朱楼碧榭间，虽翻风燕翦，犹恋香巢，而碍日蛛丝，已迷行路，走苏台之麋鹿，讵待秋风，委梓泽于荆榛，不关白首，何必汉陌盘移，始令铜仙泣下也？漫调短弄，题壁四章。"明言此词乃光绪五年春日行经刘方伯别业而作。（清）王以慜《檗坞词存别集·湘烟阁幻茶谱》，卷四，第47a页。

② （清）王以慜《檗坞诗存·始存集》，上海古籍出版社，2010年，卷一，780册，第621页。

知系年之作及集中所游之地，如：漱玉泉、明湖、历下亭、汇泉寺、北极合、铁公祠等看来，此集显然是寓居山东时所作。王以慜《摸鱼儿·答伯涛六叠前韵》一词写道："有旧谱革洲，钗头茗熟，迟汝勘真幻"，句下小注有"拙词集唐有幻茶谱四卷"（别集，卷二，第4b页）之语。又该词词末小注云："时萃科获隽，握手春明知不远矣。"（别集，卷二，第4b页）所谓"萃科获隽"乃指陈锐于光绪十一年拔贡入京一事，故可知此词当作于光绪十一年。词既作于光绪十一年，且小注中已言及集唐的《湘烟阁幻茶谱》，虽说两者卷数有异，但从集名和创作形式看来，两者当是同一集。由此可知，此集至迟在光绪十一年已创作完成，此一时间点亦与蒋师辙题词所谓"是秋风莲幕，茶烟熟后，梦湘词客，游戏为之"[1]的说法不谋而合，因此可将此集创作时间下限定于光绪十一年。

四、结语

王以慜各集词作之系年已如上述，为求清晰明了，兹将上述各集之系年情况整理如下表[2]：

清帝年号 / 西元纪年 / 词集纪年	海岳云声	燕山钟梵	江上箜音	陇笛余音	天南小海唱	坠鞭剩谱	碧纱烟语	宜君馆琴忆	镂冰碎语	霜天雁唳	湘烟阁幻茶谱
同治十三年 1874						●					
光绪元年 1875	●					●	?	?	●	●	●
光绪二年 1876	●					●	?	?			●
光绪三年 1877	●					●	?	?			●

① （清）蒋师辙《沁园春》（莫道陈言），（清）王以慜《聚坞词存别集·湘烟阁幻茶谱题词》，光绪间递刊本，卷首，第1a页。

② 此表表列王以慜各词集之系年情况，表中清帝年号字段标记为"●"者，即表示词集收有该年之作；标记为"？"者则表示词集作年或涉及该年，但无法确定；未加标示之字段，则表示词集未有该年之作。

续表

清帝年号 / 西元纪年 / 词集		海岳云声	燕山钟梵	江上挐音	陇笛余音	天南小海唱	坠鞭剩谱	碧纱烟语	宜君馆琴忆	镂冰碎语	霜天雁唳	湘烟阁幻茶谱
光绪四年	1878	●					●	?	?	●	●	●
光绪五年	1879	●					●	?	?	●	●	●
光绪六年	1880	●					●	?	?	●	●	●
光绪七年	1881	●					●	?	?	●	●	●
光绪八年	1882	●					●	?	?	●	●	●
光绪九年	1883	●					●	?	?	●	●	●
光绪十年	1884	●					●	?	●	●	●	
光绪十一年	1885	●					●	?	?	●	●	●
光绪十二年	1886	●					●	?	●	●	●	
光绪十三年	1887	●					●	●	?	●	●	
光绪十四年	1888	●					●	?		●	●	
光绪十五年	1889	●					●	?		●	●	
光绪十六年	1890	●					●	?		●	●	
光绪十七年	1891			●			●			●	●	
光绪十八年	1892	●					●			●	●	
光绪十九年	1893	●					●				●	
光绪二十年	1894				●						●	
光绪二十一年	1895		●								●	
光绪二十二年	1896		●								●	
光绪二十三年	1897		●								●	
光绪二十四年	1898		●			●					●	
光绪二十五年	1899		●								●	

经由前文所述与上表所列，可以看出王以慜词集除《湘烟阁幻茶谱》外，基本上各集所收词作均依时间顺序排列。从各集所收词作看来，《檗坞词存》系年之上限，最早可推至同治十三年，但保守言之，仍应以光绪元年为上限较为妥当，至于下限则无疑义，应止于光绪二十五年。也就是说，《檗坞词存》仅收王以慜光绪元年至二十五年间词作，以后的作品均未见收。

作为一个词作量如此丰富的词人，若说王以慜光绪二十五年以后再无词作，显然令人难以置信，且其《烬余草》中收有《听雨二首》《有忆三首》，题下分别注曰："仿黄河远上为长短句，已入词集""仿清平调为长短句，已入词集"[①]。二诗均作于民国七年，注中所言已收入词集的"黄河远上""清平调"云云，《檗坞词存》均未见收录，可见民国以后王氏确实仍有词作，且亦编有词集，《檗坞词存》之所以标明初集，或许正表示《词存》仍有后续之意。由此看来，或许可以合理推测光绪二十五年以后王以慜依然持续有词作产出，《词存》或亦如《诗存》之有初、续、后集之分，只是不知其存佚情况如何。

在词集的分列上，《词存》的标准显然不若《诗存》明确。《诗存》除依时间编年外，各集之命名、收诗都与王以慜生平行迹紧密关联，《词存》之编纂虽亦略有依循《诗存》之处，但细密程度明显不及《诗存》，此或与作品数量有关，王以慜词作数量虽极可观，终究不及诗作，编辑时若按《诗存》依据生涯各阶段分集之例，词集难免碎裂。然就《词存》之编纂情况看来，亦略可见王氏欲将词作与生平行迹勾连之意，如《海岳云声》一集所收多为王以慜释褐以前词作，当时王氏为生计辗转各处，有如片云飘流于海山之间，因以为集名，有别于登第之后，寓居京师的《燕山钟梵》。至于《江上筝音》《陇笛余音》《天南小海唱》等集更明显与其生平行迹相系，只是由于词作系年不足，致生诸多令人费解之处，须经仔细耙梳，方可得其次序。

然而，经由上表中可以见出，王以慜各集之间存在颇多系年重复的状况，如《海岳云声》与《坠鞭剩谱》两集所收词作时间基本重复，而若笔者推论无误，《碧纱烟语》所收词作作年亦与二集重复；另如别集之《霜天雁唳》收词之时间跨度亦与《海岳云声》《燕山钟梵》两集相重，即令《宜君馆琴忆》《镂

---

① （清）王以慜《檗坞诗存后集·烬余草二》，王梦湘先生遗著本，卷二，第38b、39a 页。

冰碎语》等集的创作时间段，亦不在《海岳云声》《燕山钟梵》两集之外，可见王以慜对于词集之编排，除以编年为依据外，当另有其他考虑因素，或依风格正变，或因题材内容，或据填词手法，从而将同一时间段的作品分列为不同词集。

（作者单位：台湾师范大学）

王闿运与《湘绮楼词选》论略

高春花

王闿运（1832—1916），历道光、咸丰、同治、光绪、宣统五朝，一生著作相当丰厚，经学著作有《周易说》《尚书笺》《尚书大传补注》《诗经补笺》《礼经笺》《周官笺》《礼记笺》《春秋例表》《春秋公羊传笺》《论语训》《尔雅集解》等十余种，二百多卷；此外，还编有县志《桂阳州志》《东安县志》《衡阳县志》《湘潭县志》等多种，另有《湘军志》等。与其平生著作相比，王闿运的词学著作比较单薄，这一点与张惠言比较相似，两人都是经学家，以余力为词，同时两人编著的词选最初也都有课本之用，不过张惠言不如王闿运长寿，否则其著作应该也非常惊人。王闿运与张惠言所处的时代不同，词学思潮也不同。张惠言常州词派的领袖地位大半来自后世的追认，王闿运的时代，领袖的意识已经变淡，词已经逐渐发展成一门学问，词人开始探寻词学的源头等等问题，这是词学研究深入的一种体现。所以无论是考察王闿运词学思想，还是探究王闿运词派的归属，其前提首先应该弄清楚词学在王闿运所处时代的地位，这是讨论其词学问题的大前提。同时也必须注意王闿运对于词派的看法，以及探求其词派归属这个问题是否还有意义。

一、《湘绮楼词选》三编是否有主次之分

《湘绮楼词选》分前编、续编与本编三编，前编收入三十二家四十一首作品，其中包括无名氏一首作品；续编收入十一家十一首作品；本编收入十八家二十四首。刘兴晖认为："该选以本编为核心，前编为导引，续编则为前编之增补。据王闿运序中所言，应是先编成本编，再以《词综》为底本编成前编，

最后选录续编。"①之后，袁志成也同意这一说法②。刘兴晖在论文中也提到了这部词选的选源，她认为前编从《词综》选出，本编大部分从《绝妙好词》选出，续编从《乐府雅词》《花庵词选》《草堂诗余》选出。这个论断中有两个问题需要讨论，一个是关于《湘绮楼词选》的选源问题，还有一个就是其中前编、本编以及续编是否存在以谁为主的问题。刘兴晖论文中得出的结论也是根据王闿运的序言推测而得，不过目前从序言来看尚看不出这么多内容。首先，王闿运在序言中确实提到《绝妙好词》，当时王闿运在尊经书院"与及门诸子谈艺间及填词，稍稍为之"，当时没有其他选本，只有《绝妙好词》一册。王闿运谈论这些应该是他作词经历中的一个阶段而已，从序言中并没有明确地交代这部词选取于《绝妙词选》，不过不排除王闿运从中录得"精华名篇"的可能。《湘绮轩词选》这部词选的编选是有前提的，王闿运的词学思想也随之变化。在尊经书院时王闿运讲学要涉及到词学，但是当时没有选本，只有《绝妙词选》，王闿运认为这部词选"不入苏黄粗鄙之音"，有规格；之后十余年，教授杨氏妇兄妹学诗时，王闿运认识到词具有"开发心思"之作用，这时也没有选本可供使用。直至在船山书院时期，王闿运在"无所为"的情况下才开始编选这部词选，而其重要的选源则是《词综》，王闿运认为"所选乃无可观，姑就其本更加点定"，按照《词综》加以点定是这部词选的前身，还有一些就是"自录精华名篇"，至于从何处所录，王闿运并没有交代。

从目前三编来看，所收的作品大部分都来自《词综》，前编收入的四十一首作品中有三首《词综》未收，分别是苏轼的《洞仙歌》（冰肌）、《水调歌头》（明月）及赵与仁的《西江月》（夜半）；本编中有十二首是《词综》未收，十二首是《词综》所收；续编中有五首是《词综》所收，三首《词综》未收。从三编的入选情况来看《词综》确实是重要的选源。王闿运在编选时与一些选家不同，他不是编选他喜好的词作，而是就《词综》中的一些作品点定，目的在于指导后学，所以不能简单地从入选的数量就判定他对于词作的喜好。从王闿运的序言中只能断定他的这部词选是以《词综》和自录精华作品为选源，至于他的精华名篇

① 本文为国家社科基金项目"唐宋词传播接受史"（11BZW040）与牡丹江师范学院一般项目康乾时期唐宋词选研究（YB201613）的阶段性成果，刘兴晖：《"绮语"与"合道"——论王闿运〈湘绮楼词选〉"雅趣并擅"的词学观》，《广西大学学报》，2009年第4期，第101页。
② 袁志成：《凄婉、悲音、悲情、清艳——王闿运词学思想新探》，《湖南大学学报》，2012年第2期，第100页。

录自何处没有详细的交代，不过《绝妙好词》应该是其中之一，其余的没法判别。

《湘绮楼词选》以《词综》为重要选源，所以前编的大部分作品都出自《词综》，在点定《词综》时王闿运又选入一些自己认为精华的作品陆续增入一些，所以前编、本编以及续编应该没有主次之分，应该就相当于上、中、下而已。而且从目前掌握的资料来看也没有确切的证据证明本编是主要的精华名篇，很明显的例子就是本编中收入姜夔的词作，王闿运的评价并不高，这将在后文详细说明。而且，本编之中有一半《词综》都收入，所以这部词选的编选大概就是在点定《词综》的时候，王闿运又增入一些自己收入的词作，两者合起来就是主要的来源，至于分前、本以及续编可能是陆续点定，时间不同而已。因为王闿运编选这部词选就是作为课本使用，随时点定随时加入的几率比较大，而且联系王闿运在序言中所说的词学观念以及编选的目的，就可以看出王闿运在编选的时候不是以一种撰写专著的态度去对待，相反，只是就手边有的词选进行点定，再加入一些之前抄录的词作而成书，所以，《湘绮楼词选》不能算是一个学术类的编选，对于这部词选的评价不能因为是王闿运所编就发挥过多。

二、如何看待王闿运的"小道"观

杨雨认为"在词体不断诗化的大潮中，在常州词派刻意从词里寻求微言大义的词学氛围里，湖湘诗坛领袖王闿运以幽人独往的身姿，站在词学发展的源头，从五代北宋的'小词'中寻求词心和词美，不可不谓是一种'逆反'的态度，是清代词坛尊体诗化大潮中难能可贵的，具有文体辨析之独立精神的'另类'尊体"[①]。之后，袁志成在其论文中也引用了这个观点。王闿运确实认为词是"小道"，这一点是没有问题的，不过这段话有两处值得要商榷之处：其一，王闿运所处的时代大潮是否如杨雨所说；其二，王闿运的"小道"观是否应给予如此高的评价。首先，说王闿运身处常州词派刻意寻求的微言大义的氛围中有些不当。常州词派确实强调微言大义，不过是他们探寻学词道路上的一个方法而已，而且常州词派与其他词派也并没有水火不容，常州词派与浙派之间也存在互相借鉴的关系，所以即便在常州词派很盛之时，词坛也没有出现一统天下的情况，

---

① 杨雨：《尊体大潮中的'小道'逆流——略论王闿运词学'小道'观》，《船山学刊》，2010 年第 1 期，第 159—161 页。

词坛还是比较多元的，而且王闿运编选词选也不是常州词派大盛之时。在光宣时期，清人已经走过标帜门派的时期，这一时期清人更多的是以冷峻的态度去看待词，词开始朝词"学"发展，之前出现的《宋七家词选》以及《唐五代词选》其实都是在这样的氛围之下产生并成为词"学"其中的一部分。与经学以及史学等相比，王闿运于词用力不多，这从他的序言中就可以看出。所以他没有像前两位选家一样对词进行更深入的研究并最终融合于词学的潮流之中。不过，他的词学观点还是受到当时这种思潮影响的。在尊体与辨体的反复碰撞之后，词人开始对词的源头进行探寻，王闿运的词学观点其实就有一点这种色彩。

王闿运确实认为词为"小道"，这是一个经学家对于词的比较常见的观点，王闿运的这个观点不足为奇，包括之前张惠言也认为词为小道，这也谈不上"逆反"。清词的发展是与尊体有关，不过纵观清代词史，清词的尊体并不是只有一条道路，承认词为"小道"并予以发展也是其中一个方向，翻开清人词集的序言会发现，很多以词闻名的词人都不讳言词为小道，小道归小道，这并不影响他们对于词的创作与发展，所以，联系王闿运生存的时代、学术背景，他的词为小道是一种很常见的观点。而且王闿运所说的小道确实不是谦虚之词，这就是这位经学家眼中的小道。同样，与清代的很多其他词家一样，王闿运认为词为小道并不影响他对词的创作与点定，反而以这样的一种姿态面对词，抛去尊体的意识，对于词会有更好的体认。另外，"站在词学发展的源头，从五代北宋的'小词'中寻求词心和词美"并不始于王闿运，之前成肇麐在编选《唐五代词选》时就已经做了这种尝试，对于词源头的探索恰恰是词学发展中的一环，王闿运没有成肇麐观点那么鲜明，不过也反映出在这一时期，词人对于词开始更客观的看待。

除了《张雨珊词选序》与《湘绮楼词选序》之外，王闿运词选中的评价也是了解他词选思想很重要的来源，这种具有随意性的点定更能看出他的性情。这里需要特别说明一下的是王闿运的词选与其他选家的词选有一个差异，就是他选定的词作并不都是他喜爱的作品，相反，其中有一些作品还是他比较批判的，比如他认为前编收入的赵与仁《西江月》（夜半）这首词"然非词之正"①；本编收入的姜夔《暗香》《疏影》这两首词他认为"如此写法即不是咏梅矣"。"此二词最有名，然语高品下，以其贪用典故也"；续编收入蒋捷的《虞美人》（少年）"此是小曲"等，从这些评语便可以看出王闿运对于这些词的态度，而

---

① 王闿运：《王闿运手批唐诗选附湘绮楼词选》，上海：上海古籍出版社，1989 年，第 1462 页。

且这些词语分别来自前编、本编、续编，这三编里都有他不喜欢的词作，由此也可以证明"以本编为核心"收录一些精华之作的观点是欠妥当的。王闿运这样做当然与他词选的课本性质有关。周济最初编选《词辨》时也专门收入他认为非常不好的作品并大声疾呼。同是课本，两位选者在编选时都注意到良莠对比，这样比较，学生接受起来会直观一些。另外，王闿运在词选序中说"有小词否靡靡之音"，换句话说他认为大部分词都有"靡靡之音"的特点，这其实是王闿运对于词基本的看法。只不过后来他发现"绮语"也有妙用，于是才有了这部词选。所以，这部词选其实是经学家眼中有妙用的"绮语"汇编。王闿运思想中词媚的观念一直都存在，并不是他想要回归，也不是反思之后的一种选择。在编选词选时，他固有的"绮语"观念一直都在，可是，在编选时他又想尽量避免"靡靡之音"的特质，有时避又避不开，因此，在评价时就出现了很多矛盾之处，这些矛盾之处恰好反映了王闿运比较真实的词学观念。

三、"道君"眼中的"绮语"

王闿运在《湘绮楼词选》序中说：

> 亦知有小词否靡靡之音，自能开发心思，为学者所不废也。周官教礼不屏野舞、缦乐，人心即正，要必有闲情逸致，游思别趣，如徒端坐正襟，茅塞其心以为诚正，此迂儒枯禅之所为，岂知道哉。学者患不灵，不患不蠢，荡佚之衰，又不待学。

王闿运以"道"学家自认，所以对于"靡靡之音"比较排斥，可是他又不是一个"迂儒枯禅"，他发现了有的小词不是靡靡之音并且有"开发心思"的作用，"道君"与"绮语"看似矛盾，却在王闿运的身上矛盾的体现。关于"道"与"绮语"之间的矛盾，刘兴晖论文中已经提到，她认为王闿运"寻求'绮语'与'合道'的契合点"，试图阐释和回归"诗庄词媚"的观念，反映出清末民初对词体审美特质的重新认识。"[1]之后袁志成在论文中对此提出质疑并认为王闿运词学中没有道，他说："刘文试图以词趣解决闿运词学思想中绮语与道统之矛盾关系，方向和角度都是好的，但笔者以为闿运词学思想中并未有刘文中所言之'道'，闿运

---

① 刘兴晖：《"绮语"与"合道"——论王闿运〈湘绮楼词选〉"雅趣并擅"的词学观》，第100页。

词学实乃回归晚唐五代花间词，以有情有韵写风月与身世，以达其清艳之旨。"①可见，关于"道"与"绮语"之间的矛盾早已被注意到，不过观点不一致，本文认为与其说王闿运在寻找"合道"与"绮语"之间的契合点，不如说王闿运是在以道学家的身份去观照词作，并从中寻找适合"道学家"眼中"绮语"的别趣。

在《湘绮楼词选》中"道君"这个词出现过，都是周邦彦的词，分别是《少年游》（并刀）和《拜星月慢》（夜色）。《宋人轶事汇编》卷十四记曰："道君幸李师师家，偶周邦彦先在焉。知道君至，遂匿于床下。道君自携新橙一颗，云江南初进来，遂与师师谑语，邦彦悉闻之，隐括成《少年游》云。"王闿运在这首词的评定中说"有此留人者乎？非道君必不逢此。"这则评语是针对这首词的下阕而言，"低声问向谁行宿，城上已三更。马滑霜浓，不如休去，直是少人行。"这首词名副其实的是"绮语"，王闿运在评价时与轶事相联系，而且更关注词作呈现的细腻的情绪，并认为只有道君才会享受到这样留人的方式。周邦彦《拜星月慢》词上阕写道"笑相遇，似觉琼枝玉树相倚，暖日明霞光烂。水盼兰情，总平生稀见。"这段是对于他想念的女子的描述，王闿运评道"亦非道君所眷，不足当此恭维"，王闿运认为这个女子又不是道君喜欢的李师师，当不起这样的描述，也就是说他认为这段描写很到位。通过这两则评语也可以大致了解王闿运所说的"游思逸趣"。周济的《宋四家词选》也收入了这首词并认为"全是追思，却纯用实用。但读前阕，几疑是赋也。换头再为加倍跌宕之。他人万万无此力量。"两相比照，词人之评与经学家之评还是存在比较明显的区别的。朱敦儒《念奴娇》（别离）下阕写道"料得文君，重帘不卷，且等闲消息"，王闿运认为"此情可配易安，须再嫁非元配"②。也属于此类。与之前作为课本的词选相比，王闿运对于词法的分析很少，反而对于词作的内容方面关注的比较多，包括使用一些本事去衡量词作，所以他的"趣"很多都是从思致方面体现出来的，这与他在序言中所说的还是比较吻合的。"游思"有逸趣可以，但是有些"逸思"是不适宜的，他在评价苏轼的《蝶恋花》"花褪"这首词时就说"此则逸思，非文人所宜。"这里所说的逸思要从苏轼的词作中寻找，"墙里秋千墙外道，墙外行人，墙里佳人笑。笑渐不闻声渐悄，多情却被无情恼"，③与元杂剧《墙头马

---

① 袁志成：《凄婉、悲音、悲情、清艳——王闿运词学思想新探》，第 101 页。
② 《湘绮楼词选》，第 1454 页。
③ 《湘绮楼词选》，第 1481 页。

上》联系，王闿运所说的"逸思"就更加清楚了，也就是说文人不应该有这种乱七八糟的思想，这些都体现了他词评中的经学家的影子。

从王闿运对周邦彦的两首词以及朱敦儒词的评价也可以看出，他对于周邦彦前一首词的本事是持认同态度的。不过，对于本事、附会，他也有自己的标准，在陆淞《瑞鹤仙》（脸霞）评语中说"小说造为咏歌姬睡起之词，不顾文理本事之附会，大要如此"①。他认为小说中的附会是不合理的。

王闿运对于词作思想上的"趣"的探寻与之前的常州词派的"微言大义"都是从思想上对于词作阐发，所以二者之间其实会出现一些交集，比如他说李煜《虞美人》"朱颜本是山河，因归宋不敢言耳。若直说山河，改反又浅也"②；说邓剡《南楼令》（雨过）"亡国不死，仍有羁愁，一语写尽黄梨洲、王船山一辈人"，③从这两首词生发出一些"微言大义"，从这一点看，两位经学家在解释词作时还有一些相似之处，而且从之前的评价看，这两位选家都有从"内容"上对词进行评价。

四、壮语与入律的矛盾

王闿运在序言中已经明确表示对于"靡靡之音"的态度，所以与"靡靡之音"相对的表达"壮语"之词就格外受到青睐，在评价无名氏以及苏轼的词作中这种观点都显现出来，比如在评价《御街行》（纷纷）时他说"是壮语，不嫌不入律"④；在评价《念奴娇》（赤壁怀古）时说："通首出韵，然自是豪语，不必以格求之。"⑤王闿运认为这两首词都是表达的壮语豪情，所以尽管词不押韵，可以对于这样的作品是不必以格律来规范。与"壮语""豪语"相比，他认为词韵是次要的，这与同一时期戈载的观念是相左的。王闿运这一点倒是与孙麟趾比较相似，两人都对戈载的词韵观持不同的看法，这一点王闿运可能受孙麟趾影响。王闿运这里的"壮语""豪语"其实比较多是从风格上进行评价，而这种风格是与"悲婉"的风格不同的，有学者认为王闿运"选词尤为推崇五代李煜、宋代李清照等凄婉、悲音、悲情的词作，评词常以'清艳'为准的回

---

① 《湘绮楼词选》，第1464页。
② 《湘绮楼词选》，第1441页。
③ 《湘绮楼词选》，第1457页。
④ 《湘绮楼词选》，第1443页。
⑤ 《湘绮楼词选》，第1446页。

归五代词体观念"①。这里面有几个问题，要一一探讨。

首先，从词选的收录情况以及评语并得不出王闿运推崇李煜、李清照的观点。相反，在词选中对于李清照的再嫁还有微词。另外，对于李清照的评价也看不出有多推崇。王闿运在词选中收入李清照两首作品并都附有评语：

> 此语若非出女子自写照，则无意致。②
> 亦是女郎语。诸家赏其七叠，亦以初见故新，效之则可欧。③

李清照的词作王闿运收了两首，分别是《醉花阴》（薄雾）与《声声慢》（寻寻）。从这两则评价可以看出评价并没有多高。有学者认为收入李清照的《醉花阴》是"亦考虑词人不同时期的优秀之作"④。从现在的评价看不出王闿运在编选时有这种考虑，不过王闿运在评价时突出"女郎语"，也就是说在评价词人词作时王闿运注意到女性词作的特质。另外，对于《声声慢》这首词使用的叠字用法，王闿运也告诫后学不要效法，诸家赏识不过是因为"初见"的原因，对于李清照词作叠字的用法也是不以为然的。王闿运在评价李煜词作时有一些比较高的评价，如"高妙超脱"等，不过他在《虞美人》（春花）这一首词评价时说"常语耳，以初见故佳，再学便滥矣"。可见对于李煜的这首词评价也不是很高的，总之从目前所见王闿运对于李清照、李煜的评价看不出王闿运对这两位有多推尊。

其次，说王闿运推崇"凄婉、悲音、悲情"之作这个看法也不恰当。与其说王闿运推尊这种凄婉之作，不如说王闿运认为词的本色就是如此，也正是因为这个原因他起初时才放弃学词。在《湘绮楼词选》序中他记录了邓绎的父亲规劝儿子不要作词，因为"作词幽怨，非富贵寿考征，且大雅不为"。这句话是邓七丈对儿子的劝诫，可是王闿运却认为这也是托意于他，这个观点恰与王闿运内心的想法是一致的，否则他也不必以别人对儿子的规劝拿来规范自己并放弃作词。总之，说王闿运"回归五代词体观念"是不太确切的，因为他不是刻意的追寻，而是他认为词本就如此。正因为有这样的观念，所以在评价有壮语之词时他才表现出更多的宽容，甚至在认为苏轼的《念奴娇》（赤壁怀古）

---

① 袁志成：《凄婉、悲音、悲情、清艳——王闿运词学思想新探》，第99页。
② 评《醉花阴》（薄雾），《湘绮楼词选》，第1453页。
③ 评《声声慢》（寻寻），《湘绮楼词选》，第1453页。
④ 袁志成：《凄婉、悲音、悲情、清艳——王闿运词学思想新探》，第101页。

通首出韵的情况下，也要将其收入并加以赞赏。

不过，词毕竟是一种特殊的文体，所以在编选时除了上面提到的特例，王闿运还是比较注意词的押韵问题，比如还是上面提到的无名氏的《御街行》有句"都来此事"，王闿运认为"都来即算来也。因此字宜平，故用都字，究嫌不醒"①，他认为"都"字用得不好，不过考虑到平韵，所以仍用此字；评价宋祁的作品《玉楼春》是"押韵之始"②。对于一些不合韵的字，王闿运采取直接改之的方法。编选词选对于词作进行改削，之前也有人这么做过，比较突出的是赵式。因为改削，还有学者强烈地抨击这部词选一无可取。奇怪的是，对于王闿运的改削却很少有人提及。这种改削是这部词选的一个特点，尤其是在词朝着"词学"发展的时期就变得比较明显。因为在其他词人纷纷整理词集，编选全集，考订、辨讹词韵时，王闿运的这种方式确实显得有点格格不入。比如苏轼的《水调歌头》（明月）下阕，王闿运认为"人有悲欢离合，月有阴晴圆缺"中的"有"与"不应有恨"中的"有"二字有犯，所以将"不应有恨"改为"不应惹恨"；辛弃疾的《水龙吟》（似花）中的"思量却似"将"似"改为"是"；"欲开还闭"将"闭"改为"殢"，他说："是原作似殢，原作闭，章韵本是闭，迁就韵耳。殊不成语，故改之。"③等等。还有一些改削是从词意上进行修改，苏轼的《念奴娇》（赤壁怀古）就是其一。王闿运就改动一个字就是"了"，这也是之前选家讨论的一个点，王闿运认为"嫁了是嫁与他人也，故改之"，根据词意进行修改。另外，王闿运在录入这首词时与《词综》还存在一些差别，所以王闿运在点定《词综》时，并不是原文照抄之后评价，修改其中的字句也是点定的一个内容。由这些也可以看出，王闿运虽然与戈载的观点有些不同，不过，对于词韵他还是有些注意的。汪兆镛在《棪窗杂记》中提到了《湘绮楼词选》的改削并颇有微词：

> 《湘绮楼词选》三卷，湘潭王壬秋闿运纂。于古人词多所窜改。如欧阳永叔之"燕子飞来窥画栋，玉钩垂下帘旌"，改"窥"作"归"，谓"垂帘矣，何得始窥"，不知垂帘燕子正不得归，必著一"窥"字，簟纹双枕，皆从"窥"字写出，故妙。改作"归"则涉呆相矣。周美成之"纤指破新

---

① 《湘绮楼词选》，第 1443 页。
② 《湘绮楼词选》，第 1479 页。
③ 《湘绮楼词选》，第 1446 页。

橙"，谓作"指"则全身不现，改作"手"。破橙以指，"手"字不及"指"字妍细。康与之《满庭芳》词，"玉笋破橙橘香浓"，亦言指也。苏子瞻之"不应有恨，何事长向别时圆"，谓与下二"有"字犯，改"有"作"惹"，不及"有恨"浑成。韩无咎之"惟有御沟声断，似知人呜咽"，因复"声"字，改"声"作"流"。"流断"二字生凑，且"流"音浊，亦未叶也。

在这段记载中指出了《湘绮楼词选》改削的一些词作，存此以作参考，以此更加全面地了解王闿运其人及其词选。

总之，身经五朝的王闿运精于经学、史学、诗学，词相较于其他方面的著作来说是比较薄弱的。这部《湘绮楼词选》的问世也多是缘于授课的需要。与之前的课本相比，王闿运在评价词作时对于词的章法评价较少，对于词作的"思想"方法却相对较多，这一点与同为经学家的张惠言有一些相似之处，不过，王闿运对于词作的阐述没有张惠言阐发的那么执着，对于词的本事也比较注意，所以同样是经学家，两人对于词的认识还是不同的。这两位经学家，还有一个共同点，就是都认为词是小道，不过张惠言虽然说词是小道，在具体操作时却注意寻找词的"微言大义"并最终获得与诗歌相似的功用。王闿运所说的小道则是真正的小道，他认为词作大部分都是"绮语"，之所以编选这部词选主要是想在"绮语"中寻找妙思，来开发学生的思致，包括他评价词作时提到的凄婉等特征，其实王闿运一直都有这样的思想。所以在评价王闿运及其《湘绮楼词选》时不应该评的不高，这与事实也不符合。这部词选大部分词作都是对《词综》中作品的点定，再加上一些王闿运抄录的"精华名篇"而成，而且所选的作品也不都是王闿运喜爱的，其中有一些还是他认为品格比较下等的作品，之所以这样收录，也是希望学生从中可以得到借鉴。另外，王闿运对于词体的认识也并不是对于五代的回归，而是在一开始他的观点就是如此。这与成肇麐不一样，成肇麐是在词学的背景下对于词体源头的一种追溯，王闿运则是一开始就抱着词"媚"的态度，并以经学家的眼光与思想去评词。身历五朝，经历新旧更替，王闿运这种思想的矛盾也体现在他的词选之中，"道君"与"绮语"的矛盾都体现在他的词选中，透过这部词选可以更好地体会这位经学家思想在变革时代中的变幻。这样，对于王闿运的词及词选才会有相对客观的评价。

（作者单位：牡丹江师范学院文学院）

"不薄无能遣有涯，别裁癯意付腴词"：
论吴白匋词

杜运威

无论是抗战时事书写的细腻程度，还是迁徙重庆、成都后，对国统区生活现状的描摹，吴白匋都不是成就最突出的词人。即便是艺术取向，他也仍在传承民初以来的梦窗风，未作较大的转折。然与当时词坛追步梦窗，坠入魔道者相比，他并不死守四声格律，认为如果有自然美妙的语句，是可以打破平仄束缚的。同时对梦窗用典晦涩，跳跃过大，人工雕琢太甚等缺陷做出适当修正，其强调意境的重要性就是缘此而发。尽管他批评王国维《人间词话》"境界说"中重北宋轻南宋的先入为主观念，但还是非常肯定王氏试图剖析晚清以来重形式、轻内容的整体诟病。在此词学观念指导下的《凤褐庵词》，不仅十分重视抗战事件、心灵轨迹、生活情调的细节呈现，且在艺术层面显得既有梦窗密丽质实、空灵奇幻等妙处，又章法整饬，浑然一体，并风格多元，比如田园小令取法陶渊明、王维、辛弃疾，轻松情调中融入律诗笔法，读来别有风味。总之，吴白匋词取得的文学成就是被埋没了的，抑或为其戏曲创作所遮蔽。百年词坛，如若失去这样一个以词反映抗战时期知识分子出处矛盾、彷徨心态的优秀作手，是十分遗憾的。

一、"以当时语道当时事"：《西征》实录

《凤褐庵词》为白匋新中国成立前词集，内收"灵锁""西征""投沙"三卷，作于全面抗战时期者近百首。尤其《西征集》，详细记录自金陵迁徙重庆、成都的坎坷历程，并对相关战事有堪称实录般的刻画。此集浸透了白匋半生呕吟的心血，断不可轻易放过字里行间的歌哭声泪。

吴白匋（1906—1992），原名征铸，号陶甫，江苏仪征人。历任金陵大学、南京大学中文系教授。有《风褐庵诗词集》《吴白匋戏曲论文集》《热云韵语》等。师事胡翔冬，文学渊源有自。同门程千帆有云："先师之论诗，以言之有物、辞必己出为宗旨，谓不独当为今人之所不为，且当为古人之所不为，乃可以当时语道当时事，足以信今而传后。"① 将"以当时语道当时事"的创作原则落实于词上，不难联系到陈维崧"拈大题目，出大意义"的词史观。吴白匋《晚清史词》载：

> 晚清之世，"遇数千年来未有之强敌，成数千年来未有之变局"。辱国丧权，实同南宋。海内词人，感时倚声，愁苦易好。加以考订校雠之风，已由经史而流播于集部，审音校字，益趋精严。于是意境格律，内外不亏，可以直承天水而无愧焉。尤有可观者：国家大事，毕见令慢之中，托讽微显，不愧词史。②

文中特别指出，自晚清以来，"国家大事，毕见令慢之中"的词史创作，"直承天水"，大放异彩。白匋早就有编选《晚清史词选》的想法，期望以这些令人"腹痛"的"变雅之音"，冲击词坛不良风气，"使学词者务知其大，不复以词为艳科，"惜生活动荡，未能实行。然以上理念与其诗词创作是息息相关的。具体而言，《风褐庵词》有较为集中的三大主题。

第一、坚苍刚健的战事书写。请读《百字令·闻首都沦陷前后事，挥泪奋笔书愤》二阕：

> 山围故国，甚于今、还说龙蟠虎踞。十万横磨成一哄，谁信仓皇似此？塞道抛戈，争车折轴，盈掬舟中指。弥天炬火，连宵光幂江水。　　可怜十二年间，白门新柳，历尽荣枯事。楼阁庄严如涌出，雯眼红骽翠圮。乌啄肠飞，鼪投林宿，净土知无地。东来细雨，湿衣都是清泪。③
>
> 腥膻扑地，恸五云城阙，竟沦骄虏。醉曳红襦侵病媪，马足模糊血土。刳孕占胎，矸头赌注，槊上婴儿舞。秦淮月上，沉沉万井如墓。　　不信天眼难开，天心难问，啖食终由汝。从古哀师能敌克，三户亡秦必楚。挥

① 程千帆：《程千帆全集：闲堂诗文合抄》，石家庄：河北教育出版社，2000年，第14册，第87页。
② 吴白匋：《晚清史词》，《斯文》半月刊，1942年，第2卷，第7期。
③ 本文所引词皆自《吴白匋诗词集》，南京：南京大学出版社，1999年。

日长歌，射潮连弩，雪耻扬神武。虞渊咫尺，炎炎欲返无路。

1937 年年底，首都金陵沦陷，大多数人以为淞沪一战都能坚持数月，作为政治中心的首都更应似铜墙铁壁，难以攻克。然而结局却是兵败如山倒，数十万国军仓皇逃窜，"塞道抛戈，争车折轴，盈掬舟中指"的历史惨象再次上演。南京自此跌入千年来最黑暗的屠杀时期。"刳孕占胎，斫头赌注，槊上婴儿舞"般毫无人性的事件震惊世界，这应该是抗战词坛最血腥的记载，仅凭此句，足以传世。再读《浣溪沙·重过泸州（方毁于轰炸，唯一塔幸存）》：

> 船笛凄音荡急流，劫余山市北风秋。一江烟雨望泸州。　　坏堞老兵闲坐啸，残墟饥妇苦寻搜。书空塔颖为谁留。

"1939 年 9 月 11 日上午，日寇飞机三十余架分两批轰炸泸州，城中房屋大半被毁"[1]。"坏堞老兵""残墟饥妇"，哀嚎遍野。《西征集》中类似硝烟战场下的悲吟举手皆是。如《渡江云·题郦衡叔画〈归去来图〉》："堪悲。盆波沉陆，炬火崩天，早山河破碎。何处有、岫云闲出，倦鸟还飞。"其中《青玉案·闻三弟道姑苏沦陷时事感赋》尤其歌哭无端：

> 笳边小雁归来暮，说怕过、横塘路。兵气连天迷处所，血痕碧化，劫灰红起，星赏纷如雨。　　苏州自古词人住，顷刻繁华水流去。借问千秋断肠句，斜阳烟柳，天涯芳草，能写此情否。

令作者悲哀的是文化的损失，积淀雄厚的苏州经此浩劫，恐再难恢复。纵有断肠丽句，也难以排遣忧愁。词人嗅觉敏锐，视野宏阔，他是有意识地在用诗词记录历史，其笔端甚至触及到同一时期的法国战事，如《湘春夜月·哀巴黎》："欲借短墙遮护，乃薜萝难隔，密雨斜侵。竟万人解甲，降幡一片，重到郊林。"尽管首都沦陷，半壁江山落入敌手，但地大物博的中国不是那么容易被霸占。吴白匋与唐圭璋、沈祖棻、程千帆等一道，举家迁徙西南。纵使衣不蔽体，口腹常饥，他们心中始终坚持着必胜的信念。正如《木兰花·渝州永川道中作》下片所云："西征万里仍邦国，久役何悲身是客。凭高回首阵云深，不信骄阳光不匿。"这恐怕是四万万中国人共同的心声。未能编成《晚清词史

---

[1]　周正举：《泸州诗话》，北京：中国文化出版社，2011 年，第 44 页。

选》确实遗憾，然吴白匋这些书写抗战的词史巨作，比相隔数十年的晚清作品更有冲击力，更能激起文坛的滔天巨浪。

第二，颠沛流离的生命历程。羁旅行驿词在柳永手中成熟，他善于以铺排赋笔，将所经之地的山水风景与彼时心境相融合，使作品既有自然清新之美，又不失身世之感的浑厚韵味。吴白匋在技术层面，传承了柳永的很多方法，不仅局限于长调，他更青睐用小令组词来传达彼时辗转迁徙的经过，且在抗战背景下身世之感的感喟上比起局限于个人的柳永确实高出很多。如《卜算子·峡江纪行八咏》，八首小令分别叙述自西陵峡出发，过新滩、巫峡、神女峰、夔门、万县太白厓、秦良玉故里，除夕抵达渝州。词中不乏对各风景名胜的惊叹、赞美，然总抹不去战乱下的人世沧桑。如"西去行山东逝波，浩渺何时息""今日滩声更断肠，不用啼猿听"。其中《新滩》一词最佳：

> 拥石怒涛飞，遥若层城起。谁信穷冬见采霓，日射盘涡水。　舟子啸歌收，行客朱颜死。千载朋崖险自新，愁把人间世。

上片写长江怒涛奔流之景，下片叙迁徙逃亡的愁情。"行客朱颜死"将难民表情的冷漠麻木和沉默无奈刻画得十分到位。此时作者的心情如《踏莎行》所说般："冉冉孤云，茫茫歧路。竹枝声里愁无数。劝君休去独凭栏，楼高却近乌栖树。大野鸿征，幽阶蛩诉。黄花打尽仍凄雨。残杯眼底起波澜，新亭浊酒非俦侣。"前路茫茫，不知何时能结束这段本不该有的浩劫。

吴白匋所有羁旅行驿词都以沉重悲凉著称，此沉重当然离不开个人的身世坎坷，如《浣溪沙·发成都》："濯锦千花对客孤。四年抛泪竟何如。"但更令人心动的还是那些视野较为开阔，跳出个人抒写，凝聚着千万大众家国血泪的鸿篇巨制。如《兰陵王·宿双流村店，忆扬州少年事。用清真韵》下片："寒恻。皓霜积。念蜀土沦飘，乡讯寥寂。金闺万里愁何极。奈一望烽火，数声羌笛。池沤身世，付乱雨，夜半滴。"羁旅词发展至南宋姜夔时，已经由最初的平铺直叙，变得回环往复，一波三折，深谙梦窗、白石家法的吴白匋，特别善于在沉重悲凉基础上，巧用叙述技巧，使情感变得浑厚顿挫。如《燕山亭·过丰台》：

> 轮转空雷，窗纳暗尘，几叠征车东去。孤驿解鞍，满目生悲，南客易忘骄暑。澹日无言，对千帐、谁家旗鼓。凝伫，恨灌木昏鸦，也学胡语。　春逝还不多时，怎斜径都迷，柳塘花坞。明年芍药，纵有残枝，

知他避愁何处。望极舻棱，犹自绕、乱山无数。归路，又万里、沈沈天暮。

此篇置《西征集》之首，当是抗战初始作者车中作。全词围绕"满目生悲"展开，"凝伫"句显然有"托讽微显"寓意。下片全篇写景，以景带情，将战乱下，"避愁"无路的现实无奈委婉道出，情蕴技巧俱佳。沈义父《乐府指迷》云："用字不可太露，露则直突而无深长之味；发意不可太高，高则狂怪而失柔婉之意。"①《燕山亭》词确有此风韵。能于抗战词坛数万行旅词中脱颖而出，也足见白匋深厚功力。

第三，西南田园生活的轻松格调。吴白匋并非一味沉寂在山河巨变的悲哀中，他遍游西南自然山水，足迹所经处，常有轻松活泼、格律整饬的风景词。如《南歌子·洪椿坪至仙峰寺道中口占》：

> 高鸟啼边立，飞泉断处行。野花绣蹬不知名。遥望一峰欲雨、一峰晴。　　擘翠寻岩路，闻钟辨寺甂。老僧倚杖笑相迎。遥指苍猿跃下、涧头藤。

首句对仗工整，语词凝练，置诸魏晋律诗，难辨真假。野花句大有"采菊东篱下，悠然见南山"的神韵。过片似脱胎于王维《鹿柴》诗。整篇词浑然一体，自成高格。另值得一提的还有田园宁静生活的细腻描绘。如《阮郎归》："六街凡马密如蚕。闭门尘满衫。薄醪独引不成酣。贫知椒味甘。"《浣溪沙·白苍山居》："小院无花禽对谇，冷瓯剩粥蚁争寻。醒来长昼但阴阴。"貌似走进不知秦汉的桃花源，实则根本无法按捺下心中的愤懑不平，如此关心国事的词人哪怕深居山林，也不可能真的放空自己。《浣溪沙》组词前两首还在浅斟低唱地写山居生活的怡然自得，至第三篇声调陡然高亢，如"斫地高歌兴不酣。新来别恨醉中谙。照杯黄面似霜柑。""一夕成灰香不灭，三年化碧血长温。唯将此意答深恩。"哪里还有陶渊明、王维一般的恬静朴素，分明是绿林好汉的隐忍暗誓。

一部《凤褐庵词》，就是抗战时期一位知识分子真实心声的刻录。坚刚苍健的战事书写，不仅是以词记史，更是试图发挥中兴鼓吹的宣传作用，认真履行文学的时代使命。羁旅行驿词中无家可归的万感苍凉，正是彼时中国人民面对抗战节节败退，感到前途渺茫的实际心态。田园生活词交织的轻松格调与愤懑不平，是抗战后期词坛发展新状态的个案透视。如此丰富生动的篇章却逐渐

---

① 沈义父撰，蔡嵩云笺释：《乐府指迷笺释》，北京：人民文学出版社，1963年，第43页。

被人们淡忘，或者是受戏曲成就的遮蔽，至今相关研究文章寥寥无几。就以上分析而言，吴白匋及其词在抗战词坛及二十世纪词史上是值得大书一笔的。

二、出入梦窗，别开生面

吴白匋词深得梦窗家法，方家对此早有揭示。如刘梦芙《冷翠轩词话》论其"为词取法清真、梦窗，字研句炼，功力深至"[1]。程千帆也说其"初为白石，为梦窗，而参之以昌谷之冷艳，玉溪之绵渺，以寄其俊怀幽思"[2]。有此倾向，得益于早年如社吴梅、廖恩焘、林鹍翔等词人的影响。白匋曾回忆："斯社宗旨在于继承晚清四大家遗教，不作小慧侧艳之词，为求内容雍正，风度和美，构思着笔则坚守朱、况所启示之'重、拙、大'三字。"然在具体操作上，则较为偏重梦窗词风，"每次集会所选词调，大都为难调、冷调、孤调"，"填词务求四声相依，不易一字"[3]。入手如此严格，逐渐使其词形成字面凝练雕琢，句法变化多端，修辞典故巧妙，表达委婉含蓄等接近梦窗、白石的基本特征。

梦窗词以"密丽""质实"著称，尤其是四字句，名词、形容词交错叠加，几无缝隙[4]。翻检《凤褐庵词》，相同笔法，俯拾皆是。如"铁壁埋烟，银沙堆浪，水月冥迷一片。峡里尖风，逼征衫针线"（《拜星月慢》）。"绣脉灵香，散泉幽语，无奈病客愁何。红寂宫墙，翠寒乔木，遥怜未识干戈"（《西平乐慢》）。"压盏霞光，飘席灵芬，含醒笑拥伶锜"（《疏影》）。对于如此绵密的风格，千余年来评论家一直争论不休，有人当面贬斥，如张炎《词源》"七宝楼台"说，然也有不少人辩解维护，戈载就称词当"以绵丽为尚，运意深远，用笔幽邃，炼字炼句，迥不犹人。貌观之雕缋满眼，而实有灵气行乎其间，细心吟绎，觉味美于回，引人入胜"[5]。发生争论主要是审美标准的异同，前者欣赏北宋自然疏朗的风格，后者更青睐于南宋雅词的精雕细刻。评价后世学梦窗者，当然不能心存芥蒂，而应主要

① 刘梦芙：《冷翠轩词话》，《二十世纪中华词选》，合肥：黄山书社2008年，中册，第776页。

② 程千帆：《程千帆全集·闲堂诗文合抄》，石家庄：河北教育出版社，2000年，第14册，第87页。

③ 吴白匋：《金陵词坛盛会——记南京"如社"词社始末》，《吴白匋诗词集》，南京：南京大学出版社，1999年，第175—176页。

④ 田玉琪：《吴文英的句法风格》，《文学前沿》，2004年第1期。

⑤ 戈载：《宋七家词选》卷四。马志嘉、章心绰编：《吴文英资料汇编》，北京：中华书局2006年，第45—46页。

以南宋审美眼光发现其用心用力之处。更何况吴白匋视野开阔，并不是死守门庭之徒。其《论词之句法》云："今词既不可歌，排比而得律，自当恪守，以示郑重。但如有自然美妙之句，不可移易，而句法或不免乖舛者，亦不必拘守过甚也。"①

吴白匋不仅重视质实绵密的字句雕琢，他还特别强调整首作品的谋篇布局。究其渊源，仍与梦窗词有关。杨铁夫坦言："所谓顺逆、提顿、转折诸法，触处逢源，梦窗诸词，无不脉络贯通，前后照应，法密而意串，语卓而律精。"②试读白匋《倦寻芳》：

> 腻苔掩甃，残絮沾棂，重闭孤馆。铸就相思，难共暮春偷换。曲沼波添蛙渐响，空坛花尽蜂犹乱。理清欢，奈朱弦语涩，蜡簧谁暖。　　漫夜拥单衾凝想，年少抛人，嘶骑行远。蝠拂帘旌，惊认寄书归燕。空里浮云能厚薄，中天明月无深浅。柳阴成，莫轻悲，乳禽声变。

"腻苔""曲沼"句实写，"铸就""理清"句虚提，虚实相生，错落有致。过片漫夜句为二三二结构，故意拗折，突出夜长孤独，"拥单衾"起承"谁暖"而来，"凝想"句将时空转移至"年少"。"蝠拂"句貌似断层，其实有"行远"与"归燕"暗连，思乡情结更添愁绪。"空里"句对仗工整，将客居他乡，孤独无依的心情描绘的十分传神，又终究没有道破。且此情此景是经历了"暮春偷换"至煞拍"柳阴成"的漫长时间的。《凤褐庵词》集中与《倦寻芳》同等艺术水平的还有不少，兹不多举。

章法上人工痕迹如此明显，难免遭来不够自然的批评，对此，吴白匋举经典自然传神诗句"池塘生春草"予以反驳。谓其下句"园柳变鸣禽"之"变"字乃是花人工大力气而成。继而说"今日论词而曰自然美妙之句为前人说完，固庸儒之说，若曰作词必完全求美妙，一切人工可废，则亦为不知甘苦之言，皆不足信也"③。一篇优秀的诗词，必是自然与人工相辅相成，不可偏废，白匋词学观的通达可见一斑。

其实吴白匋并没有一味地迷恋梦窗家法，如晦涩、用典过多等缺陷就遭其

---

① 吴白匋：《论词之句法》，《斯文》半月刊，第1卷，第14期，1941年6月，第15页。

② 杨铁夫：《吴梦窗词选笺释自序》。吴文英著，杨铁夫笺释，陈邦炎、张奇慧校点：《吴梦窗词笺释》，广州：广东人民出版社，1992年，第10—11页。

③ 吴白匋：《评〈人间词话〉》，《斯文》，第1卷，第21—22合期，1941年8月，第8页。

摒弃。另外，他强调意境重要性的本质也是对彼时梦窗风弊端的有力修正。上世纪的文学史家，都不约而同地指出吴文英词重形式、轻内容的不足。如胡云翼认为"吴文英作词基本上是重形式格律而忽视内容的"①。刘大杰说"因为他只注重形式，忽略了文学的内容，所以他的作品，缺少血肉和生命"②。此言尽管有失偏颇，但大体不误。吴白匋充分认识到梦窗词的不足，并将其置于词史演变中考量，他说："晚近风气，注重声律，反以意境为次要。往往堆垛故实，装点字面，几于铜墙铁壁，密不通风。静安先生目击其弊，于是倡境界为主之说以廓清之，此乃对症发药之论也。虽然，文学之事，最不宜有执一之谈。博采众长，转益多师，能入能止，始可成一家之面目。若夫崖岸过高，反生阴影。"③既注重词作技法，又强调意境内容的重要，且转益多师，是吴白匋词不同流俗的特质。

抗战时期，白匋词意境主要是"对国家民族未来命运的忧虑与关切，而这种关切与词人自身的际遇纠缠激荡时，便酿成那种欲语还休的情愫"④。先读《春从天上来·夏庐师返自昆明，为述飞机中所见，谨记以词》：

> 驭气排空。趁断峡云开，俯展方瞳。世间几许，猿鹤沙虫。扰扰似水光中。认蜀滇山色，劫灰起、犹别青红。感朝饥，奈权枒肝肺，霞景难溶。　　登楼已多秋思，况鸢翻迟回，万里悲风。历乱喧云，谁家鸡犬，此时响满苍穹。纵长安能见，奈飞客、路阻惊烽。莽连峰。挟清愁堆浪，奔凑朝东。

欲语还休的妙处是"能藏颖词间，昏迷于庸目；露锋文外，惊绝乎妙心。使蕴藉者蓄隐而意愉，英锐者抱秀而心悦。"（《文心雕龙·隐秀十四》）上词中"权枒肝肺"分明是词人自道，却说是"霞景难溶"。"猿鹤虫沙""谁家鸡犬"云云，岂能不无指代！作者情绪本激荡澎湃，然发声时故意用犹、况、奈、凑、又等字，使潜气内转，回环曲折，一唱三叹。此类笔法甚多，如《莺啼序·壬午七夕巴东登舟，再入巫峡，感怀有作》："狂歌下峡，雅乐还京，愿境非梦寐。但只恐、垂杨堤上，细马来迎，俯鬓蒲塘，共惊霜起。"就连坚定抗战胜利的信心也用酒债、天意等曲折表达，如《甘州·渝州词》："有酣歌妙舞，说为犒师留。

---

① 胡云翼选注：《宋词选》，上海：上海古籍出版社，1982年，第363页。
② 刘大杰：《中国文学发展史》，上海：古典文学出版社，1958年，中册，第285—287页。
③ 吴白匋：《评〈人间词话〉》，《斯文》，第1卷，第21—22合期，1941年8月，第10页。
④ 侯荣荣：《梦窗才调老词仙——读吴白匋诗词集》，《中国韵文学刊》2003年第1期。

料痛饮、黄龙日迩，便寻常、酒债未须愁。非烟雾、障神京处，天意悠悠。"欲语还休所创造的含蓄蕴藉意境，使白匋词变得沉郁浑厚，不失"重拙大"之美。

　　需要多说的是，将梦窗与白匋比较的前提是二者有很多共性，且确实有一较高下的可能。当然，更重要的还是凸显吴白匋词的特质。不可否认，他是学梦窗高手，然其词集并非只有一种色调，上文列举抗战时事和羁旅行驿词，已经完全非梦窗能够牢笼，尤其是田园生活词，显得更接近稼轩晚年时期的韵味。刘梦芙曾感叹，吴白匋词"变梦窗怀恋情侣之词旨为家国之忧，其境乃大。艺术风格则清丽而兼沉郁，亦与梦窗原作迥异，继承中有新创，词业乃生生不息。而今日喜倚声者，每弃前贤法度如敝屣，一空依傍，大言'改革'，所作词味全失，粗劣不堪，不值一哂也"①。刘先生所论是深得《风褐庵词》三昧的。以白匋半生出入梦窗的经历，作词自然精雕细琢，但有些貌似随意直白的篇章，倒显得真挚活泼，灵动感人。如《鹧鸪天·癸未元日立春，雨中览景》："写闷炉灰早拨残，石梁吟啸理清欢。低峰挂雨眉犹绿，孤鸟捎烟影自闲。　尘袂泾，别肠宽，遥村爆竹警愁还。今朝才识人间味，管领新春是峭寒。"与刘先生所说的"一空依傍，大言改革，所作词味全失"者不同，吴白匋此类篇章必有深厚积淀。比如"写闷""低峰"两句若无多年律诗功底则不可能写就。

　　吴白匋能取得这般优异成绩，当然与其通达的词学观有密切联系，他虽学梦窗而不囿于梦窗，强调意境又不废词体章法布局和当行本色，在风卷云涌的抗战词坛，既坚守住梦窗风后期"四声竞巧"弊端的侵扰，又未被后来居上的稼轩风影响而完全失去本性，这份坚韧是值得钦佩的，也因此走出了一条属于自己的词史之路。但更值得肯定的是他将词作为寄托身涯的重要载体，个中心酸体验，一如李贺呕心，小山痴情。其《浣溪沙》如是说道："不薄无能遣有涯。别裁癯意付膜词。十年冷暖曙灯知。长吉骚心人诧诡，小山幽恨客嘲痴。鱼膏自煮不曾疑。"这份感人肺腑的心曲，已经被埋没半个多世纪，而百年词坛类似白匋这样的词人还有很多。或许他们不如龙榆生、沈祖棻、夏承焘、詹安泰等巨星那么耀眼，然丢失了这群别开生面、自成一家的小行星，二十世纪词史的整个夜空会显得暗淡异常。

（作者单位：吉林大学文学院）

---

　　① 刘梦芙：《冷翠轩词话》，《二十世纪中华词选》，合肥：黄山书社 2008 年，中册，第 776 页。

名山宝藏，遗民心史
——清末民国诗人张其淦及其诗初探

汪梦川

清末民初是中国近代以来最为复杂的一段历史，其时国家多难，一片乱世之象。而身丁其厄的士大夫往往用诗歌将其所见所闻所感忠实地记录下来，自然具有文学和历史的双重价值。清末进士、学者张其淦就是这样一位杰出诗人，其《梦痕仙馆诗钞》可谓是一部浓缩的近代诗史。

张其淦（1859—1946）字汝襄，号豫泉，广东东莞人。清光绪二十年（1894）进士，随即入翰林院为庶吉士，散馆后出任山西黎城县知县。后因在其任内黎城境中有传教士被义和团所杀，被参保教不力，于光绪二十六年被革职回籍。至1908年教案平反，张其淦升任安徽省候补道员，后改任安徽提学使。辛亥革命后，张其淦弃官隐居上海，以撰述终老。其间曾多次拒绝出任民国官职，至袁世凯酝酿称帝，拟授予其官爵，亦坚辞不受。

一、张其淦的遗民诗咏及其他

在中国历史上，每逢改朝换代之际，就会出现大批遗民，这可谓是中国传统文化中的一个独特的现象。民元以后，也同样有很多前清旧臣选择遁世隐居，这些人往往也都被视为"遗民"，在后来一般人眼中，他们都是落伍的甚至是反动的一群，因而多遭批判。但就传统而言，"遗民"却绝非贬义词。中国历史上最早也最有名的遗民是商遗民伯夷和叔齐，他们反对武王伐纣，最后因"不食周粟"而饿死，这种行为在一般人看来无疑也是顽固的甚至是愚蠢的，但孟子却誉其为"圣之清者"。张其淦曾有言："凡新朝之吊民伐罪统一海宇，旧染污俗咸与维新，而遗民则曰人间何世也；凡有一成一旅挥返日之戈者，新朝指之为顽民、为叛逆，遗民则曰此义师也。其所遭虽在凶荒丧乱亡国之余，而其胸怀之牢骚、忠义之激发、志节之清洁，则常流露于诗歌文字之外。"① 这是因为"遗民"实在具有一种独特的人格和持守，所以不能从世俗功利的角度去衡量，甚至也不能用理性去评价。

张其淦虽然没有明确以遗老自命，但是从其作为来看，他也有非常明显的遗民情结。他曾自言："余自辛亥国变，遁迹沪滨，苟全性命，屏绝人事。每慨世乱之未已，国亡之无日，胸中幽忧悲愤、抑郁不平之气，时流露于诗歌间。"② 辛亥革命后张其淦弃官隐居，并多次拒绝出任民国官职，这种与新政权的"非暴力不合作"，正是最典型的遗民作为。不但如此，张其淦还花费大量心力作诗表彰元明两代之遗民，"自七旬生朝后即搜罗遗民之书，环列座右，迄今七十五岁矣。……此数十年来所见，无非遗民之事，无非遗民之言，景行之志切，鄙吝之气消，乾坤清气，挹注不尽。……试服膺诸遗民之言行，真觉会心不在远也"③。其心血的结晶是"以两朝遗民合四千五百余人，为诗一千八百首，连注成三十八卷之书"④。如此以个人之力大规模集中题咏前代遗民，可谓是空前之举，而其用意也不言自明。再者从其民初所作诗中也可以明显看到张其淦的遗民心迹，如"我曾断发合居夷，申浦栖迟且忍饥"⑤、"采薇而食歌式微，渊明今是悟昨非"⑥ 等等，一望可知。

张其淦在《明代千遗民诗咏·自序》中还说："吾读伯夷采薇之歌曰：'以暴易暴兮，不知其非矣'，以纣为暴，亦以武王为暴，吾于是识遗民之心矣！"⑦ 从这段话可见其思想立场。按武王伐纣虽是传统所推崇的"吊民伐罪"式"革命"，然而这种革命的手段不可避免充满了暴力和血腥，所以如果从纯粹的道德视角来看，无疑也是应该反对的；辛亥革命同样如此，暴力虽然打破了旧秩序、解决了部分旧的问题，但是并没有建立一个很好的新秩序，相反还催生了

① 张其淦：《〈明代千遗民诗咏〉自序》，《丛书集成续编》第 115 册，第 317 页，台北：新文丰出版公司，1988 年。

② 张其淦：《五代咏史诗钞自序》，《亚洲学术杂志》1922 年第 1 卷第 1 期。

③ 张其淦：《元八百遗民诗咏·绪言》，周骏富辑《明代传记丛刊》本，台北：明文书局，1991 年，第 21 页。

④ 《元八百遗民诗咏·绪言》，第 24 页。

⑤ 《和九龙山人真逸〈红磡新居成移家感赋〉》诗，1912 年。

⑥ 《九龙山人歌赠陈子砺》诗，1914 年。

⑦ 《明代千遗民诗咏·自序》，第 317 页。

很多新问题。所以清遗民之眷恋旧王朝就不足为怪了。而需要注意的是，张其淦的这段话并非仅就明代遗民而言，虽然明代向来被认为得国最正，张其淦也曾说："以布衣而为天子，汉与明其得天下之正者乎！"① 但他同样明确说过元代也是中国之正统："而或者乃发元非正统之论，何其谬也！"所以"余咏元明两朝遗民之诗皆曰诗咏，盖明吾志之所之，亦欲长言以咏叹之也。"② 而若将其题咏元明代表性遗民的诗作一对比，则更可见张其淦之心迹。如其咏元遗民杨维桢诗有句云："危素不是文信国，廉夫岂是元遗山。"③ 以危素（事元明两朝）与文天祥作对比，而以元好问（虽未正式出仕蒙元，但长期在窝阔台左右）与杨维桢作对比，则其心中自有轩轾可知。又如其《元八百遗民诗咏》咏鲁贞有句云："诗题至正年，尚未睹沧桑。后惟书甲子，昔人示周行。"小传则引《四库提要》谓其为诗文，"凡元代所作，皆题至正年号，其入明以后，惟题甲子，殆亦栗里之遗意。"④ 鲁贞身为汉族，却效法陶渊明"义熙甲子"之举效忠元朝，在激进民族主义者眼中这是不能接受的，张其淦却不惮对其大加赞颂。可知在张其淦心目之中，"君臣之义"实在超乎"夷夏之防"，其对元明遗民之一视同仁，与一般抑元扬明的主流民族意识（须知清末革命党人还以"排满"为口号）相比，自能见其孤抱。

至于其咏明代遗民如朱舜水："曾题陶靖节，傲骨凌风霜。屡征屡不起，秋菊篱边黄。亦复爱樱花，但恐混海棠。忆昔誓师日，涕泪霑衣裳。……漂泊吾何恨，海外聊徜徉。安南与日本，到处留芬芳。包胥赋无衣，管宁身遂藏。人被李用化，志比京第昂。遂令学宫图，悬向龙驹庄。樱花岁岁茂，修竹依祠堂。"⑤ 朱舜水在南明亡后远赴日本乞师，还在日本讲学，最后更老死在日本。按之传统解释，则朱舜水之乞师可谓效申包胥"秦廷之哭"，定居不返也有"鲁连蹈海义不帝秦"之意，此外其东渡讲学的确也大大促进了日本儒学的繁荣。不过在张其淦的时代，日本与中国已势成敌国，朱舜水之所为在有些人眼中或者就不可原谅了。张其淦能够不为世俗眼光所左右，也足见其胆识。而更难得的是，张其淦并没有因为自己诗中歌咏遗民就将其无限拔高，他清醒地认识到：

---

① 《元八百遗民诗咏·绪言》，第21页。
② 《元八百遗民诗咏·绪言》，第22页。
③ 《元八百遗民诗咏》，卷一，第52页。
④ 《元八百遗民诗咏》，卷七，第341页。
⑤ 《明代千遗民诗咏》，卷六，第245页。

"遗民原有数等……试思一代之中，安得人人皆夷齐，人人皆元亮、表圣、所南、皋羽乎？吾但见其为遗民则咏之而已。"① 可见张其淦所看重的只是遗民共有的一种非功利的节操而已，至于具体每个人的行迹之高下，在诗中自然有所分别，其"春秋笔法"固不废也。例如张其淦在《明代千遗民诗咏》中称郑成功为"朱成功"，其用意当然也在旌表其忠于明朝。

客观地说，自夷齐以后，遗民"不食周粟"的标准在不断降低，这是时势使然。后世的遗民也会以各种行为表示其不合作的立场，例如陶渊明之不书刘宋年号；郑所南之画兰不画土等等，终究不够决绝和彻底。但不论如何，没有亲身遭遇易代的痛苦、没有亲身面临那种选择的人，都不宜大言不惭，更不能把"遗民"视为一种耻辱的标记。这就是史家陈寅恪先生所谓"了解之同情"。

二、忠心与归心：《梦痕仙馆诗钞》探微

与遗民诗咏相比，《梦痕仙馆诗钞》则是张其淦一生行迹和心路的直接记录。张其淦的仕途并非一帆风顺，其出处仕隐之间可见其"忠心"与"归心"的纠结，这是那一代遭逢乱世而又洁身自好的士大夫所共有的痛苦，也正因为这两种情感的消长冲突，才使他们的作品充满感人的力量。就"忠心"而言，乃是因为张其淦是一个典型的怀有传统"修齐治平"理想的士大夫，所以不论是居官还是在野，其各个时期众多的诗篇之中，最容易感受到的也是其耿耿忠心和拳拳报国之志。至于所谓"归心"，一是因为儒家传统的"穷则独善其身"之理念，还有就是诗人个人淡泊名利的本性使然。张其淦在民元以后寓居上海坚持不仕，可谓是综合二者的"隐于市"。

张其淦在其正式步入仕途之前，有一段南来北往江湖游学的经历。诗人之习惯使然，所到之处皆有诗作，而在这种没有任何约束的随意吟哦之作中，往往更能看出一位诗人的本性。张其淦早期的诗，无论是访古还是纪游，都有一种自然高蹈之气，绝无俗态。如其《罗浮纪游》组诗，处处可见其缥缈出尘之意，如"南华一卷蒙庄趣，空里仙踪梦里身""不知朝市不知年，隔绝红尘别有天。鸡犬桑麻人境外，桃源只在洞云边"等等，人谓其"清思隽意，殆非有

---

① 《元八百遗民诗咏·绪言》，第 22 页。

仙骨者不能道"①，信不我欺。不过身处清末民初的多事之秋，张其淦不可能对时事无动于衷，故举凡当时重大政治事件，例如中日甲午战争、义和团运动以及庚子之役、日俄战争，以及民元以后的党争与军阀混战等等，在张其淦诗中都有相关的记录。

甲午战争是中国近代的奇耻大辱，张其淦对此一开始就很关注，其《天津军营》（1894）诗云："东海于今浪不平，津门垂柳拂千营。秋风偷入元戎幕，夜月孤悬大将旌。可有靴刀期报国，谁招纨绔使谈兵。丈夫赌命寻常事，愿斩楼兰去请缨。"诗中描写战前的压抑气氛，指斥朝廷用人不当，最后表达不惜献身从军之气概，饱含悲慨与豪情。其后张其淦还写有七言长古《悲运船》，悲悼中日海战中被击沉的商船"高升号"，又作《挽邓壮节公世昌》四首，深切悼念和歌颂海战中牺牲的将领。其他如《甲午除夕》一诗，尤为激烈地谴责了当道者之无能："东方瀛海满胡尘，高足谁居要路津？赫赫宗周成弱国，芒芒禹甸尽尸臣。"以至在事过境迁之后年，张其淦还为之痛心不已，如《蠡吟》（1895）云："鸩媒原自托情亲，青鸟丁宁语尚真。环珮珊珊明月夜，不堪重见李夫人。"诗题自注"时我国遣使与日本议和"，"李夫人"下自注："谓某相国"，愤激之下的批判矛头直指李鸿章。

甲午之后张其淦外放至山西任地方官，其《叠前韵留别周节生比部》（1896）句云："辽海烽高屡举烟，纵谈时事共凄然。雪鸿印爪怀前度，风鹤惊心入去年（甲午倭人之役，余与君同寓京师会馆）。欲以断金惩薄俗，相从炼石补情天。"诗人伤感之余，也期待有所作为。到任之后张其淦又作诗云："蓬莱宫阙绕云烟，日近长安事岂然。杜甫相逢歌颂日，周宣定有中兴年。衔杯要使忧埋地，炼石相期志补天。独立苍茫观世变，一篇碧血几人传。"②依然充满报国之忠心和建功立业的抱负。不过张其淦只是一介微官，故有时也不免有报国无门的消沉之态，如其九月九日天宁寺登高诗（1896）即有句云："且随陶令醉，莫效屈原醒"；《偕陈子砺重游白云观》（1896）诗也有句云："且把因缘证香火，莫将时事问神仙"，可见其心态。而关于1898年的戊戌变法，张其淦诗中并没有直接的记录，个中缘由当有以下两点：一是戊戌变法时期张其淦正在山西，对于发生在北京的政治风波内幕并不清楚，其个人与康梁及六君子等

---

① 许涵度：《〈梦痕仙馆诗钞〉跋》，见《梦痕仙馆诗钞》丙午刻本卷首，1906年。
② 《到山西再叠前韵寄怀子砺太史》诗，1896年。

人也没有交往，所以不大容易直接着笔；二是此事涉及帝党与后党的最上层权力斗争，在当时是属于犯忌讳的敏感话题，因言获罪的可能性很大，高压之下诗人也可能有所顾忌。观其《梦痕仙馆诗钞》卷八所录诗作（大致在 1900 年之前），突然多了明显的归隐与出世之思，如其《忆家》云："陶令饥驱乞一餐，刘陵久作折腰官。越王台上花仍好，潞子祠前雪已寒。万里江湖成老病，五年手足屡摧残。忆家步月南楼上，海思云愁泪不干。"按"刘陵"为黎城古名，"潞子"即微子（潞城在商代为微子封地，称微子国，西周称潞子国），诗人以陶渊明自况，又对比游宦之苦与家乡之美，自然兴起返乡归隐之念。又如其《写怀》诗云："浮世功名过耳蝇，水仙濯魄玉壶冰。几人解嗜鲈鱼脍，独对秋风忆季鹰。"用意同样如此。

而其《归隐》卷八诗则云："岂为莼鲈忆故乡，天时人事两茫茫。乾坤渐入楸枰局，仕宦真如傀儡场。归去愿教门树柳，再来多恐海生桑。山中未得奇书读，欲学韬钤制犬羊。"此诗可谓是一个转折，前半仍然是梦想归隐，但诗人即使处在偏僻之地也不得安宁，盖其时义和团运动爆发，形势已非常严峻，诗中末句"韬钤"指代兵法，"犬羊"则是对义和团的蔑称，可知诗人又有了奋起之志。其《漫流沟》长诗则是义和团运动的一个缩影，诗中自注云："时拳匪自河南来潞城，教民聚居一隅，与拳匪战月余。"诗中描写义和团云："团团来若烟，红巾系青鞲。邻里作一哄，杀伐如寻仇。遂令沟上水，赤血淋青邱。"诗人又谴责国人之间的自相残杀："皇天岂不仁，圣主恩亦周。尔辈皆赤子，阋墙贻国羞。"其后的系列诗歌如《闻津沽战事不利》《庚子八月见行在邸报》《五台感事》《辛丑八月重到京都》组诗等等也都忠实记录了庚子之役及战后的见闻与感想，是自甲午之后诗人又一次经历彻骨的悲哀。其后张其淦遭到上司公报私仇式的弹劾，被革职永不叙用，这次意外的打击也没有让张其淦心灰意冷，相反他的一片忠荩更加深沉，如其《舟中看月》（1901）句云："曲江池水深复幽，芙蓉小苑生边愁。我思君王心百忧，江湖敢自同闲鸥。"又如《津门感赋》组诗（1901）亦有云："元老今谁在，王孙亦可哀。……宗庙无遗器，乾坤岂乏才。皇陵东望远，佳气郁葱哉"等等，"位卑不敢忘忧国"之心，一点也没有因为自己已是布衣之身而稍减。

1904—1905 年，日俄之间因为利益冲突在中国东北爆发战争，而中国则只能无奈地宣布中立。对此诗人有《辽东感事》组诗八首，写尽山河破碎的耻辱和有心无力的沉痛。值得注意的是题为《香山商人万姓自皮岛回为言东三省日俄战事劝余从戎笑而赋此》的一首诗："杨柳犹为旧国春，翠华何日复东巡。徙戎江统成迂论，爱国弦高有几人。满载诗囊心锦绣，悲歌剑箧胆轮困。伤心山海关前月，照见皇陵有战尘。"诗中首联"翠华"指代天子的仪仗，东北原是满洲发源地，可是现在连祖宗故地都要放弃了；江统是西晋人，曾撰《徙戎论》，提出将内地居住的少数民族迁回原籍，这种迂阔的论调当然不可能实行，这是针对当时大言将日俄赶出中国的议论而言；"弦高"是春秋时期郑国的爱国商人，这一句是对该商人的爱国情感表示赞许；颈联则是作者的自我写照，谓自己虽有报国之赤胆忠心，却也只能寄托于诗中而已；尾联呼应首联，对政府的无能满怀悲哀和失望。此诗层次分明而情感极为复杂，诗人自谓"笑而赋此"，而其"笑"中藏有多少悲慨！

民元以后张其淦归隐沪上，以行迹而论自是从入世转为出世。但在民国之初，张其淦的心态颇为复杂，一方面固然是思归故园，如其《九月五日沪上漫成》（1913）云："东坡老去思尝荔，庾信羁栖赋食薇。"而实际上张其淦对于清廷的感情还是不能割舍。如其《九日》（1912）云："每叹兴亡关气数，不堪风雨又重阳。匆匆岁月惊衰鬓，莽莽乾坤入战场。独把茱萸向城北，登高四顾色凄凉。"诗人自注："旧岁九日，由皖到申，阅三日，闻皖兵变。"可知其写作背景。诗中"每叹兴亡关气数"是对满清覆亡现实的无奈接受，"莽莽乾坤入战场"则是可见对战乱时局的忧虑，而"独把茱萸向城北"一句尤为幽隐，诗人为何一定要到城北登楼，自是因为清廷原在北方之故，所以诗人登楼北向，不免悲从中来，忧国之心毕现。

民初张其淦曾短暂回到故乡，十载归心，一朝得偿："世事尽翻覆，行藏吾何心？十载去乡里，倦飞返故林。"① 在老家的确有暂时的安宁："世外风云多变幻，壶中日月有神仙，何须更作牢骚语，白发渊明快活年。"② 不过托酒而逃虽然可以得享渊明之乐，实际上思君忧国之心结未解，张其淦也不可能真正快活："君愁可似我愁多，子夜闻歌唤奈何。老眼看花人尽醉，一场春梦笑东坡。"③ 所以不久张其淦还是回到了上海："我本山中人，偏爱海上居。……勖我

---

① 《甲寅五月重来上海，日坡寄送行诗，赋此奉答》诗之一，1914 年。
② 《步韵莞珊〈雨夜感怀〉》诗，1914 年。
③ 《莞珊、子琼、碧峰五月望日饯行于羊城东堤之东坡阁，赋此志别》诗，1914 年。

晚节坚，祝我归田庐。再拜志君言，金石誓不渝。"①至于张其淦为何不归隐故乡而要侨居上海，或者因为上海是民初众多遗老的聚居地，有同声相应之便。可惜诗人晚节虽得全，而归田庐的愿望却未能实现，不能不令人欷歔。

张其淦对于时局有深刻认识和反思，其《五代咏史诗钞》自序（1917）云："五代之乱，可谓极矣。四海鼎沸，鱼溃肉烂，其自鸣得意者，惟强悍之武夫与脂韦随俗之士而已。上焉者拥兵自雄，争权夺利，杀人盈野，杀人盈城。加以严刑峻法，聚敛无厌，以饱其私囊，以传其子孙；其次则朝秦暮楚，视为固然，亦惟权利是竞，岂复知人世间有羞耻事……兹篇之咏，所以为五代之人悲也。虽然，吾岂仅为五代之人悲也？"直接点明其作诗之意，不仅为感慨五代之乱世，更多的是托古讽今。所以民元以后张其淦的诗作也大多感慨深沉而又充满批判力度，如："平成何日赓尧舜，朋党依然说李牛。萧瑟江关庾开府，河山难觅地埋忧。"②此际的"忧"就并非简单的对君主的忠诚，而是转变为对国家前途的关怀了。另一方面客居上海的张其淦还是时有莼鲈之思："久客意不适，悬旌心自摇。百年真梦幻，一别况魂销。白首余生在，黄旗旧宅遥。珊瑚洲畔路，何日泛归桡？"③在忧国与思归的双重煎熬下，诗人最终在患难之中度过余生，这是那一代士大夫命运的缩影。

三、论张其淦之诗风

张其淦曾自云："余所作诗皆率尔而成，自适其适。"④其言非谬。纵观张其淦诗，以其步入仕途和清民易代为界，可以分为三个阶段。大略早期诗见清才丽思，中期诗多豪情奇气，晚期诗则尚沉郁蕴藉。

其早期感怀诗如《春感》："长堤芳草碧于油，柳色青青亦上楼。归燕无心惊午梦，啼鹃有意助春愁。"咏物诗如《素馨花》："不借胭脂真绝世，即传名字已销魂""风度枕函香琐碎，月凝宝髻玉参差"，《无题》之"连天薄醉花如梦，特地相看眼更狂"，《落花》之"春愁不饮浑如醉，好梦无多总化烟"等等，文

---

① 《甲寅五月重来上海，日坡寄送行诗，赋此奉答》诗之二，1914年。
② 《步韵和孙师郑〈诗史乙集刊成自题其后〉》诗，1913年。
③ 《久客思家》诗，1917年。
④ 《元八百遗民诗咏·绪言》，第24页。

字清新精丽，不脱才子之气。其他流连歌酒之作亦复旖旎缠绵，人有谓其"七律风怀不减竹垞，绝句神韵不减渔洋"①，虽有意推赏，实非具眼之佳评。其他访古之作如《东莞十二咏》等，对乡邦文物掌故如数家珍，颇见学问功底，间或亦有逞才使气之弊。值得注意的是其《海上新乐府》三首，以细致的笔触描写当代新事物和新现象，深合"新乐府"之旨。其《电线报》云："居然奇术能缩地，要使传声应空谷。沉者沉，浮者浮，一线能行五大洲。"诗人用准确而合乎传统的诗句和典故概括电报的特征，令人叹赏；而《东洋车》和《卖猪仔》两首则充满悲天悯人之怀，前者着力描绘黄包车夫的悲惨生活，既哀其不幸，又责其堕落；后者则揭露当时诱骗贩卖人口至海外作苦力的黑幕，颇能予人警醒。

张其淦壮年遭逢乱世，诗风一变而以健爽为主，充满抑塞不平之气，不作雕章琢句之藻绘。盖其初入仕途不免抱负远大，故而心雄气盛，锋芒毕露，宜其不入台阁诸人之眼，所以张其淦自翰林院散馆时，礼部尚书李鸿藻以其诗中有粗豪之句，抑置次等，张其淦遂以诗见弃。民元以后张其淦诗风一变而为沉郁，盖因其遗民心迹与世俗相违，故而满腹悲酸难以言说，正所谓"吞声歌哭愈艰难"也。而难得的是张其淦抒写其忠爱之心而能出之以寄托深微之笔，洵合温柔敦厚之旨。如其《九月五日沪上漫成》（1913）句云："厌听杜鹃频泪落，愁同乌鹊见星稀"，上句谓厌听鹃啼，盖因此而起故国之思，听之则必落泪也；下句化用曹操《短歌行》诗句，寓天地茫茫托身无所之悲感，遗老之心境表露无遗。又如其《观小叫天谭鑫培演剧有感》（1913）云："叫天叫罢日斜醺，春尽离宫有暮云。应洒铜仙辞汉泪，江南花落又逢君。"首联即颇含意味，因为一则"叫天"既是谭鑫培之艺名，二来离宫春尽，日暮途穷，清王朝已不复存在，又令人生叫天不应之感；第三句化用李贺《金铜仙人辞汉歌》句，点明易代之悲慨，末句化用杜甫《江南逢李龟年》诗句，按谭鑫培为清末"伶界大王"，曾多次出入内廷演剧，与李龟年身份相当；而故国兴亡之感更较杜老当年为甚，此诗可谓情景兼到。

寄托更为深隐的如《无题》（1913）："景阳楼下井荒芜，一代兴亡事本殊。泛泛灵槎归碧海，斑斑新竹满苍梧。三泉锢地悲宁塞，万劫成灰恨始无。问讯西来青鸟使，蟠桃阿母语真诬。"诗以无题为题，自是不欲明言何事，而自注

---

① 《梦痕仙馆诗钞》许涵度跋。

云"癸丑二月作"。按 1913 年 2 月 22 日（农历正月十七），前清隆裕太后病逝。隆裕为光绪之皇后，宣统继位后以太后身份临朝听政，后来清帝退位诏书即由她代为颁布。诗中首联用南朝陈后主与张丽华事起兴，点明易代之悲，所谓"事本殊"者，以二者有同有不同；颔联则以舜和二妃之事类比，言此前光绪去世，隆裕虽生而痛苦尤甚；颈联言今日隆裕亦逝，相逢地下当遗恨无穷；尾联"阿母"指慈禧太后，盖隆裕为慈禧之侄女，又被慈禧指定为光绪皇后，然则隆裕之不幸慈禧当任其咎。全诗用典妥帖而悲慨深沉，对隆裕和光绪充满同情，对慈禧则意存责备，足见其遗老之心。

其《两鸟诗》（1914）则可谓立意新奇而又寄托遥深，所谓"两鸟"比喻民初两类政客，一派到处充当政治掮客，一派长袖善舞左右逢源，诗人谓其蛊惑民众云："说法数十年，云以救众生。一鸟似鹦鹉，能言亦可憎。一鸟似鹰鹯，机警巧避矰。"他们尽管能够得意于一时："独有众鸟从，鸡犬云中升。咮喙炼锋铦，裆翅露紫青。"但是最终原形毕露："颇闻人告余，此鸟真盗名。昔以凤凰称，今现鸥鸮形。"诗人最后表明自己的立场："我本山中人，偶来海国行。睹彼鹬蚌斗，亦慑草木兵。"明白表示不愿参与这种利益争斗，最后更表明心迹，愿作不忘故国之杜鹃："作诗一问讯，众醉谁独醒？有人拜杜鹃，临风涕泪零。"结合当时背景就更能明白张其淦诗之深意。民初党禁初开，各派势力遂纷纷活动，成立各种政党组织，极尽招邀拉拢之能事，至 1914 年袁世凯解散国会，开始图谋复辟，这种明争暗斗更为激烈，张其淦作为一个洁身自好的旁观者，对时局的刻画可谓入骨。

张其淦的诗风也与其诗学观念一致。他认为诗应该有所为而作："诗之为教，欲使人知所劝惩耳。"[①] 其遗民诗咏与咏五代史诗即是寓意明确的鸿编巨制。而其自作也有学问、有见识，更主要的是有其性情与持守。就体裁而言，其友人许涵度曾云："夫豫荃之学，根柢深矣……古体诗气骨少次。"[②] 此论前半固然，观其《松柏山房骈体文钞》即可见一斑；后半则未必。按张其淦诗古近体风格确有显著的差异，近体或绵邈流丽，或整饬典雅，古体五言质直朴素，七言一气流转，可谓深得体裁之正。友人黄映奎则谓其"律以调而入细，格以变而弥工……遣情则白太傅，书事则杜拾遗，撷艳则李义山，骋豪则苏玉局。唯

---

① 张其淦：《五代咏史诗钞自序》。
② 《梦痕仙馆诗钞》许涵度跋。

其有我之见在，非徒酌古而步趋。"① 谓其兼有白居易、杜甫、李商隐、苏轼之长处。此外张其淦对陆游有特别的感情，其《重刊陆剑南诗集序》有很好的概括："浣花忠爱，香草离忧，哀而不伤，慨当以慷。"序中更归纳陆游诗曰："书剑飘零，江湖跌宕；以登楼王粲，为赁庑梁鸿。……是曰平生阅历之作"；"一官蹭蹬，惜沧海之横流；万死无名，叹头颅之如许。正值中原失后，况兼党禁兴时。……颓垣夜月，洛阳之宫殿徒悲；细雨春芜，故国之黍离空叹。是曰抚时感事之作。"② 这既是对前贤的追述，也可谓夫子自道。

张其淦的咏遗民诗和咏史诗当然有其普遍意义和独到的价值，不过既然是题咏前代之事，于"诗史"终究隔了一层，故其自由创作的《梦痕仙馆诗钞》就更有特别的意义。不过《梦痕仙馆诗钞》通行本只有十卷，刊于1906年；而按《广东文征续编》著录，《梦痕仙馆诗钞》尚有二十卷本③，如此则如光绪慈禧去世、清帝退位、民国建立等等大事，张其淦若有诗作，当尽在后十卷中，以其诗心史笔，也一定有更多的记录，若与其在此前所作对比而观，必能有更全面的认识。

（作者单位：南开大学文学院）

① 《梦痕仙馆诗钞》黄映奎光绪三十一年（1905）序，见《梦痕仙馆诗钞》丙午（1906）刻本卷首。

② 《松柏山房骈体文钞》，《丛书集成续编》第198册，第647—648页，台北：新文丰出版公司，1988年。

③ 许衍董总编：《广东文征续编》第一册，广东文征编印委员会，1986年，第170页。

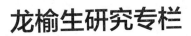

龙榆生研究专栏

龙榆生与《同声月刊》

张培艳

作为 20 世纪最负盛名的三大词学家之一，龙榆生在创办学术刊物方面，除了被公认为词学旗帜的《词学季刊》外，还有发行于 20 世纪 40 年代的《同声月刊》。该刊创刊于 1940 年 12 月 20 日，历时四年半，于 1945 年 7 月 15 日停刊，共刊行三十九期。由于是汪伪政权出资创办等多重原因，目前学界对《同声月刊》的关注还不够，系统性研究还不多，学术上的公允评价亦无从谈起。笔者作为古典诗词爱好者，闲暇之余翻阅了龙榆生主编的《同声月刊》，从发黄的字里行间感受了一本杂志、一个时代和一个人的体温，现将读书的一些收获和思考整理出来，以飨同仁。

一、《同声月刊》，曷为而作也？

据资料显示，《同声月刊》最初拟命名为《中兴鼓吹》，后经汪精卫提议定名为《同声月刊》。这从 1940 年 8 月汪精卫致龙榆生讨论办刊事宜的信函可以得知。函曰：

> 榆生先生惠鉴：昨接麈谈，至为快慰。夜间披读大著缘起，情深文明，华实并茂。佩甚佩甚。鄙意大处着眼，小处着手。现在全面和平尚未实现，'中兴鼓吹'四字，似太弘大。固知凡读大著缘起，必不有此误会。但恐一般人望文生义，即作别解。可否易为《同声月刊》，亦即缘起中开宗明义之语也。又初办月需若干，亦祈计及。初期不嫌其狭隘，但求其稳固。而不受牵掣，不虞中断。未知尊意何如？此上敬请大安。兆铭谨启。八月六日。（《同声月刊》四卷三号）

信中谈及的"大著"《〈同声月刊〉缘起》由主编龙榆生亲自撰写。开篇既是"《同声月刊》，曷为而作也"的设问，作者用《易经》中语自解曰："同声相应，同气相求。"意思是同样的声音能产生共鸣，同样的气味会相互融合，即同类的事物相互感应，意指志趣、意见相同的人互相响应，自然地结合在一起。并引用白居易《与元九书》中"圣人感人心而天下和平"的论断，进一步阐述"文章合为时而著，歌诗合为事而作"的"声与政通"的文学观点。紧接着作者由表及里，层层论证，从"五洲万国，屠杀相寻""中日朝野，……同种自残"的大时代背景谈起，论及诗教陵夷，士风颓败的人文环境和"近代诗风日敝，古意荡然，……而白话新诗，聱牙诘屈，不能上口"的诗坛现状，最后导出"诗乐不分，感人尤切……情声相称，其效乃宏"的诗乐合一主张，分别从"普济含灵""东亚和平""力挽狂澜""重振雅音""继往开来"五个方面详细阐述了"不得不乘时奋起"举办《同声月刊》的原因。从字面意义理解，《同声月刊》就是联合志趣相同的诗人、词人、乐人等，共同探求诗词本源，力挽颓波，重振雅音，恢复诗乐合一传统，以创时代新声。

那么，《同声月刊》到底为何而作呢？我们说任何看似简单的问题都可能有一个错综复杂的不能一语道破的答案。要想回答这一问题，必须遵照古人"知人论世"的方法，推本溯源，回到那个时代，走近那些人，那些事去体会揣摩。这无疑是一个复杂的自讨苦吃的差事。但是在错综复杂之中，似乎又可以有一些脉络梳理出来，聊以自解。

试想，在那样一个烽烟四起、国将不国、民不聊生的艰难岁月里，谈文学诗词显然是一件奢侈的事。但是《同声月刊》等一批古典诗词刊物还能举办，最主要的一个原因就是汪伪政权的大力倡导。倡导的原因是两方面的。一是政治的，一是个人的。就个人而言汪精卫本人非常喜好古体诗词。就政治而言，汪伪政府在1940年3月31日公布的《国民政府改组还都纲领》第十条，有"提高科学教育，扫除浮嚣空乏之学风"的纲领。这条纲领在以江亢虎为首的中国社会党的临时政纲里，被具体化为"以中国固有文化为中心"的条文。1941年8月27日孔子诞辰纪念日上，汪伪政府举行了隆重的纪念活动，汪精卫作了《近百年来国人对于孔子观念的变迁》的讲演，江亢虎草拟了《孔子二千五百年祭奠建议书》。也就是在尊孔复古的文化政策主导下，南京的古典诗词创作呈现出了繁荣局面，《同声月刊》就是在这样的时代背景下催生的。

二、《同声月刊》:《词学季刊》之继作

《同声月刊》和《词学季刊》都是龙榆生主编过的杂志。《词学季刊》被誉为词坛旗帜,有很高的学术地位。但是《同声月刊》由于众所周知的原因,确少人问津。翻阅《同声月刊》,走近那些文字,你会发现就其内容而言大都是些"在诗言诗"之作。只不过他们被涂抹了政治的色彩,出现在错误的时空里,因此光彩不能照人了。

与《词学季刊》相同,《同声月刊》社址也是设在龙榆生家中。从杂志上我们可以看到社址随着家庭住址两度变迁。一卷一号至二卷八号社址在阴阳营二十三号(陈钟凡宅)。二卷九号至二卷十一号,三次登载迁址启事,社址变更为汉口路十九号(原金陵大学教工宿舍)。该刊的所有征稿、编辑、校对、发行悉由先生一人承担。据龙雅宜女士(龙榆生四女)回忆,当时家里大一点的孩子也帮父亲分担一些校对、邮寄的工作。一到发行日期,大家就都忙着把杂志用牛皮纸卷起来封上,再投递到邮局。

与《词学季刊》唯"词学"之务不同的是,《同声月刊》是诗词并重的。这从"诗词"栏目下设"今诗苑""今词林"两类可以看出。但是从《同声月刊》中《图画》《歌谱》《论著》《译述》《诗词》《遗著》《杂俎》《附载》等主要栏目设置可以看出与《词学季刊》的延续性。这种延续不仅是经验性的,而且体现在内容上。

据统计,学术价值较高的栏目《论著》的主要作者有俞陛云(五十篇)、夏敬观(四十六篇)、玄修(二十一篇)、冒广生(二十篇)、赵叔雍(十二篇)、龙沐勋(十一篇)、陈能群(十一篇)、冬士(六篇)、吴眉孙(六篇)、戴正诚(六篇)、矗空居士(五篇)等,《遗著》的主要作者有沈曾植(二十二篇)、丁日昌(七篇)、今释澹归(六篇)、郑文焯(五篇)、易孺(四篇)、莫友芝(四篇)、陈洵(三篇)、文廷式(三篇)等,其中沈曾植、郑文焯、文廷式、易孺、陈洵、冒广生、赵尊岳等都是龙榆生的师友,亦曾经是《词学季刊》的主要关注对象和稿源。而且《同声月刊》中有不少篇什是《词学季刊》的继作。

一卷十至十二号刊登的莫友芝《影山词》,龙榆生在一卷十二号第 138 页有跋语曰:

右《影山词》二卷外集一卷，贵阳凌氏笋香室据原稿迻录本。往年在沪任心白先生举以见示，意欲为载入《词学季刊》以广其传，会东事骤起，词刊中断不果。登出此本讹文夺字不可胜数。忆在叶遐庵先生处亦曾见一钞本，乱后无由借校。凌氏所称原稿亦不审尚在人间否。辄以私意略为勘定，及兹流布，庶使先贤遗制不至竟化劫灰。倘亦尽后死者之责欤！辛巳初冬龙沐勋谨识。

可见，是当时来不及载入《季刊》之作，今方刊布。又有二卷一号至六号刊今释澹归《遍行堂集词》三卷。该词集曾部分刊于《词学季刊》，尚未发表完毕，《季刊》已辍响。其他还有一卷九号《吕慧如长短句》、四卷三号《忍古楼词话》亦是《词学季刊》之继。二刊之间的传承，蛛丝马迹，斑斑可稽。

三、《同声月刊》中的忍寒心迹

龙沐勋，字榆生，堂兄弟中排行第七，又自称龙七，号忍寒词人、怨红词客等。生平酷爱修竹，四十岁以后，并用"萚公"一名；1948 年后，又名元亮。曾用杏花春雨楼、风雨龙吟室、忍寒庐、荒鸡警梦室、小五柳堂、葵倾室、怀珠室等自榜书斋。那么这些名号源出何处？又作何解呢？笔者仅就《同声月刊》中出自龙榆生之笔的七十四篇补白，略说一二。

补白统计情况如下：

补白名称	数量	署名
《忍寒漫录》	41 则	萚公
《疏筤馆杂缀》	8 则	无觉
《清词经眼录》	6 则	萚公
《迎（延）秋馆杂缀》	5 则	萚公
《荒鸡警梦室杂缀》	2 则	萚公
《桐阴漫笔》	2 则	萚公
《绿窗闲记》	2 则	江南倦客、江南羁客
《北游琐记》	2 则	萚公

续表

补白名称	数量	署名
《寒琼碎语》	1 则	俞耿
《筠轩漫录》	1 则	惠瑜
《卧轩随录》	1 则	丹丘
《忍寒零拾》	1 则	箨公
《花阴偶笔》	1 则	清凉山民
《况蕙风之论词》	1 则	钟隐

可见，补白名称以《忍寒漫录》为主，署名以"箨公"为主。所以，从此以后忍寒词人、箨公的名号跟随其一生。"箨"的本义是草木脱落的皮或叶，也有一说指竹笋外层一片一片的皮，即笋壳。《诗经》中有一首短小精悍的诗叫《箨兮》，它的文辞极为简单。

> 箨兮箨兮，风其吹女。叔兮伯兮，倡予和女。箨兮箨兮，风其漂女。叔兮伯兮，倡予要女。

字面意思是：枯叶呀枯叶，风吹动了你。兄弟们呀，唱起你的歌，我来应和！枯叶呀枯叶，风吹落了你。兄弟们呀，唱起你的歌，我来收束。

悲秋伤春之感是万代同宗之基调，也是千古诗词歌咏之根本。所以落叶飘飞之时也正是古人唱歌的时节。落叶飘飞之景引发诗人岁月流逝之感。于是"情动于中而行于言，言之不足，故嗟叹之，嗟叹之不足，故咏歌之，咏歌之不足，不知手之舞之，足之蹈之也。"（《毛诗序》）诗人只是想有人与他一起唱歌，让心中的伤感随着歌声流出。"叔兮伯兮"，恐怕也并无实指之人，不过是对志同道合之人的呼唤罢了。

如果把这首诗与当时中国四分五裂、摇摇欲坠的衰微国势以及龙榆生羁留白下、万般无奈的身世之感相联系，再佐以《同声月刊》之缘起初衷，会不会更好理解"箨公"这一笔名的来意呢？呜呼哀哉！诗人内心情感郁结矛盾可见一斑。

沿着上述"情节"引申开去，"清凉山民""钟隐""江南倦客""江南羁客"等这些笔名就变得豁然开朗。

伟大的革命先行者孙中山先生的长眠之地紫金山，又名钟山。因山坡的紫色页岩，在阳光的照射下闪耀出金色光芒而得名紫金山。钟山山形犹如巨龙盘绕，雄伟壮丽，气势磅礴。因此南京素有"龙蟠虎踞"之称。清凉山古名石头山、石首山，踞于南京城西隅，乃钟山西延之尾端。清凉山的故事很多，其中两个重要的史实是：一，三国孙吴曾在此石壁筑城戍守，因此后人常以石头城寓意建业。二，清凉山是侵华日军南京大屠杀死难同胞丛葬地之一，现在此处有侵华日军南京大屠杀清凉山遇难同胞纪念碑。藉此"清凉山民""钟隐"之内涵，读者可自揣度。

"江南"一词颇好理解，传统意义来说一般概指长江以南地区。"羁客"是指旅客、旅人。"倦客"是指客游他乡而对旅居生活感到厌倦的人。唐代诗人齐己和郑谷分别有一首诗名曰《倦客》。摘录如下，以供读者参阅。齐诗曰：

> 闭眼即开门，人间事倦闻。如何迎好客，不似看闲云。
> 少欲资三要，多言让十分。疏慵本吾性，任笑早离群。

郑诗曰：

> 十年五年岐路中，千里万里西复东。匹马愁冲晚村雪，孤舟闷阻春江风。
> 达士由来知道在，昔贤何必哭途穷。闲烹芦笋炊菰米，会向源乡作醉翁。

齐己、郑谷均是唐晚期著名诗人。所不同的是，齐己是湖南长沙宁乡县塔祖乡人，郑谷确是袁州宜春人。宜春今属江西，而龙榆生恰巧是江西宜春万载人。龙榆生曾在一卷九号第 80 页的《疏篁馆杂缀》中历数江西名家。称，"两宋词人，除浙江外，以吾乡为最盛，名家辈出。"又云"吾乡七百年来作者，未能或之先也。暇当为专篇论之。"可见龙先生对自己家乡的历代名豪是了如指掌的，也潜移默化地受到他们的熏染，并最终形成自己独特的人文积淀。因此，可以判断郑谷的《倦客》诗也许更贴合龙先生的人生际遇，更能准确表达他当时的心情吧！

"无觉"一名始见于 1941 年 6 月 20 日刊行的一卷七号补白《疏篁馆杂缀》，从一卷七号至一卷十号，共使用八次。"无觉"一词见《诗经·王风·兔爰》："我生之后，逢此百忧，尚寐无觉。"朱熹集传解释曰："觉，寤也。"无觉即是未睡醒或无感知的意思，与佛教用语颇有渊源。一卷七号第 58 页《疏篁馆杂缀》云："索居无俚，但为无益之事，以遣有涯之生。知我者谓我心忧，不知我者谓我何求。读《王风·黍离》之篇，肝肠寸裂矣。按谱填词，昔人已视为小道。然虽小道必有可观者焉，能端其本。譬之迦陵频伽之鸟，一一演说法音，不犹贤于博弈者乎。……"迦陵频伽是梵语音译，汉语译作妙音鸟，是喜马拉雅山中的一种鸟，能发妙音。后佛教利用它来宣传其教义，作佛教"极乐世界"之鸟，被描绘成人身鸟形。又佛教有三三昧之说，即指三种三昧，是印度佛教的三种观行法门，也可视为三种实践原理。其三三昧分为有觉有观定、无觉有观定、无觉无观定三个层次。觉，粗大之思惟作用；观，微细之思惟作用。无觉即指无粗大之思惟作用，系修行者的一个层次。可见当时龙先生于佛法确有一定研究。

据《龙榆生先生年谱》记载，早在 1938 年 4 月吕碧城就有函自海外致先生，请代刊学佛小册，并将自己绘制的普贤菩萨像一叶奉赠先生，劝其信佛。1939 年 8 月 5 日龙榆生又得吕碧城海外复函及和词，信中谈及"昨奉七月十五日函及新作，词笔突进，凄丽隽永，非城所及，甘拜下风矣。自奉题尊拓佛像后，已无一字之吟，实因趑晦。"1940 年 9 月 20 日，又接吕碧城自香港回函。函曰：

> 榆生先生词友惠鉴：来缄所述窘境，凡存心忠厚者，当能原谅，佛说世事如梦幻泡影，不必深论。倘能以皈依三宝自鸣，则以佛徒之立场，不受世法之界限。桑榆之收，莫善于此。顷有友人谈及，城亦持此论，非以虚言奉慰也。如能真实归佛，则于世事一切能安心自觉，另换一个天地。将来尤获益无穷，尚希有以自解，勿徒戚戚。如蒙赐函，请由沪转为要。手此敬颂吟安！碧城拜上，九月十二日。

可见，1940 年 4 月中旬赴南京任伪职一事给龙榆生先生带来很大的精神痛苦，深深地折磨着他，并切实深刻地影响了他的后半生。但是就龙榆生当时的处境而言，家累日重，身体每况愈下，在这样艰难的世道中生存，也只能遁入空门了。

其余如俞耿、惠瑜、丹丘的署名，无确切之解。但"俞""瑜"与"榆生"之"榆"谐音，似可作一解。龙榆生长子龙厦材先生曾有《记父亲的一篇佚文》发表在《文教资料》1999 年第 5 期。记述的就是一卷一号署名"俞耿"的《寒琼碎语》。阅读内容可知是龙榆生先生之作。末尾云：

> 每念山河残破，满目疮痍，平生师友知遇之恩，父母鞠养教诲之德，曾未能少图报效，心之忧矣，白发横生。偶忆王静安先生词云"闲愁无分况清欢"，愈觉其沉痛入骨也。

一卷一号刊行于 1940 年 12 月 20 日，龙榆生之父龙赓言卒于同年 12 月 11 日。龙榆生羁旅白下，交通阻塞，接到噩耗，悲痛万分，却不能返乡奔丧。据邹森运先生 1998 年 7 月 18 日函曰："在一次课上，他（龙榆生）涕泪难抑，诉说了他先人弃养，不能亲临含殓盛服的哀痛情绪。""耿"除了有正直、光明之意外，还有心情不安、焦虑、悲伤之旨。于此可窥先生署名"俞耿"的初衷。

"惠瑜""丹丘"不可考。《龙榆生先生年谱》未列明这两则补白系龙榆生所写，但笔者在翻阅过程中亦存疑，何以唯独这两则不是先生所写呢？作何根据呢？笔者亦未从《年谱》中获得。但从文笔和写作套路上来推断，笔者认为还是龙先生之作也。至于定论只能留待后来者补证了！

四、《同声月刊》中的国外作品

《同声月刊》发行于南京汪伪政府"中日亲善""东亚共荣"的大背景下，因此中日诗人之间的交流固不少，但翻阅杂志才知，《同声月刊》的外国作品还不仅限于日本。而且《同声月刊》设立了《译述》栏目，这与《词学季刊》相比，不得不说是一种进步。国外作品目录详见下表：

作品	作者	国籍	期号	栏目
《孽报》	嚣俄（雨果）原著 贺孟云译	法国（原著作者）	一卷一号 一卷八号 一卷九号	译述
《雏鹰》	罗士当（奥涅格）著 贺孟云译	法国（原著作者）	一卷五号 一卷六号 一卷七号	歌剧
《现代诗界》	今关天彭著 汪吉人译	日本（原著作者）	一卷四号	译述
《清代及现代之词界》	今关天彭著 汪吉人译	日本（原著作者）	一卷七号	译述

续表

作品	作者	国籍	期号	栏目
《五山文学与江南地方》	今关天彭著 宋志泳译	日本（原著作者）	二卷一号	译著
《高野竹隐与森槐南之词学》	神田喜一郎著 李圭海译	日本（原著作者）	三卷一号	论著
《日本填词史话》	神田喜一郎著 李圭海译	日本（原著作者）	三卷八号	专著
桥川子雍诗八首	桥川时雄	日本	一卷一号	今诗苑
桥川子雍诗三首	桥川时雄	日本	一卷四号	今诗苑
燕台逸民词一首	细野燕台	日本	一卷四号	今词林
独抱庐诗二首	今关寿	日本	一卷五号	今诗苑
诗二首	水口庄三郎	日本	一卷十号	今诗苑
《南北游草》附销夏杂诗二十二首	今关天彭	日本	二卷一号	诗词
今关寿诗一首	今关天彭	日本	二卷二期	今诗苑
今关寿诗二首	今关天彭	日本	二卷五期	今诗苑
今关天彭诗一首	今关天彭	日本	二卷六期	今诗苑
今关天彭诗一首	今关天彭	日本	二卷七期	今诗苑
今关天彭诗一首	今关天彭	日本	二卷十二期	今诗苑

（一）法国作品

一卷一号"译述"栏目有译者按语，云：

> 作者目睹拿破仑三世之篡逆误国，义忿填膺，形之诗歌，无虑数百首，即世所流传之《惩罚集》也。此篇甚且詈之为乃伯（拿破仑第一）穷兵黩武之果报，凡七首，皆咏拿皇失意时事。

可知，《孽报》又名《惩罚集》，是法国伟大诗人维克多·雨果（1802—1885）于1853年创作的一部"充满革命气势"的政治讽刺诗集，在雨果的全部文学创作中占据重要地位，它是雨果政治立场从保皇主义转向共和主义的标志，又是雨果人道主义思想趋于成熟的表现。

另一部法国作品《雏鹰》，创作于 1937 年，是法国作曲家阿尔蒂尔·奥涅格（1892—1955）与伊贝尔（1890—1962）共同创作的一部轻歌剧。一卷五号第 105 页《凡例》介绍了剧情内容：

> 本剧主角镇国公，即拿破仑第二。文艺界目之为雏鹰。初，拿皇既甲天下，思传仪载，而元配约瑟芬后久无所出。适法人屡挫奥师，奥皇法兰梓委屈求和，拿皇遂乘隙要娶其女马丽路易士，废约瑟芬而立之。翌年生子，取名法兰司娃查理士约瑟，呱呱堕地，即册封为罗马王。千八百十五年，拿皇二次逊位，法人欲拥为嗣君，未果，随母后马丽出奔奥国，投其外祖，旋封镇国公，居恒郁郁，屡谋复国，而奥相梅特涅力加阻挠，未得逞志，竟以瘵疾终。

《孽报》《雏鹰》都是法国的优秀作品，分别讲述了拿破仑三世和拿破仑二世的故事。都采用歌行体翻译。符合《同声月刊》诗乐合一的主张。笔者认为无论从内容上还是从翻译形式上都不失为精品之作。特别是《雏鹰》凡例中所介绍的：

> 本剧原文为诗剧体裁，每句都十二音，每两句自为韵。译者为便利起见，每句增译为十四字，而每两句之末一字，但求叶音，不计平仄，参酌吾国现行剧词鼓词之方式，知难免俗，亦良非得已也。
>
> ……
>
> 韵脚位于句读之末，此通例也。惟西诗间有不循此例者，谓之"跨步格"，所以调剂格律之拘束过严，如吾国律诗有"一三五不论二四六分明"之说，亦此意也。跨步格中所用韵脚，虽不必可裁为句读，然需于文气可告一小段落处为之，不得任意割裂。

可见翻译工作之艰辛，同时也可帮助读者了解中西诗体之不同，对中国古体诗词与外国诗歌、歌剧进行了初步的比较研究，开阔了读者的眼界，符合杂志的普及宣传功能。

（二）日本作品

纵观《同声月刊》，日本诗人诗作占据外国作品的主体地位，这显然有特殊政治背景的支持。笔者就其中与龙榆生交往密切的两位日本词人进行一下梳理。

日本诗人中首当其冲的是今关天彭，《同声月刊》介绍其专著三篇，诗歌近百首。体量之大，可见一斑。那么今关天彭是何许人也？

今关寿麿（1891—1970），号天彭，亦称天彭山人。20 世纪 20 年代，曾在华设专门研究室调查中国社会情况，并著《清代及现代的词界》一册。1930年 12 月 15 日龙榆生作《清季四大词人》的《小引》中写道：

> 去年，强村先生以日本人今关天彭君所著《清代及现代の诗余骈文界》一册见示。受读既竟，因念词至今日，渐就衰微；偶以现代词人，询诸学子，甚或不能举其姓氏。彼东邦学者，犹能注意吾国词坛，而吾乃茫然所知，言之不滋愧欤？且人恒贵远而贱近。晚近号称研究词学者流，又往往专注于两宋词人轶事之考索；苟叩以最近词人之性行，亦瞠目不知所对。及今不图，而令百千年后，竭诸才士之精力，穿凿附会，以厚诬古人，斯又非学者之大惑乎？以此因缘，吾乃有《清季四大词人》之作。

此时，龙榆生还未曾与今关天彭谋面，只是拜读了他的著作，便深深地受到他的影响，以至于龙榆生在治词理学方面多关注近现代词人词作。

1941 年，今关天彭应南京中央大学之聘，到华讲学。参见二卷一号《南北游草》作者序语，可证。序语如下：

> 辛巳四月应南京中央大学之聘，力疾出游。讲毕，从上海北赴燕都，以七月下澣归国。其间登临应接之作，无虑七八十首，装成一卷，以供他日笑谭之资云。九月二十三日，天彭山人识。

又 1942 年 2 月 15 日二卷二号刊有日本诗人今关天彭《次榆生见赠韵却寄》诗。诗曰：

> 古谱新声各有因，笔传胸臆语何亲。去年相识清明节，一醉同迎白下春。海客难胜毛羽老，骚人逾见性情真。唱酬成卷自今始，拟读村词朱与陈。

可知龙榆生与今关天彭相识于 1941 年清明节。查阅《忍寒诗词歌词集》，1941 年确有一首《八声甘州·白下遇今关天彭用云起轩词韵赋赠》。词云：

正茫茫、堕絮送春归，悽吟和流泉。乍天风吹到，风流秘监，自外烽烟。看赌乾坤未了，胜败两潸然。领取无言意，知向谁边。 相对休嗟沈陆，剩兰成老泪，渗入危弦。又江南草长，回首乱莺天。待为霖、洗兵须早，愿讴歌、各趁太平年。同音感、听埙篪奏，忘却华颠。

"天风吹到，风流秘监"一语是对今关天彭的赞美，把他比作晁衡。晁衡原名仲满、阿倍仲麿，日本人。公元717年（唐玄宗开元五年）随日本遣唐使来中国留学，改姓名为晁衡。历仕玄宗、肃宗、代宗三朝，任秘书监，兼卫尉卿等职。大历五年卒于长安。天宝十二年，晁衡乘船回国探亲。唐代诗人王维有一首五排《送秘书晁监还日本国》，表达了对晁衡这位日本朋友的深挚情谊。

1942年龙先生又有七绝一首《秋晓有怀天彭先生》，诗曰：

一自归帆向海东，思君望断早霞红。枫林瑟瑟金风里，知得秋心几处同。

可与《南北游草》序语同参，当是今关天彭回国后，两人的酬唱之作。也就是从这时起，龙先生与今关天彭的诗词唱和不断。《忍寒诗词歌词集》中，有关今关天彭的诗词不少。1941年二首，1942年二首，1954年二首，1955年一首，1959年九首，共十六首。其中1954年的七绝二首《甲午仲春寄怀海东故人今关天彭寿麿》，值得注意。如下：

偶缘文字讬知音，只有相思与日深。禹域初开新境界，为君东望一沉吟。

幸得开笼放白鹇，更从洲渚听关关。当时促膝论先觉，此意悠悠岂等闲。（今关客金陵时，常访予作笔谈。论及东方局势必归共产，今关谓内藤湖南博士已早见及此云）

此诗可与1941年龙榆生白下遇今关天彭赋赠词《八声甘州》同阅。词中"看赌乾坤未了，胜败两潸然"的无奈感叹，与诗中"当时促膝论先觉，此意悠悠岂等闲"的快意表达，形成鲜明对比，同时也见出两位诗人虽然国籍不同，所处的境地不同，但确能以诗词为媒建立一种纯粹的友谊，足见千古骚人的真性情。

其实，作为日本学者的今关天彭在华交友亦不止龙榆生一人。翻阅《南北游草》可知，与程白葭、张东荪、溥心畬、瞿兑之、夏枝巢、鲁迅等都交好。近年来，也有不少人陆续发表有关鲁迅与今关天彭关系的相关研究。

除天彭诗老外，另外一位就是神田喜一郎。《同声月刊》三卷一期、三卷八期登载了神田著的《高野竹隐与森槐南之词学》《日本填词史话》（九）二文。初读一遍，觉得写作风格颇似龙榆生，内容都是讲述日本诗人槐南与竹隐二家的。

神田喜一郎（1897—1984），号鬯盦。神田家世代务商，为京都著名之商家。祖父神田香岩，工汉诗且长于书画鉴赏，嗜书物，喜收藏中日古籍，曾任京都博物馆学艺委员，与中国罗振玉、王国维、董康等尝有交往。神田喜一郎先生自幼受祖父熏陶，对中国文学、历史极具兴趣，亦能创作汉诗。

1917 年入京都大学文科大学史学科，受业于内藤湖南、桑原骘藏、小川琢治诸先生。历任大谷大学、台北帝国大学、大阪商科大学、大阪市立大学、京都大学教授，1962—1970 年又任京都国立博物馆馆长。

在龙榆生遗存的笔札中，有两封来自神田喜一郎。时间都是 1965 年。8月来函曰：

> 榆生先生文席，奉接尊翰林，恭诵大作喜鹊枝一首，感喜无量，莫可言宣。鄙著日本填词史话已经付邮寄上，到日倘蒙斧正为荷。专复敬请暑安。神田喜一郎顿首再拜，八月二十八日。

信中提及的《喜鹊枝》，在《忍寒诗词歌词集》中名为《鹊踏枝·七夕》。词云：

> 喜听枝头灵鹊语，指点蓬莱，此去无多路。牛女由来相忆苦，佳期空为银潢阻。　　顿足低昂扬袖舞，拔帜歌坛，试琢惊人句。霞彩连天天已曙，掣鲸身手倾城顾。

想来是龙榆生以《鹊踏枝·七夕》一词见寄神田，表达思念和神交之感。神田以大著《日本填词史话》回赠。同年龙榆生又以新版《东坡乐府笺》见赠。12 月，龙榆生又接神田回函，并寄和诗四首。如下：

> 石遗门下压三陈（谓伯弢、柱尊、斠玄三军也），才学当年称凤麟。一线乐章将绝日，中流砥柱属斯人。

跨浙迈常高奋飞，强村词学独传衣。从君欲读眉山作，千古郑笺多发微。

靳绝江西云起轩，精光未灭典型存。我知浑脱浏漓曲，幻出龙家化境尊。

遯盦乐府海绡词，天下几人能赏奇。不尽苍茫多感慨，东瀛一老梦君时。

翻开《忍寒诗词歌词集》目录，1965 年的诗词篇目中亦见录有七绝四首《神田鬯盦先生以所著〈日本填词史话〉见寄，兼荷赠诗，谨依原韵奉酬》。如下：

燕子桥边迹已陈，何德能堪锡凤麟。禹域如今尘扫尽，老来欣作种花人。

派演常州逸兴飞，王（半塘）朱（强村）一脉孰传衣。晚来重籀坡仙集，愿与先生共发微。

西江易帜自轩轩，别调船山百世存。妙喻公孙浑脱舞，更于何处敢称尊。

沉郁苍凉二世词（遯盦、海绡），赏音域外特惊奇。三山本自多灵药，把盏东风共此时。

二十世纪八十年代，龙榆生长女龙顺宜女士为搜集父亲作品曾致信神田喜一郎。八十多岁高龄的神田依然恭恭敬敬地回信。函曰：

尊甫榆生先生以词学硕望，翱翔文坛。弟久想光仪，景仰不已。千里神交，邮筒往来者，几三十年。但，近年以来颇疏问候，懒惰使然也。讵图忽承于一九六六年八月逝世。闻之愕然，痛心之至。谨兹奉唁承问。先生遗墨现藏尺牍三通，诗草一通，兹付景印奉上。

两人千里神交、邮筒往来三十载的友谊，縠然纸上。神田先生殊不知，一九六六年弥留之际的龙榆生还惦记着东方吟侣，写下了七绝三首《乙巳岁晏寄怀日本诸吟侣》。其中两首如下：

珠玉联翩耀海东，天留一老扇唐风。湖南博士原先觉，促膝深谈意未穷。（今关天彭诗老）

倚瑟妍词感易交，朝暾照槛语能豪。踏歌联袂诸年少，料得掀然爱此曹。（神田邕盦先生）

上述数首往来诗词，虽以互相恭维的酬唱应和之作为主，但也从另一个侧面说明了中日学者之间的交流是一以贯之的，虽然也受到政治的冲击和左右，但诗人的真性情和学者的求是精神才是维系他们之间关系的重要纽带。而中日学者、文人之间的交往也是近代错综复杂的中日关系的一种体现，更是中日文化同宗同源的自然流露。

此外，关于中日文化交流，在《同声月刊》中还能找到些许证据。如一卷四号第169页"通讯"栏目登载《日本东北帝国大学支那学院研究室来函》。云：

顷承赠贵刊第二号，展读之下，轴轴金声。大雅不废，实赖贵刊。钦想高风，景仰何似。沈培老遗诗，尤为宇内之鸿宝。所憾惟第一号迄未收到。料以付诸洪乔矣。如蒙再为惠投，曷胜感幸。谨此鸣谢，复敢冒昧干请。良以海外之人，苟一失机，恐无获睹之期也。诸惟鉴原是荷。此致同声月刊社台照东北大学支那学院研究室启　三月三日

是号另有启事鸣谢早稻田大学汉学会惠赠《游文》、斯文会惠赠《斯文》云云。二卷八号《词林近讯》又登载：

日本研习汉时之风，近似甚盛。其专论汉诗之杂志，除艺文社之东华按期出版外。其与本刊交换者，有声教社之汉诗春秋，倡导汉诗尤力。又斯文会之斯文，亦按期载有汉诗。木南保先生为彼邦专工绝句名家。近刊向阳书屋绝句庚签，并用汉装，至精美。水口庄三郎先生曾举以寄赠本社云。

可见先生主持之刊物与海外汉学学会交流之状况。

（作者单位：北京园林学校）

龙榆生诗词唱和考

周　翔

　　龙榆生作为现代词学的奠基人，他的诗词创作非常丰富。这与他诗词唱和、诗词结社、创办刊物等活动有密切关系。就其诗词唱和而言，龙氏一生结交广泛，如朱祖谋、郑文焯、夏敬观、陈衍等遗老，亦如夏承焘、唐圭璋、卢前、俞平伯、钱钟书等同辈学者，且不乏汪精卫、陈璧君、陈公博等民国时期政治人物。新中国成立后，龙氏更是与陈毅、萧向荣等交好，并得到毛主席的接见。在与众友朋的交游中，龙氏创作大量诗词赠酬之作，这些作品能够真实还原龙氏与友朋交往的具体细节。考察龙榆生诗词唱和有利于对龙榆生交游进行全面梳理和观照。其诗词是龙氏交游的文献留存，根据现存龙氏诗词统计，龙榆生共与其所处时代的二百三十五人有诗词往来，这其中不乏前辈大家，也有同辈学者、文化界人士、政军界人士以及自己的后生晚辈等。现将龙氏与相关人物的诗词唱和择要简述如下。

一、龙榆生与前辈学者的唱和

　　晚清遗老在民国前期的诗词创作中仍占据重要地位。龙榆生与陈三立、朱祖谋等遗老交从甚密，且深得前辈们的喜爱。朱祖谋更是授砚于龙氏，视龙氏为弟子。同时，出生于晚清时期的学人逐渐绽放异彩，龙氏与前辈学家多有交游，并创作不少诗词。诸如夏敬观、陈中凡、张尔田、林葆恒等都与龙氏有交集。

　　（一）龙榆生与陈三立的唱和。陈三立为光绪十五年进士，授吏部主事，未就职。因其父陈宝箴变法之事，父子同被革职，而后回乡。陈三立守母丧后移居南京、上海等地，之后又避居庐山。后其子陈寅恪将他接往北京休养，因七七事变绝食而死①。陈三立与朱祖谋、夏敬观等交好，龙榆生因此得识陈氏。据龙氏诗词集，龙榆生与陈三立唱和共三首。其《书愤寄散原、香宋两先生》得陈三立"声情沉郁，最为杰出之作"②之评价。

书愤寄散原、香宋两先生
依然踪迹滞天涯，多病仍怜素愿乖。丧乱已无山可入，烦忧倘许地能埋。叫群创雁依残垒，作态阴云过断崖。物外高标思二老，只应悲愍未忘怀。③

（二）龙榆生与朱祖谋的唱和。朱祖谋是龙榆生的老师。在朱氏弥留之际，他亲手将自己使用的双砚赠予龙榆生，以期龙氏能完成他未竟之业。据龙氏诗词集，龙榆生与朱祖谋唱和共六首，除两首诗为和强村绝命词外，均为随强村出游而作。龙氏和强村绝命词的两首七绝，足以体现他对朱祖谋的敬重、感激之情。

十二月二十八日赋呈朱强村先生
信是人间百可哀，无穷恩怨一时来。只应留取心魂在，掺入丹铅泪几堆。经旬不见病维摩，沾溉余波我独多。万劫此心长耿耿，可怜传钵意云何。④

（三）龙榆生与易孺的唱和。易孺，早年肄业于广雅书院，而后游学日本。归国后曾任上海音乐学院教授，同时为南社社员。据龙氏年谱，易孺与龙榆生熟识于1929年春夏间。易孺经常拜托龙氏向朱祖谋借书。同时龙榆生在音乐院担任教职，便是代易孺授课。易孺与龙榆生的诗词唱和较多。据龙氏诗词集，两人唱和之作共18首。除挽诗三首外，多为龙氏题词或酬赠之作。如：

为大厂题《双清池馆集》五首
其一
西湖定是谁家物，迷恋骚人尔许深。割取旧山楼一角，帘花波影自

---

① 胡迎建：《鄱阳湖历代诗词集注评》（下），南昌：江西人民出版社，2015年5月，第825页。
② 张晖编：《龙榆生全集·诗词集》，上海：上海古籍出版社，2015年12月，第79页。
③ 同上。
④ 同上，第86页。

沉沉。

其五

山容水态两模糊，头白鸳鸯兴不孤。读罢双清池馆集，凭君乞取
梦游图。[1]

（四）龙榆生与林纾的唱和。林纾是近代著名的古文家、翻译家，龙榆生
曾为林纾所画的西溪图题词。两人也仅存这一首词。

南乡子　题林畏庐画西溪图

何处最宜秋。拨棹西溪且信流。波皱绿鳞风骤紧，飕飕。未白芦花也
白头。　　烟景望中收。零落诗魂好在不。凭仗丹青留幻影，悠悠。衰柳
残阳万古愁。

（五）龙榆生与夏敬观的唱和。夏敬观，晚清举人出身，曾参加新政。民
国时期担任过教育厅长，1924 年辞职后，潜心著述[2]。夏敬观还为龙榆生词集
作序。夏氏在序中提到："其文章尔雅，词宗清真、梦窗，兼嗜苏辛。盖其旨
趣与侍郎默契，所取法为词家之上乘也。"[3]从中不难看出夏氏对龙榆生的溢美
之词。龙氏诗词集所载，龙夏二人唱和共三首。除题画词外，其余二首均为龙、
夏二人与朱祖谋、黄公渚、林葆恒等宴游张氏园所作。从中可以看出龙、夏二
人共同的交游圈。

浣溪沙慢　甲戌暮春，映庵、众异、公渚、蒙庵、冀野枉过村居，重
游张氏园。伤时感旧，相约谱清真此曲，漫成一解

暖日映翠幕，荒沼飞红雨。展春槛曲，风紧闲鸥聚。尘梦待续，一水
漂花去，还听流莺语。烟景已无多，感吟魂、悽迷处所。　　少延伫。又
怨语相呼，怅云罗万叠，氛雰四围，怎障愁来路。颇讶夔华，尊酒且深诉。
弱柳惊飙举。沉醉易悲凉，是酣眠、芳茵半亩。[4]

（六）龙榆生与张尔田的唱和。张尔田，清末举人。他幼承家学，治词于

---

① 张晖编：《龙榆生全集·诗词集》，上海：上海古籍出版社，2015 年 12 月，第 80—81 页。
② 上官涛、胡迎建编：《近代江西文存》，北京：社会科学文献出版社，2015 年 6 月，第 461 页。
③ 张晖编：《龙榆生全集·诗词集》，上海：上海古籍出版社，2015 年 12 月，第 5 页。
④ 同上，第 98 页。

朱祖谋门下，与陈锐等研讨声律①。因此，张尔田与龙榆生可称同门中人。张尔田亦为龙氏词集作序，其言："吾又安知夫异日者不一蹴而为东坡哉？"②足见张氏给予龙氏极高的评价。据龙氏诗词，龙榆生与张尔田诗词唱和共三首，均为酬答寄怀之作。如：

> 雪夜寄孟劬先生燕京
>
> 梦醒尤闻战血腥，塞鸿冲雪影怜形。浥残瑞露香奁集，禁惯酸风野史亭。
>
> 绮雨多生消凤债，南冠一老抱遗经。只应存想麻姑爪，闲看桑生户不扃。③

（七）龙榆生与胡汉民的唱和。据龙氏诗词集，胡汉民与龙榆生的唱和共十二首，其中三首唱和词与易孺有关，另有《鹊踏枝》组词八首酬胡汉民赠诗。与易孺有关的龙氏和胡氏的三首唱和词是因为易孺和胡汉民有关于"文信国改作王昭仪词"的唱和，且易孺将此事告知龙榆生，才有了龙氏的三首和作。而龙氏的八首组词，则是效仿王鹏运和冯延巳《鹊踏枝》，来答谢胡汉民赠诗的美意，并借王鹏运赞冯延巳之语来赞胡汉民。

> 鹊踏枝八首　半塘老人谓冯正中《鹊踏枝》十四阕，郁伊惝恍，义兼比兴。次和十阕，载在《鹜翁集》中。予转徙岭南，抑塞谁语。因忆不匮室赠诗，有"君如静女姝，十年贞不字"之句，感音而作，更和八章。以无益遣有涯，不自知其言之掩抑零乱也
>
> 其一
>
> 斜掠云鬟凝睇久。宜面妆成，绰约仍依旧。病起情怀如中酒。带围省得新来瘦。　　折尽青青堤畔柳。梦结多生，未分今生有。悬泪风前沾翠袖。忍寒留波黄昏后。④

此外，据《龙榆生先生年谱》所述，胡汉民与龙榆生的诗词唱和缘于易孺

---

① 孙克强、杨传庆编：《清人词话》（下），天津：南开大学出版社，2012年9月，第2089页。

② 张晖编：《龙榆生全集·诗词集》，上海：上海古籍出版社，2015年12月，第9页。

③ 同上，第135页。

④ 同上，第106页。

邀请。胡氏《不匮室诗钞》载胡、龙二人唱和诗达四十七首。

（八）龙榆生与沈尹默的唱和。沈尹默，近现代著名学者。早年曾留学日本，回国后投入新文化运动。民国时期曾担任过国民党公职。抗战胜利后辞职，避居上海。新中国成立后曾出任中央文史馆副馆长。龙榆生与沈尹默的唱和共有四首。龙、沈均与吴湖帆交好，二人相识于吴湖帆招饮席上。然查龙榆生与沈尹默的唱和是在新中国成立后的 1952 年。因国庆前夕，上海市文物管理委员会宴集，柳诒征同时邀请龙榆生、沈尹默、汪东三人同赋，这才有了龙、沈二人的唱和。之后龙氏曾三次赠词于沈尹默。

> 木兰花　沪上岁阑呈沈尹默丈
> 病怀牵惹闲烦恼。梳骨酸风寒正峭。尊前双颊酒能红，筵上当时年最少。
> 往因吴湖帆招饮，始与尹翁相识，同席王同年最高，予最少，翁尝言之历历。　忘机
> 谁数东坡老。八十孩儿成一笑。风光来岁定应殊，春信来迟春更好。

（九）龙榆生与李宣倜的唱和。李宣倜，字释堪，号太疏，晚号蔬畦，李拔可之弟。因此龙氏在唱和诗词中多称其太疏，又因担任过陆军中将，龙氏亦称为太疏将军。李宣倜和龙榆生诗词唱和多达十五首。此外，二人还有一位共同好友钱钟书。李宣倜作诗偏爱七律，且"中间两联往往有俊句"[1]。因此，龙、李二人的唱和也以七律为最，如：

> 次韵太疏楼主《大热池上夜坐》
> 斜日烘帘势转强，余红敛尽尚如汤。
> 惯迟月坐高寒境，那得冰浇块垒肠。
> 大患有身还惜逝近为香宋、海绡诸翁校录诗词遗稿，小休无术况闻香。
> 此时输与桥西老，自喷飞泉挹晚凉。[2]

（十）龙榆生与马一浮的唱和。马一浮是著名的国学大师。虞万里《马一浮与龙榆生》一文对二人的交游考察较为详尽。其中附录马、龙二人的手札亦可得知二人关系匪浅。据龙氏诗词集，两人唱和之作共二十一首。两人首次唱和于 1957 年，由《浪淘沙》可知龙、马二人均与丰子恺有交往。1958 年，龙

---

① 刘铮：《始有集》，杭州：浙江大学出版社，2012 年 11 月，第 18 页。
② 张晖编：《龙榆生全集·诗词集》，上海：上海古籍出版社，2015 年 12 月，第 139 页。

榆生被划为"右派",惶惶难以终日的龙榆生多次在书札中向马一浮求教性理之学,并在诗词中向马一浮吐露心声。由此可见,马一浮在龙氏心中地位很高。

　　蝶恋花　己亥立秋前九日呈湛翁湖上
　　欲借丹铅消暑气。不有金风,那得新凉味。汤火魂飞诗作祟。南荒九死何曾悔。　　闭阁焚香真得计。一枕华胥,珍簟纹如水。吉便乘流随坎止。和歌自契归来意。①

　　(十一)龙榆生与谢无量的唱和。谢无量也是一位国学大师,曾为南社社员。谢无量与马一浮结识于1898年,并成为终生好友,两人还曾一起创办刊物,宣传西方思想。龙榆生和谢无量诗词唱和共八首。据龙氏诗词集,龙氏首次赠词谢氏亦于1957年,词中有"憔悴十年情未了"(《蝶恋花》)句,可知龙氏与谢无量应相识有十年之久。龙、谢两人和作亦多为雅赞之词,可见谢氏在龙榆生心中地位很高。

　　浣溪沙　久不得谢啬翁消息,赋此代表
　　江左风流数谢家。真成绝世擅才华。老来依旧笔生花。　　屑玉霏珠飘咳唾,舞风回雪斗尖叉。肯传芳信到天涯。②

　　(十二)龙榆生与陈寅恪的唱和。陈寅恪为陈三立第三子,早年曾留学日本、欧美等地,回国后一直担任大学教授。新中国成立后,曾担任中央文史馆副馆长。陈寅恪与龙榆生的熟识多因陈三立的缘故。两人不仅有书信往来,诗词唱和也多达三十二首。据龙氏诗词集,两次首次唱和在1953年。龙榆生作七绝三首追念陈三立,兼怀陈寅恪。陈寅恪和作两首酬答龙氏。新中国成立后,陈寅恪担任中山大学教职,龙榆生与陈氏的思念之情多通过诗词抒发。

　　甲午岁阑寄怀陈寅恪教授广州
　　拥衾未叹出无车,冰雪相寻逼岁除。两世交期笃风谊,百年志业惜居诸。
　　西天不住凭敷化,北雁能来为寄书。我亦支离头半白,观鱼濠上意

---

① 张晖编:《龙榆生全集·诗词集》,上海:上海古籍出版社,2015年12月,第290页。
② 同上,第316页。

如何。①

此外，龙榆生还与林葆恒、汪憬吾、于右任、陈中凡、冒鹤亭、汤定之、杨熙绩、吕碧城、汤国梨、陈含光、郎静山、吕凤子等前辈学者有诗词唱和。然因数量甚少，兹不赘述。

二、龙榆生与同辈学者的唱和

民国时期，名家辈出。晚清遗老逐渐淡出后，民国时期成长的众多名家与龙氏亦多有来往。诸如夏承焘、黄孝纾、钱钟书等学人，并且不乏冼玉清等女性文人，还有刘承幹、陈运彰等收藏家。

（一）龙榆生与夏承焘的唱和。夏承焘，现代著名的词学大师，与龙榆生可谓是至交。据龙氏年谱，1929 年 10 月，龙榆生曾托李笠给夏氏转信。信言："欲治词学，愿为师友之交，以获切磋之益。"夏氏回函："嘤求之勤，彼此同之。"②二人遂定交。两人在词学领域分而治之，相互切磋。在治学的过程中结下深厚的友谊。众多友朋对龙氏在汪伪任职表示不满，夏氏只是对龙榆生此举表示不解和惋惜，并劝解龙氏及时蓄积为退步计。尤其是龙氏在苏州狮子桥期间，夏氏多方打听消息询问龙氏具体情况，并且询问救援之事。龙氏在一首七律中也曾表达感激之情。

> 中秋风雨中夏瞿禅教授承焘自杭北游过沪，特至博物馆相访，因拈旧句发端，赋赠一律
> 最难风雨故人来，佳节匆匆罢举杯。九死艰虞留我在，十年怀抱为君开。
> 照人肝胆情如昨，顾影芳华去不回。今夕霸王台下过，倘从云外一低徊。③

这首诗直抒胸臆，表达了对夏承焘的感激之情，也可看出龙氏视夏氏为知己之心。正如龙氏自注言："奇谋未就，终遭缧绁，微瞿禅及女弟子龚家珠后

---

① 张晖编：《龙榆生全集·诗词集》，上海：上海古籍出版社，2015 年 12 月，第 223 页。
② 张晖：《龙榆生先生年谱》，上海：学林出版社，2001 年 5 月，第 26 页。
③ 张晖编：《龙榆生全集·诗词集》，上海：上海古籍出版社，2015 年 12 月，第 189 页。

先营救，几早瘐死狱中矣。"①据龙氏诗词集，两人唱和共有五首。除此首外，其余唱和之作主旨也多为知己间的明志之言。

（二）龙榆生与黄孝纾的唱和。黄孝纾，字公渚。其门兄弟三人，被称为"江夏三杰"。公渚工诗词、善书画，尤以词章称世，为陈三立、朱祖谋等赏识②。黄孝纾病逝后，龙榆生托香港王则璐为之代印黄氏词稿。据龙氏诗词集，两人唱和共七首。黄、龙二人因有早年随诸老游园唱和的情谊，又有新中国成立后各自经历乱离之磨难，因此唱和中便颇有当年同日而游，今日两地难见的怀旧之情。些许怀旧中亦不吝赞美之辞。

> 金人捧玉盘　黄公渚教授寄甲午除夕作索和，依韵报之
> 　　对瓶花，怀旧侣，惜年阑。尽雪消、未敛残寒。鬖华将换，只应不放酒杯干。醉来倚枕，听邻家、爆竹喧喧。　　念儿曹，千里远，渐衰朽，一枝安。任岁朝、容我高眠。蔗甘姜辣，且欣随分试春盘。故人慎重，爱盈笺、草圣张颠。③

（三）龙榆生与钱钟书的唱和。钱钟书是现代著名学者，其学贯中西，涉猎广泛，与龙榆生往来颇繁。龙、钱二人唱和共十首。据龙氏诗词集，两人初次唱和于 1953 年。然二人应相识更早。1943 年龙榆生曾寄函钱钟书，并得到钱钟书回函。然龙榆生年谱中未记载此事。从钱氏的诗句"一纸书伸渍泪酸，孤危契阔告平安""负气身名甘败裂，吞声歌哭愈艰难"（《得榆生先生金陵书并赠诗即答》)④中可以臆测，龙氏所书大概为赴宁任职之事。且据龙榆生年谱，1952 年钱钟书曾致信龙榆生，并寄送《黄山谷诗补注》。信中还说："只堪为知己道耳。"⑤可见二人亦有学术交流，且关系不错。二人唱和多有知音相惜，排忧解烦之感，也有溢美之辞。

> 戊戌元宵后一日寄钱默存教授北京
> 　　岂缘多病故人疏，窗外春光画不如。柳蓓才黄梅露白，倾城看要好

①　张晖编：《龙榆生全集·诗词集》，上海：上海古籍出版社，2015 年 12 月，第 189 页。
②　参见张天禄主编：《福州名人志》，福州：海潮摄影艺术出版社，2007 年 1 月，第 419 页。
③　张晖编：《龙榆生全集·诗词集》，上海：上海古籍出版社，2015 年 12 月，第 226 页。
④　同上，第 216 页。
⑤　张晖：《龙榆生先生年谱》，上海：学林出版社，2001 年 5 月，第 165 页。

妆梳。①

（四）龙榆生与冼玉清的唱和。冼玉清是岭南女诗人、文献学家。冼玉清是龙氏同辈交游中为数不多的女性。龙氏与冼玉清诗词唱和共十四首。由龙氏1953 年所作七绝可知，两人相识近二十年②。两人唱和自 1953 年始，直至冼氏去世。唱和内容除 1953 年所作三首题画词外，均为相互问候，聊表思念之语。且从诗词中看出龙氏极赞冼氏品性才学。

> 临江仙　久不得冼玉清来问，风雨中赋此代简
> 过却清明风更雨，高楼谁共论文。木棉花发草初薰。雅歌宜自赏，短翼怅离群。　独抱陈编消永昼，新篁看即干云。琅玕翠馆茗香酚。几时同把盏，清话到黄昏。③

（五）龙榆生与刘大杰的唱和。刘大杰为著名文学家、翻译家。两人唱和共三首，且时间跨度较大。据龙氏诗词集，龙氏赠诗刘大杰为 1934 年，之后便到 1954 年于沪上重逢赠词。二人唱和不多，诗词内容多为唱酬赞美之语。

> 浣溪沙　扬州戏赠刘大杰
> 愿作鸳鸯不羡仙。刘郎风度尚翩翩。扬州小别忽经年。　竹槛灯窗何处是，兰情蕙眄总依然。千金未许贮婵娟。④

此外，据 1962 年《沁园春》词，刘大杰曾请求龙氏"多著阐扬词学之书，以导来者"⑤，龙氏亦向刘大杰请教词学问题。

（六）龙榆生与吕贞白的唱和。吕贞白，名传元，自称吕伯子，诗词兼擅。吕贞白师从易孺门下，词法清真。诸老中，龙榆生与易孺唱和最多，因此龙、吕应是通过易孺结识。龙榆生与吕氏唱和共六首。据龙氏诗词集，两人唱和集中于 1939—1940 年。六首词中，四首为和贞白韵，两首为沪上宴集与易孺、吕贞白同作。

---

① 张晖编：《龙榆生全集·诗词集》，上海：上海古籍出版社，2015 年 12 月，第 271 页。
② 据诗题序所言"与冼玉清相知近二十年"得知。
③ 张晖编：《龙榆生全集·诗词集》，上海：上海古籍出版社，2015 年 12 月，第 231 页。
④ 同上，第 99 页。
⑤ 同上，第 332 页。

（七）龙榆生与冒孝鲁的唱和。冒孝鲁，又名效鲁。其父冒鹤亭，亦与龙榆生交好。冒孝鲁曾与叶恭绰、胡汉民、章士钊等名家均有唱和，与钱钟书关系尤密。冒氏与龙氏唱和共四首。据龙氏诗词集，两人首次唱和于1942年，为冒氏请龙榆生作题画词。1954年龙氏曾次韵赠诗于冒氏并钱钟书，提笔两句"花时何遽怨春迟，冷暖由来只自知"①，向两人表明自己的艰难处境②。

（八）龙榆生与朱居易的唱和。朱居易，原名朱衣。曾任教南昌中正大学，属于抗战词派词人群体。据任睦宇文章，其拜在龙氏门下，就由朱居易介绍。龙榆生与朱居易唱和共三首，均为朱居易在湖南时，龙氏怀人之作。

此外，同辈中人还有陈运彰、任中敏、卢前等学人与龙氏互有唱和，因数量极少，此不详述。

三、龙榆生与后生晚辈的唱和

龙氏一生，在众多学校担任教职。龙氏任教，诗词多取放翁、苏辛，借以表达报国之志，激发学生爱国情怀。他教授的学生中亦有酷爱诗词，且走上学术道路的。且龙氏爱生如子，常有赠答之作，聊表喜爱。现择要介绍如下。

（一）龙榆生与龚家珠的唱和。龚家珠是龙榆生的女弟子。据1956年龙榆生悼龚家珠所作《虞美人》，龚氏乃其音乐专科学校学生。龚家珠曾在龙氏入狱后，募集钱款，多方求救。龙榆生对此甚是感激。龙氏与龚家珠诗词唱和有14首。除悼亡诗两首外，多为题画赠诗。

（二）龙榆生与任睦宇的唱和。任睦宇，龙榆生任教暨南大学时的学生。任睦宇通过朱居易的介绍，拜在龙榆生门下。龙榆生曾赠诗两首给任睦宇。龙氏辞去暨南教席转入中山大学后，任氏还曾去拜访过龙榆生。龙榆生赋词一首赠予任氏。此外，二人没有其他唱和之作。

（三）龙榆生与张寿平的唱和。张寿平，中央大学34级学生。据张寿平自己介绍，他于民国三十二年拜入龙榆生门下。龙氏对张寿平异常器重，曾命他去上海法租界处理他的旧物。龙榆生有诗词五首赠予张寿平。龙氏赠诗借竹表

---

① 张晖编：《龙榆生全集·诗词集》，上海：上海古籍出版社，2015年12月，第215页。

② 因为历史问题和全国整风运动，龙榆生惶惶不安，内心愁闷。此间发表文章、出版著作未用真实姓名。《龙榆生先生年谱》也提及，郭绍虞、刘大杰邀龙榆生编写词选，龙氏假以龙元亮名。

爱国之志和坚韧不拔的品节。

> 乙酉初春缦安属写孤生竹，并书俚句寄之
>
> 岩阿冉冉孤生竹，似向风前诉不平。直节宁愁霜露重，自听戛玉振清声。①

（四）龙榆生与王筱婧的唱和。王筱婧为龙氏私淑女弟子。王筱婧兄王错，其父王则璐、伯父王彦行均与钱钟书、龙榆生等相识。近人陈兼与、今人刘梦芙均给予王筱婧词很高的评价。龙榆生与王筱婧的诗词唱和共十二首。据龙氏诗词集，1963 年龙榆生得王筱婧书，请求列弟子籍。龙氏"喜拈小调报之"②，可见龙榆生对王筱婧请列弟子籍甚为欢心，并将王筱婧与吕碧城作比。

> 甲辰小暑前二日，检侯官严几道先生复为吕碧城所书纨扇，转贻王筱婧，附题五言两绝句
>
> 其二
>
> 碧城姑射姿，缘何只自了。持此更贻谁，雪峰明远照。③

（五）龙榆生与丘立的唱和。丘立亦为龙氏学生。龙氏在集美教学时，与丘立认识。丘立考上厦门大学以后又将龙榆生介绍给陈衍。学生将老师介绍给老师的故事堪称佳话。丘立旅居马尼拉，与龙榆生一别近四十年。在这期间，丘立仅靠他人代向龙氏问候。据龙氏诗词集，龙氏 1964 年所作《临江仙》一阕，便是喜接丘立贺年卡而作。1965 年丘立又寄贺年卡，且寄钱接济龙榆生。龙榆生作七绝三首以示感谢。

（六）龙榆生赠诗高校诸生。龙榆生担任过多所学校教职，尤其对暨南大学和中山大学感情尤深。龙榆生在暨南大学开办晨读会，以激励广大学子学习诗词。为此更是赋词一首，词中激励广大学子"匡扶志业托讴吟。只应不负岁寒心"④。因政治理念不合，龙榆生于 1935 年秋离任暨南大学，临行前曾赠诗暨南诸生二首，词中仍不忘"岁寒同保，鸡鸣风雨，待张吾帜"⑤。龙榆生在中山大学任教一年，因"西南事变"返沪。龙榆生在中山大学教学颇为顺利，曾

---

① 张晖编:《龙榆生全集·诗词集》，上海：上海古籍出版社，2015 年 12 月，第 154 页。
② 同上，第 361 页。
③ 同上，第 368 页。
④ 同上，第 89 页。
⑤ 同上，第 104 页。

与中山大学诸生一起游玩赋词，兹不赘述。

四、龙榆生与文化界友朋的唱和

龙榆生一生辗转，留连于赣、沪、粤等地，结交广泛。不仅与前朝遗老和同辈学者交好，也与吴湖帆、徐悲鸿等画家，刘承幹、张元济等藏书家、出版家熟识。下文亦择要介绍龙氏与文化界友朋的唱和。

（一）龙榆生与吴湖帆的唱和。吴湖帆，近代著名的书画家。吴湖帆虽为书画家，亦涉猎诗词。他所编《佞宋词痕》深得龙氏好评。据龙榆生 1954 年所作《石湖仙》，龙氏言："与湖帆道兄相契二十余年，垂老江湖，每以歌词相商榷"①。由此可知，吴、龙二人经常探讨词学问题，且互有唱和。据龙氏诗词集，龙榆生共与吴湖帆唱酬诗词十首，除两首祝寿词外，多词技切磋。如：

鹧鸪天　　用晏叔原韵题吴湖帆《和小山词》

梦向瑶台酒一钟。春回双颊见微红。小苹归后生明月，仙掌行来怯晓风。　　知相忆，定重逢。口脂深印两心同。临川公子悲凉意，尽在红牙按拍中。②

（二）龙榆生与张元济的唱和。张元济，近代著名出版家，曾任商务印书馆翻译所所长。两人结识应于上海。1928 年经陈衍介绍，龙榆生来到上海暨南大学任教，曾结识陈三立、朱祖谋、郑孝胥、张元济等沪上前辈。张元济、龙榆生二人曾补校黄庭坚《山谷琴趣外编》，将朱刻版未收录的俚词收录进来。新中国成立后，张氏年事渐高，龙榆生有诗词相赠，除挽诗两首外，其余两首均赞张氏学力。

春日呈张菊生丈元济，丈病偏废已数年，力学尤未懈也

力学谁如张菊老，兔毫隐几不停挥。喜看赤帜扬芳烈，南极星光映紫薇。③

（三）龙榆生与刘海粟的唱和。刘海粟，现代美术家和美术教育家。刘氏

---

① 张晖编：《龙榆生全集·诗词集》，上海：上海古籍出版社，2015 年 12 月，第 203 页。
② 同上，第 204 页。
③ 同上，第 205 页。

曾创办上海美术专科学校，据龙氏词注所言："与柳亚子诸君曾应邀至君所设美术专门学校作茶话会"①。且由首句"屈指二十年寻断梦"（《临江仙》1954年），可推测二人已相识有二十年。刘、龙二人的诗词交游仅以题画或乞画为主。据龙氏诗词集，龙氏共与刘氏诗词唱和四首。龙氏曾以词乞画红梅。

> 卜算子　　赋海粟翁，乞画红梅
> 质比后凋松，特凛凌寒操。淬励冰霜脸自丹，喜得迎阳到。　　间向野塘开，引出山花闹。笔挟东风与播芳，齐唱春光好。②

（四）龙榆生与赵朴初的唱和。赵朴初，著名书法家。赵氏工诗词，酷爱书法，曾任中国书法家协会主席。赵朴初除了书法家身份外，亦为中国佛教协会会长。他自幼学佛，深谙佛理，曾率团代表国家出席世界宗教徒争取和平大会。因历史问题，龙榆生晚年逐渐接触佛学以求缓解内心的惶恐。吕碧城亦常致书龙氏，劝其学佛。龙榆生与赵朴初的诗词共三首，皆有关佛学。其《临江仙》一阕，即为送赵朴初出席和平大会之作，首句用赵朴初诗。

> 竖起脊梁真佛子，霞光偏绕东溟。无边壮丽眼常青。魔君全压倒，胜谛见分明。　　坦荡襟怀无尽愿，毫端般若旋生。行空天马俯苍冥。爱听狮子吼，不断凯歌声。③

（五）龙榆生与方君璧的唱和。方君璧，著名女画家，曾仲鸣妻。汪伪政权倒台后，夫妻随汪氏至越南，之后定居美国。龙榆生首次赠诗方君璧是1942年，龙氏此时已身陷汪伪政权。而方氏丈夫曾仲鸣为汪精卫得力助手，因此两人之间不难熟识。据龙氏诗词集，龙氏与方君璧唱和诗词共四首。方氏虽各地辗转，但仍与龙氏有联系。两人唱和之作多表露出思念之情，互诉衷肠，互道珍重。1954年龙氏便得到方君璧寄诗。龙榆生作《临江仙》以报之。

> 留得余生惟自愧，泪痕终古长新。几人相忆见情亲。西州门外路，凄断故时春。　　青鸟为传归信早，开缄喜及芳辰。蔷薇谢后草如茵。画图

---

① 张晖编：《龙榆生全集·诗词集》，上海：上海古籍出版社，2015年12月，第211页。
② 同上，第357页。
③ 同上，第376页。

辉禹域，珍重有为身。①

（六）龙榆生与丰子恺的唱和。丰子恺，现代漫画家、散文家、美术家、美术和音乐教育家、翻译家。丰子恺师从李叔同，融合中西艺术，成就斐然。丰子恺与龙榆生相识较早，两人曾于 1935 年受邀参与编校《中国古典文学珍本丛书》系列②。1947 年龙榆生在狱中创作新体歌，还经钱仁康谱曲，丰子恺作漫画，广为流传。据龙氏诗词集，新中国成立后两人有诗词唱和。今可见龙氏与丰子恺诗词五首。

五、龙榆生与政军界人士的唱和

早年间，汪精卫与龙榆生因同在朱祖谋门下而结缘，这也注定日后其所谓政治生活的波折与苦难。新中国成立后，龙氏与陈毅交游甚密，并受毛主席接见，堪称佳话。然抛开政治话题，龙氏与政军界人士的唱和颇多，且不乏精品。现择要简述。

（一）龙榆生与陈毅的唱和。陈毅，著名爱国人士，开国将领。两人结识缘于龙榆生策反郝鹏举的行动。此后，陈毅历任上海市市长、国家副总理，对龙榆生晚年照顾有加。因陈毅引荐，龙榆生还得到毛主席接见。同时，两人也有诗词酬唱，龙氏更是经常赠诗词于陈毅。据龙氏诗词集，龙榆生与陈毅的诗词多达二十九首。陈毅不仅生活上帮助龙氏，更在精神上支持龙榆生积极进步。龙氏与陈毅的诗词多为献诗致谢，或表崇敬之情。龙氏有诗：

> 略似尧章仰石湖，每思务观在成都。明时幸许容疏放，惭愧年年总故吾。③

这首诗，龙氏以姜夔自比，将陈毅比作范成大，以示陈毅对自己的知遇之恩。然两人也有诗词交流。陈毅曾在《人民日报》上发表《南歌子·日内瓦会结束后驱车游洛桑》一词，龙氏读后认为"不特托兴深远，抑亦复面目全新"④，因取"洛桑"地名成《洛桑游》一阕：

---

① 张晖编：《龙榆生全集·诗词集》，上海：上海古籍出版社，2015 年 12 月，第 211 页。
② 据刘军《文学的灯火——现当代文学评论集》，1935 年在张静庐策划下，施蛰存和阿英联合包括丰子恺、龙榆生在内的十余名学者编校《中国文学珍本丛书》。
③ 张晖编：《龙榆生全集·诗词集》，上海：上海古籍出版社，2015 年 12 月，第 222 页。
④ 同上，第 331 页。

雨过天逾静，波明兴欲飞。雪峰秀出玉成堆。照耀晴光、任向镜中窥。　　浩荡宜冲举，苍茫孰夺魁。攀藤扪葛紧相追。腰脚轻便、风力不能催。①

（二）龙榆生与萧向荣的唱和。萧向荣，开国将领。萧氏是除陈毅外，龙榆生联系最多的一位将军。萧向荣在行军途中便喜爱作诗，如《红军东征诗》。据龙氏诗词集，龙氏最早赠诗萧向荣是 1959 年。据龙氏《水调歌头》知，二人亦有书信往来。且词言："何物最相感，文字有因缘。发函无损深契，珠玉洒心泉。"② 此后，龙氏更是经常赋诗词于萧向荣。

（三）龙榆生与张东荪的唱和。张东荪，著名哲学家、社会活动家。将张东荪放在政军届人士中，主要是张东荪为龙榆生策反郝鹏举的直接策划者和参与者。张东荪在北京曾做过中国民主革命同盟的工作，整个策反工作在张东荪的指导建议下，由龙榆生出面劝说郝鹏举。此外，张东荪为张尔田的弟弟，张尔田亦与龙榆生交好。1943 年，龙氏便借拜访张尔田之故，与张东荪等取得联系。据龙氏诗词集，龙榆生与张东荪诗词共八首，两人最早唱和见于 1953 年。当时，张东荪寄诗向龙榆生请教，龙氏次韵答寄。此后，二人互寄诗词，笔耕不辍。

（四）龙榆生与汪精卫、陈璧君的唱和。龙榆生与汪精卫结缘于朱祖谋的葬礼活动中。汪精卫曾在广东为朱氏门人，因朱氏仙逝与龙榆生渐有书信往来。二人于诗词又颇多喜爱，因此更是结下不浅的缘分。尤其是汪精卫卖国求荣后，五次三番请求龙榆生去伪政府任职。最终，在龙榆生不知情的前提下，汪氏擅自将龙榆生名字列入伪政府任职名单中，这也是龙榆生一生最为人诟病的地方。但从文化角度考察，汪精卫资助龙榆生创办《同声月刊》，支持龙榆生创办南京中央大学以发展近代高等教育，也是好事一桩。然据龙氏诗词，两人的诗词唱和现仅存《减字木兰花》两首，缘起于龙氏赠汪精卫新刊本《强村遗书》。还有《贺新郎》（恰似南飞鹄）答谢汪氏关心《近三百年名家词选》一事。陈璧君是汪精卫的妻子，与龙榆生亦有交情。陈璧君曾多次资助龙氏一家生计，且在苏州监狱时期接受审判时并未将龙榆生与自己作为捆绑来辩驳罪行，也足以看出陈氏对龙榆生有所保全。龙榆生曾因陈璧君送端午节礼而述怀《朝中措》一阕。此外还有《高阳台》（望杳遗弓）一阕，均是感时伤怀之作。

---

① 张晖编：《龙榆生全集·诗词集》，上海：上海古籍出版社，2015 年 12 月，第 331 页。
② 同上，第 315 页。

除以上之外，龙榆生与海外学者也有唱和。龙榆生作为现代词学奠基人，与海外热爱旧体诗词的文人亦有交流。比较著名的是日本词学协会在 20 世纪 30 年代便与龙榆生相互联系，交换相关学术信息。此外，还有德国学者向龙榆生求教，在其门下治词。首先是龙榆生与日本学者的唱和。龙氏与日学者唱和主要有三位，即今关天彭、小川环树、吉川善之。龙氏最早于 1941 年与今关天彭唱和。今关天彭自 1923 年便在中国设立今关研究所，以搜集古今中国文化资料。龙榆生转治清词即因受今关天彭影响。龙氏亦有"新诗合向闲中老，逸响听从域外真"之语赠予今关先生。小川环树与龙氏唱和见于 1955 年，缘于龙榆生偶然得见小川刊于《雅友》的怀己之作，龙氏步韵报之。之后二人多有唱和。吉川善之，著名日本汉学家，对华友好人士。据龙氏诗词集，龙榆生赠予吉川诗词有 14 首。两人最早唱和于 1957 年，龙氏赠词吉川，同年收到吉川回复，并赠龙氏《中国文学报》第九册。1959 年二人互有唱和三首，龙氏有诗：

> 寐叟三关未易窥，聊从海外密牙期。何心更话前朝事，造化悠悠宜所师。[1]

诗中表示龙氏对吉川先生的知己之情，且对吉川学识表示佩服。此后，二人更多有唱和。

其次，还有龙榆生与德国学者的唱和。龙榆生与德国学者的唱和主要是霍福民和马仪思。龙榆生与霍福民的唱和见于 1945 年。霍福民 1943 年搬至南京居住，并在德国使馆工作。霍福民是中德文化交流的重要人士，在南京期间，霍福民便师从龙榆生治词学。待其归国后，龙氏仍有词寄怀。马仪思，中德学会德方人员，曾在夜校为中国人讲学。龙氏曾有怀马仪思词一首。此外，没有两人唱和的其他信息。

综观龙氏一生，其诗词唱和之作占其诗词创作四分之一，研究其诗词唱和对考察龙氏生平、交游有重要意义。龙氏与各位友朋的诗词酬答均是他生活的场景再现，这对窥探龙榆生在生活中的情感历程、思想变化提供了详细的证据。综之，全面考察龙氏诗词唱和，不仅是考察龙氏诗词创作的本体，更是通过诗词本体以还原历史大背景下民国时期文人之间交往的方式、考察民国时期文人交游圈的形成与变化、观照龙榆生建国前后诗词交往的历史细节等。这些内容的考察均对全面研究龙榆生大有裨益。

（作者单位：南京师范大学文学院）

---

[1] 张晖编：《龙榆生全集·诗词集》，上海：上海古籍出版社，2015 年 12 月，第 280 页。

龙榆生诗词补遗

陈建男

一、前言

　　龙榆生（1902—1966）诗词作品不少，然生前只曾于1948年刊印《忍寒词》，且较不易见。《龙榆生词学论文集》出版附《忍寒词选》，是先前较容易读到的作品[①]。2012年，由龙榆生诸子女编定《忍寒诗词歌词集》，集结《忍寒词》《忍寒词弃稿》《葵倾集》《外冈吟》《丈室闲吟》等已刊词集与未刊手稿，让研究者第一次得见龙榆生诗词、歌词创作的丰富面貌[②]。2015年，《龙榆生全集》出版，第四卷《诗词集》在原本《忍寒诗词歌词集》的基础上，以《葵倾室吟稿》手稿校订《忍寒诗词歌词集》下编，并补入诗词、歌曲三十余首，对研究龙榆生的诗词、歌词可谓有偌大帮助[③]。笔者阅读报刊杂志之际，补入诗作二十二首，词作十一首，并校勘异文，辑补与校勘之作均为1950年之前的作品，可一睹其创作历程。

二、佚诗辑考

　　《忍寒诗词歌词集》与《龙榆生全集·诗词集》皆按编年排列，因此下文

---

①　参见龙榆生：《龙榆生词学论文集》，上海：上海古籍出版社，1997年。

②　参见龙榆生：《忍寒诗词歌词集》，上海：复旦大学出版社，2012年。

③　参见龙榆生：《龙榆生全集·诗词集》，上海：上海古籍出版社，2015年。

所辑佚诗若能考定年份则标明，若无法则不妄加猜测，以俟来日^①。

001《一夕》

一夕西风叩院门，堕枝黄叶不能喧。朝暾待上霜威烈，银烛将残纸帐昏。假面名王劳梦见，无声铁骑忽云屯。沈哀一往今何世，卧看滔天浊浪翻。

　　按：此诗辑自《国闻周报》第 11 卷第 8 期，刊于 1934 年 2 月。此年 1 月，日军攻入山海关，或为此事而发。胡汉民（1879—1936）此年亦有《次和榆生一夕韵》云："森然豺虎正当门，仗马寒蝉噤不喧。坐视中原形胜失，豫愁寰宇战尘昏。由来词客江关老，何止经生骨相屯。翦纸为鸢广陵笑，台城旧路又风翻。"^②

002《与襄荪相见金陵，欢若平生，别后报以长句》

蜀中自昔多奇士，倒峡词源未少衰。四海论交无贵贱，万流注壑见奔驰。天涯落拓阻携手，杯酒殷勤助展眉。杨柳白门浓似染，知应为我发新诗。

　　按：此诗辑自《国闻周报》第 11 卷第 19 期，刊于 1934 年 5 月。此年 3 月，龙榆生曾游南京，与汪精卫（1883—1944）、唐圭璋（1901—1990）、曹经沅（1891—1946）有诗词唱和，见《满江红·甲戌上巳禊集玄武湖，以孙兴公〈三日兰亭诗序〉分韵，襄荪代拈得浊字》。

003《寄怀散原丈燕京》

白门修谒促征车，老去诗人未定居。转眼顿惊三月暮，系心惟盼数行书。每从北客逃归后，想见南楼纵览初。爽气西山供一笑，废吟止酒近何如。

　　按：此诗辑自《国闻周报》第 11 卷第 24 期，刊于 1934 年 6 月。散原即陈三立（1853—1937）。

004《述怀》

鼠辈纵横万事非，平生不解办脂韦。二毛初见惭孤抱，卅口无归阻奋飞。

---

　　① 关于龙榆生事迹，本文悉参考张晖《龙榆生先生年谱》，上海：学林出版社，2001 年。下文不另标注。

　　② 参见胡汉民：《不匮室诗钞》，《民国诗集丛刊》，台中：文听阁图书公司，2009 年，第一编，95 册，卷七。

贞固总期敦薄俗，激扬犹待哭重围。此身萧瑟吾何怨，怅望江关夕照微。

按：此诗辑自《国闻周报》第 11 卷第 28 期，刊于 1934 年 7 月。

005《两年不得香宋老人消息赋柬》

曾邀青眼惬清欢，海角栖迟自忍寒。遽以胡尘阻消息，恒从蜀客问平安。
管宁白帽思辽左，司马青衫感玉盘。一自强翁仙去后，吟怀销尽只凄酸。

按：此诗辑自《国闻周报》第 11 卷第 31 期，刊于 1934 年 8 月。香宋老
人即赵熙（1867—1948）。

006《夜读〈蒹葭楼〉诗，即成一律，吊黄晦闻先生》

诗接黄陈终不忝，偏多好句少欢愉。剩看晚岁忧生感，稍愧当年秉笔诛。
乱似佳期供泪墨君《七夕》诗："一年一乱似佳期"，天留坏土着真儒，眼中浩劫仍
先免君《会葬瘿公》诗："老逢国乱君先免"，一冥能消宿愤无。

按：此诗辑自《国闻周报》第 12 卷第 10 期，刊于 1935 年 3 月。黄晦闻
即黄节（1873—1935），卒于此年 1 月 24 日。

007《将之岭南，寄呈散原丈》

深情愧负比南金丈庐山赠诗有"旧乡此土敌南金"之句，二载违离百感侵。肯
与鹰□啄残肉，终期桃李郁新阴。乘桴未拟投荒恨，拨雾潜移卜隐心。落落幽
怀向谁语，遥瞻北斗思难任。

按：此诗辑自《国闻周报》第 12 卷第 34 期，刊于 1935 年 9 月。此年 9
月龙榆生赴广州中山大学任教。

008《由粤北归，用东坡〈八月二十日夜渡海〉韵寄不匮室主。时将以中
秋节后尽室南行》

忧患频年亦饱更，抛残泪雨看新晴。舟行镜里空诸相，人在天涯爱独清。
多难万方知所向，劳歌一曲不成声。中原北顾归无日，岂为怀乡暗恨生。

按：此诗辑自《国闻周报》第 12 卷第 50 期，刊于 1935 年 9 月。此年 8
月龙榆生曾到中山大学参观，8 月底返沪，9 月 10 日举家南行。此诗作于自广
州归来之时，不匮室主即胡汉民，时胡汉民在海外养病，有《榆生渡海用东坡
韵见寄，即次和。时中秋后一日也》与之唱和。

009《南行舟中作》

孤舟日夕战狂涛，卧听奔腾万马号。涉世何曾专为□东坡岭外诗："人生涉世本为□。"，剥肤无计可全毛。茫茫如此天谁叩，落落难容我已劳。稍喜南强聊自试，青山一发首重搔。

按：此诗辑自《国闻周报》第 13 卷第 3 期，刊于 1936 年 1 月。诗应作于1935 年 9 月举家迁往中山大学途中。

010《次韵奉酬缧蘅九日独游贵阳城外东山之作。时予亦客居广州中山》

雕鹗抟秋入碧寥，参差短翼下江皋。化民未拟龙场隘，过岭深惭玉局高。谁分图南成濩落，从知及物念啼号。东山渐触中年感，纵自多情不忍豪。

按：此诗辑自《国闻周报》第 13 卷第 14 期，刊于 1936 年 4 月。1935 年 4 月，曹经沅任贵州省政府委员兼贵州省民政厅厅长，龙榆生有《水龙吟·送缧蘅之官黔中》，9 月之后，龙榆生到中山大学任教。

011《丙子元夜无月，独坐有怀不匮翁延园。时予亦寓居广州中山》

待捧银盘尽意明，楼前又报海云生。桂花旧影知何似，风露中宵倍有情。总为忧时肠转热，乍欣邻德梦恒萦。独怜儿女酬佳节，诸是承平爆竹声。

按：此诗辑自《国闻周报》第 13 卷第 34 期，刊于 1936 年 8 月，然应作于此年 2 月。

012《丙子百花生日，遥寄香宋老人蜀中》

四年歌哭阻兵尘，万里漂浮断梗身。人日草堂空念远，花时岭峤不成春。沈酣尚斗槐根蚁，消息终期锦水鳞。未必偏隅能避世，云涯西望发孤呻。

按：此诗辑自《国闻周报》第 13 卷第 24 期，刊于 1936 年 6 月。百花生日为农历二月十二日或十五日，公元纪年为 3 月 5 日或 8 日。

013《春日怀散原丈旧京》

无复杨丝系梦痕岭南不见垂杨，春色都非，剩抛鹃泪沁芳根。愁边岁月堂堂去，云外山河袅袅存。寒水临觞歌变征，高丘掩袂睇中原。陆沈真见情何似，达德惟应世共尊。

按：此诗辑自《国闻周报》第 13 卷第 25 期，刊于 1936 年 6 月。胡汉民亦有《次韵榆生春日怀散原翁北平二首》。

014—019《哭不匮室主六首》

执手才三日，延命待俄顷。伤哉忧国心，遽此万缘屏。感知空惨戚，人生真泡影。我有泪如泉，我有血在颈。留泪洗疮痍，留血发勇猛。公目久不瞑，斯意倘能省。

我本为公来，公去我安之。肠断静女诗，重见已无期。士为知己死，有愿将焉施。检点酬赠篇，灵爽或在兹。抱此陆沉痛，起衰定何时。怀哉伤气类，岂曰哭其私。

三载忘形交，肺腑托于诗。万里鸣相应，历久无参差。矫首望云中，羽翰常交驰。精神通梦寐，斯语不吾欺。誉我古遗直，遭谤固其宜。冥鸿屡见招，吾岂敢啜醨。

公从万里归，扶病发忠说。香江始相见，促膝慰驰仰。斯时盛冠盖，独与谐幽赏。自尔一布衣，骇俗勤来往。百日十数面，相对神开朗。方庆疾有瘳，风流共弘奖。

谢傅卧东山，相距才咫尺。偶共角词场，奇响锵金石。亦云寄幽愤，赖此永朝夕。穷老易居士，功力差匹敌。藉以张我辈，有作递赏析。伤哉伯牙弦，叩门声遂寂。

田歌非田夫，何以副深期。直道在人间，不绝已如丝。人亡邦益瘁，谔谔想风规。平生匡时意，万死亦奚辞。奋迅狮子吼，大声警聋痴。抚棺一长恸，斯义永执持。

按：此诗辑自《国立中山大学日报》1936 年 5 月 22 日，又，《国闻周报》第 13 卷第 33 期（1936 年 8 月发行）亦刊此作。胡汉民卒于 5 月 12 日。

020《九月至金陵，有怀纕蘅先生黔中，旋得甲秀楼感赋一律，辄依来韵奉酬》

使君去后废登临，剩对清尊发苦吟。乱象可随天共老，秋痕还与寇俱深。渐消眼底千重翠，难制楼头百感心。且喜文翁能化俗，地偏容易见新阴。

按：此诗辑自《国闻周报》第 14 卷第 11 期，刊于 1937 年 3 月。1936 年 6 月至 9 月发生粤桂军西南事变，龙榆生全家避乱北返，诗应作于 1936 年。

021《初夏与靖陶、寥士过五台山作》

绿阴满池此间行，戍角声中百感生。泉下烦冤襟上泪，楼头醉墨眼前情。风流渐为斯人歇，功罪留教异代评。又共曹陈陪后乘，即看诗笔各纵横。

按：此诗辑自《国艺》第 1 卷第 5、6 期，刊于 1940 年 6 月。靖陶即曹熙宇（1904—1974），寥士原名陈道量（1898—1970）。

022《寥士招饮十园，即席赋诗索和，次韵报之》

长夏困溽蒸，难觅称意事。嗟余口欲瘖，太息此何地。觞咏感今昔，风流识所自。散原与石遗，壁走龙蛇字。骚坛苦榛荒，赖此稍芟治。春秋多佳日，寥寥想高致。好客曹使君缠蘥，偶共探幽邃。抗志欲飞扬，弄翰耻妍媚。濩落乃至今，所愿百未遂。吟思随枯涩，譬彼泉源匮。重来陵谷变，伤逝更堕泪。幸有百尺楼，聊可缓征訾。招邀集嘉宾，万虑付一醉。逸响恍复接，新篁亦摇翠。饮罢睨天容，吾力岂遽瘁。

按：此诗辑自《国艺》第 2 卷第 2 期，刊于 1940 年 8 月。十园即陈寥士住处。

三、佚词辑考

龙榆生以词闻名，《忍寒诗词歌词集》与《龙榆生全集·诗词集》所收既多，此处于报刊杂志上略补十一首，俾使其早年词作得以更加完备。

001《鹧鸪天·与星伯词兄相见淞滨，欢然如旧相识。时星伯方自扶桑归国，又将有欧美之游，因赋此阕赠之》

风度翩翩一俊人。逸怀浩气近苏辛。词场邂逅知君少，瀛海归来得句新。　　经绝域，护吟身。鸥波万里孰能驯。胸中自有生花笔，不向周吴苦问津。

按：此词辑自《诗经》第 1 卷第 2 期，刊于 1935 年 4 月。星伯不知为何人，俟考。

002《一萼红·为戴亮吉题所藏大鹤山人〈冷红簃填词图〉，用白石韵》

小城阴。瞰漂花细水，残荫忍重簪。春沁寒枝，肌侵酒晕，遥夜还怨沉沉。倩红袖、挑灯待写，蓦回首、嗟惜此珍禽。短翼差池，长吟泣诉，翻怕登临。　　身是兰锜世胄，乱燕云秦树，凄怆伤心。玉麈清尘，铁箫妍唱，前梦何计追寻。算憔悴、江南倦旅，赚盈盈、倩笑抵千金。太息樵风动时，一径苔深。

按：此词辑自《国闻周报》第 12 卷第 19 期，刊于 1935 年 5 月。戴亮吉为戴正诚（1883—1966），为郑文焯（1856—1918）女婿。

003《水龙吟·听水老人挽词》

岿然古殿灵光，中兴垂死宁无意。强秦饿虎，忍同孤注，漫云开济。天缺西南，尘昏东北，茫茫如此。念中年哀乐，冲龄翼辅，都未称、平生志。　　惆怅惊飙四起。奈仓皇、仰攀何计。尽拚一瞑，可曾半壁，臣心似水。九畹骚怀，千秋史笔，怎禁憔悴。但西江遗爱，悭留手泽，堕天涯泪。公于光绪间督学袁州，家父蒙拔置一等，嗣后未通请谒。今春因缫蕝之介，笺候起居，兼乞书词。公曾对人言，乐为染翰。乃未匝月而一疾不起，伤哉！

按：此词辑自《国闻周报》第 12 卷第 29 期，刊于 1935 年 7 月。听水老人即陈宝琛（1848—1935），卒于此年 3 月 5 日。

004《水龙吟·题陆丹林〈红树室图〉》

几曾豪气消除，飘零湖海神仍王。昔游能记，元戎毡幕，壮怀孤往。醉把吴钩，狂吟楚泽，浑忘得丧。但繁忧沈陆，天阍难叩，惊尘影、增怊怅。　　红树青山无恙。梦扁舟、软波轻漾。伊谁共载，画图春面，崔徽模样。儿女深情，可堪重问，渡头双桨。算英雄未老，犹应击楫，慰黔黎望。

按：此词辑自《国闻周报》第 12 卷第 41 期，刊于 1935 年 10 月。陆丹林（1896—1971）曾参与南社，为书画家。

005《八声甘州·为映庵丈题〈填词图〉》

莽神州到处有啼痕，客心怆江关。试霜髭微捻，哀弦漫拨，间醉凭阑。断梦珠帘暮卷，画里识西山。谁省归来旨，同此盘桓。　　投老康桥桥畔，障小楼望睫，一角林峦。便知非吾土，终古忍歌欢。傍牛邻、凄凉成调，任瞑鸦、啼过水潺潺。知音感、引天风去，未怕高寒。

按：此词辑自《国闻周报》第 12 卷第 48 期，刊于 1935 年 12 月。映庵即夏敬观（1875—1953）。

006《水龙吟·用东坡韵吊不匮室主》

有谁能返颍阳，大星忽向南疆坠。凛然如在，几曾偿了，济时深思。独鹤初归，万方多难，一棺长闭。便天骄系取，遗黎望治，更无计、呼公起。　　终古伶俜还忍，怪朝来、露珠难缀。陆沉聋瞀，相争蛮触，料应心碎。指顾中原，怆怀休问，滔滔逝水。但丹忱常耿，素弦弹折，洒西州泪。

按：此词辑自《国立中山大学日报》1936年5月22日，又见于《国闻周报》第13卷第35期（1936年9月发行）。

007《西江月·寿右任先生六十》

戡乱曾经绝漠，洗兵待挽天河。书生戎马事如何。民族光辉不堕。　　坐爱驱鸾尊凤，间来抗节高歌。掀髯顾盼老廉颇。南极春星照座。

按：此词辑自《青鹤》第5卷第13期，刊于1937年5月。于右任（1879—1964）生日为4月11日，当作于4月。

008《八声甘州·为汪仲虎丈题〈还来涉趣图〉》

抚苍松共此岁寒心，羁栖旧王城。认平生志业，朱云折槛，刘向传经。击筑聊歌变徵，幽咽不成声。一自珠厓弃，扑面尘腥。　　曾是沧桑几度，且闭门却扫，息影全形。爱朝来揽镜，玄发尚千金。惯招邀、一时名俊，醉醇醪、相与庆遐龄。饶真趣、玩壶中景，赋罢兰成。

按：此词辑自《国闻周报》第14卷第26期，刊于1937年7月。汪仲虎为汪曾武（1866—1956）。

009《减字木兰花·丁丑夏赋赠辇吾仁弟》

尧章故里，词苑蜚声看后起。春雨江南，叔夜真成七不堪。　　雅音寥落，回首前尘浑似昨，重拨危弦。待展孤怀障百川。

按：此词辑自《民族诗坛》第1卷第2期，刊于1938年6月。《民族诗坛》为卢前在武汉所创，创刊号为1938年5月，每月一刊。然据词题，应作于1937年夏日。辇吾不知为何人，俟考。

010《水调歌头·留别暨南诸同学》

孤客向南去，抗首发高歌。无端别泪轻堕，斯意竟如何。七载亲栽桃李，风雨鸡鸣不已，长冀挽颓波。壮志困污渎，短翼避虞罗。　　径行矣，情转侧，岁蹉跎。平生所学何事，莫放等闲过。胞与须常在抱，饱露经霜更好，松柏挺高柯。肝胆早相示，后夜渺关河。

按：此词辑自《民族诗坛》第 1 卷第 2 期，刊于 1938 年 6 月。龙榆生于此年 2 月辞去暨南附中教导主任职，词应作于同时。

011《鹧鸪天·赠寥士》
蓬矢桑弧彼一时。岭头春意早梅知。高楼湖海千秋业，客子光阴七字诗。　　霏玉唾，振云衣。寻幽到处与留题。丈夫忧乐关天下，莫遣清霜点鬓丝。
按：此词辑自《国艺》第 1 卷第 4 期，刊于 1940 年 4 月。

四、校勘异文

报刊杂志是晚清民初很重要的传播媒介，也保存大量诗词作品，这些作品不一定被收入文人作品集中，是作为辑佚、校勘很重要的资料。以下便按照《龙榆生全集·诗词集》编排顺序，逐一将异文胪列于下，页数径标词后，不另出注。

001《石湖仙·为映庵丈题所藏〈大鹤山人手书词卷〉》
哀弦危柱。祇抽茧春蚕，心事如许。天纵一闲身，老江南、兰成解赋。清寒能忍，那惯见、霜枫红舞。酸楚。剩绣囊、好护佳句。　　神方漫教驻景，便知音、相逢旦暮。称拂吟笺，省识深灯闻雨。玉轸慵调，铁箫凄谱。黯然怀古。华表语。湖山倦梦谁主。（第 83 页）
按：《国闻周报》第 13 卷第 13 期"天纵一闲身"作"天遣一闲身"，"霜枫红舞"作"落枫红舞"，"剩绣囊、好护佳句"作"任蒨囊、点污尘土"，"神方漫教驻景，便知音、相逢旦暮"作"神方未教驻景，仗知音、丛残为护"。

002《三姝媚·春中薄游金陵，寄宿中正街交通旅馆，知本散原精舍。海棠一树，照影方塘，彻夜狂风，零落俱尽，感和梦窗》
伶俜应自惯。惜余春、风飘雨淋何限。遍绿江南，泛软波兰棹，酒痕都浣。旅逸尘遥，寻梦影、苔衣藤蔓。暗省幽吟，愁问重来，画梁栖燕。　　花信东阑惊断。又过却清明，箭虬催短。倦客情怀，向枕函休听，后庭荒宴。响遏云沈，啼怨宇、嫣红俱变。悄倚危楼雪涕，秦淮涨满。（第 84 页）

按：《国闻周报》第 10 卷第 37 期"伶俜应自惯"作"荣枯经见惯"，"苔衣藤蔓"作"池缘修蔓"，"催短"作"<u>须短</u>"，"后庭荒宴"作"<u>醉歌酣宴</u>"，"响遏云沈"作"<u>响绝光沈</u>"。

003《安公子·秋感，和柳屯田》

洒尽枯荷雨。雨残陡逼江城暮。作意西风吹月冷，泣联拳汀鹭。更指点扁舟，隐现黄芦浦。弹四弦尔汝闻私语。荡梦魂天际，凝想霜余红树。　　谁暇伤孤旅。海东云起空延伫。断梗浮萍同委命，任漂流何处。又一夜、心旌莫定眉峰聚。凭塞鸿、省识胡沙苦。剩老马长嘶，甚时脱羁能去。（第 85 页）

按：《国闻周报》第 9 卷第 2 期词题作《用疆师均》。

004《石州慢·壬申重九后一日过强村丈吴门旧居》

急景雕年，凉吹振林，双鬓微雪。伤高展却重阳，眯眼惊尘飘瞥。庭空鸟噪，映带几朵黄花，秋魂栖稳余芳歇。孤负百年心，逐寒流鸣咽。　　凄切。听枫人远，结作平草庵荒，旧情都别。留命桑田，万感哀弦谁拨。独怜憔悴，料理尔许骚怀，荒蟬销尽啼鹃血。异代一萧条，怆无边风月。（第 88 页）

按：《国闻周报》第 10 卷第 2 期词题"旧居"作"寓居"，下片"凄切"作"凄绝"。

005《水调歌头·元夕薄醉，拈东坡句为起调》

明月几时有，大地见光华。笙歌花市如昼，是处殷凄筲。下界漫漫长夜，烈烈霜风飘瓦，眯眼避尘沙。一样团圞意，要使被荒遐。　　众星隐，碧天净，浩无涯。本来圆缺随分，后夜莫惊嗟。今夕一轮高挂，照影江山似画，剩欲醉流霞。更冀清光满，休放暮云遮。（第 89 页）

按：《国闻周报》第 11 卷第 14 期"要使被荒遐"作"要使遍荒遐"。

006《天香·陈生贻孤山绿萼梅枝，因用梦窗韵赋呈遐庵正律》

荒雪胎魂，仙禽唤梦，冰肌禁惯寒峭。竹外枝横，池边月上，倩影还怜娇小。绿鬓自整，谁盼得、东皇归早。清泪绡巾揾湿，新妆额黄输巧。　　空山困眠向晓。问宵来、酿春多少。避却东风料理，杏桃争闹。沈恨余香漫裛。剩有分、湖烟伴人老。堕尽繁英，残阳路杳。（第 90 页）

按：《新东亚旬刊》第 1 卷第 14 期词题作《绿萼梅，和梦窗》，"寒峭"作"寒悄"，"剩有分"作"剩随分"。

007《以〈强村遗书〉一册赠石承大弟，时同客真如》（诗略）（第 96 页）

按：《中国语文学丛刊》创刊号诗题作《以新刊〈强村语业〉赠章柱并媵一绝句》。章柱（1910—1990），字石承，词作多见于《词学季刊》。

008《浣溪沙慢·甲戌暮春，映庵、众异、公渚、蒙庵、冀野枉过村居，重游张氏园，伤时感旧，相约谱清真此曲，漫成一解》

暖日映翠幕，荒沼飞红雨。展春槛曲，风飐闲沤聚。尘梦待续，一水漂花去。还听流莺语。烟景已无多，感吟魂、悽迷处所。　少延伫。又怨宇相呼，怅云罗万叠，氛雾四围，怎障愁来路。颇讶鬓华，尊酒且深诉。弱柳惊飙举。沉醉易悲凉，是酣眠、芳茵半亩。（第 98 页）

按：《词学季刊》第 2 卷第 2 期，"一水漂花去"作"碧水漂花去"，"颇讶鬓华"作"颇诉鬓华"，"是酣眠"作"足销凝"。

009《惜秋华·春中薄游金陵，双照楼主招饮，席间出示方君璧女士补绘〈秋庭晨课图〉，为倚觉翁此曲》

露洗疏桐，爱深深院落，秋光如许。草际寒蛩，曾催夜阑机杼。恩勤惯不停针，敛雾色、初阳相煦。温颜对、蛮笺乍拂，凝眸斜觑。　何计报乌哺。看食牛壮气，龙蛇奔赴。获画旧痕，遥入拒霜红处。即今身系安危，未忘却、百年胞与。珍护展新图，金霞逼曙。（第 98—99 页）

按：《国闻周报》第 10 卷第 37 期词题作《奉题〈秋庭晨课图〉》，"曾催夜阑机杼"作"曾催夜深机杼"，"金霞逼曙"作"蓝霞促曙"。

010《水龙吟·杨花，和东坡》

怨春悭驻芳踪，欲留无计从伊坠。盈盈倦舞，蒙蒙乱扑，几多沉思。错怪狂风，惊回绮梦，闲庭闲闭。禁连朝苦雨，啼痕乍揾，知何意，漫空起。　纵自飘零增感，肯随尘、浪沾轻缀。尽拚憔悴，依然冰雪，未辞身碎。薄命三生，

浓愁万种，任漂荒水。化青萍争奈，残阳凄照，引行人泪。（第 102 页）

按：首二句"怨春悭驻芳踪，欲留无计从伊坠"，《国闻周报》第 12 卷第 25 期作"怨春宁惜抛家，欲留无计从倾坠"；《诗经》第 1 卷第 3—4 期作"怨春何惜抛家，欲留无计从伊坠"；《词学季刊》第 2 卷第 4 期作"怨春悭驻芳踪，欲留无计从颠坠"。

011《水龙吟·送缫蘅之官黔中》

未应闲却诗人，地偏容得抒宏抱。牂牁远去，疲氓待抚，孤光自照。儒雅风流，讴歌竮听，化行夷獠。过龙场旧驿，武溪深处，平生愿，何曾了。　　乐事难忘江表。向秦淮、几同登眺。骚坛管领，笔端驱使，逸情萦绕。云外山河，楼头鼓角，相望一笑。看春陵发咏，关怀民瘼，换吟囊料。（第 103 页）

按：《国闻周报》第 12 卷第 24 期"孤光自照"作"心光自照"。

012《水龙吟·将之岭表，赋示暨南大学诸生》

十年湖海飘零，眼中何物令吾喜。狂涛怒撼，横流荡决，天胡此醉。几辈推排，无端歌哭，漫悲蝼蚁。但茫茫后顾，残阳谁挽，偷视息，真堪愧。　　惆怅天涯老矣。渺予怀、沧溟焉济。岁寒同保，鸡鸣风雨，待张吾帜。脱屣妻孥，关心桃李，知应有事。看三千水击，弋人何慕，展青冥翅。（第 104 页）

按：《诗经》第 1 卷第 3—4 期词题作《自题纪念册并索诸子同和》，《国闻周报》第 12 卷第 33 期词题、《词学季刊》第 2 卷第 4 期作《赋示同学诸子》。《诗经》《国闻周报》《词学季刊》"展青冥翅"均作"展青云翅"。

013《水调歌头·乙亥中秋，海元轮舟上作，用东坡韵》

沧海渺无际，星斗远垂天。举杯属影狂顾，明月自年年。迁客何心南去，差喜尘清玉宇，与我共高寒。俯仰发深趣，金碧晃波间。　　片云扫，孤光净，对闲眠。银蟾有意相伴，今夕十分圆。休叹浮萍离合，试问金瓯完缺，二者孰当全。击楫一悲啸，风露媚娟娟。（第 104 页）

按：《国闻周报》第 13 卷第 2 期"对闲眠"作"对愁眠"。

014《将之岭南留别京沪诸友好》

转益多师是汝师，杜陵精义费禁持。赏心胜侣同歌啸，炫眼名章见陆离。

乍以卜成居远引，可容易地发华滋。天南暂制哀时泪，待领诸公勖我词。（第105页）

按：《国闻周报》第 12 卷第 50 期"可容易地发华滋"作"可容异地发华滋"。

015《次韵报公渚》

敢将心事说传灯，过岭深惭粥饭僧。一例修蛾困谣诼，几年羸马畏崚嶒。披荆自喜神犹王，握瑾宁辞世共憎。多谢故人相厚意，待凭丹荔报瑶縢。（第106页）

按：《国闻周报》第 12 卷第 26 期诗题作《次韵报公渚南浔》,《青鹤》第 4 卷第 1 期、《国闻周报》"一例修蛾困谣诼，几年羸马畏崚嶒"均作"一例修蛾畏谣诼，几年羸马困崚嶒"。

016《摸鱼儿·丙子上巳秦淮水榭禊集，释戡来书索赋，走笔报之》

任流莺、唤回残梦，青溪知在何许。六朝金粉飘零尽，凄断风箫闲谱。君试觑。甚几缕烟丝，能系斜阳住。惜春将去。怪燕子乌衣，暂离飞幕，犹趁乱红舞。　兴亡恨，输与岸边鸥鹭。新亭挥泪如雨。昏昏海气连朝夕，湔祓也应无补。休再误。待来岁花朝，可似今年否。危弦独抚。正绿遍天涯，子规声切，心事更谁语。（第109页）

按：《青鹤》第 4 卷第 15 期词题作《丙子上巳秦淮水榭禊集，予方栖岭表，释戡先生为拈鹙字见寄，怆然赋此》,"凄断风箫闲谱"作"赢得风箫凄谱"，"输与岸边鸥鹭"作"输与岸边鸡鹜"，"休再误"作"容再误"，"危弦独抚"作"哀弦独抚"，"正绿遍天涯"作"恁绿遍天涯"。

017《浪淘沙·红棉》（词略）（第112页）
按：《艺文》第 1 卷第 6 期词题作《木棉》。

018《浪淘沙·春晚偕中山大学及门诸子泛荔枝湾，赏红棉，吊昌华故苑。以渔洋〈歌舞冈〉绝句分韵，得冈字》

烽火被高冈。北顾神伤。交柯如血映扶桑。竖子英雄成一笑，残霸荒唐。　留取阵堂堂。视此南强。朱霞天半绚朝阳。莫遣东风吹便散，寂寞炎方。（第113页）

按:《国闻周报》第 13 卷第 27 期"交柯如血映扶桑"作"交柯如血溅扶桑"。

019《太炎先生挽词》

直为斯文恸，门墙祇暂窥。天人穷绝业，匡济负深期。振笔曾兴汉，昌言勚攘夷。顾王心事苦，百代仰遗规。（第 114 页）

按:《国闻周报》第 13 卷第 47 期"天人穷绝业，匡济负深期"作"人天穷绝业，开济负深期"，"顾王心事苦"作"顾黄心事苦"。

020《鹧鸪天·陈乃干属题所辑〈清百名家词〉》

七百年来乐苑荒。究心声律已微茫。祇应托体邻风雅，何必开宗判浙常。　　罗放佚，感沧桑。长沙旧椠苦难详。殷勤留得骚魂住，丝尽春蚕莫自伤。（第 115 页）

按:《国闻周报》第 13 卷第 46 期词题作《〈清百名家词〉题句》，"何必开宗判浙常"作"何必分庭话浙常"。

021《鹧鸪天·陈含光先生为作〈忍寒庐图〉并题句，有"蛰龙三冬卧"之语，辄用元遗山韵赋谢》

弹指韶光又向残。不堪长是夜漫漫。蛰龙且许三冬卧，老鹤谁教万里看。　　知境幻，喜心安。愁来须放酒杯宽。殷勤为报陈居士，办与乔柯共耐寒。（第 117 页）

按:《国闻周报》第 14 卷第 25 期"蛰龙且许三冬卧，老鹤谁教万里看"作"蛰龙可许三冬卧，老鹤谁从万里看"，"知境幻，喜心安"作"营幻境，觅心安"。

022《八声甘州·溥心畬以所作山水见寄，赋此报之》（词略）（第 117 页）

按:《国闻周报》第 14 卷第 12 期词题作《心畬作山水立幅见寄，赋此报之》。

023《水调歌头·汪憬吾丈以近制东坡生日词寄示，兼致慰勉，依韵报之》（词略）（第 118 页）

按:《国闻周报》第 14 卷第 21 期词题作《汪憬吾丈以近制东坡生日词见示，并致慰勉，前游怅触，依韵报之》。

024《念奴娇·庚辰初秋重游玄武湖，用白石韵》（词略）（第 126 页）

按:《国民杂志》第 11 期词题作《初秋游玄武湖，用白石韵》。

025《台城路·辛巳重九北极阁登高，分韵得气字》（词略）（第 132 页）

按:《国艺》第 3 卷第 5、6 期词题"分韵得气字"后尚有"释戡约同西神、彦通、叔雍以此调赋之"。

026《木兰花慢·闻海绡翁以端午后一日在广州下世，倚此抒哀》

剩芳菲楚佩，尽孤往，恋残阳。奈撼地鲸波，极天烽火，瞬历沧桑。兴亡。那知许事，咽危弦、酸泪不成行。未信春蚕已老，肯同辽鹤来翔。　　繁霜。百感共茫茫。还饱一枝黄。甚忍寒滋味，方凭雁信，去秋曾得翁书，并见寄《木兰花令》词，不料竟成绝笔。竟泣蒲觞。凄凉。几多怨悱，寄骚心、异代黯相望。泉底冰绡泯透，一镫乐苑重光。（第 139 页）

按:《同声月刊》第 2 卷第 7 期"凄凉"作"歌章"，"寄骚心"作"寄骚怀"。

027《热甚，和太疏楼主》

倦抛书帙思昏昏，炙背炎威酷似燔。静入澄波谙物性，懒凭冰簟慰魂痕。世情细味甘恒苦，凉意终回怨转恩。早晚天客看自改，沛然一雨划愁根。（第 140 页）

按:《同声月刊》第 2 卷第 7 期"早晚天客看自改，沛然一雨划愁根"作"早晚天容看自改，沛然一雨划愁根"，"客"字不合格律，应作"容"。

028《高阳台·闻后湖游观之盛，词以纪之》（词略）（第 141 页）

按:《同声月刊》第 2 卷第 10 期词题"后湖"作"北湖"。

029《秋晓有怀天彭先生》

一自归帆向海东，思君望断早霞红。枫林瑟瑟金风里，知得秋心几处同。（第 143 页）

按:《雅言》1943 年第 3 期诗题作《秋日有怀天彭先生东京》，《同声月刊》第 2 卷第 11 期诗题作《秋晓有怀今关天彭先生东京》。《雅言》"思君望断早霞红"作"思君望彻早霞红"。

030《小重山·得衡叔黔中来书却寄》

万里迢遥一纸书。可能将断梦，到东吴。伶俜相伴短檠孤。流落感，搔首只长吁。　　夙愿总成虚。春姿回得未，费踟蹰。梅须柳眼看徐舒。山居好，酒价近何如。（第 143 页）

按：《同声月刊》第 2 卷第 12 期词题下有小注云"三十二年元旦昧爽作"，"搔首只长吁"作"搔首但长吁"。

031《好事近·一九四三年二月二十七日偕第三次全国教育行政会议会员同往孝陵看红梅，归赋此阕》（词略）（第 143 页）

按：《同声月刊》第 3 卷第 1 期词题作《三十二年二月二十七日偕第三次全国教育行政会议会员同往孝陵看红梅，归赋此阕，呈圣五部长、显周次长及同游诸公》。

032《鹧鸪天·癸未元宵前二日五更灯下作》

淑气知应解断冰。几人春梦尚鬯腾。梅枝坐对娇醋酒，砚铁磨穿定似僧。　　花尽态，信难凭。只将孤影媚孤灯。窗前一阵鸦啼过，情染华颠病未能。（第 144 页）

按：《同声月刊》第 3 卷第 1 期词题"元宵前二日"作"正月十三日"，"情染华颠病未能"作"情染颠毛病未能"。

033《声声慢·吕碧城女士怛化香港，倚声寄悼》（词略）（第 144 页）

按：《同声月刊》第 3 卷第 1 期词题"倚声寄悼"作"倚此抒哀"。

034《陪知堂老人一行赴苏州扫章太炎墓，谒俞曲园春在堂，归途中作》（诗略）（第 144 页）

按：《同声月刊》第 3 卷第 2 期诗题作《吴游归途作》。

035《卖花声·寓园杏花三株，烂若绛霞，风雨连宵，零落殆尽，感赋此阕》（词略）（第 145 页）

按：《同声月刊》第 3 卷第 2 期、《雅言》1943 年第 5、6 期词题作《寓园杏花三株，烂若红霞，风雨彻宵，零落略尽，感赋此阕，兼邀仲联同作》。

036《水调歌头·送腾霄将军出任苏淮特区行政长官》（词略）（第 148 页）

按:《同声月刊》第 3 卷第 7 期词题 "腾霄将军" 作 "郝腾霄将军"。

037《鹧鸪天·红豆馆主溥西园栖隐后湖，赋此寄之，兼求画竹》

避世桃源别有村。兼葭秋水总销魂。霜髯洒脱真龙种，法曲飘零旧梦痕。　　沙塞远，暮烟昏。聊从物外寄闲身。毫端未掩干霄气，一样难忘是此君。（第 150 页）

按:《同声月刊》第 3 卷第 8 期词题 "栖隐" 作 "遁迹"，下片 "聊从物外寄闲身" 作 "鸥波何处寄闲身"。

以上均见《龙榆生全集·诗词集》上编《忍寒庐吟稿》，为 1950 年之前作品，虽不如其师朱祖谋改词之频繁，然亦可见字句上斟酌修改之处。

五、结语

《龙榆生全集》出版对研究龙榆生之生平与诗词作品帮助甚大，除了可以了解其心志，也能更全面关注龙榆生的词学观点。透过龙榆生交游与办《词学季刊》《同声月刊》所辐射出去的词学研究者网络，可检视当时的词坛，其中已经完成或未竟的志业，也可供后来研究者参考与继续完成。本文在前贤努力的成果上再辑补诗作二十二首，词作十一首，并校勘异文，希冀能使《龙榆生全集》更加完善，以便后来研究者使用。

（作者单位：台湾大学中国文学系）

民国文章学专栏

民国期刊所载古文文话考录

曹辛华　闫　菲

民国时期出现了大量的文话，其中不少刊载于民国期刊上。于此我们将论及古文者考录于此，以利于大家研究民国文章学与古文理论，促进民国旧体散文研究的深入。

1.《藏园群书题记：宋本新刊诸儒批点古文集成跋》，傅增湘、缪荃孙、张元济，《国闻周报》1932年第9卷第49期（197—200页）。

2.《尺牍的集藏：清古文大家姚春木，著述宏富，清史有传》，《万象》1944年第3卷第11期（159页）。

3.《崇埤墨话：虞含章古文》，顾燮光，《文艺杂志（上海1914）》，1914年第12期（47页）。

4.《初月楼古文绪论》，吕璜纂，《鼎脔福墨》1926年第4期（1页）、第20期（8页）、第20期（10页）、第20期（12页）、第20期（17页）、第20期（20页）。

5.《慈六室随笔（二）：古文》，上台莫邪，《中美周刊》1940年第1卷第30期（18页）。

6.《答雁冰先生》，赵景深，《文学旬刊》1924年第112期（3页）。

7.《答友人问古文书》，林达泉，《新民》，1935年第1卷第1期（226页）。

8.《打倒古文！打倒汉字！打倒"国粹"！》（1925年9月5日在北京的国语运动大会中演说），疑古玄同，《全国国语运动大会会刊》1925年第1期（12页）。

9.《大鹤山人古文苑跋》，《鼎脔》1925年第8期（3页）；《大鹤山人古文苑眉语》，1926年第10期（2页）。

10.《东方古文明理解之钥释》，侯外庐，《文风杂志》1944年第1卷第4、

5 期（46—52 页）。

11.《读〈古文辞类纂〉小记》，雨辰，《约翰声》，1926 年第 37 卷第 2 期（110—112 页）。

12.《读〈古文观止〉书后》，王祥顺，《南园》1933 年第 4 期（95—96 页）。

13.《读讲书话：古文今读》，扬帆，《新人周刊》1934 年第 1 卷第 9 期（10—11 页）。

14.《读经与做古文》，孟实，《学生半月刊》1938 年第 6 期（2 页）。

15.《读书随感：（一）古文辞》，张耒，《吾友》1941 年第 1 卷第 45 期（56—57 页）。

16.《读王氏〈续古文辞类纂〉》，段凌辰，《儒效月刊》1946 年第 2 卷第 4 期（2 页）。

17.《读文言文和读古文》，邹毓华（来信），《新道理》1944 年第 7 卷第 4 期（44—47 页）。

18.《读者与编者：应否读古文》，黄学仁（上），《群众》1947 年第 40 期（22—23 页）。

19.《对于中学教授古文的我见》，万孚，《南开周刊》1922 年第 52 期（6—8 页）。

20.《方刘姚之古文在桐城派中的地位》，程海曙，《前导月刊（安庆）》1937 年第 2 卷第 2 期（35—51 页）。

21.《仿古文体写出实情实理来》，寸草，《京电》1947 年第 4 期（9—10 页）。

22.《佛学古文类编序》，浩乘，《佛学半月刊》1941 年第 229 期（5 页）。

23.《改时文为古文论》，伍元榘撰，《湘报类纂》1944 年甲申（38—39 页）。

24.《个人首二二名文卷录后：古文法度论》，余广德、尤嘉从，《香港青年》1933 年第 1 卷第 9 期（6—7 页）。

25.《各家评点：古文观止》，非厂，《华北作家月报》1943 年第 6 期（21 页）。

26.《古欢室夜读书记：湖海楼之古文》，古欢，《进步》1916 年第 9 卷第 6 期（83—84 页）。

27.《"古文十弊"研究》，邓邦俊、张霈、邓汝辉，《广州大中中学周刊》1933 年第 45 期（0—3 页）。

28.《古文变迁论》（附图），胡光炜讲、曾昭燏录，《国立中央大学文艺丛刊》1933 年第 1 卷第 1 期（5—33 页）。

29.《古文成分论》，曾善，《国立四川大学周刊》1932 年第 1 卷第 7 期（6—8 页）、第 8 期（5—6 页）。

30.《〈古文辞类纂〉寄周沈观上海》（诗词），又铮，《文艺丛录》1917 年第 1 期（177 页）。

31.《〈古文辞类纂〉解题及其读法》，钱基博述，《弘毅月刊》1925 年第 1 卷第 2 期（16—25 页）。

32.《〈古文辞类纂〉考证》，李时，《交大唐院周刊》1931 年第 32 期第一版。

33.《〈古文辞类纂〉与经史百家杂钞序目异同考》（附表），王联曾，《中法大学月刊》1934 年第 4 卷第 3 期（93—118 页）。

34.《古文丛话》：《韩愈李愿归盘谷序》，江清辑录，《国文月刊》1940 年第 1 卷第 4 期（29—30 页）;《王羲之兰亭序》（29 页）;《李白〈与韩荆州书〉〈宴桃李园序〉》（29 页）;《欧阳〈修醉翁亭记〉〈泷冈阡表〉》（30 页）。

35.《古文答案》，徐人植，《国学杂志》1915 年第 1 期（2—4 页）。

36.《古文大师刘师培先生与两汉古文学质疑》，李源澄，《学艺》1933 年第 12 卷第 6 期（61—72 页）。

37.《古文读法》，萧熙韦，《文史教学》1941 年第 2 期（5—7 页）。

38.《古文范论：史记孔子世家》，赞原、文步先，《国文周刊》1917 年第 1 期（22—25 页）。

39.《古文否定句代字止词之研究》，张民三，《民大导报》1942 年第 5 期（15—16 页）。

40.《古文复兴的清朝文学》，史札记，《汇学杂志：乙种本》1937 年第 11 卷第 6 期（112—110 页）。

41.《古文盖棺定论》（附图表），王泗原，《新中华》1949 年第 12 卷第 1 期（37—40 页）。

42.《古文观止》，《青鹤》1933 年第 1 卷第 22 期（3 页）。

43.《古文观止》，《文艺春秋（上海 1933）》1933 年第 1 卷第 3 期（19—20 页）;林众可，第 4 期（14—15 页）;庚白，第 4 期（15 页）。

44.《〈古文观止〉小考证》，纸帐铜瓶室主，《自修》1940 年第 126 期（11—14 页）、第 127 期（10—13 页）、第 128 期（7—8 页）、第 129 期（8 页）、第

130 期（7 页）、第 131 期（7—8 页）、第 132 期（7 页）、第 133 期（5 页）、第 134 期（7—8 页）、第 137 期（17 页）。

45.《古文和洋文殳》，《每周评论》1934 年第 115 期（2 页）。

46.《古文家的文论》（附表），任维焜，《师大国学丛刊》1931 年第 1 卷第 1 期（95—148 页）。

47.《古文家李问渔传》，张若谷，《圣教杂志》1938 年第 27 卷第 6 期（420—422 页）。

48.《古文家文学批评之分析》，黄子通，《湖南大学季刊》1936 年第 2 卷第 4 期（8—22 页）。

49.《古文家吴挚甫先生评述》，仲儒，《新武周刊》1941 年第 14—15 期（4 页）。

50.《古文家宗派的我见》，李豪华，《五中学生》1932 年第 5 期（12—15 页）。

51.《古文检讨》，萧谷神，《更生（上海 1939）》1939 年第 1 卷第 4 期（23—25 页）、第 7 期（19—21 页）。

52.《古文讲义》，陈石遗，《文学讲义》1918 年第 1 期（1—16 页）、第 2 期（17—36 页）、第 3 期（37—64 页）；1919 年第 4 期（1—8 页）。

53.《古文解》，沈心芜，《文学年报》1937 年第 3 期（45—62 页）。

54.《古文今读》，《上海特别市棉织厂业同业公会会务月报》1943 年第 7 期（34 页）。

55.《古文今译中国故事》，治心，《金陵神学志》1949 年第 24 卷第 3 期（48—53 页）、第 4 期（56—60 页）。

56.《古文精华序》，峥春，《文友社第二支部月刊》1917 年第 3 期（1 页）。

57.《古文秘诀》，开明，《语丝》1925 年第 19 期（7 页）。

58.《古文派别管窥》，白鹏翔，《楚南》1947 年第 5 期（2—3 页）。

59.《古文叛徒》，刘大、白兆良，《时报》1948 年第 20 期（6 页）。

60.《古文评释：记海州朱翁：张謇》，瞿镜人，《自修》1940 年第 101 期（10—11 页）、第 102 期（11 页）。

61.《古文评注》：《韩退之答尉迟生书》，徐人植评，《国文周刊》1917 年第 2 期（12—15 页）；《欧阳修纵囚论》，徐蔚，《国文周刊》1917 年第 3 期（22—27 页）。

62.《古文浅释》，瞿镜人，《自修》1939 年第 72 期（8—9 页）、第 73 期（10—11 页）、第 74 期（10—11 页）、第 75 期（12—13 页）、第 76 期（10—11 页）、第 77 期（8—9 页）、第 78 期（10—11 页）、第 79 期（14—15 页）、第 80 期（8—9 页）、第 81 期（8—9 页）、第 82 期（8—9 页）、第 83 期（8—9 页）、第 84 期（10—11 页）、第 85 期（12—13 页）、第 86 期（10—11 页）、第 87 期（8—9 页）、第 88 期（10 页）、第 89 期（10—11 页）、第 90 期（12—13 页）、第 91 期（7—8 页）、第 92 期（8—9 页）、第 93 期（9 页）、第 94 期（10 页）、第 95 期（10 页）、第 96 期（10—11 页）、第 97 期（7—8 页）、第 98 期（11—12 页）、第 99 期（9 页）; 1940 年第 100 期（8—9 页）、第 101 期（10—11 页）、第 102 期（11 页）、第 103 期（10—11 页）、第 104 期（9—10 页）、第 105 期（10 页）、第 106 期（10—11 页）、第 107 期（12—13 页）、第 108 期（9—10 页）、第 109 期（9—10 页）、第 110 期（13 页）、第 112 期（11—12 页）、第 113 期（11 页）、第 113 期（12 页）、第 114 期（8—9 页）、第 115 期（6 页）、第 117 期（9—10 页）、第 118 期（12 页）、第 119 期（10 页）、第 120 期（7—8 页）、第 121 期（7—8 页）、第 122 期（9—10 页）、第 123 期（7—8 页）、第 125 期（7 页）、第 126 期（6 页）、第 127 期（7—8 页）、第 128 期（5 页）、第 129 期（5—6 页）、第 131 期（5—6 页）、第 132 期（5—6 页）、第 133 期（6—7 页）、第 134 期（9—10 页）、第 135 期（7—8 页）、第 136 期（7—8 页）、第 137 期（15—16 页）、第 140 期（4 页）、第 141 期（7—8 页）、第 142 期（10—11 页）、第 143 期（11—12 页）、第 144 期（7—8 页）、第 145 期（9—10 页）; 1941 年第 146 期（9—10 页）、第 147 期（9—10 页）、第 148 期（8—9 页）、第 149 期（8—9 页）、第 151 期（10—11 页）、第 152 期（10—11 页）、第 153 期（10—11 页）、第 154 期（14—15 页）、第 155 期（10—11 页）、第 156 期（11—12 页）、第 157 期（12—13 页）、第 158 期（12—13 页）、第 159 期（13—14 页）、第 160 期（12—13 页）、第 161 期（15—16 页）、第 162 期（12—13 页）、第 164 期（12—13 页）、第 165 期（13—14 页）、第 166 期（13—14 页）、第 167 期（11—12 页）、第 168 期（15—16 页）、第 172 期（13—14 页）、第 173 期（13—14 页）、第 174 期（11 页）、第 175 期（11 页）、第 176 期（13 页）、第 186 期（13—14 页）、第 187 期（13—14 页）、第 188 期（11—12 页）。

63.《古文浅释》，怡然，《自修》1938 年第 15 期（9—10 页）、第 16 期（6—7 页）、第 17 期（4—5 页）、第 18 期（4—5 页）、第 19 期（9—10 页）、第 20

期（9—10 页）、第 21 期（10—11 页）、第 22 期（8—9 页）、第 23 期（8—9 页）、第 24 期（8—9 页）、第 25 期（5—6 页）第 26 期（5—6 页）、第 27 期（6—7 页）、第 28 期（7—8 页）、第 30 期（10—11 页）、第 31 期（10—11 页）、第 32 期（10—11 页）、第 33 期（8—9 页）、第 34 期（10—11 页）、第 35 期（11—12 页）、第 36 期（13—14 页）、第 37 期（10—11 页）、第 38 期（12—13 页）、第 41 期（13—14 页），第 42 期（12—13 页）；1939 年第 43 期（14—15 页）、第 45 期（12—13 页）、第 46 期（12—13 页）、第 47 期（12—13 页）、第 51 期（14—15 页）、第 52 期（14—15 页）、第 53 期（12—13 页）、第 54 期（12—13 页）、第 55 期（14—15 页）、第 56 期（10—11 页）、第 57 期（10—11 页）、第 58 期（10—11 页）、第 59 期（10—11 页）、第 61 期（12—13 页）、第 62 期（14—15 页）、第 63 期（14—15 页）、第 64 期（8—9 页）、第 65 期（10—11 页）、第 66 期（8—9 页）、第 67 期（10—11 页）、第 68 期（6—7 页）、第 69 期（10—11 页）、第 70 期（12—13 页）、第 71 期（10—11 页）。

64.《古文十诀》，文公，《文艺世界》1940 年第 4 期（23—25 页）。

65.《古文释义：一、无敌国外患者国恒亡》，岸云，《军声（广州）》1932 年 3 卷临时增刊之一（12 页）。

66.《古文四象论述评》，朱东润，《国立武汉大学文哲季刊》1935 年第 4 卷第 2 期（291—314 页）。

67.《古文坛登龙术》，君枝，《一周间（上海 1934）》1934 年第 1 卷第 3 期（110 页）。

68.《古文谈药堂》，《华光》1939 年第 1 卷第 4 期（6—8 页）。

69.《古文谭》，陶懒公，《学生周刊》1917 年第 3 期（15—16 页）。

70.《古文谭第三》，林纾，《国学杂志》1915 年第 1 期（13—15 页）。

71.《古文通论》，查猛济著，《建中》1930 年第 1 卷第 1 期（10—17 页）。

72.《古文通论》，沈达材，《海滨》1935 年第 8 期（22—28 页）。

73.《古文新读本：陶渊明桃花源记》，侯官、陈石遗，《文学讲义》1919 年第 4 期（1—6 页）。

74.《古文新诠：史记货殖列传》，仰荦，《自修》1938 年第 2 期（6—7 页）、第 3 期（6—7 页）、第 4 期（4—5 页）、第 5 期（4—5 页）、第 6 期（8—9 页）、第 7 期（8—9 页）、第 8 期（8—9 页）、第 9 期（6—7 页）、第 10 期（6—7 页）、第 11 期（6—7 页）、第 12 期（6—7 页）、第 13 期（4—5 页）、第 14 期（6—7 页）。

75.《古文新诠》，潘吟阁，《自修》1938 年第 40 期（12 页）；1939 年第 48 期（10—11 页）、第 49 期（10—11 页）、第 50 期（12—13 页）；1940 年第 101 期（7—9 页）、第 102 期（10 页）、第 103 期（7—9 页）、第 104 期（7—8 页）、第 105 期（8—9 页）、第 106 期（8—9 页）、第 107 期（10—11 页）、第 108 期（8 页）、第 109 期（6—7 页）、第 110 期（11 页）、第 112 期（8—10 页）、第 113 期（10 页）、第 114 期（7 页）、第 115 期（5 页）、第 116 期（8 页）、第 117 期（8 页）、第 118 期（10—11 页）、第 139 期（8—9 页）；1941 年第 180 期（9 页）。

76.《古文新诠》，时舫，《自修》1940 年第 140 期（3 页）、第 141 期（6 页）、第 142 期（8—9 页）、第 143 期（9—10 页）、第 144 期（6 页）、第 145 期（8 页）、第 146 期（8 页）、第 147 期（8 页）；1941 年第 148 期（7 页）、第 149 期（7 页）、第 152 期（8—9 页）、第 153 期（8—9 页）、第 154 期（13 页）、第 155 期（9 页）、第 156 期（10 页）、第 157 期（10—11 页）、第 158 期（11 页）、第 159 期（11—12 页）、第 160 期（10—11 页）、第 161 期（13—14 页）、第 162 期（10—11 页）、第 163 期（26 页）、第 164 期（10—11 页）、第 165 期（11—12 页）、第 166 期（11—12 页）、第 167 期（9—10 页）、第 168 期（13—14 页）、第 169 期（12—13 页）、第 170 期（13—14 页）、第 171 期（13—14 页）、第 172 期（11—12 页）、第 173 期（11—12 页）、第 174 期（10 页）、第 175 期（10 页）、第 177 期（11 页）、第 178 期（11 页）、第 178 期（11—12 页）、第 179 期（11—13 页）、第 180 期（10—11 页）、第 181 期（11—12 页）、第 182 期（13—14 页）、第 183 期（9—10 页）、第 184 期（9—10 页）、第 185 期（13—14 页）、第 186 期（11—12 页）、第 187 期（11—12 页）、第 188 期（9—10 页）、第 190 期（12—13 页）、第 191 期（9—10 页）、第 192 期（13—14 页）、第 194 期（9 页）、第 195 期（11—12 页）、第 196 期（11—12 页）、第 197 期（12—13 页）、第 198 期（9—10 页）、第 199 期（8—9 页）；1942 年第 200 期（10—11 页）、第 204 期（10 页）、第 205 期（8 页）、第 206 期（11 页）、第 207 期（11 页）、第 208 期（8—9 页）、第 209 期（7 页）、第 210 期（8—9 页）、第 211 期（10 页）、第 212 期（8—9 页）、第 213 期（7 页）、第 214 期（9—10 页）、第 215 期（10 页）、第 216 期（11—12 页）、第 217 期（7—8 页）、第 218 期（8—10 页）、第 219 期（9 页）、第 220 期（8—9 页）、第 221 期（6—7 页）；第 222 期（9—10 页）、第 223 期（9—10 页）、第 224 期（10—11，17 页）、第 225 期（9—10 页）、第 226 期（8—9 页）、第 227 期（8—10 页）、第 228 期（8—9 页）、第 229 期（7—9 页）、第 230 期（12—

13 页）、第 231 期（8—9 页）、第 232 期（7—9 页）、第 233 期（8—11 页）。

77.《古文选读：谢绛游嵩山寄梅殿丞书》，江清、梅尧臣，《国文月刊》1941 年第 1 卷第 5 期（19—26 页）。

78.《古文学的欣赏》，朱自清，《文学杂志（上海 1937）》1947 年第 2 卷第 1 期（1—6 页）。

79.《古文学中的宣传手段》，钦文《时事半月刊》1940 年第 3 卷第 9 期（56—59 页）。

80.《古文研究法》，石遗老人，《文艺丛报》1919 年第 1 期（1—8 页）。

81.《古文疑事答问：与朱逷先生书》，章炳麟遗著，《文教》1947 年第 1 卷第 1 期（9—11 页）。

82.《古文与读经》，陈铭鉴，《国学论衡》1935 年第 5 下期（1—2 页）。

83.《古文与今文》，《明灯道声非常时期合刊》1939 年四月（37 页）。

84.《古文与科学》，汪震，《晨报副刊》1925 年 8 月 27 日（1—3 页）。

85.《古文与理学》，十堂，《读书杂志》1945 年第 1 卷第 5 期（5—6 页）。

86.《古文与写信》，凯明，《国语周刊》1925 年第 8 期（4—5 页）。

87.《古文与语体文的适用范围》，石松亭播讲、王文铎录，《商联周报》1947 年第 6 期（2 页）。

88.《古文章家无不精小学者试举小学与文章相关系之处详论之》，李同龢，《广东高等师范学校校友会杂志》1919 年第 3 期（159—161 页）。

89.《古文正名》，钱基博，《无锡教育杂志》1914 年第 3 期（91—92 页）。

90.《古文之官样化》，《玲珑》1935 年第 5 卷第 17 期（983 页）。

91.《古文之末路》，凯明，《国语周刊》1925 年第 1 期（7 页）。

92.《古文之现实化》，可人，《新都周刊》1943 年第 7 期（19 页）。

93.《古文之研究（附表）》，钟秀崎，《东北大学周刊》1929 年第 73 期（27—31 页）。

94.《古文中的代词（待续）》，柳蔚一，《自修》1941 年第 190 期（19—20 页）。

95.《古文字中所见中国古代的部族》，王宜昌，《理想与文化》1944 年第 7 期（28—33 页）。

96.《关于读古文（节录中学生四十号）》，《明天》，1935 年第 3 期（45 页）。

97.《关于读古文补之》，《中学生》1933 年第 40 期（5—6 页）。

98.《关于读古文之方法》,《汇学杂志: 乙种本》1936 年第 11 卷第 3 期（54 页）。

99.《海派古文观止》,科罗,《东南风》1947 年第 42 期（1 页）。

100.《韩昌黎古文学说》,范希曾,《文哲学报》1922 年第 2 期（1—13 页）。

101.《韩昌黎古文之研究》（绪论）,王韶生,《国立广东大学潮州学生会年刊》1925 年第 1 期（132—143 页）。

102.《韩愈评传: 唐宋古文八大家评传之一》,马厚文,《光华附中半月刊》1932 年第 3 期（2—8 页）。

103.《汉宋学与仿古文平议》,金嗣骠,《沪江大学月刊》1936 年第 25 卷第 1 期（43—59 页）。

104.《汉宋学与今古文平议》,颜展元,《约翰声》1937 年第 49 卷（26—33 页）。

105.《胡适之的古文告示》（附图）,哲夫,《广西青年》1933 年第 10 期（11 页）。

106.《黄学仁先生: 应否读古文的问题》,《群众》1947 年第 40 期（23 页）。

107.《介绍: 学白话须读古文么》,武冈,《市街》1935 年创刊号（10—11 页）。

108.《今古文家平议》,徐友璜,《正风文学院丛刊》1937 年第 1 期（169—170 页）。

109.《金石战墨: 戏改古文成语》,《大风（济南）》1941 年第 2 期（46—47 页）。

110.《近三十年来古文之流派》,陈湘舟,《稽中学生》1938 年第 8 期（15 页）。

111.《课艺选录（第四次月课）: 唐宋古文名家莫不通经试征引而论断之》,童震亨、戴运清、范宬,《国学丛刊（北京 1941）》1941 年第 3 期（82—84 页）（87—88 页）（91—93 页）。

112.《课艺选录: 桐城阳湖二派古文各有所长试举最著名家评骘之》,王健秋、杨润,《国学丛刊（北京 1941）》1941 年第 4 期（78—83 页）。

113.《课余谈屑: 古文选本以明茅鹿门》,静清述,《文学研究社社刊》1923 年第 4 期（11—12 页）。

114.《历代王侯将相锦囊: 序言》,王廷学、子芹辑,《眼界: 百科丛刊》

1947 年第 1 卷第 1 期（97—98 页）。

115.《林琴南之古文谭》,《夏星》1914 年第 1 期（1—3 页）。

116.《凌霄一士随笔》, 凌霄一士,《国闻周报》1930 年第 7 卷第 8 期（1—2 页）、第 17 期（1—4 页）; 1931 年第 8 卷第 50 期（1—4 页）; 1934 年第 11 卷第 42 期（1—4 页）。

117.《论古文白话之相消长》, 林琴南,《文艺丛报》1919 年第 1 期（1—7 页）。

118.《论古文纲领》, 左学昌,《文学丛报》1923 年第 2 期（64—68 页）。

119.《论古文九首（录六首）》, 夏德渥,《宗圣学报》1915 年第 2 卷第 3 期（9—10 页）。

120.《论古文在中国文化史上的作用》, 李建芳,《时代精神》1939 年第 1 卷第 3 期（100—105 页）。

121.《论古文之不宜废》, 林纾,《学生周刊》1917 年第 2 期（4—5 页）。

122.《论古文之义法》, 蔡焦桐,《社会科学月刊》1939 年第 1 卷第 5 期（59—60 页）。

123.《每周感想: 读古文倬》,《青春周刊》1936 年第 4 卷第 2 期（1 页）。

124.《评点本古文辞类纂序》, 叔节,《小说月报（上海 1910）》1917 年第 8 卷第 1 期（1—2 页）。

125.《评龚书炽"韩愈及其古文运动"》, 李嘉言,《国文月刊》1946 年第 40 期（59—60 页）。

126.《评论: 二十年来的中国古文学及文学革命的略述》, 苏维霖,《台湾民报》1924 年第 2 卷第 10 期（5 页）。

127.《千古文章一大抄》, 曹洞,《吾友》1941 年第 1 卷第 22 期（6 页）。

128.《钱大昕论古文义法》, 一叶,《新东方》1940 年第 1 卷第 9 期（246 页）。

129.《清初之古文》, 马念祖,《民意》1941 年第 1 卷第 10 期（59—61 页）。

130.《清古文家王芑》, 孙墨迹,《小说丛报》1915 年第 11 期（1 页）。

131.《清古文家姚姬传先生墨迹（三幅）》,《小说丛报》1915 年第 9 期（3 页）。

132.《趣味园地: 古文叛徒》, 刘大、白兆良,《中美周报》1948 年第 299 期（37 页）。

133.《群言堂：二郎庙记：古文之典型》，张钺，《论语》1933 年第 27 期（41 页）。

134.《如何补救此"古文观止"之学风》，易君左，《白虹（上海 1924 ）》1924 年第 2 期（2—3 页）。

135.《诗选：读古文杂咏》，潘清，《虞社》1933 年第 195 期（37 页）。

136.《宋初古文新论》，罗根泽，《文化先锋》1946 年第 6 卷第 3、4 期（4—10 页）。

137.《所谓古文（南方大学校友会讲稿）》，陈柱尊，《民意》1941 年第 2 卷第 8、9、10 期（11—12 页）。

138.《所谓古文》，胡怀琛，《国学周刊》1924 年第 42 期（0 页）。

139.《谈"古文与八股之关系"》，陈子展，《人间世》1935 年第 23 期（23—25 页）。

140.《谈古文辞的研读》，王瑶、程会昌，《国文月刊》1948 年第 68 期（4—6 页）。

141.《谈古文与新文艺》，佩蘅，《华光》1939 年第 1 卷第 6 期（10—11 页）。

142.《唐代传奇小说、古文运动之复兴（论宋代古文）》，姜亮夫、陈子展，《青年界》1933 年第 4 卷第 4 期（71—84 页）。

143.《唐代古文运动之革新性》，谭丕模，《中学生》1942 年第 57 期（452—454 页）。

144.《唐代早期的古文文论：唐代文学批评研究第四章》，罗根泽，《学风（安庆）》1935 年第 5 卷第 8 期（1—20 页）。

145.《唐文治的古文测验法》，黄华，《东南风》1946 年第 3 期（12 页）。

146.《题吴竹桥古文后》（诗词），《词章杂志》1911 年第 5 卷（1—2 页）。

147.《题赵菁衫所录古文检》，辟疆，《文艺丛录》1917 年第 2 期（48 页）。

148.《通信："古文观止"与"唐诗三百首"》（上），何又新，《国文杂志》1946 年第 3 卷第 5、6 期（55 页）。

149.《桐城古文学说与白话文学说之比较》，徐景铨，《文哲学报》1922 年第 1 期（1—13 页）。

150.《桐城古文宗派论》，后陶，《群治大学年刊》1925 年第 1 卷第 0 期（59—61 页）。

151.《桐城古文宗派论》，罗杰，《船山学报（长沙 1915 ）》1935 年第 8 期

（8—10 页）。

152.《桐城派古文的原始和优劣》，叶颖根，《国民公论（上海 1928）》1935 年第 2 卷第 1 期（11 页）。

153.《桐城派古文说》，林琴南，《民权素》1915 年第 13 期（1 页）。

154.《桐城派古文之建立及其流别（八月六日第七次讲演）》，颜昌峣，《船山学报（长沙 1915）》1933 年第 3 期（66—70 页）。

155.《桐城派古文之研究（附图表）》，陆翔撰，《震旦大学院杂志》1932 年第 24 期（1—26 页）。

156.《桐城派今古文》，文遥，《海风（上海 1945）》1946 年第 15 期（3 页）。

157.《图书介绍：韩愈及其古文运动》，龚书炽著，《图书季刊》1945 年第 3、4 期（64—65 页）。

158.《图书介绍：清代古文述传》，李崇元撰，《中法汉学研究所图书馆馆刊》1945 年第 1 期（175 页）。

159.《味兰书屋古文序》，恂子，《文友社第二支部月刊》1919 年第 18 期（？页）。

160.《魏晋文人的隐逸思想：中古文学史论之一》，王瑶，《文艺复兴》1949 年中国文学研究号（下）（259—267 页）。

161.《文化情报：渝方最近展开两个论争，其一是"文学遗产"的问题，其二是"旧古文的复活"问题》，《太平洋周报》1943 年第 1 卷第 69 期（1419 页）。

162.《文集：纂标古文真宝前集弁言》，泷川君山，《东华（东京）》1936 年第 97 期（35 页）。

163.《文林摭语：谈古文者，动以方姚并称》，瘦虹，《独立周报》1913 年第 2 卷第 18—19 期（117—120 页）。

164.《文史通义古文十弊篇注》，程会昌，《国文月刊》1944 年第 28、29、30 期（82—100 页）。

165.《文体分类之商榷：由萧统文选姚鼐古文辞类纂曾国藩经史百家杂钞以比较》（附表），戴宏复，《无锡国专年刊》1931 年上册（90—95 页）。

166.《文学骈枝：古文相同》，茆海，《青年进步》1926 年第 95 期（46 页）。

167.《我所欣赏的古文》，林涵之，《新学生》1943 年第 2 卷第 3 期（68—70 页）。

168.《吴子玉喜读〈古文观止〉辩》，书呆子，《红玫瑰》1924 年第 1 卷第 18 期（1 页）。

169.《鲜庵遗文（续）：学治古文者论定焉》，黄绍箕遗著，《瓯风杂志》1934 年第 9 期（23—28 页）。

170.《萧梁文选及古文辞类纂编例之比观》，王锡睿，《国学丛刊（南京）》1926 年第 3 卷第 1 期（73—86 页）。

171.《小说气和古文气》，陈友琴，《现代青年（福州）》1941 年第 4 卷第 5 期（184—186 页）。

172.《新青年时代新文学：脱胎于古文之一例》，怡生，《周播》1946 年第 16 期（7 页）。

173.《新书介绍：清代古文述传》，李崇元撰，《图书月刊》1941 年第 1 卷第 6 期（40 页）。

174.《新文学与古文学》，常风，《文学杂志（上海 1937）》1947 年第 2 卷第 3 期（20—37 页）。

175.《信与古文化之关系》，无知，《弘化月刊》1942 年第 16 期（12 页）。

176.《序王治心先生古文今译五十故事》，皕诲，《青年进步》1924 年第 78 期（94—95 页）。

177.《续古文中之代词》，柳蔚一，《自修》1941 年第 192 期（17 页）。

178.《学府风光：古文里写情书岂不羞哉》，阴雨，《吾友》1942 年第 2 卷第 89 期（15 页）。

179.《研究文学的青年与古文》，赵景深，《文学旬刊》1924 年第 109 期（？页）。

180.《艺文丛谈：散文与古文》，朱羲胄，《读书通讯》1943 年第 58 期（9 页）。

181.《隐几山房遗稿：古文文击录序》，邵齐熊著、吴蔚光阅，《小说丛报》1915 年第 16 期（2—4 页）。

182.《与蔡哲夫论古文书》，杨棣棠，《文学杂志（上海 1919）》1919 年第 1 期（8—9 页）。

183.《阅读古文的一种方法》，张清常，《国文月刊》1942 年第 15 期（17—20 页）、第 16 期（20—22 页）、第 17 期（24—28 页）。

184.《杂感："古文旧戏"》，陶然，《晨报副刊》1924 年 3 月 20 日（4 页）。

185.《所谓古文》，胡怀琛，《国学周刊》1924 年第 42 期 2D（1 页）。

186.《曾文正言古文不可说理故有宋以来理学诸儒之语录皆用白话试论辨之》，陆桂祥，《江苏省立第三中学杂志》1920 年第 3 期（2—4 页）。

187.《张贯珠学古文，聘请先生每日用功二小时》，《立言画刊》1944 年第 289 期（12 页）。

188.《章学诚古文十弊研究》，《四中季刊》1930 年第 3 期（16—39 页）。

189.《蛰庐随笔：现代古文之流别》，刘龙光，《光大闽声》1939 年第 3 期（36 页）。

190.《郑文焯古文苑非草书眉语》，《鼎脔》1925 年第 8 期（3 页）。

191.《治古文之意义与价值》，佚名，《文学旬刊》1924 年第 121 期（1—2 页）。

192.《中古文考》，刘师培撰，《中国学报（北京 1912）》1916 年第 5 期（1—2 页）。

193.《中古文考》，刘师培申叔遗著，《华国》1924 年第 1 卷第 12 期（32—35 页）。

194.《中学生作文讲话（五）：小说气和古文气》，陈友琴，《新学生》1947 年第 2 卷第 6 期（15—19 页）。

195.《诸家评点古文辞类纂序》，林纾，《东方杂志》1916 年第 13 卷第 9 期（19—20 页）。

196.《竹头木屑：高头讲章与古文观止》，弹山，《茶话》1948 年第 30 期（65 页）。

197.《著述绍介：百大家批评注释古文辞类纂（上海）》，松崎柔甫，《辽东诗坛》1927 年第 20 期（44 页）。

（作者单位：上海大学文学院）

陈衍《石遗室论文》的批评特色

朱春雨

陈衍（1856—1937），字叔伊，号石遗，福建侯官人，是清末民初"同光体"诗派的代表诗人，也是一位有着重要影响的诗文批评家。相对于诗歌创作与诗歌批评，陈衍的古文批评并不受学界重视。其实，陈衍的古文批评客观公允细密透彻，有不可忽视的价值，应该予以重视。

1931 年，陈衍受聘为无锡国学专修学校特约讲师。无锡国学专修学校，简称无锡国专，创办于 1920 年，初名无锡国学专修馆，1928 年改名无锡国学专门学院，1929 年定名无锡国学专修学校。20 世纪 30 年代前中期正值兴盛期，是与清华国学研究院齐名的国学教育重镇。"石遗先生学识丰富，除了文学之外，对于经、史、诸子亦有问必答，剖析详尽。他还和学生个别交谈，答问释疑，沟通思想。因此，学生们尽管以言语隔阂为憾，但对他极为尊重，获益匪浅。"[①] 陈衍其时所作的《通鉴纪事本末书后》《史汉文学研究法》与《石遗室论文》均为当时的授课讲义，后列入《无锡国学专修学校丛书》。此外，他还撰写了《石遗室诗话续编》《要籍解题》等著作，亦为当时教学时所本。《史汉文学研究法》和《石遗室论文》是陈衍古文批评的重要著作。其中，前者是《史记》《汉书》的专论，后者是陈衍教授文论之作，更能代表他对古文的整体认知。既是授课讲义，《石遗室论文》的批评特色亦与无锡国专的古文教学有极大关联。本文拟以《石遗室论文》为中心，结合无锡国专的教学特点，评析陈衍的古文批评特色。

---

① 宁友：《陈石遗先生与无锡国专》，《文教资料》1986 年第 6 期。

一、微观批评与宏观研究相结合

钱仲联先生回忆无锡国专当时的教学特点，总体来讲，"是'务实'，不空谈"。无锡国专教学"重在启发。老师讲原书，首先是逐字逐句地讲解，但不是翻译。学生一般在入学时文言文水平已很好，不必死讲。老师讲解，是讲解每字每句的作用以及布局的变化百出，当然更注重它的思想意义"①。《石遗室论文》以对作品的实际批评为主体，且其批评以细密透彻见长。陈衍重视具体而微的行文之法，于文章的起承转合尤为着意。他认为"永叔文以序跋杂记为最长。杂记尤以《丰乐亭》为最完美"，并具体评析该文章法妙处：

> 起一小段，已简括全亭风景。乃横插"滁于五代干戈之际"二语，得势有力。然后说由乱到治，与由治回想到乱，一波三折，将实事于虚空中摩荡盘旋，此欧公平生擅长之技，所谓风神也。今滁介于江淮一小段，与修之来此一段，归结到太平之可乐，与名亭之故。收煞皆用反缴笔为佳。②

这种对章法的细密分析在《石遗室论文》中比比皆是。陈衍经常以大段文字论述某文的"工处"以及因何而工。如：

> 东坡论始皇、汉宣，为坡公诸论之最工者。然要知其所以工，由始皇搭入汉宣处。先说世主皆甘心而不悔，其口气已是不专论一人。再指出汉桓灵、唐肃代，以为撖笔。然后转出始皇、汉宣，又重之曰皆英主，所谓包一切矣。极似司马德操访庞公时，德操先到，庞公上冢方归，几不知谁是主也。不然，于"以徼必亡之祸句"下，骤接始皇、汉宣皆英主云云，直鹘突不成文理矣。此段由始皇搭入汉宣，后段因始皇搭入汉武：一极信阉尹，一果于杀。皆连类而及者，而文法特奇肆。盖题系论始皇，杀扶苏一事。而信阉尹与果于杀，始皇以一身兼之。汉宣、汉武，特各肖其一端。始皇为主，通篇只详述始皇事。汉宣、汉武本事，并不详及。惟于段末一点出，可谓文成法立。悟得此法而变化之，作论可脱不少窠臼。末段由始

---

① 钱仲联：《无锡国专的教学特点》，《文教资料简报》1985 年第 2 期。
② 陈衍撰、陈步编：《陈石遗集》，福州：福建人民出版社 2001 年，第 1623 页。

皇搭入汉武处，工夫亦同前段。①

陈衍在此先提出此论最工，接着逐段分析，反复探讨，使其工处逐步显现，同时又夹杂着自己的文法观点。可说是有理有据有析有评，实为文学批评的佳作。

整体而言，《石遗室论文》确实是一部实际批评的著作，考察作品渊源、评析文章章法为其核心内容。全书以史为纲，分上古至周秦、两汉、三国六朝、唐、宋六卷，又在批评过程中梳理古文发展的内在脉络，推原辨析各体文的渊源，又像是一部未完成的"中国散文史"。

《石遗室论文》卷一首先揭示古文渊源。"《尚书》为中国第一部古史，亦即中国第一部古文"②。"自唐虞下逮周末，《尚书》外，文学分两大宗：曰《左氏传》，曰《小戴记》。皆各极文章之变化。……若更益以《考工记》，可谓极各种文章之能事。"③视《尚书》为古文的源头，将《左传》《小戴记》与《考工记》作为"极文章之变化"的典范。首重渊源，是中国传统文论的重要命题，陈衍于此并无创新。他的特色在于将文体源流的辨析与对具体作家作品的批评结合一处。例如：

> 《左传》叙郑武公娶于申一大段，晋穆侯之夫人一大段，晋公子重耳之及于难一大段，皆记前后数十年事，开后世史家纪事本末之体。视《尚书》金滕篇，更为详明耳。④
>
> 《礼记》开后世史书中各志文法与各种笔记文法。⑤
>
> 衍谓此疏（笔者按：指贾谊《陈政事疏》）汉人奏议中第一长篇文字，凡六千言，开后世万言书之祖。⑥
>
> （诸葛亮《前出师表》中段）是三国时文字。上变汉京之朴茂，下开六朝之隽爽。⑦

---

① 《陈石遗集》，第 1628 页。
② 同上，第 1549 页。
③ 同上，第 1550 页。
④ 同上，第 1556 页。
⑤ 同上，第 1557 页。
⑥ 同上，第 1559 页。
⑦ 同上，第 1586 页。

再如评点邹阳《谏吴王书》《狱中上梁王书》时，陈衍不仅反驳了骈偶起源于汉赋的传统论调，而且通过分析作品指出采用排偶体的作用，顺便论及联珠体的起源：

> 文之有骈偶，兆端《尚书》《周易》，至《国语》《左传》而已盛。今之论文学源流者，以为始于西汉之相如、子云，东京之孟坚、平子，岂其然哉。李斯《谏逐客疏》、贾生《陈政事疏》，中既多排偶矣。而邹阳《谏吴王书》《狱中上梁王书》，其排偶尤多者也，通篇全引古事，以为证据，故非以排偶出之，则嫌其孤证单弱。其布置以二人为一偶，或以四人为一偶，略用反正相承，极似后世演联珠体，似即联珠所由来。而每段收束处，多用单行，则东汉以迄六朝，骈文亦皆如是也。中间"臣闻明月之珠"一段，尤笔意舒展，事理反覆详明，全节起结两笔，尤有力量。①

注重渊源是陈衍论文的重要观点，他对此不惜多文相比，以揭示古文发展线索：

> 古人文字，凡属地理者，每言四至。《禹贡》言……《左传》言……若崤之战，蹇叔送其子曰："崤有二陵焉……余收尔骨焉。"则望古洒泪之辞。东坡本之以作《凌虚台记》云："尝试与公登台而望，其东则秦穆之祈年橐泉，其西则汉武之长杨五柞，其北则隋之仁寿、唐之九成也。计其一时之盛，闳极伟丽，坚固而不可动者，岂特百倍于台而已哉。"又本之以作《超然台记》云："南望马耳常山，出没隐见，若近若远，庶有隐君子乎。而其东之庐山，秦人卢敖之所从遁也。西望穆陵，隐然如城郭，师尚父、齐桓公之遗烈，犹有存者。北俯潍水，慨然太息，思淮阴之功，而吊其不终。"又本之以作《赤壁赋》曰："东望夏口，西望武昌。"皆抚今引古，感慨系之，但屡用之，亦足取厌。②

同为言地理四志，《禹贡》仅是叙述地理方位，《左传》"则望古洒泪之辞"，已经加入了当事人的情感，然而只是一人爱子之情。苏轼所作，虽文法相似，却已"抚今引古"，化作超越时间、空间的千古之叹了。最后又说屡用此法，

---

① 《陈石遗集》，第 1561 页。
② 同上，第 1625 页。

渐无新意，也是令人生厌。陈衍在对这几部作品的比较评析中，揭示了古文的内在发展线索，同时又透露出重情不重法，重神似不求形似的观念。

《石遗室论文》以对作品的实际批评为主，同时又兼述历代文章嬗变。可以说，陈衍的古文批评既继承了传统文论重视作品评点的优势，又避免了零散琐碎的弊端，实现了作品批评与通论研究的结合。因为有了微观的作品批评，他的批评具有细腻入微、坚实厚重的质感；有了宏观的审视，他的批评更具有一种总揽全局、高屋建瓴之感。

二、理论探讨与作品批评融汇为一体

陈衍的古文批评，采取明晰透彻的方式，评析作品循序善诱，细致入微，同时又与理论阐释融汇为一体。

陈衍论文主张宗经，但他并没有执着于阐述文道关系等比较抽象的话题，而是在作品批评中凸显精于经术对古文写作的重要性。他对元结《大唐中兴颂序》的批评，即在具体的行文技法评析中体现宗经观念：

> 次山《大唐中兴颂序》最工，盖学《左氏传》而神似者。《左传》中最有法度而无一长语者，莫如开卷先经起例五十余言……，可谓简而有法矣。元次山序云："天宝十四年，安禄山陷洛阳。明年，陷长安，天子幸蜀，太子即位于灵武。明年，皇帝移京凤翔，其年复两京，上皇还京师。"仅四十余字。凡言年者四，……言地者七，……其人二而名号四：曰天子，曰太子；太子即位，而称皇帝矣。既有皇帝而向之天子称上皇矣。其名称之郑重分明，非《左传》称元妃、继室、鲁夫人之义法乎。善学者之异曲同工如此。……作文所以贵通经也。①

这段批评明晰透彻，层层递进。先指出元结此序学习《左传》，接着罗列原文进行评点说明，同时指出元结如何学习、变化《左传》义法，进而得出"作文所以贵通经也"的结论。

无锡国专于"教学方面重在教古籍原书，教学生掌握基本知识。即使编教

---

① 《陈石遗集》，第 1591—1592 页。

本,选录大量原著,结合理论,不是那种通论式的东西"①。陈衍《石遗室论文》亦是如此。

现试以"繁简"为例看陈衍如何将抽象的文法理论讲得通俗易懂。陈衍在评点《左传》时即指出繁简对文章的重要作用:"《左传》之文之工者,殆不可胜数。然文字之虽工,不外繁简两种。今先举其至繁者,邲之战凡三千字。而有线索以贯之,则丝毫不紊矣。"② 可见,文章要繁,必须有明确的线索贯穿其中才能做到有条不紊。同为《左传》叙述邲之战,则采用简法。"叙事简约可学者,邲之战尚有二语,云'上军下军争舟,舟中之指可掬也'。舟至于争,舟中人必已满。后至者以手强攀船舷欲上,先至者急于开驶,恐迟延追兵将至,且恐源源而来。人多舟重,故拔刀乱斫,至坠指满于舟中。而左氏只以一语了之。此《史通》所极赞美者。"③ 言简意赅,又具风神意趣,才是简法之至要。

陈衍以兵事、书法、绘图等常见物象作喻说明繁简得当的妙处:

> 文章之妙,全在繁者使简,简者使繁。使简者斩其葛滕,或简其字,或简其句,如短兵之相接,如作小楷之波磔攒蹙,如绘舆图之簇山川都邑于径寸之纸上。而又曲折精致,标识分明。使繁者用加倍写法,或往复计算,仔细较量,或旁征曲证,歧中有歧;或沿流溯源,山上有山。在诗家所谓排比铺张,亦其一类也。④

接着陈衍又分析《论贵粟疏》一文如何具体使用"加倍"法,晁错"多以繁音促节,斩截无长语见长","论贵粟一疏。则用加倍写法。如云'民贫于不农。不农则不地著'。两语足矣。乃必云'贫生于不足。不足生于不农。不农则不地著。不地著则离乡轻家。民如鸟兽。虽有高城深池。严法重刑。犹不能禁也'。……重重叠叠,歧中有歧,山上有山。常为韩、欧诸家所学。"⑤ 其后,陈衍又在别处再提"加倍"法的功用,"大凡书札中措词。视觌面语言。多用加倍写法。使人动听。如司马子长《报任安书》。自是满腹悲愤。遇题勃发。

---

① 钱仲联:《无锡国专的教学特点》,《文教资料简报》1985 年第 2 期。
② 《陈石遗集》,第 1550 页。
③ 同上,第 1553 页。
④ 同上,第 1562 页。
⑤ 同上,第 1562—1563 页。

故说得至沉痛。其层层加倍写处，如云……说来皆极沉痛动人。"① 进一步说明了运用繁法动人情感的妙用。

繁法亦不可滥用，若不能眉目清楚，使人明了，即应删并。淮南王谏伐闽越，其"书约二千言，全篇殆淮南王集宾客之长所作，反复丁宁。重重叠叠，其可学处在此，其不尽可学处亦在此。当分别观之，可学处似层峦列嶂。高低向背，树木泉石，各有不同。其不尽可学处，似水复山重，峰回路转，几于难辨径途。如……皆过于重叠者也。若后人为之，必求所以删并之法。"② 接着陈衍又详论应该如何删并。

繁简之妙用，在古文写作中并不好把握，陈衍先以喻象说明繁、简各自妙用，又在实际批评中依据作品自身特色对繁简之妙予以评析，并点明其作用，最后又指出何种文体多用此法。陈衍并没有专论文章繁简应该如何处理，而综合各处，又可见其对繁简之法的整体看法。

陈衍在批评观念上吸取了传统文论不少的精华，却放弃了传统文论常见的感悟式、印象式的批评方式，这使得他的批评明晰透彻，务实并具指导性，对古文初学者理解古文精髓大有益处。

三、批评作品与指导写作并重

王基伦先生曾概括陈衍的文章创作理论为四项：模拟而有变化；重视段落布局，安排结构；写景贴切而自然；追求形似与神理的结合③。所论已十分详尽，这里只作一点说明。《石遗室论文》毕竟是一部以作品批评为主体的著作，里面并没有纯粹的写作指导，更不会对古文作法作一番条分缕析的说明。陈衍的创作理论以及他对学习写作古文的建议都渗透在对作品具体的章法分析上。

现就陈衍非常看重的"变化"为例，看他如何在作品评点中指导后学。陈衍评点韩愈《画记》时，作文须博采经史百家方能变化创造的理念自在其中：

> 案退之此记，直叙许多人物，从《尚书·顾命》脱化出来。……又从《考工记·梓人职》脱化出来。……又从《史记·曹世家》专叙攻城下邑

① 《陈石遗集》，第 1571—1572 页。
② 同上，第 1569—1570 页。
③ 王基伦：《陈衍〈石遗室论文〉论唐代古文》，《中国学术年刊》2008 年第 2 期。

之功，如记账簿，千余言，皆平铺直叙。惟用两三处小结束，如……，退之学而变化之，何尝必周以前哉。《绛侯周勃世家》上半篇亦直叙攻城野战，樊哙、郦商、夏侯婴、灌婴、傅宽、靳歙传皆然。……各有书法云，文有显然摹拟颇见其用之恰当者。①

陈衍认为写作古文可以学习，也认可模仿的做法，但关键是求其神似而非形似。"生古人后，于古人文章佳处，不禁效法，然贵能变化，求其神似，勿徒求其形似，则善矣。"强调变化，追求神似，历代文论家多曾提及，然而何谓变化？如何变化？陈衍在比较欧阳修为惟俨、秘演所作两篇序文时即提出"作文以命意为要"，但他更看重命意相同而文有变化者，如此方可见出作者的腾挪变化之力。陈衍分析杨恽《报孙会宗书》"中间一段云'……'。可谓浓情异采，哀感顽艳矣。梁丘迟变化之以感激陈伯之曰：'……'。唐柳子厚（宗元）。又变化之以答许孟客云：'……'皆《史通》所谓貌异而心同者。"②贾捐《罢珠崖对》"命意与淮南王安《谏伐闽越书》，大致相同，而结构整饬，陈义正大。直言不欲廓地太大而已，非如淮南王书之重重叠叠，显系采集多人议论也。"其中"当此之时，寇贼并起，军旅数发，父战死于前，子斗伤于后，女子乘亭鄣，孤儿号于道。老母寡妇。饮泣巷哭。遥设虚祭。想魂乎万里之外"一段，"后世李华《吊古战场文》。苏轼《谏用兵书》等篇。屡扬其波。至清代曾涤生。犹数用寡妇夜哭等语而不厌。"③陈衍更看重变化创造，优秀的变化之作亦可成为后世模仿的典范。可见，学习、模仿、变化、创造甚至成为后世典范，正是学文的有效路径。而这些均是在对评析作品时体现出来的。

陈衍反对古文学习中的袭貌遗神。模仿的好不好，不在有多少变化，而在看其变化能否与文意及文体相符。《史记》叙"鸿门之会"中对补叙他事的处理，学自《左传》叙晋灵公不君一段又有所变化。陈衍评曰："虽史迁学古之能变化，亦左氏文简，便于补笔。《史记》文繁，不能不先安顿也。此亦《史通》所谓貌异心同者。"④同为模仿古人句法，陈衍认为韩愈《获麟解》对《史记·老庄

---

① 《陈石遗集》，第 1598 页。
② 同上，第 1571 页。
③ 同上，第 1570—1571 页。
④ 同上，第 1556 页。

申韩列传》相关内容的学习很是失败，"此直是点金成铁"。因为"鸟能飞云云，注意在可网可纶可矰。若徒说能识牛马犬豕等，则直小儿语矣。且羊鹿亦有角，何以必牛；豕亦有鬣，何以必马。更说不去，全篇毫无深意。不过谓罕见之物，庸人不识耳。此等文虽不作可也"①。而柳宗元《钴鉧潭西小丘记》中"清泠之状与目谋，潜潜之声与耳谋，悠然而虚者与神谋，渊然而静者与心谋"数句，"用《考工记》进与马谋退与人谋句法，可谓食古能化。"②

正是在分析经典古文的过程中，学生明白文章笔法的巧妙运用，逐步学会写作古文。正如钱仲联总结无锡国专学生写作的经验所说："因为重视写作，学生的写作水平提高得快；因为有实践的经验，从而对古人的作品是怎样写作的，能深入去领会。写与学，相互促进。"③"老师的引导对学生的影响是极大的。三十年代中期的国专，学生爱好旧诗或师法钱仲联先生，兼参唐宋，不取一法，不舍一法；或师法石遗先生，兼法唐宋而偏于宋诗。至于写古文，学生们大都以唐校长为师，兼采《石遗室论文》。"④可见，《石遗室论文》批评作品与指导写作并重的特色对学生学习写作古文是有很大帮助的。

四、结论

王基伦先生认为："陈衍《石遗室论文》是一本以古文实际批评为导向的书，最大的成绩在此。"⑤其实，《石遗室论文》还是一本以古文教学为目标的讲义著作，这也是它不容忽视的价值。无锡国专贯彻唐文治先生"正人心，救民命"的教学理念，以"研究本国历史文化，明体达用，发扬光大，期于世界文化有所贡献"为教学宗旨⑥，是一所以国学即传统文化为教学和研治对象的学校。陈衍《石遗室论文》务实不空谈，评析作品条分缕析细致入微，又不乏对古文发展线索的宏观观察及对文法理论的探究讲解。这对读者或学生理解古

---

① 《陈石遗集》，第 1599 页。
② 同上，第 1604 页。
③ 钱仲联：《无锡国专的教学特点》，《文教资料简报》1985 年第 2 期。
④ 宁友：《陈石遗先生与无锡国专》，《文教资料》1986 年第 6 期。
⑤ 王基伦：《陈衍〈石遗室论文〉论宋代古文》，《古典文学知识》2012 年第 4 期。
⑥ 参见陆振岳：《无锡国学专修学校述略》，《苏州大学学报》（哲学社会科学版）2000 年第 2 期。

文精髓大有益处。国学教育的目标在传承，古文教学亦希望学生能够写作古文。《石遗室论文》在批评作品与讲解理论时亦含有指导写作的意蕴，实际上也确实成为学生学习写作古文的重要参考。可见该书在国学传承与古文教育层面亦有重要贡献。

（作者单位：河南大学文学院）

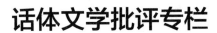

话体文学批评专栏

夏承焘《瞿髯论词绝句》论姜夔词探析

薛乃文

一、前言

夏承焘（1900—1986）毕生致力于词学研究，其具体成果见录于《夏承焘集》①，大抵分为四大类：一、学词历程。其《天风阁日记》记录1928年至1965年的治学过程、研究撰述、诗词创作、友好过从、函札磋商、南北游历等事迹与心得，直接或间接反映出当时知识分子的思想状态，以及半个多世纪以来近世词学的发展概况。二、填词创作。精于词学之人，或不工于作词，工于词者，又往往不以词学研究为意，而夏承焘独能兼之，其《天风阁词集》前、后编，系其一生写照。三、文献的整理与考据。夏承焘以清儒治群经子史之法治词，旁搜博考，校核唐宋词人生平行迹与创作背景，为十二家②词人勾勒出信实可靠的《唐宋词人年谱》，开创了词人谱牒之学。张尔田即赞云："湛深谱牒之学，文苑春秋，史家别子，求之近古，未易多觏。"③夏承焘亦于词韵、词乐、词谱等方面致力考究，如《姜白石词谱与校理》《白石十七谱译稿》《白石道人歌曲校律》《词律三义》《四声绎说》④等论文皆是其例。词集方面的整理，有《姜白石词编年笺校》《龙川词校笺》等，资料搜辑丰富、疏证精湛、考订翔实，其《姜白石词编年笺校》甚至与龙榆生《东坡乐府笺》、邓广铭《稼轩

---

① 夏承焘：《夏承焘集》，杭州：浙江古籍出版社·浙江教育出版社，1997年。
② 夏承焘：《唐宋词人年谱》计有十种十二家：韦庄、冯延巳、李璟与李煜、张先、晏殊与晏几道、贺铸、周密、温庭筠、姜夔、吴文英等人年谱。见收于《夏承焘集》，1册。
③ 吴战垒：《夏承焘集·前言》引，见《夏承焘集》，1册，第2页。
④ 以上篇章，见夏承焘：《唐宋词论丛》《月轮山词论集》，见收于《夏承焘集》，2册。

词编年笺注》、罗忼烈《周邦彦清真集笺》并列二十世纪四大词集笺注本 [①]。四、词学的研究与批评。夏承焘一则透过论文或词序形式，探讨唐宋以来词学的发展脉络、表现形式以及艺术风格；一则以诗论词，藉由精炼的语言形式分析历代词人风格，批判其高下得失，同时表明自身的词学主张。

夏承焘于《月轮山词论集·前言》云：

> 我二十岁左右，开始爱好读词，当时《强村丛书》初出，我发愿要好好读它一遍，后来写《词林系年》、札《词例》，把它和王鹏运、吴昌绶诸家的唐宋词丛刻翻阅多次。三十多岁，札录的材料逐渐多了，就逐步走上校勘、考订的道路。经过一二十年，到解放前后，才开始写评论文字。[②]

夏承焘早年从事考据之学，中年以后转入批评之学，然若没有考据的工夫，批评之学恐流于空洞浮泛、主观臆断；若无评论文字的发挥，则考据之学大概是琐琐碎碎，了无生气 [③]。夏承焘的词学批评，便是奠基于考据工夫之上，其词学理论言而有据，影响深远，遂成为民国词坛的大家。

在历代词人中，夏承焘对姜夔的研究用功最深、成果最丰。据《夏承焘集》载录的内容，于《唐宋词人年谱》中录有《姜白石系年》（附《白石怀人词考》）；于《唐宋词论丛》中录有《姜白石词谱与校理》《白石十七谱释稿》二篇，以及与任中敏讨论姜夔词谱的通函《答任二北论白石词谱书》；于《月轮山词论集》十四篇词学论文中计有四篇专论姜夔 [④]；百首《瞿髯论词绝句》中有五首论姜夔词（仅次于苏轼、李清照）；于《白石词编年笺校》中，亦附有《辑传》《辑评》《序跋》《版本考》《行实考》等，内容的质与量远胜过其《龙川词校笺》；《天风阁词集》（前编）亦收录《石湖仙》（题孤山白石道人像）一阕；其《天风阁日记》，更是不乏研究姜夔其人其词的记载。可知夏承焘对于姜夔各面相，

① 夏承焘：《姜白石词编年笺校》《龙川词校笺》，见收于《夏承焘集》，3 册。刘梦芙《夏承焘〈天风阁词〉综论》，《中国韵文学刊》第 26 卷第 4 期，2012 年 10 月，第 28 页。

② 夏承焘：《夏承焘集》，2 册，第 239 页。

③ 曾大兴：《夏承焘的考据之学与批评之学》，《20 世纪词学名家研究》，北京：中华书局，2011 年 8 月，第 296—308 页。

④ 四篇论文包含：《姜夔的词风》《姜白石诗词晚年手定集辨伪》《〈白石道人歌曲〉校律》《姜夔词谱学考绩》，收录于《夏承焘集·月轮山词论集》。

大抵全面掌握，相关的解读与评价，对学界影响尤巨，如"合肥情事"^①"石帚辨"^②等议题，无不在词坛开枝散叶。唯夏承焘《瞿髯论词绝句》中五首论姜夔之诗，未见学界深入讨论。以《瞿髯论词绝句》为探讨对象的相关论著，如刘扬忠《〈瞿髯论词绝句〉注释商榷》一文，仅以数行文字纠正吴无闻注解之误，林玫仪《〈瞿髯论词绝句〉初探》、杨牧之《千年流派我然疑——〈瞿髯论词绝句〉读后》、洪柏昭《读〈瞿髯论词绝句〉》、朱存红及沈家庄《别有境界、自成一家——夏承焘〈瞿髯论词绝句〉雏议》、刘青海《论夏承焘〈瞿髯论词绝句〉中的词学观》等论文^③，均属综论研究或读后心得罢了。胡永启《夏承焘词学研究》^④博士论文问世后，《瞿髯论词绝句》得以专章研究，然针对个别作家的探讨，仍有研究的空间。及至王师伟勇《夏承焘〈论词绝句〉论易安词详析》^⑤一文，针对六首论易安之绝句进行深入剖析、小题大作，笔者深受启发，撰写此文。本文首先分析夏承焘钟爱姜夔之因；其次，针对五首论词绝句进行逐字逐句探析，并旁及夏氏所编之《姜白石系年》《姜白石词编年笺注》与数篇相关论文，进而一探夏承焘论姜夔的批评观点。

二、夏承焘钟情于姜夔

夏承焘《石湖仙·题孤山白石道人像》词云：

---

① 夏承焘《合肥词事》，见收于《夏承焘集·姜白石词编年笺校·行实考》，3 册，第 314—327 页。另如姜海峰《淮南皓月冷千山——词人姜夔与合肥》，《合肥大学联合学报》1998 年第 1 期，第 6—8 页；徐玮：《论合肥本事与姜夔词的解读》，"今古齐观：中国文学中的古典与现代国际学术研讨会"会议论文（香港中文大学主办，2014 年 5 月）等，均针对姜夔合肥情事深入探究。

② 夏承焘《石帚辨》一文，以为白石与石帚非同一人，见收于《夏承焘集·姜白石词编年笺校·行实考》，3 册，第 327—331 页。

③ 刘扬忠：《〈瞿髯论词绝句〉注释商榷》，《文化遗产》1985 年第 3 期，第 130—133 页。林玫仪：《〈瞿髯论词绝句〉初探》，《第一届词学国际研讨会论文集》台北："中央研究院"中国文哲研究所筹备处，1994 年 11 月，第 455—482 页。杨牧之：《千年流派我然疑——〈瞿髯论词绝句〉读后》，《读书》1980 年第 10 期，第 45—49 页。洪柏昭：《读〈瞿髯论词绝句〉》，《光明日报》，1980 年 3 月 18 日，第 4 版。朱存红、沈家庄：《别有境界、自成一家——夏承焘〈瞿髯论词绝句〉刍议》，《文艺评论·现代学人与历史》2011 年第 6 期，第 104—108 页。刘青海：《论夏承焘〈瞿髯论词绝句〉中的词学观》，《中国韵文学刊》第 25 卷第 1 期，2011 年 1 月，第 97—102 页。

④ 胡永启：《夏承焘词学研究》，河南大学博士论文，2011 年 10 月。

⑤ 王伟勇：《夏承焘"论词绝句"论易安词详析》，《文与哲》第 24 期，2014 年 6 月，第 57—84 页。

朗吟人去。剩一片湖山，仍对尊俎。唤起老逋魂，能同歌远游章句。江湖投老，又看柳长亭几度。容与。招素云黄鹤何许？　红箫垂虹旧伴，忆黄月梅边新谱。环佩胡沙，肠断江南哀赋。听角长淮，送春南浦，此愁天付。携酒路。马塍连夜风雨。①

此阕乃夏承焘为姜夔所题之词，从中可发现两大特点：（一）化用姜夔词句，如"最可惜、一片江山，总付与啼鴂"（《八归》）、"唤起淡妆人，问逋仙、今在何许"（《法曲献仙音》）、"阅人多矣，谁得似、长亭树"（《长亭怨慢》）、"此地。宜有词仙，拥素云黄鹤，与君游戏"（《翠楼吟》）、"旧时月色。算几番照我，梅边吹笛"（《暗香》）、"昭君不惯胡沙远，但暗忆、江南江北。想佩环、月夜归来，化作此花幽独。"（《疏影》）、"江淹又吟恨赋。记当时、送君南浦。"（《玲珑四犯》）；②（二）兼及姜夔携小红过垂虹桥以及死后葬西湖马塍之事。可知此阕《石湖仙》字字句句紧扣姜夔其人其词，除了基于夏承焘曾编订姜夔年谱及词集，对其生平经历及作品必是掌握得宜之外，最主要的原因，还是出自于夏承焘对姜夔的喜爱，探究如下：

（一）立清刚一派，匡救软媚之流弊

张炎以"野云孤飞，去留无迹"形容姜夔词风，拈出"清空"二字作为其填词风格的总评。所谓"清空"，与"质实"相对，清空则古雅峭拔，质实则凝涩晦昧③。然夏承焘《姜夔的词风》一文中，却认为"清空"二字不能概括白石词风，论云：

> 白石在婉约和豪放二派之外，另树"清刚"一帜，以江西瘦硬之笔，救温庭筠、韦庄、周邦彦一派的软媚；又以晚唐诗绵邈风神救苏辛粗犷的流弊。④

---

① 夏承焘：《夏承焘集·天风阁词集·前编》，4册，第132页。

② 姜夔词，收于唐圭璋编：《全宋词》，北京：中华书局，1998年，3册，第2178—2184页。本文所引用之宋词，均采自该版本，径于引文后附注，不再另行赘注。

③（宋）张炎《词源》，唐圭璋编：《词话丛编》，北京：中华书局，2005年10月，1册，第259页。

④ 夏承焘：《夏承焘集·月轮山词论集·姜夔的词风》，2册，第313页。

宋人柴望《凉州鼓吹·自序》云："词起于唐而盛于宋，宋作尤莫盛于宣、靖间，美成、伯可，名自堂奥，俱号称作者。近世姜白石一洗而更之，《暗香》《疏影》等作，当别家数也。大抵词以隽永委婉为上，组织涂泽次之，呼噪叫啸，抑末也。唯白石词登高眺远，慨然感今悼往之趣，悠然托物寄兴之思，殆与古《西河》《桂枝香》同风致，视《青楼歌》《红窗曲》万万矣。故余不敢望靖康家教，白石衣钵，或仿佛焉。"① 可知，宋末词家眼中，姜夔词所蕴含之"慨然感今悼往之趣""悠然托物寄兴之思"，已让其风格自成一宗，夏承焘日记中云：

> 讲词，清真软，白石变为清刚。……东坡论书诗曰：刚健含婀娜，此白石所以能牢笼一代。刘宏度论曲，有阳柔阴刚之说，正可评白石。②

"刚健含婀娜""阳柔阴刚"之风格，绝非"婉约"一派或"清空"二字可以概括，故夏承焘以"清刚"为姜夔另树一帜。

姜夔词自有面目，以健笔写柔情，原因在于姜夔填词乃出入江西诗派和晚唐词风之故。姜夔序《白石道人诗集》时曾说早年"三熏三沐师黄太史氏"③，黄太史氏即江西诗派之祖黄庭坚；后期学诗，则由江西诗派走向晚唐，杨万里即称其作品"文无所不工，甚似陆天随（陆龟蒙）"④。姜夔学诗的脉络即影响其填词的路数，夏承焘《姜夔的词风》论云：

> 白石词和周邦彦并称"周姜"。邦彦词上承温、韦、柳、秦，这派词到了白石那时，大都软媚无力，恰好和那槎枒干枯的江西末流诗作对照。指出江西派的流弊，拿晚唐诗来修改它的是杨万里；拿江西诗风入词的是姜白石。⑤

---

① （宋）柴望《凉州鼓吹·自序》，见施蛰存《词集序跋萃编》，北京：中国社会科学出版社，1994 年 12 月，卷四，第 419 页。

② 夏承焘：《夏承焘集·天风阁日记》，6 册，第 349 页。

③ （宋）姜夔：《白石道人诗集·自叙》，台北：台湾商务印书馆《四部丛刊初编》69 册，1967 年，第 11 页。

④ （宋）周密撰、朱菊如、段扬等校注：《齐东野语校注·姜尧章自叙》："待制杨公（杨万里）以为于文无所不工，甚似陆天随"，上海：华东师范大学出版社，1987 年 5 月，卷十二，第 229 页。

⑤ 夏承焘：《夏承焘集·月轮山词论集·姜夔的词风》，2 册，第 306 页。

吴熊和《唐宋词通论》亦云：

> 姜夔的诗，盖以晚唐的绵邈风神，来补救江西诗派末流之槎枒干枯之失；他的词，则以江西派诗清劲瘦硬的健笔，来改造晚唐以来温、韦、柳、周靡曼软媚之词，两者都不失为对当时的诗风、词风的改革。以江西诗风入词，合黄（庭坚）、陈（诗道）与温、韦、柳、周为一体，这种做法就是姜夔的首创，并使他的词形成和加强了骚雅的特点。①

姜夔持江西瘦硬的笔调，正可匡救晚唐北宋以来软媚无力的词风。沈义父《乐府指迷》评姜夔词"清劲知音，亦未免有生硬处"②，孰不知姜词"生硬处"，正是深受江西诗派的影响。夏承焘《读张炎〈词源〉》一文曾以周邦彦、吴文英、姜夔三人词风互相比较，论曰：

> 姜夔、吴文英的词都受周邦彦的影响，而周、姜的风格不尽同：周词讲究字面色泽，善于融化古诗句；姜词则净洗华彩而能自创新句；周词的疵病是软媚无力，姜词则救之以清刚瘦硬。……吴文英的词比周词色泽更浓，也更加软媚，往往弄到"凝滞晦涩"的地步。③

夏承焘一向不爱周邦彦词之"软媚无力"，吴文英词之"凝滞晦涩"，其《天风阁日记》云："（1929年6月17日）阅《强村丛书》。小令少性灵语，长调坚炼，未忘涂饰，梦窗派故如是也。"又云："（1929年9月12日）灯下阅清真词，觉风云月露亦甚厌人矣，欲词之不亡于今日，不可不另辟一境界。"④夏承焘对周、吴二家多所批评，其观念主要源自时代的激发，面对内忧外患的局势，若填词仅专注于吟风弄月、剪红刻翠，词风势必日益卑靡，唯有另辟一径匡救之，故云：

> （1929年8月26日）思中国词中风花雪月、滴粉搓酥之辞太多，……东坡之大，白石之高，稼轩之豪，举不足以语此。此后作词，试从此辟一

① 吴熊和：《唐宋词通论》，杭州：浙江古籍出版社，2004年，第247页。
② （宋）沈义父《乐府指迷》，见唐圭璋编：《词话丛编》，1册，第278页。
③ 夏承焘：《夏承焘集·月轮山词论集·读张炎〈词源〉》，2册，第403页。
④ 夏承焘：《夏承焘集·天风阁日记》，5册，第100、118页。

新途径。①

夏承焘以为若要解决周邦彦、吴文英等人软媚无力、凝滞晦涩的疵病，则需仰赖姜夔清刚瘦硬之笔；若要开辟词坛新气象，唯苏轼、姜夔、辛弃疾三家而已。

（二）视姜夔为师法之对象

夏承焘于《天风阁词集前编·前言》云：

> 早年妄意合稼轩、白石、遗山、碧山为一家，终仅差近蒋竹山而已。②

辛弃疾、姜夔、元好问、王沂孙四家系夏承焘师法的对象，末句"终仅差近蒋竹山而已"，盖自谦之词。刘梦芙《夏承焘〈天风阁词〉综论》云：

> 夏承焘最重苏、辛及风格相近的豪放派……。其次是姜夔，白石词清刚超拔，戛戛独造的风格非常适合夏承焘的审美趣味，而且白石词中也有抒写黍离麦秀之悲的作品。……夏承焘师法四家，以辛、姜为主体，元、王为调济，实有对国家历史与现实和对词人思想品质与为词风格的多方面考虑，奠基于学理，更有爱国情感和艺术趣味的倾向性。③

夏承焘具有传统文人关心时政，经世济民的理想，面对抗战与"文革"阶段，夏承焘钟情豪放词人，力求词境之开拓，追求词风之雄健；然若在爱国情感与审美趣味全面观照之下，夏承焘对姜夔可说是情有独钟，其作品不乏流露出姜词之痕迹，如以下三阕：

> 万象挂空明，秋欲三更，短篷摇梦过江城。可惜层楼无铁笛，负我诗成。杯酒劝长庚，高咏谁听。当头河汉任纵横。一雁不飞钟未动，只有滩声。（《浪淘沙》）
>
> 敝裘轻举，送我冷然去。忽讶诗来无觅处，天外数峰清苦。冲寒绕遍江城，踏残千顷琼英。明日高楼卧稳，好山任汝阴晴。（《清平乐》）

---

① 夏承焘：《夏承焘集·天风阁日记》，5 册，第 114—115 页。
② 夏承焘：《夏承焘集·天风阁词集前编·前言》，4 册，第 113 页。
③ 刘梦芙：《夏承焘〈天风阁词〉综论》，第 27—28 页。

惟有雁山月，知我在江湖。泷滩照影如镜，昨梦过桐庐。一卷六桥箫谱，一枕六和铃语，便欲老菰蒲。哀角忽吹破，清景渺难摹。　　烟瘴地，二三子，共歌呼。人生能几今夕，有酒恨无鱼。长记白溪西去，只在绛河斜处，风露世间无，归计是长计，来岁定何如？（《水调歌头》）①

夏承焘曾任教于浙江杭州严州中学，授课之余填了不少好词。上举《浪淘沙》题为"过七里泷"（属浙江境内），《清平乐》题为"严州大雪"均属之，而《水调歌头》词序载"壬午腊月望夕，与声越行月龙泉山中，忆严杭雁荡旧游"，属追忆严杭之作。三阕作品中，如"万象挂空明，秋欲三更，短篷摇梦过江城""忽讶诗来无觅处，天外数峰清苦""一卷六桥箫谱，一枕六和铃语，便欲老菰蒲"等句，所流露出的飘逸清空的江湖情调，让读者自然地想起姜夔那般如"清笙幽盘"②的词风。又如《十二郎》：

梦华逝水，剩一鉴、冷光未凝。换语鹤湖山，听蛮灯火，过我翩然一艇。水佩风裳无人唱，问旧谱、凌波谁定。容独占鹭汀，一竿丝外，万千人境。　　归兴。浮家旧约，待描查镜。挽百丈秋潢，白荷花底，看写高寒双影。问讯南鸿，江楼今夜，风露单衣应冷。嘱晓角、莫唤城乌，隔水数峰犹暝。③

此阕乃夏承焘夜游西湖所作，上片描写美如梦境的西湖胜状，并化用姜夔"三十六陂人未到，水佩风裳无数"（《念奴娇·吴兴荷花》）之句，而末句"容独占鹭汀，一竿丝外，万千人境"，更将联想空间推至辽阔的湖面之外，令人不可及之。下片则藉荷花、南鸿，抒发怀归之叹，"情景交融，极缥缈空灵之致，真得白石老仙之神"④。张尔田评夏承焘词风："尊词胎息深厚，足为白石词仙嗣响。"⑤吴战垒序《夏承焘集》，评其诗词创作云：

填词则欲"合稼轩、白石、遗山、碧山为一家"，所作均有感而发，

① 夏承焘：《夏承焘集·天风阁词》，4册，第126—127、173—174页。
② （清）郭麐：《灵芬馆词话》："姜、张诸子，一洗华靡，独标清绮，如瘦石孤花，清笙幽盘，入其境者，疑有仙灵，闻其声者，人人自远。"唐圭璋：《词话丛编》，2册，第1503页。
③ 夏承焘：《夏承焘集·天风阁词》，4册，第136页。
④ 刘梦芙：《浅谈夏承焘先生山水词》，《合肥学报》（社会科学版），2004年第1期。
⑤ 夏承焘：《夏承焘集·天风阁日记·1938年2月14日》，6册，第8页。

情辞并茂；诗风磊落清奇，高明沉着，词笔则坚苍老辣，每以宋诗之气骨入词中，外柔内刚，戛然独造，并世词家，殆罕其匹。[①]

夏承焘"以宋诗之气骨入词"，与姜夔"以江西瘦硬之笔填词"之法颇为相近，夏承焘"外柔内刚""戛然独造"之词风，与其历程、心境与师法之对象不无关系。刘梦芙《夏承焘〈天风阁词〉综论》云：

> 夏翁早中期词，于稼轩取其崚崎磊落而去其粗率；于白石取其清刚幽秀而济以浑厚，兼取遗山之苍凉、碧山之沉郁，此外尚有东坡之超旷。[②]

张炎以"清空"与"质实"做对比，以"清空"评论姜夔如野云孤飞，去留无迹的词风，然夏承焘却以为"清空"不足以概括姜词全貌，故另树"清刚"一帜，此乃夏承焘对姜夔最中肯的评论。姜词"以健笔写柔情"，流露而出的深远清苦的心境，正呼应夏承焘在时代动荡之下感怀伤时的心路历程。刘梦芙《五四以来词坛点将录》亦云：

> 《天风阁词前后编》存词四百五十余阕，渊深海阔，霞蔚云蒸，具稼轩之雄奇无其粗率，白石之清峭无其生硬，碧山之沉郁无其衰飒，复间有秦郎之婉秀，东坡、于湖之超逸，集诸家之美以臻大成。而爱国之忧洋溢于篇什间，殊见风骨之坚，性情之厚。程千帆先生又云："其为词取径甚广，出入南北宋，晚年尤思以苏辛之笔，赞扬鸿业，而终近白石之清刚。"就其主要风格而言，不可不谓知音，然夏词开拓新境，壮采奇情，词笔变化甚多，究非白石一家所能限也。[③]

由夏承焘填词的风格、情调，以及后人的评论，可知夏氏"妄意合稼轩、白石、遗山、碧山为一家"，并非纸上谈兵。然其取径甚广，不能将其作品限于一格，惟两人确为知音。

---

① 吴战垒：《夏承焘集·前言》，见收于《夏承焘集》，1 册，第 4 页。
② 刘梦芙：《夏承焘〈天风阁词〉综论》，第 29 页。
③ 刘梦芙：《五四以来词坛点将录》，见收于《中国诗学》，北京：人民文学出版社，2005 年，第 159 页。

三、论姜夔五绝句析论

夏承焘《论词绝句》凡一百首，前两首论"唐教坊曲"及"填词"；第三首至第九首论唐、五代词人；第十首至第二十四首，先总论北宋词风，再论北宋词人；第二十五首至七十首，先论南渡之际及南宋、金元词人，再论载录宋遗民咏物作品之《乐府补题》；第七十一首至九十二首论明、清词人；第九十三首论"词坛新境"；第九十四首至九十八首，论日本词人，包括嵯峨天皇、野村篁园、森槐南、高野竹隐（一首与森槐南合论）；第九十九首论朝鲜词人李齐贤，第一百首论越南词人阮绵审。夏氏所论词人，大抵以一首为度，然亦有两首以上者，如：李珣、李煜、周邦彦、张孝祥、元好问、吴文英、朱彝尊，以两首论之；岳飞，以三首论之；辛弃疾、陈亮（一首与朱熹合论）、张炎、龚自珍（一首与陈亮合论），以四首论之；姜夔，以五首论之；苏轼（一首与蔡松年合论）、李清照，以六首论之①。可见夏承焘论姜夔之篇数，次于李清照，凌驾辛弃疾之上，殊值一探究竟。夏承焘论姜夔之五绝句分析如下：

（一）论姜夔（1155—1221）第一首

一麾湖海望昭陵，慷慨高谈泽潞兵。付与南人比吟境，二分冷月挂芜城。

第一首论词绝句，夏承焘以杜牧（803—852，字牧之）慷慨爱国之心与姜夔相较。首句"一麾湖海望昭陵"，便化用杜牧诗句，其《将赴吴兴登乐游原一绝》诗云："清时有味是无能，闲爱孤云静爱僧。欲把一麾江海去，乐游原上望昭陵。"②此乃杜牧出仕吴兴（今浙江省湖州市），登乐游原，怀念唐太宗（昭陵即唐太宗墓）所写。论词绝句次句"慷慨高谈泽潞兵"便呼应杜牧作《罪言》一事。欧阳修《新唐书》记载："刘从谏守泽潞，何进滔据魏博，颇骄蹇不循法度。牧（杜牧）追咎长庆以来朝廷措置亡术，复失山东，巨封剧镇，所

---

① 王伟勇：《夏承焘"论词绝句"论易安词详析》，第 61 页。夏承焘：《夏承焘集·瞿髯论词绝句·目录》，2 册，第 507—513 页。

② （清）曹寅等编：《全唐诗》，台北：明伦出版社，1971 年，8 册，卷五百二十一，第 5961—5962 页。

以系天下轻重，不得承袭轻授，皆国家大事，嫌不当位而言，实有罪，故作《罪言》。"① 杜牧《罪言》一千余字，对于藩镇祸乱、用兵方略慷慨议论，欧阳修评之曰："刚直有奇节，不为龊龊小谨，敢论列大事，指陈病利尤切至"②，此文即杜牧人格的写照。

然而，杜牧慷慨刚直的气节，却是大部分南方文人缺乏的特质。若将杜牧比之于"南人"，正如夏承焘论词绝句末两句所言"付与南人比吟境，二分冷月挂芜城"，姜夔乃最佳人选。姜夔《扬州慢》：

> 淮左名都，竹西佳处，解鞍少驻初程。过春风十里，尽荠麦青青。自胡马窥江去后，废池乔木，犹厌言兵。渐黄昏，清角吹寒，都在空城。　　杜郎俊赏，算而今、重到须惊。纵豆蔻词工，青楼梦好，难赋深情。二十四桥仍在，波心荡、冷月无声。念桥边红药，年年知为谁生。（3 册，第 2180—2181 页）

宋高宗绍兴三十年（1160），完颜亮南寇，江淮军败，中外震骇。曾是歌楼舞谢林立其间的扬州（即扬州、广陵，今江苏省境内），也随之兵马倥偬，繁华都会一变而成边徼。孝宗淳熙三年（1176），离寇平已隔十六年之久，姜夔年二十二，过维扬，见景物萧条，遂而填词，以抒今昔之慨。

其中"淮左名都，竹西佳处"，出自杜牧《题扬州禅智寺》："谁知竹西路，歌吹是扬州"③；"纵豆蔻词工"三句出自杜牧《赠别》："娉娉袅袅十三余，豆蔻梢头二月初。春风十里扬州路，卷上珠帘总不如"④，以及《遣怀》："十年一觉扬州梦，赢得青楼薄幸名"⑤；"二十四桥"二句，出自杜牧《寄扬州韩绰判官》："二十四桥明月夜，玉人何处教吹箫。"⑥ 姜夔接连化用杜牧诗句，一则出自赏识，如《鹧鸪天·十六夜出》："东风历历红楼下，谁识三生杜牧之"（3 册，第 2173 页）；《琵琶仙》："十里扬州，三生杜牧，前事休说"（3 册，第 2178 页），不掩企慕杜牧之情；二则因杜牧曾游扬州，诗句蕴含伤时悯乱之悲，故姜夔借

---

① （宋）欧阳修：《新唐书》，台北：鼎文书局，1981 年 1 月，7 册，卷一百六十六，第 5094 页。
② 同上，卷一百六十六，第 5097 页。
③ （清）曹寅等编：《全唐诗》，8 册，卷五百二十二，第 5964 页。
④ 同上，卷五百二十三，第 5988 页。
⑤ 同上，卷五百二十四，第 5998 页。
⑥ 同上，卷五百二十三，第 5982 页。

他人酒杯，浇胸中块垒，以抒怆然之感。

陈廷焯《白雨斋词话》卷二评姜夔《扬州慢》云：

> 写兵燹后情景逼真。"犹厌言兵"四字，包括无限伤乱语。他人累千万言，亦无此韵味。①

俞陛云《唐五代两宋词选释》云：

> 此词极写兵后名都荒寒之状。"春风"二句其自序所谓"四顾萧条"也。"胡马"句言坏劫曾经，追思犹悯，况空城入暮，戍角吹寒，如李陵所谓"胡笳互动，……只令人悲增忉怛耳。"下阕过扬州者，以杜牧文词为最著，因以自况，言百感填膺，非笔墨所能罄。"冷月"二句诵之若商声激楚，令人心倒肠回。篇终"红药"句言春光依旧，人事全非，哀郢怀湘，同其沉郁矣。凡乱后感怀之作，词人所恒有，白石之精到处，凄异之音，沁人纸背，复能以浩气行之，由于天分高而酝酿深也。②

昔盛今衰对比之下，姜夔眼中的扬州，徒剩二十四桥③及一轮冷月摇荡波心，显得百般凄凉，杜牧若再次重游，想必深情难赋，甚感诧异。

夏承焘论词绝句"付与南人比吟境，二分冷月挂芜城"④二句所指，即姜夔《扬州慢》一阕，姜夔蕴含其间的沉郁之感、黍离之悲，夏承焘是肯定的；

---

① （清）陈廷焯《白雨斋词话》，见唐圭璋：《词话丛编》，4 册，卷二，第 3798 页。

② 俞陛云：《唐五代两宋词选释》，台北：文史哲出版社，1988 年，第 401—402 页。

③ "二十四桥"，据沈括《梦溪笔谈》记载："扬州在唐时最为富盛，旧城南北十五里一百一十步，东西七里三十步，可纪者有二十四桥。"注谓北宋仍存之桥有六：小市桥、广济桥、开明桥、通泗桥、太平桥、万岁桥。李斗《扬州画舫录》谓："二十四桥即吴家砖桥，一名红药桥。"梁章钜《浪迹丛谈》谓"扬州二十四桥之名熟在人口而皆不能道其详。（宋）王象之《舆地纪胜》云：二十四桥，隋置，并以城门坊市为名。后韩令坤者，省筑州城，分布阡陌，别立桥梁，所谓二十四桥者，或存或亡，不可得而考。或谓二十四桥只是一桥，即在今孟玉生山人毓森所居宅旁……"（宋）沈括著、胡静道校注：《新校正梦溪笔谈·补笔谈卷·杂志》，北京：中华书局，1987 年，卷三，第 326 页。李斗：《扬州画舫录》，见《中国风土志》，扬州：广陵书社，2003 年，卷十五，第 2 页。（清）梁章钜：《浪迹丛谈》，台北：汉京出版社，1984 年，卷二，第 23 页。夏承焘：《夏承焘集·姜白石词编年笺校》按"姜夔谓'二十四桥犹在'盖非史实。"3 册，第 25 页。

④ 吴无闻注"二分冷月"，出自杜牧"天下三分明月夜，二分无赖在扬州"，参夏承焘：《夏承焘集·瞿髯论词绝句》，2 册，第 555 页。此诗乃中唐诗人徐凝《忆扬州》："萧娘脸下难胜泪，桃叶眉头（尖）易得愁。天下三分明月夜，二分无赖是扬州。"《全唐诗》，7 册，卷四百七十四，第 5377 页。

吴无闻注："这词作于隆兴战败之后，但悲凉哀叹，远不如杜牧《罪言》之有气概"①，盖两人阅历、处境不同之故也，对于终身布衣的姜夔而言，实难写出气贯长虹、铿锵鞳鞳的爱国长篇，唯有以内敛含蓄之方式，寄托忧国伤时之悲而已。

（二）论姜夔第二首

三吴双井雅音函，早岁吟心辨苦甘。不供温韦寻梦境，春衫冷月过淮南。

此首绝句，夏承焘藉江西诗派与晚唐、五代之温、韦词风，一探姜夔填词的面貌。首句"三吴双井雅音函"，系将姜夔与黄庭坚相提并论。"三吴"，地名，所指不一②，据吴无闻注及宋人税安礼《历代地理指掌图》所指，"三吴"乃宋代湖州（浙江省境内）、苏州（江苏省境内）、常州（江苏省境内）三地的古称，姜夔曾游于此。双井，位于江西省修水县境内，正是江西诗派黄庭坚（1045—1105，字鲁直，号山谷道人，晚号涪翁）故乡；姜夔同是江西（鄱阳）人，初学江西一派，少时尝"三熏三沐，师黄太史氏"。然而，江西末派弊病丛生，姜夔数年之后，试图跳脱江西框架，指出"作诗求与古人合，不若求与古人异。求与古人异，不若不求与古人合。不求与古人合，而不能合。不求与古人异，而不能不异。彼惟有见乎诗也，故向也求与古人合，今也求与古人异；及其无见乎诗已，故不求与古人合而不能不合，不求与古人异而不能不异"③的看法，以求作诗之机轴。论词绝句首句，将姜夔与黄庭坚并论，视两人诗歌为"雅音"，

① 夏承焘：《夏承焘集·瞿髯论词绝句》，2 册，第 555 页。

② "三吴"，地名，所指不一，或指吴兴（今浙江北部）、吴郡（今江苏苏州）、会稽（今浙江绍兴）；见（北魏）郦道元著、陈桥驿校证《水经注校证·浙江水》："永建中，阳羡周嘉上书，以县（会稽）远，赴会至难，求得分置，遂以浙江西为吴，以东为会稽。汉高帝十二年，一吴也，后分为三，世号'三吴'。吴兴、吴郡，会稽其一焉。"北京：中华书局，2007 年，卷四十，第 944 页。或指吴兴、吴郡、丹阳，见（唐）杜佑著，王文锦、王永兴等校证《通典·州郡十二》："苏州，春秋吴国之都也……与吴兴、丹阳为三吴。齐因之。陈置吴州。隋平陈，改曰苏州。炀帝初，复曰吴州，寻为吴郡。大唐为苏州，或为吴郡。"北京：中华书局，1992 年，卷一百八十二，第 4827 页。或指苏（东吴苏州）、常（中吴常州）、湖（西吴湖州），见（宋）税安礼：《历代地理指掌图》，上海：上海古籍出版社《续修四库全书》，585 册，2002 年。或指苏州、湖州、润州，见（明）周祈《名义考·地部》："三楚、三吴、三晋、三秦"条，台北：台湾学生书局，1971 年，卷三，第 89 页。

③ （宋）姜夔：《白石道人诗集·自序》，第 11 页。

可知评价之高。张炎《词源》亦指出姜夔词"不惟清空，又且骚雅，读之使人神观飞越"[①]，朱彝尊《词综·发凡》亦云"填词最雅，无过石帚（此处所指即'姜夔'）"[②]，可见"骚雅"，乃南宋词坛迄清代浙派钟情于姜夔的主要原因。

次句"早岁吟心辨苦甘"，论姜夔诗风的转变。杨万里曾将江西诗法比之为调味："酸咸异和，山海异珍，而调腼之妙出乎一手也；似与不似，求之可也，遗之亦可也。"[③] 又与饮茶相比，云："至于茶也，人病其苦也，然苦未既而不胜其甘，诗亦如是而已矣。……《三百篇》之后，此味绝矣，惟晚唐诸子差近之。"[④] 杨万里诗承江西诗派，唯其末流槎枒干枯，索然无味，杨万里起而发声，教人体会江西诗派与晚唐诗风之间的互通关系，以晚唐诗风矫江西流弊。杨万里乃姜夔长辈，其主张自然影响姜夔，其诗如《除夜自石湖归苕溪》："三生定是陆天随，又向吴松作客归"；《三高祠》："沉思只羡天随子，蓑笠寒江过一生"[⑤]，无不表达对晚唐陆龟蒙（？—881，字鲁望，号天随子）的喜爱。

尽管姜夔没有论词的篇章，然从其《诗说》一卷可知，诗法的讲究亦可通用于词法之上，谢章铤《赌棋山庄词话》云："读其（姜夔）说诗诸则，有与长短句相通者。"[⑥] 其填词之法，亦能与作诗之法互通表里。夏承焘于《姜夔的词风》一文提及"论他（姜夔）的词，可先从他的诗说起，我以为若了解他的诗风转变的经过，是会更容易了解他的词的造就的"[⑦]。由此，可以理解夏承焘论姜夔词，为何将之与黄庭坚及江西诗派相提并论的原因。

论词绝句第三、四句"不供温韦寻梦境，春衫冷月过淮南"，系以晚唐以来温庭筠、韦庄一派词人与姜夔进行评论。晚唐至北宋，词人多写男女情爱，词风绮丽浓艳。然同样化柔情为文字的姜夔，却少了一分婉弱，多了一分清刚。《踏莎行》云：

> 燕燕轻盈，莺莺娇软。分明又向华胥见。夜长争得薄情知，春初早被

---

① （宋）张炎：《词源》卷下，见唐圭璋：《词话丛编》，1 册，第 259 页。
② （清）朱彝尊：《词综·发凡》，施蛰存：《词籍序跋萃编》，卷九，第 756 页。
③ （宋）杨万里：《诚斋集·江西宗派诗序》，台北：台湾商务印书馆《四部丛刊》，1979 年 11 月，卷七十九，第 664 页。
④ （宋）杨万里：《诚斋集·颐庵诗稿序》，卷八十三，第 688 页。
⑤ （宋）姜夔：《除夜自石湖归苕溪》《三高祠》，见《白石道人诗集》，卷下，第 27、28 页。
⑥ （清）谢章铤：《赌棋山庄词话》，唐圭璋编：《词话丛编》4 册，第 3478 页。
⑦ 夏承焘：《夏承焘集·月轮山词论集·姜夔的词风》，2 册，第 303 页。

相思染。别后书辞，别时针线。离魂暗逐郎行远。淮南皓月冷千山，冥冥
归去无人管。（3 册，第 2174 页）

"春衫冷月过淮南"一句，正是化用"淮南皓月冷千山，冥冥归去无人管"
而来。此阕词题云"自沔东来，丁未元日至金陵，江上感梦而作"，夏承焘《姜
白石词编年笺校》据"淮南"（安徽省境内）一词，认为此乃姜夔怀念合肥故
人所填。唐圭璋《唐宋词简释》评此阕云：

> 书辞针线，皆伊人之情也。天涯飘荡，睹物如睹人。……"淮南"两
> 句，以景结，境既凄黯，语亦挺拔。[①]

姜夔其他作品，如《杏花天》："金陵路。莺吟燕舞。算潮水、知人最苦。
满汀芳草不成归，日暮。更移舟、向甚处。"《凄凉犯》："旧游在否，想如今、
翠凋红落。漫写羊裙，等新雁来时系着。怕忽忽、不肯寄与、误后约"（3 册，
第 2184 页）等，亦是合肥情事之例。姜夔能以挺拔淡雅的笔调书写男女间的
柔情，摆脱晚唐委靡词风，最大原因在于师承江西一派。夏承焘《姜夔的词风》
一文云：

> 白石一方面用晚唐诗修改江西派，另一方面又用江西诗修改晚唐北
> 宋词。

故姜夔能将江西派的黄（庭坚）、陈（与义）诗风，以及温（庭筠）、韦（庄）
词风融会贯通。夏承焘又云：

> 白石的诗风是从江西派走向晚唐的，他的词正复相似，也是出入于江
> 西和晚唐的，是要用江西派诗匡救晚唐温（庭筠）韦（庄）以及北宋柳（永）
> 周（邦彦）的词风的。[②]

因此，姜夔那般深远清苦的江湖情调，深受江西诗派瘦硬风格的影响，自
然无法勾勒出寻花探柳的温柔梦境。

---

① 唐圭璋：《唐五代两宋词简释》，台北：木铎出版社，1982 年，第 181 页。
② 夏承焘：《夏承焘集·月轮山词论集·姜夔的词风》，2 册，第 306—307 页。

（三）论姜夔第三首

唱和红箫兴未阑，棹歌鉴曲负三山。山翁碧岳黄流梦，与子忘言晋宋间。

此首论词绝句，夏承焘将南宋陆游与姜夔同列相较。首句"唱和红箫兴未阑"，据《研北杂志》记载：

小红，顺阳公（即范石湖）青衣也，有色艺。顺阳公之请老，姜尧章诣之。一日授简征新声，尧章制《暗香》《疏影》两曲，公使二妓肄习之，音节清婉。尧章归吴兴，公寻以小红赠之。其夕大雪，过垂虹，赋诗曰："自琢新词韵最娇，小红低唱我吹箫；曲终过尽松陵路，回首烟波十里桥。"尧章每喜自度曲，吟洞箫，小红辄歌而和之。①

范成大曾以婢小红赠姜夔，绍熙二年（1191），姜夔携小红归湖州（今浙江境内），作《过垂虹》，诗云："自作新词韵最娇，小红低唱我吹箫。"②明人张羽《白石道人传》亦载："范（成大）有妓小红，尤喜其声，比归苕，范举以属夔。过垂虹，大雪，红为歌其词，夔吹洞箫和之，人羡之如登仙云。"③姜夔闲暇唱和的生活可以想见。

次句"棹歌鉴曲负三山"的"鉴曲"，即浙江绍兴的鉴湖，原名镜湖，相传黄帝铸镜于此而得名，王羲之诗云"山阴道上行，如在镜中游"④，正描述了鉴湖的水乡风光。据夏承焘《姜白石系年》，绍熙四年（1193），姜夔三十九岁，春客绍兴，游鉴湖⑤。其《水龙吟》词序云："黄庆长夜泛鉴湖，有怀归之曲，课予和之"（3册，第2179页）;《玲珑四犯》词序云："越（浙江）中岁暮闻箫鼓感怀"（3册，第2178页），皆为姜夔游鉴湖时所填之词。鉴湖一带，可谓

---

① （元）陆友仁：《研北杂志》，北京：中华书局《丛书集成初编》2888册，1991年，卷下，第183页。

② （宋）姜夔：《过垂虹》诗，《白石道人诗集》卷下，第29页。

③ （明）张羽：《白石道人传》，见夏承焘：《夏承焘集·姜白石词编年笺校·附录一》，3册，第368页。

④ （宋）王楙：《野客丛书》引王羲之诗，见收于（明）商浚辑：《稗海》，京都：中文出版社，1985年，4册，卷七，第2740页。

⑤ 夏承焘：《夏承焘集·姜白石系年》，1册，第433页。

古今名士之乡，勾践、王羲之、陆游、秋瑾、鲁迅、周恩来等人，都曾居住于此。境内"三山"，因行宫山、韩家山、石堰山耸立湖岸，鼎足相接而得名，亦是陆游（1125—1210）晚年所居之处，曾云："一住三山三十载，交亲渐觉眼前稀。"① 夏承焘论词绝句前二句，即指出姜夔曾携小红同游鉴湖之事。

第三句"山翁碧岳黄流梦"。陆游晚年居鉴湖三山村，时人称之为三山翁，其诗歌亦喜用"山翁"以自称，如《蔬圃》："山翁老学圃，自笑一何愚"；《初秋小雨》："谁识山翁欢喜处，短檠灯火夜初长。""碧岳黄流"句，据吴无闻注，乃出自陆游《秋夜将晓出篱门迎凉有感》，诗云：

> 三万里河东入海，五千仞岳上摩天；遗民泪尽边尘里，南望王师又一年。②

此诗乃陆游于宋光宗绍熙三年（1192）秋天，定居山阴（今浙江绍兴）时所作。"三万里河东入海，五千仞岳上摩天"两句，描写家国山河壮阔景象，然此时中原早已落入金人之手达六十余年，面对国土沦陷、百姓流离，陆游在字里行间流露出的心境，是无比的沉痛与悲哀。然而南宋朝廷苟安，无疑终结了陆游恢复中原的大志，年年期盼王师率军北伐的愿望徒剩绝望。

末句"与子忘言晋宋间"，"子"指姜夔；"忘言"，据吴无闻注，指没有话可应酬之意。宋人陈郁《藏一话腴》评姜夔云：

> 白石道人姜尧章，气貌若不胜衣，而笔力足以扛百斛之鼎；家无立锥，而一饭未尝无食客。图史、翰墨之藏，充栋汗牛。襟期洒落如晋宋间人，意到语工，不期于高远而自高远，黄景说谓："造物者不以富贵浼尧章，而使之声名焜耀于无穷。"正合前意甚矣。士之贫贱不足忧，而学不充道不闻，深可虑也。③

周密《齐东野语》亦载：

---

① （宋）陆游：《南堂脊记乃三十年偶读之怅然有感》，见（宋）陆游、钱仲联校注：《剑南诗稿校注》，上海：上海古籍出版社，1985年，卷二十五，第1824页。

② （宋）陆游：《蔬圃》《初秋小雨》《秋夜将晓出篱门迎凉有感》，见收于《剑南诗稿校注》卷十三，第1079页；卷四十三，第2700页；卷二十五，第1774页。

③ （宋）陈郁：《藏一话腴》，台北：新文丰出版公司《丛书集成新编》87册，1985年，甲集，卷下，第3页。

> 参政范公（范成大）以为（姜夔）翰墨人品皆似晋宋之雅士，待制杨
> 公（杨万里）以为于文无所不工，甚似陆天随（陆龟蒙，别号天随子）。①

可知南宋之际，以姜夔比晋宋间人的说法，已是普遍共识。

所谓"晋宋间人"，系指处于乱世之中，于玄学濡染之下，强烈追求精神主体的自由，以俊逸洒落的气度，突破礼教，任性自适的文人雅士，宗白华云："晋人以虚灵的胸襟，玄学的意味体会自然，乃能表里澄澈，一片空明，建立最高的晶莹的美的意境。"② 如此特殊的生命情调与价值取向，未随朝代更迭而消失，反而深深影响后世。两宋文人，尤其喜欢以此评论书法艺术、文学风格及生活态度，如黄庭坚《跋王荆公书陶隐居墓中文》评王安石"书法奇古，似晋宋间人笔墨"③，苏轼《邵茂诚诗集叙》论云："其（邵茂诚）文清和妙丽如晋、宋间人"④；刘克庄《余寒》亦云："老子今年八十三，怕寒浑未试春衫；尚存晋宋间人意，折得南枝带雪篸。"⑤ 值得注意的是，南宋偏安一隅，其政治、社会之背景，恰与晋、宋之际相似，面对纷扰不休的民族矛盾、和战之争，不少文人对于脱尘绝俗的晋宋间人心生羡慕，如刘过"流落江湖，酒酣耳热，出语豪纵，自谓晋宋间人物"⑥；范成大"风神英迈，意气倾倒，拔新领异之谈，登峰造极之理，萧然如晋宋间人物"⑦；其中，姜夔被视为媲美晋宋雅士的典范，其一生来往于苏、杭、扬、淮之间，放浪山水，游历江湖，明人张羽《白石道人传》评之曰："体貌清莹，望之若神仙中人""性孤僻，尝遇溪山清绝处，纵情深诣，人莫知其所人；或夜深星月满垂，朗吟独步，每寒涛朔吹凛凛迫人，夷犹自若也"⑧，其高雅清逸的特质与晋宋间人似有相通之处。另如其《念奴娇》（闹红一舸）序云：

---

① （宋）周密：《齐东野语·姜尧章自叙》，卷十二，第229页。
② 宗白华：《美学与意境·论〈世说新语〉和晋人的美》，台北：淑馨出版社，1989年，第185页。
③ （宋）黄庭坚：《山谷集》，台北：台湾商务印书馆《景印文渊阁四库全书·集部》93册，1986年，卷二十五，第264页。
④ （宋）苏轼撰、孔凡礼校注：《苏轼文集》，北京：中华书局，1992年，卷十，第320页。
⑤ （宋）刘克庄：《余寒》，见《全宋诗》，58册，第36734页。
⑥ （宋）张世南：《游宦纪闻》，北京：中华书局《丛书集成初编》2871册，1985年，卷一，第3页。
⑦ （宋）杨万里：《诚斋集·石湖先生大资参政范公文集序》，卷八十二，第679页。
⑧ （明）张羽：《白石道人传》，见收于夏承焘：《夏承焘集·白石词编年笺校·附录一》，第367—368页。

予客武陵，湖北宪治在焉。古城野水，乔木参天。予与二三友日荡舟其间，薄荷花而饮。意象幽闲，不类人境。秋水且涸，荷叶出地寻丈，因列坐其下。上不见日，清风徐来，绿云自动。间于疏处窥见游人画船，亦一乐也。竭来吴兴，数得相羊荷花中。又夜泛西湖，光景奇绝。（3 册，第 2177 页）

《鹧鸪天》（曾共君侯历聘来）序云：

予与张平甫自南昌同游西山玉隆宫，……苍山四围，平野尽绿，隔涧野花红白，照影可喜，使人采撷，以藤纠缠着枫上。少焉月出，大于黄金盆。逸兴横生，遂成痛饮，午夜乃寝。（3 册，第 2172 页）

词序记载姜夔与三五好友或湖上荡舟，荷间饮酒，或枫下赏月，采撷野花，此般逸兴横生的雅味，让人不禁想起王羲之、谢安、孙绰等人于兰亭春禊中曲水流觞、游目骋怀、畅叙幽情的乐趣。

夏承焘论词绝句末两句"山翁碧岳黄流梦，与子忘言晋宋间"，将南宋陆游与姜夔同列相较，一位是"鬓虽残，心未死"，志在沙场的爱国大将，一位是终身布衣，"野云孤飞"的词人，即使两人同游鉴湖而无一语投赠，也是想当然尔。

（四）论姜夔第四首

开禧兵火见流亡，合变词风和鞳鞺。迟识稼轩翁尚悔，一尊北顾满头霜。

论词绝句首句"开禧兵火见流亡"，交代南宋抗金失败一事。南宋开禧二年（1206 年），宋宁宗下诏伐金，是为开禧北伐，然因韩侂胄（1152—1207，字节夫）独揽大权，用兵不当，使得金兵南下，宋军溃败，百姓颠沛。《宋史·奸臣·韩侂胄》谓："自兵兴以来，蜀口、汉、淮之民死于兵戈者，不可胜计，公私之力大屈，而侂胄意犹未已，中外忧惧。"[1] 尽管韩侂胄有恢复中原之志，却因自身专权，将百姓抛之脑后，最终换得历代的非议罢了。

---

① （元）脱脱：《宋史·奸臣·韩侂胄》，台北：鼎文书局新校本，1983 年，卷四百七十四，第 13776 页。

论词绝句次句"合变词风和鞈鞳"之"鞈鞳",及第三句"迟识稼轩翁尚悔"之"稼轩",可知夏承焘将姜夔与辛弃疾相比。爱国词人辛弃疾（1140—1207，字幼安，号稼轩），一生致力抗金，以恢复中原为毕生之志，然却屡遭朝廷贬谪流放，先后闲居上饶和铅山（今属江西）。宁宗嘉泰三年（1203），辛弃疾曾一度受用于韩侂胄，担任浙江东路安抚使一职[1]；隔年，被朝廷召见，转为镇江知府。可惜辛弃疾最后仍不得韩侂胄信任，心愿未了，含恨辞世。刘克庄《辛稼轩集序》云：

> 公所作大声鞈鞳，小声铿鍧，横绝六合，扫空万古，自有苍生以来所无。[2]

辛弃疾一生以气节自负，以功业自许，其发愤积极的雄心壮志，无法尽情挥洒于沙场之上，只好不加掩饰的将不平之鸣跃于纸上，其词所蕴含的"鞈鞳"之声，慷慨激昂，横扫古今，深刻表达辛弃疾复国雪耻的强烈渴望，其《永遇乐·京口北固亭怀古》一词正是如此写照，词云：

> 千古江山，英雄无觅，孙仲谋处。舞榭歌台，风流总被，雨打风吹去。斜阳草树，寻常巷陌，人道寄奴曾住。想当年，金戈铁马，气吞万里如虎。　　元嘉草草，封狼居胥，赢得仓皇北顾。四十三年，望中犹记，烽火扬州路。可堪回首，佛狸祠下，一片神鸦社鼓。凭谁问，廉颇老矣，尚能饭否。（3册，第1954页）

此阕词系辛弃疾登京口北固楼（镇江城北北固山上）所作。人在江山雄伟处，景色依旧，英雄何在？词人放眼古今，面对家国失守的哀恸没有差别。上片引刘裕（363—422，字德兴，小字寄奴）、孙权（182—252，字仲谋）典故，述金戈铁马，气吞万里的英雄气概；下片则借南朝文帝北伐无功，以致佛狸饮马长江，道尽仓皇北顾的沉痛心境。末结则自喻廉颇，述其悲壮的胸怀。

姜夔和作辛词，其《永遇乐·次稼轩北固楼词韵》词云：

> 云隔迷楼，苔封很石，人向何处。数骑秋烟，一篙寒汐，千古空来

---

① （明）王宗沐：《宋元资治通鉴》，北京：北京出版社《四库未收书辑刊》，2000年，卷四十，第474页。

② （宋）刘克庄：《辛稼轩集序》，见施蛰存《词籍序跋萃编》，卷三，第200页。

去。使君心在，苍厓绿嶂，苦被北门留住。有尊中酒差可饮，大旗尽绣熊虎。　　前身诸葛，来游此地，数语便酬三顾。楼外冥冥，江皋隐隐，认得征西路。中原生聚，神京耆老，南望长淮金鼓。问当时、依依种柳，至今在否。（3 册，第 2187 页）

姜夔词上片实写北固楼风光，并以虚笔神游怀古，抒发千古江山昔盛今衰的慨叹。"使君心在"等句，笔锋落到辛弃疾民族重任之上，当时辛弃疾抗金之心不灭，然身体早已不堪负荷，姜夔仍不忘勉励辛弃疾率兵镇守。下片则以诸葛亮、桓温为比，突出辛弃疾的英雄气魄以及指挥若定的大将之风。末结"问当时、依依种柳，至今在否"，化用桓温典故，道尽辛弃疾心系家国百姓，急于挥师北伐的愿望。姜夔藉历史典故，歌咏抗金英雄，写出他对恢复中原的殷殷期盼。全词慷慨激昂，气派阔大，近似辛词的鞳鞳之声。夏承焘《姜白石词编年笺校》即云："白石和词，风格亦近弃疾。"[1]

论词绝句末两句"迟识稼轩翁尚悔，一尊北顾满头霜"，实为姜夔迟识辛弃疾而感到可惜。姜夔，饶州鄱阳（今江西省波阳县）人，据陈思《白石道人年谱》引《宰相世系表》云"九真姜式，本出天水"，天水离辛弃疾祖籍陇西临洮不远；《世系略表》又载姜夔的七世祖姜泮"饶州教授，因家上饶"[2]，可知辛弃疾、姜夔二家颇有地缘关系。然辛弃疾长姜夔十五岁，姜夔出生后，即搬至鄱阳，从小又随父亲居于湖北汉阳（今武汉市），至晚年两人才相识。

姜夔有《洞仙歌·黄木香赠辛稼轩》词一阕，以及三阕和韵之作，除上述《永遇乐·次稼轩北固楼词韵》外，《汉宫春·次韵稼轩》《汉宫春·次韵稼轩蓬莱阁》两阕，亦颇有今古盛衰之慨，隐约之中足以让人感受到豪壮悲愤的稼轩词风。

周济《宋四家词选·目录序论》即云：

　　白石脱胎稼轩，变雄健为清刚，变驰骤疏宕，盖二公皆极热中，故气味吻合。[3]

刘熙载《艺概·词概》亦云：

---

① 夏承焘：《夏承焘集·姜白石词编年笺校》，3 册，第 127 页。
② 夏承焘：《夏承焘集·姜白石词编年笺校·行实考》，3 册，第 268 页。
③ （清）周济：《宋四家词选》，唐圭璋编：《词话丛编》，2 册，第 1644 页。

> 稼轩之体，白石尝效之矣；集中如《永遇乐》《汉宫春》诸阕，均次稼轩韵，其吐属气味，皆若秘响相通，何后人过分门户矣。①

姜夔词风的转变无非受到辛弃疾的影响，然词人的生活环境、生平阅历，毕竟不同，因此辛词雄健，奔放激昂；姜词疏宕，内敛含蓄，不能划上等号；唯面对山河骤变，国势日非的景象，词中流露的伤世之感，乃无庸置疑的。陈廷焯《白雨斋词话》论曰：

> 南渡以后，国势日非。白石目击心伤，多于词中寄慨。不独《暗香》《疏影》二章，发二帝之幽愤，伤在位之无人也。特感慨全在虚处，无迹可寻，人自不察。②

倘若姜夔早些时日结识辛弃疾，或许就不会甘愿只作一介布衣、笑傲江湖之间而已。

（五）论姜夔第五首

> 张柳吟灯满绮罗，侯门一老厌笙歌。野云那有作峰意，终古江湖贫士多。

此首论词绝句，夏承焘用以论姜夔的江湖情调，与姜夔对词坛的影响。首句"张柳吟灯满绮罗"，"张柳"，即张先（990—1078，字子野）、柳永（约987—约1053，字耆卿），此两家不乏闺阁艳情之词。陈师道《后山诗话》记载：

> 杭妓胡楚、龙靓皆有诗名，……张子野老于杭，多为官妓作词，而不及靓。靓献诗云"天与群芳十样葩，独分颜色不堪夸；牡丹芍药人题遍，自分身如鼓子花"，子野于是为作词也。③

叶申芗《本事词》亦云："张子野风流潇洒，尤擅歌词，灯筵舞席赠妓之作绝多。"④ 可见张先善于侑觞度曲，深受歌妓欢迎。柳永词有雅、俗二类，雅

---

① （清）刘熙载《艺概·词概》，唐圭璋编：《词话丛编》，4 册，第 3693 页。
② （清）陈廷焯《白雨斋词话》，唐圭璋编：《词话丛编》，4 册，第 3797 页。
③ （宋）陈师道：《后山诗话》，见收于（清）何文焕编：《历代诗话》，北京：北京图书馆出版社，2003 年，1 册，第 190 页。
④ （清）叶申芗：《本事词》，见唐圭璋：《词话丛编》，3 册，第 2305 页。

词多写羁旅穷愁之思，层层铺叙，情景兼融；俗词则是闺门淫媟之语，浅近卑俗，如里巷歌谣。刘熙载《艺概·词概》评其词风云：

> 耆卿词细密而妥溜，明白而家常，善于叙事，有过前人。惟绮罗香泽之态，所在多有，故觉风期未上耳。[①]

张先、柳永齐名于北宋词坛，除了处于小令发展至慢词的过渡阶段外，二人同时周旋于歌楼酒馆之中，词风不免渲染夜夜笙歌后的绮罗香泽之态。

次句"侯门一老厌笙歌"紧接首句而来，夏承焘以"满绮罗"之张、柳词风，对比"厌笙歌"之姜夔词风。"侯门一老"直指姜夔，其父姜噩，高宗绍兴进士，历新喻丞、知汉阳县；姜夔孩幼时随父仕宦，往来汉阳近二十年；然姜夔却以布衣为终，倚赖侯门接济为生，过着浪迹天涯的江湖生活。其《姜尧章自述》云：

> 某早孤不振，幸不坠先人之绪业，少日奔走，凡世之所谓名公巨儒，皆尝受其知矣……嗟乎，四海之内知己者不为少矣，而未有能振之于窭困无聊之地者。[②]

姜夔交游往来甚众，隐约之中仍可见姜夔内心深沉的孤寂之感，其词如《浣溪沙》：

> 著酒行行满袂风。草枯霜鹘落晴空。销魂都在夕阳中。恨入四弦人欲老，梦寻千驿意难通。当时何似莫匆匆。（3 册，第 2174 页）

词序云："……丙午之秋，予与安甥或荡舟采菱，或举火置兔，或观鱼篦下，山行野吟，自适其适，凭虚怅望，因赋是阕"；又如《角招》：

> 为春瘦。何堪更绕西湖，尽是垂柳。自看烟外岫。记得与君，湖上携手。君归未久。早乱落、香红千亩。一叶凌波缥缈，过三十六离宫，遣游人回首。　犹有。画船障袖。青楼倚扇，相映人争秀。翠翘光欲溜。爱着宫黄，而今时候。伤春似旧。荡一点、春心如酒。写入吴丝自奏。问谁

---

① （清）刘熙载：《艺概·词概》，见唐圭璋：《词话丛编》，4 册，第 3689—3690 页。
② （宋）：周密《齐东野语》引《姜尧章自述》，卷十二，第 229—230 页。

识，曲中心、花前友。（3 册，第 2182 页）

词序云："甲寅春，予与俞商卿燕游西湖，观梅于孤山之西村。玉雪照映，吹香薄人。已而商卿归吴兴，予独来，则山横春烟，新柳被水，游人容与飞花中。怅然有怀，作此寄之。……予每自度曲，吟洞箫，商卿辄歌而和之，极有山林缥缈之思。今予离忧，商卿一行作吏，殆无复此乐矣。"词中那份怅望、凄然之情，出自姜夔终身困顿的心境，绝非无病呻吟。尽管姜夔词中亦不乏酒席歌筵之作，然与张先、柳永以淫媟之语纵情于"绮罗"之声相比，无不有因时伤事，黍离麦秀之感。

第三句"野云那有作峰意"。"野云"一词出自张炎《词源》[①]。张炎以"野云孤飞"论姜夔，"清空"遂成为姜夔词风之代名词。然"野云孤飞"不仅是清空的意象之喻，更应是无意于作峰耸峙的姜夔寂寞漂泊的写照。郑文焯《大鹤先生词话》云：

> 白石以沉忧善歌之士，意在复古，进《大乐议》，率为伶伦所阨，其志可悲，其学自足千古。叔夏论其词，如野云孤飞，去留无迹，百世兴感，如见其人。[②]

姜夔曾因丞相谢深甫、京镗的建议，进《大乐议》《琴瑟考古图》，结果只是"诏付奉常""留书以备采择"而已；庆元五年，姜夔又上《圣宗铙歌》十四章，幸得下诏免解，应试礼部，却终未能中选，自此之后，便终身草莱。其《戊午春帖子》诗云"二十五弦人不识，淡黄杨柳舞春风"，姜夔无人赏识的遗憾，让他发出"文章信美知何用，漫赢得天涯羁旅"（《玲珑四犯》）的慨叹！然姜夔也因此将其执着的情感以及凄凉的苦闷，藉由排遣、宣泄的方式，寄托于文字之中，虽无意自成一派，却影响深远。

末句"终古江湖贫士多"，朱彝尊《黑蝶斋诗余序》云：

> 词莫善于姜夔，宗之者张辑、卢祖皋、史达祖、吴文英、蒋捷、王沂

---

① （宋）张炎：《词源》卷下，见唐圭璋：《词话丛编》，1 册，第 259 页。
② （清）郑文焯：《大鹤先生词话》，见唐圭璋：《词话丛编》，5 册，第 4329 页。

孙、张炎、周密、陈允平、张翥、杨基，皆具夔之一体。①

上述诸家，除张翥、杨基为金、明时人外，其余各家均为南宋词人。其中，或以布衣终老者，如张辑（约 1216 年前后在世，字宗瑞，号东泽）、吴文英（1207—约 1269，字君特，号梦窗）；或因南宋灭亡，生活颠沛流离或不愿出仕元朝者，如蒋捷（1245—1301，字胜欲，号竹山）、张炎（1248—1320，字叔夏，号玉田）、周密（1232—1298，字公谨，号草窗，又号四水潜夫、弁阳老人、弁阳啸翁），或因南宋兵败而遭到流放者，如史达祖（生卒不详，字邦卿，号梅溪）等，其处境与姜夔相似，词风亦学习姜夔而来。又陈撰《跋白石词》云：

> 先生事事精习，率妙绝无品。虽终身草莱，而风流气韵足以标映后世。当干淳间俗学充斥，文献湮替，乃能雅尚如此，洵称豪杰之士矣。②

姜夔词风，不仅影响了南宋，甚至下逮至清代，造成清初"家白石而户玉田"的盛况。浙江词派朱彝尊即云："词至南宋，始极其工，至宋季而始其变，姜尧章氏最为杰出"③。姜夔以布衣身份制曲填词，所为乐章，一摒靡曼之习，清空精妙，虽无意开宗立派，却为历来江湖文士传诵仿效。汪森《词综·序》亦云：

> 西蜀、南唐而后，作者日盛。宣和君臣，转相矜尚，曲调愈多，流派因之亦别，短长互见，言情者或失之俚，使事者或失之侊。鄱阳姜夔出，句琢字炼，归于醇雅；于是史达祖、高观国羽翼之，张辑、吴文英师之于前，赵以夫、蒋捷、周密、陈允衡（陈允平之误）、王沂孙、张炎、张翥效之于后，譬之于乐，舞箾至于九变，而词之能事毕矣。④

汪森所言或有"阿附竹垞"⑤之疑，上述词人亦非完全属姜夔一派，然其影响确实不容小觑。词坛之所以争相崇尚姜夔的主要原因，盖由于各个时期里

① （清）朱彝尊：《黑蝶斋诗余序》，见施蛰存：《词集序跋萃编》，卷七，第 543 页。
② （清）陈撰：《跋白石词》，见收于夏承焘：《夏承焘集·姜白石词编年笺校》，3 册，第 232 页。
③ （清）朱彝尊：《词综·发凡》，施蛰存：《词集序跋萃编》，卷九，第 753 页。
④ （清）汪森：《词综·序》，施蛰存：《词集序跋萃编》，卷九，第 748 页。
⑤ （清）陈廷焯：《白雨斋词话》以为汪森之论系"阿附竹垞"之意，对所举词人是否师法姜夔——辨析，可另行参阅唐圭璋编：《词话丛编》，4 册，第 3962—3963 页。

和他同类型、同遭遇的封建文人特别多，可以藉此借鉴以抒写相近的思想感情；其次，姜词在艺术技巧上有其独特的成就，不施朱傅粉如柳永、周邦彦，又不逞才使气如苏轼、辛弃疾，韵度高绝、用辞醇雅，可为南宋词坛另辟蹊径。后期词人对姜夔靡然从风，大概就是被他的江湖情调与独特的词风所吸引。

概括整首绝句，夏承焘以张、柳两家，指出北宋初期词坛绮罗香泽的特色，烘托南宋姜夔仰赖侯门接济，却厌倦院落笙歌的寂寞心境。不同于北宋闺阁之作，姜夔另创宋词一路，藉由同时代或稍后，有相似遭遇或相同喜好的江湖贫士的模仿与传诵，奠定姜夔在"穷居而野处"之下特有的词风。

四、结语

本文首先探讨夏承焘钟情姜夔之因；其次，针对夏承焘五首论姜夔之绝句进行剖析，结合夏氏所编之《姜白石系年》《姜白石词编年笺注》《天风阁日记》及相关论文，互相参酌，进而探究夏承焘对姜夔之批评接受，归纳如下：

（一）以诗论词的批评方法

晚清朱祖谋见夏承焘论辛弃疾"青兕词坛一老兵"绝句，有"何不多为之"的鼓励，遂间接促使《瞿髯论词绝句》一百首的完成①。其中，论姜夔五首，各别针对姜夔词人及其作品当中的特点加以剖析，通过不同角度进行观照，进而得出较全面的评价。就词人背景而言，《姜白石系年》《白石词编年笺校》二书的完成，成为夏承焘论姜夔最强而有力的依据，故能巧妙引用《扬州慢》《永遇乐·次稼轩北固楼词韵》二词，与杜牧、辛弃疾相提并论。就词人风格而言，夏承焘以"清刚"二字论姜夔，绝非"婉约"一派可以含涉，故举杜牧、陆游、辛弃疾等爱国文人同列而语，绝非温庭筠、韦庄、张先、柳永词中那般绮罗香泽之态足以比拟。就词风变革而言，夏承焘关注到姜夔出入江西诗派与晚唐诗风的情形，故以为姜夔系以瘦硬之笔抒写柔情，匡救了晚唐、北宋以来绮丽浓艳的词风；夏承焘亦提出"迟识稼轩"之无奈，为姜夔无法早点结识辛弃疾而可惜。就推源溯流而言，夏承焘指出姜夔系上承江西诗派、晚唐诗风而来，下启南宋以后江湖文士之词风，确立了姜夔的词史地位。夏承焘对姜夔的评论，可谓全面而客观。

---

① 夏承焘:《夏承焘集·瞿髯论词绝句·前言》，2 册，第 505 页。

（二）夏承焘对姜夔的词史定位

今由五首论词绝句，析论夏承焘对姜夔的词史定位：第一首以历史人物相比，取杜牧《罪言》与姜夔《扬州慢》相较，实两人均曾游历扬州，姜夔亦不掩对杜牧的赏识，尽管两人时代背景不同，作品表现手法一则慷慨激昂，一则悲凉哀叹，然忧国伤时之慨却是无异的。第二首追溯词人师承之途径，结合其诗风、词风的异同，得出姜夔词乃"出入于江西和晚唐"的结论。第三首针对历来视姜夔如"晋宋间人"的评论，提出自己独特的看法。第四首以唱和辛弃疾《永遇乐》词为依据，指出姜夔词中实有"鞳鞳"之声。第五首举张先、柳永靡曼词风较之，以凸显姜夔终身布衣的困顿心境，更举江湖文士的传诵仿效，说明姜夔在词坛的影响。总之，姜夔以"清刚"之姿，立足于南宋词坛，另辟一路，显然与其困顿穷愁的布衣身份，以及深远清苦的江湖情调有极为密切的关系，故姜夔难以写出气贯长虹、铿锵鞳鞳的爱国篇章，唯有以内敛含蓄的方式，寄托怅然哀凄的感慨罢了。

（作者单位：台湾东方设计学院通识教育中心、

敏惠医护管理专科学校通识教育中心）

徐兆玮《北松庐诗话》考论

黄　培

　　清末民初，在"樊、易之派，盛于北方"①之际，以常熟、北京为中心，张鸿、徐兆玮等一批宗尚李商隐的诗人，蔚成声势，远承虞山传统，近开一代诗风，以其惊才绝艳的风貌崛起于清末诗坛。钱仲联先生将他们定义为"西昆派"，在多个场合谈论这一诗派，"近代诗派，此四者外，尚有西昆一派。此派极盛于光绪季年，尔时湘乡李亦元、曾重伯、吴县曹君直、汪衮甫、我乡张璚隐、徐少逵诸公，同官京曹，皆从事昆体，结社酬唱，相戒不作西江语。稍有出入，辄用诟病，一以隐约褥丽为工……曹君直、汪衮甫、徐少逵致力玉溪最深，善集玉溪句，天衣无缝，不啻若自其口出。"②汪辟疆也说他们"诗学玉溪，得其神髓，非惟词采似之，即比词属事，亦几于具体"③。他们延续二冯以晚唐温、李为范式诗学传统，关注现实，表达伤时之痛。西昆派诗论，目前的研究以《西砖酬唱集序》、孙景贤的《校写〈西昆酬唱集〉成诗以纪之》、汪荣宝的《题广雅堂诗》和徐兆玮的《蛮巢诗词稿序》为主，此外，《北松庐诗话》（以下简称《诗话》）也蕴含了丰富的诗学思想。《诗话》的作者徐兆玮（1867—1940）是常熟人，字少逵，号虹隐，别署剑心，光绪十六年（1890）进士，任翰林院编修。光绪三十一年赴日本，曾参加同盟会，民国间选为国会议员。后南归，自号"虹隐"，以名其志。徐兆玮的诗稿已经不是全本，据他的后代在《虹隐楼诗集》前言中云："一九三七年秋，日军侵华，故乡沦陷，祖父带领全

---

　　①　李详：《近代诗人四家》，《药裹慵谈》卷六，《李审言文集》，南京：江苏古籍出版社，1989年，第721页。

　　②　钱仲联：《张璚隐传》，《广清碑传集》，苏州：苏州大学出版社1999年。

　　③　汪辟疆：《光宣诗坛点将录》，张寅彭主编：《民国诗话丛编》（第五册），上海：上海书店出版社，2002年，第343页。

家出逃避难。及至返回，家中已屡遭劫掠，诗集也有部分被毁。所以这次刊印的已不是完稿，……即从丙申（一八九六年）到戊申（一九〇八年）共十二年的诗稿已全部失去。这段时期正是晚清时局最动荡，变革最激烈的时代，此时的诗稿是很主要的部分。"[1] 也正因此，近代诗论很少谈及徐兆玮。但就其残稿，仍然能看出他部分的诗歌特色。《北松庐诗话》是徐兆玮的代表性诗论，是一部与近代西昆派关系密切的诗学稿本，作为一部评点式诗话，《诗话》确认了近代西昆以"崇李"（李商隐）为核心的诗学体系，在实证基础上，通过材料引述表述观点，是虞山诗派重学问、重考据学术态度的体现。诗话探讨学李、学黄、新学等近代诗坛主要话题，和汪荣宝的《西砖酬唱集序》一起，提出了较全面的西昆派诗论，理应视为西昆派纲领性文论。

常熟图书馆所藏徐兆玮《北松庐诗话》为手写本，共两部分，《北松庐诗话》共十二卷，作于壬寅（1902）、癸卯（1903）、甲辰（1904）、乙巳（1905）、丙午（1906）、丁未（1907）、戊申（1908）、己酉（1909）、庚戌（1910）、辛亥（1911）、癸丑（1913）及五年后的戊午（1918）年，一年一卷，丙午年（1906）5月作了修改。另有"体制"单独成章，共分上中下三部分。创作时间不详，从徐兆玮自叙来看，不像戊午年之后所作，应该是写于《诗话》十二卷创作过程中。

一、"学李"与"诗史"相结合的创作方向

一代诗风的形成，与诗学典范的遴选相伴随，在近代的特殊背景和虞山诗学传统的双重影响下，李商隐诗脱颖而出，成为西昆诗人至高无上的典范。《诗话》通过大量的"集李"诗的点评，这种"有意味的形式"，鲜明地打出了推崇李商隐的旗号。他对黄庭坚颇有贬斥[2]，其门墙、宗派意识是显而易见的。

西昆诗人受义山的影响显而易见，他们通过大量的集李诗表达对义山的

---

① 徐昂千：《虹隐楼诗集前言》，徐兆玮《虹隐楼诗集》卷首，徐昂千自印刊行本。

② 徐兆玮：《北松庐诗话》，卷六，有《黄山谷诗创格本于欧阳文忠》一条，云：《苕溪渔隐丛话》"永叔《送原甫出守永兴》诗云：'酌君以荆州鱼枕之蕉，赠君以宣城鼠须之管，酒如虹霓饮沧海，笔若骏马驰平坂。'黄鲁直《送王郎诗》云：'酌君以蒲城桑落之酒，泛君以湘累秋菊之英，赠君以黟漆之墨，送君以阳关堕泪之声；酒浇胸中之磊落，菊制短世之颓龄，墨以传千古文章之印，歌以写从来兄弟之情。'近时学者，以谓此格独鲁直为之，殊不知永叔已先有也。"

推崇。除徐兆玮的《集义山诗稿》一卷外，汪荣宝《思玄堂诗集·楚雨集》中，亦集有义山诗句，如《朱门》《岁暮》《雪和君直》《玄圃和君直》《红楼和君直》八首、《拟意》《华清》十八首、《秋兴》二十首、《楚宫》六首、《畹华三十生朝》四首、《无题集义山》一首、《拙政园》等等，这些集李诗，内容丰富，有言情、感伤身世、怀才不遇、交友应酬等等；体制不一，有七律、五言排律、五律等。从诗风、人生态度、诗学风貌等不同的方面，可见李商隐对他们的影响。

徐兆玮在《北松庐诗话》中体现了这一倾向。在《诗话》中，他不仅搜集西昆诗人集李诗，如《曹云瓻集义山诗》①《曹云瓻集义山五律》②《汪衮夫集义山诗》③《曹云瓻、汪衮夫集义山五言排律》④ 等等，也搜集前辈诗人集李诗，如《车研集玉溪生诗》⑤ 等。

因为推崇李商隐，他的《诗话》提供了"集李"的标准，总结和深化了西昆派诗人及前代诗人的"集李"现象，不仅记叙了作者的集李、集温之举，如"丙午长夏，与汪衮甫、曹云瓻同集义山句为咏史诗"⑥，"予集义山毕，复从事于飞卿"⑦ 等等，他还提出了集李诗的原则，如"天然凑合"⑧"天衣无缝"⑨"工整绝伦"⑩ 等等，并以此警戒"挦撦玉溪生者"⑪。他又专门搜集了何绰诗论，表达对李商隐的推崇："熟观义山诗兼悟西昆之失，西昆只是雕琢字句无义山之高情远识，即文从字顺，犹有间也。"⑫

在学李的方向上，以往诗人学李，以言情为旨规，而徐兆玮则在"史可榕集李义山诗"一条中认为，史氏所集义山五律"近艳体"，"故不录"⑬。否定以

---

① 曹元忠诗，徐兆玮：《北松庐诗话》卷六。
② 曹元忠诗，徐兆玮：《北松庐诗话》卷七。
③ 汪荣宝诗，徐兆玮：《汪衮夫集义山诗》，《北松庐诗话》卷五收，手稿。
④ 徐兆玮：《北松庐诗话》卷五收，手稿。
⑤ 车研诗，徐兆玮：《北松庐诗话》卷八，手稿。
⑥ 徐兆玮：《史久榕集李义山诗》，《北松庐诗话》卷五，手稿。
⑦ 徐兆玮：《庞檗子、孙龙尾集温诗》，《北松庐诗话》卷十一，手稿。
⑧ 徐兆玮：《石赟清集义山诗》，《北松庐诗话》卷四，手稿。
⑨ 徐兆玮：《集玉溪生诗》，《北松庐诗话》卷一，手稿。
⑩ 徐兆玮：《汪衮夫集义山诗》，《北松庐诗话》卷五，手稿。
⑪ 徐兆玮：《石赟清集义山诗》，《北松庐诗话》卷四，手稿。
⑫ 何绰诗论并为袁枚《随园诗话》记录，徐兆玮收录。徐兆玮：《袁简斋诗话》，《北松庐诗话》卷五，手稿。
⑬ 徐兆玮：《史久榕集李义山诗》，《北松庐诗话》卷五，手稿。

艳情为方向的学李传统，提出了比较明确的义山学习方向，即关注现实，关注天下大事，关心民生疾苦，用李商隐式的曲笔，表达现实人生感慨。

他学李与诗史并称，推崇其"诗史"精神，明确了西昆派诗人学李的内涵，使得以诗存史，以诗抒怀成为自觉，力求"超越古人"。张鸿的《岁暮杂感》，本着"以诗存史"的精神，记叙戊戌政变一代历史，说："玉溪不作无诗史，甘露当年论不同。"① 徐兆玮对此大加赞叹："丽而能沉，逼近义山……议论平允，亦信史也。"② 所以他才会称赞汪荣宝的集李诗《近世史杂咏》为"工整绝伦"③。并引用《耐冷谭》诗话一条："又云立言与立德、立功并重，诗亦立言之一也。昔人谓诗不苟作，斯集不虚传，盖诗与史相表里，一集之中必须有可兴可法之作。"④

二、《北松庐诗话》的求新思想

昆体诗人普遍有留洋经历，赞成变法，能够接受新思想，很多的西昆派诗人都在其诗歌里描绘了带有新的时代色彩的诗歌。张鸿在日本任领事时，与流亡日本的梁启超诗歌酬唱，《神户简任公》《秋心和任公》《病起简任公》等诗，对梁启超充满敬佩："至意谁欣赏，微吟聊破闲。"⑤ 他们写了很多诗摹写海外风情，汪荣宝有《埃及残碑》《瓦得路吊拿破仑》《欧洲战事杂感八首》《网球》等；张鸿的《长崎观朝颜会即牵牛花也》《神户咏怀》；孙景贤有《长崎理事府书怀》《向岛看花》《岁晚之东京离席》《国府津车中望见富士山赋》《靖国招魂社观祭》。

《诗话》的选诗原则体现了西昆派诗人的求新倾向。《诗话》所选诗歌，有的表现了新的思想感情；有的描写新式事物，如望远镜、阿芙蓉；有的展示了科学技术发展带来的新事物，如咏轮船、电报、火车等；有的表达了科技精神，如《诗话》卷一收录了《秋夜观星》等诗；有的描写了崭新的异国图景，如描写日本、欧美等域外世界的诗篇。徐氏推崇黄遵宪，自觉地与"诗界革命"站

---

① 张鸿：《岁暮杂感》，徐兆玮：《北松庐诗话》卷二收录，手稿。
② 徐兆玮：《张璚隐岁暮杂感》，《北松庐诗话》卷二，手稿。
③ 徐兆玮：《汪衮夫集义山诗》，《北松庐诗话》卷五收，手稿。
④ 宋咸熙语，徐兆玮：《耐冷谭论诗》，《北松庐诗话》卷六收录，手稿。
⑤ 张鸿：《秋心和任公》，《蛮巢诗词稿》，民国二十八年（1939）排印本，第10页。

成一队，《诗话》搜集了黄遵宪的新派诗，如卷二选黄遵宪《锡兰卧佛诗》《今别离》《出军歌》《军中歌》《旋军歌》《幼稚园上学歌》等，通篇圈点，表示赞赏，其求新意识与创变思想，是显而易见的。

他能粗浅地从理论上总结。《北松庐诗话》第一卷第一章，列出了阮元的《望远镜诗》，将新派诗的上限提到了乾隆道光年间；后又录陈文述的《秋夜观星书寄琅嬛》，称之为"此与阮文达公望远镜中望月歌同一奇作"[1]；徐兆玮也屡屡在诗话中表明态度："近人诗余最服膺黄公度遵宪，惜未见其全集，仅于《饮冰室诗话》中录存数章，以志倾倒"[2]；《诗话》中，我们还可以看到徐兆玮的一些求新的探索，如重视以俗语、方言入诗等，说："作诗有用俗语者"[3]；对新材料、新事物入诗，他提出自己的思考："不脱不黏，恰到好处"[4]。

三、"人心之巧，愈出愈奇"[5]——徐兆玮的"创格"[6]理论

古人论诗强调"正"，如魏庆之说："唐名辈诗多用正格。如杜甫诗，用偏格者十无二三。"[7] 而徐兆玮的《诗话》则反其道而行之。其诗学体制的文字虽然以摘录为主，但并不是胡乱摘抄，贯穿了徐兆玮"因难见巧"[8]、造微入妙的创格思想，从用字、对仗、句法、平仄等角度，探讨诗歌体制问题，辨析细密，将诗格的问题提高到"人心之巧，愈出愈奇"的高度，其实是剑走偏锋，将属对、句法、诗体中的"难""巧""奇""新""细"，作为"创格"的方向加以鼓吹。

1. 推崇奇体怪体

徐氏的"创格"其实是诗歌的"变体"，《律诗绝诗用字平侧有变体》一节，引用《苕溪渔隐》，指出杜甫的《严公仲夏枉驾草堂，兼携酒馔，得寒字》和

---

[1]　徐兆玮：《陈云伯秋夜观星诗》，《北松庐诗话》卷一，手稿。

[2]　徐兆玮：《黄公度锡兰岛卧佛诗》，《北松庐诗话》卷二，手稿。

[3]　徐兆玮：《作诗用俗语》，《北松庐诗话》卷六，手稿。

[4]　徐兆玮：《孙眉韵咏阿芙蓉膏集句》，《北松庐诗话》卷二，手稿。

[5]　徐时栋：《烟屿楼笔记》，徐兆玮作为重要观点引用。徐兆玮：《集词为诗》，《北松庐诗话》"体制"卷下。

[6]　徐兆玮：《缪申浦寿诗以八言九言十言十一言十二言分体》，《北松庐诗话》卷九，手稿。

[7]　魏庆之：《总论》，《诗体》下，《诗人玉屑》卷二，中华书局，2007年11月第一版，第41页。

[8]　徐兆玮：《翟晴江八言十言诗》，《北松庐诗话》卷七，手稿。

韦应物《雪夜下朝，呈省中一绝》都属于变体。原文"又有七言律诗，至第三句便失黏，落平侧，亦别是一体。唐人用此甚多，但今人少用耳"①旁细细加圈，后面又加按语，说明这一体裁又分两体，从中可以看出他的重视程度。《专用字之偏旁一样者缀合成诗》一节，收录"药名诗""星名诗""郡名诗""建除体""八音诗""藏头诗""单用一姓""通篇用韵"等。他的诗话还选了"五侧体""以古人姓名藏句中"等诗歌体式，此外还有"一言诗""二言诗""三言诗""四言诗"，一直到"十一字诗"等等，又加诸多评语，如"尤剪裁入妙也"②，"此亦前人所无"③等等。

2. 强调句法，重视属对

他的诗歌探讨细致，并以杜诗为证，强调属对的重要。他重视绝句的四句皆对、当句对，不仅指出有扇对格，而且还提出"此体今人多用之，然亦施之长律为宜耳，绝句不可效也"④。他强调属对精工，"无率易语"，甚至达到苛刻的程度，抄录《艇斋诗话》一段，指出王安石诗歌对偶甚严："经对经、史对史、释氏事对释氏事、道家事对道家事"⑤；又抄录《石林诗话》："荆公诗用法甚严，尤精于对偶。尝云：'用汉人语止可以汉人语对，若参以异代语，便不相类。'"⑥他随后评价说："此虽昔论，然学者不可不知。知此自无率易之病矣。"⑦他不仅收集了借对、活对、自对、磋对的例子，还指出今人之弊，在于句法，提供了折句格、两句一意、忌粗忌纤忌俗、采色字虚用、叠用数目字、叠字等形式，供人参考。

3. 推崇集句，甚至主张集词为诗

徐兆玮喜爱集句，《诗话》搜集了《九九销夏录》《陔余丛考》《池北偶谈》《烟屿楼笔记》等文献，辨析了集句的由来，汇总前代集句，专门另辟一章，引用了徐时栋《烟屿楼笔记》一条，谈集词为诗和集诗为词。虽然是引述资料，

---

① 徐兆玮：《律诗绝诗用字平侧有变体》，《北松庐诗话》卷一，手写本。
② 徐兆玮：《专用字之偏旁一样者缀合成诗》，《北松庐诗话》卷一，手写本。
③ 徐兆玮：《专用字之偏旁一样者缀合成诗》，《北松庐诗话》卷一，手写本。
④ 徐兆玮：《律诗有扇对格》，《北松庐诗话》卷一，手写本。
⑤ 曾季狸：《艇斋诗话》，徐兆玮抄录，《北松庐诗话》卷一，手写本。
⑥ 叶梦得：《石林诗话》，徐兆玮抄录，《北松庐诗话》卷一，手写本。
⑦ 徐兆玮：《北松庐诗话》卷一，手写本。

但体现了他对集句的重视，强调了集句写作的要点，要"惬心贵当"①。

吴中诗学出现徐兆玮这一专门在诗体上求新求奇的现象，并非偶然，是时代风气所造成的旧体诗的困境。晚清末年，列强入侵，朝廷昏庸无能，文人士大夫满腔抱负无从施展，心态日渐内倾。古诗经唐宋元明清的发展，又经过李白、杜甫、高适、岑参、王渔洋、龚自珍等大家不断地创作，已经发展到了极致，在内容和意境等方面很难再有发展的余地。这就导致清末文人对于技巧的过度追求，以求弥补前人的不足。如徐兆玮谈到"五侧体"时，就说"可补皮陆所未备"②，又说黄山谷多有创体，"此亦前人所无也"③。如我们联系当时的旧体诗坛，"同光体"的学宋，用拗律、险韵，樊易等人的次韵叠韵，都让我们看到了西昆诗人的追新逐奇和"逞才斗智"，其实是进行着各种各样体裁的写作实验。

4. 重材料、重实证、重文献的学人风范

虞山派诗人，自钱谦益开始，便以"才大学博"著称，二冯兄弟也都提倡读书，《钝吟杂录·家戒》云："儒者之业，莫如读书。"④近代西昆派诗人延续了这一传统，西昆派诗人也往往以学者居多，如曹元忠是经学家，汪荣宝精通西学、著作等身，参与过立宪活动等等，他们的诗歌创作也透露出浓郁的学人之气。而徐兆玮集诗人、学者和藏书家于一身，在搜集地方文献，汇辑史料丛书，记载读书心得方面，卓有成效。他力斥《沧浪诗话》，称"《射鹰楼诗话》论诗极精，力斥严沧诗有别才，非关学之说"，又说："严叟谓'诗有别才'，是矣，而谓'诗非关学'，则非也。谓'诗有别趣'，是矣，而谓'非关理'，亦非也。果如沧浪所论，则少陵何以读书破万卷耶？"⑤

（1）《诗话》注重材料收集

其主体部分多用前人诗话，却体现出自己的组织原则和诗学思想，考证细致。如卷一考证了《缃素杂记》关于"进退格"的谬误，又指出这三格今人已经很少用了。记叙了各种体制的创格始末，认为俞樾的平仄两读叠韵诗是创格，

---

① 徐兆玮：《孙希孟飞卿集句诗》，《北松庐诗话》卷三，手写本。

② 徐兆玮：《五侧体》，《北松庐诗话》卷一，手稿。

③ 徐兆玮：《专用字之偏傍一样者缀合成诗》，《北松庐诗话》卷一，手稿。

④ 冯班：《家戒》上，《钝吟杂录》卷一，文渊阁《四库全书》，台湾商务印书馆发行，886册，第514页。

⑤ 徐兆玮：《北松庐诗话》卷十，手稿。

顾太清的集词为诗也是创格。资料时效性极强。在交流不便的情况下，不仅大量应用古代资料，还能引用当代资料，如他四处搜集黄遵宪诗歌，《诗话》记载："黄公度《人境庐集》未见传本，顷读《诗界潮音集》又得数章。"①

（2）注重乡邦文献的整理

《北松庐诗话》搜集了很多以常熟为中心的苏南诗人的作品，对于承继虞山风貌的诗人更加留意，很多诗人的诗作在其诗集中未见，这也是全书的一大贡献。

首先，保存了大量的地方诗人与地方文献，存录诗人。《诗话》保存了一批地方诗人的资料，如娄东顾茂才，今天他的诗稿已经湮没无闻，《诗话》卷二中记录了其诗集名称。如诗人孙筱川，徐兆玮从已经散佚的《龙尾楼诗话》中，记叙其诗歌，留下了可贵的一页。如曾朴的诗歌，一般人只知道曾朴是小说家，但是不知道曾朴也有诗歌。即使西昆诗人的诗作，也多有散佚。如张鸿的《岁暮杂感》、张鸿、徐兆玮与翁之润的互相唱和，《诗话》收集了他们的这一部分诗作。此外还有吴思荃、陆宗泰、汪述祖、吴绹斋等一批吴地诗人的诗作。

其次，记叙了以常熟为核心的吴地诗人唱和交游情况。如《诗话》卷二记载了自己由京师回故乡，与宗子戴同舟谈艺，"甚乐"②。又记载壬寅年（1902），宗子戴应经济特科荐，孙雄的赠诗和宗子戴的唱和。卷二又记载翁之润开诗社，征人唱和的情形，诗话记载说翁之润作《惜花诗》，张鸿、徐兆玮皆有唱和，并评价说这些诗作寄托了"锦瑟华年之感，香草美人之思"③。

（作者单位：南京审计大学文学院）

①　徐兆玮：《黄公度辽将军歌》，《北松庐诗话》卷三，手稿。

②　徐兆玮：《孙眉韵宗子戴倡和诗》，《北松庐诗话》卷二，手稿。

③　徐兆玮：《翁慵庵惜花诗》，《北松庐诗话》卷二，手稿。

民国联书经眼录

景常春　张小华

1. 杨葆光《订顽日程·对联》

《订顽日程》，杨葆光撰。为杨葆光日记，手写稿，存于松江图书馆。《订顽日程·对联》对联卷收载作者三十多年所作各类对联 500 余副。其中挽联占多数，联文深沉凝重，工整雅切。

杨葆光（1830 一说 1832—1912），字古酝，号苏盦，又号红豆词人，娄县（今上海松江）人，文人杨了公之父。岁贡生。历官龙游、新昌、景宁等知县。学问淹博，著作等身，兼工书画。书法风格遒劲。画山水超迈入古。晚年客游上海鬻书画以自给。曾任豫园书画善会会长，又任丽则吟社社长。有文集、文录、杂著、诗录、词录等传世。

2. 释普荷《罔措斋联语》

《罔措斋联语》，释普荷撰，李根源 1912 年冬昆明石印重刊本。《罔措斋联语》有释普荷题词、释淳法刊印序、李根源序。联语尽皆为禅门寺庙而作，但从作者题词可知，遗失较多，仅存一半。此书因是民国元年有幸重刊的明末之书，是目前所知最早的属于佛教内容的对联专著，甚为珍贵。

释普荷（1593—1673），俗名唐泰，号大来，法名普荷，号担当，云南晋宁人。云南杰出的诗僧、画僧和书法僧。明万历三十三年（1605）应试贡生。天启五年（1625）获"岁荐"，应廷试，不第，后遨游于大江南北。工诗擅赋，长于淡墨山水人物画，其诗、书、画广为流传，被时人称为"云中一鹤"。有《橛园集》八卷、《橛庵草》七卷、《拈花颂百韵》。

3. 王以慜《湘烟阁诗钟》

《湘烟阁诗钟》，王以慜原辑，长安李盛基选本，1913 年上海广益书局印。《湘烟阁诗钟》是王以慜主持湘烟阁诗钟社社员的吟咏汇集，数量不大，共二百多比。

王以慜（1855—1921），后名以敏，字子捷，号梦湘、幼阶、檗坞，湖南武陵（今常德）人。随父宦山东，在济南长大。同治十二年（1873）举人。光绪十六年（1890）进士，改庶吉士，授翰林院编修，官江西抚州、南康、瑞州知府，曾任甲午甘肃乡试正考官。民国后，弃官回湘，与文友诗酒吟哦，诗名满天下。有《檗坞诗存·词存》。

4. 樊增祥《樊园五日战诗记·续记》

《樊园五日战诗记·续记》，樊增祥编，1913 年秋私家刊印。《樊园五日战诗记·续记》是樊增祥 1913 年在自己的樊园组织八次诗钟吟咏的汇集，"战诗记"为 7 月 15、16、19 日三次，"续记"为 9 月 25 日、10 月 2、4、5、7 日五次。7 月的三次，参加战诗者为蔡乃煌、梁鼎芬、陈三立等 7 人，数量共一百多比。

樊樊山（1846—1931），即樊增祥，字嘉父，号云门、樊山，湖北恩施人。同治六年举人，光绪三年进士，与易顺鼎并称"樊易两雄"。曾为湖北潜江书院山长，先后任陕西宜川、咸宁县令、江宁布政使、护理两江总督等。民国后避居沪上。同光派重要诗人，遗诗三万余首，有上百万言的骈文。著有《樊山全集》。

5. 唐在田《新辑加注古今名人楹联汇海》

《新辑加注古今名人楹联汇海》（八卷），唐在田辑注，民国初年上海校经山房石印本。《新辑加注古今名人楹联汇海》有杭县章钦序，荥阳玉森跋。八卷各类内容为故事、佳话、胜迹、庙宇、哀挽、格言、集句、集字、杂缀、应制、实用、廨宇等，共有一万副以上，多数作品注明作者及作品所在地与制作缘由。

唐在田，安徽歙县人。民国时编印有《真草隶篆四体千字文》《真草隶篆四体三字经》《真草隶篆四体百家姓》等，均为其手书。余失考。

6. 邓雨人《休庵集句》

《休庵集句》，邓雨人撰，民国癸丑年（1913）孟冬月成都精刻本。《休庵集句》为邓雨人门人孙尔康校刊，线装一册，有周庆壬题笺，玉津居士序，为邓雨人集古人诗句对联，约八百副。后约在民国三十年代马行简行草书手抄本流传，书法精良，装帧精美。

邓雨人（1855—1924），名鸿荃，字雨人，号休庵，广西临桂（今桂林）人。临桂词派领军者王鹏运小妹夫，亦为临桂词派之人。光绪十五年举人，早年为京官，后官任四川后补道。清末民初，曾在成都与赵熙、宋育仁、方旭等结成"锦江词社"。有《秋雁词》。

7. 俞樾《春在堂全书·楹联录存》

《春在堂全书·楹联录存》（五卷），俞樾著，约 1912 年苏州阊门中市绿荫堂书庄代印家藏书籍，雕刻板。共收题署、庆贺、哀挽联六百〇五副，按作联时间先后为序，并非以类分卷。另附集字联，秦篆《绎山碑》、汉隶《校官碑》《曹全碑》《鲁峻碑》《樊毓碑》、唐隶《纪太山铭》《金刚经》等，共六百七十副，书末附哀挽俞樾联 238 副。

俞樾之联每副均有跋语，说明作联缘由，对研究其联甚有益，对后人亦有较大影响。其联作涉及人物众多，内容广泛，联艺精美，具有大家风范。《楹联录存》较早刊印为 1894 年上海扫叶山房石印本，距俞樾去世尚有 12 年，扫叶山房版应非足本。后 1914 年尚古山房石印本、1923 年扫叶山房又再版可能才是《楹联录存》足本，且估计依据的"代印家藏"版。这本苏州版为"代印家藏书籍"，实为家藏印本，外附哀挽俞樾联，说明是俞去世后刊印，这本《楹联录存》应是足本。另从最后一联挽王爵棠中丞看，也是足本，因王爵棠去世于 1906 年冬，距俞樾去世只有一个多月，俞是当年农历十二月二十三日去世的。

俞樾（1821—1906），字荫甫，自号曲园居士，浙江德清人。清末著名学者、文学家、经学家、古文字学家、书法家。道光三十年（1850）进士，曾任翰林院编修。后受咸丰皇帝赏识，放任河南学政，被御史曹登庸劾奏"试题割裂经义"，因而罢官。遂移居苏州，潜心学术达四十余载。历主苏州紫阳、上海求志、德清清溪、归安龙湖等书院讲席，又主杭州诂经精舍。治学以经学为主，旁及诸子学、史学、训诂学，乃至戏曲、诗词、小说、书法等，可谓博大精深。海内及日本、朝鲜等国向他求学者甚众，尊之为朴学大师。一生著述辑为《春在堂全书》，凡五百卷。

8. 叶恭绰《叶仲鸾先生寿言集·寿联》

《叶仲鸾先生寿言集·寿联》，叶恭绰编，孙宝琦题笺，自印本，1914 年 2 月《北京日报》馆刊印。《叶仲鸾先生寿言集·寿联》是叶恭绰养父六十寿辰贺作汇集，有大总统以及众多名流人物、亲友等贺寿联二百多副。

叶恭绰（1881—1968），书画家、收藏家、政治活动家，交通系成员。字裕甫、玉甫、玉虎、誉虎，晚号遐庵、矩园，广东番禺人，生于北京。毕业于京师大学堂仕学馆，任邮传部路政司郎中。后留学日本，加入同盟会。入民国，任北洋政府交通总长、孙中山大本营财政部长、铁道部长等。新中国成立后，任中央文史馆副馆长、全国政协委员等。有《遐庵诗·词·谈艺录·汇稿》《叶恭绰书画选集》等，另编《全清词钞》《五代十国文》等。

9. 雷瑨《文苑滑稽联话》

《文苑滑稽联话》（上下卷），雷瑨辑，附于《文苑滑稽谭》，上海扫叶山房民国三年（1914）夏线装石印发行。《文苑滑稽联话》辑录滑稽讽刺联一千多副，对近代社会各界的丑态给予了尖锐辛辣的揭露与讽刺，有较高的文史资料价值。

雷瑨（1871—1941），字君曜，号颠公、娱萱室主，笔名云间颠公、缩庵老人等，上海松江人。清光绪年举人。工诗词，善文章。初任扫叶山房编辑，后任《申报》编辑多年。熟谙掌故、地方史料，勤于著述，老不释卷，笔不停挥。有笔记手稿《我生七十年》《五十年之回顾》及日记，有轶事小说杂谈二十余种，编选有《古今诗论大观》《新文选》《评注唐宋八家文》等十多种，编有《清人说荟》初集、二集各二十种，《娱萱室小品》六十种等。

10. 顾印愚《宋锦》

《宋锦》，顾印愚集书。扉页名《宋锦赠题》（第一集），为顾氏集宋朝人诗句为楹贴而书写，民国三年（1914）北京财政部印刷局石印本墨迹册，程颂万题笺，其子继庠、继夔编并序，共一百五十副。据扉页印愚亲笔"宋锦赠题第一集百五十联"、及其子继庠、继夔序中"所书联幅多集唐宋诸贤名句，二十年来遂成卷帙"推测，应还有另二、三集或以上。

顾印愚（1855—1913），字印伯，一字蔗孙，号所持，又号塞向宦、塞向翁，别署双玉堪，斋名楚雨堂，四川双流人。清末著名诗人、书画家。光绪五年（1879）举人。与绵竹杨锐同为湖广总督张之洞的入室弟子，同致入仕，时有"杨顾"之称。历官湖北汉阳令、武昌通判。客司张之洞武昌幕府10余年。辛亥革命后还乡。能诗文，常集名家诗句为楹贴，句律之精严，隶事之雅切，一时名辈无以易之。有《成都顾先生诗集》《顾印伯先生遗墨》《安酒意斋尺牍》等。

11. 易顺鼎《吴社诗钟》

《吴社诗钟》，易顺鼎原辑，番禺沈宗畸选本，1914年上海广益书局印。《吴社诗钟》为易顺鼎随其父佩绅于1885年秋至次年在苏州为官时，组织诗钟社吴社的作品。有社员梅石卿、朱曼君、江瀚、宋育仁、费念慈、恽季文、黄玉宗，以及易顺鼎和其弟顺豫等十余人的吟作，共四百五十多比，以易氏兄弟居多。实甫名扬四海，才气横溢。陈锐《襄碧斋杂记》载："十岁应试，交卷第一。学使廖公（寿恒）受卷，惊疑不已，问其能再作否？对曰：可。随以'得天下英才而教育之，三乐也'命题。易文不加点，顷刻而成。后二比有云'安得广厦万间，洗破屋秋风之陋也；是所赖中流一柱，挽狂澜大海而东也。'惊才绝艳，得之垂髫。"

易顺鼎（1858—1920），著名诗人。与袁克文、何震彝、闵尔昌、步章五、梁鸿志、黄秋岳等并称为"寒庐七子"，与樊增祥并称"樊易两雄"。字实甫、实父，号眉伽、哭庵等，湖南龙阳（今汉寿）人。幼有神童之目，五岁能作对。十五、六岁即刻印《眉心室悔存稿》，传诵一时，有"龙阳才子"之称。光绪元年举人，六应会试不第。捐资授刑部山西司郎中，官至按察使衔。入民国，任印铸局长。一生二十多种著作汇为《琴志楼诗集》。

12. 赵国华《鹊华行馆诗钟》

《鹊华行馆诗钟》，赵国华辑，1914年上海广益书局印。《鹊华行馆诗钟》为赵国华1880年前后几年间在山东为幕僚，组织诗钟社的吟咏汇集，数量较少，仅约100比，疑另似还有汇编。

赵国华（1838—1894），字菁山，直隶（今河北）丰润人。晚清古文学家。咸丰八年（1858）举人，同治二年进士。先后为南河总督、漕运总督、山东巡抚幕僚，山东郭城、泰安、德州、沂州等知县、知府、按察使、盐运使等。有《青草堂初集·二集·三集·补集》。

13. 蔡乃煌《絜园诗钟·续录》

《絜园诗钟·续录》，蔡乃煌辑，1914年上海广益书局印。《絜园诗钟·续录》有蔡乃煌自序，为蔡乃煌晚年在自己的絜园组织诗钟吟咏的汇集，数量较多，共约八百比，收蔡乃煌、汪洵、陈三立、吕景端、顾鸿逵、梁鼎芬、潘飞声等十六人的诗钟之作。

蔡乃煌（1861—1916），袁世凯亲信。字伯浩，广东番禺人。光绪十七年花钱买了个举人。曾任蓟、赣、粤鸦片专卖委员、广东鸦片专事局局长、上海道台。

14. 寒山诗社《寒山诗社诗钟选甲集·乙集·丙集》

《寒山诗社诗钟选甲集·乙集·丙集》，寒山诗社编。寒山诗社专以研究、创作诗钟著名，从辛亥革命前至民国初年，在文坛最具影响。这三个集子即收录保存了寒山诗社社员近一百人的诗钟二千多比。"甲集"五卷，1914年北京正蒙书局代印，上下两册，线装铅印本。由梁鼎芬封面题签、陈宝琛内封署尚，王式通、罗惇曧、易顺鼎、黄节、关赓麟五人序，郑沅、陈庆佑、陈士廉等五人题词，收入1911年至1913年社员冒广生、陈宝琛、潘飞声、文永誉等八十六人及来宾数人社课诗钟。"乙集"上、中、下共九卷，封面易顺鼎题签，扉页樊增祥题字并作序，线装铅印本，1915年北京正蒙印书局印行。"丙集"共六卷，上下两册，1919年线装铅印本，通译书局代印。

15. 何实睿《陆文端公荣哀录·挽联》

《陆文端公荣哀录·挽联》，何实睿辑，铅字仿古线装本，1915年苏州萃成祥印刷所承印。《陆文端公荣哀录·挽联》是悼念陆润庠去世时的资料汇编，吴郁生题笺，有翰林林绍年、诗人项乃登、交通部秘书阚铎等人的挽联共三百四十五副。

何实睿，江苏吴县人。曾编有《尺牍释例》等。

16. 张文运《国朝名人楹联汇辑》

《国朝名人楹联汇辑》，张文运编。《国朝名人楹联汇辑》为书法墨迹，又名《楹联第一辑第二辑》，三本，第一辑为上下册，第二辑为单本，张文运跋并题署，上海有正书局印刷发行，民国四年（1915）初版，民国九年四月已再至第五版。所收皆清朝著名书法家的楹联书法，如曾国藩、翁同龢、郑板桥、董其昌、何绍基、姚鼐、刘墉、成亲王、王文治、袁枚、包世臣、梁同书等。书体有正楷、行书、草书、隶书、篆书，书品琳琅，文气翩翩。共一百多幅。

张文运（1863—1938），一名运，字子开，书室曰"商旧学斋"，合肥人。光绪戊子年（1888）举人，曾被选派为桐城县教谕，未就职，任庐州中学堂监督先后四年。中年后在家设馆授课。文学深醇，精于鉴赏，收藏善本、名帖数千册。据《合册》张文运自述："二十好沈石翁（沈用熙）书法，屡以书法请询石翁，然从事科举，不及从翁学书，迨石翁逝世，乃研究书法，经常从刘泽源探询石翁微言。"与桐城马其昶友善。1938 年 10 月以避日寇，流寓肥南许贵村，为免遭日寇污辱，愤然绝食而亡。

17. 刘之屏《盗天庐楹帖》

《盗天庐楹帖》，刘之屏著。《盗天庐楹帖》附于《盗天庐集》，该书以文、诗、联合编，温州务本石印局 1915 年承印，有联一百三十七副，以挽联为多。

刘之屏（1856—1923），名恢，小名佩莹，字本徵，又字久安、吉安，榜名之屏，自号梅花太瘦生，别署复初老人。清末廪生。温州乐清人。1902 年东游日本，归国后从事教育。有《盗天庐集》六卷。

18. 西湖鑫记书局《新增绘图西湖楹联》

《新增绘图西湖楹联》（四卷），1915 年西湖鑫记书局编并印，石印本。《新增绘图西湖楹联》收联一千余副，卷一包括总目、例言、西湖全图、古迹、南巡行宫、书院；卷二包括庙祀、名贤祠宇、别墅；卷三包括名宦祠宇、神庙；卷四：佛寺、冢墓、杂辑。此书为西湖楹联较全之作，为次年西湖鑫记书局再编印增订本《正续西湖楹联合集》，提供了详实内容。

19. 云南《国是报》《蔡黄追悼录·挽联》

《蔡黄追悼录·挽联》，云南《国是报》编，赵藩题署，1916 年刊印。为云南各界悼念蔡锷、黄兴之联。挽蔡锷联三百〇四副，挽黄兴联三十六副，共三百四十副。实际主要为悼念蔡锷之作。

20.《锡山二母遗范录·胡母高太夫人挽联》

《锡山二母遗范录·胡母高太夫人挽联》，1916 年夏无锡胡氏编印。《锡山二母遗范录·胡母高太夫人挽联》是近代教育家、同盟会会员胡雨人之母高太夫人 1916 年 77 岁去世时的哀悼活动资料，收孟森、王蕴章、胡君复、庄俞及秦毓钧、顾倬、唐驼、丁宝书等当地名士、亲朋挚友一百三十多人挽高太夫人联。

21.《锡山二母遗范录·周母王运新挽联》

《锡山二母遗范录·周母王运新挽联》，1916 年秋无锡周氏编印。《锡山二母遗范录·周母王运新挽联》是近代女教育家王运新 1916 年秋 77 岁去世时的哀悼活动资料，收 291 副。

22. 叶景葵《卷庵札记·联存》

《卷庵札记·联存》，叶景葵著，1916 年铅印本。《联存》为叶景葵早年之作，"联存"首自云：旧日联作多不收存，散失无数。故其少，仅四十一副（挽联居多），令人遗憾。

叶景葵（1874—1949），字揆初，别署卷庵，仁和（今杭州）人。光绪二十九年（1903）进士。1898 年入通艺学堂，研讨新知识，致力探究改革富强之道，放弃入翰林之选，自入湖南巡抚赵尔巽幕，掌理财政、商矿、教育三门文案，又随至沈阳，任盛京部文案总办、奉天财政监理官。加入浙江铁路公司，为股东，创办浙江兴业银行，任总经理，任大清银行正监督等。

23. 郑官应《张弼士荣哀录·挽联》

《张弼士荣哀录·挽联》，郑官应辑，1917 年春石印本。《张弼士荣哀录·挽联》附于《张弼士君生平事略》。《张弼士君生平事略》为郑官应撰并辑，该书有郑官应自序，自序述其撰书辑书缘由，挽联收广东省长朱庆澜、章太炎等政界、商界及社会名流近二百人之作。

郑官应（1842—1922），一名观应，字正翔，号陶斋，别号杞忧生、待鹤山人，广东香山（今中山）人。近代最早具有完整维新思想体系的理论家，揭开民主与科学序幕的启蒙思想家，也是实业家、慈善家等。少年时到上海学习经商。后任英国宝顺洋行买办、英商太古轮船公司总理、上海轮船招商局总办、招商局帮办等。民国后，专注于发展教育事业，历任招商局公学驻校董事、上海商务中学名誉董事等职。有《盛世危言》。

24. 刘蕴良《壶隐斋联语类编》

《壶隐斋联语类编》（十二卷），刘蕴良遗稿，稿存贵州省图书馆。《壶隐斋联语类编》有自序，了尘跋后。每卷为一类，依次为黔省名胜类、黔省关河类、黔省古迹类、黔省祠宇类、历览类、怀古类、题咏类、酬赠类、庆贺类、哀挽类、短杂类、游戏类。贵州省图书馆的刘蕴良遗稿足本，共有联语三千一百九十六副，尚有少许残缺不可辨认者。

刘蕴良（1844—1917后），亦作韫良，字璞卿、玉山，号丽珊、我真氏，书斋名壶隐斋，贵州贵阳人。官宦书香门第出身。同治七年（1868）举人，十一年进士，选庶吉士。光绪元年授云南恩安知县。到任时因触忤巡抚岑毓英，不久被参革，自此断绝仕途。游历大江南北，诗酒吟哦，行医教读。著述惜多散佚。

25. 丁日昌《百兰山馆联语》

《百兰山馆联语》，丁日昌著，1918年广东揭阳邢万顺书局刻印。《百兰山馆联语》附于《百兰山馆古今体诗》，对联较少，仅有题署、庆贺、哀挽三类对联四十一副。

丁日昌（1823—1882），字禹生、雨生，广东丰顺人。1843年贡生，清代藏书家。历任琼州训导、江西万安知县。后入曾国藩、李鸿章幕。官两淮盐运使、江苏布政使、巡抚、福建巡抚兼督船政、福建总督兼南洋海防会办、总理各国事务大臣等。雅好藏书，共十余万卷。著有《保甲书辑要》《百兰山馆古今体诗》等。

26.《梅兰芳梅母陈太君八十寿言·寿联》

《梅母陈太君八十寿言·寿联》，梅兰芳编，民国八年己未（1919）三月私家刊印，铅印仿古线装。《梅母陈太君八十寿言·寿联》有吴昌硕篆署，是梅兰芳为祖母陈太君操办八十大寿的资料汇集，书前附祖孙二人的合影。当时社会各界上流名人如吴昌硕、陈散原、姚茫父等纷纷馈赠文、词、诗、联、字画。为纪念此次寿辰和答谢各界亲朋好友，梅兰芳特自费印制此书册，其中贺联 156 副。

梅兰芳（1894—1961），本名澜，又名鹤鸣，小名裙子、群子，字畹华，一字浣华，艺名兰芳。

27. 杨调元《绵桐馆集联汇刻》

《绵桐馆集联汇刻》，杨调元撰，1919 年上海商务印书馆铅印本。《绵桐馆集联汇刻》收入《石鼓文集联》二百余副、《读史集联》六百多副。有杨调元题识、胡君复序、罗振玉题跋，蔡宝善、樊增祥题词，以及俞明震、缪荃荪、陈三立等题诗题词，言明此书产生缘由于杨调元殉难时掇拾于灰烬之中而幸存。

杨调元（1855—1911），字孝羹，号龢甫，贵州贵筑（今贵阳）人。幼随父在四川任中读书，光绪三年进士。历官户部主事、陕西长安、紫阳、华阳、宝鸡、沔县、富平等县知县，华州知州。平生嗜书史，勤纂述，擅长篆书，古朴典雅，刊有《训纂堂丛书》。1911 年，任渭南县令时值辛亥革命，因变起投井殉难。

28. 陈泽翔《闲可轩集联》

《闲可轩集联》，陈泽翔著，《闲可轩集联》有凡例、易光墉序，陈泽翔 1919 年前于四川泸州讲学课余，集历代文人诗句为联一千一百一十五副，书末附其子洸贻五、七言联六十一副，1919 年夏铅印。

陈泽翔，字蓉舫，生卒年失考。清末至民国间四川富顺大山铺（今自贡市大安区）人。早年在四川泸州为县或府学堂教习。1911 年四川荣县独立，于年底成立自贡地方临时议事会，任议员，后转学务科。宣统三年，富顺选举议事会议员，另设城区议事会，互推陈任会长，1912 年，又为县参议员驻会委员、参议会教育科长等。曾参与编修民国二十年版《富顺县志》。

29. 偁阳山人《详注分类楹联集成》

《详注分类楹联集成》（四卷），偁阳山人编，上海会文堂书局 1919 年 8 月初版，1924 年第八版。卷一庆贺、卷二哀挽（上）、卷三哀挽（下）、卷四名胜。卷目虽少，但内分较细，每卷内细分若干子目，共十种。对联种类较少，仅三种，共收联约二千副。楹联作品均无作者，详注实为对其典故作了注解。

30.《会泽唐氏荣哀录·李太夫人荣哀录·挽联》

《会泽唐氏荣哀录·李太夫人荣哀录·挽联》，1919 年私家刊刻石印线装本。《会泽唐氏荣哀录·李太夫人荣哀录·挽联》为唐继尧之母李太夫人 1913 年病故后，1915 年 7 月唐继尧为其举丧而收存的悼念资料，四年后与其它三种汇编。收岑春煊、伍廷芳、靳云鹏、刘显世、谭延闿、齐耀琳、徐绍桢等军政界、乡友亲朋 400 多人之作。《会泽唐氏荣哀录》共四种，都是关于唐继尧的祖母、父母、妻室的悼亡录，共有三千多副挽联。

31.《会泽唐氏荣哀录·朱太夫人荣哀录·挽联》

《会泽唐氏荣哀录·朱太夫人荣哀录·挽联》，1919 年私家刊刻石印线装本。《会泽唐氏荣哀录·朱太夫人荣哀录·挽联》为唐继尧的祖母朱太夫人，于 1919 年去世举丧悼念时资料，与其它三种汇编。收黎元洪、冯国璋、康有为、梁士诒、曹锟、朱启钤、林森等军政要人，及云南各界、乡友亲朋九百多人之作，共约 1000 副挽联。

32.《会泽唐氏荣哀录·省三太翁荣哀录·挽联》

《会泽唐氏荣哀录·省三太翁荣哀录·挽联》（上中下），1919 年私家刊刻石印线装本。《会泽唐氏荣哀录·省三太翁荣哀录·挽联》为唐继尧之父唐学曾 1919 年去世举丧悼念时资料，与其它三种汇编。收国民军政府、康有为、蔡元培、章太炎、梁启超、吴景濂、诸辅成等各界要人，及云南各界、乡友亲朋九百多人之作，共一千二百多副挽联。

33.《会泽唐氏荣哀录·袁夫人荣哀录·挽联》

《会泽唐氏荣哀录·袁夫人荣哀录·挽联》，1919 年私家刊刻石印线装本。《会泽唐氏荣哀录·袁夫人荣哀录·挽联》为唐继尧正室袁夫人 1919 年去世举丧悼念时资料，与其它三种汇编。收军政、云南各界、乡友亲朋 400 多人之作。

34. 蔡文鑫、蔡文森、蔡文淼《蔡节母杨太君哀挽录·挽联》

《蔡节母杨太君哀挽录·挽联》，蔡文鑫、蔡文森、蔡文淼辑，1919 年刊印。

《蔡节母杨太君哀挽录·挽联》为无锡蔡文鑫兄弟之母1919年去世时的哀悼活动资料，收汪文溥、周学熙、蔡寅、窦镇、王蕴章、胡敦复、庄俞等人和各学校的二百五十六副挽联。

蔡文鑫（1868—1937），字缄三，亦作兼三，无锡人。乡试未中，弃学就商。先后开设永源生米行、信成商业储蓄银行无锡分行，建无锡耀明电灯股份有限公司，合资创办九丰面粉厂，筹建庆丰纺织厂，任苏、浙、皖面粉厂联合会主席，南通、崇明、太仓、苏州、常州等纺织厂联合会主席等。

蔡文森（1872—1948），字松如，号处默。清末秀才。自费留学日本。组织拒俄义勇队，后改名军国民教育会，任书记。与弟蔡文森、钱基博等组织无锡理化学会，造就理化教师。曾任锡金初级师范第一任校长、县立师范校长、商务印书馆编译、九丰面粉厂厂长。

蔡文森（1879—？），字禹门。毕业于日本京都府立医学专门学校，归国后在上海开办了一所禹门医院。1912年筹办江苏公立医学专门学校，并任校长。后又在苏州设分校。

35. 范其骏《梦余赘笔·对联》

《梦余赘笔·对联》，范其骏撰，1919年刊印。《梦余赘笔·对联》对联300多副，大多为集句联。

范其骏，字永绥，号承三。江苏震泽人。生卒年失考。工书，1919年著成《梦余赘笔》。

36. 窦镇《小绿天盦联语》

《小绿天盦联语》，窦镇撰，无锡文渊阁己未（1919）桂月刊刻。《小绿天盦联语》附于《小绿天盦文稿·诗钞·词钞》，共收一百二十九副联，其中《小绿天盦联语》联八十七副、补遗联七副、另附窦镇亲属联三十五副。

窦镇（1847—1928），字叔英，号拙翁、九峰淡士，江苏无锡人。窦镇颜其室曰"小绿天盦"。性耽书画，尤喜为花木竹石写生。绿天庵是唐代著名书法家怀素出家修行和练字的地方，位于湖南零陵县高山寺大雄宝殿后侧。窦镇作为自己的书斋名，似可见对怀素书法的仰慕。辑有清朝书画家笔录，著有《小绿天盦文稿·诗钞·词钞》《锡金续识小录》《国朝书画家笔录》等，尤以《师竹庐联话》（十二卷）颇有价值。

37. 李颂臣、李赞臣、李敬臣等《李子香先生七十寿言·寿联》

《李子香先生七十寿言·寿联》（三卷），李颂臣、李赞臣、李敬臣等辑，1919年11月天津华新印刷局承印，铅字仿古线装。《李子香先生七十寿言·寿联》是贺李子香七十寿辰的资料汇编，有黎元洪、冯国璋、严修、曹锟、曹汝霖、柯劭忞、徐谦等军政要员、文化名流和富商显贵等人之作，其中寿联共200多副。

李颂臣，天津大盐商，是"李善人"第三代人物。李子香之子。1932年接替上辈任津浦殖业银行总董。

李赞臣（1882—1955），颂臣之弟。曾任长芦盐区纲公所纲总、兼天津殖业银行经理。亦创办企业、商号等。

李敬臣，颂臣季弟。

38. 云后《古今楹联类纂》

《古今楹联类纂》（八册十二卷），绍县云后编，上海会文堂书局1920年2月初版，醒庐题署。1926年10月二版，唐驼题署。《古今楹联类纂》为实用对联专著，其对联作品除名胜类等较少数有作者外，其它均无作者。分类详细，内容广泛，收联约在9000副。十二卷即十二类，卷一格言类包括修身、治家、处世、达观、文学，卷二岁时类包括春联、六十干支嵌字联、元宵联通用、端午节、中元盂兰盆会联、中秋联，卷三居处类包括厅堂、书室、门阑、厨房、园林、山居、水榭、楼台、田家、渔家、舟屠，卷四庆贺类包括贺寿通用、贺寿切时令、双寿通用、双寿切时令、双寿切年龄、男寿通用、男寿切时令、男寿切年龄、寿政界通用、寿财政官吏、寿教育官吏、寿实业官吏、寿外交官吏、寿交通官吏、寿司法官吏、寿警界官吏、寿县令、寿军界、寿学界、寿商界、寿工界、寿农界、寿医家、寿僧人，卷五（上）哀挽类一，卷五（下）哀挽类二，卷六投赠类，卷七公署类，卷八商业类，卷九祠庙类，卷十集锦类，卷十一名胜类，卷十二杂缀类。

云后，真实姓名失考，似为上海会文堂书局编审；绍县，似为绍兴县简称。

39. 浙江嘉善商会《嘉善朱循伯哀挽录·挽联》

《嘉善朱循伯哀挽录·挽联》，浙江嘉善商会1920年清明节汇编刊印。《嘉善朱循伯哀挽录·挽联》收政学商三界人士悼挽朱循伯联四百，多副。

40. 丁立诚《小槐簃联存》

《小槐簃联存》，丁立诚撰，民国九年（1920）钱塘丁氏嘉惠堂排印本。《小槐簃联存》有徐珂序，共收丁立诚题署、投赠庆贺、哀挽联三百二十副。是书为丁立诚去世多年后由其子丁辅之、三在兄弟以"聚珍仿宋体"的铅字排印。

丁立诚（1850—1911），字修甫，号慕清、辛志，浙江杭州人。清末藏书家、目录学家。光绪元年举人，官内阁中书，署员外郎衔。以藏书名海内，其藏书处"小槐簃"，所收西泠八家刻印尤富。曾助其叔父校勘《武林掌故丛编》《武林往哲遗著》等等。精于目录学，缪荃孙称其"目录之学如瓶泻水"。晚年因其经商失败，亏空严重，被两江总督端方将其"八千卷楼"藏书购存于南京江南图书馆。著有《小槐簃文存·吟稿》《梦痕词》等。

（作者单位：江西省社会科学院）

民国曲话考录（上）

张晓丹

民国曲话是民国话体文学批评文献整理的重要内容之一。当前人们对民国曲话的整理，除刘于锋的《民国诗词学文献珍本整理与研究·全民国曲话第一辑》中整理出的 30 余家的 50 种曲话外，目前尚无更多文献方面整理。民国曲话的整理对了解民国时期戏曲的状态和挖掘更多的戏曲史料有重要意义。笔者就此对曲话目录进行整理，这里曲话取广义上的曲话。凡对散曲、曲艺、曲词、戏曲作家、戏曲作品、演员等方面进行批评的皆视为曲话。由于篇幅所限，此处先以列论曲、曲话、顾曲、谈曲等为主题词的文献。此目录中涉及新戏曲者不少，具体的考索、辨别留待以后做专门研究。

一　曲话

1.《碧声吟馆曲话》，赵景深，《生活（上海 1947）》1947 年创刊号，（38—39 页）。

2.《词曲琐话》，叶梦雨，《求是（南京）》1944 年第 1 卷第 6 期（5—10 页）。

3.《关于民曲的话》，朱士成，《音乐教育》1934 年第 2 卷第 1 期（126—127 页）。

4.《集成曲话》，忆梅，《集成》1947 年第 2 期（25 页）、1947 年第 1 期（13 页）。

5.《惆怅私怜室曲话序》，章士钊，《国艺》1940 年第 2 卷第 1 期（4 页）。

6.《旧萝曲话》，任二北，《紫罗兰》1926 年第 1 卷第 9 期（1—4 页）。

7.《民族曲话：薛仁贵》，邹啸，《党魂月刊》1940 年第 2 卷第 1 期（86—87 页）。

8.《默庵曲话》，俞振飞，《戏剧月刊》1928 年第 1 卷第 5 期（51—52 页）。

9.《南社文录·奢摩他室曲话自序》，《南社》1914 年第 11 期（37—38 页）。

10.《牌子曲杂话砚》，《三六九画报》1942 年第 13 卷第 11 期（27 页）。

11.《曲话·鳞爪录少卿》，《社会之花》1924 年第 1 卷第 3 期（1—4 页）。

12.《曲话之研究》，杨晋雄，《申报月刊》1945 年（复刊 3）第 5 期（94—104 页）。

13.《曲话》，杨国良，《骚墨》1935 年秋季（65—81 页）。

14.《曲话·藤花亭曲话》，藤花亭长，《双星》1915 年第 3 期（135—137 页）。

15.《曲话》，绮霞，《三六九画报》1942 年第 15 卷第 5 期（27 页）。

16.《曲话友梅》，《乐艺》1930 年第 1 卷第 2 期（53—54 页）。

17.《曲之话》，松声，《三六九画报》1942 年第 15 卷第 11 期（27 页）。

18.《戏话》，白雪，《三六九画报》1943 年第 22 卷第 14 期（20 页）。

19.《如意馆菊话：昆曲痼疾》，吉羊，《立言画刊》1941 年第 138 期（7 页）。

20.《寿春壶斋曲话》，苏少卿，《艺术世界》1941 年刊（20 页）。

21.《寿春壶斋曲话》，苏少卿，《戏剧画报（上海 1937）》1940 年第 8 期（17 页）。

22.《寿春壶斋曲话》，苏少卿，《上海生活（上海 1937）》1941 年第 5 卷第 2 期（38 页）、第 3 期（43 页）、第 4 期（47 页）、第 5 期（48—49 页）、第 6 期（51 页）、第 7 期（60 页）、第 10 期（46 页）。

23.《寿春壶斋曲话》，苏少卿，《半月戏剧》1941 年第 3 卷第 9 期（3 页）、1947 年第 6 卷第 6 期（4 页）。

24.《寿春壶斋曲话》，苏少卿，《戏剧周讯》1942 年第 1 卷第 1 期（2 页）、第 2 期（2 页）、第 3 期（3 页）、第 4 期（1 页）、第 5 期（3 页）。

25.《寿春壶斋曲话》，陈大濩、苏少卿，《艺声（上海 1944）》1944 年第 14 期（2 页）。

26.《寿春壶斋曲话》，苏少卿，《大方》1944 年第 1 卷第 1 期（9 页）、第 2 期（10 页）、第 3 期（12 页）。

27.《寿春壶斋曲话》，苏少卿，《海光（上海 1945）》1946 年第 24 期（11 页）。

28.《寿春壶斋曲话》，苏少卿，《文哨（上海）》1947 年第 1 期（12 页）。

29.《寿春壶斋曲话》，苏少卿，《上海游艺》1947 年第 8 期（8 页）。

30.《寿春壶斋曲话》，苏少卿，《美丽画报》1948 年第 81 期（2 页）。

31.《曲话》，曲斋，《三六九画报》1942 年第 13 卷第 15 期（27 页）、第 17 期（27 页）、第 14 卷第 1 期（27 页）、第 2 期（27 页）、第 7 期（27 页）、第 11 期（27 页）、第 13 期（27 页）、第 14 期（27 页）。

32.《娱园曲话》，娱园老人，《天津杂志》1940 年第 1 卷第 3 期（76 页）。

33.《小红楼曲话》，潘寄梦，《紫罗兰》1927 年第 2 卷第 18 期（1—3 页）。

34.《菉猗室曲话》，姚华，《庸言》1913 年第 1 卷第 6 期（1—7 页）、第 7 期（1—8 页）、第 9 期（1—9 页）、第 10 期（1—9 页）、第 11 期（1—8 页）、第 12 期（1—9 页）、第 14 期（1—7 页）、第 16 期（1—7 页）、第 17 期（1—8 页）、第 18 期（1—10 页）、第 19 期（1—9 页）、第 20 期（1—9 页）、第 21 期（1—8 页）、第 22 期（1—9 页）、第 23 期（1—11 页）、第 24 期（1—10 页）。

35.《饮虹簃曲话》，卢前，《时事月报》1936 年第 15 卷第 2 期（39—43 页）、第 5 期（57—62 页）。

36.《饮虹簃曲话》，卢前，《艺文》1936 年第 1 卷第 1 期（179—180 页）、第 2 期（132—134 页）、第 3 期（109—111 页）、第 4 期（104—105 页）、第 5 期（102—103 页）。

37.《曲海浮生》，卢前，《中学生》1936 年第 61 期（107—116 页）。

38.《饮虹簃曲籍题跋》，卢前，《图书月刊》1941 年第 1 卷第 3 期（20—22 页）。

39.《饮虹曲话》，卢前，《艺林月刊》1942 年第 118 期（17 页）。

40.《曲海一勺》，姚华，《庸言》1913 年第 1 卷第 5 期（1—5 页）、第 8 期（1—7 页第 15 期（1—7 页）、1914 年第 2 卷第 1、2 期（1—6 页）、第 3 期（1—6 页）、第 27 期。

二　曲谈、谈曲

1.《孤血谈剧："曲海"无名氏剧补正》，《星期画报（北平）》1946 年第 1 卷第 6 期（8 页）。

2.《采曲乱谈》，式颙，《十日戏剧》1939 年第 2 卷第 17 期（18—19 页）。

3.《初冬谈曲》，赵景深，《文艺世界》1940 年第 5 期（32—34 页）。

4.《初秋谈曲》，赵景深，《文艺世界》1940 年第 2 期（26—29 页）。

5.《读曲尘谈》，沈汝佳，《苏州振华女学校刊》1933 年（四月，74—81 页）。

6.《对于中国曲学之概谈》，孙明祥，《期刊（天津）》1934 年第 2 期（81—86 页）。

7.《寒云遗墨：致念贻谈演昆曲事》，《戏剧画报（上海 1937）》1939 年第 4 期（14 页）。

8.《洹上先生艺术杂谭：戏曲》，逸芬，《上海画报》1931 年第 691 期（2 页）、第 692 期（2 页）。

9.《嚼曲琐谭》，金季鹤，《联益之友》1929 年第 109 期（3 页）。

10.《静思斋谈荟》，俞勋，《三六九画报》1941 年第 12 卷第 4 期（20 页）、第 5 期（20 页）、第 126 期（10 页）。

11.《剧曲谈往录》，春明，《天津商报画刊》1932 年第 6 卷第 10 期（2 页）。

12.《昆曲概言》，晦庵，《空中语》1915 年第 1 期（1—3 页）、第 2 期（1—4 页）。

13.《昆曲漫谭》，徐碧波，《联益之友》1929 年第 109 期（2 页）。

14.《昆曲偶谈》，缪公，《戏海》1937 年第 1 期（35 页）。

15.《昆曲琐谈："天官赐福"的场面问题》，老项，《三六九画报》1940 年第 4 卷第 10 期（17 页）。

16.《昆曲琐谈：〈狮吼记〉的描写》，馥公，《三六九画报》1943 年第 20 卷第 14 期（22 页）、第 15 期（24 页）。

17.《昆曲琐谈》，李西音，《半月戏剧》1947 年第 6 卷第 5 期（16 页）。

18.《昆曲谈荟："三扁担"与"九娘"》，春明阁主，《立言画刊》1939 年第 15 期（10 页）。

19.《昆曲谈荟》，春明阁主，《立言画刊》1938 年第 12 期（9 页）。

20.《昆曲一夕谈》，天鹭子慕椿轩，《春柳》1918 年第 1 期（23—24 页）、1919 年第 2 期（7—9 页）。

21.《昆曲与皮簧之概要》，舜九，《戏剧月刊》1929 年第 1 卷第 12 期（57—58 页）。

22.《昆曲撷谈》，江枫散人，《戏剧月刊》1930 年第 2 卷第 11 期（183—189 页）。

23.《念萱室谈荟：余家之昆曲》，月旦，《五云日升楼》1939 年第 1 卷第

18 期（14—15 页）。

24.《曲厂谭曲》，傅惜华，《北京画报》1926 年第 1 卷第 2 期（31—34 页）、第 4 期（31—34 页）。

25.《曲海作者谈》，谭正璧，《大众（上海 1942）》1943 年第 14 期（128—133 页）。

26.《曲人谈曲集》，四佛轩主，《申曲画报》1939 年第 34 期（1 页）、第 36 期（1 页）、第 37 期（1 页）、第 39 期（1 页）、1940 年第 65 期（2 页）。

27.《曲谈四则》，东讷志，《小说丛报》1914 年第 2 期（7—13 页）、第 4 期（7—10 页）。

28.《曲谭》，玉章，《持志半月刊》1933 年第 6 期（0—1 页）。

29.《曲苑余谭》，摹烟，《半月戏剧》1943 年第 5 卷第 1 期（1 页）。

30.《三部曲：惜花御史谈戏之三》，惜花御史，《立言画刊》1941 年第 131 期（8 页）。

31.《十种曲》，蒋瑞藻，《民众文学》1927 年第 16 卷第 1 期（1—6 页）。

32.《书报述要：蟫庐曲谈》，毕树棠，《清华周刊》1928 年第 30 卷第 5 期（53—55 页）。

33.《谈〈贩马记〉》，田郎，《十日戏剧》1939 年第 2 卷第 20 期（21 页）。

34.《谈〈贩马记〉》，俞振飞，《翰林》1944 年第 1 期（33—34 页）。

35.《谈〈贩马记〉》，俞振飞，《海光（上海 1945）》1946 年第 5 期（4 页）、第 6 期（5 页）、第 7 期（4—5 页）、第 8 期（4 页）、第 9 期（4 页）、第 10 期（4—5 页）、第 12 期（4—5 页）、第 15 期（4 页）、第 16 期（5 页）、第 17 期（4—5 页）、第 18 期（6 页）、第 19 期（4—5 页）、第 20 期（5 页）、第 21 期（4—5 页）、第 22 期（5 页）、第 24 期（4 页）、第 25 期（4—5 页）、第 26 期（6—7 页）、第 28 期（4 页）、第 29 期（4—5 页）、第 30 期（5 页）、第 31 期（5 页）、第 32 期（4 页）、第 33 期（4—5 页）。

36.《谈京剧与昆曲》，张，《新天津画报》1939 年第 7 卷第 24 期（1 页）。

37.《谈昆曲（上）》，生白室，《立言画刊》1938 年第 13 期（24 页）。

38.《谈昆曲》，山源，《戏世界》1947 年第 325 期（6 页）。

39.《谈昆曲（下）》，生白室，《立言画刊》1939 年第 15 期（26 页）。

40.《谈昆曲宫调之严格》，白云生，《立言画刊》1939 年第 39 期（5—6 页）。

41.《谈昆曲衰微与亟应提倡》，听枫舍主，《沙漠画报》1938 年第 1 卷第

18 期（7 页）。

42.《谈曲牌中之集曲》，蓬珂，《游艺画刊》1942 年第 4 卷第 11 期（12 页）。

43.《谈听曲》，寒蝉，《风月画报》1935 年第 6 卷第 25 期（2 页）。

44.《谈戏剧教育》，秋尘，《北洋画报》1930 年第 12 卷第 569 期（2 页）。

45.《谈戏曲学校及其学生》，佑民，《语美画刊》1937 年第 19 期（3—4 页）。

46.《谈言菊朋下海经过及其成就：寿春壶斋曲话》，苏少卿，《美丽画报》1948 年第 81 期（2 页）。

47.《谈甬曲》，庄二公子，《艺海周刊》1940 年第 30 期（3 页）。

48.《谈粤曲》，严梓元，《北洋画报》1932 年第 18 卷第 862 期（1 页）。

49.《谭曲："昭代丛书"述评之九》，《春草》1936 年第 18 期（2—3 页）。

50.《听曲杂谭》，蕉窗，《北洋画报》1929 年第 6 卷第 266 期（2 页）、第 276 期（2 页）。

51.《吴瞿庵之词曲谈》，拙公，《天津商报画刊》1933 年第 8 卷第 28 期（2 页）。

52.《戏剧节谈昆曲》，白云生，《一四七画报》1946 年第 2 卷第 3 期（12 页）。

53.《戏剧与戏曲》，吴焕，《学苑》1945 年第 6 期（3—4 页）。

54.《戏曲：新家庭良医》，万华庭，《日新治疗》1927 年第 27 期（78—80 页）。

55.《戏曲的更新》，杨世骥，《新中华》1944 年（复 2）第 4 期（158—162 页）、第 5 期（152—158 页）、第 6 期（158—164 页）。

56.《戏曲精选：记谭鑫培》，耀廷轩主人焚砚楼主，《广播无线电》1941 年第 6 期（21 页）。

57.《戏曲随感：谈禁戏》，刘瞧声，《立言画刊》1945 年第 334 期（2 页）。

58.《戏曲之情理谈》，醉翁，《北洋画报》1932 年第 17 卷第 844 期（2 页）。

59.《小疏曲谈》，卢前，《十日杂志》1935 年第 6 期（162 页）、第 7 期（191 页）、第 8 期（218—219 页）、第 9、10 期（250—251 页）、1936 年第 11 期（280—281 页）、第 12 期（311 页）、第 13 期（15 页）、第 14 期（35 页）、第 15 期（55 页）、第 16 期（75 页）、第 17 期（94—95 页）、第 18 期（114 页）、第 19 期（134 页）、第 20 期（154—155 页）。

60.《宣南菊部谈》，随葊，《七襄》1914 年第 3 期（1—5 页）。

61.《雪簃谈曲：杂剧结构琐谈》，傅鼎梅，《立言画刊》1942 年第 203 期（6 页）。

62.《谈昆曲》，北，《北晨画刊》1936 年第 8 卷第 7 期（3 页）。

63.《撇笛余谈：奇双会是"昆曲"不是"吹腔"》，舜九，《戏剧月刊》1929 年第 1 卷第 12 期（55 页）。

64.《亦谈京剧与昆曲》，榕孙，《新天津画报》1939 年第 8 卷第 1 期（1 页）。

65.《娱盦谈曲》，《游艺画刊》1942 年第 5 卷第 3 期（9 页）。

66.《与梅花馆主谈昆曲》，杜善甫，《半月戏剧》1941 年第 3 卷第 6 期（17 页）。

67.《著曲杂谭》，王玉章，《江苏省立上海中学校半月刊》1933 年第 72、73 期（5—6 页）。

三 论曲

1.《昆曲杂谈：论曲谱宫谱之异》，月旦生，《戏剧月刊》1930 年第 2 卷第 8 期（55—58 页）。

2.《冷庐论曲》，冷然，《戏剧周刊》1925 年第 26 期（2—4 页）。

3.《历史戏曲论》，庄心在，《流露月刊》1933 年第 3、4 期（22—24 页）。

4.《龙树及其论曲：中观今论之二章》，印顺，《海潮音》1948 年第 29 卷第 2 期（38—41 页）。

5.《卢饮虹先生论词曲》，学书，《国学通讯》1941 年第 6 期（第一版）。

6.《论词衰于明曲衰于清》，郑骞，《艺文杂志》1944 年第 2 卷第 10 期（15—18 页）。

7.《论科诨之雅俗：昆曲难高雅亦多秽语》，《三六九画报》1943 年第 22 卷第 12 期（21 页）。

8.《论曲六首上章行严先生士钊》，《民族诗坛》1939 年第 3 卷第 3 期（65—66 页）。

9.《论曲派》，笑，《滑稽时报》1915 年第 1 期（121 页）。

10.《论唐代佛曲》，觉明，《小说月报》1929 年第 20 卷第 10 期（51—60 页）。

11.《论戏曲》，远公，《歌场新月》1913 年第 2 期（32—34 页）。

12.《论戏曲》，朱裕杰，《新叶》1949 年第 4 卷第 1 期（25 页）。

13.《论戏曲感人之深》，苏少卿，《戏剧半月刊》1934年第1卷第3期（6—7页）。

14.《论戏曲声韵》，徐朗秋，《教育与社会》1947年第6卷第4期（33—36页）。

15.《曲礼三千一言以蔽之曰毋不敬论》，吕锡植，《国学丛刊（北京1941）》1944年第14期（126页）。

16.《曲论》，刘咸炘，《尚友书塾季报》1925年第1卷第3期（101—112页）。

17.《戏曲创作论著》，（日）菊池宽著，谢六逸译，《青海》1929年第3卷第3期（1—7页）。

18.《戏曲底本质论》，张鸣琦，《中国文艺（北京）》1939年创刊号，（2—6页）。

19.《戏曲底本质论》，张鸣琦，《当代文学》1934年第1卷第3期（99—105页）。

20.《戏曲论》，（日）村山知之义著，张寻真译，《汉口邮工》1933年第6—7期（9—11页）。

21.《戏曲论与演技学》，袁殊，《矛盾月刊》1933年第5、6期（75—99页）。

22.《音乐杂剧及乐器之发达变迁》，中西牛郎，《戏剧周刊》1925年第44期（7页）。

23.《与俞平伯论曲选书》，《戏曲月辑》1942年第1卷第5期（28、30—37页）。

四 顾曲

1.《霸王茗园顾曲记》，《立言画刊》1942年第197期（12页）。

2.《北京顾曲记》，纾庵，《梨花杂志》1924年第1期（90—96页）。

3.《残废大舞台顾曲记》，霖庵，《戏杂志》1922年第4期（30—31页）。

4.《春场顾曲记》，萱照，《社会之花》1924年第1卷第18期（1—6页）。

5.《歌台，人材今昔之异趋》，慕秋，《戏剧旬刊》1935年第2期（6—7页）。

6.《更新顾曲谈》，古愚，《十日戏剧》1939年第2卷第22期（18—19页）。

7.《顾曲》，阿迦，《半月剧刊（上海）》1936年第1卷第8期（11页）。

8.《顾曲》，小志兰因，《半月戏剧》1947 年第 6 卷第 7 期（28—29 页）。

9.《顾曲回忆录》，恕公，《天津商报画刊》1933 年第 8 卷第 43 期（2 页）。

10.《顾曲回忆录》，田七郎，《十日戏剧》1939 年第 2 卷第 29 期（16 页）。

11.《顾曲嘅言》，致淇，《银线画报》1938 年（复刊）（2 页）。

12.《顾曲漫笔》，郑王，《戏剧旬刊》1936 年第 13 期（2 页）、第 14 期（4 页）、第 15 期（11 页）、第 16 期（1 页）、第 17 期（2 页）、第 18 期（2 页）、第 25 期（6 页）、第 26 期（5 页）、第 28 期（14 页）、1937 年第 34 期（14 页）。

13.《顾曲漫话》，迪卿，《十日戏剧》1937 年第 1 卷第 9 期（19 页）。

14.《顾曲偶成》，《鸿光》1923 年第 5 期（20 页）。

15.《顾曲偶缀》，垂云阁主，《北京画报》1927 年第 2 卷第 3 期（14 页）。

16.《顾曲偶缀》，垂云阁主，《南金（天津）》1928 年第 10 期（42—46 页）。

17.《顾曲散记》，管际安，《半月戏剧》1944 年第 5 卷第 4 期（23—25 页）。

18.《顾曲识难》，管际安，《半月戏剧》1943 年第 5 卷第 1 期（2—4 页）。

19.《顾曲识小》，启英，《交通大学日刊》1929 年第 80 期（1 页）。

20.《顾曲四章》，坤犊，《边声周报》1919 年第 1 卷第 19 期（40—41 页）

21.《顾曲随笔》，冯小隐，《戏剧月刊》1929 年第 1 卷第 11 期（33—40 页）、第 12 期（47—53 页）、第 2 卷第 1 期（35—40 页）、第 2 期（53—58 页）、第 9 期（35—41 页）、第 10 期（43—49 页）、第 11 期（37—42 页）、第 3 卷第 2 期（120—126 页）、第 3 期（64—71 页）、第 5 期（130—138 页）。

22.《顾曲随笔》，苏少卿，《金刚画报》1930 年第 1 期（3 页）、第 2 期（1 页）、第 3 期（2 页）、第 4 期（2 页）、第 5 期（2 页）、第 6 期（2 页）、第 7 期（2 页）、第 8 期（1 页）、第 9 期（1 页）、第 10 期（2 页）。

23.《顾曲随笔》，郑过宜，《半月戏剧》1939 年第 2 卷第 6 期（1 页）、1940 年第 2 卷第 8 期（8 页）、第 9 期（1 页）。

24.《顾曲琐言》，舍予，《小说新报》1921 年第 7 卷第 2 期（5—6 页）。

25.《顾曲微言》，执戟郎，《艺府》1938 年第 2 期（22 页）。

26.《顾曲闲评》，礼记，《亚洲商报》1943 年第 28 期（13 页）。

27.《顾曲小谭》，金声，《合川金融年报》1945 年创刊号（122—123 页）。

28.《顾曲小言》，少华，《大观园》1940 年第 2 卷第 3 期（13 页）。

29.《顾曲小言》，我尊，《戏剧旬刊》1936 年第 14 期（2 页）。

30.《顾曲撷华》，塞立人，《立言画刊》1943 年第 230 期（10 页）。

31.《顾曲撷华》，竹间生，《三六九画报》1941 年第 10 卷第 6 期（22 页）。

32.《顾曲新话》，颖陶，《剧学月刊》1934 年第 3 卷第 2 期（20—34 页）。

33.《顾曲雅谑》，漱石，《七天（上海 1914）》1914 年第 2 期（1 页）。

34.《顾曲研究》，叶慕秋，《戏剧旬刊》1936 年第 6 期（6—7 页）。

35.《顾曲余话》，纸帐铜瓶室主，《新闻报》1936 年 8 月 26 日。

36.《顾曲余话》，看云楼主人，《戏剧月刊》1929 年第 1 卷第 8 期（133—136 页）、第 11 期（93—100 页）。

37.《顾曲余谭》，蝶影，《万航周报》1916 年第 1 卷第 3 期（21 页）。

38.《顾曲余谭》，味莼，《戏剧月刊》1928 年第 1 卷第 3 期（129—130 页）。

39.《顾曲杂感》，曲工，《三六九画报》1940 年第 4 卷第 8 期（18 页）。

40.《顾曲杂感》，双蒂，《戏剧月刊》1930 年第 2 卷第 6 期（174 页）。

41.《顾曲杂感》，章廷，《立言画刊》1938 年第 9 期（5—6 页）、第 13 期（9 页）。

42.《顾曲杂谈》，蠡厂，《北京画报》1931 年第 4 卷第 199 期（2 页）、第 5 卷第 220 期（2 页）。

43.《顾曲杂言》，杨草草，《戏剧月刊》1929 年第 1 卷第 10 期（99—105 页）、第 12 期（35—41 页）、第 2 卷第 3 期（127—133 页）。

44.《顾曲杂言》，郑过宜，《戏剧旬刊》1936 年第 12 期（12 页）。

45.《顾曲杂忆》，解渊居士，《快活林》1946 年第 10 期（11 页）。

46.《顾曲杂咏》，誩籛，《天津商报画刊》1936 年第 16 卷第 34 期（2 页）、第 35 期（2 页）、第 17 卷第 17 期（2 页）、第 23 期（2 页）、第 29 期（2 页）、第 44 期（2 页）、第 49 期（2 页）

47.《顾曲杂咏》，籛誩，《天津商报画刊》1936 年第 18 卷第 7 期（2 页）。

48.《顾曲杂志》，郭遏宜，《戏剧画报（上海 1937）》1939 年第 1 期（11 页）。

49.《顾曲杂志》，清明，《半月戏剧》1940 年第 3 卷第 1 期（16 页）。

50.《顾曲卮言》，静庵，《莺花杂志》1915 年第 3 期（219—224 页）。

51.《顾曲卮言》，香如，《繁华杂志》1915 年第 6 期（261—263 页）。

52.《顾曲麈谈》，浦左下工，《申曲画报》1940 年第 131 期（2 页）、第 132 期（2 页）、第 136 期（2 页）、第 137 期（2 页）。

53.《顾曲麈谈》，吴梅述，《小说月报（上海 1910）》1915 年第 5 卷第 3 期（1—4 页）、第 4 期（5—13 页）、第 5 期（15—19 页）、第 6 期（21—27 页）、

第 9 期（39—50 页）、第 10 期（1—5 页）、第 11 期（7—11 页）、第 12 期（13—16 页）、第 6 卷第 1 期（17—22 页）、第 2 期（23—31 页）、第 4 期（39—46 页）、第 5 期（47—52 页）、第 6 期（53—58 页）、第 7 期（59—64 页）、第 8 期（65—74 页）、第 9 期（75—82 页）、第 10 期（83—91 页）。

54.《环龙顾曲后之回忆》，《绍兴戏报》1941 年第 44 期（2 页）。

55.《黄金顾曲记》，公羽，《十日戏剧》1937 年第 1 卷第 6 期（3 页）。

56.《黄金顾曲记》，丽泉，《十日戏剧》1941 年第 3 卷第 4 期（11 页）。

57.《黄金顾曲记》，略缙云，《十日戏剧》1938 年第 1 卷第 22 期（7 页）。

58.《津门顾曲记》，叶志成，《三六九画报》1943 年第 23 卷第 9 期（16 页）、第 11 期（16 页）。

59.《近月顾曲杂评》，榕孙寄，《戏剧春秋》1944 年第 42 期（7—8 页）。

60.《旧都顾曲记》，春明旧侣，《新社会》1933 年第 5 卷第 8 期（24—25 页）。

61.《菊部纪余·顾曲家之公德与程度报癖》，《繁华杂志》1914 年第 4 期（243，245 页）。

62.《丽丽所顾曲记》，正秋，《民立画报》1911 年四月（44—46 页）、四月 51 页。

63.《评戏之商榷》，醉隐，《新天津画报》1940 年第 10 卷第 4 期（2 页）。

64.《榕孙先生"中国顾曲述感"读后》，雅观，《新天津画报》1943 年第 12 卷第 14 期（2 页）。

65.《升社彩排顾曲琐记》，轮齿，《晨风（上海 1939）》1940 年第 2 卷第 2 期（16 页）。

66.《檀板绮闻·顾曲我见》，芍辉，《天津商报画刊》1935 年第 15 卷第 37 期（2 页）、第 43 期（2 页）、第 46 期（2 页）、第 48 期（2 页）、第 49 期（2 页）、第 16 卷第 1 期（2 页）、第 2 期（2 页）、第 3 期（2 页）、第 5 期（2 页）、第 8 期（2 页）、第 11 期（1—2 页）、第 14 期（2 页）、第 16 期（2 页）、1936 年第 16 卷第 18 期（2 页）。

67.《天桥顾曲记》，子通，《语美画刊》1936 年第 15 期（6 页）、1937 年第 17 期（5 页）。

68.《吴门二日记·黎园顾曲》，蝶衣，《联益之友》1931 年第 187 期（6 页）。

69.《新中国顾曲记》，海生，《三六九画报》1942 年第 14 卷第 16 期（27 页）。

70.《燕乐顾曲记》，怪石，《新天津画报》1943 年第 7 卷第 9 期（2 页）。

71.《中国顾曲记》，郑启文，《天声半月刊》1944 年第 17 期（9 页）。

72.《中国顾曲述感》，榕孙，《新天津画报》1943 年第 12 卷第 9 期（2 页）。

73.《周郎顾曲》，《集文杂志》1912 年初编（45 页）。

五　曲记

1.《播音聆曲记》，《天声半月刊》1944 年第 5 期（21 页）。

2.《岑斋读曲记》，邵茗生，《剧学月刊》1934 年第 3 卷第 8 期（138—142 页）、第 9 期（124—132 页）、第 12 期（92—95 页）、1935 年第 4 卷第 3 期（32—33 页）、第 6 期（21—22 页）、第 8 期（33—34 页）。

3.《读曲偶记》，刘雁声，《新民报半月刊》1941 年第 3 卷第 5 期（32 页）。

4.《读曲散记》，何鹏，《逸史》1940 年第 10 期（9—10 页）。

5.《读曲随笔》，赵景深，《奔涛》1937 年第 1 卷第 4 期（181—183 页）。

6.《读曲随笔》，赵景深，《青年作者》1938 年第 2 期（2—3 页）。

7.《读曲随录》，赵景深，《青年作者》1938 年创刊号（2—3 页）。

8.《读曲小识》，卢前，《艺文》1936 年第 1 卷第 1 期（166—177 页）。

9.《读曲杂录》，西谛，《文学（上海 1933）》1934 年第 2 卷第 6 期（1251—1262 页）。

10.《读曲札记》，陈豫源，《舞台艺术》1935 年第 2 期（55—62 页）。

11.《读曲札记之一·关于历史剧》，林小禹，《辅仁文苑》1940 年第 4 期（90—91 页）。

12.《访曲记》，涩斋，《剧学月刊》1934 年第 3 卷第 7 期（160—170 页）。

13.《访曲记》，吴晓铃，《红茶：文艺半月刊》1939 年第 16 期（3—4 页）。

14.《福仙聆曲记》，嘉闻，《十日戏剧》1939 年第 2 卷第 12 期（8 页）。

15.《公余听曲记》，曼霞，《潇湘涟漪》1937 年第 2 卷第 12 期（38—41 页）。

16.《广寒吟曲记》，夏冰，《风月画报》1936 年第 6 卷第 43 期（2 页）。

17.《鸿春社聆曲记》，季敏，《新天津画报》1940 年第 11 卷第 28 期（2 页）。

18.《黄金白天聆曲记》，古愚，《十日戏剧》1939 年第 2 卷第 34 期（5 页）。

19.《记平声曲社》，赵景深，《小说月报（上海 1940）》1940 年第 2 期（10—12 页）。

20.《寂园剩稿·月中听曲记》，石冥山人，《立言画刊》1943 年第 253 期（14 页）。

21.《金兆揆制曲记》，张舜九，《十日戏剧》1938 年第 1 卷第 22 期（14 页）。

22.《六十种曲提纲》，李海子，《立言画刊》1939 年第 22 期（9—10 页）、第 24 期（9—10 页）、第 26 期（5 页）。

23.《落子馆点曲记》，柏雪鹤，《三六九画报》1943 年第 20 卷第 8 期（20 页）、第 9 期（20 页）、第 10 期（20 页）、第 11 期（20 页）。

24.《内阁文库读曲记》，傅芸子，《朔风（北京 1938）》1939 年第 4 期（10—13 页）、第 5 期（8—13 页）。

25.《内阁文库读曲续记》，傅芸子，《留日同学会季刊》1943 年第 2 期（17—29 页）。

26.《瞿安读曲记》，霜厓，《珊瑚》1932 年第 1 卷第 1 期（1—3 页）、第 3 期（1—3 页）、第 5 期（1—3 页）、第 7 期（1—3 页）、第 11 期（1—4 页）、1933 年第 2 卷第 1 期（1—2 页）、第 6 期（1—2 页）、第 8 期（1—3 页）、第 10 期（1—4 页）、第 12 期（1—4 页）、第 3 卷第 1 期（1—2 页）、第 10 期（1—3 页）、第 11 期（1—3 页）、第 12 期（1—4 页）、1934 年第 4 卷第 1 期（1—4 页）、第 2 期（1—4 页）、第 3 期（1—3 页）、第 4 期（1—4 页）、第 5 期（1—3 页）、第 6 期（1—3 页）、第 7 期（1—4 页）、第 8 期（1—4 页）、第 9 期（1—3 页）、第 10 期（1—5 页）、第 11 期（1—6 页）、第 12 期（1—4 页）。

27.《曲家小集记》，一航，《天津商报画刊》1932 年第 5 卷第 4 期（2 页）。

28.《曲林百语》，陈莲森，《东方文化月刊》1938 年第 1 卷第 2 期（64—68 页）。

29.《曲园稿本石藏记》，只园，《国闻周报》1931 年第 8 卷第 3 期（4 页）。

30.《曲园记期》，汪正禾，《杂志》1944 年第 13 卷第 3 期（28—35，42—45 页）。

31.《台中聆曲记》，《南大副刊》1934 年第 42 期（24—25 页）。

32.《谈谈风俗曲》，金受申，《华文北电》1943 年第 3 卷第 11 期（10 页）。

33.《校辑明人时曲札记》，傅芸子，《艺文杂志》1944 年第 2 卷第 12 期（35—37 页）。

34.《新秋聆曲记》，洗耳，《中行生活》1934 年第 31 期（769 页）。

35.《星俦聆曲记》，春星，《春华》1925 年第 12 期（2 页）。

36.《夜漫漫齐读曲记》，顾随，《文学年报》1937 年第 3 期（25—29 页）。

37.《银联曲叙记》，赵景深，《万象》1941 年第 1 卷第 5 期（60—62 页）。

38.《元宵听曲记》，少卿，《游戏世界》1922 年第 10 期（1—5 页）。

39.《长安聆曲记》，合龙，《立言画刊》1940 年第 83 期（14 页）。

40.《中南聆曲记》，黄华，《凤鸣播音月刊》1939 年第 2 期（11 页）。

六　曲语、曲说

1.《盾墨余渖曲语》，陈铁笙，《精武》1926 年第 51 期（81—82 页）。

2.《旧萝曲语》，任二北，《紫罗兰》1926 年第 1 卷第 7 期（1—4 页）。

3.《曲语·粤曲中之新文化》，陈铁笙，《精武》1924 年精武特刊（25—26 页）。

4.《听曲忆语》，横云阁主，《百美图》1939 年第 1 卷第 2 期（1 页）。

5.《改良戏曲说》，娱叟，《智囊》1931 年卷 1（31—32 页）。

6.《龟盦说曲》，寒云，《戏杂志》1922 年第 4 期（108—109 页）。

7.《寒云说曲》，寒云，《游戏世界》1921 年第 1 期（1—2 页）、第 2 期（1—2 页）、第 3 期（1—2 页）、第 4 期（1—2 页）。

8.《梅庵说曲》，癯公，《戏杂志》1922 年第 5 期（49—51 页）、1923 年第 6 期（33—35 页）。

9.《戏曲溯源》，宣南蝼客，《精武》1924 年第 41 期（11—14 页）。

10.《说曲》，寒云，《新声》1921 年第 2 期（82 页）。

11.《中国戏曲退步说》，李镜澄，《音乐教育》1934 年第 2 卷第 8 期（34—36 页）。

12.《曲律约言》，方肖孺，《戏剧月刊》1929 年第 2 卷第 2 期（31—36 页）。

13.《曲与词之别》，《游戏世界》1922 年第 11 期（2—3 页）。

14.《由诗至词由词至曲》，钱南扬，《战时中学生》1940 年第 2 卷第 3 期（30—36 页）。

15.《唐代俗讲所给予近代戏曲之影响》，佟晶心，《东方文化月刊》1938 年第 1 卷第 7 期（31—39 页）。

（作者单位：南京师范大学文学院）

全民国剧话考录（中）

杨宇峰　蔡晓伟

　　于《民国旧体文学·第一辑》中我们已对全民国剧话目录有部分考索，于此再附录民国期刊中所考索出的"剧谈""剧谭""戏谈"三者。其中由于"剧谈"与"剧谭"二者字义虽同，但有大量的异体书写存在，故分为两部分。

一、剧谈

　　1.《安乐窝剧谈录》,《中国艺坛画报》1939年第1期（1页）、第2期（1页）、第3期（1页）、第4期（1页）、第5期（1页）、第6期（1页）、第7期（1页）、第8期（1页）、第9期（1页）、第10期（1页）、第11期（1页）、第12期（1页）、第13期（1页）、第14期（1页）、第15期（1页）、第16期（1页）、第17期（1页）、第18期（1页）、第19期（1页）、第20期（1页）、第21期（1页）、第22期（1页）、第23期（1页）、第24期（1页）、第25期（1页）、第26期（1页）、第27期（1页）、第28期（1页）、第29期（1页）、第30期（1页）、第32期（1页）、第33期（1页）、第34期（1页）、第35期（1页）、第36期（1页）、第37期（1页）、第38期（1页）、第39期（1页）、第40期（1页）、第41期（1页）、第42期（1页）、第43期（1页）、第44期（2页）、第45期（2页）、第46期（2页）、第47期（2页）、第48期（2页）、第49期（2页）、第50期（2页）、第51期（2页）、第52期（2页）、第53期（2页）、第54期（2页）、第55期（2页）、第56期（2页）、第57期（2页）、第58期（2页）、第59期（2页）、第60期（2页）、第61期（2页）、第62期（2页）、第63期（2页）、第64期（2页）、第65期（2页）、第66期（2页）、第67期（2页）、第68期（2页）、第70期（2页）、第71期（2页）、第72期（2页）、第73

期（2 页）、第 74 期（2 页）、第 75 期（2 页）、第 76 期（2 页）、第 77 期（2 页）、第 78 期（2 页）、第 79 期（2 页）、第 80 期（2 页）、第 81 期（2 页）、第 82 期（2 页）、第 83 期（2 页）、第 84 期（2 页）、第 85 期（2 页）、第 86 期（2 页）、第 87 期（2 页）、第 88 期（2 页）、第 89 期（2 页）、第 90 期（2 页）、第 91 期（2 页）、第 92 期（2 页）、第 93 期（2 页）、第 94 期（2 页）、第 95 期（2 页）、第 96 期（2 页）、第 97 期（2 页）、第 98 期（2 页）、第 99 期（2 页）、第 100 期（2 页）、第 101 期（2 页）、第 102 期（2 页）、第 104 期（2 页）。

2.《八月剧谈》，谭锋，《新都周刊》1943 年第 24 期（14—15 页）。

3.《半月剧谈》，《新民报半月刊》1942 年第 4 卷第 9 期（49 页）、第 11 期（48 页）、第 13 期（43 页）。

4.《采风录》，樊山，《国闻周报》1928 年第 5 卷第 24 期（1 页）。

5.《长啸宇宙室剧谈》，《金声》1947 年第 20 期（3 页）。

6.《初春寒甚大至过我剧谈即送其北行吴昌硕》，《沧海》1925 年第 10 期（1—2 页）。

7.《春风馆剧谈》，《戏报》1936 年第 6 期（2 页）、第 7 期（2 页）、第 8 期（2 页）、第 9 期（2 页）。

8.《澹庵剧谈》，《新剧杂志》1914 年第 1 期（78—80 页）。

9.《端虚堂诗稿》，梁公约，《学衡》1931 年第 75 期（102 页）。

10.《分绿亭剧谈》，《戏剧半月刊（山东）》1936 年第 1 卷第 7 期（7 页）。

11.《粉墨春秋》，《小铎》1917 年第 152 期（0—1 页）。

12.《歌场》，杨亦墨，《游戏世界》1921 年第 5 期（8—10 页）。

13.《歌舞小志》，何海鸣，《游戏世界》1922 年第 19 期（1—6 页）、第 21 期（1—4 页）、第 22 期（1—3 页）。

14.《各家剧谈录》，聊公，《立言画刊》1945 年第 345 期（2 页）。

15.《耕尘舍剧谈》，云间胡涂，《滑稽时报》1915 年第 3 期（120—123 页）。

16.《古今剧谈》，《剧学月刊》1935 年第 4 卷第 1 期（26—30 页）。

17.《关于情话》，阿蒙，《新世纪》1946 年第 1 期（12 页）。

18.《归过长安自正前误去时与粥叟剧谈当年县令吴德潇被戕之奇惨为今同伴雨青君之先公松坪先生所目击者》，《广益杂志》1919 年第 5 期（63 页）。

19.《黑老剧谈》，《戏迷传》1939 年第 2 卷第 1 期（3 页）、第 3 期（11 页）；1940 年第 3 卷第 1 期（5 页）；1941 年春节特刊（2—3 页）；1942 年春节特刊票友专号（7 页、11—12 页）。

20.《花萼楼浪漫剧谈》，姚民哀，《戏剧月刊》1929 年第 1 卷第 11 期（133—139 页）。

21.《花景楼剧谈》，今醉，《红玫瑰画报》1928 年第 2 期（1 页）。

22.《花影楼剧谈》，姜公，《沪声》1936 年第 1 卷第 4 期（5 页）、第 5 期（4 页）。

23.《滑稽的剧谈》，芙孙，《快活》1922 年第 7 期（4 页）、第 8 期（14 页）。

24.《滑稽剧谈》，《游艺报》1948 年第 6 卷第 4 期（4 页）。

25.《话雨楼剧谈》，《歌场新月》1913 年第 1 期（40—54 页）、第 2 期（46 页、48—55 页、57—64 页）。

26.《棘里歌庐剧谈》，小渔，《梨花杂志》1924 年第 1 期（74—76 页）。

27.《记吴稚晖先生之伦敦剧谈》，啸天，《新剧杂志》1914 年第 1 期（89—91 页）。

28.《江南乐园：剧谈》，钦墨，《江南汽车旬刊》1937 年第 70 期（6 页）。

29.《介玉室剧谈》，顾心梅，《戏迷传》1939 年第 2 卷第 4 期（8 页）、第 6 期（9 页）、第 7 期（9 页）、第 8 期（8 页）。

30.《京剧》，《戏杂志》1922 年创始号（10—12 页）、第 5 期（34—35 页）。

31.《九畹室剧谈》，舜九，《戏剧月刊》1930 年第 1 卷第 12 期（169—177 页）、第 2 卷第 3 期（171—182 页）、第 4 期（89—101 页）、第 5 期（157—162 页）、第 6 期（97—103 页）。

32.《旧剧谈丛》，《立言画刊》1939 年第 38 期（6—7 页）、第 64 期（14 页）、第 66 期（8 页）、第 99 期（13 页）。

33.《菊部剧谈录》，謬公，《春柳》1918 年第 1 期（17—19 页）、1919 年第 2 期（20—23 页）。

34.《剧评：求幸福斋剧谈》，海鸣，《民权素》1914 年第 1 期（1—5 页）。

35.《剧趣：丽丽所剧谈》，正秋，《民权素》1914 年第 3 期（1—6 页）。

36.《剧谈：昆曲概言》，晦庵，《空中语》1915 年第 1 期（1—3 页）、第 2 期（1—4 页）。

37.《剧谈：影戏杂谈霁庵》，《俭德储蓄会月刊》1921 年第 3 卷第 4 期（142—145 页）、第 5 期（110—111 页）。

38.《"剧谈"之我见》，徐筱汀，《骆驼画报》1928 年第 50 期（1 页）。

39.《剧谈》（续），耿钧，《丁丁画报》1928 年第 3 期（3 页）。

40.《剧谈》，《晨报副刊》1921 年第 10 月 16 日（1—2 页）、10 月 18 日（3 页）、10 月 19 日（3 页）、10 月 20 日（3 页）、10 月 21 日（3 页）、10 月 25 日（2 页）、10 月 26 日（2 页）、10 月 27 日（2—3 页）、11 月 6 日（2—3 页）、11 月 14 日（2—3 页）、12 月 5 日（3 页）；1922 年 1 月 9 日（2—3 页）、1 月 11 日（2—3 页）、2 月 21 日（2—3 页）、2 月 22 日（2—3 页）、3 月 12 日（3 页）、3 月 13 日（3 页）、3 月 14 日（3 页）、3 月 24 日（3 页）、4 月 7 日（4 页）、4 月 8 日（3—4 页）、4 月 11 日（2—3 页）、4 月 26 日（3 页）、5 月 11 日（3—4 页）、6 月 22 日（3—4 页）、6 月 23 日（3—4 页）、8 月 31 日（3—4 页）、10 月 19 日（3—4 页）、11 月 6 日（3 页）、11 月 21 日（3—4 页）、12 月 11 日（3 页）；1923 年 2 月 1 日（2—3 页）、7 月 9 日（4 页）、12 月 3 日（4 页）、12 月 5 日（4 页）、12 月 14 日（4 页）；1924 年 1 月 6 日（4 页）、1 月 26 日（3—4 页）、1 月 27 日（3—4 页）、1 月 29 日（3—4 页）、2 月 20 日（3—4 页）、2 月 22 日（3 页）、3 月 2 日（3 页）、3 月 3 日（4 页）、3 月 10 日（3—4 页）、3 月 12 日（3—4 页）、4 月 7 日（2—3 页）、4 月 9 日（2—3 页）、5 月 2 日（2—3 页）、5 月 6 日（2—3 页）、5 月 13 日（2—3 页）、5 月 19 日（3—4 页）、5 月 23 日（2—3 页）。

41.《剧谈》，阿严，《滑稽时报》1915 年第 3 期（114—118 页）。

42.《剧谈》，《剧场月报》1914 年第 1 卷第 1 期（16—33 页）、第 2 期（20—49 页）；1915 年第 1 卷第 3 期（31—42 页）。

43.《剧谈》，《剧学月刊》1935 年第 4 卷第 2 期（30—33 页）。

44.《剧谈》，《立言画刊》1939 年第 40 期（8 页）。

45.《剧谈》，《三六九画报》1943 年第 22 卷第 6 期（20 页）。

46.《剧谈》，《社会教育星期报》1927 年第 637 期（6 页）、1928 年第 661 期（10—11 页）、第 678 期（8—9 页）。

47.《剧谈》，《社会教育星期报》1927 年第 648 期（8—9 页）、1928 年第 678 期（9 页）。

48.《剧谈》，《社会之花》1924 年第 1 卷第 2 期（1—2 页）。

49.《剧谈》，《朔望》1914 年第 1 期（1—5 页）。

50.《剧谈》，《戏世界》1947 年第 326 期（5 页）。

51.《剧谈》，《消闲月刊》1921 年第 1 期（64—66 页、75—78 页、86—87

页）、第 2 期（90—92 页）、第 3 期（27—30 页）、第 3 期（91—95 页）、第 4 期（23—26 页）。

52.《剧谈》，《小铎》1917 年第 79 期（？—1 页）、第 85 期（？—1 页）、第 87 期（1 页）。

53.《剧谈》，《星期小说》1911 年第 113 期（47 页）。

54.《剧谈》，《亚东小说新刊》1914 年第 1 期（1—2 页）。

55.《剧谈》，《一四七画报》1947 年第 11 卷第 1 期（13 页）、第 12 卷第 2 期（13—14 页）、第 3 期（12—13 页）、第 4 期（12—13 页）、第 9 期（12 页）、第 10 期（14 页）、第 11 期（13 页）、第 12 期（12 页）。

56.《剧谈》，《亦报图画》1912 年第 1 期（1 页）。

57.《剧谈》，《游戏杂志》1914 年第 1 期（1 页、5—6 页）、第 9 期（1—10 页）、第 10 期（1—8 页）。

58.《剧谈》，《游艺杂志》1915 年第 1 期（1—3 页）。

59.《剧谈》，《余兴》1915 年第 10 期（133—137 页）；1916 年第 14 期（118—124 页）、第 17 期（107—108 页）、第 19 期（137—140 页）、第 21 期（123—130 页）、第 22 期（101—119 页）、第 23 期（79—83 页）；1917 年第 25 期（94—96 页）、第 26 期（82—88 页）、第 27 期（147—151 页）、第 29 期（98—103 页）、第 30 期（80—84 页）。

60.《剧谈》，《娱闲录：四川公报增刊》1914 年第 2 期（41—44 页）、第 3 期（45—48 页）、第 4 期（55—58 页）、第 5 期（49—51 页）、第 6 期（49—51 页）、第 6 期（51—54 页）、第 7 期（49—52 页）、第 8 期（51—53 页）、第 9 期（51—52 页）、第 10 期（53—56 页）、第 11 期（51—52 页）。

61.《剧谈》，白雪，《三六九画报》1943 年第 22 卷第 7 期（20 页）。

62.《剧谈》，林老拙，《雅歌集》1925 年第 1 期（1—3 页）。

63.《剧谈》，圣木寄生，《近思》1924 年第 14 期（53—56 页）。

64.《剧谈》，天马山人，《国际新闻画报》1946 年第 61 期（7 页）。

65.《剧谈》，曾煦伯，《约翰声》1918 年第 29 卷第 1 期（20—23 页）。

66.《剧谈》，仲英，《礼拜六》1923 年第 200 期（42—43 页）。

67.《剧谈》，周文，《研经社杂志》1922 年第 2 期（4 页）。

68.《剧谈二则》，田鲁，《戏剧岗位》1941 年第 3 卷第 3、4 期（29 页）。

69.《剧谈偶意》，《风月画报》1934 年第 3 卷第 36 期（1 页）。

70.《剧谈散笔》,《立言画刊》1941 年第 127 期（11 页）、第 137 期（11 页）、第 139 期（12 页）。

71.《剧谈随笔》,《立言画刊》1941 年第 121 期（10 页）。

72.《剧谈随笔》,凌齐汉阁生,《新河北》1942 年第 3 卷第 6 期（56 页）。

73.《剧谈血孤》,《三六九画报》1942 年第 13 卷第 14 期（23 页）。

74.《剧谈一滴》,《民鸣月刊》1937 年第 1 卷第 4 期（85 页）。

75.《剧谭》,《骆驼画报》1928 年第 47 期（1 页）。

76.《开场白：剧谈》,鸳,《戏剧半月刊（山东）》1936 年第 1 卷第 5 期（3 页）。

77.《开场白：剧谈》,远,《戏剧半月刊（山东）》1936 年第 1 卷第 6 期（2 页）。

78.《莱苏氏剧谈》,《图画剧报》1913 年第 173 期（1 页）。

79.《龙镶谈剧：谈戏中的男扮女装》,《天地人》1947 年第 3 期（11 页）、第 4 期（11—12 页）。

80.《梅花轩主剧谈》,《立言画刊》1939 年第 59 期（10 页）。

81.《慕云剧谈》,徐慕灵,《戏剧月刊》1928 年第 1 卷第 5 期（75—78 页）。

82.《女伶月旦》,《香艳杂志》1915 年第 7 期（1—6 页）。

83.《偶虹谈剧》,《立言画刊》1945 年第 328 期（2 页）。

84.《青枫阁》,《大观园·都会》1939 年第 1 期（14 页）。

85.《情剧》,《江东杂志》1914 年第 2 期（5—6 页）。

86.《穷巷剧谈：失街亭（附表）》,胡憨珠,《戏剧月刊》1928 年第 1 卷第 1 期（143—153 页）。

87.《秋风馆剧谈》,《白相朋友》1914 年第 8 期（1—3 页）。

88.《秋风馆剧谈》,《新剧杂志》1914 年第 1 期（67—71 页）。

89.《求幸福斋剧谈》,何海鸣,《游戏世界》1923 年第 24 期（13—16 页）。

90.《三层楼剧谈》,《中国艺坛画报》1939 年第 34 期（2 页）、第 37 期（1 页）、第 39 期（2 页）。

91.《上海剧谈》,《万岁杂志》1932 年第 1 卷第 2 期（70—71 页）。

92.《述欢草庐剧谈》,竹溯,《上海》1915 年第 1 卷第 1 期（188—191 页）。

93.《霜红楼剧谈》,徐燕孙,《立言画刊》1939 年第 41 期（4—5 页）、第 44 期（18 页）。

94.《四树堂谈剧：谈人谱》,《立言画刊》1942 年第 193 期（3 页）。

95.《四树堂谈剧：谈戏品》,《三六九画报》1942 年第 13 卷第 16 期

（21页）。

96.《谈剧》，《一四七画报》1946年第5卷第10期（14页）。

97.《谈四郎探母》，张啸宇，《金声》1947年第21—22期（5页）。

98.《特写：剧谈》，燕子，《一四七画报》1946年第3卷第3期（14页）。

99.《题陈燕方根香庐剧谈》，《同南》1917年第6期（71—72页）。

100.《天水轩剧谈》，天水，《歌场新月》1913年第2期（68—76页）。

101.《天水轩剧谈叙》，王笠民，《歌场新月》1913年第2期（66—67页）。

102.《味菊轩剧谈》，吴春燕，《戏剧半月刊（山东）》1936年第1卷第7期（4页）。

103.《戏剧专叶》（第二期），惜云，《风月画报》1935年第5卷第20期（2页）。

104.《戏剧专叶》（第十五期），鸥艇春风，《风月画报》1935年第6卷第4期（2页）。

105.《侠公剧谈》，《立言画刊》1939年第56期（7页）；1940年第104期（8页）、第109期（13页）。

106.《侠公剧谈》，《明报画刊》1948年第1—3期（5页）。

107.《乡村剧谈》，《戏剧月刊》1928年第1卷第1期（195—200页）。

108.《小织帘馆剧谈》，沈士英，《戏剧春秋》1943年第13期（2页）、第34期（1页）；1944年第48期（3页）。

109.《啸虹轩剧谈》，《大共和日报》1914年9月（11页）、12月（28页）。

110.《啸庐剧谈》，《骆驼画报》1928年第1卷第1期（94—96页）、第42期（1页）、第43期（1页）、第44期（1页）、第48期（1页）。

111.《新旧剧谈》，剑夫，《南纵特刊》1943年3月（23—24页）。

112.《新剧潮流》，雪泥，《繁华杂志》1914年第4期（240—241页）。

113.《星期六剧谈》，《立言画刊》1939年第16期（12页）、第17期（8页）、第18期（6页）、第20期（7页）、第21期（9页）、第24期（10页）、第26期（5页）、第27期（5页）、第28期（5页）、第29期（8页）、第30期（5页）、第31期（4页）、第32期（6页）、第33期（5页）、第35期（4页）、第39期（7页）、第45期（6页）、第55期（6页）、第60期（6页）；1940年第69期（5页）、第73期（11页）、第90期（7页）、第91期（11页）、第99期（9页）、第107期（11页）、第115期（11页）、第118期（16页）；1941年第120期（12

页）、第 121 期（13 页）、第 123 期（11 页）、第 124 期（9 页）、第 125 期（13 页）、第 126 期（9 页）、第 127 期（9 页）、第 132 期（10 页）、第 159 期（8 页）、第 162 期（9 页）、第 163 期（8 页）、第 164 期（7 页）、第 165 期（5 页）、第 166 期（8 页）、第 167 期（5 页）、第 168 期（8 页）、第 170 期（8 页）；1942 年第 174 期（9 页）、第 175 期（8 页）、第 178 期（7 页）；1943 年第 251 期（6 页）。

114.《修文轩剧谈》，孙修文，《戏世界月刊》1935 年第 1 卷第 1 期（58—60 页）、第 2 期（23—26 页）。

115.《研归斋剧谈》，《立言画刊》1945 年第 338 期（5 页）。

116.《一得轩剧谈》，《美丽画报》1948 年第 75 期（3 页）。

117.《一捧雪剧谈》，铁罗汉，《京戏杂志》1936 年第 9 期（11 页）。

118.《怡鸿轩剧谈》，章怡庭，《戏剧周刊（苏州）》1923 年第 9 期（3 页）。

119.《艺剧谈》，《社会教育星期报》1915 年第 1 期（9—12 页）、第 2 期（8—11 页）、第 3 期（11 页）、第 4 期（10—11 页）、第 5 期（8—11 页）、第 6 期（8—11 页）、第 7 期（10—11 页）、第 8 期（7—11 页）、第 9 期（11 页）、第 10 期（10—11 页）、第 11 期（9 页）。

120.《艺坛片影》，《娱闲录：四川公报增刊》1915 年第 12 期（1—2 页）、第 13 期（52—53 页）、第 14 期（54—56 页）、第 15 期（63—65 页）。

121.《艺文》，《新中国》1919 年第 1 卷第 5 期（231 页）。

122.《银星剧团全员随笔集》，顾兰君，《电影画报》1944 年第 8 卷第 1 期（63—64 页）。

123.《有居剧谈》，吴筱兰、陈德珍，《戏世界（上海）》1944 年第 4032 期（3 页）。

124.《有乐居剧谈》，陈德珍，《戏世界（上海）》1944 年第 4034 期（3 页）。

125.《愚庵剧谈》，刘少愚，《戏剧月刊》1928 年第 1 卷第 6 期（169—170 页）。

126.《与光武午夜剧谈感赋一律》，伍藻池，《民大导报》1943 年第 11 期（28 页）。

127.《云尘剧谈》，菊蝶，《沪江月》1918 年第 1 期（21—22 页）。

128.《杂论：修文轩剧谈》，孙澹厂，《戏世界月刊》1936 年第 1 卷第 3 期（27—28 页）。

129.《中国旧剧谈笑》，翳余，《新十一中》1931 年创刊号（118—121 页）。

130.《缀玉轩剧谈》，舍凉，《吉普》1946 年第 15 期（5 页）。

131.《自拉官唱斋主剧谈》,《艺海周刊》1939 年第 1 期（6—8 页）。

132.《自拉自唱斋剧谈》,《艺海周刊》1939 年第 5 期（8 页）、第 12 期（8 页）。

133.《醉月楼剧谈》,埃布尔,《艺府》1938 年第 1 期（6 页）。

二、剧谭

1.《凹凸——剧谭》,扫边老生,《戏剧与电影》1934 年第 1 卷第 1 期（10—11 页）。

2.《尘庐剧谭》,《戏剧周刊（苏州）》1923 年第 4 期（3 页）。

3.《尺波楼诗录》,《进步》1915 年第 8 卷第 2 期（33 页）。

4.《垂云室剧谭》,程孤帆,《戏剧周刊（苏州）》1923 年第 3 期（3 页）。

5.《春梦庵剧谭》,黄栩园,《戏剧周刊（苏州）》1923 年第 2 期（2 页）、第 3 期（2 页）、第 4 期（2 页）、第 6 期（2 页）。

6.《澹盦剧谭》,澹盦,《上海》1915 年第 1 卷第 1 期（184—185 页）。

7.《的笃轩剧谭》,七斤叔,《国际新闻画报》1947 年第 72 期（5 页）。

8.《读者论坛小菊香馆剧谭》,《江西梨影丛刊》1936 年第 2 期（6—12 页）。

9.《广东旅津同乡会主办义剧》,《戏世界》1947 年第 316 期（3 页）。

10.《归研斋剧谭》,《立言画刊》1945 年第 332 期（2 页）、第 333 期（2 页）、第 334 期（2 页）、第 335 期（2 页）、第 339 期（3 页）、第 340 期（4 页）、第 344 期（4 页）。

11.《海外剧谭》,《青年进步》1929 年第 128 期（80 页）。

12.《花萼楼浪漫剧谭》,《戏剧月刊》1929 年第 2 卷第 2 期（199—211 页）、第 8 期（115—128 页）。

13.《滑稽剧谭》,姚民哀,《戏剧月刊》1928 年第 1 卷第 3 期（187—190 页）。

14.《话雨楼剧谈》,《歌场新月》1913 年第 1 期（38 页）、第 2 期（50—52 页）。

15.《记进德会剧场法门寺佳剧》,《戏剧半月刊（山东）》1936 年第 1 卷第 6 期（9 页）。

16.《技艺:剧谭》,《金粟报》1924 年第 1 期（8 页）。

17.《健寿馆剧谭》,《三六九画报》1943 年第 21 卷第 2 期（21 页）。

18.《津门梅剧谭》,思澄士,《立言画刊》1942 年第 177 期（14 页）。

19.《旧剧谭丛》,四戒堂主人,《立言画刊》1939 年第 55 期（4—5 页）。

20.《剧谭（续）》,耿钧,《丁丁画报》1928 年第 3 期（5 页）。

21.《剧谭》,《俭德储蓄会月刊》1921 年第 3 卷第 1 期（133—136 页）。

22.《剧谭》,《青声周刊》1917 年第 1 期（12—14 页）、第 2 期（11—12 页）、第 3 期（11—13 页）、第 4 期（8—9 页）、第 5 期（6—8 页）、第 6 期（4—6 页）、第 7 期（4—6 页）; 1918 年第 8 期（2—4 页）、第 9 期（3—5 页）、第 10 期（4—6 页）。

23.《剧谭》,《消闲月刊》1921 年第 5 期（82—84 页）。

24.《剧谭》,《醒狮》1925 年第 54 期（4 页）、1926 年第 66 期（4 页）。

25.《剧谭》,《豫言》1917 年第 1 期（4—5 页）、第 2 期（4—5 页）、第 3 期（4—5 页）、第 4 期（4—5 页）、第 5 期（4 页）、第 6 期（4 页）、第 7 期（4 页）、第 8 期（4—5 页）、第 9 期（4—5 页）、第 12 期（5—7 页）、第 14 期（5 页）、第 15 期（5—6 页）、第 18 期（5 页）、第 19 期（5—6 页）、第 24 期（5 页）、第 27 期（5 页）、第 28 期（4—5 页）、第 29 期（5 页）、第 30 期（5—6 页）、第 51 期（5—6 页）、第 52 期（5—6 页）。

26.《剧谭》, 1928 年第 47 期（1 页）、第 49 期（1 页）。

27.《剧谭记琐》,《燕京新闻》1944 年第 10 卷第 17 期（3 页）。

28.《烂葡萄馆剧谭》,笑鸿,《中华画报》1931 年第 1 卷第 1 期（3 页）、第 2 期（2 页）、第 9 期（2 页）。

29.《老刘剧谭》,《图画剧报》1913 年第 175 期（0 页）。

30.《绿梅花馆剧谭》,陈蝶衣,《戏剧月刊》1930 年第 2 卷第 12 期（162—166 页）。

31.《门外剧谭》,门外汉,《戏》1938 年第 1 期（3 页）、第 4 期（1—2 页）、第 5 期（11 页）。

32.《面部表情图片》,《剧学月刊》1932 年第 1 卷第 5 期（4 页）。

33.《磨剑室剧谭》,亚子,《白相朋友》1914 年第 5 期（1—5 页）、第 7 期（1—6 页）。

34.《磨剑室剧谭》,亚子,《新剧杂志》1914 年第 1 期（62—67 页）、第 2 期（79—85 页）。

35.《青枫阁剧谭》,《戏剧周报》1936 年第 1 卷第 4 期（7 页）、第 5 期（6 页）、第 7 期（6 页）、第 8 期（7 页）、第 9 期（7 页）。

36.《青枫阁剧谭》,枫生,《戏剧周报》1936 年第 1 卷第 10 期（6 页）。

37.《瘿影室剧谭》,《娱闲录:四川公报增刊》1915 年第 21 期（63—64 页）。

38.《润州小舍剧谭》,王举东,《民间旬刊》1931 年第 31、32 期（22—28 页）。

39.《寿春壶斋剧谭》,《海光（上海 1948）》1948 年复刊第 2 期（12 页）。

40.《说剧》,徐兰沅,《立言画刊》1944 年第 277 期（2 页）。

41.《邃庐剧谭》,李右夷,《雅歌集》1925 年第 1 期（1—2 页）。

42.《天行室剧谭》,健厂,《戏杂志》1922 年第 4 期（65—66 页）。

43.《望云楼剧谭》,《戏剧月刊》1929 年第 1 卷第 8 期（43—45 页）、第 2 卷第 2 期（159—163 页）。

44.《檐樱书屋剧谭》,《戏世界》1947 年第 313 期（6 页）。

45.《一得轩剧谭》,一得轩主,《美丽画报》1948 年第 79 期（4 页）、第 82 期（3 页）、第 88 期（1 页）、第 90 期（1 页）。

46.《吟碧馆剧谭》,《戏剧月刊》1930 年第 2 卷第 7 期（141—147 页）。

47.《闲闲齐剧谭》,汝南,《民国新闻》1913 年第 53 期（3 页）。

48.《闲闲斋剧谭》,《新闻画报（上海）》1913 年上（48 页）。

49.《闲之斋剧谭》,《民国新闻》1913 年第 56 期（1 页）。

50.《小生剧谭》,何时希,《是非》1946 年第 8 期（10 页）。

51.《檐樱剧谭》,《戏世界》1947 年第 298 期（5 页）、第 315 期（5 页）。

三、戏谈

1.《哀梨室戏谈》,豁公,《戏剧月刊》1928 年第 1 卷第 4 期（43—46 页）。

2.《哀梨室戏谈》,豁公,《戏杂志》1922 年尝试号（79—83 页）。

3.《哀梨室戏谈》,豁公,《新声》1921 年第 3 期（57—60 页）、第 4 期（72—74 页）、第 5 期（54—57 页）、第 6 期（48—51 页）、第 9 期（50—52 页）;1922 年第 8 期（67—68 页）。

4.《哀梨室戏谈》,刘豁公,《礼拜六》1921 年第 119 期（33—34 页）。

5.《哀梨室戏谈》,刘豁公,《雅歌集》1925 年第 1 期（1—11 页）。

6.《哀梨室戏谈》，刘豁公，《游戏世界》1921 年第 3 期（6—8 页）、第 4 期（5—8 页）、第 5 期（3—7 页）。

7.《不懂戏谈戏》，若梅，《王熙春与文素臣》1939 年（65—66 页）。

8.《从唱京戏谈到拍电影》，李慧芳，《影迷俱乐部》1948 年第 4 期（10 页）。

9.《从改良文明戏谈到观音戏》，陈奕，《社会月报》1934 年第 1 卷第 3 期（92—96 页）。

10.《从猴子戏谈起曦东》，《胶东大众》1946 年第 41 期（5—6 页）。

11.《从绍兴戏谈到越中三绝》，张小四，《越中三绝》1939 年 2 月（25—27 页）。

12.《道听途说的戏谈》，菰香，《剧学月刊》1933 年第 2 卷第 12 期（88—105 页）。

13.《风雨斋影戏谈》，邓树滋，《礼拜六》1921 年第 126 期（35—37 页）。

14.《各家戏谈录：王福寿之谈剧（一）》，聊公，《立言画刊》1945 年第 344 期（2 页）。

15.《黄桂秋访问记》，《黄桂秋特刊》1941 年特刊（1—2 页）。

16.《黄华琐谈》，《戏剧月刊》1930 年第 2 卷第 5 期（81—83 页）。

17.《津门影戏谈》，许吟花，《礼拜六》1922 年第 191 期（25—27 页）。

18.《津门影戏谈》，许吟花，《礼拜六》1923 年第 200 期（100—102 页）。

19.《九畹室戏谈》，《戏剧月刊》1930 年第 3 卷第 3 期（164—172 页）。

20.《剧谈：凌霄汉阁戏谈》，《余兴》1916 年第 21 期（124—127 页）、第 22 期（104—109 页）、第 23 期（79—83 页）；1917 年第 26 期（82—85 页）、第 27 期（147—148 页）、第 29 期（98—100 页）。

21.《剧谈》，《消闲月刊》1921 年第 2 期（90—92 页）。

22.《看戏谈戏》，丁若高，《文艺新闻》1939 年第 2 期（3 页）。

23.《凌霄阁戏谈》，《影与戏》1937 年第 1 卷第 17 期（16 页）。

24.《绿绮轩戏谈》，陈敬我，《戏剧月刊》1928 年第 1 卷第 1 期（125—128 页）。

25.《乱七八糟的本戏谈》，漱六山房，《戏剧月刊》1930 年第 2 卷第 11 期（93—97 页）。

26.《穷巷戏谈》，憨珠，《艺府》1938 年第 1 期（4 页）。

27.《失传老戏谈》，略翁偶虹，《杂志》1943 年第 10 卷第 5 期（196—197 页）。

28.《武松戏谈荟》,《戏迷传》1940 年第 3 卷第 1 期（8 页）。

29.《戏谈》,九叔,《戏海》1937 年第 1 期（8—9 页）。

30.《戏谈鸿门宴他人》,《都会》1939 年第 14 期（327 页）。

31.《徐州戏谈》,苏少卿,《戏剧周刊（苏州）》1923 年第 1 期（1 页）、第 2 期（0 页）。

32.《一鳞半爪的戏谈》,俞振飞,《戏迷传》1939 年第 2 卷第 2 期（3 页）。

33.《逸庐戏谈》,刘龙光,《戏剧月刊》1929 年第 1 卷第 7 期（113—114 页）。

34.《应节戏谈》,竹萱,《三六九画报》1943 年第 21 卷第 11 期（21 页）。

35.《影戏谈》,湘夫《游戏世界》1921 年第 5 期（14—16 页）。

36.《由编剧谈到新戏再由新戏谈到南北环境之不同》,秀珊,《百美图》1939 年第 1 卷第 4 期（1 页）。

37.《由看戏谈到译戏》,夏索以,《春潮（上海）》1929 年第 1 卷第 5 期（59—70 页）。

38.《由看戏谈到做工》,秀珊,《百美图》1939 年第 1 卷第 2 期（1 页）。

39.《由帽戏谈到金少山步堂》,《三六九画报》1940 年第 4 卷第 10 期（19—20 页）。

40.《由淫戏谈到戏中风化》,《戏世界》1948 年第 372 期（8 页）。

41.《由纸戏谈到日本的儿童教育》,亨茂,《新生周刊》1934 年第 1 卷第 25 期（5—6 页）。

42.《渝州影戏谈》,刘玉笙,《最小》1923 年第 2 卷第 57 期（6—7 页、9 页）。

43.《中国影戏谈》,楼一叶,《最小》1923 年第 2 卷第 53 期（6—7 页、9 页）。

44.《中国影戏谈》,彦云,《戏杂志》1922 年第 5 期（92 页）。

45.《中国影戏谈》,殷明珠海上说梦人,《快活》1922 年第 9 期（1—5 页）。

46.《戏评画苑:闲闲斋剧谭》,《时事新报画报》1912 年 7 月（14 页）。

47.《侠公谈剧》,《立言画刊》1938 年第 4 期（4 页）、1940 年第 111 期（10 页）。

（作者单位:南京师范大学文学院）

南溪精舍词话

冯永军

冯永军先生已经于创刊号刊登《南溪精舍词话》论近现代词部分。于此再刊登部分，以飨学人。

五四、《蕙风词话》谓"词用虚字叶韵最难。稍欠斟酌，非近滑，即近俳"。此论甚是。古今词人，用虚字叶韵最佳者当推辛稼轩《贺新郎》之"甚矣吾衰矣"，然此自是用前人成句，非自铸伟词者可比。自琢新词而佳者，窃以为当推纳兰容若《贺新郎·赠梁汾》之"德也狂生耳"一句，劈空而来，多少无奈，多少牢骚，着一"耳"字作结而全盘托出。

五五、黄香石《如梦令》："银汉迢迢清景，满院露凉风冷。回忆别离时，又是隔年秋永。人静、人静，凭遍一栏花影。""凭遍一栏花影"一语最佳。人静无俚，凭栏追忆，相伴者惟一栏花影而已，自此处栏杆，移至彼处栏杆，由此处花影，移至彼处花影，怀人念远之情，一何深也。

五六、少游"杜鹃声里斜阳暮"，人或讥其语义重复，既曰斜阳，不必云暮也。今观黄香石《满江红·粤东怀古》下片"怅前朝如梦，斜阳将夕"，亦未免此恨也。

五七、潘仕宜《百字令·寄锅瑶舟》上片"一年将尽，叹骎骎岁月，竟成孤负。曾记当时行乐处，豪兴未离诗酒。兰桌携尊，牙牌斗句，风月凭消受。俗缘难了，梅花开后分手"。自开端一路叙述，皆是所谓雅事，而结以"俗缘难了，梅花开后分手"一句，梅花雅物，既开之后尤当排日赏之，而"世故驱人殊未央"，不得不孤负也。

五八、潘仕宜《卜算子·闺恨》一首甚佳，"梦里喜君归，醒后愁君别。纵不团圆也照君，愿作天边月。 妾貌让花妍，妾志期冰洁。泪滴罗衣浣不消，是妾心头血"。通篇皆能于前人陈调中翻出新意，深入一层。如上下片开端两句是也。纳兰容若记梦中其亡妻有句云"衔恨愿为天上月，年年犹得向郎圆"，潘词"纵不团圆也照君，愿作天边月"，庶几此意，而亦能翻出一层，真未易及也。下片结句则极为沉痛，不似寻常闺中言语。

五九、粤人多有咏木棉之作，盖以其为本地风光，为他处所无也。李绮青《水龙吟·木棉》"暖风吹遍蛮花，海天更产英雄树"最为世人传诵。实则粤人词作类此者甚夥，而尤多牵连赵佗故事者。如潘仕宜《于中好·晓过红棉寺》"烧天十丈英雄气，是越王，赵佗余地"。张维屏《东风第一枝·木棉》"烈烈轰轰，堂堂正正，花中有此豪杰。一声铜鼓催开，千树珊瑚齐列。人游岭海，见草木、先惊奇绝。尽众芳、献媚争妍，总是东皇臣妾。 气熊熊，赤城楼堞。光烂烂，祝融旌节。丹心要伏蛟龙，正色不谐蜂蝶。天风卷去，怕烧得、春云都热。似尉佗、英魄难消，喷出此花如血"。诸词皆不愧作手。余虽数至岭南，亦尝徘徊英雄树下，然以非其花时，终未及见其烛天照海之势，深以为憾。

六〇、王观堂《人间词话》极称赏强村《浣溪沙》"独鸟冲波去意闲""翠阜红厓夹岸迎"二首，以为笔力峭拔，诚是也。强村慢词且勿论，其小令亦多能写大境界者，如《乌夜啼·同瞻园登戒坛千佛阁》"春云深宿虚坛。磬初残。步绕松阴双引出朱阑。 吹不断。黄一线。是桑乾。又是夕阳无语下苍山"，《清平乐·夜发香港》"舷镫渐灭。沙动荒荒月。极目天低无去鹘。何处中原一发。 江湖息影初程。舵楼一笛风生。不信狂涛东驶，蛟龙偶语分明"，皆骨力劲健，气势沉浑，所造不在《浣溪沙》两首之下。

六一、陈沚斋丈集中亦有《清平乐·夜宿古战场》一首，似可肩随强村，"睨天无极。剑气销磷碧。败壁牵萝星历历。何处当楼一笛。 相思已惯长更。共伊分梦疏棂。蓦地悲风撼树，还疑万里潮声"。填此调者，往往能于下片宕开一笔，而于结尾两句竭力营造，以成豹尾之势，断不可囫囵而过，草草收场，观朱、陈之作，可思过半矣。

六二、陈三聘著有《和石湖词》一卷，饶选堂谓其以和作干进。观陈氏于词后有自识曰："客怀诗词数十篇相示曰：'此大参范公近作也。'辄以芜言属韵，然使三聘获登龙门宾客之后尘，平生之愿，于足于此。"化风雅之什为羔雁之具，文人伎俩，亦层出不穷。举前人时贤之词尽和之，似始于陈氏。孰意千百年后，复有张广雅不欲陈石遗和己作之事，所谓"不教陈衍炫依严"，此后陈所遭，较前陈大为不逮，可叹、可笑亦复可怜矣。

六三、况蕙风《词话续编》尝谓"曩作《七夕词》，涉寻常儿女语，畴丈尤切诫之，余自此不作七夕词，承丈教也。《碧瀣词》，《齐天乐》序云：'前人有言，牵牛象农事，织女象妇功。七月田功粗毕，女工正殷，天象亦寓民事也。六朝以来，多写作儿女情态，慢神甚矣。丁亥七夕，偶与瑟轩论此事，倚此纠之。'"倘如此论，人间岂复有风雅在，端木未免头巾气十足，此所谓痴人前说不得梦者。

六四、清末况蕙风诸老，多推崇太清春，钱默存先生颇不以为然。以鄙见论之，则吴藻之词，清词丽句，吐属自然，似当出顾氏之上。固不待数前此之徐湘苹也。

六五、吴藻词小令多用口语，脱口而出，不加雕琢，而自然工妙。然亦有过纤过俚而近曲者。如《一痕沙》："莫把韶华细算，九十今犹未半。春纵不嫌多，奈愁何。　只是日长无绪，添上水沈几炷。窗外影移花，夕阳斜。"则如初写黄庭，恰到好处。

六六、吴词《虞美人》："黄昏月黑秋声闹，隔个窗儿小。听风听雨未分明，只是潇潇飒飒满空庭。　寒釭剔烬吟怀倦，长夜应过半。池塘春草总模糊，转觉今宵有梦不如无。"开篇两句稍嫌近俚，其余则甚佳，上下片两结句尤佳，而毫不费力。

六七、赵我佩，人以非凡女子目之，其词亦颇有佳者，如《虞美人》："梨云一缕随风度。行遍天涯路。个中心事不分明。依约关山千里短长亭。　　脸霞半枕娇红透。睡起钗声溜。休憎远梦忒模糊。便是今宵有梦不如无。"结句和吴藻词相近，而不愧佳作。其同调佳制尚有《寄君莲二妹》"秋心瘦似梧桐树。叶叶浇愁雨。画罗屏底薄寒生。不道西窗莲漏已三更。　　锦笺欲寄情难诉。梦断天涯路。相思无计托归鸿。怎把平安写向白云中"，结句似未经人道过。《长相思·秋晚》："芦花边。蓼花边。曾记横塘唱采莲。秋风年复年。　　暮云天。暮潮天。柳外轻丝荡细烟。沙鸥和月眠。"颇见林下风度。《醉太平》上片"花乡水乡，情长梦长。西风吹落莲房，老鸳鸯一双"，鸳鸯共老，虽风吹莲落，亦不足计也。《卜算子》"一样风和雨，各样愁人听。楼外垂杨楼上人，同是恹恹病"，虽与竹垞语相近，然能别出手眼，不害其工。

六八、张皋文《传言玉女》上片结句"昨夜花影，认得江南新月。一枝枝，漾春魂如雪"，月照花枝，投射其影，风动枝摇，影如波漾，写影动而反衬月光之动，漾影者，漾花枝，亦漾月光也，亦漾春魂也。春魂者，在花影，在花枝，亦在月光。此两句写景奇绝，得未曾有，持较作者"梅花雪，梨花月，总相思"之句，亦有仙凡之别也。

六九、叶恭绰《全清词钞》篇帙浩繁，网罗曼殊一代诗余文献，渠功非浅。所收人物众多，具见用力之勤，然亦未免稍有可议之处。如以钱牧斋为开篇第一人，牧斋不以词见称于世，所作既少，亦乏善可陈，殊不足以处如此位置。又如身历两朝之人，某词作于前代，抑或作于新朝，有难于论定者。编者一概入选，亦无须深责。然如生于一八八九年之谢玉岑者，其词亦入选，则颇于体例不合，殊无必要。盖谢于前清覆亡之日，不过一十岁少年，未必有词。本书所录谢词，亦断非作于清代也。

七〇、黄季刚尝学词于蕙风老人，下笔亦颇近于蕙风，步趋之勤，概可想见。其短调令词，取径花间、北宋，亦下涉师法花间、北宋之饮水、忆云，佳处情文俱到，而亦颇多情溢于文，过涉直露，殊少蕴藉者。

七一、季刚《忆王孙》："为谁容易损年华，春尽高楼日又斜。只爱飘零不忆家。在天涯。更有闲情咏落花。""只爱飘零不忆家"云云，自是反语，如此措词，愈见其身非得已，而觅此托词。末句更能翻出一层，其落拓之态，呼之欲出。貌似放浪形骸，其心自有不能言者在。余每读此词，辄忆及黄公绍《青玉案·年年社日停针线》，以其笔法相近，而同有"花无人戴，酒无人劝，醉也无人管"之恨。

七二、《浣溪沙》："谁信飘零是宿缘，萧萧客路夕阳天。又将离恨度今年。流水有情长向海，西风吹梦总如烟。丝魂销尽在秋前。"此纳兰容若之和香严词之"谁道飘零不可怜，旧游时节好花天，断肠人去自经年。　一片晕红才著雨，几丝柔绿乍和烟。倩魂销尽夕阳前"也。

七三、黄词《浣溪沙》有"别后凄凉惟自觉，秋来萧瑟与谁同"之句，读此愈觉贺方回"锦瑟年华谁与度。月桥花院，琐窗朱户，只有春知处"之难得也。真有"天九已为古人攫去"之叹。黄句合掌，殊不足以动人，亦不得厕地九之列也。

七四、黄词《减字木兰花》结句"莫惜飞花，枝上明年再见他"，笔言謇吃，语拙句笨，持较蕙风用意相同之"惜起残红泪满衣。它生莫作有情痴。人天无地著相思。　花若再开非故树，云能暂驻亦哀丝。不成消遣只成悲"之篇，相去何止三十里。

七五、黄词有作斩绝语而能动人者，如《减字木兰花》之"轻颦微叹，当时知有无穷怨。一度分携，直到他生是见时"，而措语稍嫌笨拙。又如《太常引·自题小象》"仙心侠意两难平，一例化幽情。尘海任飘零，更休问，他生此生"，则语意圆润，无遗憾矣。又如《喝火令》"会少期仍误，来迟夜又深。漫言郎意似侬心，从此不教郎去，去了便难寻。　屈意教除扣，娇啼更染襟。此时情态最难禁。也肯双飞，也肯赴渊沉。也肯玉棺同葬，不再负知音"，下片决绝，词中得未曾有。

七六、黄词多为花间一路，其人放荡风流，未可以"楚语含情皆有托"概之也。王邕之序，引阮步兵"既不以万物累心兮，何一女子之足思"为之解嘲，亦此地无银之类也。其佳作有《清平乐》之"不因别有痴情，那能缥渺空灵。

觅得一宵幽梦，居然历到他生"；《南歌子》之"新来消息竟沈沈，不信梦中啼笑也难寻"；又如《生查子》"江上采珠还，初见秋波瞥。问得莫愁名，便是愁时节。　默默又依依，罗带频拈结。无限此时情，后日和伊说"，但用白描，不著议论，而言外有无限意在，故为佳作。

七七、徐彦伯"虹户筱骖"及吴梦窗"檀栾金碧，婀娜蓬莱"，传为口实久矣，孰料黄季刚亦效颦不厌，如《高阳台》"禁苑春深"云"虹户沈沈，东风不启铜环"，《浣溪沙·元日记游》云"金碧檀栾映好春，凭高不受九衢尘"，世间何限好言语，而必出以此，真张茂先我所不解也。

七八、虞山徐兆玮琼隐著述甚丰，然于倚声一道，似不甚措意，今所存者，多为曼殊一朝之少作。尝以《石湖仙》咏巴黎茶花女佚事，殆亦林琴南之同调也。此外佳句尚有《菩萨蛮》之"杨花乱压江南梦"，及"晓凉似剪侵帘幕"。

七九、许海秋有《百宜娇》咏冰花词，所写既非寻常花卉，下笔自多刻意出奇之语，如"空惆怅、凌波旧印。莲瓣几时留，袜尘犹认。只恐消磨，不关开落，负尔聪明心性。霜华已老，愿此后，东风无准"，于寻常言语、常见故实，翻用点化，笔路开阔，阅之令人思路顿活。

八〇、《玉井山馆诗余》，以余观之，当以《中兴乐》一首为压卷。余少时未见全篇，但睹其下片，"十年冠剑独昂藏，古来事事堪伤。狐狸谁问？何况豺狼！蓟门山影茫茫。好秋光！无端孤负，栏干倚遍，风物苍凉"，当日读之，已觉其慷慨悲壮，令人欲拍案而起，迎风击剑高歌，始得一舒块磊。

八一、陈曾寿词，余最喜者为《踏莎行·庚午三月十一日，梦见桃花数十株，落红乱飞》："飘接梅魂，落先絮舞，缤纷万点桃花雨。斜阳影里不胜红，沉沉梦与斜阳去。　前度刘郎，去年崔护，伤心等是无凭据。林塘容有再来时，不辞泪眼长凝伫。"此词可谓将遗老心事合盘写出，刻画入骨。自知梦化飞烟，春非我春，时不再来，而不甘心由命，寄希望于万一渺茫之念，孤臣孽子，对之必心惊动魄，长叹低吟不已。

八二、朱强村《临江仙》："留与眼前资痛饮，不须遣尽闲愁。徘徊明月在高楼。挥觞疑有待，吹笛未宜休。　　人事音书寥寂久，梦来跃马神州。中宵揽涕不能收。有情歌小海，无女睇高丘。"沈寐叟激赏此词，目为调高意远之作。其开篇故作反语，跌出下文，而格调自然，殊不费力，最见经营意度。沈寐叟和作："西北浮云车盖去，晚来心与飘风。高楼独上与谁同。名随三老隐，声在九歌终。　　不是凭阑无下意，新来筋力添慵。江心桃竹倚从容。音书迟雁字，经本阅龙宫。"刻意争胜，亦为集中高唱。下片"不是凭阑无下意，新来筋力添慵"，笔法与"留与眼前资痛饮，不须遣尽闲愁"相类。寐叟词集中，《临江仙》调凡五首，余最喜者为沪上与子封同居作之"倦客池塘残梦在，秋声不是春声。小屏风上数行程。三危玄趾，关塞不分明。　　楼阁平芜天远近，长宵圆月孤清。夜阑珍重短檠灯。对床病叟，敧枕话平生"，三复此篇，似犹胜与强村唱和者。

八三、张尔田词，素为世人所重，早年之作，尝为朱强村录入《沧海遗音集》。然细按之，亦不免利钝杂陈，尚不足与苍虬阁争胜一时也。如《清平乐》之"唾绒残线，界破红妆面"，"唾绒残线"者，亦不过今人所谓线头云云，谓其能"界破红妆面"，岂非张皇太甚，且亦何美之有，匪独字面不佳。又如《点绛唇·宫词》上片结句"画罗裁扇。泪浣鸾绡汗"，强压"汗"字，恶趣之讥，不能辞也。

八四、又如《木兰花慢·虎丘山顶瘦塔盘空，人迹罕到，赛日携榼登眺，怅然成咏》下片："愁余。落叶啼乌。渔唱杳，客怀孤。访廊屧秋声，琴台片石，麋鹿都无。寒芦。碎波似沼，问沙鸥、可识范家湖。付与残箫倦鼓，一场啼鸟相呼。"前既说"落叶啼乌"，结篇复云"啼鸟相呼"，于章法未免太欠商量，且中间尚云沙鸥，何眼前众鸟纷至耶？一笑。

八五、又如《青玉案·和方回韵》下片"彩云一别朝还暮。愁诵燕台旧题句。蜡炬成灰天未许。帕罗沾惹，那时红泪，空化西楼雨。""蜡炬成灰天未许"一句不免强押"许"字，而于意难通。盖以"未许"作结，"未许"何事须明白说出，其意乃足。如张词云云，"天未许"者何耶？"未许""蜡炬成灰"耶？其格调效东坡《青玉案·和方回韵》之"作个归期天已许"，然坡词自无语病。

八六、又如《木兰花慢·春来又将北游，赋别海上二三知友》上片"兴亡事，天不管，便铜人、无泪也堪倾"，大鹤山人《庆春宫·冬绪羁吟》有"谁分萧条，哀时词赋，过江无泪堪倾"之句。张氏填词师法大鹤，于此处亦可见其步趋之勤。然"便铜人、无泪也堪倾"之"也"字果作何解？语助耶？不免英雄欺人也。

八七、又如《声声慢·闲步郊原，追念强村翁，凄然成咏》"碧将山断，红带霞分，登临何限沾衣。醉后羊昙，西园处处花飞。芳洲已无杜若，便涉江、欲采贻谁。还解佩，甚楚兰盈把，都化相思。　　怕听黄垆碎语，几夜窗秉烛，惊梦犹疑。旧隐鸥边，如今应怅人非。飘零坠梅怨曲，尚泠泠、海上心期。愁更远，抚霜鸿、弹断素徽。"亦颇多可议之处。"醉后羊昙，西园处处花飞"一句，未免过袭梦窗《西平乐慢》之结句"细雨西城，羊昙醉后花飞"。"芳洲已无杜若，便涉江、欲采贻谁"，前曰"芳洲已无杜若"，后曰"欲采贻谁"，语意扞格，不得已用意深曲云云解嘲也。盖其所欲言者，非无可采之花，实乃无可贻之人也。"还解佩，甚楚兰盈把，都化相思"，情调与通篇不合。前人谓韦苏州寄李儋元锡之"世事茫茫难自料，春愁黯黯独成眠"如闺怨语，余亦谓采翁此句如忆女郎语，非忆老翁如强村者所宜也。

八八、张尔田晚年与黄节交好，集中有《水龙吟·挽黄晦闻》"竟抃与陆俱沉，苍茫不晓天何意。哀时双泪，蟠胸万卷，一棺长闭。如此奇才，忍甘终老，诗人而已。忆当年对策，墨含醇酽，亲坐阅，虞渊坠。　　黯淡神州云气。唤沈冥、睡狮不起。艰难戎马，崎岖关塞，亭林身世。来日荆榛，庸知非福，先驱蝼蚁。更伤心絮酒，荒郊野哭，望魂徕未。"晦闻辛亥党人，而张氏此词措语、情致，乃一如咏前清遗老者。

八九、张尔田《浣溪沙·乙巳元日立春》下片有句云："初雪白惊垂老鬓，残镫红入隔年花。"句法格调拟强村《鹧鸪天·庚子岁除》结篇"烛花红换人间世，山色青回梦里家"，虽有虎贲之似，究逊其流畅。

九十、大鹤山人集中有《杨柳枝》二十九首，低徊咏叹，寄托遥深，盖多为庚子事变而发也。《遁庵乐府》中亦有《杨柳枝》八首，则似泛泛而作，持较前贤，瞠乎后矣。

九一、张氏为词，师法大鹤、强村，故集中亦颇多步韵清真、白石、梦窗之作，然不免为韵所缚，时见窘态，于前贤亦有生吞活剥之处。如梦窗名篇《八声甘州》有"吴王宫里沉醉"，张氏自诩平生最得意之作《莺啼序》则云"吴王宫里沉醉处"，加一"处"字，形同赘疣，转觉不通。又如《庆春宫·西园赏菊》开篇"碧剪镫啼，红揩镜笑"，学南宋诸贤而炼句已入魔道。

九二、强村晚年多有取资苏辛处，遁庵亦时能效之，复参之以玉田、鹿潭。而此种篇什，或雄浑，或苍凉，远胜其学清真、白石、梦窗者。如《木兰花令》"繁华催送。人世恍然真一梦。何处笙歌。水殿风来散败荷。　饥乌啄肉。回首都亭三日哭。国破城空。残照千山泪点红。"《满庭芳·丁丑九月客燕京，书感》"照野江烽，连天海气，物华卷地休休。残阳一霎，怎不为人留。几点昏鸦噪晚，荒村外、鬼火星稠。伤高眼，还同王粲，多难强登楼。　惊弓如塞雁，林间失侣，落影沙洲。便青山纵好，何处吾丘。夜夜还乡梦里，分飞阻、重到无由。空城上，戍旗红闪，白日淡幽州。"《虞美人》"天津桥上鹃啼苦。遮断天涯路。东风竟日怕凭阑。何处青山一发是中原。　酒醒梦绕屏山冷。独自恹恹病。故园今夜月胧明。满眼干戈休国西营。"而《木兰花慢·尧化门车中作》"倚轮天似醉，问何地，著羁才。看乱雪荒壕，春鹃泪点，残梦楼台。低徊。笛中怨语，有梅花、休傍故园开。燕外寒欺酒力，莺边煖阁吟怀。　惊猜。鬓缕霜埃。杯暗引，剑空埋。甚萧瑟兰成，江关投老，一赋谁哀？秦淮。旧时月色，带栖乌、还过女墙来。莫向危帆北睇，山青如发无涯。"沉郁苍凉，可谓压卷之作，鹿潭同调《江行晚过北固山》之作，不得专美于前也。

九三、叶遁庵一代人杰，倚声一道，特其余事，而能迥出流辈之上，信乎心血多人数斗，贤者无所不能也。如《祝英台近·树影》"浅含烟，低带日。斜倚画檐侧。似叶非花，清景自狼藉。殷勤几曲朱栏，愁他压损，长只近、玉人帘隙。　幽梦寂。曾记一径无人，绿阴坐吹笛。浅动风枝，镇扫愁无力。几回淡月昏黄，迷离满地，扶不起、一庭秋色"。体物入微，著语清新流传，虽无深远寄托，亦能追踪茶烟阁体物之遗音。同辈咏物者，多用语则晦涩生硬，于意则扞格难通，视此当有愧色。

九四、叶公《高阳台》"镜槛移云，桥波度月，园池俊赏堪怜。半亩秋痕，柳丝催织愁烟。残荷已剩无多叶，映凉波、犹护鸥眠。试扁舟、飞渡清波，佳梦重圆。　　儿时最忆经行地，几团丝断径，吹絮晴天。短鬓归来，枯枝慵问流年。蓬飘已断乡园计，效忘怀、且语飞仙。更堪寻、屐齿苔踪，青印窗前。"上片"残荷已剩无多叶，映凉波、犹护鸥眠"，下片"蓬飘已断乡园计，效忘怀、且语飞仙"，两句句格太似，岳倦翁于稼轩《贺新郎》"甚矣吾衰矣"有"首尾两腔，警语差相似"之议，吾于遐翁犹彼也。又，遐翁此词，似不甚经意，如上片三用"波"字，首曰"桥波度月"，再曰"映凉波、犹护鸥眠"，三曰"飞渡清波"，填词之法，岂如是耶？又，其《摸鱼儿》下片"春且住。见说道、人间莺燕嗟迟暮。鸳鸯不语"，亦未免袭稼轩"春且住。见说道、天涯芳草无归路。怨春不语"太过，遗人以町畦未化之讥。

九五、遐翁同时词家，大都穷极心力于长调慢词，中调、小令则等闲视之，篇什漫与而已，故堪讽咏者鲜矣。遐庵词中，中调、小令亦颇多佳者，其气疏荡，其语妥帖，而结篇处每如朱弦三叹，缭有余音。如《阮郎归·效花间》之"闲翠被，怅空帏。眉痕趁月低。东风吹梦短长堤。断桥西复西"，《临江仙》之"夕阳红断小回栏。消魂花落处，吹聚更无端"，《鹧鸪天》之"临翠槛，写琼笺。东风影事太阑珊。无端送尽余香去，十二帘栊剩晓寒"，《采桑子》之"重门一掩经年静，闲煞秋千。今日桥边。一样春寒似去年"，《浣溪沙》之"寂寞帘栊驻故香。一春愁与落红长。不成将息只凄凉"，《雨中花令·别意》之"谁知风笛离亭暮。空回首、画篷低诉。别绪千山，无情一叶，吹送江南去"，《清平乐》之"闲云犹恋虚潭。白头归卧僧庵。梦断六朝烟水，一灯愁话江南"。

九六、陈襄陵《旧香楼词》中颇多用"旧香"语处，殆有所寄托，如其《谢池春》所云"寄心声、旧香此卷"。如开篇之《虞美人》"旧香飞尽梅花片，长夜春寒浅。无端彩笔赋新词，从此银灯影里倍相思。　　画屏寂寂双栖凤，深锁行云梦。绕楼垂柳碧毵毵，曾是因风随月到江南"。《临江仙·故衣》"佩紫簪黄都罢了，旧香栀触初心。年来哀乐两沉沉。酒痕何浅，还是泪痕深"。《临江仙》"凭着旧香温旧梦，梦中重受人怜。两行残泪一灯前。鬓丝禅榻，帘影晓钟天"。《思佳客·寄怀高梵山重庆》"凭记意，替通辞，丛残犹剩旧香词"。《临江仙》"耐得春寒知信否，濒行但嘱加衣。轻罗待换却迟迟。旧香容易散，新梦不胜思"。《柳梢青》"人间地久天长，暗换了、青襟旧香。玉宇高寒，银河清浅，谁与参详"。《八声甘州》"待吹回、三春好梦，认旧香、点点是新萍"。

《柳梢青》"青春有梦无痕，旧香冷，秋襟自温"。《解连环》"更何堪，旧色旧香，背人细说"。《木兰花慢》"旧香渐冷，有长歌，无谓诉焦琴"。《踏莎行》"旧香冷却暂重温，旧情捐尽休重领"。《山花子》"垂暮襟期新梦境，多年谶语旧香词"。《渔家傲》"旧色旧香休记省，休记省，兰心蕙质桃花命"。《鹊桥仙》"旧欢纨扇，旧香罗袖，悄傍鸳鸯池沼"。《侍香金童·灯》"月落云停，一别长相忆。旧香歇，西窗尘暗积"。《点绛唇·夜读》"代月秋灯，旧香芸卷寻新意"。《虞美人》"杏梁燕去桂堂空，新泪旧香襟袖夕阳红"。《高阳台·丁卯秋感》"又换罗衣，旧香一领轻绵"。可谓念兹在兹，不能自已。

九七、《临江仙·答高梵山研长福永初秋同游赤柱之作》："山下寻春路杳，天边证梦星移。西楼同对旧花枝。香红吹尽，争忍似当时。　贪取一回相见，添来一段相思。云停月落夜迟迟。几多言语，心事未教知。"《江月晃重山》："兰苑逢春路断，银潢订约星移。西楼同对旧花枝。重消领，哀乐异当时。　贪取一回相见，添来一段相思。别离何遽会何期。新惆怅，争忍故人知。"《醉花阴》："洗尽芳菲今夜雨，春事难凭据。绿叶却成阴，片片残红，流到无人处。　飘零莫恋微波住，从此天涯去。消得一思量，连理枝头，昔日侬和汝。"其后复收有《醉花阴》一首："候馆朝昏风又雨，春事知无主。新绿自成阴，片片飞红，不恋余情住。　殷勤犹问归何处，莫便飘零去。消得一思量，连理枝头，有日侬和汝。"诸词当为先成一阕，而不惬己意，遂重做布局，再成一阕。改易之迹，宛然可见，而金针度人，亦在此矣。

九八、《旧香楼词》大都写情之作，其《秋波媚·秋雨春风梦依依》一首有长题，略谓："潘新安寄示近作，有半老书生尚为情累之叹，窃以为太上定非我辈，苦果亦足回甘，一瓣心香，百篇诗料，颇堪陶写，率成小令。""半老书生尚为情累"堪为陈氏写照。《旧香楼词》写情处有前人未尝道及者，如《诉衷情》上片"绿窗惊梦响金铃，传语约调冰。贪取一回相见，不计有无情"。《雨中花》"人住春光同住，人去春光同去。石磴沙堤重踯躅，处处相思处。　冉冉行云朝复暮，信终古、情天无主。忆昨夜、锦书封寄后，悔有违心语"。《金菊对芙蓉》："他生订有重逢约，尽今生、虚过些时"。《一萼红》："记得当初，并无歧路，也要相分"。《惜春郎》："自去年，错失欢期，却似未曾相识。"

九九、《汉宫春》下片有句云"三生梦痕待浣，但愿醒迟"，《少年游》下片"兰襟亲结应无憾，珍惜此时情。愿水迟流，愿花迟落，梦也愿迟醒"。陈丈泜斋七律《日暮》有句云"未必有缘休恨短，若教成梦愿醒迟"，余昔日尝叹为得未尝有，可与此参观。

一百、《旧香楼词》小令、中调最佳，长调则《南浦·乙未孟春旅香江匝月十载空期一庑未定人情世态迥异当年感赋此阕》"检点十年身世，襟袖贮春冰。最是只今摇落，共飞花、坠絮怨无情。念不如归去，梦中寻梦，寻到几时醒"，《一萼红》"曾信情缘怎浅，似匆匆流水，苒苒行云。春絮为萍，春虫化蝶，才知春梦能真。是东风，吹成春梦，是西风，吹醒梦中人"，一气贯注，而自然流传，集中未易遘也。

一〇一、《高阳台》"金粉楼台"一首上片结句"羡嫦娥、碧海青天，只影婆娑"，然则"碧海青天夜夜心"，未知究竟有何可羡之处，下片"霜风雪雨人间世，到心魂片段，还要销磨。孤负痴呆，分明恩怨偏多。梦中偿愿飘零去，也难寻，无恙山河"，乃知处此人间世，"只影婆娑"之嫦娥却有可羡之处。惟"痴呆"二字，未免太过俚俗。旧香楼词每有出语太过率意者，此是其短处，未可讳言也。

一〇二、《忆旧游·戊申七月二十六日梵山邀往慈云法宇礼佛》开篇即云："倘尘缘是梦，色相能空，不待皈依。"快人快语，此之谓上门骂人也。

一〇三、《金菊对芙蓉》"听欹花声彻，更惹思量。一时同堕华鬘劫，化春泥、那辨前香"，用定庵诗而能翻出新意，未易得也。

一〇四、《七娘子》："有情天地无情主，流光分付成终古。风雨南来，江河东去。车声帆影朝和暮。   兰因几次曾轻付，心魂一段留孤注。缥缈前踪，迷离归路。梦云今夜游何处。"此通篇皆好者。开篇两句甚佳，大力包举，笼罩全篇。而结句转入苍茫，落拓无奈之情，溢于言外。

一〇五、《旧香楼词》罕有道及时事者，集中《青衫湿·难民潮》当属特例：“求仙误到无情地，碧海远浮槎。望中楼阁，何堪领受，一饭胡麻。　　归途已断，茫茫身世，渺渺年华。不如鸥鹭，荒洲古溆，暂许为家。”下片何其沉痛乃尔，人而不及鸥鹭，仰首呼天，徒唤奈何。

一〇六、《定风波》：“不尽馀情暗护持，闲门深院锁相思。端的是谁留此恨，休问。重逢休问有无期。　　二十四番花竞秀，依旧，香红依旧要辞枝。梦趁柳绵漂泊去，何处，天涯何处可栖迟。”上下片结句于句中叠短韵二字，其作法甚别致，他家集中，未尝见也。

（作者单位：上海交通大学）

民国古代文学研究专栏

民国时期苏轼研究文献考录

宋亚凤

苏轼（1037—1101），字子瞻，号东坡居士，眉州眉山（今属四川）人。作为中国文学史上的重要作家，学界历来重视对苏轼的研究，其中不仅有对苏轼的思想、创作、评传、年谱等的专门研究，更有相关的苏轼研究专著问世，如王水照的《苏轼研究》等。另外，在 2000 年国家社会科学基金青年项目中有一项"苏轼研究的历史进程"的课题，该课题研究了由北宋中期至清末近九百年苏轼研究取得的成果，对于现代苏轼研究意义重大。尽管成果颇丰，但目前学界对于民国时期苏轼研究尚有欠缺。本文从苏轼生平、文学创作、书画等角度考索苏轼研究的相关文献，意在弥补当前对苏轼研究史料的不足。另外还有一些民国时期苏轼相关研究专著、稿本等文献尚未搜集，待以后补录。

一、关于苏轼生平研究的相关文献

1.《苏轼史略》，《新会沙堆侨安月报》1933 年第 82 期（54—57 页）。

2.《苏轼居儋之友生》，冼玉清，《岭南学报》1947 年第 7 卷第 2 期（57—72 页）。

3.《名人逸事录》，南涧山农辑，《俭德储蓄会会刊》1930 年第 2 期（52—53 页）、第 3 期（45 页）。

4.《苏轼的生平及其作品》，刘琼芳，《五中周刊》1931 年第 111 期（3—5 页）。

5.《苏东坡》，浪迹，《真快乐》1940 年第 4 期（12—42 页）。

6.《苏东坡》，铨，《福建民众》1932 年第 2 卷第 15 期（4—6 页）。

7.《苏东坡》，何致明，《少年（上海 1911）》1925 年第 15 卷第 3 期（98—

99 页）。

8.《苏东坡故事》，钟梅山，《民俗》1929 年第 66 期（15—17 页）。

9.《关于苏东坡》，沈治琳、徐雅贞、李泽恭，《振华季刊》1935 年第 1 卷第 4 期（114—117 页）。

10.《苏东坡的文字狱》，谭雯，《杂志》1943 年第 10 卷第 5 期（71—77 页）、第 6 期（100—104 页）。

11.《中国大文豪苏东坡的生平及其作品》，勖吾，《海滨文艺》1932 年创刊号，（1—14 页）。

12.《苏轼在中国文学史上之地位》，潘寿田，《前导月刊（安庆）》1937 年第 2 卷第 3 期（23—32 页）。

13.《苏东坡评价》，暑堂，《先导》1942 年第 1 卷第 2 期（87—94 页）、1942 年第 1 卷第 3 期（107—114 页）。

14.《苏轼评传之一章》，金晴川，《苏中校刊》1933 年第 3 卷第 87 期（10—12 页）。

15.《苏东坡传》，林语堂著，何文基译，《好文章（上海 1948）》1948 年第 1 期（121—140 页）、第 2 期（93—108 页）、第 3 期（85—104 页）、1949 年第 4 期（71—103 页）。

16.《苏东坡》，缪宏，《三三月刊》1935 年第 3 卷第 4 期（49—52 页）。

17.《苏东坡》，邹珍璞，《学生之友》1941 年第 2 卷第 5 期（40—42 页）。

18.《关于苏东坡》，秋山，《新学生》1942 年第 5 期（45 页）。

19.《苏东坡面面观》，商文藻，《铃铛》1937 年（6 上卷，189—200 页）。

20.《苏东坡的错误和取巧》，王振宇，《逸经》1937 年第 26 期（13—16 页）。

二、关于苏轼书画、宗教研究的相关文献

21.《苏轼的画论》，朱应鹏，《艺术评论》1923 年第 17 期（3 页）、第 18 期（1—2 页）、第 20 期（1—2 页）。

22.《苏东坡的砚》，木村毅，《华文大阪每日》1939 年第 2 卷第 2 期（22 页）。

23.《苏东坡在常州报恩寺板壁作字》，《书学》1943 年第 1 期（100 页）。

24.《中国书法：宋朝的苏东坡》，少君，《立言画刊》1940 年第 109 期（30 页）。

25.《名人趣话：苏东坡妙笔》，止讼，《国民杂志（北京）》1942 年第 2 卷第 8 期（79—82 页）。

26.《修补宋版苏东坡书大乘妙法莲华经序》，张心若，《佛学半月刊》1935 年第 103 期（19—20 页）。

27.《苏东坡写刻妙法莲华经》，沈本渊，《新上海》1934 年第 1 卷第 5 期（130 页）。

28.《宋苏东坡绣观音赞》，静安县君许氏，《慈航画报》1933 年第 6 期（1 页）、第 7 期（1 页）。

29.《苏东坡前赤壁赋之佛学蠡窥：容膝室读书札记之一》，如如，《人间觉》1937 年第 2 卷第 3、4 期（18—19 页）。

30.《苏东坡与佛教印泉》，《中流（镇江）》1943 年第 2 卷第 2 期（3—5 页）、第 3 期（4—7 页）。

三、关于苏轼诗、词、文研究的相关文献

31.《苏轼文章不通》，景吉森，《最小》1923 年第 2 卷第 33 期（6 页）。

32.《读苏轼贾谊论后》，龙继志，《湘中学生》1936 年第 8 期（47—48 页）。

33.《读苏轼超然台书后》，武元祥，《六中汇刊》1923 年第 2 期（24—25 页）。

34.《古文浅释》，瞿镜人，《自修》1938 年第 37 期（10—11 页）、1940 年第 122 期（9—10 页）、第 123 期（7—8 页）、第 125 期（7 页）、第 126 期（6 页）、第 127 期（7—8 页）、第 151 期（10—11 页）。

35.《读苏轼留侯论书后》，司徒赞，《学生》1917 年第 4 卷第 5 期（101—102 页）。

36.《苏轼平王东迁论书后》刘剑锋，《学生文艺丛刊》1929 年第 5 卷第 8 期（84—85 页）。

37.《自修文选：前赤壁赋》，拙夫辑注，《自修》1941 年第 185 期（15—16 页）。

38.《自修文选：后赤壁赋》，拙夫辑注，《自修》1941 年第 186 期（15—16 页）。

39.《读苏轼韩非论有感口号》，刘世儒，《浙江蚕业学校校友会杂志》1918 年第 1 期（76 页）。

40.《书苏轼子思论后》，徐笃恭著，高梓仲评，《清华周刊》1919 年第 161 期（2—3 页）。

41.《潭溪随感》，阮糙米，《潭冈乡杂志》1935 年第 16 卷第 3 期（43—46 页）。

42.《苏轼论养士谓智勇辩力四者不失职则民靖此果足尽养士之道欤试详言之》，《约翰声》1915 年第 26 卷第 2 期（10—11 页）。

43.《苏东坡李氏山房藏书记》，叶顺初评，《国文周刊》1917 年第 6 期（20—25 页）。

44.《苏东坡戒杀论》，《世界佛教居士林林刊》1927 年第 17 期（6—7 页）。

45.《苏东坡致狱吏书》，《宇宙文摘》1947 年第 1 卷第 3 期（63—68 页）。

46.《晓窗随笔》（续），曙青，《观象丛报》1916 年第 2 卷第 1 期（69—72 页）。

47.《书苏东坡战国任侠论后》，余和泰，《学生》1918 年第 5 卷第 8 期（104—105 页）。

48.《读苏东坡黠鼠赋感言》，应家瑀，《学生文艺丛刊》1924 年第 5 期（38—39 页）。

49.《苏东坡居士戒杀论曰》，《莲池会闻》1941 年创刊号（19 页）。

50.《苏东坡谓义帝为天下之贤主论》，袁钰霖，《广东高等师范学校校友会杂志》1919 年第 3 期（175 页）。

51.《东坡居士游于赤壁之下》，夏冰，《风月画报》1936 年第 6 卷第 35 期（1 页）。

52.《觉分居士话录》，安陆陈氏谨编，《三六九画报》1941 年第 12 卷第 17 期（32 页）。

53.《苏子瞻论商鞅论》，孟宪承，《约翰声》1913 年第 24 卷第 9 期（13—14 页）。

54.《苏子瞻武王论书后》，曾伯举，《讲坛月刊》1937 年第 7—8 期（62—63 页）。

55.《苏子瞻荀卿论书后》，顾保廉，《知新》1924 年第 7 卷第 2 期（24—25 页）。

56.《读苏子瞻荀卿论》，华，《北平交大周刊》1935 年第 58 期（2 页）。

57.《读苏子瞻省费用书后》，熊雄，《湖南大学周报》1930 年第 8 期（6—7 页）。

58.《书苏子瞻贾谊论后》，陈健刚，《南洋高级商业学校季刊》1924 年（77—78 页）。

59.《苏子瞻伊尹论书后》，王顺，《中社杂志》1926 年第 2 期（1—2 页）。

60.《读苏子瞻贾谊论书后》，吴秉筠，《中华妇女界》1915 年第 1 卷第 4 期（1—2 页）。

61.《书苏子瞻战国任侠论后》，杨绩，《江苏省立第五中学校杂志》1918 年第 7 期（5—7 页）。

62.《苏子瞻乐成九曲亭说》，胡清芬，《启明女学校校友会杂志》1927 年第 3 期（30—31 页）。

63.《读苏子瞻志林感言》，怀葛民，《东方杂志》1918 年第 15 卷第 5 期（7 页）。

64.《书苏子瞻李氏山房藏书记后》，夏志方，《学生》1917 年第 4 卷第 5 期（102—103 页）。

65.《读苏子瞻留侯论书后》，苏志先，《学生》1918 年第 5 卷第 12 期（95—96 页）。

66.《苏子瞻留侯论书后》，胡日仁，《学生文艺丛刊》1923 年第 3 期（34—35 页）。

67.《书苏子瞻鹤叹后》，刘韵秋，《学生文艺丛刊》1925 年第 2 卷第 5 期（40 页）。

68.《书苏子瞻贾谊论后》，胡日仁，《学生文艺丛刊》1926 年第 3 卷第 1 期（34 页）。

69.《读苏轼留侯论书后》，王亦樵，《学生文艺丛刊》1923 年第 4 期（41—42 页）。

70.《东坡养士论书后》，叶百丰、叶浦荪，《丽泽艺刊》1936 年第 1 期（15—17 页）。

71.《苏子瞻范增论谓增不去羽不亡其说然否》，童梦苓，《学生文艺丛刊》1925 年第 2 卷第 4 期（23—24 页）。

72.《苏子瞻李氏山房藏书记书后》，李德龙，《大成会丛录》1931 年第 34 期（10—12 页）；陶世杰，1931 年第 34 期（12—14 页）。

73.《读苏轼宝绘堂记书后》，巍，《课余丛刊（绍兴）》1911 年第 2 期（34—35 页）。

74.《金阙珍闻（二四）: 苏轼前赤壁赋卷》, 故吾,《立言画刊》1941 年第 123 期（18 页）。

75.《苏轼伊尹论》,《文友月刊》1940 年第 1 卷第 4 期（2—4 页）;《苏轼留侯论》第 5 期（2—4 页）。

76.《苏子瞻之受用》, 许宝驹,《民生》1936 年第 33 期（22 页）。

77.《读苏子瞻荀卿论》, 裴源深,《奉贤县立第一高等小学校友会杂志》1920 年第 3 期（80—81 页）。

78.《书苏子瞻留侯论后》, 钱容生,《沪江大学月刊》1918 年第 7 卷第 2 期（8—9 页）。

79.《读书札记二则:（一）苏子瞻韩干画马赞: 思想之分析》, 杨履中,《滇声》1936 年第 4 期（111—113 页）。

80.《论苏东坡诗》, 陈寥士,《华文大阪每日》1942 年第 8 卷第 11 期（40—41 页）。

81.《苏东坡医诗》, 黑士,《艺海周刊》1940 年第 31 期（7 页）。

82.《诗文垃杂谈: 苏东坡诗工于状物》, 寄尘,《俭德储蓄会月刊》1921 年第 3 卷第 4 期（125 页）。

83.《苏东坡的诗: 历代名家诗论之一》, 雪林,《沪江大学月刊》1928 年第 17 卷第 15 期（129—143 页）。

84.《诵苏东坡花影诗联想到国医之今日》, 陈起云,《寿世医报》1936 年第 2 卷第 3 期（4 页）。

85.《唐宋八大诗家之一东坡居士》, 白俞,《闽茶季刊》1941 年第 1 卷第 2 期（174 页）。

86.《北宋词坛怪杰——苏轼》, 洪言讱,《严中学生》1940 年第 4 期（3—6 页）。

87.《柳永苏轼与词的发展》, 郑骞,《读书青年》1944 年第 1 卷第 3 期（7—9 页）。

88.《苏东坡: 卜算子词》, 雪,《三六九画报》1942 年第 16 卷第 11 期（19 页）。

89.《苏东坡贺李公择生子三朝词》,《新妇女》1946 年第 2 卷第 1 期（41 页）。

90.《词曲研究会讨论苏东坡》,《燕京新闻》1940 年第 6 卷第 23 期（3 页）。

四、创作思想相关文献

91.《苏东坡创作经验谈》，李仁守，《化民丛报》1948 年第 11 期（45—46页）。

92.《苏东坡序》，郝广盛，《国学月刊》1926 年第 2 卷第 4—5 期（11—12 页）。

93.《逸庵随录：苏东坡的文学》，逸庵，《新民报半月刊》1942 年第 4 卷第 22 期、第 23 期（37 页）、第 24 期（27—28 页）。

94.《戴东原的名学史观（下篇）二十：戴东原与苏东坡》，甘蛰仙，《晨报副刊》1924 年 6 月 17 日（1—2 页）。

五、雅谑故事相关文献

95.《苏东坡的幽默》，湘如，《论语》1936 年第 85 期（34—36 页）。

96.《苏东坡戏妹》，深儒，《少年（上海 1911）》1927 年第 17 卷第 2 期（74页）。

97.《谐谑成性的苏东坡》，洪为法，《青年界》1934 年第 5 卷第 3 期（98—103 页）。

98.《解颐录：苏东坡雅谑》，《兴华》1936 年第 33 卷第 25 期（23—24 页）。

99.《滑稽的苏东坡》，白文，《小朋友》1933 年第 569 期（28—30 页）。

100.《苏东坡的风流韵事》，探幽，《中国周报》1944 年第 122 期（7 页）、第 123 期（7 页）。

101.《苏东坡携妓参禅皇都》（卷下），风月主人，《艺文》1936 年第 1 卷第 6 期（70 页）。

102.《奈何谈：苏子瞻与秦少游妓》，奈何，《风月画报》1933 年第 1 卷第 30 期（1 页）。

103.《酱肉与苏东坡》，阿蒙，《新上海》1946 年第 11 期（7 页）。

104.《苏东坡的擦背歌》，显伦，《民众教育半周刊》1930 年第 1 卷第 29 期（4 页）。

105.《苏东坡逸事》，公，《新进》1942 年第 1 卷第 6 期（84 页）。

106.《智慧的苏东坡》，枢，《兴华》1934 年第 31 卷第 5 期（22—23 页）。

107.《苏东坡遇仙回朝：台山的传说》，李锡芳，《民俗》1929 年第 47 期（21—22 页）。

108.《苏东坡的节俭的故事》（附图），胡寄尘，《儿童世界（上海 1922）》1933 年第 30 卷第 10 期（3—4 页）。

109.《苏东坡一肚皮不合时宜》，《书学》1944 年第 2 期（109 页）。

110.《苏东坡游赤壁故事》，《青天汇刊》1930 年第 1 期（71—72 页）。

111.《苏东坡的故事》，李罗美，《文藻月刊》1948 年新 1 第 6 期（39 页）。

112.《毳饭俟光》，杨三梅，《五云日升楼》1939 年第 1 卷第 30 期（2 页）。

113.《妙联》，小师，《立言画刊》1939 年第 58 期（26 页）。

114.《解颐录》，《农趣》1926 年第 20 期（1—2 页）。

115.《食古斋随笔》，《社会新闻》1935 年第 11 卷第 3 期（106—109 页）。

116.《新旧谐谈》，《爱国报》1924 年第 27 期（50—51 页）。

117.《苏轼幼时即显奇才后为宋朝文学家》，《北京市政旬刊》1942 年第 112 期（2 页）。

六、杂谈类文献

118.《苏轼与海南动物》，冼玉清，《岭南学报》1948 年第 9 卷第 1 期（105—124 页）。

119.《苏东坡执行预算》，《物调旬刊》1947 年第 6 期（28—29 页）。

120.《苏东坡致狱吏》，立选，《书简杂志》1946 年第 4 期（13 页）。

121.《苏东坡的呆气》，为彬，《武汉文艺》1932 年第 1 卷第 1 期（113—115 页）。

122.《苏东坡的老子》，为彬，《民众教育半周刊》1930 年第 1 卷第 13 期（2 页）。

123.《苏东坡与海南岛》，巴丁，《吾友》1942 年第 2 卷第 43 期（6—7 页）。

124.《国民党里反对苏东坡》，张法天，《新天津画报》1936 年第 143 期（1 页）。

125.《巧对录》，剑公，《紫罗兰》1929 年第 4 卷第 4 期（12 页）。

126.《苏东坡游迹》，《结晶》1934 年第 10 期（4 页）。

127.《苏东坡对不起他的夫人》，《交通大学日刊》1929 年第 32 期（3 页）。

128.《苏东坡浪迹摭志：岭南的》，冠张英，《民俗》1929 年第 66 期（8—15 页）。

129.《苏东坡的故事》，刚主，《农民》1931 年第 6 卷第 22 期（9—10 页）、第 23 期（8—9 页）。

130.《苏东坡别号的由来》，谭正璧，《新都周刊》1943 年第 7 期（15 页）。

131.《苏东坡是阿 Q 的祖宗》，斯人，《飘》1946 年第 1 期（9 页）。

132.《王安石与苏东坡之军事教育论》，曾琦，《醒狮》1925 年第 32 期（2—3 页）。

133.《苏东坡抑别人之错乎？》，《文通》1934 年第 3 卷第 54 期（9—10 页）。

134.《闲闲录》，蔡竹铭，《射南新报》1924 年第 16—30 期（101 页）。

135.《苏东坡的历史哲学》（从斐儿康提教授评论议会制度联想到苏东坡战国任侠论中的历史哲学），从吾，《留德学志》1930 年第 2 期（52—62 页）。

136.《扫翠山房词余：庚午冬初度有感》，刘秋阳，《师亮随刊》1931 年第 111 期（3 页）。

137.《蜀居杂感》，刘楚冰，《茶话》1948 年第 27 期（53—54 页）。

138.《文艺：月明多被云妨（苏东坡）》，玲玲，《现代读物》1941 年第 6 卷第 1 期（78—82 页）。

139.《北窗偶忆：苏东坡死于误服参著》，延陵叔子，《外部周刊》1934 年第 32 期（56—57 页）。

140.《王梦楼与苏东坡争长西湖》，延陵叔子，《外部周刊》1934 年第 37 期（67 页）。

141.《善于支配生活费的先进苏东坡》，伯羽辑，《机联会刊》1933 年第 67 期（43 页）。

142.《十二月出生的大人物：苏东坡与史太林》，《溪角月报》1948 年复版 2 第 1 期（54 页）。

143.《妙联》，小师，《立言画刊》1939 年第 58 期（26 页）。

144.《杨贵妃的爱物，苏东坡的生命：荔枝上市，闲话增城》，蒋山，《星华》1937 年革新（1，11 页）。

145.《关于苏东坡的几句话：栗坪随笔之一》，傲文，《协大学生》1932 年第 8 期（31—34 页）。

146.《苏子瞻先生医药杂记》，任应秋录，《现代医药杂志》1945 年第 1 卷第 3、4 期（37—39 页）。

147.《苏子瞻之社会政策》，张尊五，《国专月刊》1935 年第 2 卷第 1 期（51—55 页）。

148.《苏黄：按本格肇始宋代苏轼与黄庭坚》，祁仲书，《五云日升楼》1939 年第 1 卷第 6 期（13—14 页）。

149.《苏东坡先生诞生九百年纪念并论纪念先代学者名人的方法》，心丝，《图书展望》1937 年第 2 卷第 4 期（39—42 页）。

150.《苏东坡在杭州的事迹（特载）：三月十五日在杭州作者协会东坡九百岁诞辰追思会演讲词》，张其昀，《浙江青年（杭州）》1937 年第 3 卷第 7 期（254—260 页）。

151.《纪念苏东坡九百年诞辰》，天波，《黄钟》1937 年第 10 卷第 4 期（11—14 页）。

152.《关于苏东坡与木牛流马》，范丽晦、王振宇、胡怀深，《逸经》1937 年第 30 期（44—45 页）。

153.《怡红漫录：苏子瞻石钟山记沿郦元水经注之误》，眠云，《消闲月刊》1921 年第 2 期（31—33 页）。

154.《馆藏善本书题跋辑录三（子部）》，卢抱经校旧抄本《东坡志林》，跋朱文懋，《江苏省立国学图书馆年刊》1930 年第三年刊（319 页）。

155.《馆藏善本书提要：东坡词二卷补遗一卷（宋苏轼撰）、友古词一卷（宋蔡伸撰）》，赵万里，《北平北海图书馆月刊》1929 年第 2 卷第 1 期（50—52 页）。

七、外国苏轼研究文献

156.《TRANSLATIONS FROM CHINESE LITERATURE：苏轼贾谊论》，陆秉尧，《英文杂志》1925 年第 11 卷第 2 期（99—102 页）。

157.《CONTRIBUTORS PAGE：苏轼书吴道子画后》（中英文对照）张莘农译，《中华英文周报》1924 年第 10 卷第 253 期（685 页）。

158.《A Poem：苏东坡洗儿诗》（中英文对照）Su Tung—P'o，《英语周刊》1923 年第 415 期（230 页）。

159.《CHINESE CLASSICS TRANSLATED：苏东坡前赤壁赋》（中英文对照），平海澜，《英文杂志》1917 年第 3 卷第 3 期（231—234 页）。

160.《海外出版界：苏东坡集选译》，李高洁译，吴世昌评，《新月》1932年第4卷第3期（150—155页）。

161.《THE TWENTY-FOUR CASES OF FILIAL PIETY：苏东坡，记承天寺夜游》（中英文对照），于贯一，《英文杂志》1926年第12卷第1期（117—118页）。

162.《Life and Letters：Translations from Chinese Literature：苏东坡后赤壁赋》（中英文对照），平海澜，《英文杂志》1923年第9卷第1期（50—52页）。

163.《Chinese Classics Translated：苏子瞻方山子传》（中英文对照），潘子延，《英文杂志》1922年第8卷第5期（343—345页）。

164.《中文选读——苏轼：前赤壁赋》（中法文对照），《法文研究》1942年第3卷第4期（259—263页）。

165.《TRANSLATIONS FROM CHINESE LITERATURE：苏轼超然台记》（中英文对照），沈寿宇，《英文杂志》1925年第11卷第8期（665—668页）。

166.《Chinese Classics Translated：苏轼石钟山记》（中英文对照），王步贤，《英文杂志》1922年第8卷第10期（745—748页）。

167.《随笔：苏东坡》，《东华（东京）》1934年第68期（40页）。

168.《诗集：苏东坡》，广濑六华，《东华（东京）》1932年第48期（17页）。

169.《诗集：苏东坡》，长泽赤城，《东华（东京）》1932年第48期（17页）。

170.《诗集：苏东坡》，高桥姬洲，《东华（东京）》1932年第48期（17页）。

171.《诗集：苏东坡》，八木蓑香，《东华（东京）》1936年第93期（10页）。

172.《苏东坡后赤壁赋》（中英文对照），周庭桢，《国光英语》1946年第2卷第5期（20—22页）。

173.《史谭：苏东坡余音：东坡号の由来》，矢板宽，《辽东诗坛》1932年第77期（57—62页）。

174.《苏东坡记承天寺夜游》（中英文对照），戴小江，《高级中华英文周报》1936年第29卷第734期（214页）。

175.《清风明月集》（忆坡公），田冈正树著，《辽东诗坛》1929年第40期（10—11页、13页、17—18页）、第41期（21—22页）。

176.《名迹鉴赏：苏东坡颜书题跋》，石桥犀水，《兴亚书报》1939年第1卷第7期（5页）。

177.《苏东坡集选译》，李高洁译，吴世昌评，《新月》1932年第4卷第3期（150—155页）。

178.《登瀛阁雅集诗稿：忆东坡居士》（诗词），片冈孤筇，《辽东诗坛》1930 年第 55 期（20—21 页）。

八、步韵仿拟题咏相关文献

179.《拟苏轼战国任侠论》，慕瞻，《国学丛刊（北京 1941）》1943 年第 12 期（72—73 页）。

180.《夜花园记》（仿苏轼喜雨亭记），振华，《笑林杂志》1915 年第 1 卷第 1 期（13 页）。

181.《咏雪步苏东坡尖又韵》，邓潭如，《前导月刊（安庆）》1937 年第 2 卷第 2 期（11—12 页）。

182.《读小品文（一）》（将苏东坡读孟郊诗二章改窜作），《新语林》1934 年第 2 期（22 页）。

183.《初雪用苏东坡尖义韵示曹仲温》，王设，《银行通讯（洛阳）》1940 年第 1 卷第 6 期（10 页）。

184.《小楼连苑：杨花用章质夫苏东坡唱和》，均，《东方季刊》1926 年（12 月，39—40 页）。

185.《绩溪汪诗圃渊先生：调寄百字令用苏东坡韵》，《邗江杂志》1916 年第 1 期（6 页）。

186.《感时用苏东坡韵：调寄大江东去》（诗词），吴啸天，《公教周刊》1936 年第 8 卷第 9 期（13 页）。

187.《稊园诗钟选：苏东坡限生日二字合咏格》（诗词多首），桐鸳等，次公，石甫，《铁路协会会报》1922 年第 118 期（130—131 页）。

188.《石鼓吹》（用苏东坡石鼓歌元韵戊午四月二十一日作），王仰笑，《明星》1922 年第 2 期（10—11 页）。

189.《拟苏东坡自金山放船至焦山七古》（用原韵），范君实，《学生周刊》1917 年第 4 期（25 页）。

190.《消闲录菁选：中央公园赏牡丹歌：用苏东坡吉祥寺牡丹歌原韵斐亭主人》（撷订），戚震瀛，《文艺杂志》1921 年第 3 期（42—43 页）。

191.《读百不能斋主人仿东坡集归去来辞字诗率和四首》，杨家禾，《词章杂志》1940 年第 4 卷（4 页）。

192.《墨隐庐词选：水调歌头，舟次中秋用东坡居士丙辰中秋怀子由韵寄怀海上诸吟友》，诗圃，《小说新报》1916 年第 2 卷第 9 期（16 页）。

193.《壬戌秋暮逃禅忆鹤二君约同人为吟秋雅集爰用东坡居士九日黄楼诗韵赋此志盛》（诗词），《鸿光》1923 年第 6 期（82 页）。

194.《三十述怀时客沪上居士林》（用东坡将往终南和子由原韵），李契源，《大云》1927 年第 16 期（53—54 页）。

195.《兴趣赠黄君德孚：苏子瞻作太息赠秦少章效其体为之》，周性初，《国民教育指导月刊：江西地方教育》1943 年（9 月、10 月，39 页）。

196.《蕲春黄先生遗诗：辛未除夕和苏子瞻》（世扬案避寇至北京作），孙世扬（录），《制言》1937 年第 32 期（2 页）。

197.《国学选粹（越缦堂杂著之一）：同年朱桂卿编修用山谷上苏子瞻古诗二首韵见赠用山谷次晁补之廖正一赠答诗韵报之》，《小铎》1917 年第 84 期（1 页）。

198.《夜花园记》（仿苏轼喜雨亭记），振华，《余兴》1915 年第 5 期（37 页）。

199.《杨度论》（仿苏轼晁错论），泪儿，《余兴》1917 年第 28 期（33 页）。

200.《月夜怀苏轼赤壁泛舟》（诗词），童达政，《学生文艺丛刊汇编》1925 年第 2 卷第 2 期（518 页）。

201.《卜算子》（秋暮用苏轼体韵），东园，《小说海》1915 年第 1 卷第 1 期（6 页）。

202.《古调翻新：水老鼠》（仿千家诗苏轼花影）（诗词），《新上海》1947 年第 58 期（0 页）。

203.《咏史：苏东坡》，刘豫坡，《师亮随刊》1931 年第五集（28 页）。

204.《读苏东坡黠鼠赋感言》（诗词），应家瑀，《学生文艺丛刊汇编》1924 年第 1 卷第 1 期（379—380 页）。

205.《滑稽诗词》（谈苏轼），静庵，《莺花杂志》1915 年第 1 期（42 页）、第 2 期（34—35 页）。

206.《儋耳谒苏东坡祠七律二首》，何承天，《华侨先锋》1943 年第 5 卷第 9 期（57 页）。

207.《文苑内篇：腊月十九同集西湖福州宛在堂为苏东坡先生作生日》，高文藻，《瓯风杂志》1935 年第 21—22 期（143 页）。

208.《读苏东坡前后赤壁赋作》（诗词），周同甫，《学生文艺丛刊汇编》1925 年第 2 卷第 2 期（491 页）、1925 年第 2 卷第 8 期（90 页）。

209.《读苏东坡前后赤壁赋》（诗歌），周同甫，《学生杂志》1926年第13卷第2期（125—126页）。

210.《论诗品花绝句（三）：七，苏东坡——王小桃》（诗词），今朔，《风月画报》1936年第7卷第19期（3页）。

211.《诗录：苏东坡赤壁泛舟》（诗词），次公，《铁路协会会报》1922年第123期（200页）。

212.《诗录：苏东坡赤壁泛舟》（诗词），吉符，《铁路协会会报》1922年第123期（200页）。

213.《诗录：苏东坡赤壁泛舟》（诗词），熏琴，《铁路协会会报》1922年第123期（201页）。

214.《诗录：苏东坡赤壁泛舟》（诗词），谦甫，《铁路协会会报》1922年第123期（201页）。

215.《诗录：苏东坡赤壁泛舟》（诗词），子威，《铁路协会会报》1922年第123期（200—201页）。

216.《诗录：苏东坡赤壁泛舟》（诗词），聘侯，《铁路协会会报》1922年第123期（201页）。

217.《诗词：读苏东坡集》，詹达，《金中学生》1940年第6期（88—89页）。

218.《诗录：秋窗读东坡集》，王迪纲，《文史季刊》1942年第2卷第1期（72页）。

219.《今诗苑：题东坡居士笠屐图》，道始，《同声月刊》1944年第4卷第1期（19页）。

220.《印公塔院落成纪念赞诗续刊：题江易园老居士东坡禅学诗文要解》，圆瑛，《弘化月刊》1948年第80期（11—12页）。

221.《诵苏子瞻前赤壁赋有感》（诗词），皇莆燊，《南社湘集》1924年第1期（256—257页）。

222.《月夜怀苏轼赤壁泛舟》（诗词），章达政，《学生文艺丛刊》1925年第2卷第9期（109页）。

223.《寿苏东坡》（诗词），《南社湘集》1937年第7期（221—222页）。

224.《诗词：苏轼》，癖生，《牢骚月刊》1937年第1卷第3期（16页）。

（作者单位：南京师范大学文学院）

民国时期李清照研究文献考录

齐伯伦

李清照（1084—约1155），号易安居士，济南章丘（今属山东济南）人。作为我国文学史上首屈一指的女性作家，李清照之研究历来为学者们所关注。综观李清照研究史的成果发现，学界目前对民国时期李清照研究论著之重视仍嫌不足。笔者发现民国时期有不少李清照研究的文献散见于当时的期刊、杂志、报纸等文献中。这些文献涉及李清照之生平事迹研究、作品研究、时人之画像题咏、仿拟步韵之作等诸方面。兹先附部分目录，以补当前李清照研究文献之不足。

一、生平事迹文献

1.《李易安改嫁辨诬》，石渠，《扶风月报》1914年第2期（24—25页）。

2.《俞理初先生易安居士事辑》，《扶风月报》1914年第2期（25—37页）。

3.《词林猎艳：易安居士》，静庵，《莺花杂志》1915年第1期（61—62页）。

4.《中国女诗人李易安》，静涵，《文学季刊（上海）》1923年第1卷第1期（9—12页）。

5.《易安居士评传》，张寿林，《文学周刊》1925年第4期（1—2页）、第5期（2—5页）、第6期（4—7页）。

6.《李清照评传》，胡云翼，《晨报副刊：艺林旬刊》1925年第13期（4—5页）、8月21日（5—6页）。

7.《女词人李易安（附诗词）》，铃木虎雄著，陈彬和译，《妇女杂志（上海）》1927年第13卷第4期（6—10页）。

8.《李易安的评传》，杨樾亭，《南风（广州）》1928年复活号（54—61页）。

9.《女词人李易安》，陈铎，《女青年月刊》1929 年第 8 卷第 4 期（18—25 页）。

10.《女词人李易安及其作品》，潘醒侬，《星洲日报周年纪念册》1930 年纪念册（462—470 页）。

11.《伟大的女词人李清照》，庞翔勋，《学生杂志》1930 年第 17 卷第 7 期（93—96 页）。

12.《女词人李易安》，晶吾，《潮州旅京学会季刊》1931 年第 3 期（184—189 页）。

13.《书俞理初易安居士事辑后》，郭允叔，《采社杂志》1931 年第 6 期（101—102 页）。

14.《李易安的一生》，白尼，《希望月刊》1931 年第 8 卷第 11 期（21—26 页）。

15.《李静仪变成李清照》，孤，《中华画报》1932 年第 2 卷第 192 期（1 页）。

16.《关于女词人：李清照》，王婉容，《苏州振华女学校刊》1933 年 4 月（38—39 页）。

17.《旷代女词人李易安》，董启俊，《中国语文学丛刊》1933 年创刊号（38—49 页）。

18.《宋代女词人李清照》，刘概华，《五中周刊》1933 年第 162 期（7—14 页）。

19.《李清照评传》，王宗潘，《国风（南京）》1934 年第 5 卷第 2 期（17—22 页）。

20.《我所佩服的一位女文人：李清照》，子锵，《家庭杂志（上海 1934）》1934 年第 1 卷第 1 期（1—4 页）。

21.《女词人李清照》，王杏邦，《大夏期刊》1934 年第 4 期（77—82 页）。

22.《女词人李易安》，张秀莲，《今代》1934 年第 1 卷第 4 期（31 页）。

23.《李易安之研究》，钱顺之，《教育生活》1935 年第 2 卷第 11 期（3—13 页）。

24.《女词人李清照》，赵景深，《复旦学报》1935 年第 1 期（332—344 页）。

25.《中国最伟大的女词人：李清照》，邵西镐，《浙江青年（杭州）》1935 年第 1 卷第 11 期（112—115 页）。

26.《李清照与朱淑真》，陈朝义，《女子月刊》1935 年第 3 卷第 3 期（3876—3891 页）。

27.《李清照研究》，朱芳春，《师大月刊》1935 年第 17 期（181—232 页）、第 22 期（148—178 页）、1936 年第 26 期（131—152 页）、第 30 期（106—137 页）。

28.《李清照在金华》，胡健中，《越风》1935 年第 1 期（1 页）。

29.《李清照与朱淑真》，何淑梨，《南昌女中》1936 年第 4 期（50—57 页）。

30.《谈谈女词家——李清照》，钟琪，《南昌女中》1936 年第 4 期（75—78 页）。

31.《独步千古之女词人李清照》，陈明盛，《协大艺文》1937 年第 6 期（66—80 页）。

32.《俞理初易安居士事辑后案》，夏承焘，《词学季刊》1937 年第 3 卷第 4 期（36—40 页）。

33.《宋代的女文学家：李清照》，刘理光，《浙东》1937 年第 2 卷第 8 期（15—19 页）。

34.《谈谈李清照》，洪夷，《华光》1939 年第 1 卷第 6 期（12—18 页）、1940 年第 2 卷第 1 期（9—18 页）。

35.《宋代闺秀诗人李易安》，吴烈，《文学研究》1939 年第 1 卷第 2 期（104—109 页）。

36.《宋代女词人李清照》，君默，《中国妇女》1939 年第 1 卷第 4 期（17—19，23 页）。

37.《李易安与谢冰心》，以宁，《玫瑰（上海 1939）》1939 年第 1 卷第 2 期（26—27 页）、第 3 期（26—28 页）。

38.《李清照事迹考》，邵梦兰，《严中学生》1940 年第 4 期（6—7 页）。

39.《李易安居士传》，汪曾武，《国艺》1940 年第 1 卷第 5—6 期（4—5 页）。

40.《李易安夫妇事迹系年》，陈郁文，《之江中国文学会集刊》1941 年第 6 期（89—101 页）。

41.《易安居士事辑后语：附徐益藩跋》，夏承焘，《之江中国文学会集刊》1941 年第 6 期（85—86 页）。

42.《宋代女词家李清照评传及其代表作品》，郑国辉，《妇女杂志（北京）》1941 年第 2 卷第 3 期（65—69 页）。

43.《宋代女词人李清照》，安娜，《妇女世界》1941 年第 2 卷第 5 期（51—52 页）。

44.《宋代女词人李易安》，静秋，《晋铎》1941年第9期（65—67页）。

45.《宋词人：李清照》，白水，《江西妇女：女界文艺》1942年第1卷第6期（2—4页）。

46.《妇女史话：李清照》，《福建妇女》1943年第1卷第3期（36页）。

47.《大词人李清照》，李维真，《妇女月刊》1944年第3卷第4期（34—41页）。

48.《李清照与朱淑贞》，易人，《新学生》1944年第4卷第5期（92—95页）。

49.《谈李清照的再嫁问题》，鸥盦，《文友（上海1943）》1944年第2卷第10期（31—32页）。

50.《李清照与顾太清：宋清两代的杰出女词人》，蒋山青，《女声（上海1942）》1944年第2卷第9期（12—14页）。

51.《最伟大的女词人：李清照》，邵西镐，《新福建》1944年第6卷第1期（60—62页）。

52.《关于李清照的再嫁问题》，楚天碧，《新风周报》1945年第1卷第5期（12页）。

53.《女词人李清照》，刘雁声，《妇女杂志（北京）》1945年第6卷第3、4期（26—27页）。

54.《女词人李清照》，马骎程，《女青年（南京）》1946年第3卷第2期（25—26页）。

55.《李清照论》，李长之，《文学杂志（上海1937）》1947年第2卷第4期（1—34页）。

56.《李清照年谱》，刘秀钰，《海思》1948年第1期（35—39页）。

二、作品研究文献

57.《尺波楼杂纂：记李易安诗》，《进步》1914年第6卷第3期（49页）。

58.《太平洋主人读书杂记：李易安诗》，《留美学生季报》1917年第4卷第4期（113页）。

59.《新诗旧话：李清照底秋词声声慢》，汉胄，《责任》1923年第7期（3页）。

60.《读书杂记：李清照》，西谛，《小说月报》1923年第14卷第3期（35页）。

61.《李清照的漱玉词》，赵景深，《鉴赏周刊》1925 年第 17 期（0 页）。

62.《读李清照的漱玉词》，景逸，《学生杂志》1927 年第 14 卷第 6 期（40—45 页）。

63.《李清照词的标点》，施蛰存，《文学周报》1928 年第 301—325 期（266—270 页）。

64.《读了"李易安的词"以后》，芳，《福州高中校刊》1929 年第 2 卷第 1—2 期（34—37 页）。

65.《词学大意：李清照论北宋人词》，寿玺石工父，《艺林月刊》1930 年第 10 期（15 页）。

66.《李清照人比黄花瘦》，陈子展，《小学生（上海 1931）》1933 年第 64 期（19—21 页）。

67.《读"金石录后序"》，姜桂侬，《江苏学生》1934 年第 4 卷第 3 期（140—144 页）。

68.《读李清照金石录后序略谈（附图）》，云峰，《沧中双周》1934 年第 2—3 期（19—21 页）。

69.《李清照词的研究》，黄淑芬，《南风（福州）》1934 年第 8 期（21—24 页）。

70.《李清照的诗》，王璠，《中央时事周报》1934 年第 3 卷第 29 期（60—64 页）。

71.《"金石录后序"作年考》，王璠，《学风（安庆）》1935 年第 5 卷第 2 期（1—4 页）。

72.《读"金石录后序作年考"以后》，汝舟，《学风（安庆）》1935 年第 5 卷第 4 期（1—2 页）。

73.《宋词互见考·牛峤与李清照：菩萨蛮》，唐圭璋，《词学季刊》1935 年第 2 卷第 4 期（44 页）。

74.《宋词互见考·向滈与李清照：如梦令》，唐圭璋，《词学季刊》1935 年第 2 卷第 4 期（50 页）。

75.《宋词互见考·朱淑真与朱敦儒李清照：生查子》，唐圭璋，《词学季刊》1935 年第 2 卷第 4 期（50 页）。

76.《宋词互见考·李清照与赵长卿：一剪梅》，唐圭璋，《词学季刊》1935 年第 2 卷第 4 期（58 页）。

77.《宋词互见考·李清照与周邦彦：浣溪沙》，唐圭璋，《词学季刊》1935

年第 2 卷第 4 期（58—59 页）。

78.《宋词互见考·李清照与魏夫人：临江仙》，唐圭璋，《词学季刊》1935 年第 2 卷第 4 期（59 页）。

79.《宋词互见考·周邦彦与李清照：玉烛新》，唐圭璋，《词学季刊》1935 年第 2 卷第 4 期（63—64 页）。

80.《宋词互见考·周邦彦与李清照：浣溪沙》，唐圭璋，《词学季刊》1935 年第 2 卷第 4 期（64 页）。

81.《宋词互见考·曾纡与李清照：品令》，唐圭璋，《词学季刊》1936 年第 3 卷第 1 期（57 页）。

82.《宋词互见考·无名氏与李清照：殢人娇》，唐圭璋，《词学季刊》1936 年第 3 卷第 3 期（77 页）。

83.《宋词互见考·赵子发与李清照：浪淘沙》，唐圭璋，《词学季刊》1936 年第 3 卷第 1 期（65—66 页）。

84.《宋词互见考·康与之与李清照：采桑子》，唐圭璋，《词学季刊》1935 年第 2 卷第 4 期（79—80 页）。

85.《李清照与黄花》，郎润之，《红豆月刊》1935 年第 3 卷第 5 期（154—155 页）。

86.《读李清照的漱玉词》，德麟，《蒲声》1936 年第 2 期（158—164 页）。

87.《漱玉词叙论》，龙沐勋，《词学季刊》1936 年第 3 卷第 1 期（1—10 页）。

88.《淡泊斋词话：李后主与李清照词》，李冰人，《华文大阪每日》1938 年创刊号（40 页）。

89.《可畏庐漫话：李易安之声声慢词》，后生，《立言画刊》1939 年第 46 期（17 页）。

90.《李清照金石录后序》，浦江清，《国文月刊》1940 年第 1 卷第 2 期（10—17 页）。

91.《李易安金石录后序署年记疑》，吴庠，《之江中国文学会集刊》1941 年第 6 期（87—88 页）。

92.《词话：李清照声声慢》，词客，《三六九画报》1942 年第 14 卷第 18 期（15 页）。

93.《南宋女作家李清照之词》，知，《东方文化（上海 1942）》1942 年第 1 卷第 4 期（34 页）。

94.《李清照词论》,《三六九画报》1942 年第 13 卷第 11 期（17 页）。

95.《论李易安词》,缪钺,《真理杂志》1944 年第 1 卷第 1 期（69—71 页）。

96.《梦桐室词话：宋人斥李易安论》,唐圭璋,《中国文学（重庆）》1944 年第 1 卷第 2 期（76 页）。

97.《李清照金石录后序作年考辨：兼辨生年、嫁年、卒年》,黄盛璋,《东方杂志》1948 年第 44 卷第 12 期（36—41 页）。

三、画像及题咏等文献

98.《端正好·石友丈藏一砚侧镌易安二小篆盖李清照旧物也索题以词》,《南社》1912 年第 7 期（8 页）。

99.《易安居士三十一岁之照》,《小说月报（上海 1910）》1918 年第 9 卷第 9 期（1 页）。

100.《秭园击钵有赵明诚与易安居士翻书赌茗一题余以颅痛未与翌日补作二首并令内子同作》,颖人,《铁路协会会报》1921 年第 104 期（175 页）。

101.《赵明诚与易安居士翻书赌茗：限灰韵秭园击钵》,樊山,《铁路协会会报》1921 年第 103 期（151 页）。

102.《赵明诚与易安居士翻书赌茗：牙签十万记传杯》,荃籸,《铁路协会会报》1921 年第 103 期（151 页）。

103.《赵明诚与易安居士翻书赌茗：书堂借隐筑归来》,子威,《铁路协会会报》1921 年第 103 期（151 页）。

104.《赵明诚与易安居士翻书赌茗：曾向黄花斗俊才》,次公,《铁路协会会报》1921 年第 103 期（152 页）。

105.《赵明诚与易安居士翻书赌茗：较量多寡卷同开》,伯厚,《铁路协会会报》1921 年第 103 期（152 页）。

106.《赵明诚与易安居士翻书赌茗：寝馈书丛两笑骙》,诵丞,《铁路协会会报》1921 年第 103 期（152 页）。

107.《李易安酴醾春去小像为杨荫北题》,暗公,《铁路协会会报》1925 年第 154—155 期（117—118 页）。

108.《宋李易安居士遗像》,《鼎脔》1925 年第 5 期（2 页）。

109.《题杨令荪画：李易安画琵琶亭》,暗公,《铁路协会会报》1925 年第

158—159 期（116 页）。

110.《题李易安酴醿春去图》，姚朋图，《华国》1926 年第 3 卷第 2 期（98 页）。

111.《金钱泉寻李清照故宅》，变辰，《国闻周报》1927 年第 4 卷第 48 期（2 页）。

112.《古画宋李清照小象》，徐石雪藏，《艺林旬刊》1928 年第 7 期（2 页）。

113.《易安居士三十一岁写真》，蕙风籀藏本，《词学季刊》1933 年第 1 卷第 3 期（1 页）。

114.《徐石雪写李清照小像》，徐石雪，《艺林月刊》1934 年第 59 期（15 页）。

115.《李清照酴醿春去图》，欧阳小叟作，《江苏教育（苏州 1932）》1934 年第 3 卷第 4 期（1 页）。

116.《卜孝怀写李清照词意》，卜孝怀写，《艺林月刊》1934 年第 54 期（13 页）。

117.《清顾兆兰画李清照像》，（清）顾兆兰，《湖社月刊》1934 年第 79 期（9 页）。

118.《易安居士填词图为余真题》，陈闳慧，《瓯风杂志》1934 年第 4 期（91—92 页）；《文艺捃华》1936 年第 3 卷第 2 期（29 页）。

119.《题李易安看竹图小像（并序）》，武进徐宗浩养吾，《湖社月刊》1935 年第 92 期（11—12 页）。

120.《题李易安画像》，武进徐宗浩养吾，《湖社月刊》1935 年第 92 期（13—14 页）。

121.《题李易安看竹图》，武进徐宗浩养吾，《湖社月刊》1935 年第 92 期（14 页）。

122.《题李易安遗像（并序）》，武进徐宗浩养吾，《湖社月刊》1935 年第 92 期（12—13 页）。

123.《庆春泽·青社第二课题易安居士像》，魏在田，《词学季刊》1936 年第 3 卷第 1 期（157—158 页）。

124.《济南访金线泉云是李易安读书处》，黄花，《医药学》1937 年第 14 卷第 4 期（85 页）。

125.《金笺孙题李易安像》，眉内，《国艺》1940 年第 2 卷第 3 期（99 页）。

126.《宋女词人李清照像》，丁弦摹绘，《三六九画报》1945 年第 33 卷第 5 期（7 页）。

127.《宋词搜逸之二：李易安漱玉词（校补李氏新辑本）》，万里，《北平北海图书馆月刊》1928 年第 1 卷第 6 期（33 页）。

128.《李清照打马赋》，砚斋，《三六九画报》1942 年第 13 卷第 2 期（28 页）、第 3 期（24 页）。

129.《易安居士打马图说》，砚斋，《三六九画报》1942 年第 13 卷第 4 期（16 页）。

四、时人仿拟与步韵李清照的文献

130.《墨隐庐词选·诉衷情（集成句用李易安体）》，诗圃，《小说新报》1915 年第 8 期（15 页）。

131.《兰闺唱和词·蝶恋花秋思仿李易安用欧阳永叔体》，碧霞、苹香，《小说新报》1915 年第 9 期（4 页）。

132.《蝶恋花·和碧霞叠李易安韵寄绛珠江南》，苹香，《游戏杂志》1915 年第 16 期（3 页）。

133.《蝶恋花：宋李易安词最工》，碧霞，《游戏杂志》1915 年第 16 期（3 页）。

134.《蝶恋花·仿李易安用欧阳文忠韵寄琴仙武昌》，碧霞，《小说海》1916 年第 2 卷第 9 期（4 页）。

135.《重阳即事·调寄醉花阴用李清照韵》，香雨，《豫言》1918 年第 55 期（1 页）。

136.《重阳即事·用李清照韵》，寓情，《豫言》1918 年第 55 期（2 页）。

137.《如梦令·效易安居士》，王志刚，《进德月刊》1936 年第 2 卷第 1 期（76 页）。

138.《集李清照词凤凰台上忆吹箫（调寄浪淘沙）》，《崇实季刊》1936 年第 21 期（231 页）。

139.《声声慢·咏絮效易安居士》，王志刚，《进德月刊》1937 年第 2 卷第 6 期（121 页）。

140.《注香词·集韩致尧句·采桑子（用李易安体）》，一庵，《台纸通讯》1948 年第 1 卷第 12 期（64 页）。

（作者单位：南京师范大学文学院）

民国时期陆游研究文献考录

邵　旻

陆游（1125—1210），字务观，号放翁。越州山阴（今浙江绍兴）人。南宋文学家、史学家、爱国诗人。纵观陆游研究史，虽然涉猎面甚广，仍体现出了相对集中的几个研究热点，诸如关于陆游家世、生平、交游的考证；关于陆游的评价；关于《钗头凤》词本事的争鸣；关于其诗词艺术的研究等。尽管这些研究已取得一定成果，但目前学界对于民国时期陆游文献研究尚不够深入。笔者将民国期刊上陆游研究相关文献进行了整理，从文献内容上看，大致涉及生平考证及评传、作品研究、读陆游作品感赋、诗词摘录、步韵仿拟之作等几方面，本文将以此为依据分类。关于陆游研究的论著、稿本以后再做叙录。

一、陆游生平考证及评传文献

1.《陆游及其诗》，秋水，《南风》（广州）1937年第12卷第5期（113—117页）。

2.《爱国诗人陆游》，叶郁鏖，《丽泽》1937年第6期（111—118页）。

3.《诗人陆游》，陈家琦，《铃铛》1937年第6卷（157—169页）。

4.《陆游评传》，祁述祖，《天风》1937年第1期（146—159页）。

5.《杜甫与陆游》，东野，《光路》1934年第3期（24—26页）。

6.《爱国诗人陆游评传》，于秋水，《文艺与生活》1947年第4卷第4期（9—11页）。

7.《陆游与其故妻》，寺言，《苧萝》1934年第5期（10页）。

8.《陆放翁评传》，蔡增杰，《南开大学周刊》1930年第89、90期（13—28页）。

9.《放翁之恨》，包谦六，《金声》（上海）1941 年第 23 期（10—11 页）。

10.《诗人陆放翁》，周浩荣，《江苏省立无锡中学校刊》1930 年第 1 卷第 4 期（21—25 页）。

11.《闲话陆放翁》，璧厂，《小说月报》（上海 1940）1944 年第 43 期（101—110 页）。

12.《爱国诗人陆放翁》，孙仰周，《青年文化》（济南）1935 年第 2 卷第 3 期（168—173 页）。

13.《民族诗人陆放翁》，羊叔，《今古文摘》1947 年创刊号（15 页）。

14.《陆放翁之失恋》，尚秋，《南大周刊》1925 年第 26 期（48—49 页）。

15.《民族诗人陆放翁》，胡才父，《浙江青年》（杭州）1936 年第 2 卷第 12 期（11—14 页）。

16.《陆放翁之修史》，柳诒徵，《国史馆馆刊》1948 年第 1 卷第 2 期（22—37 页）。

17.《介绍陆放翁评传》，曹盛德，《清华周刊》1929 年第 32 卷第 5 期（61—64 页）。

18.《陆放翁与〈钗头凤〉》，沈雨苍，《新上海》1946 年第 8 期（8 页）。

19.《民族诗人陆放翁》，周沫华，《新青年》1941 年第 5 卷第 11—12 期（22 页）。

20.《爱国诗人：陆放翁》，蝶兮，《胜利》1945 年第 5 期（26—27 页）。

21.《爱国诗人陆放翁》，陈松英，《学术世界》1936 年第 1 卷第 10 期（106—108 页）。

22.《忧国诗人陆放翁》，陈福熙，《战时中学生》1939 年第 1 卷第 4 期（66—73 页）。

23.《爱国诗人陆放翁》，振甫，《读书中学》1933 年第 1 卷第 3 期（29—33 页）。

24.《放翁的老年》，赵景深，《小说月报》1927 年第 18 卷第 5 期（79—80 页）。

25.《民族诗人陆放翁》，王家鸿，《青年向导》1938 年第 15 期（14—15 页）。

26.《爱国诗人陆放翁》，万启煜，《津逮》1932 年第 2 期（157—178 页）。

27.《爱国诗人陆放翁》，雪林，《沪江大学月刊》1929 年第 18 卷第 1 期（60—75 页）。

28.《民族诗人陆放翁》，陈丹崖，《中央时事周报》1934 年第 3 卷第 23 期

（12—15页）。

29.《陆放翁与〈钗头凤〉》，许佩，《自由天地》1947年第1卷第5、6期（28页）。

30.《亘古男儿一放翁》，愚川，《星期评论》（上海1932）1932年第1卷第5期（14—15页）、第6期（12—13页）。

31.《民族诗人陆放翁述评》，陈为纲，《协大艺文》1937年第6期（35—43页）。

32.《陆放翁的民族思想》，陈大法，《越风》1937年第2卷第3期（1—3页）。

33.《民族诗人陆放翁》，徐北辰，《逸经》1937年第31期（4—7页）。

34.《爱国诗人！陆放翁》，黄孝颖，《宪兵杂志》1934年第2卷第1期（202—203页）。

35.《恋途中不幸之陆放翁》，黄浩然，《墨花》1928年第1期（24页）。

36.《陆放翁的秋思》，业辉，《四路军月刊》1935年创刊号（153—155页）。

37.《南宋的爱国诗人陆放翁》，思齐，《心远月刊》1934年创刊号（30—32页）。

38.《大爱国诗人陆放翁》，田曲，《文学创作》1943年第2卷第3期（78—80页）。

39.《陆放翁的恋爱悲剧》，顾远芗，《小说月报》（上海1940）1942年第22期（38—41页）、1943年第35期（36—42页）。

40.《陆放翁之民族思想》，陈大法，《大学》（上海）1934年第2卷第1期（67—70页）。

41.《登放翁旧居快阁》，漱圃，《兵事杂志》1924年第121期（7页）。

42.《表演恋爱悲剧的专家：陆放翁》，洪为法，《青年界》1934年第6卷第1期（156—160页）。

43.《人物传记：爱国诗人陆放翁》，傅琴心，《建国青年》1947年第6卷第2期（21—23页）。

44.《爱国诗人陆放翁》，孙明梅，《现代青年》（北平）1937年第7卷第3期（31—32页）。

45.《爱国尚武的诗人陆放翁》，雪林，《新月》1929年第2卷第2期（40—66页）、第3期（63—78页）。

46.《南宋爱国诗人陆放翁评传》，陈福熙，《民族正气》1944年第2卷第

1 期（57—62 页）。

47.《怀陆放翁：纪念放翁八百二十四周年诞辰》，航之，《南京中央日报周刊》1948 年第 6 卷第 8 期（13 页）。

48.《松鹤偶谈：陆放翁夫人唐氏》，《光华期刊》1928 年第 3 期（8 页）。

49.《陆放翁的爱国思想及其诗格的变迁》，唐子敬，《我们的教育：徐汇师范校刊》1932 年第 6 卷第 6 期（245—254 页）。

50.《古懽室炳烛录：陆放翁临终诗》，葆海，《青年进步》1918 年第 15 期（89—90 页）。

51.《不堪回首话当年：陆放翁与唐蕙仙的故事》，沈重，《青铎》1948 年第 4 期（28—30 页）。

52.《民族诗人：陆放翁》，《浙江保卫月刊》1934 年第 8 期（5 页、84 页、12 页）。

53.《陆放翁之妻妾》，吴夏伯，《紫罗兰》1926 年第 2 卷第 1 期（1—2 页）。

54.《尝试二字的解释：为陆放翁呼冤》，天放，《民国日报·觉悟》1923 年第 10 卷第 14 期（1 页）。

55.《陆放翁诗中所表现的民族思想》，邹珍璞，《新认识》1943 年第 7 卷第 1 期（30—33 页）。

56.《读黄君孝颖的〈爱国诗人陆放翁〉以后》，汪志，《宪兵杂志》1935 年第 2 卷第 10 期（170—171 页）。

57.《游陆放翁祠墓》，沈瑜庆，《宪法新闻》1913 年第 22 期（287 页）。

58.《谒陆放翁祠》，宋慈抱，《瓯风杂志》1934 年第 2 期（90—91 页）。

59.《张廉卿与陆放翁》，徐一士，《三六九画报》1944 年第 25 卷第 6 期（8—9 页）。

60.《略论思想现状的贫乏与烦嚣》，夏康农，《文讯》1948 年第 6 期（591—594 页）。

61.《宋代一大文豪——大爱国诗人》，吴泽，《学生杂志》1947 年第 24 卷第 1—2 期（33—41 页）。

62.《耕雨楼随笔》，《学林》1925 年第 1 卷第 12 期（184—187 页）。

63.《陆游别纪》，顾伟议，《人物杂志》1947 年第 2 卷第 5 期（15—18 页）。

64.《介绍一个民族诗人陆游》，畴，《真实半月刊》1936 年第 1 卷第 2 期（53—54 页）。

65.《陆放翁》，长卿，《京沪沪杭甬铁路日刊》1935 年第 1385 期（113—114 页）、第 1386 期（120 页）、第 1387 期（128—129 页）、第 1388 期（134—135 页）、第 1389 期（146—147 页）、第 1391 期（162—163 页）、第 1392 期（171—172 页）、第 1393 期（178—179 页）、第 1394 期（186—187）页。

66.《爱国诗人陆放翁》，蛰复，《行健月刊》1935 年第 6 卷第 6 期（119—127 页）。

67.《陆放翁所著书版本考》，吴之英，《国专月刊》1936 年第 3 卷第 1 期（56—59 页）、第 2 期（34—38 页）、第 4 期（39—45 页）。

68.《陆放翁出妻事迹考》，乐无恙，《女声》（上海 1942）1943 年第 2 卷第 4 期（24 页）、第 6 期（12—13 页）。

69.《诗人陆放翁诞辰：记其一段伤心史》，惺选，《针报》1947 年第 141 期（7 页）。

70.《陆放翁的家学渊源：家庭盛弦诵，父子相师友》，顾伟议，《文艺复兴》1949 年中国文学研究号下（289—291 页）。

二、陆游作品研究文献

71.《陆游的诗》，安大头，《津汇月刊》（天津 1934）1935 年第 8 期（49—51 页）。

72.《读陆游〈书愤〉书后》，韩敏，《慕贞校刊》1937 年第 3 卷第 1 期（1—2 页）。

73.《书陆游〈烟艇记〉后》，杨凤翔，《昆明教育月刊》1918 年第 2 卷第 9 期（133 页）。

74.《陆游的文学批评述要》，张肇科，《学风》（安庆）1935 年第 5 卷第 5 期（1—8 页）。

75.《读陆游〈书包明事〉》，霍子敬，《学生文艺丛刊》1925 年第 2 卷第 1 期（358—359 页）、第 6 期（55—56 页）。

76.《沙糖考源》，陈逸，《五云日升楼》1940 年第 2 卷第 1 期（21 页）。

77.《藜藿野人诗话》，郭绍虞（校辑），《燕京学报专号》1937 年第 14 卷下（164 页）。

78.《放翁〈书愤〉》，率意居士，《北辰杂志》1934 年第 6 卷第 6 期（29 页）。

79.《放翁词考证》，彭重熙，《中国文学会集刊》1933 年第 1 期（1—38 页）。

80.《读〈放翁集〉》，《红醱》1938 年第 1 卷第 1 期（20 页）。

81.《读〈放翁集〉》，三好，《海王》1935 年第 7 卷第 20 期（379 页）、第 24 期（442 页）。

82.《题〈陆放翁诗集〉》，麦伯庄，《勷大旬刊》1935 年第 1 卷第 9 期（20 页）。

83.《读放翁〈剑门〉诗》，《民族诗坛》1938 年第 2 卷第 1 期（58 页）。

84.《读陆放翁诗》，彭舜华，《资声月刊》1942 年第 2 卷第 6 期（23—24 页）。

85.《陆放翁诗之研究》，府丙麟，《约翰声》1936 年第 47 卷（1—8 页）。

86.《陆放翁诗的分析》，戚二，《春秋》（上海 1943）1944 年第 1 卷第 8 期（16—19 页）。

87.《陆放翁之爱国思想》，茹，《建国月刊》（上海）1933 年第 9 卷第 5 期（14 页）。

88.《陆放翁的杀贼诗》，康君，《金钢钻月刊》1935 年第 2 卷第 4 期（1—2 页）。

89.《陆放翁诗之研究》，汪统，《约翰声》1937 年第 48 卷（9—19 页）。

90.《读〈放翁集〉》，包者香，《珊瑚》1933 年第 3 卷第 11 期（2 页）。

91.《雨夜读放翁诗》，李钊，《国专月刊》1937 年第 5 卷第 5 期（80 页）。

92.《读放翁〈剑门〉诗》，《南社湘集》1937 年第 7 期（322 页）。

93.《购得〈陆放翁全集〉志喜》，皕，《青年进步》1919 年第 19 期（94 页）。

94.《〈陆放翁之思想及其艺术〉序》，李长之，《东方杂志》1943 年第 39 卷第 1 期（114—115 页）。

95.《郑板桥与陆放翁的诗》，唐国梁，《磐石杂志》1934 年第 2 卷第 3 期（30—33 页）。

96.《读书随笔：郑板桥论放翁诗》，王进珊，《文艺先锋》1944 年第 5 卷第 1、2 期（35 页）。

97.《大鹤山人词籍跋尾：放翁词跋》，郑文焯遗著，《词学季刊》1935 年第 2 卷第 3 期（149 页）。

98.《夹七夹八杂谈谈》，郑逸梅，《最小》1923 年第 4 卷第 98 期（9—10 页）。

99.《陆放翁七绝诗评》，厉星槎，《国学通讯》1941 年第 5 期（2 页）、第 7 期（2 页）。

100.《南宋民族诗人陆放翁辛幼安之诗歌分析》，施仲言，《文艺月刊》

1937 年第 1 期（1—13 页）、第 11 卷第 2 期（34—57 页）。

101.《夷白楼随笔》，蔡润卿，《正风半月刊》1935 年第 1 卷第 20 期（122—124 页）。

102.《明本〈放翁诗选前后集〉跋》，《中和月刊》1940 年第 1 卷第 9 期（71—78 页）。

103.《明人伪作陆放翁妻词》，唐圭璋，《中国文学》（重庆）1944 年第 1 卷第 2 期（55—56 页）。

104.《听雨随笔》，吴去疾，《神州国医学报》1937 年第 5 卷第 8 期（封 2 页）。

105.《剑南诗话》，了翁，《世界佛教居士林林刊》1933 年第 36 期（14—15 页）。

106.《题〈剑南诗稿〉》，罗鹤泉，《持志年刊》1933 年第 8 期（1 页）。

107.《题〈陆剑南集〉》，程学愉，《复旦》1918 年第 6 期（138—139 页）。

108.《题〈剑南诗钞〉后》，《国学通讯》1940 年第 3 期（2 页）。

三、读陆游作品感赋之文献

109.《读放翁诗感赋四绝》，骏丞，《民生》1936 年第 37 期（21 页）。

110.《秋夜读放翁诗戏效其体》，醉侯，《文友社第二支部月刊》1919 年第 24 期（1 页）。

111.《题〈读放翁集〉两首》，任公，《粤声》（广州）1948 年第 2 卷第 3 期（9 页）。

112.《仿陆放翁自况》，池志澂，《瓯风杂志》1934 年第 8 期（90 页）。

113.《述怀集放翁诗句题后》，《拒毒月刊》1932 年第 57 期（58—59 页）。

114.《读东坡放翁诗偶成》，蘘蕲，《国闻周报》1928 年第 5 卷第 32 期（1 页）。

115.《陆放翁寄恨〈钗头凤〉（三言体）》，范烟桥，《万象》1941 年第 1 卷第 1 期（175—179 页）。

116.《题陆放翁梅鹤图》，沈长赓，《课余丛刊》（绍兴）1916 年第 3 期（34—35 页）。

117.《黎锦熙书陆叔放翁诗》，《文化与教育》1935 年第 66 期（1 页）。

118.《读陆放翁〈戒杀诗〉有感因步原韵》，潇湘渔父，《扬善半月刊》1933 年第 1 卷第 1 期（11 页）。

119.《崇庆州小住杂感四首》，双呒，《今是公论》1941 年第 1 卷第 8—9 期（15 页）。

120.《集放翁句赠绚裳先生》，自在居士，《天津商报每日画刊》1936 年第 21 卷第 45 期（2 页）。

121.《夏日抱恙蛰居烦闷集放翁诗句自遣》，王景岐，《拒毒月刊》1932 年第 57 期（57—58 页）。

122.《碧湘阁词稿：读放翁〈剑门〉诗》，陈家庆，《国闻周报》1936 年第 13 卷第 48 期（1 页）。

123.《月夕读陆放翁诗》，周萍，《会报》1927 年第 20 期（35 页）。

124.《题一树梅花一放翁图》，吴楚，《虞社》1932 年第 188 期（25 页）。

125.《读〈放翁集〉》，朱右白，《说文月刊》1940 年第 1 卷（342 页）。

126.《客居内新庄园外车声扰人日读陆放翁诗解闷》，庄丕可，《学生》1916 年第 3 卷第 9 期（113 页）。

127.《从陆放翁底诗中说到他的爱国思想》，叔东，《安乡旅省同学会会刊》1936 年创刊号（30—33 页）。

128.《题陆放翁七绝三百首后六首》，陆基，《明德女校校友会杂志》1929 年第 6 期（25—26 页）。

129.《题宋陆放翁遗砚》，胡介昌，《虞社》1932 年第 190 期（42—43 页）。

130.《寄题崇庆县公园范陆祠》，山腴，《国闻周报》1932 年第 9 卷第 35 期（2 页）。

131.《从放翁的诗谈到初夏风光与血的五月》，白华，《上海生活》（上海）1939 年第 3 卷第 5 期（1—3 页）。

132.《登东京三越吴服店最高层感集陆务观句》，徐则愚，《日华学报》1928 年第 3 期（99 页）。

133.《读〈剑南诗〉》，仁，《天津商报画刊》1931 年第 3 卷第 40 期（2 页）。

134.《读〈剑南集〉》，日惺，《国光杂志》1936 年第 15 期（89 页）。

135.《夜读〈剑南诗稿〉》，鲍瘦鹤，《诗经》1936 年第 1 卷第 6 期（16 页）。

136.《读〈陆剑南诗集〉》，《南社湘集》1936 年第 6 期（415 页）。

137.《读〈剑南集〉戏书》，《青年进步》1929 年第 122 期（102 页）。

138.《庐山高卧读〈剑南诗〉》,《军事杂志》(南京)1933 年第 59 期(157 页)。

139.《读〈剑南集〉》,䤡海,《进步》1915 年第 8 卷第 2 期(33 页)。

140.《读〈剑南诗〉》,罗继祖,《辽东诗坛》1929 年第 51 期(17 页)。

141.《红薇老人诗稿:读〈剑南集〉》,《客观》1945 年第 5 期(14 页)。

142.《溽暑不寐读剑南晚年学杜之作率成三律录示南铁》,庞树松,《虞社》1928 年第 143 期(5—6 页)。

143.《秋夜课史姬毓芬〈剑南诗〉》,胡子晋,《辽东诗坛》1926 年第 14 期(17—18 页)。

144.《长江轮中读〈剑南集〉》,任志,《宪兵杂志》1936 年第 3 卷第 8 期(159 页)。

145.《读〈剑南诗稿〉多哀时忧国之吟率成一律聊抒孤愤》,俞道就,《宁波旅沪同乡会月刊》1933 年第 121 期(4 页)。

146.《读〈剑南诗钞〉有柳暗花明又一村句不胜欣仰故赋此以穷其景》,蒋贤清,《学生》1916 年第 3 卷第 7 期(125 页)。

四、选录陆游作品之文献

147.《集放翁诗》,蒋吟秋,《永安月刊》1943 年第 51 期(41 页)。

148.《将别成都:集放翁句》,易君左,《民族诗坛》1939 年第 3 卷第 2 期(59 页)。

149.《陆放翁句》,《无价宝》1931 年第 2 期(23 页)。

150.《书怀》(集放翁律句),郑际旦,《一师半月刊》1935 年第 39 期(10 页)。

151.《陆放翁〈示儿〉诗》,一得,《弘化月刊》1947 年第 69 期(7 页)。

152.《偶感(集陆放翁句)》,《一师半月刊》1937 年第 56 期(10 页)。

153.《集放翁句示友》,思声,《兵事杂志》1920 年第 75 期(9—12 页)。

154.《感时(集陆放翁句)》,陈家庆,《民族诗坛》1938 年第 2 卷第 1 期(56—57 页)。

155.《宋爱国诗人陆放翁先生游》,《建国月刊》(上海)1935 年第 12 卷第 1 期(1 页)。

156.《夏日小病集放翁句述怀排闷》,王景岐,《劳动周刊》1931 年第 1 卷第 1 期(13 页)。

157.《旅感：集陆放翁句》，啸天，《公教周刊》1929 年第 21 期（10 页）。

158.《闲居自感集陆放翁句》，王靖和，《虞社》1930 年第 165 期（22 页）。

159.《题陆放翁梅鹤图》，沈长赓，《课余丛刊》（绍兴）1916 年第 3 期（34—35 页）。

160.《初秋感怀集陆放翁句》，《政法月刊》1932 年第 8 卷第 8—9 期（157 页）。

161.《海上赠兰芳集放翁句》，鹓雏，《中华实业丛报》1914 年梅陆集增刊（13 页）。

162.《有感：集陆放翁句》，贺子坚，《文化与教育》1935 年第 60 期（25 页）。

163.《陆放翁〈渔歌子〉》，唐圭璋，《中国文学》（重庆）1944 年第 1 卷第 2 期（56 页）。

164.《春日遣兴（集陆放翁句）》，祚璜，《一师半月刊》1937 年第 56 期（10 页）。

165.《家中函询归期即集放翁诗却之》，范白雨，《秋霞诗社月刊》1942 年第 3 期（15 页）。

166.《陆放翁的读书诗》，陶元珍辑，《服务》（重庆）1940 年第 3 卷第 1 期（83—99 页）。

167.《哭唐守樃集放翁句》，刘谦，《南社》1914 年第 11 期（25 页）。

168.《夏日小病集放翁句述怀排闷》，王景岐，《劳动周刊》1931 年第 1 卷第 3 期（9 页）。

169.《辛巳九日北极阁登高诗：分韵得来字集放翁句》，曹惆怅，《国艺》1942 年第 3 卷第 5、6 期（40 页）。

170.《记放翁语》，子言，《国闻周报》1934 年第 11 卷第 41 期（1 页）。

171.《夷白楼随笔》，蔡润卿，《正风半月刊》1935 年第 1 卷第 15 期（136—137 页）。

172.《集剑南句》，郭子俊，《学生》1920 年第 7 卷第 2 期（92 页）。

173.《陆放翁诗（录剑南集）》，《佛学半月刊》1933 年第 56 期（19 页）。

174.《冬夜读书偶集剑南遣兴》，寒翠，《啸声》1924 年第 4 期（3 页）。

175.《醉集剑南句》，《广益杂志》192? 年第 9 期（53 页）。

176.《秋夜集剑南句寄剑侯》，《公民急进党丛报》1912 年第 2 期（91—92 页）。

177.《杂感集剑南句》，刘佛船，《铁路协会会报》1919 年第 78 期（237 页）。

178.《云石轩集句诗：霜夜集剑南句》，《广益杂志》192? 年第 9 期（53 页）。

179.《读〈陆剑南诗集〉》,《虞社》1936 年第 219 期（14 页）。

五、步韵仿作陆游作品之文献

180.《拟陆游〈烟艇记〉》, 施亮功,《学生》1918 年第 5 卷第 9 期（88 页）。

181.《演译陆游〈梦招降诸城〉为一篇小说》, 刘树纲,《正中校刊》1937 年第 37 期（54—56 页）。

182.《次韵陆游〈读李杜诗〉》,《学术世界》1936 年第 2 卷第 1 期（130 页）。

183.《用陆游"一年容易又秋风"句作辘轳体》, 李粹真,《北京女子高等师范文艺会刊》1919 年第 6 期（49 页）。

184.《用陆游"一年容易又秋风"句作辘轳体》, 澹心,《北京女子高等师范文艺会刊》1919 年第 6 期（49 页）。

185.《用陆游"一年容易又秋风"句作辘轳体》, 赵静瑗,《北京女子高等师范文艺会刊》1919 年第 6 期（48 页）。

186.《用陆游"一年容易又秋风"句作辘轳体》, 俞钰,《北京女子高等师范文艺会刊》1919 年第 6 期（49 页）。

187.《秋感用陆游"一年容易又秋风"句作辘轳体》, 李英瑜,《北京女子高等师范文艺会刊》1919 年第 6 期（48—49 页）。

188.《秋感用陆游"一年容易又秋风"句作辘轳体》, 孙祥偈,《北京女子高等师范文艺会刊》1919 年第 6 期（50 页）。

189.《畴隐庐诗存（续）: 仿陆游〈夜出偏门还三山〉》, 丁福保著,《文学丛报》1923 年第 2 期（54 页）。

190.《拟放翁体》, 三好,《海王》1935 年第 7 卷。

191.《拟陆放翁〈村居〉诗》, 胡寄尘,《美育》1920 年第 2 期（85 页）。

192.《田家秋兴学放翁体》, 朱伟,《虞社》1929 年第 158 期（14 页）。

193.《效陆放翁体感怀壮晦》,《校风》1936 年第 354 期（1416 页）。

194.《述怀集放翁诗句题后》,《拒毒月刊》1932 年第 57 期（58—59 页）。

195.《读东坡放翁诗偶成》（诗词）, 缫蔯,《国闻周报》1928 年第 5 卷第 32 期（1 页）。

196.《题陆放翁梅鹤图》, 沈长赓,《课余丛刊》（绍兴）1916 年第 3 期（34—35 页）。

197.《两夜效放翁一绝》,《学术世界》1936年第1卷第11期（134页）。

198.《团扇家家画放翁赋（以春在先生杖履中为韵）》，复莽,《大同》1926年第1卷第12期（37页）。

199.《题酒家壁（用〈剑南集〉原均）》，姚洪淦,《虞社》1931年第171期（20页）。

200.《偃蹇：效隆剑南体》，陈鸿藻,《崇中季刊》1948年创刊号（108页）。

201.《和协之读〈剑南集〉》,《阳江半月刊》1936年第2卷第8期（12页）。

202.《寿星明（读虞社月刊喜赋用陆剑南有感韵）》，胡兹俦,《虞社》1930年第164期（48页）。

203.《秋日读〈剑南集〉"徂岁真同下饭轮"句感怀得赋》，刘用锟,《兴亚月刊》1942年第9期（36页）。

204.《看梅三首用陆剑南西郊看梅韵》，安广伴一郎,《辽东诗坛》1925年第6期（7—8页）、第7期（7—8页）。

205.《野外剧饮示中坐：次陆放翁原韵（原作见〈剑南诗稿〉)》，在宥道人,《县政研究》1940年第2卷第2期（103页）。

206.《敬步展公读剑南集师韵答姚味辛兄》,《国立中山大学日报》1936年第2181期（3—4页）、第2186期（4页）。

（作者单位：南京师范大学文学院）

新旧文学比较研究

流动的文本——谈胡适早期诗作及《尝试集》

赵侦宇

一、前言

本文将探讨胡适（1891—1962）的《尝试集》并兼及其部分早年诗作。《尝试集》的相关研究已蔚然可观，本文在此试图采用与众多前行研究稍加不同的视角，也就是"流动的文本"这个概念来加以探讨。以下，将以结构主义（structuralism）的思路来说明这个概念。

首先要举出的是罗兰·巴特（Roland Barthes）。众所周知，罗兰·巴特在 1968 年提出了"作者的死亡"（The death of the author）[①]的说法。在这之前，作者对于作品拥有绝对的解释权。然而，巴特否定了作者的权威性，将解释权交给了读者。这样一来，除了作者与读者以外，作品的状态也因为由一元（被作者一人解释）到多元（被读者们解释）的改变而有所动摇。换言之，静态的"作品"因为获得了多元的解释可能而变成是动态的"文本"。而巴特所谓的"文本"——"不是老老实实地摆在那儿会自行呈现的单纯客体，它是得经过实践才能产生的动态体验"。[②]

此外，另外一名结构主义者茱莉亚·克里斯蒂娃（Julia Kristeva）则是提出了"互文性"（intertextuality）的观点。所谓的互文性——"强调文本与文

---

① 中译版本可参考（法）罗兰·巴特著、怀宇译《罗兰·巴特随笔选》，天津：百花文艺出版社 2005 年，第 294—301 页。

② 张祎星：《罗兰·巴特的文本理论》，《浙江师范大学学报》，2006 年第 1 期。关于"作品"与"文本"差异的讨论，亦可参照此篇。

本之间的相互渗透，一个文本与存于其中的其他文本紧密相连，它打破了文本的单一性……互文性理论认为文本不是单一的、固定的，而是破碎的、多样的，文本指意过程的多样性使文本的阐释更加开放，具有无穷无尽的阐释空间"。[①] 作为结构主义的代表，巴特与克里斯蒂娃的思维略有不同，但同样针对文本的多元解释可能发论。可以说，在二人的思维图式之中，原本静态、固态的"作品"，成为了动态、流动的"文本"。只不过，本文并不完全按照上述二人的理论来展开研究，而仅是试图借用文本流动的这个想法来考察胡适的创作[②]。

二、胡适早期诗作：关于改诗

本文在之后的章节将会讨论《尝试集》的成立问题，并探讨随着《尝试集》版本的不同对于作品所造成的更动现象。在此之前，则先以胡适日记为据，略加考察胡适早期诗作的流动性质。

文学作品可能是一气呵成的，但也可能在定稿之前，有多番的推敲斟酌。以胡适留学期间为例，他与任鸿隽（叔永）等人相互改诗的现象十分常见[③]。只不过，以胡适日记留下的记录来看，胡适虽然在日记中留下不少诗词，但日记中对某某作品在定稿之前的推敲过程的描写并不易见。至于定稿后再予以修改的情况则可略见一二。对此，本节主要着眼点有二：一是成立日期在《尝试集》之前，但未收录于《尝试集》的诗作；二是虽收录于《尝试集》，但在收录之前就已经以定稿之姿出现于胡适日记，并经由胡适改定过的作品。

前者可以举 1916 年 9 月 16 日的《改旧诗》[④] 日记一则为例。胡适共改了

---

① 罗美晨、朱媛：《克里斯蒂娃的符号学和互文性研究》，《传播与版权》，2015 年第 8 期。

② 本文在方法论的术语上不用"动态"而使用"流动"。有关文本、互文性研究的讨论基本上使用的是 dynamique 一词，中译本翻成"动态"。（法）萨莫瓦约著、邵炜译《互文性研究》，天津：天津教育出版社 2002 年，第 4 页。dynamique 是法文词汇，即英文的 dynamic。而根据 Merriam-Webster 字典的解释，所谓的 dynamic 指的是 "a pattern or process of change"（http://www.merriam-webster.com/dictionary/dynamics）。就笔者自身的语感而言，动态一词比较接近 pattern，但比起 pattern，笔者在此处欲使用的概念更近于 process，故使用比较贴近于 process 的"流动"一词来予以指涉。

③ 这一点可参考耿云志主编《胡适遗稿及秘藏书信》第二十六册·胡适书信·他人致胡适信（四），合肥：黄山书社 1994 年。

④ 曹伯言整理：《胡适日记全集 2》，台北：联经出版事业股份有限公司 2004 年，第 425—426 页。

两首诗，第一首是《读大仲马〈侠隐记〉〈续侠隐记〉》，自"从来桀纣多材武，未必武汤皆圣贤。太白南巢一回首，恨无仲马为称冤"改成"从来桀纣多材武，未必汤武真圣贤。那得中国生仲马，一笔翻案三千年"。第二首是《读司各得〈十字军英雄记〉》，自"岂有鸩人羊叔子？焉知微服武灵王？炎风大漠荒凉甚，谁更横戈倚夕阳？"改成"岂有鸩人羊叔子？焉知微服赵主父？十字军真儿戏耳，独此两人可千古"。改诗的原因，应可推测是胡适在同则日记中所写的"吾近主张不用典也"①之论。第一首很明显地去除了"太白""南巢"的典故②，至于第二首，胡适则自云"吾近主张不用典也，而不能换此两典也"。而无论换典成功与否，可以确定的是，胡适对于典故使用想法的转换，促成了这两篇文本的流动。

关于第一首诗，无论是《胡适全集》或是《胡适之先生年谱长编初稿》③皆无载明其原先出处，仅能从日记中得知该诗作于戊申年（1908），是否发表则未可知。至于第二首诗，则可据《胡适全集》的编者注得知此诗原载于1908年12月14日《竞业旬报》第36期④。易言之，此诗明显是已发表的定稿。相隔八年之后，虽然难以推测胡适为何挑选这两首诗进行修改，但可以知道的是胡适于1917年发表《文学改良刍议》，这时胡适的文学改良想法已趋成熟，故他才会注意到典故使用的问题进而予以改动。而这样的改动便使得原本是固态的定稿作品，可以让我们用流动文本的观点来予以省视。

至于本节所着眼的第二个点，则可以举出《沁园春·誓诗》来做说明。这首诗同样是在1916年的日记上出现的。这一年的4月份，胡适共写下《沁园春·誓诗》的五个版本，分别是4月13日的初稿、4月14日的改稿、4月16日的第三次改稿、4月18日的第四次稿，以及4月26日的第五次改稿。⑤而1923年5月7日对于记载第五次改稿的日记所做的附记则云"此词修改最多，

① 此处亦可参照江勇振的讨论。江勇振：《璞玉成璧》，台北：联经出版事业股份有限公司2011年，第663页。

② 此二典可见于《春秋左传注疏》卷第四十五·昭公十一年："桀身奔南巢，故云丧国也。纣首县白旗，故云陨身也。"白旗即太白旗，可参照《尚书正义》卷第十二·洪范第六："武王遂斩纣头，悬之太白旗是也。"（清）阮元校刻《十三经注疏》，北京：中华书局1980年，第2060、187页。

③ 《胡适之先生年谱长编初稿》第一册虽有提及此诗，但亦仅注明出处来自胡适的留学日记。胡颂平编著：《胡适之先生年谱长编初稿》，台北：联经出版事业股份有限公司1990年校订版，第88页。

④ 季羡林主编：《胡适全集》第10卷，合肥：安徽教育出版社2003年，第384页。

⑤ 《胡适日记全集2》，第312、314、315、318、322—323页。

前后约有十次"。① 每次改稿的内容可参见胡适日记，在此不一一引述；再者，笔者的重点亦不放在修改的内容，而在于修改的行为本身。

在第三次改稿时，胡适不禁感叹"作诗容易改诗难也"②。虽然最后收录于《尝试集》的是一开始的初稿，但是胡适在改诗时所花费的时间和心力比作诗时还要多。就这点来说，整个改诗过程中所体现的流动性质实比单纯的作诗行为来得更有意思。倘若一开始就写定，那个文本本身即是固态的（即便它可以从读者的解释获得动态的可能），唯有经由改动（在第四、第五次改稿时，胡适甚至称该次即为"写定"），该作才获得了不断流动的可能，成为了多元动态的文本。而且最后采用的是初稿的这一点亦饶富趣味。因为《沁园春·誓诗》的"定稿"并非一开始就是定稿，该作是经由了多次改动之后才又流动回了最初的面貌。若仅将《尝试集》视为固态的定稿来看这首诗的话，就无法观察到隐藏在固态定稿之下的动态文本的流动过程。这也是胡适的作品特别有以"流动的文本"视点来切入的价值的原因，因虽非全面，但胡适的日记确实留下了其部分作品流动的轨迹。

三、《尝试集》的成立

《尝试集》的初版于 1920 年 3 月发行，为中国最初的白话诗集。与同时代的白话诗集相较，这本诗集尤其有以"流动的文本"来考察的价值，其原因正与"尝试"二字相关。以胡适在论述白话诗经常引用的康白情、周作人为例，此二人的诗集分别命名为"草儿"以及"过去的生命"，③ 皆是与诗集中作品的内容相关的书名。然而，"尝试集"的书名却不是以诗的内容，而是以作诗这个行为本身来取定的④。根据胡适自己的说法，"尝试"之名是在一部分的作品写成之后，整部集子尚未统整成一册之前就已经决定

---

① 《胡适日记全集 2》，第 323 页。

② 同上，第 315 页。

③ 康白情：《草儿》，上海：亚东图书馆 1922 年。周作人：《过去的生命》，北京：北新书局 1929 年。

④ 当然，《尝试集》书中亦有收录诗作《尝试篇》，但该作本身同样是以"尝试"这个行为来命名的，这个命名也正体现了《尝试集》成立的核心特质。这是《尝试集》最为特殊之处，是故纵使其他诗集随着版次不同也有可能对于内容进行改动，但仍不比《尝试集》更具备有"流动"的性质。

了的①。姑且先不论书名决定之前的那些诗作，至少可以确认的一点是，在书名决定之后出现的诗作，都是胡适已经对"尝试"有所自觉之后才写成的。《尝试集》的成立本来就有一个明确的目的，或者说是创作意图，意即对于白话诗创作的"尝试""实验"。"结集成册"也许意味着作品集成立之后的一种固定形态，但与此相对，"尝试"本身指涉的是不归结于某种状态的持续变化过程，故具有"动"的性质。易言之，《尝试集》作为一本作品集在其成立之前就已经是动态的了，而即便是结集成册之后，这本书也不能说是就此成形固定。而这点也与《尝试集》的版本问题息息相关。

巴特与克里斯蒂娃所主张的是作品的多元解释性以及作品与其他作品的各种关联。在这样的主张下，他们强调的变化不在于一篇作品、一本书本身，而是在于对作品的定义以及解释。然而以《尝试集》来说，该书本身就是充满变化的。《尝试集》曾经多次印刷出版，但其底本是 1922 年发行的增订四版。高楠的硕士论文②，考察了《尝试集》从初版到增订四版之间的版本问题。以下，将基于高楠的研究成果来展开论述。另外，由于人民文学出版社的《中国现代文学作品原本选印》在重新出版《尝试集》时亦附上了初版、再版中被删去的作品，亦一并参照。

从初版到第二版的再版，胡适添加了一篇《再版自序》，并追加了六首诗编进第二编当中。此外，删去了《看花》诗的最后二句。从再版到第三版，则没有太大的更动，惟将删去的《看花》诗最后二句予以恢复。变化的程度或有小大之分，但可以说，再版与三版的《尝试集》已与初版不同，是为流动过后的《尝试集》。这样的流动体现于作品集以及作品本身。前者是诗作数量的更动，后者则可以《看花》为例。二者皆非恒常不动的静态产物，而是透过添加删改而会产生流动变化的动态之物。如果巴特所说的那种受到读者多元解释的文本是如同《看花》那样，作品本身就已经是在流动着的文本的话，那么所谓文本的多样性势必更加提升，能够自文本体察出的流动性也势必更加高涨。

比起初版到三版的变化，更值得瞩目的是增订四版中的改订。从三版到增

---

① "这时我已开始作白话诗。诗还不曾做得几首，诗集的名字已定下了，那时我想起陆游有一句诗：'尝试成功自古无！'我觉得这个意思恰和我的实验主义反对，故用'尝试'二字作我的白话诗集的名字。"胡适：《尝试集·自序》，北京：人民文学出版社，1984 年，第 147 页。

② 高楠：《〈尝试集〉的版本分析兼及文学史评价》，陕西师范大学硕士学位论文，2012 年。

订四版，首先是删去了钱玄同写的序与《再版自序》，添加了《五月四日答任叔永书（代序一）》以及《四版自序》，至于《尝试篇（代序二）》及《尝试篇·有序》的内容则有所改动。此外，第一编当中有诗六首删去，第二编有诗十二首删去、有诗六首更改了内容，而《新婚杂诗》原有五首，至此仅留下一首。至于原本收录于第二编的《许怡荪》和《一笑》则与新收录的十五首诗组成了第三编。最后，附录在《尝试集》之后的《去国集》也首次有所更动，删去了当中的八首诗，而追加了一首《老树行》。

如同上述，《尝试集》的增订四版可说是更加剧烈地流动着。序文以及作品同样都可以见到颇大的变化。与之前的三个版本相比，收录其中的作品已经相当不同。第三编的出现，更是动摇了《尝试集》作为一本作品集的原有结构。而附录的《去国集》虽然主要收录古典旧诗，但因为追加了试图打破古典文法而写作的《老树行》而使得胡适的"尝试"得到了强化。我们可以这样说，所谓"尝试"，并不仅仅是意味着书写新风格的诗作，诗集的编辑组成，也是一种"尝试"。

另一个引人注目的点是，《尝试集》的改动是经由多人之手而成的——

　　删诗的事，起于民国九年的年底。当时我自己删了一遍，把删剩的本子，送给任叔永、陈莎菲，请他们再删一遍。后来又送给"鲁迅"先生删一遍。那时周作人先生病在医院里，他也替我删一遍。后来俞平伯来北京，我又请他删一遍。他们删过之后，我自己又仔细看了好几遍，又删去了几首，同时却也保留了一两首他们主张删去的。[1]

以流动的视角来看待这点的话，不得不注意的便是流动的源头及其方向性。第二版之前的改动乃皆由胡适一人进行，故流动的源头仅有一个。然而，增订四版由于经由多人修改，故源头也便增加，真可谓由众人之手所促成的一次"尝试"。并且，各人对于增订四版的增删有时间上的差异，故各个源头并非是平行的，而是一个接着一个交叠上去的。以河流来比喻的话，这不是由数条支流组成的树状体系，而是每条支流重叠交汇，情况比起树状还要更加复杂。最后，据上引部分的最后一句，众人的删诗所引发的流动并非只是一条名为"删除"的单向流路，因为胡适留下了他人删去的一二首诗，使得出现了另

---

[1]　胡适：《尝试集·四版自序》，第 6 页。

一条名为"留存"的流路，让流动更加地多样化。

四、《尝试集》的评价

克里斯蒂娃所提出的互文性，指的是文本不以与其他的文本毫无关系的状态独立存在。若将《尝试集》视作一个文本，那么也可以看到与此互文性相仿的图式。《尝试集》的增订四版已经不能说是胡适的《尝试集》了。纵使不是共同创作，但共同编辑的行为已使得《尝试集》不再是静态的存在，而是透过各个不同的源头与方向性，产生了多元的流动。而这样的图式也可从《尝试集》的评价中看到。

若将互文性适用于所有的文本，那么所有的作品都可以说是流动的。但诚如上述，《尝试集》的特殊之处就在于可以从许多不同的角度来省察其流动的性质。就作品所受到的评价这一点来说当然也行。一般而言，即便有程度上的差异，但所有的作品出版后都会受到评价。愈受到评价，动态的程度就愈高，流动性也就愈会增加。就这点来说，刻意从评价来论述《尝试集》的流动的这件事，绝对不是没有意义的。作为中国第一本从文言过渡到白话的诗集，《尝试集》的重要性、影响力以及话题性自不待言。对于《尝试集》的评价可说是毁誉参半，但也因此更值得我们去考察那当中的流动性。此外，《尝试集》并非是出版之后才受到评价的。胡适在美国留学时，就已经开始创作白话诗。从胡适日记中留下的大量信件可以看到，胡适经常将自己"尝试"的作品分寄给友人，而得到了许多评价[1]。那当中负面的评价占大多数，在《尝试集》出版之后，也同样受到了不少攻讦。然而，这些评价并没有击垮《尝试集》。按照曾虚白的说法，当时的新文艺相关书籍，能够卖到二万本的是极少的[2]。但《尝试集》在出版后的两年之内，就已经卖出了一万本[3]。而这个数字还不包含流传最广的增订四版出版之后的销量。《尝试集》多么受到欢迎，由此可见一斑。

针对《尝试集》的评价，高楠的研究已有讨论，故不再详述。在此，将焦

[1] 可参考《胡适日记全集》第一册与第二册。

[2] 虚白：《给全国新文艺作者一封公开的信》，病夫编：《一家言》，成都：真善美书店 1928 年，第 4 页。

[3] 胡适：《尝试集·四版自序》，第 5 页。

点放到与"流动"相关的部分：

> 不料居然有一种守旧的批评家一面夸奖尝试集第一编的诗，一面嘲笑第二编的诗；说《中秋》《江上》《寒江》……诗是诗，第二编最后的一些诗不是诗；又说，"胡适之上了钱玄同的当，全国少年又上了胡适之的当！"我看了这种议论，自然想起一个很相类的故事。当梁任公的《新民丛报》最风行的时候，国中守旧的古文家谁肯承认这种文字是"文章"？后来白话文学的主张发生了，那班守旧党忽然异口同声地说道："文字改革到了梁任公派的文章就很好了，尽够了。何必去学白话文呢？白话文如何算得文学呢？"好在我的朋友康白情和别位新诗人的诗体变得比我更快，他们的无韵"自由诗"已很能成立。大概不久就有人要说："诗的改革到了胡适之的《乐观》《上山》《一颗遭劫的星》也尽够了。何必又去学康白情的《江南》和周启明的《小河》呢？"……只怕那时我自己又已上康白情的当了！ ①

引文的部分略长，但从《尝试集》的评价中所体现的流动性却是一目了然。评价不是恒常不动的。随着世态的改变等原因，评价自然有可能会发生变化。当然，上引保守派的意见并没有彻底地受到翻转，但他们对于白话文学的评价基准确实是逐渐地在让步。这样的现象也与胡适创作的流动性相互对应。从第一编到第二编的最后几首诗，从《乐观》《上山》《一颗遭劫的星》到像是康白情那样的诗作，胡适自己也逐渐从旧流动到新，从文言流动到白话。而下一节将针对《尝试集》作品的流动来进行考察。

五、《尝试集》的作品

> 总结一句话，我自己只承认《老鸦》《老洛伯》《你莫忘记》《关不住了》《希望》《应该》《一颗星儿》《威权》《乐观》《上山》《周岁》《一颗遭劫的星》《许怡荪》《一笑》——这十四篇是"白话新诗"。其余的，也还有几首可读的诗，两三首可读的词，但不是真正白话的新诗。②

---

① 胡适：《尝试集·再版自序》，第186—187页。
② 同上，第193—194页。

胡适在写作《尝试集》再版的序时，对于自己两年前的作品感到"如同隔世"①。实际去比较《尝试集》增订四版的各编的话，确实可以看到胡适在不同时期创作的诗有着不同的风格。集中来看从第一编到第二编的变化，也的确是一个从旧到新、从文言到白话的过程。或许也正因为如此，上引胡适所承认的十四首诗作，全都收录在第二编。然而，这十四首诗跟先前的诗作相较究竟有什么特色？解开这个问题，可以从中观察到创作的流动轨迹。

限于篇幅，在此仅集中讨论诗句的形式问题。第一编的诗作，除了词体之外，几乎所有的诗都是由固定字数的句子组成的。《蝴蝶》《江上》《十二月五夜月》《病中得冬秀书》《"赫贞旦"答叔永》《景不徙篇》《朋友篇》《文学篇》等五言诗是数量最多的。此外也有《赠朱经农》与《中秋》那样的七言诗。唯一的例外是《黄克强先生哀辞》，即便如此，该诗当中亦有四言对四言而成的句式。

至于在第二编，则几乎看不到这种整齐的句式。惟《鸽子》与《三溪路上大雪里一个红叶》是例外。前者有四言对四言的句式，后者则有五言对五言、七言对七言的句式。只不过虽然这二首诗收在第二编，但却不被算在那十四首"真正白话的新诗"当中。个中的理由之一，想必与这二首诗皆还留有整齐的句式有关。

十四首诗当中的《老洛伯》《关不住了！》《希望》是翻译诗，并非胡适自己的创作。翻译诗的情况是，诗的内容已经由原作者决定下来，无法更动。因此，若说"作者"（译者）胡适将这三首诗变成了"真正白话的新诗"，那他所着手主导的不是内容，而正是诗作的形式。

《尝试集》第一编虽然没有收录翻译诗，但比第一编的成立时间更早的《去国集》则有。《去国集》当中的《哀希腊歌》即是拜伦（George Gordon Byron）"The Isles of Greece"的翻译。胡适用《楚辞》的文体翻译这首诗，四言、五言、六言、七言等成对的句式相当地多。另一方面，上述那三首翻译诗则已经不见像这样的整齐句式。不仅如此，再举十四首诗当中的《希望》一诗为例的话，便可得知胡适于后来已有刻意避开整齐句式的倾向。《希望》是翻译自奥玛·开俨（Omar Khayyam）的《鲁拜集》（Rubaiyat）中的一首诗作。胡适是根据英译本来翻译这首诗的。所谓的"Rubaiyat"指的是四行诗集，具有固定的诗形。

① 胡适：《尝试集·再版自序》，第 186 页。

而胡适亦将 Rubaiyat 称作"绝句"①。然而，胡适的这首译诗却是由九字＋十二字＋八字＋十五字的形式构成的。换言之，在过去，胡适将不一定得按照楚辞体来翻译的《哀希腊歌》，用对句的形式进行翻译。但在后来，却刻意用不整齐的句式来翻译以对句的形式构成的《希望》。这之间的变化，体现的正是胡适"尝试"自文言到白话的流动轨迹。

六 结语

《尝试集》是十分特别的一本著作，至今已被从各个角度来予以定义。有人认为《尝试集》是"旧"的②，有人则认为是"新"的③，而亦有"从旧到新的过渡"④的看法。过渡的这个看法，与本文所使用的"流动"概念相对接近。然而，若是将《尝试集》比喻成河流水系，那么"过渡"也仅是当中的一条支流。本文所做的是，在各个章节所表示的面相上，"尝试"以"流动的文本"这个观点来考察胡适的早期诗作以及《尝试集》，体现的是当中复杂而多元的"流动"面貌。我们甚至可以看到《尝试集》第三编中的诗作，竟又有一些整齐的句式出现，这放在上节讨论的脉络来看，甚至可以说是一种"逆流"，值得再深入讨论。对于《尝试集》或是更多的文本作品，流动的观点势必能为我们带来新的思考进路，本文仅是一个起点，一次"愿大家都来尝试"⑤的"尝试"。

（作者单位：京都大学文学研究科）

---

① 胡适：《尝试集·希望（译诗）》，第 46 页。

② 陈爱中：《以旧的姿态矗立———重读〈尝试集〉》，《广东社会科学》2012 年第 1 期。

③ 文贵良：《胡适〈尝试集〉：白话新诗的实地试验》，《湖南大学学报（社会科学版）》2015 年第 6 期。

④ 杨景龙：《试论胡适〈尝试集〉的过渡形态》，《郑州大学学报（哲学社会科学版）》2013 年第 1 期。

⑤ 胡适：《尝试集·尝试篇（代序二）》，第 193—194 页。

1917：作为"文学革命"反对派的吴虞

胡全章

在五四新文化人物的历史叙事中，"'四川省只手打孔家店'的老英雄"成为对吴虞的经典描述与评价，吴氏与陈独秀一道被树为"攻击孔教最有力的两位健将"[①]。这一新文化阵营以"非孝"思想和提出"礼教吃人"时代命题而著称的勇猛的"反孔战士"形象，经由新文学史家反复言说之后，被定格在主流中国现代文学史的正统叙事之中。伦理革命（思想革命）和文学革命是五四新文化运动的两翼，然而，如果我们就此推断吴虞自然属于文学革命阵营中人，那就有背历史事实了。五四文学革命初期的吴虞，不仅于 1917 年 3 月经由柳亚子介绍，加入了被胡适讥刺为"夸而无实，滥而不精，浮夸淫琐，几无足称者"[②]的南社，而且针锋相对地写过一篇题为《论文学革命驳胡适说》的文稿，并在《与柳亚子论文学书》中系统批评过胡适的白话诗。凭借那部被柳亚子推崇备至、遍赠南社名流的木板精印的诗集《秋水集》，吴虞被南社主任树为诗学盛唐的当代典范和继龚自珍、马君武之后"诗界革命"的第三位代表诗人。吴虞与柳亚子在诗学主张和诗歌创作方面的互为张目与相互借重，为我们认识吴氏的文学思想和文化立场及其与五四文学革命领军人物胡适之间的微妙关系，提供了不同于胡适和新文学史家的主流叙事的历史线索与透视角度。

事情要从 1916 年 6 月下旬留学美国攻读哲学博士学位的胡适收到杨杏佛寄给他的一首"白话诗"说起。是年，胡适正在酝酿"诗国革命"，与留美学生杨杏佛、任鸿隽、梅光迪等一帮诤友争论切磋，而杨杏佛、任鸿隽、胡明复等人正在组织中国科学社，筹办《科学》杂志。胡适日记中记载的杨杏佛那首

---

① 胡适：《〈吴虞文录〉序》，《晨报副刊》1921 年 6 月 21 日。
② 《新青年》第 2 卷第 2 号"通信"栏，"胡适致陈独秀书"，1916 年 10 月。

"白话诗"题为《寄胡明复》："自从老胡去，这城天气凉。新屋有风阁，清福过帝王。境闲心不闲，手忙脚更忙。为我告夫子（赵元任也），《科学》要文章。"胡适评曰："此诗胜南社所刻之名士诗多多矣。"[①] 对南社"名士诗"的鄙弃之态已表露无遗。而杨杏佛、梅光迪、任鸿隽均为南社社友，胡适所言南社"名士诗"，主要是从南社社集《南社丛刻》中得到的印象。与杨杏佛不同，梅光迪和任鸿隽都强烈反对以白话作诗。一个月后，针对梅氏的激烈反对，胡适作白话长诗《答梅觐庄》，中有"诸君莫笑白话诗，胜似南社一百集"之句[②]，继续拿南社诗人说事，再度表示了对南社的轻蔑。

又过了一个月，胡适读到1915年出版的《青年杂志》第3号刊载的被编者赞誉为"子云、相如而后仅见斯篇"的"稀世之音"的南社诗人谢无量的长律《寄会稽山人八十四韵》，大不以为然，遂在致主编陈独秀信中道：

> 尝谓今日文学之腐败极矣，其下焉者，能押韵而已矣。稍进，如南社诸人，夸而无实，滥而不精，浮夸淫琐，几无足称者（南社中间亦有佳作，此所讥评，就其大概言之耳）。更进，如樊樊山、陈伯严、郑苏龛之流，较南社为高矣，然其诗皆能规摹古人，以能神似某人某人为至高目的，极其所至，亦不过为文学界添几件赝鼎耳，文学云乎哉！[③]

不仅将民初诗坛所有流派一棍子打死，而且将革命文学社团南社诗歌置于晚清遗老樊增祥、陈三立、郑孝胥诸辈之下。

胡适第一次讥评南社之言仅记载在日记里；第二次蔑视南社之言发表在《留美学生季报》，作为南社盟主的柳亚子在国内无缘看到；第三次苛评南社之言于1916年10月发表在陈独秀主编的《新青年》，这下子终于惹恼了向来蔑视樊增祥、陈三立、郑孝胥诸辈且视其为务必要打倒的代表"亡国之音"的诗敌的南社掌门人——柳亚子。至此，如骨鲠在喉不吐不快的柳氏对胡适展开绝地反击，就是一件箭在弦上而不得不发的事了。不过，他需要一个由头和恰当的时机，也迫切需要一个能为他张目的得力帮手。

---

① 胡适:《胡适全集》第28卷，合肥：安徽教育出版社，2003年，第393页。

② 同上，第415页。

③《新青年》第2卷第2号"通信"栏，"胡适致陈独秀书"，1916年10月；据《胡适留学日记》记载，该函作于1916年8月21日。

就在此时，吴虞主动投上门来。1916 年 11 月中旬，吴虞致书柳亚子，对其《论诗六绝句》深表"神契"，揶揄陈石遗在《东方杂志》编辑的"海内诗录"专栏，谓"上海诗流，几为陈、郑一派所垄断，非得南社起而振之，殆江河日下矣"。① 这封投其所好、投石问路的书信，深得奉行"尊唐抑宋"主义的南社盟主柳亚子的欢心，我们可以想见柳氏接书后大喜过望的心情，以至于在回信中连道"慰甚慰甚"，引为诗学上的同调。于是，两人之间频繁地书信往来，有了一段为时一年多的相互投桃报李的密切交往与合作。

1917 年 1 月 19 日，柳亚子致书吴虞，对未见其《秋水集》诗，但从姚鹓雏诗话中"知为今世之能倡唐风者"表"佩服"，对通过姚氏转来的手书内容表"慰甚"，重申自己"尊唐抑宋"的一贯主张，引吴氏为同道，动员其加入南社。其言曰：

> 今读先生所言，知于曩时持论，合若符节。窃信吾道不孤，私以入社为请，甚以先生不弃鄙陋，惠然肯来，则拔帜树帜，可以助我张目，万幸万幸！奉上社集四册，姓氏录一册，社例一通，希即惠存。又社书一纸，则请填就寄下为感！度先生不责其唐突也。《秋水集》为鸳雏乾没，未见寄下，乞先生补惠一册，径寄江苏苏州黎里柳亚子收，幸甚幸甚！②

从其"拔帜树帜""助我张目"的口气来看，柳氏对邀吴氏加入南社的意图毫不讳言。柳亚子此时拉吴虞入伙，不光是为了对付南社社友中为同光体张目的宗宋派的挑战，还有着更深一层的思虑，那就是为反击提倡白话诗且蔑视南社的胡适储备为我所用的人才。

1917 年 3 月 5 日，吴虞收到柳氏函件的当天就填写了入社书，以柳亚子、谢无量为介绍人，附居日期间所照洋服像片一张，词一首，《秋水集》一册，入社金三元，分寄柳亚子和朱少屏。十天后，已从上海北上担任北京大学文科学长的陈独秀，慕名向"蜀中名宿"吴虞约稿；3 月 18 日，吴氏将《书〈女权平议〉》文稿挂号寄给陈氏③。3 月 25 日，吴虞从《新中华报》所登《新青年》

---

① 吴虞:《与柳亚子书》,《民国日报》1917 年 4 月 28 日。
② 中国革命博物馆整理，荣孟源审校:《吴虞日记》上册，四川人民出版社，1984 年，第 290 页。
③ 同上，第 293 页。

第六号要目，得知其《家族制度为专制主义之根据论》一文刊发于该期，大为欣喜，谓"余之非儒及攻家族制两种学说，今得播于天下，私愿甚慰矣"。①至此，吴虞已被目为《新青年》阵营中人。

两天后，亦即 1917 年 3 月 27 日，收到吴虞复函及所填入社书的柳亚子致书吴氏，言"手教并社书，欢喜无任，足张吾一军矣"，为能将这员虎将罗致麾下而喜形于色。论及吴氏《秋水集》及其《与陈独秀书》，柳氏写道：

> 《秋水集》一册已到，适泛舟分湖，携此卷读之，三复始已，妄为品目，谓是梅村渔洋一辈人，未知先生以为何如也。中有题卢梭、孟德斯鸠及论李卓吾、陈寿诸诗尤见卓识，佩服，佩服。曩于《新青年》杂志中，得读先生与陈独秀书，甚为倾倒。独秀亦旧相识，第未入社，其驳孔教论篇，可谓绝作。唯近信胡适之言，倡言文学革命，则弟未敢赞同，尊意如何，倘能示我否也？②

这其实是柳亚子正式反击胡适之前对吴虞所进行的投石问路之举。柳氏先是高度评价其诗其文，提到《新青年》阵营的陈独秀和胡适时，则采取尊陈抑胡的策略，其真实意图，则是想让吴氏就他"未敢赞同"的"文学革命"之说发表意见，而其机锋所向则是倡导以白话为诗的胡适。

作为刚刚入伙而意欲有所表现的南社社友，吴虞对盟主柳亚子的真实意图可谓心领神会，遂撰《论文学革命驳胡适说》一文函寄柳氏。由于该文没有正式发表，其后出版的吴氏文集和柳氏文集均未收录，今人已经很难一睹吴虞当年在该文中是如何理直气壮、畅快淋漓地驳斥胡适"文学革命"之说的历史风采了。我们所知道的是，柳亚子看到该文后大为激赏，言："《论文学革命驳胡适说》，先得我心之所同，然而言之有物，畅快淋漓，尤足令弟拍案叫绝，先生真吾师也。"③虽然出于复杂的动机和多方面的考虑，吴氏没有授权柳氏发表该文，但他仍然充当了以柳亚子为首领的南社主流派对抗《新青年》阵营发起的"文学革命"的马前卒。其中原因，不仅在于吴虞 1917 年 4 月中旬写给柳亚子的那封批评胡适白话诗的长信一个月后即被柳氏冠以《与柳亚子论文学

---

① 中国革命博物馆整理，荣孟源审校：《吴虞日记》上册，第 294—295 页。
② 同上，第 299—300 页。
③ 同上，第 309 页。

书》之名公诸《民国日报》，更在于与陈、胡同为《新青年》阵营中人且被陈氏誉为"蜀中名宿大名家"①的吴氏对胡适"文学革命"之说所持的批判立场对柳亚子产生了切实的影响，以至于让柳氏发出"先生真吾师"的赞叹。

有了助其张目的脚踏两只船的吴虞的支持，柳亚子决定对胡适展开反击，他所选择的方式是致南社社友杨杏佛的公开信。1917 年 4 月 27 日，柳亚子在《民国日报》发表《与杨杏佛论文学书》，其言曰：

> 胡适自命新人，其谓南社不及郑、陈，则犹是资格论人之积习。南社虽程度不齐，岂竟无一人能摩陈、郑之垒而夺其鳌弧者耶？又彼倡文学革命，文学革命非不可倡，而彼之所言，殊不了了，所作白话诗，直是笑话。中国文学含有一种美的性质，纵他日世界大同，通行爱斯不难读，中文中语尽在淘汰之列，而文学犹必占美术中一科，与希腊、罗马古文颉颃，何必改头换面，为非驴非马之恶剧耶！此不关南社事，以论及此人，聊一倾吐耳。

> 《新青年》陈独秀，弟亦相识，所撰《非孔》诸篇，先得我心，至论文学革命，则未免为胡适所卖。弟谓文学革命，所革当在理想，不在形式。形式宜旧，理想宜新，两言尽之矣。又诗文本同源异流，白话文便于说理论事，殆不可少；第亦宜简洁，毋伤支离。若白话诗，则断断不能通。

> 诗界革命，清人中当推龚定庵，以其颇有新思想也。近人如马君武，亦有此资格，胜梁启超远甚。新见蜀人吴又陵诗集，风格学盛唐，而学术则宗卢、孟，亦一健者。诗界革命，我当数此三人。若胡适者，所谓画虎不成反类犬，宁足道哉！宁足道哉！

柳亚子对胡适将南社名士与同光遗老视为一丘之貉且置诸其下的苛评一直耿耿于怀，对胡适所作白话诗反唇相讥，谓其"直是笑话"，断言白话诗"断断不能通"。柳氏以为"文学革命非不可倡"，但"所革当在理想，不在形式"，应遵循"形式宜旧，理想宜新"的原则，这其实是梁启超十多年前即已提出的"然革命者当革其精神非革其形式"以及"以旧风格含新意境"的修正版"诗界革命"纲领的旧调重弹②。在此语境下，他将嘉道之际的龚自珍、光宣之际

的马君武、民国初期的吴又陵并举，是为柳亚子版"近世诗界三杰"，而梁启超十五年前在《饮冰室诗话》中标举的黄遵宪、夏曾佑、蒋智由"近世诗界三杰"①，均不入柳氏法眼。在柳氏看来，梁启超的新诗成就远不及既能创作自成模范、旧锦新样的新派诗，又能译出"合泰东西艺文之魂于一炉而共冶之"②的西洋诗歌的马君武；吴又陵诗学盛唐，而学术思想则宗尚十八世纪法国伟大的启蒙思想家卢梭、孟德斯鸠，其诗符合"形式宜旧，理想宜新"的创作原则，称得上"诗界革命"之"健者"。至于胡适"画虎不成反类犬"的白话诗，则根本不值一晒。

5月中旬，上海《民国日报》分两期刊发了吴虞《与柳亚子论文学书》，作为对柳亚子的呼应。其评胡适的白话诗道：

> 胡适所为白话诗，弟不敢附和，曾致书《小说月报》恽铁樵论之。盖弟于文，常分词章家、非词章家二派。如乐毅、李斯，非词章家也，事至为文，苟无其事，虽终其身无一篇文字也。徐、庾、王、杨、卢、骆，词章家极意为文者也。二派之中，又分理文与美文二种。如荀卿《解蔽》、墨子《非儒》，理文也；宋玉《九辩》、枚叔《七发》，美文也。大抵理文多近于笔，美文多近于文。理文是桑麻菽麦，应需适用而不尽美观；美文如芍药樱花，悦目怡情而无关饥渴。若植桑麻菽麦于庭园，种芍药樱花于农圃，则诚赵景真所讥"事华藕于修陵，表龙章于裸壤"，二者交失矣。弟平昔于文，恒分此二派，求之冬裘夏葛，各得其宜，荼苦饴甘，各存其味，不偏废也。

> 若胡适君之白话诗，则不免如杨升庵所举《张打油》"我有心中事，不向韦三说"，"昨夜洛阳城，明月照张八"，王渔洋所举"鹤声一一飞上天"之作，而"黄狗身上白，白狗身上肿""时挑野菜和根煮，旋斫枯柴带叶烧"诸句，皆实写派之上乘，《天雨花》《玉钏缘》尤文学之正宗矣，恐未必然也。在吾国浮夸虚伪之文，如《子虚》《上林》"王命""典行"之类，诚宜屏除，然如刘季《大风》之歌，项王《垓下》之作，景宗"竞病"，斛律"牛羊"，信口成篇，何关古典？钟嵘曰："至乎吟咏性情，亦何贵于

---

① 梁启超：《饮冰室诗话》，《新民丛报》第 18 号，1902 年 10 月 16 日。
② 《新刊介绍·潮音》，《民声日报》1912 年 2 月 20 日。此言出自柳亚子手笔，系柳氏对苏曼殊和马君武译诗的总体评价。

用事！思君如流水，即是即目；高台多悲风，亦惟所见；清晨登陇首，羌无故实；明月照积雪，讵出经史？"此则古今胜语，多非补假，皆由直寻，而深恶鄙悖，咸戒俚俗，何得尽如胡氏之作乎！

夫美人香草，兴象深微，寄托幽远，可以意会，难以迹求，不仅常寓微言，亦且多含哲理。文学者，一国之精神，心之灵，国之华也。脑纹简单，则言必拙陋；心思繁密，则语极高深。故求教育普及，晓喻社会，则通俗白话为宜（教育普及，欧美尚难言之，见今年《东方》第一号）；保先民之精神，写高妙之理想，则自来文学似未可尽废。二派兼综，视其财力；但成一派，亦足名家。若是丹非素，强定一尊，则其弊甚大。昔年在日本，读马君武译《新文学》，服其精妙，可以言文学革命，固不用古典，然正非鄙俚之谓矣！ ①

吴氏该书的核心观点有二：一是批评胡适的白话诗俚俗无文，其水准尚不及古人高水平的打油诗，不登大雅之堂，绝非"美文"；二是指出白话可为谋求教育普及的"适用而不尽美观"的"理文"，而不可尽废"悦目怡情而无关饥渴"的美文，且"保先民之精神，写高妙之理想"的高雅文学（尤其是诗）非采用"语极高深"的文言不可。他所举出的"可以言文学革命"的"不用古典"却堪称"精妙"的成功范例，是马君武采用古歌行体译著的拜伦《哀希腊歌》。由此可见，吴虞所坚持的仍然是梁启超十余年前提出的"诗界革命"的指导思想。这一指导思想，用饮冰室主人的话说就是"以旧风格含新意境"，用马君武的话说就是"须从旧锦翻新样"②，用柳亚子的话说就是"形式宜旧，理想宜新"八字方针。

此时，胡适尚在美国留学，估计无缘看到 1917 年 5 月中旬《民国日报》所刊载的吴虞这篇《与柳亚子论文学书》。但他看到了柳亚子《与杨杏佛论文学书》的内容，不过不是通过《民国日报》，而是同在美国留学且率先对胡适正在酝酿的"诗国革命"表理解和支持的南社社友杨杏佛。是年 6 月，胡适自美洲归国途中在日记里节录了柳氏此书中一段话后写下几句评论文字：

此书未免有愤愤之气。其言曰："形式宜旧，理想宜新。"理想宜新，是也；形式宜旧，则不成理论。若果如此说，则南社诸君何不作《清庙》《生

① 吴虞：《与柳亚子论文学书》，《民国日报》1917 年 5 月 17 日。
② 马和（君武）：《寄南社同人》，《南社丛刻》第 3 集，1910 年底。

民》之诗，而乃作"近体"之诗与更"近体"之词乎？①

既然南社诸君并未按照比唐宋更古更旧的先秦时期流行的以《清庙》《生民》为代表的四言体古老形式作诗填词，又有什么道理反对今人尝试白话诗这种求新求变的诗歌形式呢？秉持文学进化史观的胡适在日记中对柳氏的反批评，应该说有着相当的说服力。

1919 年，胡适在《〈尝试集〉自序》中批评"南社的柳亚子"所"高谈"的"文学革命"，谓其"只提出一种空荡荡的目的，不能有一种具体进行的计划"，并断言其"决不能发生什么效果"②。1922 年，胡适在那部被学界公认为中国近现代文学史开山之作的《五十年来中国之文学》一著中论及近代诗，除了他所推崇的金和、黄遵宪，还提到了三位旧派诗人——陈三立、郑孝胥、樊增祥，而对南社诗人则不著一字。

吴虞《与柳亚子论文学书》写于 1917 年 4 月 14 日，5 月 16 日至 17 日连载于上海《民国日报》。吴氏得信后，立即在致柳亚子的书信中"附嘱余前后信不必示人"③。可见，脚踩两只船的吴虞，此时并不想开罪胡适，对公开发文批评"文学革命"心存疑虑，故而在柳氏刚刚将其书信中批评胡适白话诗的文字公诸于世之初便果断地亮出了红灯，在公然对抗"文学革命"的道路上踩了急刹车，从而避免了深度卷入与新文化阵营的纷争之中。吴氏这一举措，为他继续与《新青年》阵营合作留了后路，也为他三年以后走出四川一隅北上应聘执北大教习埋下了伏笔。1918 年，吴虞与柳亚子的书信来往仍然较多，但仅限于南社事务和相互惠寄书刊。1919 年之后，两人几乎中断了书信往来。五四运动发生的这一年，吴虞配合鲁迅小说《狂人日记》在《新青年》杂志发表了令他名震天下的《吃人与礼教》一文，"吃人的礼教"迅疾成为风行一时的五四新青年反对旧道德的响亮的战斗口号，吴氏在新文化阵营作为资深的思想界反孔战士形象自此被定格和放大，并被后世史家反复言说，而他 1917 年配合柳亚子批评胡适发起的"文学革命"及其创作的白话诗的这段历史，则至今鲜有提及。

（作者单位：河南大学文学院）

---

① 胡适:《胡适留学日记》（下），合肥: 安徽教育出版社，2006 年，第 376 页。
② 欧阳哲生编:《胡适文集（9）》，北京: 北京大学出版社，1998 年，第 82 页。
③ 中国革命博物馆整理，荣孟源审校:《吴虞日记》上册，第 311 页。

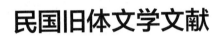

民国旧体文学文献

郑文焯词学著述考

杨传庆

郑文焯（1856—1918），字俊臣，号小坡，又号叔问、瘦碧、冷红词客，晚署大鹤山人、樵风逸民、樵风遗老等。奉天（今辽宁）铁岭人，隶内务府正白旗籍。光绪元年（1875）举人，后屡试不第，长期寄寓苏州，担任巡抚幕僚。郑氏为清季民初词坛大家，与王鹏运、朱祖谋、况周颐共执词坛牛耳，影响遍及大江南北，为传统词学之集大成者。

郑文焯一生著述宏富，早岁勤于诗，今存《大鹤山人诗集》二卷，为郑氏女婿戴正诚请朱祖谋由郑氏诗稿中甄选而成，民国十二年（1923）由苏州振兴书社刊印，无序，卷末附戴氏跋文。郑氏另有稿本诗集七册，今称《大鹤山人诗稿》，内有《补梅书屋存稿》《补梅书屋诗稿》《补梅书屋诗集》《瘦碧庵诗草》等，为其婿戴正诚于大鹤山房所获，稿中诗作多涂抹删改，曾经王闿运圈选，颇为杂芜，后戴氏将此稿捐赠重庆图书馆。作为清季著名词人，郑文焯词作甚丰，其生前即有《瘦碧词》《冷红词》《比竹余音》《樵风乐府》《苕雅余集》刻本词集五种。郑氏去世后，龙榆生先生辑录其未见诸刻本的词作，冠以《大鹤山房未刊词》之名发表于《同声月刊》第一卷五、六、七号。除了上述刻印本词集之外，郑氏尚存下数种词集稿本，它们分别是《瘦碧诗词稿》（国家图书馆藏）、《比竹余音》（重庆图书馆藏）、《樵风乐府》（南京图书馆藏）、《苕华诗余》（国家图书馆藏）、《苕雅》（国家图书馆藏）、《苕雅余集》（国家图书馆藏）、《苕雅余集补遗》（国家图书馆藏）、《苕雅剩稿》（天津图书馆藏）[①]。诗词之外，郑文焯在经籍、金石、书画、医学、印学等方面著述亦丰，遗稿多为康有为所

---

① 有关郑氏词集稿本详细情况可参拙文《大鹤山人词集稿本考论》，《词学》（第二十六辑），上海：华东师范大学出版社，2011 年。

取，"长素谢世，长物漂零，大鹤著述亦随之而散矣"①。郑氏著述繁杂，散佚又多，本文仅对其词学论著加以考察，以见这位清季民初词学宗匠于词学之孜孜探研。

郑文焯终身致力于词学，词学著述之富，于清近词学家中当名列前茅。其生前整理刊刻的《大鹤山房全书》中即收入了部分词学文献，如《词源斠律》《绝妙好词校录》。龙榆生先生汇编《大鹤山人词话》（原载《词学季刊》一卷三号，后收入唐圭璋《词话丛编》），其内容分为正编一种：《东坡乐府》批语；附录四种：（一）《郑大鹤先生论词手简》，（二）《大鹤山人词集跋尾》，（三）《大鹤山人论词遗札》，（四）《大鹤先生手札汇钞》。总括起来，龙先生汇集的材料有三类：词籍批语、词学书札、词籍跋尾。可以说相较郑文焯数量丰富的词学文献，龙先生所汇集者只是较少部分，正如其在发表《大鹤山人词话》时附加小记所云："高密郑叔问先生（文焯）毕生专力于词，为近代一大家数，复精声律，善批评。凡前人词集经先生批校者，散在海内藏家，不可指数。……各家或一本，或屡经批校至三四本，莫不朱黄满纸，具有精意。"②从今天已经发现的郑文焯的词学文献来看，龙先生《大鹤山人词话》所收缺漏尚多。郑氏没有常见的词话形式著作，现存的郑氏词学论著可分四大类：词籍批语、词学书札、词籍序跋和属于词籍校勘学的校录校记等，此外，还有一些零星散见的论词语录。下面分类予以介绍。

一、词籍批语

批校词籍是郑文焯词学研究的重要内容，也是其词学理论主张的主要载体。郑文焯在词籍上的批语主要有两方面的内容：一是版本校勘及音律、文字校订；二是词人生平、词作典故考证，词艺鉴赏以及有关思想意格的评论。郑文焯曾批校词籍数十种，笔耕不辍，今存或见于引录的郑氏批校词籍有：《花间集》《唐五代词选》《乐章集》《东坡乐府》《清真集》（《片玉词》）、《白石道人歌曲》《梦窗词》《西麓继周集》《半塘已稿·校梦龛集（己亥）》。除了对古人的词籍进行批校之外，郑文焯还评论自己的词作，是为"自评所作词"，这

---

① 王謇：《续补藏书纪事诗》，北京：书目文献出版社，1987年，第12页。
② 龙榆生：《大鹤山人词话》卷首语，《词学季刊》第一卷第三号。

是对郑氏词作最可靠的解析。

郑文焯批校词籍有三个重要特点值得注意：一是在一种词籍上反复批校，且历时多年，如其批校《梦窗词》，从其写于词集上的时间可以得知，已历时十余年；二是对同一词人词集往往选用不同版本，各有批校，如对周邦彦的词集《清真集》《片玉集》的批校，现今我们可以见到的郑氏批本就有五种之多。又如批校姜夔的词集，计有：《郑文焯校〈白石公诗词合集〉四卷》本、《郑文焯批校〈白石道人歌曲〉四卷〈别集〉一卷》本、《郑文焯批校〈白石道人歌曲〉六卷〈补遗〉一卷》本、宋嘉泰本《姜白石词重编》校本附《集传》一卷等；三是批校的词籍数量多。

下面将郑文焯批校词籍的情况述略如下：

（一）批校《花间集》

郑文焯《大鹤山人遗著·词集古刻录略》"宋刻《花间集》十卷"条下记云：

> 阳湖刘氏藏襄段校汲古及淳熙二本，其精审洵足订鄂州本之讹，毛刻即沿鄂州本之踳驳，王半塘景宋本又失之不校，余尝集诸刻细勘，始知茅本之善，惜绍兴晁刻本未之见耳。[1]

其《致强村书》云：

> 案鹜翁原刻，旧有景宋鄂州本云云，刊于封叶。此既付石印，何以缺佚重题。岂渠所得者固遗其旧槃，抑别有用意邪？下走十年前有校勘记，多依据明万历间归安茅一桢刻本订正。[2]

其《绝妙好词校录序》也云："暇日既校定淳熙本《花间集》十卷。"[3] 龙榆生整理发表《大鹤山人词话》时在题记中亦提及郑文焯手批《花间集》，其《唐宋名家词选》及李冰若《花间集评注》皆有引录，郑逸梅《艺林散撷》也记云："倪寿川藏有郑大鹤手批之《花间集》"[4]，可见此书在民国年间曾辗转流传。惜

---

① 郑文焯：《大鹤山人遗著》，《青鹤》第二卷，第十三期。
② 《大鹤先生手札汇钞》，唐圭璋编：《词话丛编》，北京：中华书局，1986年，第4355页。
③ 郑文焯：《绝妙好词校录序》，《大鹤山房全书》本。
④ 郑逸梅：《艺林散叶》，北京：中华书局，1982年，第86页。

此批校本长久沉湮，近始为时润民先生发现于上海图书馆，并将其批校之语整理发表于《词学》第三十六辑①。承时先生告知，此本钤有"吴兴刘氏嘉业堂藏书记"，是知此本正是龙榆生于刘承幹嘉业堂所见者。

据时先生披露文字可知，郑氏批校之底本正为光绪十九年王鹏运从聊城杨绍和海源阁借得南宋淳熙鄂州本所影四印斋本。郑云：

> 此杨氏海原（源）阁藏本，半塘老人景宋淳熙椠复刻，讹夺时有，迄未校定。自甲午岁得之京师，舟车所至，时一玩索，任笔斠正，十得七八。

自甲午（1894）后十数年间，郑氏据茅本、汲古阁本于此《花间集》不时校读，其批校所记时间即有"光绪乙未年闰五月十一日校读""时丁酉十一月十二日""依汲古本复校于京师，戊戌四月""辛丑六月初七日""宣统阏逢摄提格之年，记在春申江上"等等。清亡后，甲寅（1914）年五月，郑氏邂逅方尔谦，又嘱其以明仿宋晁谦之刻本《花间集》再加斠订，其云：

> 甲寅五月邂逅邢上方地山，检其架上新藏书，有明放（仿）宋晁谦之刻本《花间集》，卷第零乱，字句亦多踳驳，然颇有足校订是本之误处。益以明季遗贤洞庭山人叶石君据宋本手斠，颇成完善，乃为好本。因属方君一一校录简眉牍尾，采按靡遗。庶有同好，依是付刊，洵倚声家得一准的，不亦大快乎！

故是本又时有"大方"校语，方校竟记云："甲寅秋八月，用明仿宋晁谦之本校过，并录跋尾。"郑、方批校之语于《花间集》字词校勘，版本考察及词作评论均颇具价值。

郑批《花间集》另有过录本一种，亦藏上海图书馆。上图藏清徐干辑《邵武徐氏丛书》二集第四十册《花间集》上过录有郑批内容，其卷末记云："己巳小年前三日借龙师榆生过录朱强村本，四日始录竟。"②由此可知，郑氏批校《花间集》曾为朱祖谋所见，朱曾过录其批校之语。郑批《花间集》中亦曾提

---

① 时润民：《上海图书馆藏郑文焯批校〈花间集〉原本》，《词学》（第三十六辑），上海：华东师范大学出版社，2016年。下文所引俱出此文，不一一注出。

② 《郑文焯批校花间集》，邵武徐氏丛书本过录，上海图书馆藏。

及朱祖谋，其云："朱沤尹旅沪上，得从友人处见一景宋本，谓此《叙》多一句，云'庶阳春之甲，将使西园英哲'云云。"可见郑、朱曾就《花间集》校勘有过交往，而此过录本所云"朱强村本"，当是朱祖谋所藏过录了郑氏批语之本。如郑氏批于欧阳炯序言之后的文字即今所见之《四印斋本〈花间集〉跋》，正由朱祖谋迻录①。于此丛书上过录郑氏批语者乃是龙榆生的弟子，其依据龙氏过录朱祖谋本再次过录。

（二）批校《唐五代词选》

郑氏《唐五代词选》批本未见著录，从郑氏批语可知，所批底本乃是成肇麐所编选《唐五代词选》光绪刻本。此书后由日本学者桥川时雄购得，录其若干批语，题为"郑叔问手批《唐五代词选》"，以"采鞠诗屋主人"之名发表于《郑文焯专号》，后收入《文字同盟》第二卷（东京：汲古书院，1990 年 7 月）。

（三）校评《乐章集》

是书所据底本为金陵吴重熹石莲庵刻本的初印本②，后由台湾广文书局据张寿平所藏稿本景印。有郑氏亲书"《乐章集》石莲庵刻本"题识。据郑氏所记时间"己亥之岁中春校过"及"辛亥夏五"知是书经郑氏十一年反复校订③。

（四）批校《东坡乐府》

今知郑文焯批校《东坡乐府》计有二种，所据底本均为朱祖谋刻《强村丛书》本《东坡乐府》。

其一为徐乃昌所藏，龙榆生曾见此本，并过录郑氏批语，龙氏记此本云"南陵徐积余先生藏《强村丛书》本"。此本今已难见，龙榆生曾辑录批语二十六则，先载于《词学季刊》第一卷第三号，题为《大鹤山人词话》，后由唐圭璋

---

① 龙榆生记云："强村老人迻录郑评《花间集》本。"《词话丛编》，第 4335 页。

② 薛瑞生先生言及石莲庵刻本《乐章集》的版本云："此籍似两印别出。初印只《乐章集》，后有毛晋跋语，全依毛本，不分卷，录词及次序悉与毛本同。再印则增出缪荃孙校记一卷（后附识语），曹元忠校记补遗一卷（后附识语），逸词一卷。"《乐章集校注》，北京：中华书局，2007 年，第 27 页。

③ 对郑氏批校《乐章集》的详细考察可参拙文《郑文焯批校〈乐章集〉研究》，《古籍整理研究学刊》2009 年第 4 期。

先生收入《词话丛编》中。另,龙氏所著《东坡乐府笺》①中亦引郑氏手批《东坡乐府》批语两则,《词话丛编》本《大鹤山人词话》未载。

另一为南京图书馆藏本。邓子勉先生据此批本撰写了《郑文焯手批〈东坡乐府〉》一文。此手批本扉页题词云:"辛亥秋樵风客舟,校于小城东墅,时江南警息四至,泖苇萧然。"②可知此本批校于宣统三年(1911)秋,辛亥革命爆发之时。在这一批本中,郑文焯所批之语与龙榆生所录徐藏本批语多不相同。

(五)批校《清真集》(《片玉集》)

今天可见的郑批周邦彦词集计有五种:

1.《大鹤山人校本〈清真集〉》,上、下二卷,《补遗》一卷,为周邦彦词集的第一部校刊本。后附《校后录要》一篇,末云"光绪上章困敦之年大梁月既望",是知《录要》为光绪二十六年稿。此本刊刻于宣统三年,郑文焯在朱祖谋、夏敬观、诸宗元的帮助下将其刊出③。是本以毛晋汲古阁刻《片玉词》为底本,参校陈注本,劳巽卿钞校本,《乐府雅词》《草堂诗余》《花庵词选》《西泠词萃》等,又多辅以宋元说部,故于周词文字、格律等订正颇精。《续修四库全书提要》评云:"清真词集,自以文焯所校为佳。即在清代校订词集之中,亦当以此为最精矣。"④

2.批校本《片玉词》。据《四库简明目录标注》著录郑文焯有批校本《片玉词》。郑氏致朱祖谋书亦有云:

> 承索樵风近作泪《清真》校本,许为墨版。自惟寡闻,过蒙赏较,陈义甚高,感且不朽。第拙编尚有零叠须删订,即《片玉》亦有续斠,未尽释然,假以两月,当以净本奉上,不久稽也。⑤

---

① 龙榆生:《东坡乐府笺》,上海:上海古籍出版社,2009年。

② 邓子勉:《郑文焯手批〈东坡乐府〉》,《江苏教育学院学报》2010年第6期,第73页。

③ 关于该本的刊刻时间,学术界都记为光绪二十六年(1900),实误。郑文焯校本《清真集》在朱祖谋、夏敬观、诸宗元的帮助下刊刻于宣统三年(1911),可参拙文《大鹤山人校本〈清真集〉刊年辨误》,《文献》2013年第1期。

④ 《续修四库全书提要》,济南:齐鲁书社,1996年,第522页。

⑤ 戴正诚辑,黄墨谷录:《大鹤先生手札汇钞·致朱古微书》,《词学》(第六辑),上海:华东师范大学出版社,1988年,第69页。后文仅称《大鹤先生手札汇钞·致朱古微书》。

可知，郑氏是将《清真集》《片玉词》两本同校。批校原本今已不明去向，中国社会科学院哲学所吴则虞先生生前曾藏有此批校本的杨寿楠过录本，并在其所校《清真集》（中华书局 1981 年 4 月版）中参校此过录本，将其中的校记、批语、题识附在作品校记与书后的参考资料内。

3. 批校本《清真集》。此本为刘崇德先生所藏，不见著录。底本与前两种本子不同，为四印斋仿元巾箱本《清真集》。朱笔圈点，蝇头细批，字体清隽，偶有点窜涂乙。此本题识中署款仅一见，为"鹤道人"。其它未有署年月者。其批校、题识的内容与上两种本子多有不同，有些则为此本所独有，而不见于刊本①。

4.《石芝西堪校订〈清真词〉》一卷。是本为郑文焯手稿本，今藏国家图书馆。此本原名《〈清真集〉详校》，后郑氏圈去，易为《石芝西堪校订〈清真词〉》，钤有"石芝西堪""吴兴刘氏嘉业堂藏"印。周子美编《嘉业堂钞校本目录》著录云："《清真词》一卷，宋周邦彦著，清郑文焯校订，稿本，一册。"②是本共批校周词七十余解，与上述诸本在文字上有互见，但不完全相同，评语比较丰富。如批《双头莲》词有"王半塘前辈叹为天然绮合，若有神助，抑亦过情之誉矣。"之语，可见郑氏在批校《清真集》时与王半塘的交往。另如《瑞鹤仙》批语有"此作凄寒幽艳，光景奇绝，都不类人间语，仙心鬼气得之梦中，殆非虚言。结处'却'字非韵，与'隙'同。"刘崇德先生所记"括庵过录本"此语位置在《清真词校后录要》上眉批，两相比较可见此稿本更为明晰。

5. 批校本《清真集》，是本藏于河北大学图书馆③。批校内容以校勘为主，兼及事迹考订、词学批评和文字交游，有万言之多，较杨氏过录本及刘氏藏本内容丰富。此本文字非郑文焯笔迹，而是"括庵"过录本，底本为刊行的《大鹤山人校本清真集》，过录原批来源于四印斋影刻明钞元巾箱本、冯梦华《六十一家词选》本及《石芝西堪校订〈清真词〉》稿本三个本子。此过录本中批语，部分互见于杨氏过录本和刘氏藏本，但不完全相同，或有详略之别。从此过录本落款时间看，郑氏直到 1916 年尚在批校，可见其于《清真集》用力

---

① 刘崇德：《关于郑文焯批校本清真集》，《河北大学学报》1996 年第 3 期。

② 周子美编：《嘉业堂钞校本目录》，上海：华东师范大学出版社，1986 年，第 94 页。

③ 刘崇德：《词学的宝藏：郑文焯批校本清真集再现人间》，《河北大学学报》2008 年第 6 期。

之勤。

上述之外，今人著述中也常提及郑氏批校《清真词》的流播情况，略记于下，以俟将来查访。

王欣夫过录本。今不见。夏承焘《天风阁学词日记》1940 年 2 月 28 日记云："心叔示郑叔问校清真词（王欣夫过录），札得数条入词例。叔问自谓校周词三十余过。"1940 年 3 月 2 日又云："前日于心叔处见王欣夫所过录郑叔问校清真词稿本，陈蒙庵复录曹君直校语数则于上。因借阅一过，札得十余条入词例。"[1] 可知，王欣夫过录本为任铭善所藏。（按：心叔是任铭善的字）

费寅过录本。黄裳先生藏。黄裳先生在《来燕榭读书记》与《梦雨斋读书记》二书中都提及此过录本。黄先生初以为是徐积余（乃昌）过录，后依据笔迹断定为费寅过录，并记云：此本收得二十年矣，终不知过录出谁何手，颇疑与费寅手迹相似而更工致，因取费：

> 校《千顷堂目》比观，点画之微，俱出一手，可无疑矣。寅硖石人，馆适园张氏最久，与翰怡亦有旧，其校嘉业堂本盖常事也。[2]

此过录本的底本即郑文焯校刻《清真集》二卷附补遗一卷本。值得注意的是黄裳先生所录费寅二通手跋与刘崇德先生所录河北大学图书馆藏"括庵"过录本卷上《瑞龙吟》（章台路）一页二则批语内容完全相同，唯有落款时间黄藏本署"民国二十一年十月十五日"，刘见本署"壬申十月十五日"。[3] 由此看来，这两个过录本所录内容应无差异，二者是否为同一人过录以及有何具体异同，因不得同见二稿，只能存疑于此。

周叔弢藏《片玉词》过录本。周叔弢先生题识云："郑叔问详校本，乙丑（1925）五月，请式如四兄移录。原本则假之沉叔三丈也。"[4]（按：式如为罗振玉，沉叔为傅增湘）日本汉学家桥川时雄在考述郑文焯著述时记云：

---

① 夏承焘：《天风阁学词日记》，《夏承焘集》第六册，杭州：浙江古籍出版社、浙江教育出版社，1997 年，第 182 页。
② 黄裳：《梦雨斋读书记》，长沙：岳麓书社，2004 年，第 128 页。
③ 分见《梦雨斋读书记》，第 129 页；《词学的宝藏：郑文焯批校本清真集再现人间》，《河北大学学报》2008 年第 6 期。
④ 李国庆：《弢翁藏书资料掇拾》，《藏书家》（第十一辑），济南：齐鲁书社，2006 年。

《大鹤山人校本〈清真词〉》上、下二卷，光绪二十六年稿，卷末附语云："光绪上章困敦之年大梁月既望"。宣统二年，朱强村为大鹤所刊也，刊板已佚，流行甚稀。原稿本傅沅叔（增湘）藏有……。

由此可知，傅增湘曾藏有郑氏批校清真词的稿本，可惜今已难觅。

另外，郑文焯外孙戴乾定先生在致孙克强师信札中又提及郑校周邦彦词两种：一为《大鹤山人手批〈片玉集〉》（上下二卷），一为《大鹤山人手批〈清真集〉》（三册）。疑《大鹤山人手批〈片玉集〉》即《四库简明目录标注》著录之批校本《片玉词》。这两种手批本均为戴乾定父戴正诚所藏，已于 2005 年由戴乾定捐赠南京大学中文系。

（六）批校《白石道人歌曲》

郑批《白石道人歌曲》亦有多种版本。从后世引录的线索来看，郑文焯批校白石词至少有四种。

1. 批校《白石道人歌曲》四卷《别集》一卷

《白石道人歌曲》四卷《别集》一卷，为乾隆八年（1743）陆钟辉水云渔屋刻符药林传钞楼敬思家藏陶宗仪钞本，陆刻将原本第二、六卷并入第四卷，题为是名，并与《白石诗集》合刊。郑文焯云：

> 今世传白石道人诗词合刻善本，则以乾隆癸亥冬，江都陆钟辉从云间楼敬思旧藏陶南村手钞本开雕者为最精完，而白石之世系、年谱、小传并不附以传焉，其玉几山人刻于广陵书局者，世未之见，洪陔华刊本却录其一跋，此本即陆刻，爰以其祠堂合钞本斠过，附识颠末如右。

又记云："乾隆己巳秋华亭张奕枢景宋本旧刻校定"，"据乾隆二年仁和江炳炎钞南村旧本校勘"，可知郑校以陆刻为底本，参校张奕枢刻本、江炳炎钞本，将同一渊源的白石词三个版本比照校勘，郑氏云：

> 顾陆刻既以意厘订，遂易旧次，并六卷为四，而文字亦颇有异同。兹加研核，依江钞覆勘一过，订其疏遗。或有两失，则取张奕枢本折中一是。具条于后，欲使读者知所依据焉。

同时又参照姜忠肃祠堂钞本，希望校出白石词完善之本。郑文焯是本批校考述版本、校订文字声律，又有词学批评，同时考校白石词旁谱。该书目录前衬页有鹤道人题记，从批语所记"鹤记，时年五十有三""壬子冬孟记""元默困敦之年辜月己未朔又七日乙丑日禺中"等可知郑氏从 1908 年到 1912 年间，一直在批校此本。是批本于本世纪初曾作为文物拍卖，乃海内孤本，为台湾藏家拍得，后秘不示人。中国社会科学院语言研究所杨成凯先生曾经将该书批语过录。

此外，以陆刻为底本的批校本还有一种，内容少于杨氏过录本，所披内容与杨氏过录亦同，此本后附有张祥龄跋。从郑氏记"光绪辛巳岁中春，郑叔问校读，时客苏州。"以及"光绪丁亥汉州张祥龄书后"可知此本校读在 1881 年至 1887 年间，其时郑氏正从白石入手学词。此批校本今藏于嘉兴图书馆。

2. 批校《白石道人歌曲》六卷《补遗》一卷

《白石道人歌曲》六卷《补遗》一卷，为清乾隆十四年张奕枢据周畊余校录楼敬思本所刻。郑文焯批校本底本为宣统元年沈曾植用安庆造纸厂新造纸影印张奕枢初刻本，张氏本传刻于后者仅此一种。郑文焯云：

> 近见杭州沈子培学使新刊景宋小字本尚是六卷，且每卷后皆空二行，编题亦宋椠故例，凡宋钦宗以前庙讳并阙末笔，盖出于南宋旧本，或国初模刻者，岂即张奕枢本耶？①

他通过对庙讳缺笔、版式的考察，断为影宋旧刻，疑为据张奕枢本所刻，郑氏的判断是正确的。郑氏对此本优点的认识十分充足，是本保留六卷本面目，其内容可资校正陆钟辉刻本之误，其云：

> 校此本竟，其单词只字，厥谊繁区，有足存旧闻，资异证者，以视江都陆氏所刊，虽同时出于南村手钞之遗迹，又皆云间楼敬思所藏，传钞之本。然参互研核，涣然有淄渑之别焉。②

夏承焘曾记及郑氏批校本，他说：

> 接榆生寄郑叔问校白石词本，甚喜。郑氏本校沈逊斋本白石词者。郑

---

① 郑文焯批校陆钟辉刻本《白石道人歌曲》。
② 陈柱《白石道人词笺平》引录。陈柱：《白石道人词笺平》，上海：上海商务印书馆，民国十九年（1930）印本。后文引用只注明：郑文焯批校沈增植影张奕枢本《白石道人歌曲》，陈柱引录。

殁后，归南海康氏，闻已辗转入吴兴刘氏嘉业堂。榆生友人陈柱尊从康氏子假得，以许氏榆园本移录之。榆生又以入强村本。①

夏曾完整抄录郑氏白石词校语，并评论云："文句多重复。盖未定之稿，校律似亦有误处。"②此校本原稿今已不见，从夏先生所记可知，此批校本原稿郑氏殁后为康有为所得，后流入刘承幹嘉业堂。陈柱通过康有为子借得此书，并以许增刻本为底本过录，龙榆生又据陈柱过录本再次以朱祖谋刻本为底本过录。陈柱与龙榆生过录本今俱已不存，所幸的是陈柱将其大量的批校内容录在其编著的《白石道人词笺平》中，从陈氏所录内容看，批校之语与批校陆刻本有互见者，但显得更完善，此本可以说是郑文焯批校《白石道人歌曲》的一个总结本。郑氏所批之语涉及文字、声律、鉴赏，特别是对白石词旁谱的考述内容丰富，为词乐研究的重要材料。

3. 批校《白石公诗词合集》

此批校本底本为乾隆九年甲子姜虬绿《白石公诗词合集》钞本，又称乾隆写本。姜虬绿取各刊本校雠，附历代诗话掌故，写为此本，其中有三跋，谓姜夔晚年手定。此本后为江标灵鹣阁所藏，光绪丁卯九月重装，题为"白石公诗词合集未刻本"。后江标以之贻郑文焯，郑记云：

> 乾隆写本《白石道人集》，灵鹣阁旧藏，旋于光绪戊戌之冬，江建霞以之见贻，审订数过，于陆、张两本无裨补，惟所记世系綦详，其年谱则寥寥行墨，仅据道人诗词中自述年月类编，亦嫌零迭不备。曩与半塘老人参观其逸闻故事，仁和许增刊本大半已征采之。③

可见，郑文焯于此本评价不高，称其对研核姜词无甚裨益。故此批校本批语不多，前有郑氏题记一则。此批校本今藏于上海图书馆。

另，况周颐曾过录江藏钞本，并以之为瑰宝，郑氏于此云：

> 近阅临桂况蓉生《香东漫笔》，盛称此写本之该洽可贵，而集中附录《越女镜心》二首，为道人佚词，决为非它人之作所羼入。不知此为洪陔

① 夏承焘：《天风阁学词日记》，《夏承焘集》第六册，第143页。
② 同上。
③ 郑文焯批校沈增植影张奕枢本《白石道人歌曲》。

华刊本之误，无论其风骨之靡曼，字句之雕绘，一望而知为非白石词格也，即其曲体亦为宋谱所无，且两解音调参差，似《献仙音》而非与尽合，益可异也。况氏素治校勘之学，特喜矜奇立异，以奉为枕秘耳。①

夏承焘先生在白石词《版本考》中已辨此书为伪书，并指出况周颐关于《越女镜心》二首"守律甚严，非白石不能为"的判断是"千虑一失"。②他肯定了郑氏的论断，其云："郑文焯尝以其风骨靡曼，字句雕绘，且曲体亦为宋谱所无，谓一望而知为非白石词格，其说甚是。"③于此也更可见出郑氏在校勘上精准的识见，以及对白石词风敏锐的把握，就此而言，况周颐与之尚有差距。

（七）批校《梦窗词》

郑文焯批校《梦窗词》今见三种。

其一为批校王鹏运刻《梦窗词》。此本原为周昌富所藏，后流归杭州大学中文系。此批本底本为王鹏运四印斋刻《梦窗词甲乙丙丁稿》。光绪二十八年，王鹏运以所刻《梦窗词甲乙丙丁稿》赠与郑文焯，郑氏遂据此本批校，先后校勘数十过，至"辛亥闰六月"仍在校读，历时十余年。吴熊和先生曾撰专文对此批本加以介绍，并称郑文焯校《梦窗词》可与王鹏运、朱祖谋"鼎足而三"④。台湾"中央研究院"中国文哲研究所筹备处 1996 年以《郑文焯手批梦窗词》之名将此批本影印出版。

其二为批校杜文澜刻《梦窗词》。此批校本底本为杜文澜曼陀罗华阁刻本《梦窗词》，据郑氏所记：

> 光绪祝犁之岁大梁月既望叔问重校，时旅苏城幽兰巷。越明年，庚子孟陬月既望，半塘以新校刊《梦窗词》寄视，精严详审、一字不苟，守宁阙毋僭之例，可称善本。以视戈、杜之疏妄，汲古之沿讹，相嵩奚特一尘。

可知此本批校时间在光绪己亥年（1899），早于杭大藏本。此批本旨在"黜

---

① 郑文焯批校沈增植影张奕枢本《白石道人歌曲》。

② 夏承焘先生于此本及《越女镜心》二词的详考见《姜白石词编年笺校》附录《白石词集辨伪二篇》，上海：上海古籍出版社，1981 年，第 179—182 页。

③ 夏承焘：《姜白石诗词晚年手订集辨伪》，《月轮山词论集》，北京：中华书局，1979 年，第 64 页。

④ 吴熊和：《郑文焯批校梦窗词》，《吴熊和词学论集》，杭州：杭州大学出版社，1999 年，第 304 页。

戈（载）贬杜（文澜）"，批评了戈、杜之妄校，故批校之语针对戈载、杜文澜之谬而发，屡及梦窗词风，又重梦窗词之字声词韵，典型体现其"依律校词"的特点。

其三为批校毛晋刻《梦窗词》。是本以毛晋汲古阁刻《梦窗词稿》为底本，钤有"花间草堂"印，故当为纳兰性德旧藏。郑氏批校时间在宣统辛亥岁（1911）上半年，其记云"宣统辛亥之岁三月二十五日，樵风词客校读"，"六月二十日校"。此本的主要参校本为张元济涵芬楼藏明张廷璋旧钞本《梦窗词集》，郑氏记云："以张氏万历钞本校"，"张氏钞本九行十六字，共二百七十四阕，以《探春慢》殿尾，后题万历二十六年置，钤'太原张廷璋''太原张氏文苑'二印。"另外此本又署"紫笔据黄荛翁手校"，可知郑氏又参校了黄丕烈手校汲古阁刻《梦窗词丙丁稿》，黄氏手校本《梦窗词丙丁稿》后为吴湖帆所得。此批本批校内容少于前二种，值得注意之处是郑氏据明钞本于梦窗词调之下标注宫谱。朱祖谋《强村丛书》本《梦窗词集》（三校本）采取了与郑相同的做法，可见二人共有的"存旧文"之校勘理念。此批本已由人民文学出版社2014年以"郑文焯批校《梦窗词》"为名影印出版。

（八）批校《西麓继周集》

郑文焯《大鹤山人遗著·校本宋元人词目·石芝西堪校本》"陈允平《日湖渔唱》附《西麓继周集》"条记云：

> 《补遗》《续补遗》各一卷，皆和周词，校以方、杨和作，其数为九十四首，与千里同，较泽民多其二。据元巾箱本分类体考之，方、杨专和四时、单题两类，君衡兼和。杂赋类中之词尚有《垂杨》《选冠子》《琴调相思引》《瑞鹤仙》四首，非和清真，均当为西麓自作，而误入此卷，必非《继周集》中原编可知，由此观之西麓次第当与方、杨相符，秦刻羼乱，且于和周作未详，忽云次清真，忽云和美成，编次无法，万不足据，当以《西麓继周集》为和均定本。①

吴昌绶双照楼钞本《西麓继周集》跋云："此据何梦华原本过录，写手虽拙，然无一笔不依旧式。兹先就显然错误者改正，又据秦刻记其异字。秦乃从《历代诗余》辑出，多有改字，不足深校。惟间有两可者记俟酌定，草草一过，求

---

① 《大鹤山人遗著》，《青鹤》第二卷第十九期。

沤、鹤两师（朱祖谋与郑文焯）指正。"① 郑文焯在致朱祖谋书中亦云及校《西麓继周集》一事，其云："昨甘遯书来，并见近钞《西麓继周集》，其词既不工，于律复多出入，竟无稍稗后学，而甘遯校列简眉，亦失之疏漏为多，已随笔改正，嫌于老草。俟斠竟就正有道何如？"② 结合二人所云可知，郑校底本为吴昌绶据何梦华钞本的过录本，郑在吴校基础上再校，并云校后就正朱祖谋。

郑文焯、吴昌绶批校之《西麓继周集》今藏上海图书馆，曾为朱祖谋《强村丛书》《西麓继周集》之底本，原为吴湖帆所藏，其图影曾刊于《词学季刊》第三卷第三号。郑文焯于此本云："据秦刻戈校及《清真集》汲古原本、《西泠词萃》诸本，并依叙斠订，粗有可观。"其批语中探讨词律词韵部分值得重视。时润民先生曾将此本中部分郑批吴校文字整理，收入《上海图书馆藏郑文焯批校宋和清真词二种》一文，发表于《词学》第三十三辑③。

（九）批校《半塘己稿·校梦龛集（己亥）》

此批校本的底本为王鹏运《校梦龛集初定稿本》，王氏题曰"庚子正月镂出，半塘僧鹜题记"。郑氏所批内容多体现在改词上，对王氏词作用字、造句加以修改。从卷末所记："甲辰五月二十六日辰刻，忽值老人于海上，遂持报。"可知，郑氏批改王氏词作的目的是与王氏商榷，帮助其润色词作。此批本亦是王、郑间词学交往密切的佳证，今存上海图书馆。

（十）自评所作词

郑文焯自评所作词存于其词作稿本中，龙榆生先生曾从嘉业堂藏《樵风乐府》稿本中录出部分评语刊于《词学季刊》第一卷第二号④。因"时间迫促"，龙氏所录不全，《樵风乐府》稿本中尚存不少自评。此稿本今藏南京图书馆。另，国家图书馆藏郑氏《苕雅》稿本，上海图书馆藏吴昌绶所编《大鹤山人词翰》稿本中均有评语若干。

除了以上介绍的以外还有一些见于记述或引录的郑校词籍如以下四种。

---

① 蒋哲伦、杨万里：《唐宋词书录》，长沙：岳麓书社，2007 年，第 547 页。

② 《大鹤先生手札汇钞·致朱古微书》，《词学》（第六辑），第 74 页。

③ 时润民：《上海图书馆藏郑文焯批校宋和清真词二种》，《词学》（第三十三辑），上海：华东师范大学出版社，2015 年。

④ 《忍寒庐零拾》，《郑叔问自评所作词》（一）（二），《词学季刊》第一卷第二号。

（十一）《校〈金荃集〉》

郑文焯致朱祖谋书云：

> 自后《古今词话》之误以《春晓曲》为《玉楼春》，《全唐诗》附载又羼入袁国传之《菩萨蛮》。下走曩作《金荃词考略》，已深切著明，是渌饮所谓温词只十三首，未足征信。……拙纂《考略》亦足多也。究之雠定之学，后起者洵易为功。①

又云："又近考《金荃词》及毛熙震、欧阳炯三家词，见于《花间集》者并完帙，非选家节取例也，似发人所未发。倘沪友意在阐明斯集大旨，有取于拙议，得附篇末以传，亦云幸已。"② 张尔田《与龙榆生言郑叔问遗札书》云："叔问尚有考证《金荃集》一长跋，写于卷纸，未装裱，亦为□□借去，又不知落入谁手矣。"③ 可见，郑文焯曾批校《金荃集》，且用功不浅，所得亦甚夥，只是稿已亡佚。

（十二）《手校〈宋六十家词〉》

龙榆生云："长沙方叔章先生，曩年于厂肆得大鹤手校《宋六十家词》，丹黄殆遍。"④ 又郑逸梅《逸梅杂札》中亦记郑文焯校《宋六十家词》事：

> 长沙方叔章，亦当世有心人，曩年于场肆得叔问手校《宋六十家词》，丹黄殆遍，跋语殊精当，叔章录以付《词学季刊》发表。

今郑氏手校《宋六十家词》已不得见，仅于《大鹤山人词集跋尾》中见其数篇跋文。

（十三）《手校〈蚁术词选〉》

《蚁术词选》四卷，元邵亨贞著。光绪庚寅、辛卯（1890、1891）间，况周颐据方柳桥所藏知不足斋影钞本借钞并覆校付梓，此即第一生修梅花馆刊本

---

① 黄墨谷辑录：《郑文焯致朱祖谋书》，《〈词林翰藻〉残璧遗珠》，《词学》第七辑，上海：华东师范大学出版社1989年，第216页。下文仅称《郑文焯致朱祖谋书》。
② 《大鹤先生手札汇钞·致强村》，《词话丛编》，第4355页。
③ 《词学季刊》第一卷第三期。
④ 龙榆生：《大鹤山人词集跋尾》，《词话丛编》，第4340页。

《蚁术词选》。光绪壬辰（1892）二月，况周颐离苏之沪，自沪上将其所刊《蚁术词选》寄赠郑文焯，郑氏据此本批校，并作跋文两篇。龙榆生将郑氏所作两篇《蚁术词选跋》辑录，刊于《词学季刊》第一卷第三号，并注云"嘉业堂藏手校第一生修梅花馆刊《蚁术词选》"。可知，郑氏手校本《蚁术词选》后流入刘承幹嘉业堂，惜今已不得见。

（十四）批点《词腴》

《词腴》为清人黄承勋所辑的一部历代词选，郑文焯对此词选有过批点，黄进德《唐五代词选》曾引录批语二则。今国家图书馆藏有是书，惜未得寓目。

除批校上述词籍外，今天尚可见到郑氏批校其它词籍的相关著录，如《增订四库简明目录标注》记张先《安陆集》有"朱祖谋、郑文焯校本"，蒋捷《竹山词》有"郑文焯批校本"，张炎《词源》有"郑文焯批校本"[①]等，可惜的是郑氏批校这些词集至今尚未得见。

二、词学书札

郑文焯为晚清著名词人和词学宗师，与词坛时贤王鹏运、陈锐、朱祖谋、张尔田、夏敬观等词坛名家多有书札往来，其中有大量文字讨论词学问题，是考察词坛交往、反映词学思想的重要文献。这些词学书札数量不少，但是多有散佚，今仅将笔者所见略述如下：

（一）与张尔田书九则

1.《鹤道人论词书》八则。载《国粹学报》第六十六期，后记云："右叔问丈论词书数则，乃曩岁从丈学词所条示者。丈词名满大江南北，而于四上声变尤臻神寤。昔红友严于持律，而所作实不逮。茗柯善言词，而宫调未谙，丈殆兼之矣。此区区者，虽为下学指迷，而明阴洞阳，深抉词隐，视紫霞翁有过之

---

① 邵懿辰撰，邵章续录：《增订四库简明目录标注》，上海：上海古籍出版社，2000年，分见第941页、953页、960页。另据韦力《批校本》所记郑文焯批校本《词源》今藏国家图书馆，所据底本为光绪八年许增榆园丛刻本。《批校本》，任继愈编：《中国版本文化丛书》，南京：江苏古籍出版社，2003年，第168页。

无不及也。急写副墨持寄秋枚道兄，著诸竹帛，愿与海内词流共津逮焉。庚戌小暑节，张采田（按：即张尔田）谨记。"① 庚戌为 1910 年，由此可知，张尔田为弘扬郑氏词学，在郑氏健在时就将其致己信札刊于《国粹学报》，其时间早于叶恭绰所辑录发表的《郑大鹤先生论词手简》二十余年，且目的不同。

2.《郑大鹤先生论词手简》五则。叶恭绰辑，原载《词学季刊》一卷三号，《同声月刊》二卷八号重见。后收入《词话丛编》，为《大鹤山人词话》附录。此五则涵盖了《国粹学报》中八则的内容，其第一则合并了《国粹学报》中的第二、三、四则；其第四则较《国粹学报》第八则多出了"词无学以辅文，则失之黯浅，无文以达意，则失之隐怪，并不足与言词，而猥曰不屑小道，吾不知其所为远大者又何如耶"② 一句，其它诸则与《国粹学报》偶有差异，如第五则末句为"冀宏达广吾势焉"，《国粹学报》"势"为"菽"。

3.《与张尔田论词书》一则。载于《同声月刊》一卷四号《近贤论词遗札》。

（二）与夏敬观书六十五则

1.《与夏映盦书》二十四则（实为二十三则），龙沐勋辑，原载《词学季刊》二卷四号，后收入《词话丛编》《大鹤山人论词遗札》，为《大鹤山人词话》附录。

2.《与夏剑丞书》二十则，载《同声月刊》二卷十一号《大鹤山人遗札》，其中与《词话丛编》所录重见者六则。

3.《夏剑丞友朋书札》，其中与词学相关的有二十八则。该《书札》藏于上海图书馆。

（三）与朱祖谋书七十八则

1.《大鹤先生手札汇钞》，致强村十八则，戴正诚辑，原载《词学季刊》三卷三号，后收入《词话丛编》，为《大鹤山人词话》附录。

2.《大鹤先生手札汇钞》致朱古微十六则，原为十七则，其中一则重复。戴正诚辑，载《词学》第六辑。

---

① 《国粹学报》，扬州：广陵书社，2006 年影印本，第 8273 页。
② 《郑大鹤先生论词手简》，《词话丛编》，第 4331 页。

3.《郑文焯致朱祖谋书》^① 四十四则,黄墨谷辑录《〈词林翰藻〉残璧遗珠》,载《词学》第七辑。

（四）与王鹏运书一则

载《词学季刊》三卷三号,原题《郑大鹤先生寄半塘老人遗札》。

（五）与吴昌绶书三则

一则载《词学季刊》创刊号,后收入《词话丛编》为《强村老人评词》附录。另二则存于吴昌绶所编《大鹤山人词翰》中,稿本现存于上海图书馆。

（六）与陈锐论词书十二则

见民国铅印本《裒碧斋箧中书》,其中第十二则论柳永词者又见陈锐《裒碧斋词话》（《词话丛编》）。李开军先生将此束书札以《新见郑文焯与陈锐书札十二通》之名发表于曹辛华先生主编《民国旧体文学研究》第一辑^②。

（七）与刘炳照书一则

见刘炳照词集《留云借月庵词》,乃郑文焯为刘词所作赠言。

（八）与程淯书四则

见白葭居士（程淯）辑《大鹤山人书札》,刊于《文字同盟》第二十三号。

（九）与冒广生书三则

见上海博物馆图书馆编《冒广生友朋书札》,共九则,涉及词学者三则。上海书画出版社 2009 年出版。

---

① 郑文焯与朱祖谋书,原载戴正诚所辑《词林翰藻》（王鹏运、朱祖谋致郑文焯,及郑文焯致强村书札汇编）原书已佚,黄墨谷曾录其中三十三通,其中十八通已发表于《词学季刊》三卷三号,施蛰存将余十七通发表于《词学》第六辑。

② 李开军:《新见郑文焯与陈锐书札十二通》,曹辛华主编:《民国旧体文学研究》（第一辑）,国家图书馆出版社,2016 年。

三、词籍序跋

词籍序跋是清代词学文献的重要组成部分，往往具有极高的理论价值。郑文焯所撰词集序跋计有十余篇，一是手校《宋六十家词》的跋语，计十种：《温飞卿词集考》《四印斋本花间集跋》《梦窗词跋一》《梦窗词跋二》《蛾术词选跋一》（"蛾"应为"蚁"，下同）、《蛾术词选跋二》《六一词跋》《小山词跋》《放翁词跋》《片玉词跋》内容主要评论唐宋词人词作的特色和价值。以上跋语由龙榆生辑录，原载《词学季刊》一卷三号、二卷三号，后以"大鹤山人词集跋尾"为名作为《大鹤山人词话》附录收入《词话丛编》。除上述跋语外，郑氏序跋尚有《瘦碧词自叙》，见《瘦碧词》刻本卷首；《西麓继周集跋》，见《强村丛书》；《白石公诗词合集题记》，见郑文焯批校《白石公诗词合集》卷首；《词录》序、跋，郑文焯择其词十三首发表于《国粹学报》第六十五期，名为《词录》，前后有序跋；《西园连唱集序》，见《国粹学报》第五十一期；《半塘丁稿题记》，见《半塘丁稿：鹜翁集》扉页，原本现藏苏州大学图书馆。

四、校议、录要、斠律

所谓校议、校录，是指词集校语的汇编，与校订词集的批语不同，批语是散见于词集的各处：卷首、卷尾、眉批、夹批，而校议、校录则是将有关校订的文字整理汇集，分条编辑，更具条理性，也更为集中明了，实为该种词集校订的文字总结，属于校勘学的著作。下面将郑文焯的此类词学著作分述如下：

（一）《〈清真居士年谱〉校记》

此稿乃为校陈思撰《清真居士年谱》而作，其内容主要是根据《宋史》《浩然斋雅谈》《耆旧续闻》《能改斋漫录》等史传或笔记小说考订与评述周邦彦的生平事迹等问题。此校记今附于《辽海丛书》《清真居士年谱》之后。

（二）《梦窗词校议》

是书原名《梦窗词校录定本》，大鹤山房写稿，为郑文焯校勘《梦窗词》成果结集。后易"录"为"议"，改名《梦窗词校议》。郑氏殁后，此书稿本为刘承幹嘉业堂所得，周子美编《嘉业堂钞校本目录》云："《梦窗词校议》一卷，清郑文焯校订，稿本，四册。"①此稿本今藏国家图书馆，重订为二册。此书上卷以明朱存理《铁网珊瑚》本所收梦窗词手写稿十六阕校正诸刻误处。下卷及补录部分主要指出诸刻形近、音近、意近导致的讹误类型，又有词作评论、典事考证的内容等。《梦窗词校议》后单刻，收入张寿镛编《四明丛书》第一集（1932）。刻本与稿本内容几无差异，只是排列顺序偶有不同之处。

（三）《词源斠律》

光绪十六年刊行，有潘祖荫叙及郑文焯自叙，后收入《大鹤山房全书》。是书本之《词源》，但多引史料或驳正，或充实，郑氏云："曩尝博征唐宋乐纪，及管色八十四调，求之三年，方稍悟乐祖微眇，悉取《词源》之言律者，锐意笺释，斠若画一"。②郑文焯对《词源斠律》非常自信，他说《词源》一书"终当以余刻《词源斠律》为善本。"③

据张尔田致夏承焘书所言，郑氏尚有手批本《词源斠律》，夏氏《天风阁学词日记》1932年十一月十七日记云：

> 张孟劬先生来函，谓为予文篝灯细勘一过，以予定尖即高最确。记得郑叔问手批所著《词源斠律》考证最详，谓予薄郑书而立说，适与之暗合。④

可知此批本即以郑氏所刊《词源斠律》为底本，由此可见郑氏在《词源斠律》刊出后仍然于词乐研究孜孜不辍。据阳海清等编《中南、西南地区省市图书馆馆藏古籍稿本提要》称广西桂林图书馆藏有手钞本《词源斠律》一册，或即是夏氏所云手批本。

（四）《绝妙好词校录》一卷

光绪二十二年丙申（1896）刊行，后收入《大鹤山房全书》中。郑氏前言

---

① 周子美编：《嘉业堂钞校本目录》，第 54 页。

② 《鹤道人论词书》，《国粹学报》第六十六期。

③ 《大鹤山人遗著》，《青鹤》第二卷七期。

④ 《天风阁学词日记》，《夏承焘集》，第六册，第 307 页。

肯定《绝妙好词》为南宋高制，而又讹误甚多，故须加以校释，此交代校录之由；后记对《绝妙好词》版本流传简单考述。校录内容涉及考订文字、声律，以及典故考释等。

（五）《绝妙好词旁证》一卷《校录》一卷

是书为大鹤手稿本，藏国家图书馆。《旁证》批校语二十余则，内容与《绝妙好词校录》相同，但顺序不同，应为《校录》的初稿。《校录》一卷即为刊行《绝妙好词校录》的稿本。

（六）《清真词校后录要》一卷

光绪二十六年稿，附录于《大鹤山人校本〈清真词〉》卷末。内容为考证"清真""片玉"之名的源流，《清真集》的体例，以及周邦彦生平事迹等问题。

除了以上已经刊行并保存至今的校勘著作之外，郑文焯还有一些此类著述或已散佚，或尚为计划而并未成书。现分述如下：

（七）《〈白石歌曲编年录〉附〈补调订讹〉一卷》

据郑文焯自写书目，其著有《〈白石歌曲编年录〉附〈补调订讹〉一卷》，他在《清真词校后录要》中也云："曩尝取白石词为之编年补传，以其词叙自注岁月，旁征宋元说部，事迹易于考见。"[1]可见此稿似曾成书，惜稿佚。

（八）《杨泽民〈和清真词〉校录附记》

《大鹤山人遗著·校本宋元人词目·石芝西堪校本》有"校杨泽民《和清真词》"条，并小字注云："长沙张刻谦牧堂藏汲古旧抄本，今已付无棣吴侍郎刊之。"知其所校底本为汲古阁未刻本杨泽民《和清真词》，校勘后由好友吴重熹刊刻，其《大鹤山人遗著·校本宋元人词目·汲古阁未刻词目》"杨泽民《和清真词》"条亦云："长沙张刻，叔问校本无棣吴刻。"此校本今藏上海图书馆，校《和清真词》一卷，附录校记一卷，主要比勘《和清真词》词韵与清真词原

---

① 《同声月刊》第二卷第一号。

作之同异。时润民先生曾将校记整理，发表于《词学》第三十三辑①。另，国家图书馆藏江标辑《宋元名家词十五种》本《和清真词》及清赵氏小山堂钞本《和清真词》均有郑文焯批校，当为其参校之本。

（九）《宋名家寿词集录》

郑文焯《大鹤山人遗著·校本宋元人词目·石芝西堪校本》记云："玉田才《词源》云难莫难于寿词……近代陈西麓所作本制平正，亦有佳者。今秦刻《日湖渔唱》载其寿词一类，凡十九首，盖是旧编，如玉田所称者。张辑《清江渔唱》一卷，亦尽属寿词，梦窗甲乙稿中，颇有寿朝贵之作，当时必以为别构一格，故玉田述其难工，宋人词集所具甚夥，拟合诸家校录一编，以备词苑之英谭，亦属倚声之别墨耳。"郑氏拟辑录宋人寿词一编加以校录，由所云可知是书未有完成。

（十）《燕乐甄微》

郑文焯《大鹤山人遗著》记云："余论乐诸说，毕载所撰《燕乐甄微》，未及全梓，兹略举一二，附记于此，以言知律，盖亦寡已。"②可知是书未刊，稿今已不见。

（十一）《词学甄微》

郑文焯《瘦碧词序》云："复举所得者著《词学甄微》一书，造端宏肆，足为乐书补亡。将整比而问世，以卷帙之富，靳于力，未果也。"③此书或即《燕乐甄微》。

（十二）《律吕古义》《燕乐字谱考·附：管色应律图》《五声二变说》《白石歌曲补调》《词韵订》《曲名考原》

上述诸书稿，名见于郑文焯《瘦碧词自叙》，其云："余幼嗜音，尝于琴中

---

① 时润民：《上海图书馆藏郑文焯批校宋和清真词二种》，《词学》（第三十三辑），华东师范大学出版社，2015 年。
② 《青鹤》第二卷七期。
③ 《瘦碧词序》，《瘦碧词》刻本。

得管吕论律本之旨。比年雕琢小词，自喜清异，而苦不能歌。乃大索陈编，按之乐色，穷神研核，始明夫管弦声数之异同，古今条理之纯驳，杂连笔之于书，曰《律吕古义》、曰《燕乐字谱考·附：管色应律图》、曰《五声二变说》、曰《白石歌曲补调》、曰《词源斠正》、曰《词韵订》、曰《曲名考原》。凡兹所得，虽孤学荒冗，未为佳证，庶病于今，弗畸于古焉。世有皆音善歌如尧章者，齐以抗坠，取余词而声之，倘亦乐府之一缒哉？"①其中《曲名考原》一书，谭献曾托人向郑氏索要，欲为其刊刻，卒未成。郑氏批校《花间集》时曾记云："余曩纂《曲名考原》，写稿为同社录副，已轶其半。"②或此稿以佚。夏承焘亦云："又据其《大鹤山房集》《瘦碧词序》，《词源斠律》外，尚有《律吕古义》《五声二变说》诸种，彊老谓皆未见。"③除《词源斠律》外，诸书皆不见传，内容均不可考。

（十三）《乐纪考原》《词谱入声律订》《词韵谱》《古今乐律字谱管色举例》

以上诸书见戴正诚《大鹤山人诗集跋》中所列郑氏手写所著书目，均散佚，今已不见存，亦可能是有目无书。

上述四类是郑文焯词学文献的主要内容，除此之外，郑文焯还有一些词学目录、词选编撰计划等，亦作介绍如下。

（十四）《词录征存》

是编不分卷，钞本，为郑文焯辑录的关于词学目录、版本方面的文献。原稿由戴正诚捐给重庆图书馆，后戴正诚又将其整理，发表于《青鹤》杂志，题为《大鹤山人遗著》，署"长白郑文焯稿"。戴氏于篇首题云："是编类钞词目，注其已刻未刻，并考订其版本源流，足备词学家之参考，与刊行《南献遗征》一书皆为先生关于目录学之佳制焉。"所录有《南词总目》《汲古阁未刻词目》《词集古刻录略》等，颇具词学文献价值。

---

① 《瘦碧词自叙》，《瘦碧词》刻本。
② 郑文焯：《批校〈花间集〉》卷第二末识语，上海图书馆藏，参时润民《上海图书馆藏郑文焯批校〈花间集〉原本》一文。
③ 《天风阁学词日记》，《夏承焘集》第五册，第145页。

（十五）《石芝西堪宋十二家词选》

此为郑文焯拟编的一部词选，分令、慢两部分，十二位词人已经选出，小令五家，分别为：晏殊《珠玉词》、欧阳修《六一词》、张先《安陆集》、晏几道《小山乐府》、秦观《淮海词》；慢曲七家，分别为：柳永《乐章集》、周邦彦《清真集》、苏轼《东坡乐府》、辛弃疾《稼轩长短句》、吴文英《梦窗词》、姜夔《白石道人歌曲》、贺铸《东山寓声乐府》。其中选柳永、苏轼二家词已有细目，其余各家选目未能列出。是书至郑氏卒前尚未告竣，只是列出概貌附于《梦窗词校议定本》，后龙榆生录其写目入《忍寒庐零拾》，刊于《词学季刊》①。

（作者单位：南开大学文学院）

---

① 《词学季刊》第一卷第二号。

吴虞著述考 ①

孙文周

吴虞（1872—1949），字又陵，号爱智。四川成都人。晚清民国时期的著名思想家、诗人、词人。吴虞一生，著述颇丰。著有《吴虞日记》《秋水集》《朝华词》《吴虞文录》《吴虞文别录》《吴虞文续录》，编有《宋元学案粹语》《骈文读本》《爱智庐杂言诗录》《国文撰录·上编》《荀子文讲录》《中国文学选读书目》。对吴虞著作的全面了解，是对其进行深入研究的前提。但迄今为止，尚无对其著作进行全面考索的专文问世。笔者拟在文中将吴虞著作分为所著和所编两类，并结合所查资料，且在吸收前人研究成果的基础上分别对其进行考述。

一、吴虞著作考

吴虞所著，有《吴虞日记》《秋水集》《朝华词》《吴虞文录》《吴虞文别录》《吴虞文续录》等，本文拟对吴虞上述著作的版本、内容等方面进行考述（以上著作中的作品，大多已为近人赵清、郑城收入《吴虞集》中，但该集所录仍不完备，且有编录不精的问题，本文亦将对其进行考述）。

（一）《吴虞日记》

《吴虞日记》为吴虞手记之稿本，从1911年10月10日起，至1947年止。《吴虞日记》现藏中国革命博物馆，存六十册，其中有《虞山日记》（1911.10.10—

---

① 国家社科基金重大项目"民国词集编年叙录与提要"（13 & ZD118）、"民国话体文学批评文献整理与研究"（15ZDB066）的相关成果。

1912.7.15）一册；《爱智日记》（1912.7.16—1919.12.23）二十二册 [①]；《师今室日记》（1919.12.24—1925.5.17）十七册；《宜隐堂日记》（1927.3.30—1945.4.6）二十册 [②]。为研究近代史的需要，稿本《吴虞日记》已为中国革命博物馆整理，并经荣孟源审校，分为上、下两册，分别于 1984 和 1986 年由四川人民出版社出版。其中，上册为 1911 年 10 月至 1921 年 12 月部分，下册为 1922 年 1 月至 1947 年部分。

《吴虞日记》具有重要的史料价值、经济学和民俗学价值、学术价值。吴虞在日记中记载了历年的政治事件和自己的遭遇，是研究吴虞所处时代及其本人的重要史料。如 1916 年 6 月 6 日，袁世凯去世，吴虞在次日日记中记道："出街晤刘雅爵，言袁世凯死矣。……袁六号巳时死，黎今日午前十时接事。"又如 1917 年四川军阀戴戡与刘存厚的混战，烧毁成都莲池街、文庙后街、陕西街、南大街，到处"烟焰涨天，人如山崩"。吴虞之妻香祖也因之避祸万佛寺，后来由于受惊吓而不幸病逝。其他如 1925 年孙中山的逝世，抗日战争时期日本飞机轰炸重庆，1941 年 5 月"孔部长之子私运黄金三万磅至云南"等史实，吴虞在其日记中均有记录。吴虞还在日记中依时间顺序记录了自己留学、与父争讼、被逐教育界、外逃避难、重回成都、北大任教、川大任教、养老新繁等事，兼以纳妾、养女、嫖妓，可使我们形成对其个人生活经历乃至心灵史的全面梳理与考察。此外，《吴虞日记》以吴虞的个人生活为中心，记载了他所到之处，主要是成都的社会经济情况，具有一定的经济价值和民俗价值。举凡柴、米、油、盐、糖、茶、肉、蛋、蔬菜等生活必需品的价格；理发、听戏、坐轿、过节、应酬的费用和习俗；教员、公务员、木工、刻字工、男女仆役的工资和生活；地价、房价、地租、房租、租佃关系、买婢纳妾等，日记无不纳入其中。所有这些，都是考察吴虞其时的经济情况和民俗情况的重要资料。再有，《吴虞日记》还有一定的学术价值。日记以个人读书、交游为主，记载了自己的读书情况及与当时学界名流廖平、吴之英、胡适、陈独秀等人的交往，对我们考索其学术思想和交游有重要的价值。吴虞还在日记中记载了自己担任其时重要书报编辑及加入南社之事，从而有助于我们对当时印刷出版业和社团活动的了解；也记载了学校和某些文化事业的情况，有助于我们对中国近代文化、教育

---

① 《爱智日记》另缺二册，起止日期分别为：1912.11.4—1913.4.9、1916.8.16—1916.12.1。

② 《宜隐堂日记》另缺（1933.12.10—1937.4.22），册数不详。

情况的把握 ①。总之，《吴虞日记》对于我们全面了解吴虞其时、其人都有重要作用。

（二）《秋水集》

《秋水集》，吴虞诗集，初版于民国二年（1913）。该集自 1913 年 8 月 25 日开始写刻，吴虞在当天日记中说："杨子霖写《秋水集》至第八页"；至 1913 年 12 月底刻就，其 1913 年 12 月 21 日日记载："《秋水集》刻就，将板与袁西屏送去，计二十二块" ②；1914 年 1 月印出。《秋水集》所收之诗自 1892 年始，且多为"感慨愤懑"之作，之所以名为《秋水》，是因欲取《庄子·秋水》篇之义。他在作于 1913 年 9 月的《秋水集·自叙》中说："不佞年十五六，始学为诗；壬辰（1892）以来，略有存稿。……不佞辟地空山，读书论世，于教化之文野，风俗之隆污，法律之因革，政治之损益，人群之蕃变，确有所见；而于当时伟人大儒之言行，文告报章之论议，详为审校，又皆知其去事实之真际、人民之心理绝远而不可信。感慨愤懑，悉寄之于诗。……不佞非贤。顾离谗忧国，差同古人。司马迁曰：'《诗》三百篇，大抵贤圣发愤之所为作。'呜呼，谅矣！于是仿湘潭王氏《夜雪集》之例，次第所作，付诸剞劂，名曰《秋水集》，则窃取《庄子·秋水》篇之义也。" ③《秋水集》初版后，吴虞于妻子香祖 1917 年去世后又有《悼亡妻香祖诗二十首》；1921—1925 年在北大期间，因与胡同女子娇玉多有来往还先后写有赠庚娇诗五十四首。当《秋水集》于民国二十五年丙子（1936）五月在成都吴氏爱智庐再刊时，吴虞便将《悼亡诗》一卷、《庚娇诗》一卷附入其中，即我们今天所能看到的收录吴虞诗歌最为完备的本子。

（三）《朝华词》

《朝华词》，吴虞为伶人陈碧秀所编的唱和词集。初刊于 1917 年 6 月，且为单行本。1917 年 5 月 31 日开始写刻，吴虞在当天日记中说："饭后杨子霖来写书头子，……交《朝华词》与子霖写。"1917 年 6 月 24 日刻毕，吴虞于当

① 以上文字，参考了荣孟源《吴虞日记·序》，荣孟源审校：《吴虞日记·上册》，成都：四川人民出版社，1984 年。（说明：以下凡引自此书者，皆简注为《日记·上》，某页，不再详注）

② 本段所引二处日记，依次出自《日记·上》，第 104、116 页。

③ 吴虞：《秋水集·自叙》，吴虞：《秋水集》，成都吴氏爱智庐刊本，中华民国二十五年（1936 年），第 1 页。藏南京图书馆。

天日记中记道："晚老唐归，言古岳斋刻《朝华词》已竣，明日可印。"① 之后，《朝华词》又刊于民国二十五年丙子（1936）五月成都吴氏爱智庐，且附于《秋水集》之后。《朝华词》共录词二十四首，其中有胡薇元《望湘人》一首，江子愚《望湘人》一首，刘德馨《望湘人》一首，李思纯《望湘人》一首，方旭《摸鱼儿》二首、《春风袅娜》一首，邓鸿荃《摸鱼儿》一首、《金缕曲》一首，林山腴《摸鱼儿》一首，吴虞《望湘人》一首、《摸鱼儿》四首，萧其祥《望湘人》一首，邓维琪《摸鱼儿》一首，江子愚《望湘人》一首，黄振镛《望湘人》一首，吴君毅《摸鱼儿》一首，高培英《孤鸾》一首，辛楷《蜕裳中序第一》一首，钟炳麟《念奴娇》一首，沈宗元《摸鱼儿》一首。

（四）《吴虞文录》《吴虞文别录》《吴虞文续录》

《吴虞文录》，吴虞文集，初版由上海亚东图书馆发行于 1921 年 10 月。它的面世，大大得益于胡适的全方位帮助。胡适不仅使吴虞认识了亚东图书馆馆主汪原放，还为其书写序、题写封面，请钱玄同为其加注新式标点。此后，吴虞因有新作不断问世，故《吴虞文录》也得以不断再版。1927 年 6 月，《吴虞文录》出至第五版，1929 年 4 月，又出至第六版。《吴虞文录》的最后一版，为民国二十五年丙子（1936）五月成都吴氏爱智庐所刊，共有二卷，文十七篇。其中，《文录·卷上》除胡适《序》和青木正儿《吴虞的儒教破坏论》外，另有文七篇，分别是：《家族制度为专制主义根据论》《说孝》《礼论》《吃人与礼教》《儒家主张阶级制度之害》《儒家大同之义本于老子说》《道家法家均反对旧道德说》。《文录·卷下》有文八篇，分别是：《消极革命之老庄》《墨子的劳农主义》《辨胡适之〈解老〉〈喻老〉说》《读邵飘萍（邵振青）教育论》《驳康有为"君臣之伦不可废"说》《帅净民〈诸子学者列传〉序》《黄毓荃文序》《李卓吾别传》。

《吴虞文别录》，吴虞文集，初版由成都美信印书局刊行于 1933 年 6 月。《别录》的最后一版，为民国二十五年丙子（1936）五月成都吴氏爱智庐所刊，共一卷，文十六篇，分别是：《爱智庐同曾香祖玩月诗序》《〈王圣游遗集〉序》《重印曾季硕〈桐凤集〉序》《邓守瑕〈灯赋〉序》《请褒扬黄文翰文》《复倡修北京先烈纪念祠诸公书》《复王光基论韩文书》《复某君书》《人才》《范翁圆明语

序》《刘长述〈松冈小史〉序》《范午〈张皋闻词选笺注〉序》《姜方锬〈蜀词人评传〉序》《〈公论日报〉题词》《吕蕙仙集序》《请杨莘野释刘纶保状》。

《吴虞文续录》，吴虞文集，初版由成都美信印书局刊行于 1933 年 6 月。《续录》的最后一版，为中华民国二十六年丁丑（1937）十月成都吴氏爱智庐所刊，共二卷，文十五篇。其中，《续录·卷上》有文四篇，分别是：《对于祀孔问题之我见》《经疑》《曾香祖夫人小传》《女权平议》；《续录·卷下》有文十一篇，分别是：《荀子之〈劝学〉及〈礼论〉》《荀子之政治论》《荀子之〈天论〉与辟机祥》《读荀子书后》《国文撰录自序》《邓寿遐〈荃察余斋诗文存〉序》《〈国立四川大学文本科同学录〉序》《〈国立四川大学文科专门部同学录〉序》《〈四川法政专门学校同学录〉序》《爱智庐随笔》《周畦吴植订婚讲演》。

（五）《吴虞集》

近人赵清、郑城所编，于 1985 年由四川人民出版社出版。该书共收录吴虞诗、文、书信近五百篇，此外还附有吴虞传略、墓志铭及其妻曾兰的著作，是一部目前最完备的吴虞著作的汇编。

但是，《吴虞集》却存在着收录不全和编录不精的问题。一方面，是书存在收录不全的问题。就吴虞之文来说，该集虽对《吴虞文录》《续录》《别录》中之文全行照录，但对散见于其日记及一些相关报刊中的文章却没有收录。日记中所录之文失收者，如 1912 年 8 月 5 日，"同方琢章至高小学校时，因见学生五名赌牌"、方琢章嘱吴虞所作之文、1917 年 4 月 13 日所作之《燕谭随笔后序》、1918 年 1 月 26 日所作之《修治新繁龙桥河岸募捐启》等[①]。报刊中所录之文失收者，有《娱闲录：四川公报增刊》1915 年第 2 卷第 1 期之《最录郑鄩事》《娱闲录：四川公报增刊》1915 年第 2 卷第 2 期之《记毛西河事》《娱闲录：四川公报增刊》1915 年第 2 卷第 3 期之《记毛西河事〈续〉》《道路月刊》1926 年第 16 卷第 2—3 期之《蜀都周刊发刊辞》等。就吴虞之诗来说，该集虽对《秋水集》中的大部分诗歌进行了照录，也收录了散见于《吴虞日记》中的部分诗歌，但远非完璧。一是《秋水集》中尚有大量诗歌未被收入，如《寄妇曾香祖》《赠周癸叔》《过旧居作》《同香祖爱智庐纳凉》《无题二十首》《重游槐轩》《康云从画〈水仙牡丹〉，为其弟千里题》

---

① 以上三处，依次引自《日记·上》，第 57、298、368 页。

《漫成，示妾刘长倩》《读友人诗，戏题》《龙藏寺听月泉弹琴》《游少城怡园》《黄瓜桥》《游东湖，吊卫公李文饶》《重至鸥舫》《曼与二十首》《赠陈碧秀》《庚娇诗》等就未见收录。二是《吴虞日记》和相关报刊中也尚有大量诗歌散佚。就日记来说，如1914年8月25日，吴虞所作《赠香祖》《赠守瑕》《赠仰思》《赠蕙子》四诗，1916年3月4日，偶得《书陈寿传》之诗，1916年4月11日徘徊图书馆松下，所得之诗等。就相关报刊来说，有《小说月报》1917年第8卷第1号之《即事赋怀四首》，《小说月报》1917年第8卷第6号之《挽王圣游四首》，《娱闲录：四川公报增刊》1915年第12卷之《诸葛词》，《娱闲录：四川公报增刊》1914年第7卷之《咏名伶月月红》等①。此外，对于散见于《吴虞日记》及《朝华词》中的词作，更是不为《吴虞集》所录。

另一方面，是书亦有编录不精的问题。关于这一点，可从三方面加以认识。一是文字之误，二是标点之误，三是文字、标点俱误②。文字之误者，如第3页第2行"与世谌杵"中的"杵"，应为"忤"（《〈王圣游遗集〉序》）；第29页第6行"为民请民"中第二个"民"，应为"命"（《复倡修北京先烈纪念祠诸公书》）；第279页第3行"缘阴满地春风静"中的"缘"，应为"绿"（《七绝二首》其一）；第296页倒数第2行"诗洒逍遥自在身"中的"洒"，应为"酒"（《辛亥杂诗九十六首》六十五）；第458页第5行"永坠同脆于水火"中的"脆"，应为"胞"（《书〈女权平议〉》）。标点之误者，如第12页倒数第5行"夫商君、李斯专务明法，而不知道皆身危亡国"，应为"夫商君、李斯专务明法，而不知道，皆身危亡国"（《读〈管子〉感言以祝〈蜀报〉》）；第68页倒数第10行"《春秋》《左传》末记晋知伯反丧于韩魏"，应为"《春秋左传》末记晋知伯反丧于韩、魏"（《读邵振青教育论》）；第422页第3行"文明的女人有各种的权，野蛮的女人却没有文明，野蛮就在一国女人有权没有权上分别了"，应为"文明的女人有各种的权，野蛮的女人却没有。文明、野蛮就在一国女人有权、没有权上分别了"（《弥勒·约翰女权说》）。文字、标点俱误者，如第103页倒数第7行"今之礼经盖汉儒鸠集诸儒之说"，应为"今之《礼记》，盖

---

① 限于篇幅，本文于《吴虞集》对《吴虞日记》及相关报刊中所失收的诗作，不再一一列举。

② 本段之行文思路，参考了邓星盈：《吴虞思想研究》，成都：四川教育出版社，1996年，第66—70页。

汉儒鸠集诸儒之说"（《经疑》）①。鉴于以上情况，我们在使用《吴虞集》时，一定要持审慎的态度。

二、吴虞编著考

《宋元学案粹语》《骈文读本》《爱智庐杂言诗录》《国文撰录·上编》《荀子文讲录》《中国文学选读书目》等著为吴虞所编，本文拟对其版本和编写宗旨等方面进行考述。

（一）《宋元学案粹语》

吴虞所编，铅印本，清光绪三十三年由成都文伦书局出版。此书所选，"自胡安定至郑隐君，凡九十一人之语，皆通儒大贤心得之言。"②

吴虞编写此书，是为了挽救当时学界的衰颓之势，使时人之"心理"合于古人。他说："今日学界，芜秽晻塞，萎微沈滞既极，陵夷衰颓矣。于是，保存国粹之说稍稍出焉。夫所谓国粹者，何古人之心理是也？盖为旧学而徒袭考证训诂，为新学而不离语言文字，则所得者，知识而已。故读周、秦、后汉、晋、宋及宋明人之书，不仅识其言行，详其事实，并当含其心理，其合于古人心理愈多，自能独拔于流俗而后可以为学。若第具现在社会一般之心理，则根柢薄弱，而去道亦远，偶涉粉华靡丽与险阻艰难，鲜不湛溺。虽或外厉贞素而内灭芬芳，不能自掩也。虽然古人之心理，仍不外于其言行求之，是则节录此编之旨也。呜呼！新旧代谢，知识粗进，而道德大衰，固有志斯世者所不容默。"③但由于吴虞在此书《例言》中引李卓吾"二千年以来无是非，非无是非也，以孔夫子之是非为是非，此其所以无是非也。二千年以来无议论，非无议论也，以孔夫子之议论为议论，此其所以无议论也"④之语，前清学部曾令学政赵启

① 邓星盈：《吴虞思想研究》，第 70 页。
② 吴虞：《宋元学案粹语·例言》，吴虞：《宋元学案粹语》，成都：文伦书局，清光绪三十三年（1907）。上海图书馆藏。
③ 吴虞：《宋元学案粹语·自叙》，同上。
④ 同上。

霖将其查禁①。

（二）《骈文读本》

吴虞所编，排印本，"起乐毅，讫庾信，凡四十九家，为文一百五首，都为四卷。"② 吴虞于"光绪三十一年乙巳秋（1905）七月写竟"此书后，曾先后两次出版：初版为 1915 年 1 月，再版为 1921 年 4 月。吴虞在日记中对《骈文读本》的初版情况记载颇详，1914 年 10 月 17 日，吴虞在日记中记道："令老倪与孔周送桐城吴氏《古文读本》一册去，如印《骈文读本》，即可照样印也。孔周还《古文读本》及像片来，并送《清财政考略》一册，云《骈文读本》已排印，即用《清财政考略》款式。余选《骈文读本》，成书已九年，因无资不能付印。今孔周能印出，亦可欣慰也。"12 月 28 日，吴虞"至昌福公司交《骈文读本》封面，并捡刘申叔、谢无量序及自序交印刷人。"1915 年 1 月 26 日，《骈文读本》印出，并由樊孔周送来十部。《骈文读本》再版于 1921 年 4 月，由成都昌福公司排印，之后，吴虞曾在 1921 年 7 月 11 日的日记中写道："阅《川报》，知《骈文读本》现再版已出书。"③

吴虞编写此书，是为了提高骈文在其时文坛上的地位。他在《〈骈文读本〉自序》中说："（李申耆）曰：'仆之意，颇不满于今之古文家，但言宗唐宋，而不敢言宗两汉。……其于古则未敢知，而于文则已难言。窃以后人欲宗两汉，非自骈体入不可。今日之所谓骈体者，以为不美之名，而不知秦汉子书无不骈体也。窃不欲人避骈体之名，故因流以溯其源。岂第屈司马、诸葛以为骈而已，将推而至老子、管子、韩非子等，皆骈之也。'其言于骈体之文，可谓穷原竟委，而其论当日古文末流之弊，则读其《与高雨农书》，尤征孤怀宏识。……盖当时世论，盛推归、方，崇散行而薄骈偶。申耆病之，故特辑《骈体文钞》，以匡《古文辞类纂》之失。……不佞于申耆斯旨，向所服膺。顾《骈体文钞》，卷帙繁重，弗便诵习，且不佞欣赏之文，亦不免有所漏略。九年前（按：指 1905），曾综平昔所嗜之文，其一百五首，都为四卷，命曰《骈文读

① 吴虞：《致陈独秀》，赵清、郑城编：《吴虞集》，成都：四川人民出版社，1985 年，第 385 页。（说明：以下凡引自此书者，皆简注为《吴虞集》，某页，不再详注）

② 吴虞：《骈文读本·目录》，吴虞：《骈文读本》，成都昌福公司民国十年（1921 年）。北京大学图书馆藏。（说明：以下凡引自此书者，皆简注为《骈文读本》，某页，不再详注）

③ 本段所引四处日记，依次出自《日记·上》，第 150、163、172、612 页。

本》。……而《骈文读本》虽陋，或亦有合于申耆之言者也。樊君将取以付之印刷，遂过而存之，以俟博雅君子之论定云尔。"① 推尊骈体，以救"古文末流之弊"，是吴虞编录此书的宗旨。

（三）《爱智庐杂言诗录》

吴虞所选古体诗录，排印本，由昌福公司于 1918 年 4 月出版。吴虞在其日记中对此有详细记载，1918 年 2 月 14 日，吴虞"将《杂言诗录》交昌福公司"。1918 年 3 月 7 日，"与山腴函，请写《杂言诗录》封面"。1918 年 3 月 10 日，"昌福公司送《杂言诗录》来校。山腴写来封面，令老吴与昌福公司交去"。1918 年 3 月 19 日，吴虞"校《杂言诗录》第七卷毕"。1918 年 3 月 31 日，吴虞在日记中写道："《杂言诗录》三数日内即可出版。"②

《爱智庐杂言诗录》共七卷，《别录》一卷，录诗二百四十九首。其中，第一卷录汉六家三十首；第二卷录魏二家三首，晋二家三首，宋二家二十九首；第三卷录梁六家十七首，陈三家三首，北魏一家一首，北周二家二首，隋三家八首；第四卷录汉至隋无名氏三十七首；第五、六卷录唐二家六十一首；第七卷录清二家十六首；《别录》录唐十七家三十九首。

《杂言诗录》所选诗歌，俱为古体，体现了编者探求诗中"理趣、风骨、气味、格调"的意图。吴虞在其戊午（1918）春节所作《叙》中说："清癸巳（1893）、甲午（1894）间，予常从名山吴伯竭先生游，侧闻绪论。先生言，七言古诗当自楚词、汉郊祀歌及鲍照、吴均、薛道衡诸作以下逮唐人，求其理趣、风骨、气味、格调，始有所入，不宜仅以唐人为限。且学诗，当以数年专作五言古诗或七言古诗，俟其体确立，不可杂然并进。予时居新繁西门外韩村，服膺先生之训，专研诗，七言古诗恒累月弗出于《全唐诗》，点阅数过，盖欲避顾亭林烂铜之诮，不肯从选本中稗贩也。三年撰录，得杂言诗录七卷，别录一卷，后归成都威远周癸叔（岸登），颇有商榷，然予不甚从其说。辛亥以示仪征刘申叔（师培），梓潼谢无量叹为向来所无。吴江柳亚庐（弃疾）索稿，拟为代刊，因循未能寄去。顷大竹陈子立（崇基）（按：陈子立为昌福公

---

① 《〈骈文读本〉自序》，《骈文读本》，第 1 页。
② 本段所引五处日记，依次出自《日记·上》，第 371、374、375、377、381 页。

司经理①）允为印行，是虽敝帚，然二十余年之勤勤与夫师友之雅教，未可没也，聊记其缘起于此。"② 吴虞服膺其师吴之英"学诗当以数年专作五古或七古"之说，并以"三年撰录"所得，编成此书。

（四）《国文撰录·上编》

吴虞所录，排印本。由《吴虞日记》可知，此书自1918年6月编定后，1920年6月由成都昌福公司正式印刷出版。1918年6月16日，吴虞"圈校《国文讲义·上编》已毕，取章太炎《诸子学略说》作为《国文撰录·上编》附录，以广流传而成一系，早餐后令王仆与昌福公司送去。"1920年6月2日，吴虞在日记中写道："《国文撰录·上编》出版。"③

《国文撰录·上编》选文二十一篇，分别是：班固《前汉书·艺文志》，墨翟《非儒篇》，庄周《天下篇》，列御寇《杨朱篇》，荀况《非十二子篇》，韩非《定法篇》《显学篇》，司马谈《论六家要旨》，司马迁《老庄申韩列传》《孟子荀卿列传》，刘向《管子书录》《孙卿书录》《韩非子书录》《列子书录》，张湛《列子序》，王充《问孔篇》《非韩》《刺孟篇》，葛洪《明本》，刘知几《疑古》《惑经》。选文之后，又附文三篇，分别是：章炳麟《诸子学略说》、赵策《赵武灵王议变法》、商鞅《更法篇》。

吴虞此书选录的原则是"时不相远，气体仿佛"。其《国文撰录·自序》说："善乎梁漱溟之论曰：'杂取古今各代之文，气体各异。上起三代，下逮现世，相去数千载，气体愈远，摹习不专，都无所类。一篇之中，举词如此，构句如彼，至呈异观。故取材莫若限于一二代，时不相远，气体仿佛，学者耳目所染，不出乎此，行文吐词，不期而成规矩矣。'"④ 1919年10月29日，"慎言谓：'予之《国文撰录》，标举汉、魏、六朝，实与学子指条大路，成都向来所无。'"⑤

---

① 吴虞1919年4月27日日记："过昌福公司股东会，……总理仍陈子立，董事仍樊新周、李汉三、宗师度，查账仍谭绍昌。"见《日记·上》，第458页。

② 吴虞：《爱智庐杂言诗录·叙》，吴虞：《爱智庐杂言诗录》，成都戊午（1918年）。南京大学图书馆藏。

③ 本段所引二处日记，依次出自《日记·上》，第395、541页。

④ 此序作于1919年6月，未被收入《国文撰录》，而载《吴虞文续录》。此处引自《吴虞集》，第165页。

⑤ 《日记·上》，第493页。

吴虞所编《国文撰录》，其中选文皆自汉魏六朝，且因时代相近、文气仿佛而得到了友人的赞誉。

（五）《荀子文讲录》

吴虞在北大讲课时所编讲义，1921 年 8 月 9 日始编，至 1923 年 5 月 11 日草成，并由北大印出。吴虞在其日记中对此事有较为详细的记录，1921 年 8 月 9 日，吴虞"编《荀子讲录》一页"①。1923 年 5 月 11 日，"钞《荀子文》讲义毕，送印，到京以来，算草成此稿，将来再本所参考者，删订增改，可成一种著述也。"另据吴虞 1927 年 11 月 14 日日记"交《荀子》文与出版部付印，因学生要求讲《荀子》也"、1930 年 4 月 16 日日记"中国文学院唐鹏来赞见，予以《荀子文》《秋水集》各一册赠之"、1933 年 1 月 31 日日记"杨益恒云，予之荀子文，北大仍在印售"② 可知，《荀子文讲录》完稿后由北大排印，出版时间在 1927 年 11 月至 1930 年 4 月间。

该书分上、下两卷，共有文十篇。其中，上卷有文五篇：《荀子学派》《荀子略传》《荀子与诸子之关系》《荀子之性恶论》《荀子之〈劝学〉及〈礼论〉》，末附《墨子的劳农主义》一篇。下卷有文四篇：《荀子之政治论》《荀子之〈天论〉与辟祈祥》《荀子之〈解蔽〉》《荀子之〈正名〉》③。吴虞在这些文章中，对荀子所属学派、荀子的生平和著述、荀子与其他诸子的关系及荀子的学术观点等问题进行了论述。《荀子文讲录》中最有价值的部分，是对荀子与儒家异同的探讨。吴虞一方面指出了荀子与儒家都具有"尊君、卑臣、愚民、持禄"的相同点；另一方面也指出了荀子与儒家的不同点，即："不信天，不信祈祥、不信性善、不信相"④。对于前者，吴虞的态度是坚决否定；对于后者，吴虞则给予了高度评价，认为荀子的见识远超儒家与诸子，甚至视荀子为"儒家之路德、中国学术界之培根"⑤。吴虞此书，对于我们研究荀子其人、其学具有重要的参考价值。

---

① 《日记·上》，第 624 页。

② 以上四处所引口记，依次出自荣孟源审校：《吴虞日记·下册》，成都：四川人民出版社，1986 年，第 114、384、502、607 页。（说明：以下凡引自此书者，皆简注为《日记·下》，某页，不再详注）

③ 吴虞：《荀子文讲录》，民国十二年（1923）五月十一日初稿。南京图书馆藏。

④ 《日记·上》，第 615 页。

⑤ 吴虞：《荀子之〈天论〉与辟祈祥》，《吴虞集》，第 216 页。

（六）《中国文学选读书目》

吴虞所开书目，曾印两次，第一次是在 1925 年 5 月—10 月间，第二次是在 1933 年 6—7 月间。关于第一次，结合吴虞 1925 年 3 月 1 日日记"南大来函，校中办一周刊，索稿，予乃开一青年研究文学所宜读之书目，录与之"，1925 年 5 月 8 日日记"储皖峰来，交来《书目》一百份，云南大同学签名领去《书目》一百五十份"，1925 年 5 月 18 日日记"储皖峰来。书目予又增入数种，渠拟印成册子，请江亢虎为署封面"，1925 年 10 月 17 日日记"储皖峰由京寄来《中国文学书目》二十四册"可知：《中国文学选读书目》乃是吴虞在北大教书期间应南大学生之请所开，后由其学生储皖峰排印成册，出版于 1925 年 5 月—10 月间。关于第二次，结合吴虞 1933 年 1 月 13 日日记"改订《中国文学选读书目》写完，与茹古书局交去"，1933 年 4 月 20 日日记"黄致祥（按：黄氏为茹古书局经理）交《中国文学书目》来校"，1933 年 6 月 8 日日记"《文学书目》写完校完矣"，1933 年 7 月 4 日记"茹古书局送来《中国文学书目》五本"① 可知：《中国文学选读书目》经吴虞改订后，由茹古书局于 1933 年 6—7 月间印出，即我们今天所能看到的本子。

吴虞此书，意在为人指示读书门径。储皖峰于 1925 年所写《弁言》云："中国文学书籍，浩如烟海。吾人必先知读书门径，而后始能按图索骥，去取有方。曩者梁任公、胡适之两先生曾为清华学校学生开举书目（国学入门书目及其读法，与一个最低限度的国学书目）。然所举范围过广，学者兼治为难，至关于专究文学书目，则不少概见。今春以兹事请吴先生指教，先生当即开列四十余部，曾登载校刊，余犹恐沧海之遗珠也，重以询先生，先生欣然出兹篇相示，迷途之鸟，得所遵循，用付剞厥，公诸同好，俾举国研究文学青年或有与余同病者，不至茫无归宿，庶略尽小子修己立人之愚忱，亦聊普先生春风风人之至意云尔。"② 可以看出，使研究文学的青年知晓求学门径而不至于"茫无归宿"，是此书的编写目的。

---

① 本段所引八处日记，依次出自《日记·下》，第 246、258、260、282、677、697、700、704 页。

② 吴虞：《中国文学选读书目·弁言》，吴虞：《中国文学选读书目》，成都：茹古书局，癸酉年（1933）。南京图书馆藏。（说明：以下凡引自此书者，均简注为《中国文学选读书目》，某页，不再详注）

　　吴虞重订的《中国文学选读书目》一书，包括经、史、子、集、音韵小学、目录校勘考订、思想学术、类书等类，且于各类所列书目之后，均有相关说明。如经类，在列举《左传微》北平文学社刻本之后，吴虞说："专论文，颇便读。"史类，在列举《水经注》王先谦刻本之后，吴虞说："此书及《伽蓝记》，山水宫阙之文可学之。"子类，在列举《吕氏春秋》浙江局刻本之后，吴虞说："秦火以前之杂家，所存各家学说甚多，文亦清美。"集类，在列举《全唐诗》扬州诗局本、老同文书局石印本后，吴虞说："唐人集单买不易，故不如购《全唐诗》为便。"目录校勘考订类，在列举孙诒让《札迻》通行本之后，吴虞说："目录学为读群书之门径，不仅为研究文学者所当知，校勘类即不必为专家，亦当知其意也。"思想学术类，在列举毛奇龄《四书改错》毛西河合集本后，吴虞说："刘申叔颇推之。"[①] 吴虞于所列书目后面的说明，或为自己读书之心得，或引他人读书之创获，于青年学子了解不同门类书籍的作用及概况有着重要的指导意义。

（作者单位：南京师范大学文学院）

---

① 《中国文学选读书目》，第1—10页。

刘毓盘著作考述

陈旭鸣

刘毓盘（1867—1927），字子庚，号椒禽。浙江江山人，晚清民国时期著名词人、学者、教师。刘毓盘出生于文化世家，祖父刘佳幼有文名，父亲刘履芬、叔父刘观藻为晚清著名词人。曾师从晚清著名词人潘钟瑞、谭献习词，又与刘炳照、朱祖谋、郑文焯、蒋玉棱、曹元忠相与论词，遂成填词名家。光绪二十三年（1897）拔贡，授陕西云阳知县。辛亥革命后，由陕南归，任教于浙江第一师范，与朱自清、俞平伯、陈望道等为同事，查猛济、曹聚仁等则是他任教一师时的学生。民国八年（1919）九月，受蔡元培之邀，出任北京大学教授，主讲词史、词曲学、中国诗文名著选等课，与鲁迅、吴梅等著名学者为同事。其撰写的《词史》是中国学术史上较早的词学专著。除《词史》由弟子曹聚仁校定已刊行外，存世的著作有《濯绛宧词》（又名《嚼椒词》）《中国文学史略》《唐五代宋辽金元名家词集六十种辑》《花庵绝妙词选笔记》，另有《诗心雕龙》《词话》《词学斠注》《词律斠注》及骈文、散文若干卷，大多毁于抗日战争期间。刘毓盘一生，著作颇丰，本文拟在搜罗整理的基础上，对其著作进行更深入的考述。

一、《濯绛宧词》

刘毓盘的词集《濯绛宧词》有三种刻本、一种抄本，皆未注刊、抄年。木刻本初刻于光绪二十七年，有吴县彭世襄序，而后又有吴昌硕题签本，所属年份为己酉六月，其纪年应为宣统元年（1909），或为是年新刻（与初刻本无二异，故视为一种刻本）。另据《鲁迅日记》1925 年 3 月 20 日载："午后往北大讲，刘子庚赠自刻《濯绛宦词》一本"①，此本已是民国初年初刻本。第三种刻本是刘氏晚年补刻之本，增词十一阕。抄本抄于光绪三十三冬至宣统元年六月间。三种刻本扉页均由吴俊卿己酉（宣统元年，1909）六月篆书"濯绛宦词"四字，卷首为彭世襄作于光绪辛丑（1901）的序言。但三种刻本所收的词集数量不等，分别为六十六首、六十八首、七十九首。抄本收词六十六首，无吴俊卿题签，文末有吴梅题跋。两种六十六首本古体字使用较多，其他两刻本则少见，七十九首之本为其晚年补刻本。

刘毓盘之词，规模梦窗，守律极严，他曾对其弟子查猛济说："凡载在这册子里的词，没有一首不能按之管弦的。"②《濯绛宦词》词量不足百首，三分之二为悼亡的作品，刘毓盘少遭家难，屡踬文场，所以集中多哀怨之音，其中不乏很工的愁语、绮语，这类作品多抒发一己之愁。刘氏的词虽然婉约的居多，但也有少量的豪放之音，这与刘氏幼承家学，兼容浙常的学词经历以及含蓄蕴藉、旨隐辞微的创作倾向有关。对于刘毓盘的词，其弟子查猛济评价道："近代的词学大概可以分做两派：一派主张侧重音律方面的，像朱古微、况夔生诸先生是；一派主张侧重意境方面的，像王静庵、胡适之诸先生是。只有《词史》的作者刘先生，能兼顾这两方面的长处。"③杨世骥说："他的词既能看重意境，又非常讲究音律，大抵都是能按之管弦的，他不像同时一般词人们追踪梦窗玉田，乃至字模句拟，徒工雕绘，缺乏真趣。"④从二人的评语中，可看出刘氏词作的创作特色与创作成就。

二、《词史》

《词史》一书，是刘毓盘最重要的成果，于1922年完稿⑤，是刘毓盘在北京大学国文系任教时的讲义。该书1926年至1928年间由《东北大学周刊》陆续刊出，1931年由其弟子查猛济、曹聚仁整理校订并作跋，由上海群众图书公司出版。1985年上海书店再版，2011年上海古籍出版社又重版，2015年商

---

① 鲁迅：《鲁迅全集·编年版》第3卷，北京人民文学出版社，2014年，第615页。
② 查猛济：《刘子庚先生的词学》，《词学季刊》，第1卷第3号，第44页。
③ 查猛济：《刘子庚先生的词学》，《词学季刊》，第1卷第3号，第43页。
④ 杨世骥：《文苑谈往》，《新中华》复刊，1943年，第1卷第6期，第136页。
⑤ 刘毓盘在《词史》自序中提到"壬戌（1922年）仲秋"可以推知《词史》在1922年已经完稿。

务印书馆再次出版。

《词史》依朝代历史的演进过程，较为系统地概述了词自唐、五代、金、元下及明清千年词史由萌芽、兴盛、衰落到复兴的演进过程。全书共十一章九万余字，依次为第一章"论词之初起由诗与乐府之分"，第二章"论隋唐人词以温庭筠为宗"，第三章"论五代人词以西蜀南唐为盛"，第四章"论慢词兴于北宋"，第五章"论南宋词人之多"，第六章"论宋七大家词"，第七章"论辽金人词以汉人为多"，第八章"论元人词至张翥而衰"，第九章"论明人词之不振"，第十章"论清人词至嘉道而复盛"，第十一章"结论"。作者对词史发展的每一个阶段都辟专章予以论述，比较详尽地论列了不同阶段的代表性词人，特别是不忽略历来颇受诟病的金元词，在《词史》中辟专篇对金元词进行论述，以现代文体例系统研究金元词，比较详尽地论列了不同阶段的代表性词人，并探讨了金元词的盛衰之故，尤显可贵。

刘毓盘在《词史·自序》中申明其撰《词史》的目的是"综其得失，以识盛衰"，《词史》基本实现了这一目标。《词史》第一次对词的发展历史作了较为系统的梳理，从词体的发生起源到晚清词人的创作，都作了比较细致的叙述，并进而探讨其盛衰之故。作为第一部通代词史，其奠基之功自不可没。查猛济说："《词史》之作，前无成规，刘氏此书，实为创制。"① 杨世骥从词史撰写史的角度也对刘氏《词史》作出了中肯的评价："词的产生虽有一千年的历史，而向无一部系统地评述的专著，有之，则以他的这部《词史》为嚆矢，其价值殆无异王国维《宋元戏曲史》在曲一方面的地位。"② 当代学者陈水云也认为："《词史》的意义不仅仅因为它第一次系统地勾勒出千年词史的发展变化，而且还因为它从考镜源流、辨章学术的立场对中国词史进行综合的考察。"③《词史》是刘毓盘流传最广、成就最高的专著，是刘氏词学水平的集中体现。

三、《唐五代宋辽金元名家词集六十种》

刘毓盘辑词始于光绪二十五年三十三岁时辑校康与之《顺康乐府》，直至

---

① 查猛济：《刘子庚先生的词学》，《词学季刊》第 1 卷第 3 号，第 48 页。
② 杨世骥：《文苑谈往》，《新中华》（副刊）1943 年第 1 卷第 6 期，第 136 页。
③ 陈水云：《浙江江山刘氏与清末民初词学》，《浙江大学学报》2012 年第 4 期。

民国十四年（1925）仍在辑校赵汝茪《退斋词》，凡二十七年而辑成《唐五代宋辽金元名家词六十种》，计收唐词二种三家，五代词四种五家，宋词四十四种六十四家，辽金词四种十家，元词五种五家，高丽词一种一家，共计六十种九十家。有民国十四年（1925）北京大学排印本，现藏于北京大学图书馆。

刘毓盘在自序中有言："每一种成，则仿《提要》法，或论其人，或旁证其间，新知旧说，唯意欲言。词太少，则以类相从者附焉。"[①] 他一方面对词的文献辑录和校勘作了大量的工作，另一方面也从词史的角度，或鉴赏词作，或考辨词人，每家之末，都附有他的校记，对所辑词之作者，以及词作归属的判定以及各个版本的对照都有详细论述，并辅之以自己的判断，在词作校辑完成之后，还综合不同材料给词人附上"小传"，显示出刘氏"知人论世"的研究特点。刘毓盘对此书自评甚高，他曾在自序中说："二十七年中，所成就只此，著书之难，其信然哉。今词友存者，独古微在，年古稀为当世重。吴县吴瞿庵梅，嘉善徐声越震，则后起能词，尤精于律。寥寥天壤数人而已。"[②] 朱祖谋就曾说："子庚先生辑本，诚有功词苑。"[③] 查猛济在《刘子庚先生的词学》中更是高度评价道："较王静安的《唐五代二十一家词辑》内容丰富得多，当时原是含有辑佚的作用，所以不免真赝杂揉。但中间颇有很好的材料，每家的后面，都附先生跋语。先生本是骈散文的名家，晚年的小品文字，略具于此。……研究词学的人，莫不奉为至宝。"[④]

作为比较早的词籍辑佚之作，《唐五代宋辽金元名家词六十种》存在着很多缺点，刘毓盘的辑佚工作最大的特点在于其材料的丰富，内容的广泛。然而，无可否认的是，刘毓盘在提供很多详尽资料的同时，也因为细、多，暴露了其不可忽视的缺陷：繁而不精，甚至讹误甚多，尚难称其完善。唐圭璋先生曾评价其《唐五代宋辽金元名家词集六十种》"出处不明，真伪不辨，校勘不精"。[⑤] 但大辂椎轮，仍有功词苑且影响深远，稍后王国维的《唐五代二十家词》（王忠悫公遗书四卷本）、赵万里的《校辑唐宋辽金元人词》（"中央研究院"刊本）和唐圭璋的《全宋词》（上海商务版）都是承继他的启示，后出转精，从事辑佚，

① 刘毓盘：《唐五代宋辽金元名家词集六十种辑自序》，北京大学，1925 年排印本。
② 刘毓盘：《唐五代宋辽金元名家词集六十种辑自序》，北京大学，1925 年排印本。
③ 朱祖谋撰、龙榆生辑：《强村老人评词》，唐圭璋：《词话丛编》，中华书局，1986 年第 4382 页。
④ 查猛济：《刘子庚先生的词学》，《词学季刊》第 1 卷第 3 号，第 47 页。
⑤ 唐圭璋：《全宋词·编定说明》，中华书局，1965 年，第 9 页。

作出非常伟大的贡献 ①。

四、《花庵绝妙词选笔记》

《花庵绝妙词选笔记》是刘毓盘在北大讲《词史》时的一个辅助教材，现有抄本一册，藏于上海图书馆。起于李白《菩萨蛮》，迄于孙光宪《浣溪沙》，讨论了南宋黄升《花庵词选》二十卷之一中约四分之三的内容。其末页自注"接第二本"，知该作至少有两本。如今存者只有第一册，附录在《词史》书后，由商务印书馆出版发行 ②。

《花庵绝妙词选笔记》虽然只有一万多字，却内容丰富，是应课堂教学的需要和作者的治词积淀编撰完成的，更多的是对《词史》的补充。全书选取唐五代词坛具有代表性的词人，如李白、白居易、王建、张志和、温庭筠、韦庄、薛昭蕴、牛峤、张泌、毛文锡、牛希济、欧阳炯、和凝、顾夐、孙光宪等，对他们的生平作较为详细的介绍，对其代表作作较为深入的分析，并进一步探寻词人的心境。刘氏还对部分词牌的本事进行探源，有选择性地摘录后世对词作的相关评价。作为一本词学讲义，虽然内容稍显单薄，叙述也较为简略，缺乏深度分析，但学术性、艺术性和审美性兼备，对后世自修研习词学之人有较大的启示作用。

五、《中国文学史略》

刘毓盘的《中国文学史略》一书，撰于其任教浙江第二中学期间，有北京大学排印本。经其弟子查猛济整理，由上海古今图书店 1924 年 8 月出版。

该书依文体分论，为文略、诗略、词略、曲略四编，各编依时代顺序，从文体初兴到最后成熟的过程，叙述了各类文体发展演变的历史脉络，条理分明，简略有序。文略部分注重对文学的溯源以及各代文学之特点的阐述，如：文字之肇端、文体之初起、学术之竞争、骚赋之创作、刻石之踵兴、子余之初见、提倡之得人、文学之极盛等等。在"词略"部分，主要内容是追溯词体之源头

---

① 杨世骥：《文艺谈往·刘毓盘》，《新中华》（副刊）1943 年第 1 卷第 6 期，第 136 页。

② 由中州大学胡永启整理校点，原题"花庵绝妙词选笔记（一）"。

和描述词体之流变，后一部分是重心所在，包括：词体之初起、小令之初起、双叠之初起、慢词之初起、大晟之正宗、词家之派别、白话之入词、诗词之分界、闺阁之多才、词学之极盛、国外之采风、中声之仅见、正轨之将亡、弹词之别出、新体之纷更、图谱之妄作、变雅之未成、词律之考证、倚家之各家、音节之略说等等，看似非常庞杂，实则是词史发展的真实反映，颇能描述中国词史发展过程中一些基本现象。刘毓盘虽说："我'文'不敢自信；'诗'也不过是第二流的作者；'曲'暂且放弃给我们学生吴梅（瘦安）去'称皇作主'；讲到'词'，那是老实不客气了。"① 虽然诗略、曲略，不及词略之精，但其中亦不乏有独到之见解，简略扼要，极便于初学者的阅读。

钱恂在《中国文学史略》序言中有言："我国学之难，则以历年之多。其變革也，复不一。不推之于本，则其流或泛滥而无所归。故善于持论者，必夷考其人，及其所处之时，以观其得失。然后列古人之成论，以折其中，博而综焉，会而通焉。上下古今，一以贯焉，可也。我友子庚，治丁部学者四十年。以所辑文学略视予，是固能言人所难言者。"② 查猛济评价："《中国文学史略》一书……钩元体要，无美不备，时或采别醇驳，间亦参以己见，其论断之眼光则尤合现代文学批评之旨焉。"③ 刘毓盘为避免当时各类文学史"繁简失当，瑕瑜互见"的不足，屡次改订，终使该书成为当时自修研习古典文学学子的必读之物。

小结

刘毓盘作为晚清民国时期著名词人、学者、教师，其著作值得关注并深入研究。作为词人，刘毓盘幼承家学，父亲刘履芬授之以作词之法，刘毓盘后来的词学活动，无论是创作实践还是理论建构，都深受父亲刘履芬词学主张的影响，即折衷浙、常二派，兼学唐宋，既重立意，亦重协律。《濯绛宧词》清婉可诵，堪称名集。其次，作为学者，他长期从事词学研究，其撰写的《词史》是中国学术史上较早的词学专著。刘毓盘在词集的校选辑录方面亦用力颇深，

---

① 查猛济撰：《刘子庚先生的词学》，《词学季刊》第 1 卷第 3 号，第 47 页。
② 刘毓盘著：《中国文学史略》，上海古今图书店，1924 年，第 3 页。
③ 刘毓盘著：《中国文学史略》，上海古今图书店，1924 年，第 1 页。

有《唐五代宋辽金元名家词集六十种辑》等，以辑佚为主旨，极有功词苑。再者，作为教师，他在北京大学讲授词史与词学的相关课程，推动了大学词学教学的发展，《中国文学史略》《词史》和《花庵绝妙词选笔记》都是刘毓盘任教时的讲义，由此也可以一窥民国时期大学教育的"讲义生态"。对刘氏著作的研究，也有助于民国文学史乃至整个中国古代文学史的深入研究。可使人们对刘氏这一文人风貌有更为深入的了解和认识，揭示他作为词人的一面，有助于我们全面了解晚清民国时期的词学风貌，理清词及词学至于晚清民国而产生的变迁轨迹。研究刘氏的《词史》及其相关词论，对民国词学史的研究有着重要的意义；刘氏所辑《唐五代宋辽金元名家词集六十种辑》，对中国古代词史研究有着重要的史学和文献学意义；刘氏的《中国文学史》研究，也有助于民国文学史乃至整个中国文学史的深入研究。

（作者单位：南京师范大学文学院）

《天际思仪庵词话》校考

吴兴　宋训伦述　孙达时整理　陈水云审订

《天际思仪庵词话》，作者宋训伦，原刊《星洲日报周年纪念刊》，凡十二则。宋训伦（1910—2010），字馨庵，号心冷。祖籍浙江吴兴，生于福州，后移居上海，毕业于"国立中央"大学，曾任职于金融机构。1949年迁居香港，任《航运月刊》编辑。宋训伦是现代著名的收藏家、词学家、词人，定居上海和香港时，多与文坛艺苑名家如周炼霞、曹巽安、溥心畬等以诗词唱和，有《馨庵词稿》和《天际思仪庵词话》行世。《天际思仪庵词话》系宋训伦应《星洲日报》副刊《繁星》编辑林仙峤所嘱而写，发表于1930年出版的《星洲日报周年纪念刊》上。这部词话反映了宋训伦早年的词学思想，其中尤以"辨词体""遵格律""明路径""重风格""应时代"等理论主张具有深刻的认识和深远的意义。

年来负笈中大，从事经济会计诸术，倚声之学，疏之久矣。老友林君仙峤达自叻埠，投书索稿，苦无以应，惟念叹千里外故人垂注殷殷，隆情可感，因于匆促间竟斯文，聊以报命，舛误之处，惟求诸先进之明教焉。

一

十五国风息而乐府兴，乐府微而歌词以起。物久必厌，厌则弃之矣，天下事物何莫非是，岂仅文艺而已哉？以史乘之眼光观宇宙万物，皆沿进而无旋退，此自然之趋势也。然不幸而有崩溃退化之事见，初非原物原事之罪，实人之自误而已。

二

汉魏之文，卓然可观，至六朝则萎靡颓败。乃有唐代韩荆州之革命，学者千余年来奉韩柳为圭臬。著韩柳之衣冠，久而本身主体泯灭以亡闻，此衣冠圭臬相承至今，腐且为灰。当此新文化激荡澎湃之际，胡适等乃又廓韩柳而清之，盖颓败之期，乃学者自误之时，苟不亟为改善，一国文学之本身，必且灭亡矣。词者诗之余，而曲者又词之余，然据不佞三年来浮沉韵语之所见，则古诗之不足供人留恋，正复如古文之不善表情达意，宜其未适用于今世也。综观古诗之弊有二：一曰音节不婉转，二曰字句过呆滞。而斯二弊者皆由于字有定则而来，如七言七律之诗，通篇皆七字之句，缺一不可，多一未能，五言五律正复相同。或曰："古诗之歌行乐府，何曾字有定则，子将何以自解？"余曰："使汉魏以后之诗人尽皆致力于大小乐府，屏定则之诗而勿用，则诗之亡或不若是其速也。"词——长短句之兴，正足以改进之，始则仅有小令短调，如李青莲之《菩萨蛮》等是。短调之不足，乃继之以中调，中调之不足，又承之以长调，才人学士之天才伎俩，发挥殆尽。元朝时曲子大兴，学者以为曲子乃补词之不足而生者，故可谓"词的改进"。殊不知曲子者乃变相之词，形体面目一与词同，非惟不能补词之不足，并词之优点而裁遏之。自是以后，历明清两代，未见有取词位而代兴之文艺，清季才人如纳兰容若、陈其年、朱竹垞一流，犹且沉湎忘返于其中，为词坛上大放异彩，故余谓自唐五代以还，一千余年之中国韵语，实为词所统治者也。时至今日，新诗体兴，无韵无平仄更无长短，一以心灵之表现为主，于是作者蔚然，大小诗人汗牛充栋，文艺复兴，于斯为盛。而中国新文学能使诗人普遍化，尤为世界文坛一种特色，在此新诗体代兴之际，或即词命终了之秋。惜乎词之声调婉约，意味入神，虽文学革命领袖犹生未免有情之感，致贻人以不彻底之讥，且观胡适氏《满庭芳》一阕，可以知其于平仄音韵中，虽一字未敢惑焉。词曰："枫翼敲帘，榆钱铺地，柳棉飞上春衣。落花时节，随地乱莺啼。枝上红襟软语，商量定掠地双飞。何须待销魂杜宇，劝我不如归？　归期今倦数，十年作客，已惯天涯；况壑深多瀑，湖丽如斯。多谢殷勤我友，能容我傲骨狂思。频相见，微风晚日，指点过湖堤。"

三

柳耆卿流品未高，其词亦极类其为人，故风格至卑，除"长安古道马迟迟，高柳乱蝉嘶"之外，其他诸作，皆以纤艳淫狎见著。作家写真固为妙手，然儿女情绪之至真挚者，非必以肉感为要件。周清真之"水驿山回，望寄我江南梅萼。拼今生，对花对酒，为伊泪落。"苏子瞻之"摧手佳人，和泪折残红。为问东风余几许，春纵在，与谁同。"欧阳公之"浓睡觉来莺乱语，惊残好梦无寻处。"佳作如林，不胜枚举，见其韵味入神矣，而未见有狎亵之态也。反观耆卿所谓"算得伊鸳衾凤枕，夜永争不思量"，"暗想当初，有多少幽欢佳会"，"披衣独坐，万种无聊情意，怎得伊来，重谐云雨"，甚至有"且恁相偎倚，未消得怜我，多才多艺，愿奶奶兰心蕙性，表余深意"。其恶俗佻健有非常人所能想象者。余尝见旧家家训有禁子女读词曲者，谓词曲多谩淫足坏人心地，冬烘头脑不辨是非，固归可笑，而一般无聊文人如柳三变一流之好作狎词，亦未始非招尤之因也。呜呼，词曲何罪？乃为一二人之故，而同流合污，不亦冤哉！

四

余虽恶柳词，亦尝一度效其体；盖初学时，仅知艳丽之可爱，不知有所谓风格意境者。习之既久，病乃入于膏肓，偶一着手，便柳态毕露。近虽力以髯公、稼轩自治，而每一词成，必有柳三变在，饮鸩之深，可以想见。初学者于师徒效法之间，可不慎所取舍哉，犹吾友钟吾曹巽安（宝让）素工小令，间作长调亦清雅绝俗，论其词格高旷处不让前贤，与不佞之专做儿女语者有上下床之别矣。曩年巽安方读书白下，有九日登鸡鸣寺怀古，调寄《浪淘沙》词云：

> 寂寞古豪华，难起龙蛇，荒城蔓草夕阳斜；霸业雄图都杳矣，折戟沉沙！　　辱井坐残霞，几处人家？鸡鸣古寺听悲笳，牢落秋江枫树晚，又噪寒鸦。

迈古苍凉之气萦旋纸上，"牢落"两句，意味特远，正不必读鲍参军《芜城》一赋，始令人凄然肠断也。巽安又有《鹧鸪天》词一阕，则清新醇远，望而知曾寝馈于王沂孙者。词曰：

炉篆香消冷画屏，最无聊赖过清明，落花时节潇潇雨，倦听山城击鼓声。　　愁脉脉，泪盈盈，天涯芳草若为情。凭栏尽日无消息，吹撤青楼紫玉笙。

斯二者，遣词炼句，皆可与古人颉颃，《鹧鸪天》犹传诵朋好间，《浪淘沙》则与眼前气象已不相吻合。当时所谓荒城蔓草者，今已恢复其六朝之胜丽，虎啸龙吟，风云际会，即此亦可略窥盛衰否泰之道矣！

五

填词匪易，传神尤难，意境与音韵更有密切之关系，两相衬托，情文以见，是以昔人有五音十二律吕之说。声律之理既明，乃必浸淫于两宋，问道于五代，上窥苏李之秘，下窥百家之变，耗三数年浮沉留恋之功夫，或可得其大概。

六

世谓倚声小道，无足深学，吾所云云，或难见信，然余非故做惊人之谈，实自身之经历也。近人田汉以新剧家而兼长文艺，聪明才智非常人能及。田汉尝一度致力于词，然以其才气过人，故得出入辛、苏，纵横周、姜，渗和而另成一派，并能运用新名词，贴切适当不见斧凿痕，可谓难能可贵矣。兹姑录其一二阕，藉供谈助。《念奴娇》云：

五羊城外闹元宵，十里灯红酒美。寻到沙基桥畔路，姊妹相迟久矣；皓月不来，春风阵阵，吹皱珠江水；疍家船里，有人绰约无比。　　待作长夜清游，乱愁和雨，波上纷纷起。双桨沙基桥下去，远远歌声未已；碧血川流，弹丸雷发，犹记当年耻。凝眸沙面，绿榕魆魆如鬼。

《水龙吟》"白鹅潭纪游"云：

肇香舫上凭栏，残阳影里苍波远。楼船矗立，布帆徐动，轻舟似箭；海舶遥来，浓烟拖墨，电光齐灿；想中山当日，白鹅潭上，为祖国，兴亡战。　　一带泛家浮院。伴红灯歌声微颤，红衣疍女，不穿罗袜，盈盈送眄。盛景当前，盛筵难再，酒痕飞溅。只伤心狱底，有人此际，泪痕洗面。

欲见其善假新名词入词之妙，当于《桂枝香》中得之。其词曰：

> 才停鼓吹，正晓雾渐收，灯眼犹醉；绝爱澄波碧透，众峰横翠。指点港龙形胜处，叹前朝金瓯轻碎。罢工当日，繁都冷落，算舒民气。　　撒克逊，神明所寄，学岭畔闲云，登临凝睇。禹凿龙门，应似这般心细。一枪一犬流荒岛，整江山如此清丽；欲兴吾族，人人当读鲁滨逊记。

此词赋于香港，异乡作客，已深游子之愁。举目凭栏，欲堕河山之泪，非志士非才人那能有此深情！

七

歌词作风，多随年齿处境而异。大概少年当学秦少游；中年已受世变影响，可效稼轩；老去已饱经世故，感慨随生，则如放翁、东坡矣。然年齿境遇乃由外而内之影响，而性灵作用乃由内外发者也。内外交感，而作风又变，不必搜求古人，即田汉之词，已足代表矣！绮思艳发，系自内而起，祖国神思，乃因外而生。今春四月，余随宋崇九先生登吴淞炮垒，远眺江上，兴尽悲来，余赋《惜余春慢》寄感云：

> 急浪敲堤，疾风摧草，此际登临天堑。轻烟欲上，海鸟孤飞，远达铁墙微闪。遥想八十余年，扬子江头，长议夷舰；与巴尔干岛，同遭凌辱，最为凄惨。　　休再说，凯末神威，介公英武，正气贯虹如电。浮生若梦，岁月无情，只怕鬓丝先换。怜我消磨至今，儿女心肠，英雄肝胆；看斜阳落水，卷起千条百炼。

凯末（Kamee）为土耳其革命领袖，介公即蒋介石先生也。曹巽安先生谓此词豪放处酷似稼轩，风格较前似变。不知豪放之情，多由环境逼迫而生，发自心灵乃形之笔墨。读书人丁国家多事之秋，蒿目尽河山之感，未能投笔，难洗牢愁，发为诗文，则感慨随之矣。辛稼轩遭逢北宋偏安之局，半生戎马，荣辱备尝，宜其文章中，杀气逼人，非生而豪放也。柔曼侧艳之词，系盛世之文，可以歌舞升平，不足以激发人心。读书人处乱世，虽不能报国，亦当退身教人。国人萎靡浮弱久矣，而文人雅士犹一味沉湎于才子佳人之词，士气消沉，亦大可忧也。若余此词，仅略抒牢愁，几曾豪放？结尾前二三句，犹深儿女之情，誉我者，益滋余愧恶之私。惟今而后，当与有心人共勉之耳。

八

吾浙为海内文人荟萃之区，崭然露头角为文学政治之魁者代有其人，今尤甚焉。山明水秀，郁郁葱葱，游其地者，觉天地钟灵之气，扑人眉宇，是以历代词人辈出。如张子野、叶少蕴、周弁阳等，皆驰骋词坛，卓然称宗。余如赵子昂父子，则子昂有《松雪斋词》一卷，子仲穆则有《仲穆遗稿》传世，惜父子词才皆为书画所掩，至不为世所重。其实松雪老人之《蝶恋花》："侬是江南游冶子，乌帽青鞋，行乐东风里。落尽杨花春满地，萋萋芳草愁千里。扶上兰舟人欲醉，日暮青山，相映双蛾翠。万顷湖光歌扇底，一声吹下相思泪。"一种寄怀悱恻之意，溢于词表。仲穆之《水调歌头》云："春色去何急！春去微寒。满地落花芳草，渐觉绿阴圆。马足车尘情味，暑往寒来岁月，扰扰十余年。赢得朱颜老，孤负好林泉。宝装鞍，金作镫，玉为鞭。须臾得志，纷华满眼纵相谩。功名自来无意，富贵浮云何济，于我亦徒然。万事付一笑，莫放酒杯乾。"满腔牢骚抑郁之情，一寄之于燕歌感慨之中。许初称此词，"以孤忠自许，纷华是薄，而兴亡骨肉之感，默寓其中，意其父子之仕，当时亦实有所不得已者，良可悲已。"近数十年承梦窗余绪，集百家菁华，寄美人芳草之愁思，作当代倚声之正宗者，则唯吾乡朱强村先生矣。强村以词鸣南北数十年，一时殆无抗手。然沈义甫评梦窗曰："梦窗深得清真之妙，其失在用事下语太晦处，人不可晓。"强村宗梦窗，乃亦正坐晦涩之病，凡曾读强村诗集者，类能道之，后进如小子，岂敢妄指乡前辈之疵，况先大父与强村为总角之交乎？然于文学立场上言之，或无关大旨耳。总之，吾浙风雅之盛，实为海内冠，观夫西子湖滨强村、梦坡诸先生所建之两浙词人祠，从可知矣。

九

余尝步李后主韵填《虞美人》词暮春寄感云：

天涯又见春归了，庭院莺声少，游丝无语怨东风，蜜意柔情多付落花中。　　西园昨梦今何在？满目芳菲改！绿窗可奈有人愁，背着灯儿双泪枕边流。

词成，乃书于今年所摄之二十岁小影之下，以为题照。翌日，曹巽安又题十六字曰："语凄如怨，意永而深，是多情种，是伤心人。"余一笑置之。

一〇

少年填词尝有乐境，不可做衰飒语。昔俞曲园次女绣孙女史曾倚《贺新凉》调咏落花有句云："叹年华我亦愁中老。"词意凄婉之至，曲园老人返，另填一阕以正之，有"却笑痴儿真痴绝，感年华，写出伤心句，春去也！那能驻！"之句，又曰："毕竟韶华何尝老，休道春归太遽。看岁岁朱颜犹故。我亦浮生蹉跎甚，坐花阴、未觉斜阳暮。凭彩笔，绾春住。"虽然，伤心人别有怀抱，讽蓄于中，自然流露于外，既非人力所得遏止之，尤非彩笔所能粉饰者。盖言为心声，文艺所贵亦在此，能忠实无欺的达其意而传其声也。同学方女士尝填《如梦令》云："漫道靡儿消瘦，已是落花时候。闲倚碧阑干，满腥风光依旧。长昼，长昼，春被梅子浸透。"又有《菩萨蛮》云："垣外莺啼尚带羞，卷帘怕见落花稠，小立趁朝晖，蹁跹蛱蝶飞。倚阑拂翠柳，无那关情久，闲整旧诗篇，前尘淡似烟。"其词于音韵格律乖谬滋多，然亦楚楚有其妍态，搔首弄姿，若不胜情。曹巽安以其不合谱律处过多，遂为文数千言教之，末又附步韵词二阕。巽安作《菩萨蛮》云："海棠枝上流莺语，春来总是伤情绪，双燕弄斜晖，辛勤帘外飞。闲寻池畔柳，独自沉吟久，何处寄新篇？梦魂萦翠烟。"余则戏和其《如梦令》云："蝴蝶叩窗清昼，芳草撩人时候。坠起现残妆，揉乱愁痕新旧。消瘦，消瘦，心事情谁猜透？"方固为伤心人也，故后又有《如梦令》一阕曰："杜宇声声催送人，事韶华如梦。春去渺难寻，泪与落花相共。影动，影动，楼外千秋风弄。"措词润句，每未尽妙，然综观前后诸阕，于流水年华特多感慨。若《如梦令》第一阕之首二句，以及第二阕之三四两句，迟暮之忧，不言可喻。然余最喜其《菩萨蛮》中"闲整旧诗篇，前尘淡似烟"二语，自有其缠绵悱恻之情焉。

———

陈师道曰："退之以文为诗，子瞻以诗为词，如教坊雷大使之舞，虽极天下之工，要非本色。"意谓词之本身，自来即为叙儿女之情，述离别之感情者，故音节句味一主柔和，坡公豪放如铁马金戈，入之于词，便成不类。师道不知诗文词赋尽为抒情之工具，诗文可以发激昂慷慨之声，词赋何独不可？人智所以称万能者，即在能改良启发，使万物各进于至善。夫《花间》《尊前》固为倚声始祖，然柔靡纤薄实亡国之余音，一考其寓意涵思，不为"性之冲动"即为"别离的悲哀"，自五代以至北宋，相沿久矣。坡公词出，词格乃高；辛、刘广之，词乃大备。于是孤忠祖国之思，甚至谈禅议论无不可一寓于词。时至今日，词犹为一般人所乐道者，正为此耳。前日偶读《双辛夷楼词》《水调歌头》有句云："妾必邯郸之女，马必大宛之产，饮酒必新丰，醉喝长江水，终古不流东。"又有柬别邱宾秋词有云："苍茫千万古意，越客唱吴讴，东望大江东去，西望夕阳西下，此别两悠悠……"此种语调真合引吭高歌，若非自坡公脱胎而来，乌能达而出于词耶！词有东坡，始得大备，孰谓坡词非本色耶！

一二

柔婉之音易致，豪放之言难学。若作柔婉之音，则形而上者可如秦少游，形而下者便类柳耆卿。若作豪放之言，上焉者勉如稼轩，下焉者便如粗暴之讥矣。东坡是词仙，犹夫李太白之为诗仙，天才所至，非凡人能学也。

☆ ☆ ☆ ☆ ☆

吾为仙峤做词话至此，客有言者曰："可以止乎？直书不已，伊于何底？《星洲日报纪念刊》能有几多地盘容此陈腐物！况叻埠不乏博邃精通之士，子以词学后进之人，发此一知半解之论，不令人齿冷乎，子可休矣！"余亟起进谢，因以日夜来所成之文，前后浏览一过，始知偶尔操觚，竟达五千余言之多，可以塞责矣。自悦之余，遂搁笔。客又曰："吾已读夫子之词话矣，敢问天际思仪之义？"余仓卒无以应，客再强，余笑曰："水月镜花何足深究？有酒肴于斯，尽来消寒，且听余唱赵仲穆《江城子》词为余兴可乎？"

> 仙肌香润玉生寒，悄无言。思绵绵。无限柔情，分付与春山。青鸟能

传云外信，凭说与，带围宽。　　花梢新月几时圆？再团圆，是何年？可是当初真个两无缘。极目故人天际远，多少恨，凭阑干。

十八年十一月于"国立中央"大学商学院

（原载傅无闷编《星洲日报周年纪念刊》，星洲日报社有限公司 1930 年版。）

（作者单位：武汉大学文学院）

赵尊岳《珍重阁词话》汇辑（二）

孙克强　聂文斐整理

一五一

词贵直而厌粗，不甚易辨。实则直起直落，阔斧大刀，写吾肝膈，不加粉饰，使真情流露于楮墨者谓之直。直与方差近，直者属意，方者属词，若粗则近于犷。消息几微，不可不辨。

一五二

集字成句，集句成章，句法各异，而所以用字者，亦正各不相同。一句之中，虚实相衬，有但用动静字，有以形容字贯串动静字，有竟以两名字为比较，而藏动字、形容字于其中者，此在眼中笔底，极驱遣之能事，不可以格律为之围范。若词旨中所举之词眼者，馂饤叠架，不可为训。

一五三

词中用字贵炼，炼之又贵得当。盖炼者谓用字宜适合情景之分际而已，非必以晦涩蕃艳为工。晦涩蕃艳之字，未尝不可用，然亦贵合其分际。炼字首自有形者始，推之至于无形，曰飞、曰拂、曰吹、曰栖，各有其物，各因其地，各随其时，推而衍之，不必有一定之物，而又固不能无一定之物、之时、之地也。即情致所寄，可以使无形为有形，亦何尝不可于空处用实字，但在善于位置耳。字无粗细、雅俗、深浅之别，但视用之者之情笔得当为如何耳。花明柳媚，可运之为至雅，可鄙之为至俗，消息庶几在是矣。

一五四

用字研炼，最推梦窗，而梦窗有真情真意，贯若干研炼之字，七宝楼台，正具栋梁，玉田之所谓不成片段者，非也。用字最停匀而不加研炼者，玉田即其一人。玉田流走之致，与所用之字相表里，故往往不嫌其疏，同工异曲，知此始足语于用字之道。

一五五

用字贵在熟习，务使应弦赴拍，凑合腕底，恰有适宜之字，供我驱策。彼临渴掘井，将图剽袭，虽精金美璞，而未尝潢治于先，必有斧凿之迹，乌在其能得当耶？

一五六

词中须有警策语。纵不多得，亦必有一二处，方足使全篇生色。警策语尤以不露圭角，于浑成之中，寓绵邈之致者为上，斯盖近于厚矣。

一五七

警策语之锋芒特起者，读之虽快人意，实则功力不深。其耐人寻咏之处，亦必不及浑成之句。而或以苏、辛自拟，以犷为雄，比诸警策，则尤失之。蹈此弊者，三百年来，名辈固多不免。

一五八

跌荡摇曳，作词固不可少，而万不可失之轻纤。所谓摇曳者，语多活著，饶有丰致，既不佻，复不弱，字面极晦明之妙，音节得谐婉之工。跌荡者，意诣回环不尽，深入浅出，所以造词有联类相及者，有比兴而生者，有言此而指彼者，有特立一义以阐前义者。要跌荡在意，摇曳于词，而不失于厚，斯为妙造。

一五九

词之音律，熟读可以循按；词之家数，深思自能详知；词之婉曲，则非体会不可；词之字面，尤非多读古人名作，不易研求。此功夫学力中事，固不能以智慧幸致者。

一六〇

词于换头为一折。换头或提之使高，或抑之使低。高者凌虚独立，别辟新义，使为轩昂；低者委曲盘旋，以申未尽之情。或但于谐婉中，舒其气韵，以为承合，要无定律之可求，水穷云起，允为妙喻。

一六一

小令贵风神，得有一二警策语，便足当行，古人每藉一二语以传世。长调贵理脉、神韵，首尾完足，不必定有超拔之语，亦是能品。至长、短调并重者，厥在虚字，起承转合，各得其宜。虚字之用于词者，不过三五十，而用法迥异，有毫厘千里之差。然意义之深入，正全藉此虚字。用法当先求其稳称，再求其精炼深入。能以一二字转一二句，至第三、四义，初学稳称，已不易得，遑论暗转。至炼字则在恰合分际，若强以不相通之字用之，费解贻讥，自为疵累。迨夫稳称之后，再求深入，功候日深，成就自易。

一六二

虚字转接，承起上下，若恁、况等字，极复相类。而各字之语气分际境地，正有分别。不深辨者，似随意可以俯拾，一加推敲，则或竟日不敢定断。

一六三

重大之字，重大之语，重大之意，极不易入词，而能手随意为之，可使词加厚而不见斤斧之迹。此在笔灵而气厚，非易致也。

一六四

章法不易范围，要以理脉为线索，草蛇灰线，隐隐起伏，神气具足，即是完篇。

一六五

初学理脉，贵在贯串。若言凭栏，则一俛一仰，皆凭栏之情景。若言搴帷，则一举一止，皆搴帷之意态。及其少有成就，逐步求进，则可由情推衍，以极其境，或由境推衍，以极其情。初不必以目前之范围为范围，但不使与情景背驰耳。至于胡天胡帝，别一境界，为至情所流露，尤不在范围之中，然非学者所易几，当别论之。

一六六

咏物多尚寄托。寄托不必定为颓丧，风骨崚嶒，志节磊落，一一可于词中见之。若徒以篡组为工，则上者已失比兴之谊，次者更是金屑落眼而已。彼咏物之无所寄托而传者，则专尚篇章音节，无论如何，不得谓为情文并茂也。

一六七

词语首贵华贵雍容。虽寒涩之语，亦当以华贵出之，非比诗之穷而后工。郊寒岛瘦，尽作寒瘦语；小山饮水，多作华贵语。分镳竞爽，各有千秋，可以知之。

一六八

词有性情中语，举吾心中所欲言者，率意一吐，自成名章。然笔力较弱者，不能以笔运意，只可增减其意，使就篇幅，一增减间，遂往往失其本意，无论拓之使远，约之使迩，要有磨琢，即非完璞。而或者笔端恣其豪放，又失之犷，二弊斯同。若有大笔力以运真性情，于零金碎玉之间，不失凌云健翮之志，斯极词之能事。

一六九

词中有伪之一境，切当引以为戒。伪者，指事咏物，初无寄托之成心，而漫加拂拭，学作纤靡之语，但求貌似神隽，实则绝无干骨，虽有佳句，乌足为训？不如质直之中，不能工者虽有小疵，尚有真意流露之为得矣。

一七〇

学词家数，当先就一家之稍有迹象可模者，师而极熟，然后进易他家。及其至也，深思熟读，或奄有众美，或别辟径蹊，信手拈来，都成妙谛矣。

一七一

词意贵珍重，所谓怨诽而不乱也。珍重二字，至不易为诠释，前人词论，亦未尝专及之，今姑为至拙之解以申之。如言花开，则不即显言花开，当自含萼放苞时说起，先想望花于未开之前者甚殷，则花开时之情，已在意中。若再深一步言之，想望于未开之前，虽未开而必有可开者在。及其既开，则又想见其萎谢在即，万不可负此须臾盛放之时。盖自未开想其开，而更想见其开后即落，转似不如长此含苞之为可宝可贵。回环往复，自无一非珍重之情。推此花开之例，感时指事，乌有不荡气回肠者欤？

一七二

词为温柔婉约之至文，故在在宜认定婉字。可迷离者迷离之，可曲达者曲达之，可比兴者比兴之。彼言杏花而曰燕子，言梅花而曰么凤者，亦不过曲达其事，使于情益为宛转耳。

一七三

词心之慧，何物不可弄狡狯。约远使近，则曰日近长安远；约大使小，则曰须弥藏于芥子。特当有慧心指使，则事理不可通，而情倍殷挚。若无慧心以运用之，索解不得，转为语病矣。

一七四

理之缘情以生者，必不致错综颠倒。盖摛词根诸命意，意中必有我固定之情景，决不能悲喜交萦，日月并悬。故就所思所见者，摅怀写物，必不致乱。所以乱者，厥有二故。一情景俱伪，伪则方寸间本无此景，徒事矫揉，自无伦次。一笔不足以达肝膈之情，则顺于内者致舛于外。欲除其弊，首在去伪，次在学力。

一七五

前人名作，若循理脉观之，似亦未必一一可通。实则有其潜机内转之一法，均于字底着笔，诬之者学力不足，故不察耳。春秋晨夕，似若背驰，若以潜机为枢纽，则自春可以徂秋，由晨可以就暝，何必定为次第哉？

一七六

填词之先，应先谛思，拟定段落。然一二语后，辄又别有新意，则以新意易之，即就以改定其段落。词意以开展为贵，妙绪纡回，不厌精密，故段落可定之于前，而不必绳之于后。

一七七

词笔贵锤炼。所谓锤炼者，使笔绕指成柔，从心写意也。有妙绪而不能曲达，是笔力不足之故。多锤炼则惟所欲言，不必增损意义，自有俊语矣。

一七八

词中有貌极浓艳，而用之则极沉痛者，不外由艳生爱，由爱生珍重，由珍重生怜惜耳。天下可爱之物有几，当其可爱者，更有几时，而爱固无尽。因之愈浓艳者，亦自愈沉痛。理有可通，但非妙笔不能曲达此情耳。

一七九

词意极深挚，而出之以清疏之笔，苍劲之音者，白石老仙，首屈一指。夫词面之苍劲清疏，固不害词意之浓艳深挚。其成就较深者，且以浅出深入，为更有含蓄。然非名手，殊不易办。

一八〇

咏物于寄托之外，别当有见其身分之语。寄托者纳外事于篇章，身分者以吾心中之标格，借物以杼轴之。有身分，自益见其词之可传。

一八一

理脉循心思为蹊径，不易确定鹄的。初学者当先就枝干言之，由干生枝，自然不乱。设认定一字、一句、一意为干，此后造意琢句，无不就干蓄植，理脉自在其中。此虽极拙之言，熟习既久，意境自有其范围。不必立干以为枝，而自不出枝于干外。紊杂之弊，庶渐可免。

一八二

词中虚字，若耶、也、乎等字，以之煞尾，至不易用。盖或失之犷，或失之滑，犷固大害，滑尤膏肓之疾。此外转折间，生怕那不等字，亦不易位置熨帖。盖此等率有深入之义，非上下有可以深入之情景，则用之转为赘疣，贻害通体。

一八三

词中用虚字，当求其不为虚字所腻。盖虚字用之不当，或致前后数语，因之而另转一境，或因之而反为所限。要当以我驱使虚字，不为虚字驱使词义，斯不致蹈此失。

一八四

不必言情而自足于情，一字一语，落落大方，得天籁者，为词中最胜境界，大晏是也。由大晏而小小琢磨，使益显见其聪明于楮墨者，小晏是也。大晏如浑金璞玉，小晏因以雕镂，然不伤于琢，正是其可贵之处。

一八五

词有丝丝入扣，虽不直不厚，而词意字面，恰到好处，足资初学之楷模者。南宋之致意于学力者，往往有之。然此中又分三乘，上者遒上，中者精整，次者工稳而已。

一八六

用字先求精稳，再进于情味，而归结于重大。要使重而不殢，大而不粗，或用粗殢之字，而不见其粗殢，斯为上上。

一八七

立意宜新颖，层次宜诘曲，而字面不必求晦涩，尽可以常用之字，简练揣摩，使人人可以领悟。顾人所知者字面之义，吾所专者字内之意，言外之音。然字内之意，尚较言外之音为易知。吾知之而能用之，不艰不生，恰求允当。解人会心，击节称善，不解者吾亦听其不解，但以自娱为行文之乐境，宁非词道之至尊乎？

以上见《同声月刊》第一卷第四号

一八八

作者秉笔为词，必其拈题指事，宛转胸膈之间，使酝酿其所谓词境者，至于磅礴上下，积之厚，肆之宏，而情景因以杂糅交织于胸中，甚至满目词境，乃复不能道及只字，亦或其试发于砚者，乃仅得胸膈中之鳞爪，而不足以达其胜，则并当芟夷而汰弃之，使此滂礴上下者，忽得有冲口而出，率笔而成之时，其所成者未必尽合，然亦去浑成妙造不远矣。学者少疏懒，即其先得者斧凿焉，勾勒焉，纵颦眉龋齿，奚足与此浑成者相拟。游神深思，为作词之先导，讵可忽耶？

一八九

一词之纲要，全在起拍时能笼罩全题，置身题外，尤贵于浑成。若其曲意设解，漫立新意，佳则佳矣，奈不称何。先由起拍致力于浑成，然后从而琢之磨之，则虽新艳而未必失之佻也，而未必失之纤也。求起拍之浑成，在于积之者深，若其所积非深，因而不可得浑成之起拍，则此词亦容可不作，奚必浪费楮墨为哉。

一九〇

起拍之章法，亦视词调而不同，（高阳台）（满庭芳），起拍四字对，其撷拾光景，泛说情事，未必不可以名篇。若（水调歌头）（八声甘州）（烛影摇红），则律无可对偶，事无可掇拾，必其以笼罩全局为入手。至于名手，虽（高阳台）（满庭芳），亦不必以寻常隶事之法人之，则尤其至者，特恐不易办，亦不易工耳。

一九一

调有生熟雄婉之分。涩体其生者，寻常习用诸体其熟者，而填涩体词，万不可使流露其诘屈聱牙之态；填熟体词，亦万不可使其流于俗滑一途。涩调诘屈，固见其非高手，熟体俗滑，品斯下矣。药之法，当先自存心，以调无生熟，律无涩滑，要其制词赴节之道则一。涩者宛转就律，窥前贤用笔之曲折而追寻之，自不见斧凿矣。熟者仍以己意矜持下笔，锻炼一字一词，务使朴雅以合词格，不因其日常随意吟哦而简易出之，则熟者亦不滑矣。

一九二

调之雄者，（贺新郎）（水调歌头）（摸鱼子），婉者（南浦）（甘州）等。要知词就于律，亦固无雄婉之别，特一为急拍，一为曼吟而已。词骨宜雄健，而词笔不易雄健，雄健而得其全，苏、辛上智，宁复易窥，等而下之，犷厉而已。故虽填（水调）（摸鱼子），亦宜停匀，自出杼轴，不必因有苏、辛之作而强效之，亦不必因多读苏、辛之作而率口无意间效法之，为苏、辛之罪人。至其以雄健卓然成家者，虽（甘州）（南浦），亦自有其骨突惊人者在。此盖在学力之深浅，蹊途之不同，当因格以求词，万不可以备调而损格也。

一九三

题咏之作，无间乎有情无情。旧游枨触，谓之有情；拘题咏物，谓之无情。当使有情者情致缠绵笔端，低回萦绕，无情者参以我之情而使之有情，不当徒以使用典实为点缀。至有情之作，则流连者已不忍复去，虽一片空灵，亦尽可为黄绢幼妇，更不必颦眉作态以取厌矣。但亦须揣度题义，或其题中所牵率者更有人在，则当并其人而纳之词中，不得但为物咏也。纳之法，分段参插为下乘，纬事以见情者为中乘，使是物、是人、是我，融成一片，或并其所咏之物，所纬之人，而不必明言之，然已即在此不明言之中，又使览者一见便悟，此无上乘矣，特不易致耳。致之之道，自在有大笔力，深之以醇厚之气息，跌宕之笙簧，其次者亦当使有回环不尽之情。夫以不尽、以回环说有情，情自特深，而文以情生，情以文永矣。

一九四

词长调不过百余字，短调不过二三十字，而虚实疏密，句法当使参插合宜，又当使匀称。然秉笔始及虚实疏密，固未必能幸致，即致之亦必见斧凿穿插之痕迹。此在乎常日多读多吟讽，使移情于不自知之中，则下笔开合，自然相间，少少布置，便复停匀矣。

一九五

词有纤秾轻重，此当以全阕论定，不当以一字一珠为断也。若其起拍作纤语而使轻笔，则通体当复如是，反是者亦然。若少凌乱，且不成篇格，更胡计其工拙哉。纤秾轻重之分，又当以题为断，视其命题之宜轻宜重，而轻重以之，不然即与题先不称，遑及其他。至于燕婉之作，随情深浅，未可预期，宜在例外。此盖为命题作词者言也。

一九六

虚字贯串，最关要著，或平说而味始淡永，或提起而始见精采，或反说而益见深刻，或用有情之字而情始厚，或但用无情之字而气始顺，或用一较深之字而少为勾勒，过于勾勒，即失之纤，是大忌矣。或用一较秃之字而情始挚，因地制宜，其不经意之字，亦当以经意出之，始为工也。经意以求得一不经意之字，自更佳妙。

一九七

词之工拙，固不易管测，然当有引人入胜之致，使读者寓眼，即放手不得。

其有以拙为工者，或精璞未琢，使人望望然去之，则弥复可惜，亦由作者之不擅胜场耳。骨苍神老，固当求之皮里，而词表务当使有花明柳暗之致，则读者吟讽，自尔移情。然此中消息，殊不易定论，若少加误认，以为当颦眉作态，则所去愈远，不可不慎。盖此为情文相引而并茂，彼为麒麟楦也。浙西词人，匪不工丽，往往读未及半，以其作态而遽辍，罗刹簪花之戒，不可昧也。此为已成就人说，非所语于初学者。

一九八

词中有隶事处，然故实当得其所以运用之道，生吞活剥，切所大忌。不特隶事也，即前人之名句，少加点藻，亦可使就我范围。此一在有笔力足以斡旋之，一在常日读书，酝酿既深，熟极而流，因题触发。若其獭祭临时，则遑论其不可得，即得之亦必有斤斧之迹以犯大忌。隶事之法，或运用一故典，略其事而永其神，一也。存其人而不纬其事，二也。用其事而并传其神，简练以数语达之，三也。合两典而运用之于一语，以笔力为回旋，而使深刻切当，四也。然运两事于片词，当先得此两事之可以并隶者，而笔力又足以胜之，否则先不贯串，露蛇足之讥矣。

一九九

过拍承上启下，当使有水穷云起之妙，前人已多论之。然倘得不尽之情，而重之以警峭之句，使情不尽而文突起，蕴于内者宛转如缕，发于外者挺拔千尺，则气足神完，益见精劲。特行文指事，仍当承转有自，尽可别开生面，要当以笔力拗转之。倘能暗转，益臻佳妙。

二〇〇

煞尾结住全篇，为画龙点睛之要，不可少忽。以秃笔收者，无损于格，不免少情。以俊笔收者，跌宕有余，殊防飘逸。以淡笔收者，隽永不尽，难乎求工。以宕笔收者，推之使远，别饶境界。以厚笔收者，回甘谏果，庶乎得之。至于空无所附，纤不载文，伧狂俗野，率意芜简，则均其弊之大者。

二〇一

南北宋以片玉为关键，亦惟片玉为大家。后之取法者伙矣，其功力在于淡、清、真。惟真而能淡，斯极淡之能事。盖其所蕴者固绝深，以其蕴之深而发之淡也，其淡遂益隽永。其深之也，以其真也，于造意上一有伪托，一有粉藻，则固不深矣，而其发之也，亦不能更淡。前人词往往有词笔似甚刻划，意味似甚浓厚，然其情或未必深，即深矣，而非由真之深。夫非由真之深，其深先已不精，充其不真之深，但可作深语，而不能酝酿之为淡语。夫以不深者而复作淡语，斯无语矣。其故意求深入而淡出者，深固不真，淡亦伪作，虽淡亦无情味之可言。而其所以致深情于淡语者，又当用以极清之笔，使益神其淡。白描写景，随意作眼前语，不必于景中雕镂，亦不必更于虚字中作态，情味自厚。即"天便教人霎时厮见何妨"等，以直质语出之，亦即绝无佻儇之习，转见其深致刻骨。亦惟真语斯为情语，以真情驱遣词笔，所谓至诚所感，金石为开者，亦斯例耳。于是乎融情入景，妙语纷来矣。学之者当先通乎此，而后有蹊径可寻。其但谓以片玉为师法者，往往重其造语，略其神韵，遂欲亦步亦趋，则匪特形不可即得，得之又何当于片玉哉。真伪本诸心，可以培养，而不可以骤学。深浅由于笔，当循心以发之。清浊见于造语，学者庶可进窥，循序求致，日常涵养，容有豁然贯通之一日耶。

二〇二

学片玉之神不易得，退而学片玉之笔，以求合乎其神，则设境造语之际，当先屏除粉藻之字面，支离之句读，纤颖之结习，而求得其全。能全于神，上也。无已，亦当求全于句法，使先将假设之境，酝酿于心目间者久之，而得一浑成之句，其思虑所及，少涉侧艳浮华者，率屏去之，挚情萦绕，词境纷来，尤必自择其最淡最圆之语。对于光景花卉，求其静而渊远者，为驱词之助，所谓穆之一境，当先得之。就境构思，不必得点缀之字面，亦更不必多点缀之思虑，但为胸目中所触发，其率意而能出之者，必较近于真。若构思自患其不精，则深思之。惟深思或失之滞，或伤于琢，虽得佳句，非片玉也。静之为境，真之为情，在常日所咏索，及其肆口而得之焉，固万非临时深思所可得。自患其不似，求得之法，只有常日积其功候而已，不能以片时深思得之也。迨积之久而蕴之深，则满心俱是，深思已集，形骸自具，且无往而非真之境。其发之也，视其所师之各家，以定其蹊径，苟出之以片玉之风格者，斯近片玉矣。在未成之际，但有求其率意能全，神景之较稳者，以为初步之楷程，终南之捷径耳。

二〇三

词有正面、反面、侧面、烘托诸法，要同于文章之千变，无定则也。正面最不易为，须力足神完，而又不落迹象，勾勒无迹。且既从正面说来，又不能不略为藻饰，是在先擒得题中之命意，择其雄健可以托笔之处，千锤百炼而驰荡出之。以其寄意于骨干，披丽于清雄，则虽正面之文章，亦足以寄其高抗委婉之致，以使移情于深入，是固非宿学者不易试耳。

二〇四

去夏六月十五夜，月色如晴昼，子正，天无片云，圆蟾中山河桂影，一一可见。维时万籁俱渺，人语无闻，凭栏顷刻中，乃遭遇思，匪夷所思，真词境也。神明所及，豁然贯通，可以得大觉悟，证大智慧。有顷于词境中，似渐落边际，着色相，所谓夺人不夺境者，庶乎似之。高寒中倘果有琼楼玉宇，当使姮娥相招，庶酬心素，避世其中，虽刹那间，何啻换劫尘千万，其空灵之想，非楮墨所可穷。即须臾再下一转语，以为何必高寒，斯堪避世，愔愔门巷，寂寂帘栊，一灯如豆，但求心之所安，宁不可方驾蕊珠宫殿。片晌中前后凡三换意，始则但有所思，而莫从寄托，既乃渐涉遐想，终乃反幻为实。指月之喻，殊莫可逃，性相人天，同是一理。然莫从寄托者最上乘，遐想次之，悟实又次之。盖愈思而愈着迹，则愈坠泥犁。因知大乘无相，上也。圆觉空华，勉为言说，已落第二义。观止止观，自强为解人。通此可以贯澈禅要，并可证诸词境。特此因缘凑合，使于万境中灭垢生定，为不易耳。亦知禅之不可幸通，词之不易言工也。若必形以筌言，范以象意，则终为下乘。故竟夕讽籀而迄未获只字，亦拈花不立文之遗，然却自谓胜得妙词万倍。天如不吝此区区，俾时沐清光，其乐宁可尽言。成魔见爱，一转语间，正恐临济宗传，未必若是透悟。

二〇五

取读前人名作，抑扬间每多乐趣，并跃跃思策遣翰墨。词章最重音节，音节通天和，达人意，曼吟低讽，尽心领解，能于沉潜中自发其积蕴，则其兴发者，或视力学为加胜。往往应酬之作，限日构题，花对叶当，已为上乘。惟于吟讽中得天趣者，构思之际，不必有所专属，俄顷乃往往因静得悟，神来之笔，庶几缘生，胜苦吟者万万倍矣。

二〇六

作词之先，得余暑缓吟名作，以发其情，兴会无尽，渐渐移情以生文矣。选调宝声之际，或先悬一家以为之鹄，挚至如清真，跌宕如淮海，苍劲如白石，均无所不可。及其成之也，未免形似，然得其丰神之一二，亦步趋之足式。其不用成法者，但当谐婉中不坠风格，神味中求其远致，不必语故惊人，强下第二、三义，以自然求其浑成。至风格所似，则以常日所涵咏体会者发之，亦复自然有当。盖取成法者固有其指归，亦不免有临渴掘井之患。

二〇七

学词者当先学一家，渐涉博采，再进专一家，而纳其所博采者，以自名其家，然后得超于象外之一境。以意随笔，以笔遣意，由意进神，传神于笔，能历进则愈工，此不易之理。要当胜之以自然之功候，然亦更有未可强求者在。

二〇八

清人作词，亦有欲上窥北宋者，然一间未达，终不能脱其面目。盖北宋人挚至之情，都寓之笔，而清疏之味，则见于文词，所谓深入浅出也。南宋秾丽之至，北宋人宁无其思，特有之而屏汰之，遏抑之，不欲颦眉搔首以自露，而一导之于冲易之途，斯其所以为高也。清真"霎时厮见何妨"，秾语亦以质朴出之。下至南宋，多为勾勒，质语便不经见。

二〇九

清人之词，质本空疏，貌为侧艳，内无秾情，外多俊语，而往往自误认其矫作之俊语，即足以上应北宋，于是不失之陋，便失之空。夫中无所有，徒事皮相，而又欲去其粉泽之施，以为清真挚至，则存者亦仅，此清人主淡泊以学北宋之通病也。夫必有南宋之秾至，而后得出以北宋之清腴。北宋作者，自抑其秾至之情，人人味其清腴，不易窥见其在内之秾至。迨南宋一变其格，即以秾至之情，抒之翰墨，于是北宋人所蕴蓄者，于以率露。其曰北宋天分高，南宋学力厚，谓天分高则舍其所蕴而多取于清疏，学力厚则得以尽言宣其所积蕴。否则作者更仆，各有所长，乌得复有以时代为之界限者。盖一在秾至之思之外，一即在秾至之思之中，风气所趋，蔚为声调，取径互易，体格斯别耳。

二一〇

人动谓北宋不易学，不易至。就其体制言之，本无难易之别，所别即在象外、环中之分。其谓先学南宋，而后进于北宋者，亦将以环中而进于象外耳。有曰天分少不学北宋，学力少不学南宋。盖以天分少则难造词于意外，以抑其秾至之思，学力浅者又不易以秾至之言，写秾至之思，使表里一辙，要无非在内在外之分，与文情相因相饰之别也。

二一一

改词之道，无论为人点定，或窜易本人旧作，当先求其平帖易施，然后进于精稳。其更于精稳之外，别多新意，不落纤巧，则尤擅胜场。字斟句酌之际，得一句易，求一字难。因一字而改一句，因一句而改一节者，比比皆是。前后语意不贯串，相凌犯，字之称色不相侔揣，韵之不谐婉，均是疵病宜改者。

二一二

平帖之道，以为精稳之基者，其要有二：理脉宜求工，而不可遽露迹象；

新意当运用，而不可落之佻薄。苟完篇章，少读书，均足以致此二病。药之之道，当先汰其疏豁率意者，而试进于精整，又于精整之中，不以桎梏自限其神明。至腹俭者，常日不及酝酿，临时钉饾，迹象焕然，固虽强全求是，则词成之后，当不惮改。因字改句，因改句而立新意，要当于全局体制得底于垂成，然后深以磨琢之功，则自然藻丽矣。其全局之不及垂成者，虽得一二佳字，又将奚施。瑜瑕之消息，其难言有如此者。

二一三

读词者当以曼吟为日课，使涵咏玩索，身与意化，我与词化，然后神明可通。其致力之若干名家，经心习诵，进窥门径。其讽诵之若干家，则不过为行吟自适之计，初不可问其为何家。始或尚有客气，论定是非，既且融成一片，不问工拙。即工拙之思偶动，亦当以曼声幽情力却之。此种行吟自适之致，所涵养者，得力最深，不可少闲。

二一四

词贵朴厚，非徒以秃笔为藏锋也。朴则挚，厚则重，情斯深，神斯永，再济之以婉约之风度，自益见其深沉矣。其徒矜小慧，漫举清空，轻坠风格者，何尝能悟及此端。

二一五

一句一字，就心目中之情景，于宇宙间必有一铢两率称、确切不移之字，幸而得之，无论其不可为工，亦必平帖易施，况其确合者即为至精当者耶。特涉猎少，神理弱，天分低者，不易得之。或信手拈来，或苦思玩索，傅色揣称之际，每不易决，进于能品，此初基也。

二一六

求词之韵味俱足，当于沈炼间三思之。积于内者深，发于外者必厚，能沉炼，视浑成为更进。特求过其分，或无当于本词，则失亦相等。而境之沉炼，与字之沉炼，又当兼思。若徒有一二沉炼之句，与前后文迥不相通，措语骨突，转成訾累。要当并顾全局，使无处不见其不尽之情，有余之味，斯为得之耳。

二一七

读词论词，求得进境，低吟婉诵，固最上乘。若分别言之，当先推作者用笔之神思，庶益足以缘情而通词，然后再及于布局择字，而归之于词格，卑佻犷鄙，均当远避。其出入诗曲，消息更微，不可不辨。至唐五代之作，有偶以伧语谰入者，一则其时词体初立，未有蹊径。一则古人朴茂，神全意足，足以驱词，俗语鄙情，一一都见其为至情之作。词贵真，一真而百瑕可掩矣。迨后来渐趋披靡，小儒藻饰，随意摭拾，又每舍其浑成雍穆之致，而以侧媚叫嚣为易于见好之计，词格始卑，论者遂亦不得不益加精审。柳七宁非郑卫，然不佻不纤，非其词之足以胜之，实其格之足以举之。下逮金、元，方言入曲，词家谨避之不暇，而体制益严，固不得以上托《花间》《尊前》，为文过之说。

二一八

宋人词以晏、秦、周、苏、吴、姜为六大宗。周虽蹊径俱在，而学步为难。晏望之似小智慧，实乃纯金璞玉。秦丰神骀荡，要不落儇佻之弊。姜老干扶疏，拙中多至语。苏之清雄，吴之针缕，学者虽多，实亦不易有成。学者盖多不知苏之秀处、清处，吴之宽处、疏处也。外此柳七自具面目，尤难涉历。通此六者，出入无间，填词之学，所思过半，无余师矣。

二一九

无意为词，偶然神聚，允发盈溢，庶可言学北宋。若其集思未专，强申楛茧，翻瓮苦吟，穷其力，不过南宋能品而已。南北宋之所以泾渭，于此可见。

二二〇

北宋承五代之后，创雅继声，大小晏之朴茂，秦淮海之嫣致，柳三变之广大，黄山谷之古趣，苏玉局之清雄，各擅胜场。盖花间作者，极蕃艳之能事，而无不浑朴，亦有极清疏者，又无不谐婉。诸子承之，各以宗传。大晏神明于花间之外，规矩于花间之中，进而为穆静渊懿之语，其词固不必压倒五代，而词学已差胜于前，盖欲洗蕃艳之面目，自非渊懿不为功。至美成益专斯道，又或有胜于前，庶集前此之大成，而创宗门之式度。至于南宋，三五错综，每每自名其家，所以别为境界者，缕晰言之，多自此中参化以出。宋季元初，《白云》《花外》，微坠风格。淮海、东山，固不尸其咎。元《草堂》一集，虽在其时，选政较严，亦足以绳南宋之正宗，视草窗《绝妙》诸篇为胜。

以上见《同声月刊》第一卷第五号

（作者单位：南开大学文学院）

年谱·传记

诗人胡雪抱年谱

胡迎建

光绪八年壬午（1882）三月十七日丑时，生于都昌县苏山乡土目南端益溪舍村，谱名大荣，字孟舆，讳元轸，号穆庐，后又自号雪抱。

益溪村背山面湖，乃山水清淑之地。"重湖叠巘，烟云草树如织"（胡雪抱《秋津山记》）。东面十里外有苏山，南面鄱阳湖，东南绵亘沙山，西南隐约可望南康府城（治星子县）处梯云塔（今已毁）。西面越一湖湾，即马鞍山；西面隔湖相望，即如屏障而列的庐山五老峰。北面远处为湖口，天晴时隐约可见鞋山。

益溪胡家以读书士子多而闻名乡里。邑人黄锡朋说："益溪胡氏，都昌名族也，以科第盛于一时。流风所贻，温雅朴清，盖其先多有隐德云"（《益溪胡氏三家传》）。

光绪十四年戊子（1888）七岁

天资英隽而好学。自言"幼习声韵，早得世父香玖公（胡廷玉）之教"（王易《昭琴馆诗存序》）。

光绪十八年壬辰（1892）十一岁

能诗，作《赤壁后游》。

光绪二十年甲午（1894）十三岁

随父母往金陵下关探望伯父胡廷玉，以《赤壁后游》中一联"野花生野岸，孤月照孤舟"大得胡廷玉赞赏。其时胡廷玉任金陵下关掣验官书籌防善后局差，暇时为雪抱讲解诗文，修改习作。父母还携雪抱游秦淮河，后来雪抱在《忆江南》一词中忆当时愉快情景："江南忆，画舫忽摇心。记踏船唇娇累母，红桥夜听水仙琴，欢喜满衣襟。"

在金陵，见到武术师谭艺卿，"（谭）引为侪类，尝与君宿，误触君。晨起，

将指痛不可伸。君拊之立愈。"(《谭艺卿国学传》)

光绪二十一年乙未（1895）十四岁

入县学为诸生。稍长，刻苦攻读经史百家乃至佛道典藏，志存高远，"然思深造，不屑溺没举子业，专肆力诗古文辞。于文祈向柳州（柳宗元），于诗力追长吉（李贺）、玉溪（李商隐）。"（黄福基《胡穆庐先生传》）

光绪二十四年戊戌（1898）十七岁

与堂兄元轼（号苏存）同游南山，在山中寺壁见过原湘军将领龙雨苍所作诗，日后诗作中提及此事。

光绪二十六年庚子（1900）十九岁

县学取四名诸生应光绪庚子科试，学使李某取雪抱为诸生成绩第二名。

七月，母亲去世，服丧。其时，都昌武术大师谭艺卿亦卒，因惧其事迹之失传，作《谭艺卿国学传》。

光绪二十七年辛丑（1901）二十岁

于诗不稍辍，出句铿锵有声，每年作诗百首。自言"学诗最早，辛丑以前，为古近体诗，合填词及功令诗计二千余篇"（《昭琴馆诗存缀言》）。可见少年作诗之勤。"才名噪里党，有狂生之目"（黄福基《胡穆庐先生传》）。

光绪二十八年壬寅（1902）二十一岁

其时所作《咏怀》诗云："天空如大冶，错铸顽无功。世局如大奕，错著厄难通。机钤在怀抱，变化本不穷。"此或可窥其伟抱宏识。

与堂妹胡若（绮秋）、堂姊韵笛同赴省城南昌，后有"清游翠舫忆壬寅"（《寄绮秋兼示韵笛》）之句。在章门访友阅书，有《李氏西园赠主人》诗。凭吊春秋末孔子弟子澹台子羽之墓，赋诗云："南游不识何年事，从此蛮疆士骨奇。"以为江西士人之有气节，始于澹台，然不知何年来南方。

游东湖畔水观音亭、百花洲苏圃。

参加在省城举行的科试，江西学政吴士鉴任主考官，取其列入"古超"学列行。

因科试结识南城王少云与其父王熙龄，熙龄字石云，南城人，年轻时家贫，光绪十五年举于乡，光绪二十年中进士，授工部主事。其子王少云，光绪二十七年为诸生，妙龄能文，此年其父携往乡试，与胡雪抱相识，许为知己。两人同游百花洲苏圃、城西滕王阁："苏园依绿砌，滕阁睨朱闉"（《怀人三首》)，后有诗回忆云："王子颇英妙，十六秀逾群。十七赴乡举，客舍名相闻。

松笺持质我，抵掌论诗文。吾诗真知己，当日独有群。"（同前）

自南昌归来，作《彭蠡舟中》诗。描摹湖景清奇如画。

是年作《忆三女弟去淮》《送五弟省亲龙泉》，龙泉即今遂川县。

光绪二十九年癸卯（1903）二十二岁

益溪舍北半里，有胡氏宗族五房祠堂，绿树环植其外。胡雪抱在塾学教书，收纳族中子弟，规模三十人左右。有空暇则访山证道，或远游求师。

春，作《仲姊作虾菜羹招饮赋呈》。

秋，作《秋杪小渡》，末云："江山莫遂悲摇落，更眺南云有泪痕。"自注"时粤西匪患未已"。此年广西民众起义，朝廷派军队平乱。

光绪三十年甲辰（1904）二十三岁

春，送父赴开封，并送别五弟省亲吉州（今吉安），因赋《送家大人计赴汴兼别五弟省亲吉州》三首。诗中云："细柳游丝媚客程，吾亲北去弟南行。"作《怀人三首》，怀念南城王少云，并焦虑时光流逝、壮志未酬，期待"矫首待风云。"作《蟋蟀》诗，诗中云："伤彼蕙兰花，含英挺芳质。空山阒无人，萧艾与同泣。"惧无所作为，没世无闻。又作《泛舟作河灯戏》，将河灯、月光、梵音、莲香之美捕捉于笔下。

重九，与亲友登土目山寺："今日作高会，茗话殊豪逸。"（《九日同亲知登土目山寺》）

此年有《感时》《诗泪》二诗刊登在江西最早的启蒙杂志《青年爱》第一期，哀叹日俄旅顺之战事，句如："弭兵早露多兵险，背约还愁立约新""金银气息千年郁，瓜豆生涯几片留。"家国之痛，跃然纸上。但此两首诗并未收入作者两种诗集中。

光绪三十一年乙巳（1905）二十四岁

春，渡越鄱阳湖，往游南康府城（今星子县城），至城西约四里处的陈村访黄禹平先生，不遇。赋诗云："谁识萧条处，文光照落星。"（《访黄禹师郡西陈村不值留上二首》）

是时，堂姊秋韵办女塾，胡雪抱作《赠秋韵女塾学生》诗。中云："铁血满天地，金瓯半豆瓜。贱子颇自警，岁月如奔车。"吐露他对清末国势不振、列强环伺，行将瓜分中国的忧虑。时日军在中国东北旅顺大败俄军之后。

为仲兄胡元轼（号苏存）生日赋诗。

往马鞍洲作客牌楼戴村戴质家，谈及游金陵往事。有《宿戴宅话旧示储生弟》诗。

中秋，为塾学讲授龚自珍《发大心文》。

季秋九月，患大病，消瘦逾常，在五房祠堂养病四十五日，日以药罐为伴，"冉冉药烟沉小阁，溶溶桂气袭芳茵"。（《病中群绪二首》）作《病歌行》《枕上口占》等诗。寒冬时所吟"月穿霜叶薄，灯衾雪窗虚"（《五房祠堂养疴四十五日散塾》）一联尤为奇警。

休养无聊之际，品鉴家中古物，作《记双古瓶》《记吴瘗钱》文。

光绪三十二年丙午（1906）二十五岁

二月，往江苏松江县袁浦探望堂妹胡若。乘舟泛鄱阳湖，作《虾蟆石》诗。入长江，过润州（今镇江市）。流连名胜古迹。舟经乌江时吊项羽有《乌江》诗云："暗呜空盖世，涕泣此闻歌。"过镇江，有《宿润州》诗句云："嶂树遥连槛，楼窗欲蔽城。"

袁浦在江苏松江县东南柘林镇，产海盐，清时设盐课大使。其时若夫君之父在此任职，随夫在此。胡雪抱在袁浦见有古砖砚，为之作《记吴太仓砖砚》。未久返回。

在九江，作《江州信宿》诗，其"绿沉租界柳，红惨汽船灯"一联从杜诗中脱化而来，沉挚惨痛，流露对半殖民地社会沉沦的郁愤。

三月，益溪舍村人掘得砖圹，胡雪抱为之考定东汉时物，作《记二古砖》。作诗有句云："怀古千秋绿字砖。"（《有感》）

是月，在益溪舍村附近袁村教书，设馆于袁氏别墅，名昭琴行馆。在旁近田间，得观出土东汉时圹砖。

再往南康府治星子县城，有《郡中爱莲池夜步》。

端阳节，作《端节忆远人》二诗：一忆三妹胡若；二忆远在东南海的六妹，初疑六妹在福建，后由顺德知府梁允恭函始知已自福建迁居广东。

中秋，有怀时在日本的仲兄元轼、在淮海的三妹胡若，作《中秋感忆吟侣》。

重九，邀约牌楼戴村戴质及学舍袁村袁铁梅等人往游马鞍山青云寺。胡雪抱主张改马鞍山为秋津山，因称马鞍山名之处甚多，而日本秋津山与此山形相似，故更名。胡雪抱赋《秋津山寺登高同二徐戴袁群公》诗，戴质、袁铁梅均叠韵唱和，远在三十里外的刘肃收到此诗后也步韵唱和三首。胡雪抱兴奋不能自已，再叠韵四首。其时，与戴质等人夜宿青云寺，作《秋津山记》一文。

此年，毅然剪去辫发，有《截发小志》诗以明志："即此头颅斫亦可，仗谁端冕坐同伦""莫据形模拟胡服，剪除枝叶独精神。"剪去长辫，不着满洲人服制，可见思想新趋与勇气。

其时，有《戏赠诸学生并教七弟元辐等作诗》云："邺架缥缃属后生，偶因邮至说蓬瀛。粗疏论史包中外，恳挚传经半父兄。勾角股弦天作数，亚非欧美地多名。三笼鸷鸟累三十，一鹗何人是祢衡。"每句依次自注藏书、阅报、历史、经学、数学、地舆、人数、前途。又"静处宛排鹓鹭序，狂来亦演虎狼韬。相期柳额看名字，有约花边试体操"，自注听讲、演说、考课、习操、性质。据此可略见当时教学活动、课程以及胡雪抱对学生的期望，且可作乡间教育史资料。其时还讲读过龚自珍诗文。在祠塾教学之余，吟诗作赋，每"萧条别馆夜眠迟"。又从《过祠塾》一诗亦可想见当年情景："径弯篱密树扶疏，深窈林亭旧著书。认取绿阴蝉噪处，晚凉新雨觅诗初。"

计划编刻《锦瑟集》，取义于李商隐"锦瑟无端五十弦"之句。自言："自《锦瑟集》稿录成，尝动四念：其一欲广征名公巨子题咏；其二，欲刊入丛报；其三，欲付藏秋津山寺；其四，欲印赠乡土人士。四者雅俗不同，其名心之为累一也。夫吾之为此，以本淡定之怀，抒高散之韵，写幽淑之情，不假丝毫之外求，而志足以自立。今书小成，而先挟此种种不洁之思，是自黩其志矣。"（《昭琴馆诗小录自跋》）。

十月，戴质作《锦瑟集序》，中云："胡雪抱今年二十有五，去三十只五年耳。又时事日棘，益知徒志之不足以治世而导民也，遂发愤于古今中外成败强弱之原著之于篇，以期实行，而诗又平昔所好，前此心力所瘁，不忍弃去，收其散亡，删其繁芜，勒为一编，名为《锦瑟集》。"同邑刘肃亦为之序，其中云："胡雪抱生性孤峭，其用情也深，其寄思也远，以戾于俗，世罕知之。早慧，好为诗古文辞，年仅得乎瑟之弦而所成就已若此。"评其个性不趋流俗，才华之早著。但此稿本数年后方梓行，改名《昭琴馆诗文小录》。

其时将所著《锦瑟词》一卷寄往上海国学保存会，无回音，自叹"飘零海上，任天演之淘汰矣"（《菩萨蛮回文小令》自注）。

冬，乘船与仲兄苏存同往吴城旅舍，水喧客枕，风卷汀沙。在船上联句赋诗，有《吴城旅舍同仲兄苏存宿舟中之句》："驿路别开珍异徙，湖楼犹昔管弦沉。"有感于铁路辟通，而赣省水运无复旧日之昌盛。

光绪三十三年丁未（1907），二十六岁

作《留别三女弟若，时余之省为试事》。其时再往省城谋职，失望归。

三月，仍在袁村教书。其地又出土东汉圹砖及盂釜之类，为之作《记审定汉永建砖》一文。并因之思父老之言，作《记檀司空墓》。

作《观剧诗》，将民间戏曲在乡民中受欢迎情景勾勒得活灵活现。并有《与同学论文》诗，叹息"只恐文言成菽粟，却搜古字当珍珠"。

赋《孔雀吟寄海上友人》诗，寄上海国学保存会，希望得到知音赏识。借孔雀志洁无人知，抒发超凡脱俗之志向。国学保存会乃广东顺德人邓枚创立，苦乏资金而流产。

六月十五日，与袁铁梅、李定山往府城，谒黄禹平师，同游鼓楼，作《郡中书赠禹师、铁公、定公》诗。诗中云："谯楼四鼓踏残月，俯听虫语天风吹。"《金缕曲》云："（李）定山以望夜有寄词见示，效韵应之。盖余不弹此调久矣。时六月同寓郡。"

秋，赋《秋海棠》诗以寓志。末云："余无生死感，仗此灵魂武。"

秋后，应聘苏山乡镇附近王氏挹秀山房教书，他将居室取名昭琴行馆。其时作《东校呈王鼎初、刘严吾两学长》诗。李定山来访，留宿夜话，作《校中喜定公留宿敧枕即成》。

鉴于诗歌课本多浅语踏歌，选取近代以来名作，由袁铁梅等帮助抄印编为教材，每星期五宣讲。所作《诗课序》其中云："余承乏斯校二年，屡欲以诗教学子，而力有未逮，然欲吾群之能肄习其言，以兴起厥志者终非诗不为功。又袁丈铁梅、徐君介青允分任钞印以助，于是取近人名作，编为若干课，起于道、咸，以迄今日，别裁备体，以星期五日躬泊讲席，笔舌兼施，务尽其意。"

暇时则登山临水。结伴十人同游苏山，见山寺颓坏，大为叹息，计划募修山中寺宇，作《募修元辰山（即苏山）寺疏》，对仗精妙。

其时，收到仲兄元轼自日本寄来照片。当时，元轼携元辐与袁涛在日本东京求学，三妹胡若亦计划东渡日本求学。胡雪抱因有《秋怀二首》以写怀念之意。

邀约刘严吾等同游尖山，憩留仙石，再游苏山，于果老洞听泉，先后赋《尖山登高憩留仙石》《苏山遇雨见云触寺壁，同志十人自崖返》《果老洞听泉》诗。刘严吾亦赋《登尖山访留仙石床》诗。

十一月十五日，夜与刘严吾、袁铁梅等酒宴，联床夜话，预约游马鞍山寺，作《西校酒阑赠刘、王二故人即答刘见示之作》，中云："人静星河初挂牖，酒阑灯火并联床。"

游马鞍山，作《导游秋津山记所观》诗。其时以《语仲姊四妹并柬袁七丈》寄慨，末联云："满地纲常伦纪在，铁肩担此我何人。"

光绪三十四年戊申（1908），二十七岁

清明，扫墓。有《中和展墓即景》诗。

其时作《百花生日得生字赋成二首》《墙角紫荆》《园茶二株》咏物诗。园中茶花是伯祖父胡苏亭当年自丰城县教谕任上携来栽种。又步王少云诗韵作《和近人情诗二首》。

闻胡若病于镇江，胡雪抱曾劝她学西医术，作《闻三妹治疾北固润州雨夜有作》。

其师黄禹平自星子来都昌苏山，访胡雪抱。胡雪抱赋《禹平师见枉因同造浣香斋话阔》。两人谈诗通宵达旦。

又作《浣香书室感赠刘秀才肃》诗。刘肃即刘严吾。

端午，作诗云："熏香惟祝友，对酒且娱亲。"（《午节》）又作《村晚为韵弟塾中赋》。

七夕节时，胡雪抱仲兄苏存自日本归来休假，袁铁梅在浣香斋设宴接待，邀黄禹平与宴。禹平责胡雪抱赋诗，胡雪抱即席而作一首，次日又成一首。诗题为《铁公喜仲兄假归，筋之浣香斋，禹平责诗即赋一律，次日复成其二》。

其时，清朝变故四起，胡雪抱因有《感事告乡人》诗，诗中说："国哀若已深，民气应毋堕。莫说太湖沉，莫说长江破。"

十一月二日，闻胡若病重，有《接清江电未即赴感作》。数日后乘轮泛长江而下，有《江轮夜行》诗中云："舟争皖岸星前渡，枕过铜陵夜半钟。"过镇江，再至邵伯湖，然后至松江、清江浦。返程途中在镇江再游金山寺、北固山甘露寺。有《京口小驻》《过邵伯湖》《舟夜将次高邮》《回镇江登金山寺塔甫送朱伯华别赴湖州即寄》《北固山访甘露寺》。归来途中，作《归舟寄绮秋袁浦》诗，过板子矶。归家。

应南城王少云之嘱，为其母夏安人作《夏安人墓志铭》。

冬，将大多作品毁弃，惟稍存诗。"旧稿诗文词赋约十五卷，诗话随笔若干卷，皆于戊申之冬决然毁弃，而于诗复稍录"（《昭琴馆诗存缀言》）。

宣统元年己酉（1909）二十八岁

其时有《田家杂兴》《村居即事》。爱乡居宁静，自言"百炼此心见清旷，浮名腥腐更何论"。

邀戴质再往马鞍山，夜宿青云寺，联床夜话。有《同万生宿青云寺》诗。

初夏，袁铁梅作诗送别胡元轼再往日本求学，胡雪抱亦作诗一首志感，并将所剩诗文编为四卷，托元携带往东京刊印。诗集名《昭琴馆诗文小录》，取义于庄子"昭氏之鼓琴"义。元轼在《刊成赘言》中说："同祖弟胡雪抱，少余二岁，幼与余同学，即时以诗文相竞。顾余好为大言，每思以道德功业自任，而弟则以为志非不佳，惜廓落无所容，不若于文章词赋中择性之所近者精心研究之，则闻于当时，传于后代。"此集收有诗词305首、文16篇。诗稿由留日学子彭泽欧阳木初与堂兄胡元轼校印，由东京黑木印刷厂印千余册，后来"辗转持赠，颇快一时"（《昭琴馆诗存缀言》）。

将往南昌，与胡若告别，有《将之南昌适别若弟还学海上》。诗中云："明朝湖海别，天外各加餐。"此时，胡若携其女甥往上海务本女校读书。

夏，赴省城参加科考贡生。舟过新建樵舍夜宿，赋《樵舍驿夜泊》。

此次在省城南昌，滞留三个月。科考由署提学使林诒书与江西巡抚冯汝骙会考，备取县学拔贡。揭榜后，胡雪抱选入本科优贡第十六名。邀约同年贡生三十五人结伴而至东湖畔登摄影楼合影留念，有《齐年生三十五人招集东湖拍影拟题》诗，中云："文光动星宿，泡影指繁华""要画麒麟阁，归携眺落霞""沼榭留佳话，烟波写盛心"。以纪一时际会之盛。并嘱修水贡生涂容九题诗，容九遂有《都昌胡雪抱元轼以同年诸子东湖小景属题》。可见同年士子得志之快。涂容九后签分广东某知县。

与好友王少云相见，得知其父王石云已逝。遵其嘱作《题南城王石云工部遗文》诗。王石云，南城人，光绪二十年进士，曾为工部主事。

中秋，仍居省城。有"十年三作中秋客，阅尽洪州旅味清"（《中秋寓省同家叙九戴万生》）诗句。可见胡雪抱此次来南昌是第三次。又"莽莽诗心八月涛""蓦起披衣看宝刀"（《秋雨柬李介君王少云》）等诗句，见其献身许国之心。又作《东湖客思》诗。

拜谒其文章宗师林樾疏。林樾疏，福建长乐人。有"文遇先生诗遇沈，八闽风雨寸心知"（《呈宗师林樾疏先生》）诗句。沈指沈瑜庆，闽侯人。

曾为胡雪抱校定诗稿的欧阳木初自日本归，在省城任职。特地来访胡雪抱寓居。神交已久，此时初见，喜不自胜，赋《欧阳木初自日本还访余省寓喜赠》，题后注："木公校写余诗付印，及今始一谋面，亦希有也。"

都昌人袁七丈在南昌定居，闻胡雪抱等乡后生来省城，特邀至其家，因见到在南昌的都昌亲友，因作《袁氏甥馆晤诸亲旧并答李五铸山》。与袁七丈叙话，作《述同袁七丈茗话兼以广之》。

宣统二年庚戌（1910）二十九岁

是时，清朝廷举行庚戌特科进士考试。自1894年废科举十余年之后重开此考。因所考课目有西学内容，故人称考"洋翰林"。赴京来试士子纷至沓来，云集京师。

四月二十五日，胡雪抱简装出发，有"朝看溢浦烟浮翠，夜听黄州水作涛"（《舰夜》）句，可见行程。二十六日至汉口，夜宿旅舍，与舍弟相见。次日改乘汽车北上，赋《汽车即事》。至河南驻马店停宿一夜。

二十八日，车过黄河，抵达河北郸城。有《车渡黄河抵郸夜作》诗。即事生感，遐想联翩，见异地风俗在胡雪抱心中引起的怀古之情。

二十九日，车行驶至漳河，"河水滩且干，旁隰尚腴朊"。三国时曹操在此筑铜雀台。胡雪抱赋《漳河吊铜雀台》诗，感喟遗址渺难寻求，铜雀台土用作修筑铁道路基。

至京城，住入江西会馆。与沈薇垣孝廉同居一室。沈孝廉通医术，为之诊脉。

安义人胡以谨此时亦赴京参加考试，两人同宗同年应试，均以诗视为第二生命。胡以谨赠诗云："客邸风雨叹，与子共促膝。"胡雪抱有《胡百愚（以谨号名）同年京邸出诗属题并赠》。客居帝乡萧然之时，喜逢知己。端午节，胡以谨有《京邸过端节叠雪抱韵》。可见胡雪抱当时赋有七绝，但《昭琴馆诗存》中无存。

会试之后，等候揭榜。期间，乡前辈黄锡朋约同乡袁虞裳来江西会馆看望胡雪抱。三人谈话相契，胡雪抱赋《黄百我丈、袁虞裳兄京馆杂话因赠百公》。诗中敬佩黄锡朋不置家产的见识与大义。锡朋号百我，老家在都昌春桥乡黄邦本村，光绪二十九年进士，任户部主事，年长胡雪抱二十二岁。黄锡朋听雪抱谈土目益溪舍胡氏家族情况而作《益溪胡氏三世家传》《教授胡公家传》。二文末记曰："莘亭诸孙元轸以优行试京师，备言中翰公兄弟之行，当有传。余以不文为乡人属望，谨援笔为之""宣统初，余居京师，或相往还，好与言其世德。今于胡氏得闻其三世之详，举足以神家范，因为作家传授之。"

胡雪抱还拜访在京的江西籍官吏：高超，字荫夫，号印佛，彭泽人，时任陆军部某科长；吴庭芝，号重卿，湖口人，光绪二十年进士，官翰林院编修。

七月七日，高超在酒楼宴请旧雨新朋。胡雪抱应邀赴宴，赋《七月七日高荫夫假座筋诸旧好，与饮甚欢，适主人初度日也，因简》。诗中云："妙语琅琅四座闻，高楼天近湛秋云""胜彩飞腾动星斗，诗心流宕到钗裙。"写一时兴会。高超用胡雪抱韵答诗，胡雪抱再叠前韵赋诗。

时在京师大学堂读书的彭泽人汪辟疆得知胡雪抱在京城，前来拜访，谈及他在上海邓枚（海秋）处见过胡雪抱诗作，邓当年创国学保存会。此次汪将所作《秋兴八首》呈胡雪抱，藉表渴慕钦敬。因此之故，胡雪抱还认识汪辟疆周围同学诗友，往复论诗。汪辟疆回忆云："入都以后，姚鹓雏、林忏慧、胡雪抱、胡诗庐、程凤笙诸子昕夕论文，一时投赠之作繁然。"（《汪辟疆文集·小奢摩馆黜录》，上海古籍出版社出版）

"试京师时，得交当世知名士，而学益宏，遂以文艺倾都下"（黄福基《胡穆庐先生传》）。

其时得知朝鲜被日本吞并，胡雪抱因赋《东事近感二首》，感叹唇亡齿寒，国体难存。

黄锡朋读此诗，感怆而作《次韵胡雪抱感事二首》；胡以谨因赋《闻日韩合邦事感赋用家雪抱同年韵》，另有《赠胡雪抱同年》五古一首。

期间，先后游观雍和宫佛殿与木雕释迦牟尼佛之奇伟；憩柏林寺，赋诗慨叹八国联军入京时，占据吏部署，吏部只好借此地作办公地；游太学即清朝国子监，观周朝石鼓与乾隆御制石鼓；至江亭，吊花神庙，江亭又名陶然亭；再游万生园，即农业试验场，由原贝子花园改建。园中有非洲、印度动物以及多种花卉树木，并在此得睹元代赵千里手绘《海山仙馆全图》。作《纪游杂诗七首》。

应友人之嘱，为北京某校书像题诗。

八月中秋，廷试报罢。朝者遵例掣签，就职盐运司分发广东试用。同在会馆居住的沈薇垣亦授盐经历分发广东试用，沈薇垣决定南下广东就职，因赠诗留别，胡雪抱赠诗送行。诗中对沈孝廉胸无城府、坦诚切磋箴规怀有感激之情，为其得此卑职、远赴边陲致不平。

中秋，吏部主事石霖伯招邀胡雪抱等人至其家宴别，胡雪抱酒后赋《石霖伯吏部兄中秋招集寓庐，酒后赋简并示同席》。

其时胡以谨有《次韵送胡雪抱同年南归》诗相慰，将科举求进身之阶喻为海市蜃楼，感古调之不存。胡以谨下第后返南昌谋职。

胡雪抱决定辞广东经历职不就，南返前，告别乡前辈吴庭芝、黄锡朋，赋《京馆言别呈吴丈重卿、黄丈百我计部》诗以感怀。中云："空存玉海名家想，自损金门献赋心。"

黄锡朋步韵而作《送胡雪抱出都》。诗中云："君自诗名遍都下，奚劳重碎子昂琴？"

此次告别情景，另有文记之："余适京师下第南旋，先生乃约登高楼，举酒为别。宫墙秋晚，老树萧瑟，相与欷嘘感怆，因谓余曰：'世变至此，吾辈舍魏阙而取名山耳。'未逾年，海内靡沸，先生归隐凰山之麓。"（胡雪抱《蛰庐文略序》）当时两人均已预见清廷覆亡之迹象，相约告别京城，以著书博取名山事业。

胡雪抱辞职不就，急于返家的另一原因，是接到其父病危的讯息，原计划循原路回去，因车路毁坏未通，乃决定航海而归。自言"庚戌九月留滞京师，闻先君子病耗，车路适坏，航海遄归"（《昭琴馆诗存缀言》）。

九月初六日，自京城乘汽车往天津，赋《京津车中暮作》。车到天津，趁夜游览街市与租界地，赋《天津夜憩紫竹林》诗。乘海轮过渤海，赋《渤海舟中》七古诗。

九月九日重阳，船泊山东芝罘岛。登山怅望蓬莱，愁绪万端，有《九月泛芝罘岛》诗。当晚船过威海卫，风涛大作，"怒波腾足起，飞沫照神寒。岛蠹行将碎，龙眠恐未安。"（《过威海卫观海涛》）

至崇明岛，波平浪静，作《过崇明》诗。寓居上海外滩附近滨临河桥一旅馆。作《沪上有感》诗，中云："奇辟忽如此，星汉平地布。琛赆万国同，园林五洲富。霞彩萦层楼，电车沸衢路。"写外滩一带租界地之繁华，曲尽古今中外之不同。

在上海码头乘船溯江西上。过镇江，赋《江舟泝京口》诗，抒思家之情，有"归心滞画栏"句。

九月十五日，轮船过下关，赋《次金陵下关怅然感旧》诗云："垂鬈风物忆江关，碧厢朱楼想望间。早慧兰成悲长大，吟愁点点上钟山。"题下注云："先伯观察曾管矿务于此，轸年十二，公亲为改授诗文，距今十八年矣。"胡雪抱自叹早慧有才，得伯父胡廷玉之教诲，而长大无成，遥见当年官署隐现，不禁吟愁飞上钟山。

归家，父已逝去安葬，未睹最后一面，"精神震毁，骤失故常"（《昭琴馆诗存缀言》)。

自一九〇二年至此年,"壬寅至庚戌秋,计诗八百六十首,今存什之一二"（《缀言》）。

宣统三年辛亥（1911）三十岁

六月,生长子振纲。

八月,胡雪抱师友、乡前辈黄锡朋自京归故里黄邦本村。

九月,武昌光复,辛亥革命发生,各省独立,清廷逊位,古老帝国发生巨大变化,受父丧、国变双重刺激而辍笔,"居忧未祥,世变纷起,所触益深,计二十余月,觞吟辍废"。（《昭琴馆诗存缀言》）

岁末,赴省城谋职,与诗友相会,偶而吟诗:"壬子岁杪,偕友客会城,复偶为诗,龃龉以来辍诗,独此二载。平生变故,殆无逾于此庚、辛者。"（《昭琴馆诗存缀言》）

民国元年壬子（1912）三十一岁

此年,集中仅四首诗:为《题松鹤延年画帧二首》诗,诗中云:"翻从劫后寄幽贞,万丈松涛怨唳清。"感喟深沉;为《寄赠吴端任海上》诗;为《叠韵书感》诗。诗中自言早年怀有壮志,何尝不想报效国家,而今怕听战伐之声。盼望有国士澄清天下,惭负自己空有封侯之相。

民国二年癸丑（1913）三十二岁

年初,仍至省城,居住赣江滨小楼上。有《旅馆示铁老》诗,言羁栖生活与市面情景:"炉余焙茗火,杖挂买饧钱。市政勤灯彩,军情乐管弦。"自比鹪雀,欲占一枝。

一次酒醉后,赋《醉语》有句云:"积威驯百兽,多术误群狙。"语含讥讽,表露对袁世凯玩弄威权、窃得国柄、沐猴而冠的不满,对当时政局的忧虑。

往游凭吊明娄妃墓有诗。娄妃乃明代朱宸濠之妃,劝宸濠勿谋反未成,投井而逝。其墓在今八一大桥东端上首。

经其师林筱疏介绍,前往拜访寓居南昌的前辈马云门,作《呈赠年伯马云门师长长句一首》。马云门,安徽荆山人,工诗。

其时,曾校印《昭琴馆诗文小录》的欧阳木初在南昌法院任推事。胡雪抱前往拜谒,赠诗有句云:"神交缥缈餐真赏,手触芳菲佩旧恩。亲睹爱书治烛下,长官生意洽庭藩。"表达感恩之情。"亲睹"言审案之繁忙。

当年同一年赴京考试士子徐肖梅得知胡雪抱在南昌,属题京师旧照片,胡雪抱因题诗，中两联云："一别苍茫珠阙改，三年憔悴玉颜寒。东华宝气藏犹重，北鄷新声听未安。""珠阙改"言清廷之被推翻；"北鄷新声"言附和袁氏政权的文人主张行帝制的怪论，隐然蕴有家国之忧。

偕友游览祇园禅林，又凭吊东汉高士徐孺子墓、西晋名将温峤墓，均赋诗。《谒温太真墓》云："井垒秋云动，碑阡夕照明。燃犀牛渚夜，立马石头城。"想其慷慨军中之风度，恨不能起将军于九泉之下而论兵。

时从京师返南昌、在心远中学任教的汪辟疆得知胡雪抱在南昌，相约论诗。胡雪抱遵嘱作《题汪笠云（辟疆别号）诗卷》诗，回忆京城论诗之乐，形容其诗境。汪辟疆后为心远大学教授，再为东南大学教授、中央大学中文系主任，治国学名重一时。

仲冬雨后，在东湖蓉镜馆照相一帧。面容清癯，身着马褂，温文尔雅中透露其执着神情。背面题七绝一首，用佛家语，言其心境不染尘垢，不起波澜，能持而定。静处观世态，如昙花一现者多。又言光景流逝，而空有献身社会之志，路漫漫而空叹无奈。自题云："癸丑客章门，憔悴风尘，非一日矣。中冬雨后，于东湖蓉镜馆影此志景，拟寄远人，弥自感也。"

十二月初，在松江县的堂妹胡若再次患病，消息传来，遂于初八自南昌起程，适有胡若结拜姐妹曹树馨（欧阳楠夫君曹取言之胞姐）一道前去。雪抱赋诗致谢，中云："高谊天云世所惊""结契芝兰如性命。"

同行还有曹树馨之友、江西蚕校教员姚女士于年终放假回浙江嘉兴老家，送酒一瓶给胡雪抱。回赠诗云："烟螺雾縠养蚕师，玉露分颁妥致词。为引清樽深羡汝，岁功完好数归期。"

船行四天至镇江，因内河阻滞，十七日始抵松江。过高邮露筋祠时，已是"风弄冰花打楫迟"，气候寒冽。至袁浦，租船接胡若归故里，购虾菜肉食，睡在船上。清晓起看金焦两山，山如烟鬟，楼殿霏微水翠之间。当日过金陵，冒寒自江北转江南，至此，"舟入江南寒渐褪，酒沽淮上醉初销"（《扬子舟次望金陵》）。

舟至九江对岸小池口，已到除夕，因大风阻舟不能前，作《归舟除夕阻系小池口》。因风浪不息，直至初三才回到家中。

民国三年甲寅（1914）三十三岁

春，再往南昌，为人抄书谋生。在南昌的邑人彭百庭招往集饮，胡雪抱赋《彭百庭招往小集》诗，中云："莫侈江南风味好，郊原青翠不成春。"

南昌西郊，抚河、赣江之间冲积洲地，有桃花村。桃花盛开，乘舟而往，舍棹而行，草软生香，步履轻快，流连终日，得《三村看桃花竟日》绝句四首。

暮春一日傍晚，其时在南昌任法院书记官的刘肃邀约李定山、吴爱棠与胡雪抱集饮。因赋《灌城春晚严吾招定山、爱棠集饮纪兴》。"渴别"句言李定山出示海上吴端任来信，"旧垄"句言刘肃邀柬上有"忆苏麓旧游"语。诗中一片喜气，冲淡凄苦之感。

其时，友人告知京城法源寺举行留春雅集，胡雪抱赋诗投寄当时赴席诸公，祝为诗坛增添佳话。中两联云："惨绿山河环一醉，精蓝水木绕相思。空无现蜜陀华相，世界新添掌故诗。"

端阳节，忆及家人，想见故里"湖上新晴水蔚蓝。"恍见女儿憨态可掬，牵裙可爱状（见《午节忆家》）。忆及堂妹胡若，或在袁浦"应拥小鬟谈故事"（《午日忆女弟若》）。

夏，结识南昌王易、王浩兄弟，赋《赠王晓湘、瘦湘昆季并题其词卷》诗。王易号晓湘，京师大学堂毕业，在心远中学教书；王浩号瘦湘。兄弟合刊《南州二王词》。王晓湘有文记对胡雪抱印象及评价："甲寅识于章门，神意萧散，不似并世间人。稠人丛坐，有时伸眉抵几，慷慨论故事者，否则穆然动容，默默隅坐而已"，并许为"今世特立之士。"（见《昭琴馆诗存序》）

王浩敬佩胡雪抱诗才，病愈后来访，然因即将下雨，未尽谈兴而返，作《病后访雪抱，侈谈未畅，遇雨而返》相赠。

其时九江女诗人许建真，在南昌修德女校教书，素敬胡雪抱、王易诗才，在东湖租艇，三人同游唱和。许建真填《双调望江南》以纪此游。王易步韵有句云："旧雨春明留韵事，新知南国谱清琴。"

暑日，袁三兄邀胡雪抱在南园避暑作消夏湾。袁家祖上在南昌购有南园，经袁三兄承袭修理，园中广植自异域罗致的花木。在此"品瓷复读画""夜枕梦鸥鹚。"他感谢袁家好意真心："仰君心好贤，使我窃萧床。谊真情始契，交旧礼自删。"（赠《袁三兄南园避暑即事》诗。）

雪抱四堂妹胡磊，号铁笛，时在日本东京女子大学教育系读书，寄诗来，附有桂伯华和作。桂伯华名念祖，九江人，参加维新变法，失败后东渡日本习梵文，通密宗。雪抱用其原韵云："万壑响风徐，楞华静独描。心烧秋柏树，梦打海山潮。"（《阅四妹诗附有桂伯华和作次韵写致东京》）

王易兄弟设宴送别凌天石往湖南，雪抱应邀赴宴，初拟游东湖，未果。因有《晓湘昆季饯凌天石之湘，初拟泛湖未果》一诗纪事。

深秋，随缘从游郊区青云观（即今八大山人纪念馆）、清泰寺、定慧尼庵。青云观门有八大山人题榜，为"众妙之门"四字。胡雪抱赞颂八大山人之节气，谅其当羞死降元的赵孟𫖯之流。此行有《秋日随喜诸寺杂咏四首》。

七堂妹婿黄传炯，为黄爵滋之孙。道光年间黄爵滋倡禁鸦片，名震都下。能诗擅画，画有《仙崖采药人六十写真像》存传炯家，有陈少香等名人题咏。传炯邀约胡雪抱至其家观赏，嘱题诗，遂欣然命笔。

时黄锡朋在故里隐居著述，更号樵隐，室名蛰庐。胡雪抱于端午时曾寄《无题寄语黄樵隐》祝寿。秋后，接黄锡朋来信并《得胡雪抱书》诗，回赠《黄百我户部寄书并诗感次见怀原韵》，诗中云："浩浩樵叟歌，逸籁天风俱。凰山白云满，采蕨若忘劬。"写其退隐后回归大自然的自在胸襟。

熊圆桥闻知胡雪抱诗名，宴请共饮。圆桥号译元，南昌县月池村人，擅古文与诗，为熊纯如之弟。纯如字元锷，严复大弟子，江西教育总会副会长。同席者还有其侄熊艾畦，亦工诗，二十一岁。雪抱赋《熊圆桥年丈招饮赋赠酬并柬同座熊艾畦》诗。胡雪抱当年师友欧阳笠侪，彭泽人，工书法，任江西师范监督时，雪抱曾来南昌，与之谈诗相契合。宣统二年（1910）逝世。此次在南昌，见其女公子亦工书，为胡若书写的联语，字体工秀，大为赞叹，作《欧阳女公子为三妹书联语因赋》。

此年十月，在南昌作《古木盒记》，署名"昭琴馆主"。

年底，自陆路经九江回家，过湖口石钟山。湘军将领彭玉麟曾在此攻陷太平天国守军壁垒。彭玉麟后在山上建飞捷楼，留下百首梅花诗。楼观藏有军械，禁人游览，胡雪抱登山路才及一半，被守卫拦住，怅快而下，赋《石钟山半即事》。

民国四年乙卯（1915）三十四岁

春，再来南昌，居袁三兄之南园，曾醉宿清舫。与王易、王浩相唱和，有《叠韵简二王》。

访前监察御史胡思敬。胡思敬号漱唐，宣统三年挂冠归故里新昌（今宜丰），民国初年在南昌寄迹三君子祠，后于东湖畔筑退庐图书馆，又名问影楼，计划刊刻《豫章丛书》。他礼遇胡雪抱，出示时居金陵的大诗人陈散原诗。胡雪抱次韵奉和，作《访胡漱唐侍御出示陈散原诗次韵为赠》。

其时胡思敬已聘熊圆桥、华焯、南昌魏元旷（号潜园，曾任吏部主事）一同在退庐校刻《豫章丛书》。华焯，号澜石，崇仁人，历任翰林院编修、御史。他将其赠陈三立、胡思敬诗请胡雪抱指正，胡雪抱即席用其原韵作《赠华澜石太史》诗。胡思敬赏识胡雪抱才华，邀他在退庐问影楼一道从事《豫章丛书》的校勘。问影楼在东湖畔，悬有清道人李瑞清（临川人，曾任江宁提学使）旧画，画有题款："冷月在树，空气为烟。"胡雪抱赋《漱唐邀居退庐问影楼藏书之榭即兴赋呈》。

黄福基记曰："新昌胡漱唐公赏其才，时淑唐公方编刻《豫章丛书》，招先生下榻湖楼，共襄仇校，丹黄穷日夜。淑唐公有所作，必折节商之，尝赠先生有云：'邀君共续江湖集。'而先生亦私幸乡邦文献之不坠也。"（《胡穆庐先生传》）

暮春，胡思敬往金陵（南京）搜书，胡雪抱倒叠前首诗韵送行。

夏季，因居室在顶楼，酷热难耐。时南昌一分校邀胡雪抱任教，胡雪抱打算离开退庐，写信与远在金陵的胡思敬商量。未久，胡思敬回信，恳切婉挚，劝勉胡雪抱专心校勘，致力治学，以远大之器期许之，告以治学途径，不必徒事词藻。言之恳切，故仍暂留馆中。

其时，赋闲居南昌的龙吟潭来访。吟潭名为霖，字雨苍，又号吟庵，以号行，湖南湘阴人，其父乃湘军旧部将领，曾驻防都昌。吟潭生于都昌，后任武宁知县，曾回都昌登南山感旧赋诗。胡雪抱十六岁时与仲兄元轼游南山，见过寺壁刻有的龙吟潭诗，叹为绝倒。今已过十八年，与吟潭相见，感怆而作《龙吟潭过访》。

胡雪抱将此缘分告诉王易兄弟，二王亦以为奇，当即在虚明室备酒邀龙吟潭与都昌人吴端任共饮。胡雪抱赋《二王具酒虚明室仍微吟潭、端任共饮并饯端任》，表达相见愉快之情。

数天后，吴端任在绿天别墅宴请龙吟潭、王晓湘、瘦湘、李定山、李子云、刘严吾、黄公石、游公劭与胡雪抱共十人，依酒令赋诗。胡雪抱诗云："潇潇九疑峰，烟雨互明灭。空中泛灵瑟，幽响云天彻。"此以景写乐声。又云："人生酒中好，肝胆照如雪。归鸿洗羽毛，神采犹飞突。"写肝胆相照之友情。"归鸿"言李定山归来。又云："儒冠久溲溺，斯席稍清洁。"以世间儒冠之溺与此间之清洁相对照。

李定山邀胡雪抱过其旧居鸥盟小榭，指其亡弟李静山抚琴处，感赋小诗。夜泛东湖，过烟水亭。又应吟潭招，与晓湘兄弟同食西瓜。

初秋，胡思敬自街市购茉莉，胡雪抱赋诗有句云："难得刚肠铁御史，偏怜少妇郁金香。"戏谑胡思敬之爱花，然后阅读胡思敬近日在金陵题莫愁女像诗。

秋后天凉，风雨大作，"树作天魔舞，云呈鬼趣图"（《退庐小榭雨坐》）。因"每愁击钵不成篇"，重晤诸友，邀约重九小集，有《家居无诗晚秋重晤诸友并约九日小集》。

重九，天阴转晴。上午，汪竹居、李定山、吴端任、王晓湘兄弟与胡雪抱陆续至龙吟潭家中集合。吟潭将前一日在市场上所购古琴取出供鉴赏。琴镌"百衲"两字，内书"大明万历岁次癸未秋七月谷旦益国潢南道人获古杂良材雅制"二十六字、"琴士涂明吾奉命按古式"十字。王易后来考证道人即益王府朱翊，谥矧宣。

众人"摩挲灵物"，起舞高吟。趁兴往登滕王阁，中午在城外酒楼集饮。胡雪抱与王浩均有诗纪此盛况。下午继续游玩赋诗，天色渐晚，风起云飞，似在催促归去。众人进城仍到龙吟潭家中。龙家备餐饯行。胡雪抱先后有《九日吟潭会汪竹居、李定山、吴端任、王晓湘、瘦湘登眺滕王阁寻集饮城外酒楼，诗以纪之》《吟潭具酒宠别赋示诸好》诗。

雅集之后数日，作七古长调《百衲琴为湘阴龙雨苍赋》，描叙主人获得古琴的欣喜神态、古琴形制、众人吟赏时心理感受。揣想当年此琴制造，描摹弹琴之乐，将声音形象化为山水灵物。王易、王浩兄弟亦均有诗纪此盛会。

胡雪抱将都昌黄锡朋已故的消息告诉大家，言及将辞别退庐图书馆校书工作，归故里整理黄锡朋遗集、教读黄家二子。王浩感而即席赋《吟潭席次送雪抱归里》诗以送别，孰知竟成诀别，王浩于民国十二年（1923）因患骨癌去世。他是近代江西诗派著名诗人，颇得陈三立、汪辟疆赏识。

彭峙云得知胡雪抱将归故里，亦来话别，与之散步于城隅。

年底，归故里益溪舍村。

民国五年丙辰（1916）三十五岁

年初，往黄锡朋老家春桥乡凤凰山麓黄邦本村，读黄锡朋遗稿，痛惜自己未能前来送葬，回忆往事，悲哀万分，有《题凰山樵隐遗诗依其绝笔韵以当追挽并当追挽并简游星阁、沈少亭两丈》诗，其中云："折柳京衢眷昔恩，故人今已没邱樊。"又《再题樵隐诗钞寄吴重卿太守》诗中云："凄绝延陵悬剑去，旧游著献重玙瑶。"诗中或回忆锡朋在京送别胡雪抱，或想见锡朋哀故国之亡，关心旧朝文献，竭力藏书。"延陵悬剑"用《史记·吴太伯世家》中延陵季札故事，吴公子季札挂剑于徐国徐君墓侧树上，其重知己而弃己所宝物如此。此乃表白胡雪抱为锡朋整理文存的决心。

黄锡朋生前尝嘱其子云："定吾文者，非胡雪抱谁属？"（《胡穆庐先生传》）锡朋长子名福基，字养和，时年十八岁；次子名仁基，字工善，时年十三岁。胡雪抱将其诗整理编次为《凰山樵隐遗集》，并将此稿寄给胡思敬，请他作序。序中云："其邑人、吾友胡雪抱以《凰山遗集》见示。"时刘肃有诗赞扬胡雪抱收集整理文献之功："客居曾共傍东湖，一别江城古木疏。已为凰山定遗稿，归来不报故人书。""养疴苏麓久离群，传语平安尚许闻。案上《楞严经》一卷，卧抱明月醒看云。"

黄福基记曰："岁丙辰，先生来馆敝庐，读书吟咏及讲学外，则嗒然跌坐。窥其户，阒若无人；即之，又若不与人相接；默察其视听言动、于义利是非之介，确然如黑白不可淆，论者方之古蒙庄云。尝诫福基等曰：'肩大道者不在都市，而在山林僻远之间。'"（《胡穆庐先生传》）

为将锡朋二子培养成为有学识、会作诗的人才，决定留下设塾教读，名其居室为"葆素斋"。此地民风淳朴，附近读书子弟得知胡雪抱先生素有学养，纷纷前来就学。

夏夜七夕，忽降凉雨，胡雪抱联想翩翩，诗中云："伤离宁独机中妇，一颗明星一恨人。"（《七夕凉雨偶成》）借明星以寓对天下怨妇离人的同情。

其时收到熊圜桥函信及诗，信中言及在吉林省财政厅任秘书的艾畦即将返回南昌。胡雪抱作《答熊圜桥丈叠韵见寄二首》。第一首评价熊丈诗超脱流俗。次首前四句写熊丈养身有道，忆在昌从游情景。

重九，邀约乡绅沈少亭丈同登横山游净土寺。横山在凤凰山后，山高壑幽。两人回来已晚，胡雪抱在沈家住下，赋《重阳横山登高饮净土寺还宿沈氏斋中》。

秋后，胡雪抱抽暇往湖口，拜访吴庭芝老人。庭芝于清末任编修后，出任广平知府，辛亥革命后退隐家居，居住五象山下，自号五象山樵，有一妻一姬，年冬各生有一子。两人见面欢谈，从世事沧桑谈到古史文章，吴丈很高兴地将自己在任时所拓的汉淳于长夏君碑送给胡雪抱。胡雪抱赋《访前广平守吴重卿丈还寄一首》诗相赠，中云："弹指觚棱化劫桑，清樽重活水云乡。酒浇赵士酬恩命，碑拓淳于压宦装。"次年，老人去世。

入冬以后，时有寒潮过境，狂风大作，山间孤抱，思念在昌结识诗友龙吟潭、王晓湘、瘦湘、熊圜桥、李定山等，作《忆友七章》。王浩因有《寄雪抱生》诗。

年底，回益溪舍村，与上海归来的三堂妹胡若、自日本归来的四堂妹胡磊、七堂弟元辐团聚，围炉夜话。

民国六年丁巳（1917）三十六岁

年初，胡若、胡磊、元辐各人仍出行各地，胡雪抱赋《送别三妹四妹七弟》以送行。

春二月，前往凰山黄村。百花吐芬，淑气盈怀。读书山林中，赋《林居得诗呈漱唐侍御》。此诗寄往在南昌的胡思敬。

三月上巳修禊日，雨后初晴。再次春游横山。沿溪而上，游净土寺，观佛炉与砖塔，与僧人品茗漫话。老僧自言娄江人，在芦花庵出家，后来此地。胡雪抱向他询问江南一带寺宇大致情况。中午，与僧人在香积厨共餐。临行时僧携锄在山壑竹丛间挖笋装满一筐相赠。归作《新霁游横山净土庵值修禊日》。是夕，其学生黄生生一子。

春雨潇潇，收到王晓湘寄自南昌的信及诗，内附有汪辟疆一信。胡雪抱叠用其韵，分别奉答。即《次王大守晓湘雨夕寄怀韵》《笠云主王寓附书见讯叠王大韵并寄》二诗。

收到王浩寄来的《梦胡雪抱得句寄都昌凰山》，诗中云："明知一去成孤绝，试与千秋执并看。谢却江湖天更远，胸中忽忽未曾安。"异常感怆。

其时袁世凯称帝失败，张勋复辟闹剧昙花一现。胡雪抱深感"未应儿戏旧宫墀"，作《感事》以寄慨。

初夏，作《葆素斋暑月》诗，有"晚霏烘树疑花在，幽竹笼人作鸟看"之句。夕光烘照树丛，树叶镶彩如花；四围幽竹，人如鸟在竹笼。又《晨起》诗中云："芙蓉宝帐知无分，自起山毗饮木兰。"写他因处清凉而欲振飞，饮木兰露而励高洁。

期间闲来读黄庭坚诗集，有《题豫章集二绝》。其一云："豫章禅妙绝皇宋，只服苏仙放肆才。苏似大鹏横海去，黄如香象渡河来。"此言黄诗之妙乃在禅趣，使其诗风成为宋诗之典范。后两句用比喻语写出东坡诗之旷放、谷诗之雄健。

胡雪抱当时生育四个女儿，长女胡静，次女胡琛，三女畹儿，四女纨儿（后名胡振华）。畹儿天资敏慧，最得父亲疼爱，视如掌上明珠。畹儿以所佩香囊请父亲书写近人"斑竹管书新得句，紫荷囊贮旧时香"诗句。畹儿已能琅琅背诵。可是未过两月，畹儿因中医用药不慎而病夭。胡雪抱极为伤心，墓前致悼词，在悼词后题诗云："掌珠强夺在无情。"（《录亡女悼词书后》）

秋，马云门先生寄书信问候近况，内附先生所绘便面小画一幅见赠。胡雪抱用其原韵作《寄马云门先生谢书便面用先生原韵》。诗中云："似怜澹寂相思苦，忽露华滋远道看。"

年底，归土目益溪舍村。

民国七年戊午（1918）三十七岁

立春，作《穆庐杂兴》二首诗，其中云："起凭孩稚生春气，瀹茗花前课二南。"孩儿天真使其振作精神，课女读书。竞相背诵《诗经·周南》《诗经·召南》，琅琅声嫩。

早春，收到南昌王瘦湘寄来近作与《早春寄怀》诗，吐露王浩对远在都昌的故人之怀念，以致思念入梦。胡雪抱赋《酬瘦湘早春寄怀并读其近作》诗，劝勉王浩，湖水隔不断友情，而心如湖水之通达，可通灵犀。

是时，亦有诗寄往南昌李孑云。

春暮，吴端任去世。端任亦都昌名诗人，龙吟庵任武宁知县时，他任主簿，民国初年流寓南昌。胡雪抱作《挽端任》诗高度概括其一生，并叙多年交谊。以李贺（号长吉）之聪慧早死、王粲（号仲宣）之文采风流比拟端任。

夏夜七夕纳凉时，仰望夜空，恍见"明星垂一笑"，忆及小女纨素，曾给父亲送上乳柑时憨态可爱状，又写其游戏与睡眠情景（见《七夕效昔人体》）。

七夕后一日，编辑黄锡朋《蛰庐文略》成。昭琴馆主（胡雪抱斋名）序中云："于其箧中得零存杂文数十纸外，疑为稍珍惜者，又外搜辑共若干首，于是考次先后，删其繁复，厘其缺误，体固未备，以意为类。"嘱黄福基抄录为二卷。因黄锡朋退隐后名其室为蛰庐，取蛰伏不出以著书之义，故仍取此名。

至年底，胡雪抱在黄家塾学共教三年书，大儿长和，是年二十一岁；小儿次纯，十六岁，均能初通文史，擅诗文，后在赣省中学毕业。年底，胡雪抱结束教学，归行时赠《解塾别长和次纯》诗。

民国八年己未（1919）三十八岁

春，应邀赴景德镇教书，寓居名为华林别墅。景德镇多都昌人，得知大先生来，纷纷送子弟读书。其中有都昌侠士吴仁训携其子吴楚英就读其华林别墅之西屋。仁训，字映川，乃都昌新妙乡人，早年习武尚文，由工而商，遂业瓷而富。其子楚英来就读时年二十岁。

少年诗友王少云来信，内附易子虞诗，并告知其父王石云的遗稿即将刊印，由其甥易子虞任其中，子虞时任广东某地知事。胡雪抱用子虞韵奉答，告知近况："为报林居近消息，夕阴池馆绿沉沉。"《少云书来附易子虞见怀诗次韵寄酬》并再用此韵作《叠韵简少云兼寄晓湘》，此诗并寄王易。

端阳日散馆，弟子纷纷归家，唯吴楚英留其馆，作《夏节散假息游记》。胡雪抱为之大加赞赏。又忆与亡友吴端任散步东湖畔："当时散作湖堤步，那便销魂到死生。"（《午日忆端任》）又忆亡女去年此日："暖风薰袖又端阳，娇女年时解佩香。"（《午节触忆亡女婉》）

易子虞收到信及诗后，又寄诗来，胡雪抱因作《和子虞续寄诗并简南昌诸友》，将此诗抄写多份，分别寄南昌各位友人。尤怀念王易兄弟："一别柳丝长作缕，五年花气尚留裾。"（《叠韵书感再寄晓湘兄弟》）此时距胡雪抱离别南昌恰已五年。

其时，刘严吾亦有诗寄来，因作《次韵酬刘严吾见寄》。诗友情谊足可慰藉其寂寥。胡雪抱念及马云门师高寿，因题兰诗祝寿，即《题蒋矩亭画兰寄马云门师祝寿》诗。

九月九日重阳，应吴仁训之邀，同伴四人至观音阁登魁星楼唱和，赋诗三首。

民国九年庚甲（1920）三十九岁

在景德镇教书，三月十七日初度，感生涯之落拓，惊岁月之蹉跎，赋《初度日珠山书馆即事寄怀禅师庵讲学诸老》。三位清末举人、都昌籍人罗镜清、余瑞生、余仲琨曾在景德镇城外十五里的禅师庵，这一年均来到此馆教书，是以将此诗遍示三人。

寓居景德镇的都昌人余淡如，慕胡雪抱之诗名，到其斋室谈诗，索看其近年所作诗。胡雪抱见他学诗心切，勉励他在"烂锦年华"要抱定冲淡之心，不假外鹜，必有境界，可自成一派。赠诗云："无碍慧根通奥窔，有情诗派见波澜。法花参透余憨笑，更借何花献与看。"（《余淡如造谈索阅近诗因赠》）

某日，独步街头，在一药栏前买酒赏花。一池清澈，飘来淡馨花香，逗他忆及南昌东湖所见，赋《药栏》诗。

又一日，邀约同馆教师郊游，先在坞塘酒楼聚饮，然后共游郊外十余里处雪峰寺，其地有佛印湖，胡雪抱赋《同江梧轩、余玉楼、余载卿饮坞塘酒榭复偕游雪峰寺》诗。

暑日，刘七弟来访，暑后以《送刘七弟返学北京》三首诗送别。

晚秋菊开，从市面上购菊吟赏，忆起从前在南昌之南园"一院秋馨夜独亲，画廊残醉绕行频"时情景。寒云低沉，丝雨忽落，赋《晚秋斋中添菊诗以赏之》。

一日，约二三诗友，同往某菊圃赏花。登酒楼，围桌开樽，同席叫来二位歌女清唱。薄命两女子引起胡雪抱悯惜，先后吟《某圃菊饮同席召二歌者》《广菊饮诗次韵》诗。

时都昌阳储山人邵伯棠客寓景德镇古南书院（都昌会馆），约胡雪抱、余淡如、李定山、陈迪亚作文酒之会。名士毕集，邵伯棠率先赋诗云："才仰八叉温助教，饮惭十日赵平原。"将在座诗人喻为温庭筠，自惭无平原君养士之能。胡雪抱寓居南昌时，已闻邵伯棠名，曾有诗贺寿（失存），邵也有诗答谢。此次见到这位时年七十四岁的乡前辈、前清举人，脸色红润，慈眉善目，亦感叹得逢奇缘而赋诗，其中云："毕竟仙缘异地逢，客星欣拥寿星同。酒痕淡现前朝绿，诗麝娇添此夜红。"

冬日，吴仁训来馆拜谒，雪抱与他谈剑论诗，作《赠吴映川》诗。

年底，归故里，乘舟自昌江下。舟至鄱阳湖，客魂始定，石矶兀立，露出水苔痕迹，终于，家乡又近。作《归舟二首》。

年前，吴楚英亦自景德镇回到故里新妙乡，步行探望老师，一路过尖山、苏山、陶家冲有诗。至土目益溪，游览秋津山，有诗作呈胡雪抱指正。楚英得其家传，尚武能文，后在江西法政专门学校毕业，从事司法、医诊等工作。1993 年其哲嗣吴健民铅印《吴楚英诗集》行世。健民所撰《回忆录》云："先父少年就读于江南名儒胡雪抱先生帐下，为入室弟子。于诗词书法，颇得真传。"又有王璧（楚英外甥）《回忆录》云："他曾在昭琴馆中攻读经史。胡先生是江南著名学者，擅长诗词歌赋，舅父受胡先生教育熏陶，因而在文学方面，造诣相当深。"

民国十年辛酉（1921）四十岁

初春，参加为伯母祝寿活动。伯母乃胡廷玉遗孀，时年七十，因赋《伯母寿席喜占》诗云："弱冠蓝衫流泪痕，壮韬簪绂泣邱樊。比儿老大参庭舞，才觉慈云覆顶温。"言其母于光绪二十七年辛酉（1901）去世，时胡雪抱二十岁弱冠之年，其父殁于宣统三年辛亥（1911），是时胡雪抱三十岁壮年，均哀其早逝，今能为伯母健在祝寿，"乃极乐也"。

数日后，为身家计，再驱羸弱之身，怅然告别故里，泛舟昌江，上景德镇，赋《昌江客感》。

三月十七日，四十岁生日，在珠山书馆，身体不适，幽居养病。此日感赋《四十初度日感赋》，以雨催花开之乐景写年华凄绝之哀境。本希望腾身青云，期能大用，却奈命蹇病多，落宕江湖。又赋《前题续赋并以自勖》诗。有友人喜读其《初度》诗，步韵相赠，他感叹知音难得，再赋《友人喜初度诗次韵见赠更赋》。其时身体仍极羸弱，有诗云："悄立伤春后，幽居养病中。"（《春绪》）

春暮，袁铁梅先生来景德镇，由刘四弟招胡雪抱等四人在坞塘酒榭聚会，欢迎铁梅的到来。铁梅，都昌苏山人，比胡雪抱大六岁，青年时与之游，后在民国初年任过省参议员。胡雪抱作《刘四弟招同桃兄、桢叔、由弟舣袁铁丈坞塘酒榭》相送。

初夏雨过，一日，郭巩如送诗来请指正，胡雪抱大喜。巩如乃乡人郭幼民之子。忆及十六年前，幼民约胡雪抱为苏山乡出土的东汉圹砖作铭记，而今幼民已去，其子一表人才，诗亦清挺端丽。遂赋《郭巩如赠诗赋酬》以勉励。

夏日，收到黄长和兄弟寄自南昌的诗。次纯有"恍接光风时转蕙，相亲春草倘生帷""安得祛衣来问学，珠山影里一轩眉"等诗句，表达对先生景仰之情。胡雪抱读到兄弟俩诗，清新如出水芙蓉，赋《答长和次纯寄诗见怀》。

一日，都昌盲诗人龚卧舅来访。胡雪抱感伤世道沧桑，卧舅亦渐白头，慨叹"甲子三辛风景异，珠山何止挂离愁"（《送别龚卧舅》）。

夏夜，市镇喧哗渐歇，胡雪抱以禅心观世态风俗，作《夏夜即事》。

当时市面上流行影真画，胡雪抱分别题咏八幅名妓（马湘兰、顾横波、柳如是、董青莲、陈畹芬、寇白门、卞玉京、李香兰）图，借香草美人以寄托身世不遇。不同人物之丰神品性，都跃然现其笔端。

初秋，刘未林因事自南昌经鄱阳县来景德镇。未林，南城人，清末翰林院编修，民国初年任江西民政厅长，是时退仕，六十五岁。邀约胡雪抱谈诗，相见恨晚。胡雪抱早因读过南城进士王石云诗集，上面有刘未林题诗，知其诗书俱妙，欣然赠《客中赠刘未林太史》诗，中云："忆识当年王石云，品题馨逸便知君""天涯留滞余横览，我亦登楼怅离群。"末写落寞心境，倍觉知己之难得。刘未林因有《答胡雪抱》诗云："投诗如见孤月明。"又言得雪抱诗之感受："炎云尘榻得有此，不数松壑风泉声。卷纸已尽意不尽，佳景回味移天情。"并安慰他"因时穷达天经营"。最后评价说："我喜压装有佳句，鄱湖仰视秋星横。"

（见《未林诗集》）

七月十五日，胡雪抱携刘鸣皋、余乐生二门生回都昌，乘舟途经饶州时停泊港口，赋《七月望泊饶州》诗。

其时暴热，次日风大作，湖水汪洋，浪涛汹涌，舟阻风三日不能起航。眼见"树身多在水，山尾稍拖云"（《阻风舟中》），只好与二门生同游县城西附近圆通庵，租渡船过昌江西。走小径，俯读山门碑记，知此庵创自明万历初。在庵中遇一隐士，与论兵事，颇通恢诡之策。这一隐士说他是"猛遏江湖心"，潜身学放牧畜养之道。胡雪抱一行人上九泉宫、紫云岩，烹云岩泉。作《游圆通庵更至九皇宫还过紫云岩试泉》诗。

舟泊都昌县城，登南山，但见"湖水碧无尽，轻云生暮岑。飞鸿拂楼过，为语此时心"（《即意》）。下山时过禅师庵。此庵设有学馆，前清举人余仲琨在此教学，见胡雪抱，邀入小坐畅谈。胡雪抱因作《南山登高饮禅师庵归简余仲琨孝廉》诗。

归家，深秋，黄长和自南昌来，探望胡雪抱，出示近作与次纯诗函，两人开怀畅饮，剪灯夜话。告知马云门于十月间去世消息；胡雪抱赋《长和至自章门》诗，赞许兄弟二人之进步。长和因有《秋日访穆庐师晚眺湖景留宿》诗。

赋《挽马云门年伯师》，诗中回忆当年拜谒情景，写其生活情趣。感慨"真儒吏隐伤遒绝，掩抑焦桐恨有余"。

此年底，作《诗存》中最后一诗《性欲》，发表他对人之性识气质的观点。

暇日整理旧稿，自《昭琴馆诗文小录》中选取若干首，增补其后所作，刊刻《昭琴馆诗存》。以后刊板存黄邦本村。黄福基记曰："先生又尝言平生所作，不可胜记，辍乐读礼外，几日课诗一篇，少不当意辄弃去。盖以为藏山之业尚有待，而卒未能毕其志也。"（《胡穆庐先生传》）

民国十一年壬戌（1922）四十一岁

十一月十三日，生子振常，后号长青。

是年，长女胡静嫁戴质之子戴熙庠，以践当年双方父亲指腹为婚之诺。

民国十二年癸亥（1923）四十二岁

民国十三年甲子（1924）四十三岁

民国十四年乙丑（1925）四十四岁

民国十五年丙寅（1926）四十五岁

其时仍为一戚友执意邀往景德镇教书。十月，突染恶疾，乃由其长子胡振纲买舟护送归乡里，仅十四日即不幸逝世。临易簀时，族中子弟侍立于侧，犹喃喃而言，嘱用心于书，勿为外物扰心。卒于此月初八日辰时，葬益溪舍村东麓。

（作者单位：江西省社会科学院）

民国词人赵尊岳简谱（下）

郝文达

赵尊岳（1898—1965）原名汝乐、志学，字叔雍。江苏武进人，斋名高梧轩、珍重阁，常自号珍重阁主人、高梧轩主人，晚清民国时期著名诗人、词人、词学家。其父赵凤昌是中国近代史上一位颇有影响的传奇式人物，在一些历史事件如南北和谈、民国诞生中皆起到重要作用，与当时政界、商界、教育界等高层人士有着密切往来。赵尊岳师从况周颐治词达十年之久，这为他的诗词创作与研究打下了坚实的基础。20世纪20、30年代，赵尊岳先后与夏承焘、龙榆生、唐圭璋等人定交，互相砥砺，交流体会。但抗战期间，赵尊岳失节投靠汪伪政权并屡就高位，成为汉奸。抗战结束后，他被判入狱。1949年2月被释放后远赴南洋，再移居香港。1958年应邀任新加坡大学词学教授，1965年病逝。

1942年（民国三十一年　壬午）45岁

1月19日下午，赵尊岳来与周佛海商谈最近和知少将秘密来沪所表示日方对宁渝之意商促全面和平各办法之事[①]。

1月23日，赵尊岳偕张子羽来访周佛海谈全面和平问题[②]。

1月25日，周佛海到赵尊岳处会晤罗教植等渝方在沪人员，谈全面和平问题[③]。

2月，赵尊岳调任汪伪上海特别市政府秘书长[④]。

2月19日，赵尊岳（时调任上海特别市政府秘书长）在书城处与岑德广、

[①] 《周佛海日记》，第639页："旋叔雍来，谈最近和知少将秘密来沪所表示日方对宁渝之意，并商促成全面和平各办法。明知不可能，但人事不能不尽也。"

[②] 《周佛海日记》，第640页："叔雍率张子羽来，谈全面和平问题，始尽人事而已。"

[③] 《周佛海日记》，第641页："晚，赴叔雍处，晤罗教植等渝方在沪人员，谈全面和平问题。"

[④] 徐友春主编：《民国人物大辞典》，河北人民出版社，1991年，第1324页。

周佛海谈事①。

4月5日下午，赵尊岳拜访周佛海，与其谈联络重庆促成全面和平问题②。

5月11日晚，赵尊岳与周佛海夫妇及岑德广在周寓所闲谈③。

5月15日晚，赵尊岳与周佛海、岑德广闲谈④。

5月21日下午，赵尊岳与周佛海会面⑤。

5月31日晚，赵尊岳与周佛海商谈各种问题⑥。

6月7日下午，赵尊岳与周佛海商谈重新与重庆谋取联络促成全面和平⑦。

6月14日下午，赵尊岳受约与周佛海商谈对重庆促成全面和平进行步骤⑧。

6月19日下午六时，赵尊岳到周佛海家与其谈联络重庆促成全面和平问题，并建议由元老或左右进言劝蒋介石同意和平⑨。

7月4日，赵尊岳到周佛海家中吃晚饭，并交谈⑩。

7月5日晚，赵尊岳与周佛海谈事⑪。

7月31日，赵尊岳为丁福保先生贺寿，并赠寿仪一百元⑫。

8月1日，清乡委员会上海分会成立，陈公博兼任主任委员，赵尊岳等任委员⑬。

---

① 《周佛海日记》，第651页："散会后赴书城处，后心叔、叔雍来谈。"

② 《周佛海日记》，第669页："叔雍来，谈联络重庆，促成全面和平问题。"

③ 《周佛海日记》，第684页："晚与淑慧、叔雍、心叔闲谈。"

④ 《周佛海日记》，第686页："旋心叔、叔雍来谈。"

⑤ 《周佛海日记》，第688页："下午接见国华银行瞿季刚、大陆银行沈籁满、丁市长锡山、赵秘书长叔雍。"

⑥ 《周佛海日记》，第694页："晚，召邵署长式军，商编下半年统税收入概算，并与心叔、叔雍谈各种问题。"

⑦ 《周佛海日记》，第697页："旋运凯、朴之、叔雍先后来谈。叔雍来商与重庆谋取联络，促成全面和平各种办法。"

⑧ 《周佛海日记》，第701页："旋约叔雍来，商对重庆促成全面和平进行步骤，尽人事而已。"

⑨ 《周佛海日记》，第702页："六时叔雍来，谈联络重庆问题、促成和平问题。叔雍、同生均以须包围蒋之左右，由元老或左右进言，以黄袍加身方法，提议和平；蒋则以俯顺舆情，尊重元老之方式，同意和平。"

⑩ 《周佛海日记》，第710页："叔雍来晚饭，谈至十二时始去。"

⑪ 《周佛海日记》，第710页："晚，孛字、叔雍来谈。"

⑫ 据《申报》1942年8月1日第5版《丁寿贺仪》。

⑬ 《汪精卫伪国民政府纪事》，第166页。

8月2日，赵尊岳到周佛海寓所谈事[①]。

8月29日，赵尊岳担任中国银行董事[②]。

8月31日，赵尊岳与周佛海谈上海最近情形[③]。

9月4日下午，赵尊岳与周佛海谈事[④]。

9月6日下午，赵尊岳与周佛海谈事[⑤]。

9月8日，赵尊岳在兆丰花园宴请周佛海[⑥]。

10月11日晚，赵尊岳、周佛海、运凯三人出外饮酒[⑦]。

10月14日晚，赵尊岳约请周佛海用餐、饮酒[⑧]。

11月5日下午四时至六时，汪伪市府代表赵尊岳参与日本堀内田尻二公使在礼查饭店举办的招待会[⑨]。

11月13日下午，赵尊岳与周佛海会面[⑩]。

11月14日下午五时，赵尊岳参与日驻沪新任总领事矢野征记在蓬路日本俱乐部举办的招待会[⑪]。

11月15日，伪上海市府秘书长赵尊岳与伪市长陈公博出席在礼查饭店举行的上海兴亚会成立仪式[⑫]。

11月24日，伪上海市府秘书长赵尊岳兼任上海区物价管理局局长[⑬]。

12月2日下午，赵尊岳与周佛海谈袁良自重庆带来的消息及上海最近情形[⑭]。

---

① 《周佛海日记》，第 722 页："返寓后，叔雍来谈近事。"
② 据《申报》1942 年 8 月 29 日第 2 版《中交两行定期复业　周财长发表声明》。
③ 《周佛海日记》，第 735 页："叔雍来，谈上海最近情形。"
④ 《周佛海日记》，第 737 页："旋公博、思平、寿民、叔雍先后来。谈话既多，困顿更甚。"
⑤ 《周佛海日记》，第 737 页："旋心叔、叔雍来谈。"
⑥ 《周佛海日记》，第 738 页："晚赴兆丰花园叔雍之宴。"
⑦ 《周佛海日记》，第 753 页："晚，偕叔雍、运凯出外饮酒。"
⑧ 《周佛海日记》，第 755 页："晚赴叔雍之约便饭，饮酒甚多。十时半返。"
⑨ 据《申报》1942 年 11 月 6 日第 4 版《日堀内田尻二公使昨招待各界茶会　到中日德意各界三百余人》。
⑩ 《周佛海日记》，第 768 页："下午接见李士群、金雄白、赵叔雍及朴之等。"
⑪ 据《申报》1942 年 11 月 15 日第 4 版《日总领事矢野　招待各界》。
⑫ 据《申报》1942 年 11 月 16 日第 4 版《上海兴亚会昨日成立》。
⑬ 据《申报》1942 年 11 月 25 日第 2 版《南京政院会议》。
⑭ 《周佛海日记》，第 775 页："赵叔雍来，谈袁良自渝带来之消息及上海最近情形。"

12 月 5 日下午，赵尊岳到周佛海办公室谈事①。

12 月 9 日上午，伪市府秘书长赵尊岳参加大东亚战争一周年纪念日活动并训话。下午二时三十分，出席在华懋饭店酒楼举行的上海亚细亚民族同志团体代表恳谈会②。

12 月 15 日十时，伪市府秘书长赵尊岳代表伪上海市市长主持在南市文庙内举行的冬季卫生运动大会。午后，参加市区各中小学校学生卫生演讲竞赛并为获奖者颁发银盾奖座③。

12 月 27 日下午三时，伪市府秘书长赵尊岳出席在极司非而路十五号会所举行的新国民运动促进委员会成立会，并担任委员一职④。

12 月 30 日，赵尊岳拟任即将成立的冬赈筹募会副委员长⑤。晚，赵尊岳、陈公博、梅思平、岑德广等人到周佛海家中聚会谈事⑥。

12 月 31 日晚，赵尊岳到周佛海寓所谈近事⑦。

1943 年（民国三十二年 癸未）46 岁

1 月 8 日晚，赵尊岳、陈公博、岑德广、丁默村到周佛海寓所谈事并吃晚饭⑧。

1 月 25 日晚，伪市府秘书长赵尊岳代表陈公博出席由市府冬赈筹募经费委员会举办的华联西联欢迎宴⑨。

1 月 28 日，汪伪最高国防会议召开第三次会议特任赵尊岳为伪国民政府政务参赞⑩。

1 月 29 日下午三时于金门饭店八楼，赵尊岳代表伪市长陈公博出席上海

---

① 《周佛海日记》，第 776 页："旋公博、叔雍、朴之先后来谈。"

② 据《申报》1942 年 12 月 9 日第 4 版《大东亚战争一周年　全市举行纪念》。

③ 据《申报》1942 年 12 月 16 日第 5 版《市区卫生运动　昨日开幕》。

④ 据《申报》1942 年 12 月 28 日第 5 版《本市新运促进成立大会》。又《汪精卫伪国民政府纪事》，第 184 页。

⑤ 据《申报》1942 年 12 月 30 日第 4 版《冬赈筹募会即将成立》。

⑥ 《周佛海日记》，第 787 页："晚，公博、君强、思平、心叔、叔雍、书城、朴之先后来谈，十一时散去。"

⑦ 《周佛海日记》，第 787 页："五时半返寓，叔雍来谈近事。"

⑧ 《周佛海日记》，第 792 页："晚，公博、叔雍、心叔、默村来谈，并晚饭。"

⑨ 据《申报》1943 年 1 月 27 日第 5 版《运动简讯》。

⑩ 据《申报》1943 年 1 月 29 日第 4 版《最高国防会议　开第三次会议》。再据《汪精卫伪国民政府纪事》，第 192 页。

特别市妇女福利协会成立大会，并致辞①。

1月31日上午，赵尊岳到周佛海寓所谈事并吃午饭②。

2月3日，伪最高国防会议第四次会议特派赵尊岳为新国民运动促进委员会委员③。

2月12日晚，赵尊岳到周佛海寓所谈事④。

2月23日下午七时半至七时五十分，伪上海特别市政府秘书长赵尊岳发表关于"战时生产问题"的演讲⑤。

2月26日，赵尊岳到周佛海处谈事⑥。

3月13日下午四时半，赵尊岳出席日本驻越南大使芳泽谦吉在华懋饭店八楼举行的盛大茶会⑦。

3月20日下午，伪市府秘书长赵尊岳出席在汇中饭店餐厅举办的欢迎日本艺术使节东宝歌舞团来华的招待茶会⑧。

3月29日，伪国民政府公报发布明令，赵尊岳被授于一级同光勋章⑨。

3月30日，伪市府秘书长赵尊岳出席伪国民政府还都三周年纪念活动，并致训词。下午，在跑马厅陪同来宾检阅新国民运动促进委员会上海分会发起之全市青少年团⑩。

4月1日，伪国民政府中央政治委员会于一日上午举行第一二二会议，延聘赵尊岳为伪中政会委员⑪。

---

① 据《申报》1943年1月31日第5版《本市妇女界发起组织妇女福利协会成立妇女界团结一致共谋福利》。

② 《周佛海日记》，第805页："叔雍来谈，并午饭。"

③ 据《申报》1943年2月4日第2版《最高国防会议　昨开第四次会议　决议各省市设立经济局　派周佛海等为新运委员》。

④ 《周佛海日记》，第812页："返寓，朴之、叔雍来谈。"

⑤ 据《申报》1943年2月23日第5版《上海广播电台举行特别节目之第二日》。

⑥ 《周佛海日记》，第818页："旋心叔、叔雍、朴之、择一先后来谈。"

⑦ 据《申报》1943年3月14日第四版《外交促进会招待　芳泽大使　各界领袖参与茶会叙谈欢洽》。

⑧ 据《申报》1943年3月21日第4版《东宝剧团来华举行盛大茶会　昨由中华电影公司主办为该团洗尘并招待各界》。

⑨ 据《申报》1943年4月11日第2版《国府公布授勋名单》。

⑩ 据《申报》1943年3月31日第4版《昨还都三周年　各界举行纪念仪式》。

⑪ 据《申报》1943年4月2日第2版《中政会议修正组织条例　通过四届委员人选》。

晚，陈公博、赵尊岳到周佛海寓所拜访[1]。

4月5日，上海市春季祀孔典礼在南市文庙隆重举行，伪市府秘书长赵尊岳代表陈公博主祭，并致献词："先师教化，千古不泯，吾国文教昌明，实基于先师之教化。……"[2]

4月10日，伪市政府秘书长赵尊岳陪同财政部陈次长之硕、实业部袁次长愈佺彻查本市金融工商机关之投机买卖及囤积物资等不法行为[3]。

5月7日，赵尊岳到周佛海寓所谈对渝工作问题[4]。

5月8日下午，赵尊岳与周佛海谈相关问题[5]。

5月9日下午，赵尊岳与周佛海谈上海问题[6]。

5月13日，汪伪最高国防会议第十四次会议任命赵尊岳为联合物资调查委员会委员[7]。

6月5日晚，赵尊岳与周佛海谈事[8]。

6月19日下午三时，赵尊岳出席物资调查委员会在法租界华懋公寓十三楼召开的第一次成立会议[9]。

下午，赵尊岳与周佛海谈对渝工作问题[10]。

7月10日下午四时半，汇中银行主办之首届雨斋杯篮球联赛在极司非而路百乐门球场开幕，赵尊岳担任主席团成员[11]。

7月23日下午三时，赵尊岳出席物资调查委员会第二次全体委员会议[12]。

---

[1] 《周佛海日记》，第835页："公博、叔雍来谈。"

[2] 据《申报》1943年4月6日第四版《昨本市各界举行祀孔典礼》。

[3] 据《申报》1943年4月10日第4版《彻查投机囤积 会商进行办法 惩治过去投机行为 严查现在囤积地点》。

[4] 《周佛海日记》，第854页："叔雍来，谈对渝工作问题。"

[5] 《周佛海日记》，第854页："旋接见吴震修、唐寿民、赵叔雍、刘百川等，分别商谈金融、经济及政治等项重要问题。"

[6] 《周佛海日记》，第854页："赵叔雍来，谈上海情形。"

[7] 《汪精卫伪国民政府纪事》，第208页。

[8] 《周佛海日记》，第868页："晚，……叔雍、运凯、乃震、心叔等先后来谈。"

[9] 据《申报》1943年6月18日第4版《物资调查委员会 明开成立会议》。再据《申报》1943年6月20日第4版《物资调查委员会 昨日举行会议 通过事务所规程及物资调查官》。

[10] 《周佛海日记》，第875页："赵叔雍来，谈对渝工作问题。"

[11] 据《申报》1943年7月9日第3版《雨斋杯篮球联赛 定明日揭幕》。

[12] 据《申报》1943年7月25日第3版《物资调委会 强化调查工作》。

7月30日上午十一时，赵尊岳陪同接收委员伪外交部长褚民谊和上海特别市伪市长陈公博，出席在法公董周礼堂举行的接收上海法专管租界仪式。在新成立的上海特别市第八区公署中，赵尊岳再任第八区公署秘书长①。

8月2日晚，赵尊岳到周佛海寓所谈事②。

8月8日下午，赵尊岳偕罗教植同周佛海会面，重谈进行全面和平步骤与方案③。

8月11日，赵尊岳到周佛海家中谈事④。

8月16日，伪市府秘书长赵尊岳担任上海市迈尔西爱路法国体育总会理事一职⑤。

8月22日上午十时，赵尊岳出席参加在第一区公署会议室举行的高级职员谈话会⑥。

8月27日，赵尊岳到周佛海寓所谈事⑦。

9月3日晚，赵尊岳到周佛海寓所谈事⑧。

9月14日，赵尊岳作《水调歌头·癸未中秋，醉中用东坡韵》词一首⑨。

9月24日下午三时，赵尊岳出席在静安寺路召开的物资调查委员会第四次委员会⑩。

10月10日下午，赵尊岳与周佛海谈近事⑪。

10月26日晚，赵尊岳到周佛海寓所谈事⑫。

---

① 据《申报》1943年7月31日第2版《扩展市政效率 沪法租界昨接受 仪式在旧法公董局举行》。

② 《周佛海日记》，第900页："晚，叔雍来谈。"

③ 《周佛海日记》，第903页："下午，约叔雍伴罗教植来，重谈进行全面和平之步骤与方案一小时半。"

④ 《周佛海日记》，第905页："叔雍来谈，大有最难风雨故人来之味，惟电灯不明，摸索黑暗间，令人闷损耳。"

⑤ 据《申报》1943年8月16日第2版《法国总会征求华籍会员》。

⑥ 据《申报》1943年8月23日第2版《大上海进行曲演奏会志盛》："上海特别市宣传处为庆祝接收租界，特与中华电影联合公司主办空前仅有之大上海进行曲演奏大会。"

⑦ 《周佛海日记》，第913页："叔雍……先后来谈。"

⑧ 《周佛海日记》，第915页："晚，心叔、叔雍来谈。"

⑨ 《珍重阁词集》，第63页。

⑩ 据《申报》1943年9月25日第3版《物资调查会第四次会议》。

⑪ 《周佛海日记》，第932页："叔雍来，谈近事。"

⑫ 《周佛海日记》，第938页："……叔雍、君强来谈。"

11 月 17 日，赵尊岳担任上海特别市民防空本部参事①。

11 月 21 日晚，赵尊岳拜访周佛海并谈事②。

12 月 1 日下午四时，赵尊岳出席在兴亚大楼工商联谊会会议厅举行的欢迎山本次官盛大茶会并致辞③。

12 月 13 日晚，赵尊岳与周佛海谈事至深夜④。

12 月 16 日，赵尊岳赴周佛海家宴⑤。

1944 年（民国三十三年　甲申）47 岁

1 月 6 日，赵尊岳拜访周佛海并谈事⑥。

1 月 13 日下午五时，赵尊岳等四十余人在绍兴路四七号警察俱乐部设宴欢送张罗履新⑦。

1 月 31 日，赵尊岳到周佛海寓所谈事，并吃晚饭⑧。

3 月 29 日上午十时，黄花岗七十二烈士殉国纪念日，伪市府秘书长赵尊岳主持在市府大礼堂举行革命先烈纪念仪式⑨。

3 月 29 日，汪伪中央政治委员会第一三三次会议任命赵尊岳为中央政治委员会副秘书长⑩。

5 月 2 日下午，伪中央政治委员会副秘书长赵尊岳与周佛海商谈与重庆联系的电台是否继续的问题⑪。

5 月 3 日下午，赵尊岳与周佛海谈中政会要事⑫。

---

① 据《申报》1943 年 11 月 17 日第 3 版《市民防空本部组织机构决定人选发表　陈市长兼任部长》。

② 《周佛海日记》，第 952 页："……叔雍、式军、朴之等先后来谈。"

③ 据《申报》1943 年 12 月 2 日第 3 版《五大团体举行茶会欢迎山本次官　到中日来宾二百余人情况热烈》。

④ 《周佛海日记》，第 960 页："叔雍来谈。一时始寝。"

⑤ 《周佛海日记》，第 961 页："晚，家宴，心叔、叔雍、君强、剑东等均来。"

⑥ 《周佛海日记》，第 972 页："……赵叔雍先后来谈。"

⑦ 据《申报》1944 年 1 月 14 日第 3 版《一八区署警局同人　欢送张罗履新》。

⑧ 《周佛海日记》，第 982 页："……叔雍、剑东等来谈，并晚饭。十一时辞去。"

⑨ 据《申报》1944 年 3 月 30 日第 3 版《市府昨举行仪式　纪念黄花岗先烈》。

⑩ 《汪精卫伪国民政府纪事》，第 242 页。

⑪ 《周佛海日记》，第 1016 页："叔雍亦自沪来，商与渝通电之电台是否继续。"

⑫ 《周佛海日记》，第 1017 页："叔雍来，商中政会要事。"

5月5日，赵尊岳与周佛海谈中政会问题①。

5月22日，赵尊岳与周佛海谈事②。

6月11日，赵尊岳为丁太夫人寿辰送仪金五千元③。

6月28日晚，赵尊岳等先后与周佛海商谈④。

6月29日，赵尊岳到周佛海寓所谈事⑤。

7月14日，赵尊岳到周佛海家中谈事⑥。

7月15日，赵尊岳拜访周佛海并商谈⑦。

7月19日，赵尊岳在周佛海家中谈至深夜方散⑧。

7月20日晚，赵尊岳在周佛海家中与其谈事⑨。

7月24日晚，赵尊岳到周佛海家中谈事⑩。

本年7、8月间（甲申六月），赵尊岳泛舟南京玄武湖⑪。

8月31日晚，赵尊岳与周佛海有所商谈⑫。

9月6日晚，赵尊岳到周佛海寓所谈事，十时离开⑬。

9月9日晚，周佛海宴请日军今井少将，赵尊岳出席参加，散宴后与陈公博、丁默村等人闲谈，十时半离开⑭。

9月12日，赵尊岳赴兴业银行学昌之宴，陈公博、周佛海、梅思平等人亦去⑮。

10月31日晚，赵尊岳、陈公博、梅思平到周佛海家中谈事⑯。

---

① 《周佛海日记》，第1018页："叔雍来，谈中政会问题。"

② 《周佛海日记》，第1025页："公博、心叔、叔雍来谈。十二时寝。"

③ 据《申报》1944年6月11日第3版《丁太夫人寿仪移捐名单　以姓氏笔画为序》。

④ 《周佛海日记》，第1042页："晚，公博、思平、叔雍、默村先后来谈，十一时辞去。"

⑤ 《周佛海日记》，第1042页："……叔雍来谈。十二时寝。"

⑥ 《周佛海日记》，第1047页："返家后，叔雍、心叔、式军来谈。一时寝。"

⑦ 《周佛海日记》，第1048页："返家后，式军、叔雍来谈。十二时寝。"

⑧ 《周佛海日记》，第1049页："晚，公博、思平、叔雍来谈，十一时半辞去。"

⑨ 《周佛海日记》，第1050页："返家后，公博、思平、默村、叔雍来谈。"

⑩ 《周佛海日记》，第1052页："……叔雍来谈。"

⑪ 《珍重阁词集》，第64页，有词《被花恼·甲申六月泛舟玄武湖》。

⑫ 《周佛海日记》，第1072页："晚……叔雍……先后来，分别有所商谈。"

⑬ 《周佛海日记》，第1076页："晚，思平、叔雍、君强来谈，十时辞去。"

⑭ 《周佛海日记》，第1077页："散宴后，与公博、思平、默村、叔雍等闲谈，十时半辞去。"

⑮ 《周佛海日记》，第1079页："晚与公博、思平、默村、叔雍赴兴业银行学昌之宴。"

⑯ 《周佛海日记》，第1102页："公博、思平、叔雍来谈。十二时寝。"

11月10日，赵尊岳与周佛海谈刘百川离沪赴渝之事①。

11月10日下午四时二十分，汪精卫在日本名古屋病逝，年六十二岁。汪棺木将于12日运抵南京。11月11日晚，赵尊岳、周佛海、梅思平、岑德广乘夜车返回南京②。

11月20日晚，赵尊岳与周佛海谈事③。

11月21日晚，赵尊岳与周佛海谈事至十时离开④。

11月23日，汪精卫葬于南京梅花山⑤。

12月3日晚，赵尊岳等人来与周佛海商谈⑥。

12月5日晚，赵尊岳与周佛海商谈⑦。

12月20日晚，赵尊岳、炳贤来与周佛海谈事⑧。

12月23日，伪最高国防会议举行第六十一次会议，赵尊岳任伪中央政治委员会及伪最高国防会议秘书长⑨。晚，赵尊岳、岑德广到周佛海家中谈事⑩。

12月24日晚，陈公博与周佛海商议由周佛海兼任上海特别市市长，赵尊岳任宣传部长⑪。

12月27日，伪国民政府召开最高国防会议第六十二次会议，伪最高国防会议秘书长赵尊岳就任伪宣传部长⑫。

12月28日，时调任伪宣传部长赵尊岳拜访周佛海，与其商谈宣传部次长

① 《周佛海日记》，第1107页："叔雍来，谈刘百川已于八日离沪，经浙、赣赴渝。"

② 《周佛海日记》，第1107页："闻王先生灵榇明日午后抵京，当晚，与淑慧偕思平、心叔、叔雍夜车返京。"

③ 《周佛海日记》，第1111页："晚，式军、叔雍来谈。十一时寝。"

④ 《周佛海日记》，第1111页："晚，默村、叔雍等来谈，十时辞去。"

⑤ 《汪精卫伪国民政府纪事》，第258页。

⑥ 《周佛海日记》，第1117页："晚，圭良、叔雍、字字来谈。"

⑦ 《周佛海日记》，第1118页："晚，叔雍来谈，十二时寝。"

⑧ 《周佛海日记》，第1126页："叔雍、炳贤亦来谈。十二时寝。"

⑨ 据《申报》1944年12月24日第1版《昨国防会议决要案多件》。再据《申报》1944年12月26日第一版《国防秘书长由赵尊岳继任》。三据《汪精卫伪国民政府纪事》，第260页。

⑩ 《周佛海日记》，第1127页："心叔、叔雍来谈，十二时寝。"

⑪ 《周佛海日记》，第1128页："晚，公博来商，决以余兼沪市，……赵叔雍长宣传。"

⑫ 据《申报》1944年12月28日第2版《国府昨颁布明令　周佛海兼沪市长　林柏生长皖赵尊岳任宣长》。《各新任要员略历》："赵尊岳年四十八岁，江苏人，交通部工专毕业，曾任行政院北平政务整理委员会参议、铁道部参事、申报记者、中华日报代理社长、铁道部政务次长、行政院政务委员、上海特别市政府秘书长，现任中央政治委员会最高国防会议秘书长。"再据《汪精卫伪国民政府纪事》，第260页。

问题，商议由孙理甫担任^①。

1945 年（民国三十四年　乙酉）48 岁

1月9日，赵尊岳、陈公博、梅思平在周佛海家中聚会谈近事，十一时半方散^②。

1月11日，赵尊岳辞去伪国民政府政务参赞一职^③。

1月17日，伪宣传部部长赵尊岳上午十时参加就职仪式，下午四时在该部报道室作就任后首次会见首都中外新闻记者，并发表就职谈话^④。

1月26日，赵尊岳随同陈公博往苏州视察^⑤。

1月28日晚，赵尊岳到周佛海寓所与其谈宣传问题^⑥。

1月29日中午，伪宣传部部长赵尊岳参加中国新闻协会上海区分会在华懋公寓十一楼举办的欢迎宴会^⑦。

2月6日，伪行政院二四〇次会议上通过拟特派傅式说、赵尊岳兼敌产管理委员会委员案的决议^⑧。

2月7日晚，赵尊岳来与周佛海谈事^⑨。

2月10日下午，赵尊岳来与周佛海商谈宣传上各项问题^⑩。

2月22日上午，伪最高国防会议第六十五次会议对行政院第二四〇次会议"特派傅式说、赵尊岳兼敌产管理委员会委员呈请鉴核一案"的决议加予追认^⑪。下午，赵尊岳拜访周佛海，与其谈上海中立区问题及宣传问题^⑫。

---

① 《周佛海日记》，第 1129 页："叔雍来，商宣次问题，当决定孙理甫。"

② 《周佛海日记》，第 1137 页："公博、思平来晚饭，并商军政近事；叔雍旋来。十一时半散。"

③ 据《申报》1945 年 1 月 12 日第 1 版《国防中政两会议　丁默村任秘书长　吴颂皋任司法行政院部长》。

④ 据《申报》1945 年 1 月 17 日第 1 版《宣长赵尊岳今晨视事》。再据《申报》1945 年 1 月 18 日第 1 版《新旧宣传部长　昨举行交代式　赵部长勉属员继续努力》。

⑤ 《汪精卫伪国民政府纪事》，第 264 页。

⑥ 《周佛海日记》，第 1144 页："叔雍来，谈宣传问题。十二时寝。"

⑦ 据《申报》1945 年 1 月 28 日第 2 版《赵宣部长　抵沪公干》。再据《申报》1945 年 1 月 29 日第 2 版《赵宣部长今日会见新闻界》。

⑧ 据《申报》1945 年 2 月 7 日第 1 版《第二四〇次行政院会议》。

⑨ 《周佛海日记》，第 1148 页："叔雍、心叔来略谈。"

⑩ 《周佛海日记》，第 1150 页："叔雍来，商宣传上各项问题。"

⑪ 据《申报》1945 年 2 月 24 日第 1 版《国防会议昨通过　上海设特别法庭》。

⑫ 《周佛海日记》，第 1155 页："叔雍来，谈上海中立区问题及宣传问题。"

3月12日，伪宣传部长赵尊岳发表谈话，认为全国民众代表大会将有极大贡献，并对该运动极表同情而且充分谅解①。

3月28日上午八时，战时民众代表在中山陵园拜谒国父陵寝。十时会议在南京国民大会堂正式揭幕，赵尊岳列席参加②。

4月5日，赵尊岳任中央政治委员会延聘委员③。

4月8日下午二时，中国乡村建设协会召开成立大会，赵尊岳担任顾问④。

4月16日下午六时，伪宣传部长赵尊岳陪同伪国府代主席陈公博乘"和平""建国"二机抵达北平，开始视察华北政务⑤。

4月25日晚，赵尊岳、陈公博、梅思平等先后拜访周佛海，十一时方散⑥。

5月5日上午九时，中华民国青年节，全国青少年第三次总检阅在青年馆操场隆重举行，赵尊岳出席⑦。

5月8日上午十一时，伪宣传部部长赵尊岳参加原宣传部咨询委员龚持平的追悼会⑧。

5月10日，伪宣传部长赵尊岳发表讲话，宣称："德国虽然投降，但国民政府与日本一致，保卫东亚的政策不变。"⑨

6月27日，伪宣传部长赵尊岳关于"增加广播收听费，同改订各地区收听费数目表"的提案通过并呈报中政会备案⑩。

8月10日，日本御前会议决定接受苏、美、中、英四国《波茨坦公告》，无条件投降⑪。

---

① 据《申报》1945年3月27日第1版《战时民众代表会议献词》。

② 据《申报》1945年3月29日第1版《各省市战时民众代会隆重举行揭幕礼　今日会议正式讨论各提案》。

③ 据《申报》1945年4月6日第1版《中政会昨开幕》。

④ 据《申报》1945年4月9日第1版《乡村建设协会　昨开成立大会　协助政府促进增产》。

⑤ 据《申报》1945年4月18日第1版《陈代主席飞平视察华北政情　昨晨恭谒国父衣冠冢》。

⑥ 《周佛海日记》，第1182页："晚，公博、思平、叔雍等先后来谈，十一时散。"

⑦ 据《申报》1945年5月6日第1版《青少年第三次总检阅陈代主席亲赐训　中日代表数千人气象蓬勃》。

⑧ 据《申报》1945年5月9日第1版《京文化团体追悼龚持平》。

⑨ 《汪精卫伪国民政府纪事》，第273页。

⑩ 据《申报》1945年6月27日第1版《皖省政府更动局长　政院会议通过》。

⑪ 《汪精卫伪国民政府纪事》，第279页。

8月14日，日本天皇向全国广播《停战诏书》，宣布无条件投降①。

9月9日上午，中国战区受降仪式在中国首都南京中央军校大礼堂举行。

9月27日，赵尊岳被军统逮捕，同时被捕的还有伪最高法院院长张韬、伪建设部长傅式说、伪外交部次长吴凯声等人②。

11月8日，龙榆生被国民党教育部以了解学潮"请"走，囚禁于老虎桥监狱③。

1946年（民国三十五年　丙戌）49岁

4月3日，伪宣传部长赵尊岳被关押在提篮桥上海监狱忠字监狱内④。

4月15日，伪宣传部长赵尊岳被高检处提讯⑤。

5月5日，中华民国政府还都南京。

6月14日，伪宣传部长赵尊岳被高院提审，并有供状，陈述了汪精卫邀其参与伪政权及掩护抗战秘密电台事，庭论改期再讯⑥。

6月20日，龙榆生在苏州市高等法院受审，后被判通谋敌国罪，处有期徒刑十二年，褫夺公权十年，全部财产除酌留家属必需生活费外没收，龙榆生当庭表明不服⑦。

11月1日，高院续审伪宣传部长赵尊岳，并传讯六证人，证明赵尊岳在汪伪任职期间确曾有功于抗战，无不利于人民事。赵尊岳答辩，高院论该案改期再讯，被告仍还押忠监⑧。

1947年（民国三十六年　丁亥）50岁

1月17日上午，伪上海市政府秘书长、伪宣传部长赵尊岳在高院特别刑庭受审。高院刘庭长宣布本案辩论终结，定本月二十四日上午宣判。《申报》次日报道中详细介绍了赵尊岳的任职情况及当庭辩论情景，并刊载其辩白之

---

① 《汪精卫伪国民政府纪事》，第280页。

② 朱金元、陈祖恩：《汪伪受审纪实》，杭州：浙江人民出版社，1988年，第21页。

③ 《龙榆生先生年谱》，第146页。

④ 同②，第32页。再据《申报》1946年4月4日第3版《巨奸公审期近　闻兰亭林康侯袁履登等七十一任起解　温宗尧等六人另解军法执行监部》。

⑤ 据《申报》1946年4月16日第3版《第四批汉奸起解　伪宣传部次长章克等十七名》。

⑥ 据《申报》1946年6月15日第4版《赵尊岳》。

⑦ 据《申报》1946年6月21日第2版，1946年6月27日第2版。

⑧ 据《申报》1946年11月2日第5版《高院续审赵尊岳　六证人证言有利》。

言辞①。

1月24日，高院宣布审判结果，伪宣传部长赵尊岳被判"通谋敌国罪，图谋反抗本国，处无期徒刑，褫夺公权终身，财产除酌留家属必需生活费外没收"②。

9月28日，中秋节前，赵尊岳羁押于上海监狱高院看守所，收到家属所送之月饼等物③。

1948年（民国三十七年 戊子）51岁

2月5日，龙榆生在多方努力之下，得以保释出狱就医④。

4月14日，伪市政府秘书长赵尊岳女婿伪财政部会计主任任重道被拘获⑤。

6月13日，《申报》载赵尊岳被高院判处无期徒刑后不服上诉，最高法院现撤销原判发还高院重审⑥。

1949年（己丑）52岁

2月6日，上海监狱疏散囚犯，赵尊岳被释放出狱⑦。

4月23日，南京解放。

1950年（庚寅）53岁

本年，赵尊岳子赵典尧在广州病逝。

本年，赵尊岳移家香港⑧。

1953年（癸巳）56岁

4月2日，夏敬观卒于上海，年七十九岁。

1956年（丙申）59岁

1956年章士钊南来，赵尊岳为章所撰诗集《章孤桐先生南游吟草》经营

---

① 据《申报》1947年1月17日第6版《赵尊岳今日受审》。再据《申报》1947年1月18日第6版《赵尊岳昨日续审辩论终结 二十四宣判》。

② 据《申报》1947年1月25日第5版《伪府宣传部长定罪 赵尊岳监禁终身 聆判毫无表示含笑接见家属》："曾任为上海市政府秘书长，伪宣传部长之赵尊岳，十七日经高院审结，昨晨在高院审判。"

③ 据《申报》1947年9月28日第4版《团圆节近往事如烟 看守所羁押汉奸家属纷纷馈月饼》。

④ 《龙榆生先生年谱》，第156页。

⑤ 据《申报》1948年4月14日第4版《索旧欠被告密 伪财部会计主任任重道自投罗网》。

⑥ 据《申报》1948年6月13日第4版《许江赵尊岳 均发还更审》。

⑦ 据《申报》1949年2月6日第4版《上海监疏散囚犯 赵尊岳等均出狱》。

⑧ 《珍重阁词集》，第65页。

出版，并撰文介绍了章诗的特色，其中对章南来的意图有所披露。期间，赵尊岳又做东宴请章士钊和包天笑，三人皆曾赋诗来纪念这次难得的嘉会①。

1957 年（丁酉）60 岁

10 月 31 日重阳，赵尊岳收到章士钊来信，感慨两人已三十年未见②。

1958 年（戊戌）61 岁

本年，赵尊岳应新加坡大学聘，移居新加坡，并在新加坡大学任教讲授国学③。

本年春，赵尊岳在新加坡郊游，遇雨，作《水龙吟》词一首④。

此后，常往来香港、新加坡之间，与国学大师饶宗颐、书法家曾克耑、教育家章士钊等唱和。

1959 年（己亥）62 岁

2 月 22 日元宵节，赵尊岳作词《烛影摇红》（玉笑花嫣）⑤。

本年，赵尊岳在新加坡大学任职⑥。

1960 年（庚子）63 岁

1 月 28 日（正月初一），赵尊岳独客漫书，作词《高阳台》（暖酿云腴）⑦。

2 月 24 日，赵尊岳看雏燕营巢，潮酣云弹，感新春胜事，作词《东风第一枝》（叠鼓飏春）⑧。

1961 年（辛丑）64 岁

6 月 8 日，赵尊岳即将去吉隆坡看望乌结，作《国香慢》（漉粉融脂）⑨。

8 月 8 日凌晨，梅兰芳在北京逝世。赵尊岳时在新加坡，得知消息后第二天，即用苏东坡赠息轩道士韵作诗悼念，诗云："投老隐炎陬，为欢忆少日。

---

① 星桦：《谈赵叔雍》，《东方早报》，2009 年 1 月 11 日。

② 《和小山词·和珠玉词》，第 111 页："丁酉重九日，孤桐来书，备致君坦殷勤之思，不相见且三十稔矣。"

③ 《珍重阁词集》，第 65 页。

④ 《和小山词·和珠玉词》，第 119 页。

⑤ 《和小山词·和珠玉词》，第 119 页。

⑥ 陈巨来：《安持人物琐忆》，上海：上海书画出版社，2011 年版，第 119 页："直至一九五九年又去新加坡任大学中文系主任，或云文学院长，不能确指矣。"

⑦ 《和小山词·和珠玉词》，第 120 页。

⑧ 《和小山词·和珠玉词》，第 122 页

⑨ 《和小山词·和珠玉词》，第 128 页

乌衣识风度，壮齿未二十。朝朝会文酒，夜夜巾车出。我甫欲南征，细语别楼隙。凡兹不胜纪，一掷拼今昔。忍哀对遗影，犹似虱歌席。成连嗟入海，风雨徒四壁。"①

1962 年（壬寅）65 岁

6 月 6 日，赵尊岳作词《蝶恋花》（彩缕分丝萦臂瘦）②。

8 月 6 日，赵尊岳作词《祝英台近》（碧波堤）③。

8 月 20 日，赵尊岳有感于蕙师咏梅《清平乐》二十一首之难作，而试填词《清平乐》④。

10 月 24 日夜，赵尊岳作《浣溪沙》词四首。

本年，老友齐如山在台湾病故，赵尊岳为他写了一首挽诗，题曰"得如山大隐之耗，旬日始奉遗书，益增涕泪，题诗志挽"，诗云："验封滴滴墨痕新，雪涕天涯已古人。著作平生戡伪体，多能一艺重斯文。旧游深巷投门客，细字潜声去国身。知更谁能倡绝学，不堪沧海几扬尘。"⑤

本年赵尊岳命其女将其《惜阴堂汇刻明词》手订本交予龙榆生，龙榆生又转赠于在杭州大学的夏承焘，手订本于"文革"时散佚⑥。

1963 年（癸卯）66 岁

本年，赵尊岳将平生心血所作之《惜阴堂汇刻明词》红字印本再校本转托龙榆生收藏⑦。

1965 年（乙巳）68 岁

7 月 3 日丑时，⑧赵尊岳饮酒过量而不幸罹患黄疸病，后病逝于新加坡⑨。他口占《绝笔诗》云："病魔斗药事如何？万苦千辛备一茹！夜拥重衾犹觳觫，晨看疏雨待朝苏。危时掷命寻常事，垂老珍生是至愚。大好头颅吾付汝，此中

---

① 《温故·十九》，第 137 页。

② 《和小山词·和珠玉词》，第 132 页。

③ 《和小山词·和珠玉词》，第 136 页。

④ 《和小山词·和珠玉词》，第 138 页。

⑤ 《温故·十九》，第 139 页。

⑥ 钱听涛：《赵凤昌、赵尊岳父子二三事》，《常州教育学院学报（社会科学版）》1996 年第 1 期，第 41 页。

⑦ 赵尊岳：《明词汇刊》，上海：上海古籍出版社，1992 年，"出版说明"。

⑧ 赵尊岳：《高梧轩诗全集》，末附其女儿赵文漪跋语。引自《温故·十九》，第 131 页。

⑨ 《龙榆生先生年谱》，第 226 页。

颇有未完书。"其女儿文漪注云:"先父病笃时曾欲捐眼睛头颅赠医院,时家人无在侧者,为朋辈所阻。此为当时口占友人代书之绝笔诗,足见先父伟大之人格与豁达之天性。"①

赵尊岳逝后,其女赵文漪将其遗著整理并出版。1973年,《填词丛话》由赵氏后人在新加坡排印出版,1985年《词学》将其引进并分期刊载。1975年,《高梧轩诗全集》在台北文海出版社影印出版。1981年,《珍重阁词集》由新加坡东艺印务公司承印出版。1992年,《明词汇刊》由上海古籍出版社出版,2012年再版。2004年,赵氏父女合著《和小山词·和珠玉词》亦在上海古籍出版社出版。2015年,《赵尊岳词学文集》由河南文艺出版社结集出版。

（作者单位：江苏理工学院人文学院）

---

① 《温故·十九》,第139页。

陈匪石简谱（下）

仇俊超

民国二十五年 1936（丙子）五十四岁

鲁迅、茅盾等二十一人联名发表宣言，号召全国文学界为抗日而联合起来。十二月十二日，张学良、杨虎臣发动"西安事变"，迫使蒋介石接受"停止内战，一致抗日"的要求。

二月七日，新南社第二次集会于上海福州路同兴楼。柳亚子、陈匪石等一百五十七人与会①。

二月二十四日，如社第九次集会于南京夫子庙老万全酒店，课题为《倚风娇近》②。陈匪石应此次课题作《倚风娇近·初日瞳瞳》③。

---

① 《南社纪略》："这年（一九三六年）的二月七日，举行第二次聚餐会，地点在上海福州路福兴楼。那天到会的有一百五十七人。"陈匪石在名单中。（柳无忌：《柳亚子文集》，上海：上海人民出版社，1983 年，第 134 页）

② 《吴梅全集·日记卷》："丙子二月初一（西一九三六年二月二十四）午至万全，举如社雅集，调定《倚风娇近》，为草窗创格。"（吴梅：《吴梅全集·日记卷》，石家庄：河北教育出版社，2002 年，第 683 页）《吴梅全集·日记卷》："丙子二月二十五（西一九三六年二月二十五）……下午应如社课题，作《倚风娇近》，寄同人。此调仅见草窗词，拾遗所载张少峰说，鄙见当两从之。已见初十日记中，迁延至今，方脱稿云。《倚风娇近》如社第九集，赋柳，次草窗韵……（吴梅：《吴梅全集·日记卷》，第 691 页）

③ 《倚风娇近》序："春深见梅枝。"（陈匪石：《倦鹤近体乐府》卷三，黄山书社，2012 年，第 79 页）

四月五日，如社第十次集会于吴宫酒馆①，课题为《红林檎近》②。陈匪石应课题作《红林檎近·林沼宜晴雨》③。

五月十日，如社第十一次集会于南京夫子庙老万全酒店，参加者为陈匪石、汪东、吴梅、吴白匋等。课题为《绕佛阁》④。陈匪石应此次课题作《绕佛阁·霁霞照晚》⑤。

六月十四日，如社第十二、十三次社集合并，集会于廖恩焘青云巷居所。参加者为陈匪石、乔大壮、吴梅、杨圣葆、廖恩焘等。杨圣葆第一次参加集会。十二次集会课题为《诉衷情》《女冠子》。第十三次集会课题为《碧牡丹》⑥。陈匪石应社课题作《诉衷情·啼鸟》⑦《碧牡丹·赠半樱》⑧。

---

① 《如社词钞》第十集载石凌汉应课所作《红林檎近》序："如社十集，宴于吴宫酒馆，地为某都阘故地，当年选伎征歌，殆无虚夕，重来伤今感旧。倚清真韵谱之。"（曹辛华：《民国人选民国词之二》，郑州：河南文艺出版社，2015 年，第 152 页）

② 《吴梅全集·日记卷》："丙子三月十四日（西一九三六年四月五日）……下午应如社之约，为第十次雅集，到十二人，大壮以汽车送归。白匋以《白石词小笺》见赠，颇详赡，近人考订之学，却胜于前哲。……"（吴梅：《吴梅全集·日记卷》，700 页）《吴梅全集·日记卷》："丙子年闰三月初一（西一九三六年四月二十一）……是日上午作《红林檎近》词，录下……"（吴梅：《吴梅全集·日记卷》，第 712 页）《吴梅全集·日记卷》："丙子闰三月初四（西一九三六年五月四日）……辟疆示余《红林檎》词，尚佳……圭璋以《红林檎》求改，尚过得去，为易数字。"（吴梅：《吴梅全集·日记卷》，第 716 页）按：自四月五日如社集会后，吴梅、唐圭璋、汪辟疆等纷纷作《红林檎》词，知四月五日如社集会课题为《红林檎》。

③ 《红林檎近》。（陈匪石：《倦鹤近体乐府》卷三，第 79 页）

④ 《吴梅全集·日记卷》："丙子闰三月二十日（西一九三六年五月十日）……未几吴白匋以《蝶恋花》四章见示。又未几潘石禅、黄念荣夫妇至，（为季刚女及婿）求书条幅。又未几汪旭初至，邀余与白匋同赴如社之约。陈、潘、黄三人去，遂与汪、吴同至老万全。是为第十一期，题为《绕佛阁》，集者十二人。饭后余与旭初、白匋、木安泛湖，至第一公园，天微雨，茶叙片时散。"（吴梅：《吴梅全集·日记卷》，第 718 页）

⑤ 《绕佛阁》。（陈匪石：《倦鹤近体乐府》卷三，第 79 页）

⑥ 《吴梅全集·日记卷》："丙子四月二十五日（西一九三六年六月十四日）。晴。休沐。早旭初来，方坐而匪石、大壮继至，同往后湖泛舟，停泊柳阴，纵谈词学，意甚闲适。又往隐者孙少江家略坐，竹篱矮屋，杂花满园，临窗一望，全湖在目。据云孙为行伍出身，弃官居此，可云高致。出孙室，乃至廖凤书青云巷居，举行如社。到者十人。新社员杨圣褒，能饮，为铁尊同乡。廖氏酒肴皆精，余亦畅饮。此次合十二、十三两集，十二题《诉衷情》《女冠子》，十三集题为《碧牡丹》，三时席散。"（吴梅：《吴梅全集·日记卷》，第 735 页）

⑦ 《如社词钞》第十二集载："《诉衷情》限用温飞卿体，倦鹤（陈匪石）作：啼鸟，春晓，烟絮袅，画楼阴。鸾镜舞，珰羽，步摇金。绣罗结同心，沉沉。天涯班马音，梦中寻。"（曹辛华：《民国人选民国词之二》，第 163 页）

⑧ 《碧牡丹》序："赠半樱。"（陈匪石：《倦鹤近体乐府》卷三，第 79 页）

九月十七日，陈匪石同唐圭璋访吴梅。当晚，汪东宴请邵次公、陈匪石、吴梅、邵次公、邵元冲、李释堪、马宗霍、王晓湘等参加①。

九月十九日，陈匪石、乔大壮、林鹍翔、吴梅宴请邵瑞彭②。

九月二十日，如社集会，参加者为陈匪石、乔大壮、吴梅、吴白匋、林鹍翔、仇埰、木安、戣素、唐圭璋、蔡嵩云。唐圭璋、蔡嵩云值课。课题为《梦扬州》③。

十一月八日，如社集会于夫子庙老万全酒店，参加者为廖恩焘、林鹍翔、石凌汉、蔡嵩云、陈匪石、乔大壮、吴白匋、唐圭璋。乔大壮、吴白匋值课，课题为《秋宵吟》④。陈匪石应此次课题作《秋宵吟·锁窗虚》⑤。

十二月二十九日，如社于吴宫饭店集会，参加者为石凌汉、仇埰、林鹍翔、陈匪石、程龙骧、乔大壮、吴白匋、唐圭璋、蔡嵩云、杨圣葆、吴梅、汪东。吴梅、汪东值课。课题为《解连环》⑥。陈匪石应此次课题作《解连环·露条曾折》⑦。

民国二十六年 1937（丁丑）五十五岁

七月七月，日军进攻卢沟桥，全国抗日战争开始。八月十三日，日军进攻上海。十一月二十日，国民政府宣布迁都重庆。

---

① 《吴梅全集·日记卷》："丙子八月初二（西一九三六年九月十七）……陈匪石、唐圭璋至，方知汪辟疆今夕宴客，专请邵次公。而文艺社亦于今夕聚餐，命四儿往，儿不应。余与陈匪石行，见次公及邵元冲、李释堪、马宗霍、王晓湘等，谈谐尚适……（吴梅：《吴梅全集·日记卷》，第780页）

② 《吴梅全集·日记卷》："丙子八月初四日（西一九三六年九月十九）……晚与匪石、大壮、铁尊公请次公，到客八人：次公、释堪、仇良卿、王晓湘（易）、汪辟疆、唐圭璋及次公弟子刘楚萧也。"（吴梅：《吴梅全集·日记卷》，第781页）

③ 《吴梅全集·日记卷》："丙子八月初五日（西一九三六年九月二十）。……晚至万全，是如社词集，到亮卿、戣素、匪石、大壮、白匋、木安及余，值课者为唐圭璋、蔡嵩云也。社题为《梦扬州》。圭璋言社刊已成，共一百四十七元，十二人分摊，每人十四元半，可取三十五部，余多则分赠课外人。课外人者，仅作社课，不入雅集者也。又言《淮海集·烟中怨》一题，已寻得根据，在《嘉业堂丛书·绿窗新话》上卷，所引南卓解题序中。"（吴梅：《吴梅全集·日记卷》，2002年，第782页）

④ 《吴梅全集·日记卷》："丙子九月二十五日（西一九三六年十一月八日）……余至万全，应词社之约，晤凤书、铁尊、嵩云、匪石、戣素。主人吴白匋、乔大壮。木安未至。圭璋以妇病沉重，到社交课卷即去。此次社题，限《秋宵吟》，颇不易作也。"（吴梅：《吴梅全集·日记卷》，第806页）

⑤ 《秋宵吟》序："夜校瞻园师词续，映盦寄序至。"（陈匪石：《倦鹤近体乐府》卷三，第80页）

⑥ 《吴梅全集·日记卷》："丙子十一月十六日（西一九三六年十二月二十九）……往吴宫举行如社，到者十二人，余与旭初为主，客十人。石戣素、仇良卿、林铁尊、陈匪石、程木安、乔大壮、吴白匋、唐圭璋、蔡嵩云、杨圣褒。唯廖凤书未到。题拟《解连环》。余前课《秋宵吟》尚未作也。（吴梅：《吴梅全集·日记卷》，第828页）

⑦ 《解连环》序："东柳。"（陈匪石：《倦鹤近体乐府》卷三，第81页）

二月二十七日夜，如社集会，参加者为陈匪石、程龙骧、吴梅等。陈匪石、程龙骧值课①。课题为《引驾行》②。

三月十九日，陈匪石、吴闻天、乔大壮、吴梅等宴饮。夜晚集会。陈匪石示吴梅《东郊观梅》六首③。

四月六日，如社第十七次集会于郭家巷，参加者为仇埰、吴梅等。仇埰值课④。课题为《卜算子慢》⑤。此次集会陈匪石作《卜算子慢》。

六月五日，如社第十八次集会，参加者为陈匪石、汪东、石凌汉、仇埰、蔡嵩云、林鹍翔、唐圭璋。林鹍翔、唐圭璋值课⑥。

---

① 《吴梅全集·日记卷》："丁丑年正月十七日（西一九三七年二月二十七）……夜如社词集，匪石、木安值课。读社作十首，尽兴归。木安夫人尚在，因嘱其返旅邸。"（吴梅：《吴梅全集·日记卷》，第 853 页）

② 《吴梅全集·日记卷》："丁丑二月初七日（西一九三七年三月十九）……至文学院晤旭初，示我《引驾行》词，雅有柳七郎风味……"（吴梅：《吴梅全集·日记卷》，第 860 页）《吴梅全集·日记卷》："丁丑年二月十七日（西一九三七年三月二十九）。晴。早起作《引驾行》词，至十时毕……《引驾行》述梦，次屯田韵。浓春霪雨……"（吴梅：《吴梅全集·日记卷》，第 864 页）《吴梅全集·日记卷》："丁丑年二月二十日（西一九三七年四月一日）……得石戣老《引驾行》词，颇能一气衔贯，是此老不多见者也……"（吴梅：《吴梅全集·日记卷》，第 864 页）按：自二月二十七日集会之后，汪东、石凌汉、吴梅等皆作《引驾行》词，可知此次集会课题为《引驾行》。

③ 《吴梅全集·日记卷》："丁丑年二月初七日（西一九三七年三月十九）……晚应吴闻天之召，至同乡会饮。席间乔大壮、陈匪石，谈甚适。唯湖帆以他事未来，而子清、伟士、博山等亦后至。余与旭初，心欲邀请，而诸人酒食征逐，亦无须虚邀矣。席散，又至君匋家，看博山、恭甫、旭初、子清、小鹣、湖帆合作《璇庐雅集图》，余为题记，时已子初矣。匪石示孙陵探梅诗，亦佳。"（吴梅：《吴梅全集·日记卷》，第 861 页。）

④ 《吴梅全集·日记卷》：丁丑年二月二十二日（西一九三七年四月三日）……是日得仇豪卿书，如社十八集在渠家举行，定二十五下午。（吴梅：《吴梅全集·日记卷》，第 866 页）按：仇埰，字良卿，豪当是良之误。根据吴梅丁丑年二月二十五的日记，可知当天举行的是第十七次集会，此处误写为第十八次集会。按照惯例，值课者负责提前通知如社成员集会的地点、时间。由此可知，如社第十七次集会，是仇埰值课。

⑤ 《吴梅全集·日记卷》："丁丑年二月二十五日（西一九三七年四月六日）……晚至郭家巷，如社第十七集也。拈调得《卜算子慢》，菜用家厨颇佳。晚饭后又观《蔡九逵（羽）鞠宴图》，为顾东桥故物品，亦金陵掌故也。"（吴梅：《吴梅全集·日记卷》，第 868 页）

⑥ 《吴梅全集·日记卷》："丁丑年四月二十七（西一九三七年六月五日）……今日为如社十八集，由林铁尊、唐圭璋值课，而词未作，因尽半日力成之。《卜算子慢》："江城一带，春树万家……"晚赴如社，交前词，晤旭初、亮卿、戣素、嵩云、匪石等。匪石以末韵'浩叹'之'浩'字，应平，据柳词为证，且言子野'湖城那见'之'那'当作平读，余未敢从也。席散，携圭璋往观昆曲排演，耐丽《定赐》，居然过得去。"（吴梅：《吴梅全集·日记卷》，第 886 页）

六月八日，陈匪石同蔡嵩云访吴梅[1]。

秋，于南京[2]，作诗《丁丑秋兴和少陵》八首[3]。

不久，携子随实业部离开南京，不久至武汉，又辗转宜昌，过三峡至万县。

年底，南京国民政府实业部改为经济部。匪石转任经济部参事。

十二月四日，邵瑞彭卒于开封。

民国二十七年 1938（戊寅）五十六岁

九江、广州、武汉等城市相继沦陷。同年，汪精卫叛变，由重庆逃往河内。进入重庆。

二月，得知邵瑞彭卒于开封，作《挽邵次公》三首[4]。

八月二十二日，由实业部转任经济部参事[5]。

秋，于重庆金碧峰遇江问渔、陆润青之子陆玄南[6]，作《渝州遇问渔》两首[7]。作《浣溪沙·隔岸青山隔雾看》[8]。

民国二十八年 1939（乙卯）五十七岁

三月二十七日，南昌沦陷。五月三日，日寇飞机连续轰炸重庆，死伤数千人。五月六日，汪精卫通电投日。

三月十七日下午三点，吴梅卒，享年五十六岁。陈匪石作《水龙吟·酒边

① 《吴梅全集·日记卷》："丁丑四月三十日（西一九三七年六月八日）……下午蔡嵩云、陈匪石陆续来，谈至六时去。"（吴梅：《吴梅全集·日记卷》，石家庄：河北教育出版社，2002 年，第 893 页）

② 隋璧：《陈匪石传略》："一九三七年在南京作《丁丑秋和少陵》诗八首。"（《文教资料》，1989 年第 3 期，第 5 页）

③ 《旧时月色斋诗》。（陈匪石：《陈匪石先生遗稿》，第 7 页）

④ 《挽邵次公》序："丁丑十二月四日，次公病殁于大梁。越两月始闻其审。次公年甫五十，劬学不息，中道而逝，良可悲也。"（陈匪石：《旧时月色斋诗》，第 9 页）

⑤ 《中国国民党百年人物全书》："陈匪石，字小树，江苏江宁人。1928 年 6 月 16 日任国民政府工商部参事。1931 年 5 月 2 日任实业部参事。1938 年任经济部参事。1946 年免职。"（刘国铭：《中国国民党百年人物全书》，北京：团结出版社，2005 年，第 1395 页）

⑥ 《哀陆郎》序："吾友陆润青之子玄南，二十七年秋遇诸金碧峰，述乃父流离转徙状，实赖玄南寄赀以生。翌秋遇余，谓已请乃父简出防意外，嗣是不复见。二十九年一月，以死事闻。夫养亲，孝也；殉国，忠也。唯能孝，乃能忠。《诗》曰：'无忝尔所生'，陆郎有焉。"（陈匪石：《旧时月色斋诗》，第 16 页）

⑦ 《渝州遇问渔》序："四年前，江大问渔以五十述怀诗属和，余未成章。戊寅秋，重见于金碧峰，杯酒相劳，为赋二章。时东夷滑夏十五阅月矣。"（陈匪石：《旧时月色斋诗》，第 9 页）

⑧ 《浣溪沙》序："金碧峰晚望。"（陈匪石：《倦鹤近体乐府》卷三，第 87 页）

恻恻吞声》悼之①。

民国二十九年 1940（庚辰）五十八岁

三月三十日，南京成立伪国民政府，汪精卫任主席。

二月八日（正月初一），作《庚辰岁朝山居同人会食，和前韵》②。

妻子去世十二年忌日，作诗《亡室忌日》一首③。

十一月十日，胡翔冬卒于成都，作《挽胡翔冬》三首。

十一月十九日，陆玄南被南京汪伪政府杀害，作《哀陆郎》悼之④。

林鹍翔卒，享年七十岁。

民国三十年 1941（辛巳）五十九岁

五月六日，日寇飞机轰炸重庆，死万余人。六月二十二日，德军向苏联发动进攻。十二月，中国对德、意、日宣战。

对《宋词举》进行较大修改⑤。

三月，观华严寺双桂，作《双桂为大蚁所蠹歌》⑥。

四月五日，清明节作《辛巳清明》⑦。

夫人去世十三周年，作《内家娇》悼念⑧。

十月再次为《宋词举》自序⑨。

---

① 《水龙吟》序："吴瞿庵挽词。"（陈匪石：《倦鹤近体乐府》卷四，第 87 页）

② 《庚辰岁朝山居同人会食，和前韵》。（陈匪石：《旧时月色斋诗》，第 13 页）

③ 《亡室忌日》："佩环一去归期渺，弹指光阴十二年。"（陈匪石：《旧时月色斋诗》，第 15 页）

④ 《哀陆郎》序："吾友陆润青之子玄南，二十七年秋遇诸金碧峰，述乃父流离转徙状，实赖玄南寄赀以生。翌秋遇余，谓已请乃父简出防意外，嗣是不复见。二十九年一月，以死事闻。夫救亲，孝也；殉国，忠也。唯能孝，乃能忠。《诗》曰：'无忝尔所生'，陆郎有焉。"（陈匪石：《旧时月色斋诗》，第 16 页）

⑤ 霍松林《怀念匪石师》："《宋词举》在一九一四年又经过一次较大的修改。"（《文教资料》，1989 年第 3 期，第 12 页）

⑥ 《双桂为大蚁所蠹歌》序："华严洞双桂高逾百尺，大可合抱，相传已七百年。语虽无徵，要非明以后物。去根丈许有栎识，一曰'佛国天香满'，一曰'铲栖月影重'。苔痕斓然，且微剥矣。蠹蠹其本，右仆左随之。时辛巳三月某日也。"（陈匪石：《旧时月色斋诗》，第 17 页）

⑦ 《辛巳清明》，（陈匪石：《旧时月色斋诗》，第 17 页）

⑧ 《内家娇》序："妇亡十有三年矣，适逢诞日，独大壮新词，遂同其调。"（陈匪石：《倦鹤近体乐府》卷四，第 93 页）

⑨ 《自序》："中华民国三十年十月再记。"（陈匪石：《宋词举》，南京：金陵书画出版社，1983 年，第 3 页）

民国三十一年 1942（壬午）六十岁

中、英、美、苏等二十六国在华盛顿签订共同反对法西斯侵略的《联合国家宣言》。

九月二十五日，中秋节，作《三部乐·群玉山头》[①]。

民国三十二年 1943（癸未）六十一岁

九月，意大利墨索里尼政府宣布投降。十一月中、美、英三国首脑举行开罗会议，发表《开罗宣言》。

四月七日，农历三月三日，上巳节，六十一岁生日，作《鹧鸪天》[②]。

春，乔大壮延聘至军训部作参议[③]。

民国三十三年 1944（甲申）六十二岁

汪精卫病死日本。

入重庆，将《倦鹤近体乐府》厘为五卷[④]。

一月二十三日，癸未小除夕，作《癸未小除，铁生至自昆明》[⑤]。

一月二十五日，甲申年正月初一，作《甲申元日，铁芸、茝、莛咸集山斋，戊寅入川以后所未有也》[⑥]。

民国三十四年 1945（乙酉）六十三岁

四月，联合国成立。五月，德国无条件投降。九月，中、美、英三国发表《波斯坦公告》，促令日本无条件投降。八月、苏联宣布对日作战。八月十五日，日本宣布无条件投降。九月九日上午，中国战区受降仪式在中国首都南京中央军校大礼堂举行。十月二十五日，中华民国政府在台湾举行受降仪式，这成为抗日战争取得完全胜利的重要标志。

四月十四日，农历三月初三，上巳节，六十三岁生日，作《乙酉上巳儿女

---

① 《三部乐》序："壬午中秋无月。"（陈匪石：《倦鹤近体乐府》卷四，第94页）

② 《鹧鸪天》序："癸未元巳，风雨中卧病花岩僧舍。"（陈匪石：《倦鹤近体乐府》卷四，第95页）

③ 徐耿生《悼波外翁》："民国三十二年春，我（徐耿生）荐他参加白幕……出乎我（徐耿生）意料，他竟然愿辞掉院职转到经济部来。"（《京沪周刊》，1948年第29期，第13页）

④ 《自记》："甲申旅渝，复厘为五卷，皆未移时，辄多改削。"（陈匪石：《倦鹤近体乐府》，第110页）

⑤ 《癸未小除，铁生至自昆明》。（陈匪石：《旧时月色斋诗》，第19页）

⑥ 《甲申元日铁芸茝莛咸集山斋，戊寅入川以后所未有也》。（陈匪石：《旧时月色斋诗》，第19页）

暨两聱馈我于张聱寓楼，合造一象，时张聱铁儿治任将行》①。

八月十五日，日本宣布无条件投降，作《日寇请降，河山再造。归期近矣，率成二章》②。

仇埰卒，享年七十五岁。

民国三十五年 1946（丙戌）六十四岁

五月，国民政府宣布自重庆返都南京。七月，内战全面爆发。

由重庆返回南京③。

四月四日，农历三月初三，上巳节，六十四岁寿辰，作《丙戌上巳赋寄诸儿女》④。

八月，辞去经济部参事职务⑤。

叶楚伧卒，享年六十四岁。作挽词《减字木兰花·频年漂泊西南后》悼念⑥。

曹经沅卒，作《蓦山溪·延秋有约》悼念⑦。

秋，乔大壮随重庆中央大学南返至南京。

民国三十六年 1947（丁亥）六十五岁

四月，《宋词举》由中正书局排印出版。

秋，经胡小石先生推荐，陈匪石就国立中央大学之聘，任中文系词学教授⑧。学生霍松林、李敦勤、毛德孙、唐治乾、姚若一等常常拜访陈匪石。

---

① 《乙酉上巳儿女暨两聱馈我于张聱寓楼，合造一象，时张聱铁儿治任将行》，（陈匪石：《旧时月色斋诗》，第 23 页）

② 《日寇请降，河山再造。归期近矣，率成二章》，（陈匪石：《旧时月色斋诗》，第 23 页）

③ 霍松林：《怀念匪石师》："一九四六夏，中央大学从重庆迁回南京。秋季开学之后……。不久，陈先生应系主任胡小石先生之聘，给我们开必修课《词选及习作》，他便成为我们最尊敬的老师了。"（《文教资料》，1989 年第 3 期，第 12 页）

④ 《丙戌上巳赋寄诸儿女》，（陈匪石：《旧时月色斋诗》，第 23 页）

⑤ 《中国国民党百年人物全书》："陈匪石，字小树，江苏江宁人。1928 年 6 月 16 日任国民政府工商部参事。1931 年 5 月 2 日任实业部参事。1938 年任经济部参事。1946 年免职。"（刘国铭：《中国国民党百年人物全书》，北京：团结出版社，2005 年，第 1395 页）

⑥ 《减字木兰花》序："叶楚伧挽词。"（陈匪石：《倦鹤近体乐府》卷四，第 104 页）

⑦ 《蓦山溪》序："重九，集桃叶渡口酒楼。约翌日闻曹缳蔺讣。"（陈匪石：《倦鹤近体乐府》卷四，第 105 页）

⑧ 柳定生《金陵词坛名宿陈匪石传略》："一九四七年因乔大壮先生去世，先生与一九四七年秋，就"国立中央大学"之聘，任中文系词学教授。"（《南京史志》，1984 年第 3 期，第 21 页）隋璧：《陈匪石传略》："一九四七年，经至友胡小石先生推荐，兼任中央大学中文系教授。"（《文教资料》1989 年第 3 期，第 5 页）

民国三十七年 1948（戊子）六十六岁

陈匪石辞掉政界职务，专任中央大学中文系教授①。

五月一日，作《戊子五月一日作》。

七月三日晚，乔大壮赴苏州，自沉于平门外梅村桥下②。

十一月，为《倦鹤近体乐府》作自记③。

十二月，作《大壮自沉梅村桥下，为挽章苦不就。越半载既叙其乐章，复得四十字，不足写心悲也》④。

冬，弟弟陈世宣去世⑤。

石凌汉卒，享年七十七岁。

一九四九年（己丑）六十七岁

四月二十三日，南京解放。五月，上海解放。十月一日，中华人民共和国成立。

一月，因为次女陈茝病，赴重庆探望，因为交通阻隔未归⑥。

三月三十一日，农历三月初三，上巳节，六十七岁生日，作《水调歌头·记得白公语》自寿⑦。不久，于重庆任私立南林学院中文系教授兼系主任，寓南岸校舍中。

五月，为学生霍松林作《满庭芳·笼柳堤烟》⑧。

---

① 刘梦芙：《陈匪石先生诗词综论》："一九四八年辞政界之职，专任教授。"（陈匪石：《陈匪石先生遗稿》，第 2 页）

② 乔无疆：《父亲乔大壮》："父亲自杀是 1948 年 7 月 3 日晚间的事。"（《双流县文史资料选辑》，第 2 辑，第 48 页）

③ 《自记》："一九四八年十一月，自纪于南冈赁庑，时年六十有五。"（陈匪石：《倦鹤近体乐府》卷四，第 110 页）

④ 《大壮自沉梅村桥下，为挽章苦不就。越半载既叙其乐章，复得四十字，不足写心悲也》，（陈匪石：《旧时月色斋诗》，第 23 页）

⑤ 柳定生：《金陵词坛名宿陈匪石传略》："兄弟二人，弟名世宣，字仲猷，少先生三岁，一九四八年病殁。"（《南京史志》，1984 年第 3 期，第 21 页）

⑥ 《金陵词坛名宿陈匪石传略》："是年寒假，次女陈茝在重庆得病，先生前往省视，后因交通阻碍未归。"（《南京史志》1984 年第 3 期，第 21 页）

⑦ 《水调歌头》序："香山诗曰：'共把十千沽酒一斗，相看七十欠三年。'今年上巳索居止酒，为下转语，并以自寿。"（陈匪石：《倦鹤近体乐府·续集》，第 120 页）

⑧ 霍松林：《怀念匪石师》："一九四九年五月，我随于右任先生到了广州，写信给匪石师……。半月后接到回信，还附有专门为我作的词《满庭芳·笼柳堤烟》。"（《文史资料》，1989 年第 3 期，第 16 页）

八月八日，立秋，作《满江红·玉露金风》①。

八月上旬，学生霍松林应陈匪石之邀任南林学院讲师。

八月十三日，霍松林由广州至重庆，在匪石女儿陈莅家见到陈匪石。陈匪石作《重晤姚若一、霍松林》②。

十月开始动笔《声执》③。

十月十九日，重阳节，作《醉蓬莱·记人生乐事》④。

十一月，主持学生霍松林和胡主佑婚礼⑤。

一九四九年九月至一九五〇年作《南泉六咏》⑥。

一九五〇年（庚寅）六十八岁

元月，《声执》脱稿，二月修改，三月誊清、作序⑦。

五月初，霍松林同妻子胡主佑决定离开重庆南林学院。临行，陈匪石作《送霍松林赴皋兰》⑧。

八月二十日，七夕节，作《鹧鸪天·山月娟娟度薜萝》⑨。

---

① 《满江红》序："乙丑立秋。"（陈匪石：《倦鹤近体乐府·续集》，第119页）

② 霍松林《怀念匪石师》："我便于八月十三日飞抵重庆，在陈莅师姊家里见到了陈老师。"（《文史资料》，1989年第3期，第19页）;《重晤姚若一、霍松林》。（陈匪石：《旧时月色斋诗》，第32页）

③ 霍松林：《怀念匪石师》："匪石师的词学专著《声执》是在小泉行馆完成的。开始于一九四九年（己丑）十月，一九五〇年（庚寅）元月脱稿，二月修改，三月誊清、作序。"（《文教资料》，1989年第3期，第22页）

④ 《醉蓬莱》序："余以戊子四月悬车，九月余弟仲猷归里，把酒持螯极晚岁对床之乐。比冬，仲猷一病不起。余旋视女东川。转眼经年，适逢重九，和东坡赠徐君猷之作，同怀永别。哀甚于良友临分矣。"（陈匪石：《倦鹤近体乐府·续集》，第119页）

⑤ 霍松林：《怀念匪石师》："一九四九年十一月我和胡主佑结婚，她的主婚人是她的老师穆济波教授，我的主婚人是陈匪石老师。"（《文教资料》，1989年第3期，第23页）

⑥ 霍松林：《怀念匪石师》："每逢星期天，我差不多都陪匪石师出游，同享自然美，有时也作诗。下面是匪石师的《南泉六咏》。"按：根据霍松林《怀念匪石师》，可知霍松林在一九四九年八月十三日至一九五〇年五月留在重庆，可推知《南泉六咏》就是创作在这段时间。（《文教资料》，1989年第3期，第23页）

⑦ 霍松林：《怀念匪石师》："匪石师的词学专著《声执》是在小泉行馆完成的。开始于一九四九年（己丑）十月，一九五〇年（庚寅）元月脱稿，二月修改，三月誊清、作序。"（《文教资料》，1989年第3期，第22页）

⑧ 霍松林：《怀念匪石师》："《送霍松林赴皋兰》：吾党二三子，文章汝最工。随缘萍聚散，惜别水西东。音许千江嗣，途非阮籍穷。门间延仁久，经过莫匆匆。"（《文教资料》，1989年第3期，第23页）

⑨ 《鹧鸪天》序："庚寅七夕。"（陈匪石：《倦鹤近体乐府·续集》，第119页）

冬，弟弟陈世宣去世两年，作《临江仙·裘葛两更驹过隙》[①]。

一九五一年（辛卯）六十九岁

二月四日，立春，作《水龙吟·闭门羁绪萧寒》[②]。

南林学院停办，由重庆归上海就养于长女陈芸家[③]。与沈尹默、向迪琮、柳贡禾、钟泰、吴湖帆等人诗词唱酬。

一九五二年（壬辰）七十岁

被聘为上海市文物保管委员会通信编纂[④]。

春，作《绛都春·扬州梦》[⑤]。

十月二十七日，重阳节，作《征招·青山不到登楼眼》[⑥]。

一九五三年（癸巳）七十一岁

二月十四日，正月初一，作《玉烛新·穷冬风雪后》[⑦]。

二月十五日，正月初二，作《癸巳正月二日微雪，寔父以梅花笺书小除夕见怀诗至，次韵和之》[⑧]。

张寔父卒，作《念奴娇·梦醒庄蝶》悼念[⑨]。

四月十六日，农历三月初三，上巳节，七十生日，作《七十口占》[⑩]。

[①] 《临江仙》序："更生侄书告除丧，仲弟之殁已逾大祥矣。"（陈匪石：《倦鹤近体乐府·续集》，第 122 页）

[②] 《水龙吟》序："辛卯立春，为太阴历小除日。忆五十二年前值此，半塘老人于瞻园师唱和有作，爰追和之。"（陈匪石：《倦鹤近体乐府·续集》，第 122 页）

[③] 刘梦芙：《陈匪石先生诗词综论》："一九五一年南林学院停办，（陈匪石）归上海就养于长女家。"（陈匪石：《陈匪石先生遗稿》，第 3 页）

[④] 陈芸：《倦鹤近体乐府·跋》："后南林停办，于一九五一年东归来沪，就养于芸。政府闻其老病，而芸之艰难也，聘先君为上海文物管理委员会通信编纂，实照顾之。"（陈匪石：《陈匪石先生遗稿》，第 131 页）

[⑤] 《绛都春》序："有咏社稷坛芍药者，率同其调。计余丁卯出都，正值花时。今二十五年矣。"（陈匪石：《倦鹤近体乐府·续集》，第 125 页）

[⑥] 《征招》序："沤渎无山，壬辰重九闭门不出，连日以传抄碧琳琅馆本及传校毛抄本，校吴伯宛过录劳葬卿本《全芳备祖》。"（陈匪石：《倦鹤近体乐府·续集》，第 126 页）

[⑦] 《玉烛新》序："癸巳岁朝。"（陈匪石：《倦鹤近体乐府·续集》，第 127 页）

[⑧] 《癸巳正月二日微雪，寔父以梅花笺书小除夕见怀诗至，次韵和之》，（陈匪石：《旧时月色斋诗》，第 37 页）

[⑨] 《念奴娇》序："西溪函告寔父怛化，歌以抒哀。"（陈匪石：《倦鹤近体乐府·续集》，第 128 页）

[⑩] 《七十口占》，（陈匪石：《旧时月色斋诗》，第 38 页）

一九五四年（甲午）七十二岁

十月五号，重阳节，作《醉翁操》①。

一九五九年（己亥）七十七岁

三月，病重②。旋病逝于上海，享年七十七岁。

（作者单位：上海大学文学院）

---

① 《醉翁操》序："甲午重九小集市楼，押入声韵，用紫霞翁说。"（陈匪石：《倦鹤近体乐府·续集》，第 128 页）

② 陈芸：《倦鹤近体乐府》跋："去年三月，卒以不起。芸哀痛之余，莫知所措。会中知之，复派员代为料理，使芸于殡殓之具，得稍尽其情，而免抱终天之憾者，皆党与政府惠也。"（陈匪石：《陈匪石先生遗稿》，第 131 页）

顾随词创作年表（下）

闵　军

1930 年

1 月

《鹧鸪天·读秋明词赋》《木兰花慢·向闲庭散步》。

《浣溪沙·案上盆梅几点花》。顾随在 1930 年 1 月 16 日给卢伯屏信中说："今早忽又喀血数口，虽不甚多，然星星点点，色亦殷然。……今得小诗一首，录呈；即希并转涧漪兄一阅：且将养病消闲日，拼着相思了此生。斗室向阳冬亦暖，坐看日影下窗棂。"诗与词意境相似，应为同时之作。

2 月

《鹧鸪天·赠友》。1930 年 2 月 4 日立春，此词写作应为 4 日之前。

《浣溪沙》（三首）。1930 年 2 月 4 日立春，此词写作应为 2 月 4 日前数日。

3 月

《山亭柳·古道长林》《山花子·竟日潇潇雨未停》。

4 月

《浣溪沙》（二首）、《浣溪沙·漫道心湖不起波》《浣溪沙·豌豆荚成麦穗齐》

《鹧鸪天·赠屏兄》。顾随在 1930 年 4 月 23 日给卢伯屏信中说："前数日作了一首七律送你，兹抄呈。小院雨痕长碧苔，窗前夜合是谁栽？树犹如此垂垂老，岁不待人鼎鼎来。白发满头催晚暮，黄云残日下长街。艰难寂寞都尝遍，如海燕城斗大斋。"信中《七律》与此词只有个别文字不同，都是赠卢伯屏之作，应为同时作品。

5 月

《鹧鸪天·知是留春是送行》《浣溪沙·杏子青黄半未匀》《浣溪沙·叹息春光亦有涯》。

《八声甘州·怕今宵无处解雕鞍》。此词发表在《学衡》第 70 期。

《南柯子·梦好身还懒》《贺新郎·前阕词意未尽,再赋》。

9 月

《浣溪沙·北上途中阻兵,寓天地林赋》。《顾随全集》"天地林"注:"河北省大营县天地林村。"顾随在 1930 年 9 月 26 日给卢伯屏信中说:"弟于九月二十日到大营,本拟由大营乘汽车赴德州转津浦路北上,不意弟到之日正大兵换防,往来如织。不但汽车不能通行,即骡车亦俱藏匿无踪。大营系一陆路码头,街上即有兵驻扎,弟又移至大营西南五里外天地林村舍亲家暂住。顷间津浦路已不通,弟急切不能北上,拟日内即返坝营坐观风色再定行止。"词写当时情景。

《浣溪沙·寄涧猗》。

1930 年冬,印行《荒原词》。宣纸线装,装帧设计与《无病词》相同。扉页有题词:"往事织成连夜梦,归云闪出满天星"。后附"弃余词"12 首。集前有卢伯屏的序,集后有《荒原词既定稿复题六绝句附卷尾》。

《诉衷情·寄涧猗》《浣溪沙·一抹残阳一带山》。

11 月

《浣溪沙·青女飞霜斗素娥》《留春令·去年别夜》。《忆秦娥·黄昏时》《浣溪沙·梦未成时酒半醒》《声声慢·与荫旧话》(《顾随全集》注:妻荫亭)、《清平乐·朝阳屋角》《浣溪沙·没得相思亦可怜》《木兰花慢·问长安甚处》《浣溪沙·千古文章一寸心》。

1931 年

2 月

《水龙吟·立春日自西郊入城》。1931 年 2 月 5 日立春。

《浣溪沙·日日春风似虎狂》。

5 月

《浣溪沙·记得年时已可哀》《凤衔杯·用〈乐章集〉体》《好女儿·地可埋忧》《凤衔杯·用〈珠玉词体〉》。

7 月

《鹧鸪天·旧作此词,稿弃故纸堆中,一夕为鼠子衔出,重吟一过,未能割弃,因复录此》。据顾之京《书斋纪事——女儿所知道的父亲顾随(下)》记载,1931 年春节后,先生妻子携女儿及一保姆来北平,先是住在先生在城府村的寓所,后经天津女师毕业的刘纫勤的介绍，租住了城内东四四条一号的一处院落。其中向阳西侧一间窗前有一架藤萝，辟为父亲的书房。先生名此书斋为"萝月斋"。词中有"一架藤萝生夏寒"句，"生夏寒"则点明夏日所作。先生在 1932 年除夕，将此词重录，在序中称其为"旧作"，恐非 1933 年所作，故系于 1931 年夏。

9 月

《鹧鸪天·九陌缁尘染素襟》《八声甘州·白夫渠一叶一婴儿》。

1932 年

4 月

《鹧鸪天·燕女弥月为赋此词》。《顾随全集》注："四女之燕。"

《浣溪沙·与屏兄夜话》《水调歌头·平津车上》《永遇乐·西郊所见》《临江仙·万事都输白发》。

12 月

《菩萨蛮·拥炉反复思前事》《浣溪沙·满酌蒲桃泛夜光》《减字木兰花·明灯影里》。

1933 年

1 月

《临江仙·除夕》。1933 年 1 月 25 日是除夕。

《浪淘沙·用周晋仙明日新年韵，与家弟六吉同作》《踏莎行·闹市人喧》《满江红·夜雪飞花》《踏莎行·为老兵送人出关杀敌赋》。

5 月

《浣溪沙·春事今年未寂寥》《临江仙·连日阅禅宗语录，迥无入处》《西河·用清真韵》。

7 月

《定风波·旧岁秋日艺菊满院，曾仿欧公"把酒花前"之作，赋词六阕。今岁风雨无凭，春光有限，花事倏过，夏木阴阴，又是一番境界，因重拈此解再赋》（六首）。

《临江仙·重向赤栏桥下过》《风入松·当时冲雨下南楼》《青玉案·题冯问田先生〈紫箫声馆诗集〉》《鹧鸪天·再题》。

1934 年

秋

《留春词》印行，与《苦水诗存》编为一册，置于《苦水诗存》之后，词集前有作者自序。

1935 年

12 月

《浣溪沙》（五首）、《菩萨蛮》（五首）、《谒金门·抛思忆》《江城子》（二首）、《天仙子》（三首）、《清平乐》（二首）。（以上和韦庄）

1936 年

1 月

《梦江南》（二首，和温庭筠）、《梦江南》（二首，和皇甫松）、《荷叶杯》（二首）、《虞美人》（四首，以上和顾敻）、《女冠子》（二首，和牛峤）、《玉楼春·愁听花间双语燕》《渔歌子·笑花颜》（以上和魏承班）、《满宫花·意深沉》（和尹鹗）、《浣溪沙》（二首，和毛熙震）、《采桑子》（四首）、《鹊踏枝》（八首）、《浣溪沙》（二首）（以上和冯延巳）。

编成《积木词》。原共 153 首，《浣花》词 54 首，《花间》词 53 首，《阳春》词 46 首。集有题词、自序、卷尾诗及俞平伯序。编订后未刊行，今全编已佚。现存词 46 首及自序、卷尾诗，为叶嘉莹 1946 年据手稿转抄者。俞平伯序原刊于 1936 年《词学季刊》一卷二号。

1937 年

9 月

《南乡子》（四首）、《鹧鸪天》（二首）、《浣溪沙》（三首）、《鹧鸪天·落日秋风蜀道难》。

12 月

《临江仙·千古六朝文物》。

1938 年

3 月

《临江仙·记向春宵融蜡》。

10 月

《蝶恋花·午夜月明同散步》《灼灼花·日落苍茫里》《浣溪沙·袅袅秋风到敝庐》《江神子·偶为学词诸子说稼轩"宝钗飞凤"一首，诸子既各有作，余亦用韵》《虞美人·去年祖饯咸阳道》《鹧鸪天·不是新来怯凭栏》《南柯子·黄菊东篱下》《灼灼花·不是昏昏睡》《踏莎行·落日云埋》。

1939 年

5 月

《虞美人·无人行处都行遍》。

9 月

《浣溪沙》(二首)、《临江仙·凉雨声中草树》《临江仙·飘忽断云来去》《浣溪沙·露脚斜飞月似烟》《定风波·昨夕银釭一穗金》。

10 月

《临江仙·岁月如流才几日》《清平乐·屏山六扇》《蝶恋花·当日别离犹觉易》《临江仙·又到年时重九》。

11 月

《少年游·季韶书来，言屏兄死矣，泫然赋此》《思佳客·一局残棋化劫灰》《思佳客·动地悲风迫岁阑》《玉楼春·秋花不似春花落》《鹧鸪天·日日尊前赋式微》《思佳客·真把人间比梦间》《鹧鸪天·莫莫休休意自甘》《鹧鸪天·少岁胸怀未肯平》《定风波·再悼伯屏》(六首)《鹧鸪天·侃如自澂江来函，嘱作南游。赋此答之》《玉楼春·含愁坐久和衣卧》《鹧鸪天·一半秋江雾影涵》

《临江仙·幻梦连环不断》。杨敏如在《怀念先师顾随先生》中说："1939年冬天，我决定悄悄离开燕园，到大后方去。老师中除郭师外，我只到了城内弓弦胡同顾先生家辞别。先生现出少有的兴奋和喜色，说年轻人都应该走，并把案上刚写就的一首《临江仙》赠我。我读到末二句'一双金屈戌，十二玉阑干'，几乎滴下泪来。"

1940 年

1 月

《鹧鸪天·城外遥山渐杳冥》《临江仙·巷陌疏疏落落》。

2 月

《鹧鸪天·谁唱阳关第四声》。

10 月

《蝶恋花·才送春归秋已暮》《风入松·吐丝作茧愧春蚕》《临江仙·独坐空斋无意绪》《御街行·相思便似丹枫树》《醉太平·戏仿曲中短柱体》(二首)、《江神子·秋来何事爱登楼》。

《减字木兰花·栖鸦满树》。1938 年以后，顾随在燕山大学开设"词选及习作"课，常举自己新作作为示范。戚国淦在《顾随先生的词选课》中回忆道："一次，先生在黑板上写下半阕《减字木兰花》：栖鸦满树。借问行人何处去。满树栖鸦。不信行人尚有家。并说下半阕尚未想好，问我们谁能代为续上。"戚续为："严霜遍野。但愿行人归去也。遍野严霜，哪个行人恋故乡。"

《南乡子·寄家六吉弟》。

12 月

《浣溪沙·渐觉宵寒恻恻生》《临江仙·卷地风来尘漠漠》。

1941 年

3 月

《眼儿媚·山光薄暮欲沉烟》。

12 月

《蓦山溪·大雪西郊道上作》《踏莎行·大雾中早行》《卜算子·病中作》。

《鹧鸪天·不是销魂是断魂》。顾随在 1942 年初给周汝昌的信中录示此词："春来课事益忙，累于生计，无可如何。间一为诗，久不作词矣。《鹧鸪天》一章尚是去年之作也。"

印行《霰集词》二卷。原词集无词目，未编年，词作也未加标点。

1942 年

4 月

《浣溪沙》(三首)、《临江仙·上得层楼穷远目》《鹧鸪天·赠北河沿柳》《浣溪沙·但得无风即好天》。

顾随在 1942 年 4 月 22 日给周汝昌的信中录示以上三词："春假中得小词数章，选抄寄奉玉言学兄……拙词不敢望宋贤，若宋贤集中亦殊少苦水此一番意境也。然否？"

5 月

《临江仙·出游见有叫卖樱桃者，纳兰容若词曰"深巷卖樱桃，雨余红更娇"，因用其意赋小艳词一章》《鹧鸪天·梨树花开有作》。

顾随在 1942 年初夏给周汝昌的信中录示以上两词："卅一年初夏所作小词二首，俱不佳，写奉玉言兄一看。"

《鹧鸪天·偶得"但得无风即好天"七字，意甚爱之，已谱成前阕矣，复衍成此章》《浣溪沙·极目西山返照中》。

1943 年

8 月

《南歌子·夜深雨过无寐口占》。顾随在 1943 年 8 月 16 日给周汝昌的信中录示此词："小词一章，昨夕所得，附呈。"

9 月

《鹧鸪天·秋日晚霁有作》《浣溪沙·偶得"后期"七子，已谱前章，叶九见而喜之，因再赋此阕》《临江仙·"后期"七子意仍不尽再赋》《南乡子·秋势未渠高》《鹧鸪天·不寐口占》。

顾随在 1943 年 9 月 2 日给周汝昌的信中录示以上五词："十日以来又说苏词，选得十首，又附四首，今日已说至第六首，字数逾六千矣，开课前或能完卷亦未可知。惟秋阴不散，心绪难佳，夜间每苦失眠。辗转无憀，则口占小词，今日录出，已有五首，即以原稿奉寄。"在《南乡子·秋势未渠高》一首后说："前作《南歌子》有'横担椰枒万峰青'之句，玉言见而爱之，因复为此章。"

《青玉案·行行芳草湖边路》《鹧鸪天·日光浴后作》《浣溪沙·比来日日读〈珠玉词〉及六一近体乐府，因借其语成一章》《临江仙·巽甫寄示近作〈八声甘州〉一章，自嘲浅视。适谱此阕未就，过片因采其语，足成之，却寄巽甫为一笑也。时为旧中秋节》。

顾随在 1943 年 9 月 17 日给周汝昌的信中录示以上四词："中秋日得小词一首（即《临江仙》），颇得意，巽父谓何如？"在《临江仙》词后说："宋孝宗既以蹴鞠损一目，金人遣使进千手千眼佛，意盖以讽之。宋臣为颂以解之曰：一手动时千手动，一眼观时千眼观。幸自太平无一事，何须用得许多般。过片之意本此。密云谓密云龙，不知能如此用否？又不知是此密字否？平时读书不熟，如今老而善忘，巽甫幸为我校改之。又，末二句是吾所谓得意者，然亦不识如此即得，抑或当改作苍茫云树外，烟水两悠悠也，或两更宜作共耶？前后客津六载，不曾一至咸水沽，未知其景物何似，水外有树耶？树外是水耶？吾意定稿必当决诸巽甫耳。若两句之意，虽然说得如彼其雅致，直是说两个近视眼而已，巽甫不为之一粲然耶？至前三章都复不佳，惟新凉夜夜入疏桐尚堪自信耳。"

《破阵子·吾既说辛词竟，一日取〈稼轩长短句〉读之，觉其〈鹧鸪天·徐抚干惠琴不受〉一章，自为写照，极饶奇气，遗而未说，真遗珠矣。乃复为小词二章云》。顾随在 1943 年 9 月 22 日给周汝昌的信中录示此词。

《南歌子·澹澹新秋月》《破阵子·蛮触人间何世》《清平乐·早起散策戏仿樵歌体》《临江仙·可惜九城落照》。

10 月

《风流子·旧恭定二邸见红蕉有作》《木兰花令·十刹海畔薄暮散策口占》。

顾随在 1943 年 10 月 3 日给周汝昌的信中录示二词："十年以还，不复为长调，因吾兄之问勉力作《风流子》一章，初意是学清真，写出自看一过，全不相类，三处隔句对，即不似稼轩，亦近梦窗矣，然否？不过此等词伤元气，损神明，与苦水甚不合势。作文写字要于古人中发现自己，旁人只可赞助即可，即无他山之攻仍可自悟自证。此义非数语可了，然吾巽父必能自得之。"在《风流子·旧恭定二邸见红蕉有作》词作后，顾随说："琐拟改绮。曲拟改玉。风字复，乞代斲。还有改看取。笙箫改前朝。风转拟改霜烟。烟字有平去二声，此用去声读。于律尚可，但句苦乏韵致而已。"在《木兰花令·十刹海畔薄暮散策口占》词后说："十刹海中皆止水，堤外小溪方是流水也。若树畔桥头挂杖送斜阳者，乃是苦水而已，一笑。巽父看此小令与《风流子》一首，简直有仙凡之分，岂止上下床之别？苦水恰可于此处安身立命耳。"

《临江仙·过却中秋几日》《鹧鸪天·谁信狂夫老不狂》。

《南歌子·雨洗清秋月》。顾随在 1943 年 10 月 24 日给周汝昌信中录示以上三词："下录三词，皆重阳前后所作。计今秋得词二十余首，大半都写寄矣。"

《烛影摇红·重阳前一日赋》《踏莎行·尘世多歧》。

1944 年

《浣溪沙·花信如今第几番》《浣溪沙·乍可垂杨斗舞腰》。

印行《濡露词》，实为"濡露词"与"倦驼庵词稿"的合集，集后有作者之"小记"。原词集无词目，未编年，词作也未加标点。

1948 年

3 月

《踏莎行·平中春来多风，而今岁独时时阴雨，戏赋》。

1952 年

10 月

《鹧鸪天·朝气新生漫古城》《浣溪沙·炉火熊熊》《清平乐·睡余饭饱》。

顾随在 1952 年 10 月 25 日给周汝昌的信中录示以上三词。顾随在 1953 年 1 月 1 日给季韶的信中录示此词。

12 月

《鹧鸪天·五二年冬至日和正刚韵》（二首）。顾随在 1953 年 1 月 1 日给季韶的信中录示此词。

1953 年

3 月

《最高楼·二十五日写致家六吉书竟，复缕以此词》。顾随在 1953 年 3 月 31 日给周汝昌的信中录示此词。

《木兰花慢·故人书问我》《最高楼·赴津期近，检点居京二十余载，了无一善可说。偶读稼轩词有云："种花事业无人问，惜花情绪只天知。"感赋》。

顾随在 1953 年 5 月 28 日给季韶的信中录示以上二词："风雨中，无聊赖时，辄作小词遣闷，兹录出两首，寄呈季韶弟一看。同人中如有同好，亦可出以相示，共一批评之也。"

1954 年

4 月

《鹧鸪天·公孙龙子曾曰，飞鸟之影未尝动也。戏用其意》《念如娇·和孙正刚韵》二首。

5 月

《浣溪沙·五一节》《临江仙·四十余年钻故纸》《临江仙·连日大风，不能出户，赋此自遣。古人有坐雨之作，若此正可谓之坐风耳。五四年五月》。顾随在 1955 年 5 月 8 日给季韶的信中录示此词。

6 月

《木兰花慢·得命新六月二十三日书，欢喜感叹，得未曾有，不可无词以纪之也》。顾随在 1954 年 6 月 27 日给周汝昌的信中录示此词："昨午得书，便思以词纪之，而情绪激昂，思想不能集中，未敢率尔辜负佳题。下午睡起茗饮后，拈管伸纸，只得断句，仍未成篇。今晨五时醒来，拥被默吟，竟尔谱就，起来录出，殊难惬心。逐渐修改，迄于午时，乃若可观。"

7 月

《贺新郎·得玉言书感慨不已赋此慰之》。顾随在 1954 年 7 月 21 日给周汝昌的信中录示此词。

《木兰花慢·学习毛主席第一次全国人民代表大会第一次会议开幕词，奋发鼓舞，因而有作。五四年九月》。顾随在 1955 年 5 月 8 日给季韶的信中录示此词。

9 月

《鹧鸪天·玉言梁孟携五雏凤自川抵京，舍馆初定即来函告，三复诵读，喜心翻倒，走笔为小调当洗尘也》《水调歌头·送敏如入都就师大讲席，并似敏如晋斋都下》。

1955 年

12 月

《玉楼春·再赋全国棉粮增产，用旧所谓俳体》《浣溪沙·病后体软，慨然有作》。

顾随在 1955 年 12 月 25 日给周汝昌的信中录示以上两首词："右小词二章，皆二十四日上午所作。《玉楼春》真所谓俳体，虚飘飘几如灯草，更无分量，反不如《浣溪沙》之沉实。于以知虽有正确之思想而无伟大之情感，譬如秋鹰，纵然细筋入骨，而无健翮劲羽，不能高举远骛也。言兄以为尔不？"

《木兰花慢·病中几于日日理稼轩词，感题》。顾随在 1955 年 12 月 26 日给周汝昌的信中录示此词。

《水调歌头·一九五六年献词》。顾随在 1956 年 1 月 1 日给周汝昌的信中录示此词："五五年十二月二十七日稿。五六年元日重录。"

1956 年

1 月

《浣溪沙·赠通县某农业合作社农民号"老来红"者》。顾随在 1956 年 1 月 1 日给周汝昌的信中录示此词："重词之多仍借辛老子词为遮羞。"

以上两词，顾随在 1956 年 1 月 6 日给周汝昌的信中又修改后录示："右二词已写奉，今日大风中独坐，因复改定，再录呈一看。言兄以为何如？"

《乳燕飞·吾有两女在津，三女居京。除夕元旦有两女自京来津，其最少者已于去岁被吸收入党，于其行也，赋此词以送之。古有誉儿者，吾今乃誉女》。顾随在 1956 年 1 月 3 日给周汝昌的信中录示此词："此章上午谱就，灯下重录一过。至歇拍六字，乃觉大有悖乎社会主义现实主义文学之旨，其当改作真个也，令公喜乎？然又与前此风格不类，会当别拟。小词真不易作也。"

《南歌子·荒漠乌金溢》《南乡子·题人民日报所载四川某农业生产合作社七十一岁老农民像。老人犹能参加劳动，且请人为记工分也》。

顾随在 1956 年 1 月 4 日给周汝昌的信中录示以上二词："今日枕上口占《南

歌子》一章。起床后见天色如墨，点心茗饮后甚无意趣。女子辈已于前日各就岗位，独坐窗下，颇寂寞，复吟成《南乡子》一章，写奉言兄一看。"

《最高楼·读宗子度到拉萨去，因题（一月九日）》《金缕曲·寒天尘霾中水仙怒放，因赋（十四日）》。

顾随在 1956 年 1 月 15 日给周汝昌的信中录示以上二词，在《最高楼》词后说："无实际生活经验，而第二手材料又不足启发灵感，譬之冷饭化粥，饭已自不佳，粥更难得有味也。"

10 月

《木兰花慢·鲁迅先生逝世二十周年献词》《沁园春·再赋》《贺新郎·深秋大风后散策体育场，见工字大楼已落成，其旁其前则旧岁所建"青年""幸福""劳动""建设"诸楼。因念工部因"茅屋为秋风所破"而有"广厦千万间"之叹，余乃自幸生今之世也》《鹧鸪天·困苦艰难两莫辞》《贺新郎·以前作写似孙正刚。正刚有和作，辞意殷勤，虽曰见爱，实乃过奖，步韵成篇，所以自剖》。

顾随在 1956 年 10 月 25 日给周汝昌的信中录示以上五词："《闻角词》断手于今岁一月间，三月中复病，乃不能为词，嗣是而后，几于并韵语而忘之。半载以来，仅暑假中有北曲小令三章而已。自建国节起，以纪念鲁迅先生逝世二十周年起草《阿 Q 正传人物论》，课事牵帅，进行殊缓，而院中黑板报编辑部来索稿，先后谱得词二章以应之。旧习发动，偃息及散策之际，随时感受，信口吟哦，又得二章，今辑录之为近稿。"

《行香子·自题所作词》《南乡子·衰草遍山长》。

1957 年

1 月

《鹊桥仙·一九五七年元旦试笔》《木兰花慢·周恩来总理于去岁杪曾往访东南亚诸邻国，今岁初复赴苏联，此真所谓和平使者，岂徒外交使节而已，咏之以词，不尽万一》《灼灼花·冬夜偶以事外出，归来得二十八字："月夜银汉耿交光，霜结寒条似发长。不道青灯明镜里，新来两鬓白于霜。"嫌其无谓，因增益其辞为灼灼花云尔》《风入松·新岁喜雪》。

2 月

《临江仙·六十一初度自寿》。

顾随在 1957 年 2 月 17 日给周汝昌的信中以《述堂近稿》形式录示以上五

词："开岁迄今，疾病冗忙中得词五章，呈鱼兄过目。"又说："词五首已另纸录出呈上，祈政。不佞比来作词与作字似俱有小长进。自愧平生悠忽，学问一无成就，假如而今而后，以残年余力专从事于长短句与临池，或可证一小果，而客观条件又万万不允许。"

《小桃红·拟煤炭工人春节坚持工作写给爱人信》。顾随在 1957 年 2 月 19 日给周汝昌的信中录示此词："立春后风雪继作，院中已开讲，而午后又时有客来访问，颇觉不支。今日幸无课，又无客，午睡偏又不成，坚卧至四时，辗转反侧之际，得小词一章，塞翁失马，甚用自喜。灯下录出寄兄一看，不知以为何如。"

《踏莎行·今春沽上风雪间作，寒甚。今冬忆得十余年前困居北京时，曾有断句，兹足成之，歇拍两句是也》《水调歌头·晨兴见树稼有感作》。

顾随在 1957 年 2 月 25 日给周汝昌的信中以《述堂近稿》形式录示以上二词："第一首是日前发书后所得，第二首则今日午睡起来写成者也。两词皆略有疏宕之致，不太似述堂平时手笔。言兄以为何如？但《水调歌头》之歇拍，人见之不将谓有所讽耶？不佞自评，如不是趁韵，充其量亦不过写实而已。"

《蝶恋花·西出阳关迷望眼》。

3 月

《满江红·女子子见予〈水调歌头〉而笑之曰：河坼已久，爸不出户，顾未之知耳。因复赋此阕以自解》。顾随在 1957 年 3 月 3 日给周汝昌的信中录示此词："十日前于报端见兄弟国家兄弟党七字，意甚喜之，欲以之入词，而久久不能成篇。连日阴云不开，霰雪交飞，病骨作楚，意兴全乖，偃息之余，乃得此解。前片多词家常语，后片大类教条，虽有合于格律，恐无当于情文，然述堂才力尽于此矣。"

《清平乐·拟农业合作社中人语》。顾随在 1957 年 3 月 5 日给周汝昌的信中录示此词："今日下午到卫生室注射药针，护士以针尚未消毒告，坐候良久，甚无聊，因填词自遣，此章即尔时所得——塞翁又一次失马矣。归来录出，言兄见之，不知将列入何等。前日所作《满江红》，昨日正刚来，看过之后，颇有贬词，尤不满于歇拍十一字，谓音节不好，上两句已用重字了，此处不合再用，而且用意亦不免死于句下；而荫甫则大赞赏，以为精力弥漫。三人行，必有我师，兹只争言兄下语矣。文章千古事，得失寸心知，亦殊不易说耳。"在 6 日写给周汝昌的信中，顾随录示此词的修改稿。

《好事近·霰雪纷无边》。顾随在 1957 年 3 月 7 日给周汝昌的信中录示此词：

"昨日下午多云，今早沉阴，精神殊不振，因外出理发，坐候半小时许，无赖之余，乃成此词腹稿。归来取片纸录出，尚未竟，雨雪交飞，斜斜整整，飘飘摇摇，词中所谓洒遍天南天北者，竟成预言。至所谓得江梅消息者，别有本事，但下片所云云，则又吹入别调，与本事无干。中心所藏，颇欲一吐，及至说时，又复隐忍。年华老大，风怀渐减，即说亦说不好，不如不说。兄当记得旧岁拙作《金缕曲·赋水仙》一词，此江梅正是水仙之代词，此殊不欲语之他人，然言兄非他人也。"

《浣溪沙·三叠阳关不爱听》。顾随在 1957 年 3 月 19 日给周汝昌的信中录示此词。

5 月

《沁园春·五一节献词为津市广播电台作》《清平乐·诗人节献词》。

顾随在 1957 年 6 月 16 日给周汝昌的信中录示以上二词："两词一长一短，皆急就篇，首章只异派十五字颇道着些甚么，馀皆不能佳。又，重字太多，是大病也。"

10 月

《高阳台·十月革命四十周年献词》。

1958 年

《鹧鸪天·欢送下乡参加劳动生产同志》《雨中花慢·一千零七十万颂歌》《木兰花慢·龙凤呈祥　五九年元旦献词》。

1959 年

2 月

《风入松·迎春词》《木兰花慢·迎春跃进之歌》《一剪梅·朝日瞳昽带早霞》。

5 月

《西江月·五四运动四十周年》《连理枝·咏唐柳》。

9 月

《南乡子·蒜酪要推陈》。顾随在 1959 年 9 月 4 日给周汝昌的信中录示此词："月之一日得大札及新词，喜慰不可言。当晚得小词一章。词不佳，聊记当时激动心情，令言兄知之。不佞暑假中几于无日不有所述作，上月杪迄今等于以填词为业，所得近卅首矣，客观需要不能自已，所恨才尽体弱，劣作未称此大时代。年来常常感到，词之为体，短小局促，与当前局势是夜未能相当。和其声以鸣国家之盛，古典韵文形式中，曲尚矣，顾业务与精力所限，不暇及此，亦不能及此，时一念及，恨恨无极。今得言兄新作，焉得不为之喜而不寐乎？"

《八声甘州·国庆献颂》。

10 月

《灼灼花·国庆十周年放歌》（五首存三）。

11 月

《减字木兰花·工人阶级》《鹊桥仙·东风万里》《木兰花慢·农业部最近在郑州召开会议，决在两三年内使黄河故道千八百万亩荒滩成为果园。非总路线、大跃进、人民公社不能办此也》《西江月·病中见落叶有感作》《玉楼春·短松半尺栽盆内》。

顾随在 1959 年 12 月 8 日给周汝昌的信中录示以上五词。

12 月

《木兰花慢·旧时庄稼汉》。顾随在 1959 年 12 月 13 日给周汝昌的信中录示此词："一周来天气沉阴而既不成雨，又不下雪，中有两日大雾漫天，痼疾发动，至不可耐。欹枕拥衾，信口吟哦，得诗词各一章，亦由此间报刊催索，非尽由于排闷自怡也。若其不佳，则固然已。"

《浪淘沙·南宋周晋仙浪淘沙曾云："一事最奇君听取，明日新年。"细思之，年年有个"明日新年"，此有何奇？若夫当代英雄成千上万，纷纷提前完成计划，跨进一九六〇年，新年反而姗姗来迟，此乃亘古未有之奇耳》。

《西江月·为建明公社作》《临江仙·读人民日报社论猪为六畜之首》《小桃红·灾年丰收颂》。

顾随在 1959 年 12 月 13 日给周汝昌的信中录示以上四词："岁暮又谱得小词四章，写寄一看……《西江月》稍可看，余皆非称物逮意之作。"

1960 年

1 月

《玉楼春·许多厂矿提前完成头十天计划（人民日报新闻标题）志喜》。顾随在 1960 年 1 月 22 日给周汝昌的信中录示此词："《迎春》七律与此《玉楼春》词，皆非不佞极为意称物又逮意之作，然皆足以为不佞之代表，才力、学力、格调、气韵，只能达到此种限度无论已，最要者是能表现不佞于诗词两种不同韵文形式之用心致力处也。言兄谓然乎？不然乎？"

（作者单位:《泰山学院学报》编辑部）

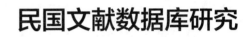

民国文献数据库研究

《中国近代中文报纸全文数据库——新闻报（1893—1949）》的价值及其影响

杨　菲

　　依托江浙文化之基，凭借近代东西方文化交汇之利，上海得风气之先，成为近代中国西学东渐的桥头堡。几乎在开埠的同时，就有西方传教士将出版业和印刷业引入。至十九世纪六七十年代，随着中国近代民族资本主义的兴起，报业作为新兴产业得以迅速发展。在长达数十年的时间里，上海成了中国报刊与出版社最为集中的城市，其出版社数目之多，出版图书品种之多，竟占中国出版业半壁江山，成为近代中国当之无愧的出版中心。诸多于此出版的报纸都在近代中国报业中扮演了重要角色，《新闻报》便是其中之一。

　　创刊于上海的《新闻报》，在长达半世纪的办报历程中，以其独到的办报宗旨和经营策略，成为当时全国最大的商业报纸，与《申报》《时报》《时事新报》并立于沪上报界，成为颇负盛名的上海"四大报"。该报以"不偏不党"四字为办报方针，"重经济而轻政治"，为研究中国近代历史，尤其是财政金融史提供了珍贵的史料，为海内外研究者提供了全新的研究视角，贡献了更为广阔的历史视野。

　　《新闻报》是上海图书馆独具特色的珍稀馆藏，但与其它民国报纸一样，其"寿命"仅有50—100年，如果找不到有效的保护措施，这部分报纸将永远灰飞烟灭，留下不可弥补的遗憾。即使存于恒温、恒湿、避光、防尘的书库，仍然只能极其有限地延缓其老化速度，因此，民国报纸的数字化刻不容缓。为此，上海图书馆《全国报刊索引》做了积极的尝试，并于2016年推出了《中国近代中文报纸全文数据库——新闻报（1893—1949）》，本文试图从《新闻报》的兴衰变迁、内容特色入手，简要论述了《新闻报》数据库的价值及其影响。

一、《新闻报》的兴衰变迁

《新闻报》创刊于清光绪十九年正月初一（1893 年 2 月 17 日），起初由英商丹福士（A. W. Danforth）、斐礼思（F. Ferris）与华商张叔和、袁春洲等人合资创办，由丹福士出任董事长，斐礼思为总理，袁春洲为第一任华人经理，蔡尔康为主笔。

清光绪二十五年，由于丹福士与中国股东之间矛盾激化，加之其生意破产，无意再经营报纸，遂将股权低价转售于美国人福开森（John. Calvin Ferguson）。福开森时任南洋公学监院（校长），且身兼多职，无暇专力办报，遂自任该报监督（董事长），聘请南洋公学庶务汪汉溪为总理（总经理），予其全权处理该报之一切事务。

在经营上，福开森提出了"不偏不党"的四字办报方针，并垂为馆训，屡加重申。这一方针使得《新闻报》既与中国政治保持了一定距离，又维系住了与读者市场的亲和力，在这一思想指导下，总经理汪汉溪制定了有效的经营方略，不断革新与突破，使《新闻报》发展迅猛。

汪氏眼光独到，他说："上海人口以从事工商业者为最多，我们办报，首先应当适应工商界的需要。"基于此，在办报过程中，《新闻报》选择经济新闻为报道重点，使之逐渐发展成了代表上海工商业者的唯一大报。他在报纸上开辟专栏，逐日介绍商场动态，发布商业行情。这一栏除有专职人员担任采访记者之外，还在各行业中找到一批业余访员，每月给予一定报酬，每逢市场波动，行情起落，这些人于第一时间及时报告，所以该报市场消息之灵通，为其他各报望尘莫及。同时，为了适应小市民的需要，汪氏首度在会审公廨、巡捕房、救火会、医院等处设置特约报事员，责成他们及时报告火警、盗案之类的小新闻。这些新闻既迎合了小市民的趣味，又避开了政府的新闻检查。除此之外，汪氏还斥巨资建设无线电台，收听外国电讯，及时刊登国际新闻，因此销量与日俱增，逐渐占据了较大的市场份额。

该报在经营策略上特别重视品牌的树立和形象的宣传。汪氏特别强调，凡报社同仁一定要称"新申两报"而非"申新两报"，甚至广告客服也要使用此顺序，否则不予登。此外，在送报车身上，还印上"新闻报""日销五十万分""广告效力最大"等字样，以扩大报纸的影响力。

在汪汉溪的苦心经营下，《新闻报》发展很快，1921年日销量即达五万份。成为沪上销量第一的大报，"《申报》次之，《时报》又次之"[①]。时任上海《中华新报》总编辑的张季鸾撰文推崇《新闻报》为"东方之《泰晤士报》"，并说："《新闻报》发挥其在商言商之主义，不求津贴，不卖言论，不与任何特殊势力缔结关系，仅凭其营业能力，步步经营，以成今日海内第一之大报，此诚难能可贵。"[②] 这话未必确切，倒也窥豹一斑，汪汉溪也被列为上海报界四大金刚之一。

1929年，《新闻报》大股东福开森因担心报纸被国民党政府取缔而抛售其股权，低价将大部分股权转售于《申报》大股东史量才。但史量才并不管事，转推上海金城银行总经理吴蕴斋为董事长，原董事及报馆工作人员均未更动。1934年11月13日，史量才被刺杀，由其子史泳赓继承产权。史泳赓也信守承诺不变，未对《新闻报》经理层进行变更。汪汉溪年老退休后，其子汪伯奇、汪仲伟分任总（经）理和协理，主持该报。汪伯奇为人不露锋芒，细致谨慎，克勤克俭，任命金煦生、李浩然等出任总编辑，开创了该报的鼎盛时期。1937年，上海沦陷后，《新闻报》"改挂洋旗"，照常出版，但日销量已显萎缩。1941年12月8日，日军进占租界，对《新闻报》实行"军管理"，此后不久，汪伯奇辞去职务，大批资深馆员相继出走，《新闻报》从此一蹶不振。1945年抗战胜利后，国民党中宣部派詹文浒为特派员，接收《新闻报》，嗣后，又用法币收购该报产权，组织了官商合办的新董事会，派程沧波为社长，从而使《新闻报》成为"未挂国民党党报招牌的党报"，《新闻报》失去了民营报纸的性质。1949年5月上海解放，该报由中国人民解放军上海市军事管制委员会接管，报纸停刊。

二、《新闻报》的内容与特色

该报版面自创刊开始就比较固定，基本没有发生较大的改变。头版主要用来刊登时评类文章，文章形式多样，内容丰富、来源众多。其他版面，主要刊登来自京城和其他地方的新闻消息。上海本地新闻则是该报报道的重点，举凡

---

① 陈祖恩、于金海:《海上十闻人》，上海：上海人民出版社，1990年，第87页。
② 陶菊隐:《记者生活30年》，北京：中华书局，1984年，第75页。

政府举措、社团活动、各类纠纷、民众娱乐、商业活动均包括在内。此外，由于该报是一份比较注重收益的商业性报纸，报纸刊登的广告与新闻内容经常保持在六与四的比例，即广告内容占六成，新闻占四成①。广告种类丰富，大致分为社会广告，诸如政府公告、企业声明、赈灾募捐、婚丧嫁娶、遗失招租等类均属此范畴；商务广告，以推销商品或服务为目的的盈利性广告，这是该报广告的主体，包括日常生活、休闲娱乐、金融保险等内容；交通广告，包括当时汽车、火车、轮船等各类交通工具的班次、时刻表和航期表等；文化广告，包括教育广告和书籍报刊杂志出版广告。杂项广告，凡是不属于以上四类的广告均属于杂项广告②。因此，该报保存了晚清民国时期大量的商业性广告，对研究当时的商业广告与市民生活具有重要的资料价值。

"重经济而轻政治"是该报的主要特色。该报采取"经济独立，无偏无党"的办报方针，创办之初即以中立原则积极报道政治与经济类消息。辛亥革命爆发后，为免受政治斗争的冲击，逐渐以报道经济新闻为主，淡化政治新闻的报道，并将自身定位为商人、小市民的商业报纸。该报于 1921 年 4 月 15 日，开辟经济新闻专栏，"每日发表证券、纱布、粮食等行情以及世界各国货币汇兑涨落情况"。1922 年又增辟"经济新闻版"，高薪聘请徐沧水、朱羲农、冯子明等为编辑主持业务。集中登载商情物价等方面的消息，市场行情十分翔实，偶尔还会邀请经济专家对市场行情变化进行分析。此外，还逐日介绍上海各大商场的动态，深受上海广大市民喜爱，也被工商界所重视。由于该报商业消息灵通，江南各省镇的较大商号，凡与上海具有经济往来，均要订阅，上海许多商店的柜台上也放置着该报，因此该报又有"柜台报"之称。因此该报纸的主要阅读对象以工商界人士为主。

该报的时评内容也比较有特色。民国初期，很多报纸以长篇时评文章为尚，而该报则独辟蹊径，将长篇的时评文章改为短小精悍的短评，文字简练，且能切中时弊③。

该报特别注意新闻的时效性和独家来源，因此往往能够出奇制胜，能够

---

① 陶菊隐：《记者生活 30 年》，北京：中华书局，2005 年，第 182 页。

② 杨朕宇：《〈新闻报〉广告与近代上海休闲生活的建构（1927—1937）》，复旦大学博士学位论文，2009 年，第 32 页。

③ 方汉奇主编：《中国新闻事业史（第二卷）》，北京：中国人民大学出版社，1992 年，第 78 页。

抢先发布新闻。以时评类文章为例，该报往往是当天事当天评，注重报纸评论的时效性，在五四运动爆发后，《新闻报》几乎以每天一篇短评的速度，尽力做到当天事当天评①。1922 年，该报在国内设置了国际电讯电报房，内装有最新式的收报机四部，两部短波，专收国外新闻，两部长波，专收国内新闻。安排专人抄收外国通讯社的电讯冠以"本报国外专电"，这为增加该报的销量发挥了巨大作用②。为挖掘独家新闻，该报聘请与政学系关系密切的张季鸾为其写北京通讯，聘请与金融界有直接联系的唐有壬写财政新闻③。该报记者顾执中与宋美龄私交甚好，因此得以最早披露蒋宋订婚的消息，从而名动国际新闻界④。

该报副刊创刊于清末，初名为《庄谐丛录》，1914 年更名为《快活林》《新园林》，由严独鹤任主编。副刊文章内容集趣味性、知识性、通俗性于一体，深受读者喜爱，部分文章也反映出当时底层民众的疾苦与社会现实的黑暗。1926 年 4 月创办《本埠附刊》，刊登上海本埠市民消费、娱乐、生活、商业活动等内容。这些内容对于我们了解 20 世纪 30 年代上海民众的文化和生活以及市民文化消费、文化心态和市民意识等提供了重要的参考资料。

三、《中国近代中文报纸全文数据库——新闻报（1893—1949）》的价值与影响

1. 馆藏完整、收录齐全

《新闻报》发行逾半个世纪，内容繁复，特色鲜明，一直以来以其独特的研究价值备受关注。《全国报刊索引》作为上海图书馆主管主办，并倾力打造的重要信息服务品牌，已完成了《新闻报》近 40 万版的数字化，将上海图书馆的珍稀馆藏悉数呈现，为研究者深入挖掘历史提供了坚实的基础。

---

① 吴霞：《李浩然〈新闻报〉短评初探——以五四事件为例》，《新闻爱好者》2009 年 4 期，第68 页。

② 李东霞、孙剑：《汪汉溪主持时期〈新闻报〉经营管理策略》，《青年记者》2014 年第 1 期，第75 页。

③ 陶喜红：《〈新闻报〉差异化竞争策略对当今报业竞争的启示》，《中央民族大学学报（人文社会科学版）》2005 年第 11 期，第 151 页。

④ 刘小清、刘晓滇：《中国百年报业掌故》，南京：江苏人民出版社，2000 年，第 259 页。

2. 全新视角、拓宽视野

目前该报的研究现状主要集中于以下几方面：从时间的角度梳理《新闻报》创办与发展的变迁过程与史实；从报纸内容与经营策略等方面与《申报》进行比较研究；从报纸新闻广告的内容研究该报商业广告与上海商业社会之间的关系；探索该报在一些重大历史事件过程中的舆论角色与社会影响，如学者对该报在甲午战争、义和团运动、袁世凯称帝、五四运动中的舆论均有研究。《中国近代中文报纸全文数据库——新闻报（1893—1949）》的推出，为相关研究者提供了全新的研究视角，全面拓展了研究视野。

3. 广告著录、有效揭示

《中国近代中文报纸全文数据库——新闻报（1893—1949）》将报纸资源按正文、广告、图片三大类划分，对于广告大量占比的《新闻报》来说，这种著录方式突出了该报的特色，有效揭示了报纸的精髓，为研究者提供了极大的便利。

4. 界面精美、方便精准

升级后的《全国报刊索引》网络平台界面更加精美，一系列人性化的功能令读者的查阅工作变得更加方便精准。读者可以通过热区分色显示的方式定位不同的文章类型。数据库还提供每版报纸的目录以供读者查询，便于读者统览报章全貌，系统地梳理浩瀚历史。

作为上海图书馆的重点知识服务品牌，《全国报刊索引》一直致力于用现代化的数字技术复活经典的报刊典籍。《新闻报》作为上海图书馆的重要报纸馆藏，内容包罗万象，对研究者和普通读者均有着极大的吸引力。政治史、经济史、文学史等方面的学者均能从中找到相关领域的研究资料，普通读者也能在阅读中感受到当时社会的风物人情。在该报尚未数字化之前，信息查阅、共享极为不易，如今，随着数据库的推出，大大提高了查询、检索报纸的效率，使《新闻报》得以跨越时间与空间的屏障，真正做到资源共享，也为后续的开发再利用提供了可能。

（作者单位：上海图书馆《全国报刊索引》编辑部）

《民国时期期刊全文数据库》的出版及其价值

陆依君

一、《民国时期期刊全文数据库》的出版

为了更好地揭示民国期刊的学术价值和历史价值，秉承"普及知识、传承文明"的出版理念，在保护传统纸质期刊的基础上，上海图书馆《全国报刊索引》于近年制作并推出了全新的数字化服务——《民国时期期刊全文数据库》(1911—1949)。该库收录了1911—1949年间出版的近两万五千种期刊，近一千万篇文章。作为历史档案的重要组成部分，《民国时期期刊全文数据库》集中反映了这一时期的政治、军事、外交、经济、教育、思想文化、宗教等各方面的内容，具有极为重要的学术价值和史料价值。《民国时期期刊全文数据库》的出版，不仅抢救和保护了珍贵的历史文献，进一步丰富了现有的近代报刊数字资源，更方便了广大读者和专业人士进行史料利用和学术研究，为其深入挖掘历史提供了坚实的基础。

二、《民国时期期刊全文数据库》的内容

从1911年辛亥革命推翻清王朝，建立中华民国起，至1949年中华人民共和国成立的38年，史称"民国时期"，这是中国社会发生深刻变革的历史时期。

随着政治地理上封闭格局的打破，社会制度的转型，思想文化的解放，民国时期的期刊出版愈见繁荣，品种和数量大量增加。他们或宣传先进的思想和学说，或抨击不合理的社会制度和社会现象，或生动记录了风起云涌的历史事件，或真实描写了纷繁复杂的世态人情，这些期刊内容丰富纷呈，涉及各个领

域，是研究民国时期历史的第一手资料。因此，民国时期期刊作为历史档案的重要组成部分，具有极为重要的学术价值和史料价值。

《民国时期期刊全文数据库》共收录民国时期出版的期刊近两万五千种，文献近一千万篇。该库资源内容丰富，收录全面，真正做到"一库尽揽"，不仅有助于再现民国时期独特的历史风貌、还原历史记忆，还丰富了报刊数字资源，方便了广大读者用户进行关于民国时期历史的学术研究，是近代文史研究不可或缺的文献资料和检索工具。

《民国时期期刊全文数据库》收录了大量的特色期刊，如内容丰富、流派纷呈的文学类期刊，极具特色的金融类期刊，作为近代期刊翘楚的画报类期刊，极具影响力的大学校刊，具有地方鲜明特色的地方报刊等。

1. 文学类期刊

民国文学期刊具有品类的丰富性、地域的辽阔性以及阅读主体的丰富性等重要特质[①]，在文学史上的地位及价值不言而喻。《民国时期期刊全文数据库》收录了这一时期大量的文学类期刊，流派纷呈，内容丰富，刊期齐全：有著名的论语派主要刊物《论语》《人间世》《宇宙风》；鸳鸯蝴蝶派创办的《小说画报》《红玫瑰》《半月》（后改名为《紫罗兰》）、《晶报》；语丝社的《语丝》周刊；新月社的《晨报副刊》《新月》月刊、《诗刊》周刊；左联先后创办的机关刊物《萌芽月刊》《拓荒者》《北斗》《十字街头》《文学》《文艺群众》《文学月报》《文学新地》等，可谓应有尽有。数据库不仅能为广大读者提供全面的民国时期文学期刊资源，方便用户进行文献查阅与利用，还对文学爱好者和相关专业人士进行近代文学的深入而系统的科学研究发挥了积极的作用。

2. 金融类期刊

民国时期的金融类期刊也是数据库收录的一大特色。库中收录了不少重量级的金融刊物，如被誉为"民国金融第一刊"的《银行周报》，是中国现代创办时间最早、刊期最长的一份金融类刊物。《银行周报》自1917年创刊至1950年3月停刊，伴随中国金融走过了30多年的发展历程，主要刊载了各地的工商与财政金融消息、国内外银行调查以及银行、钱庄和市况等方面的统计资料，专业性较强。此外，作为上海银行公会的舆论阵地，它还刊载过一系列的理论

---

① 刘泉、刘增人：《民国文学期刊论纲》，《南京师范大学文学院学报》，2014年第4期，第36页。

文章，研究和探索中国银行业现状的发展，对在华外资银行的经营加以评点，包括刊登的社论、特辑等具有相当的权威性，大凡财政、金融、商情、货币、汇兑、银行、证券、贸易、会计、统计等方面的理论与实务都悉数刊载，因而很受金融业、工商企业界、政府机关和经济学界各方面人士的欢迎。这本杂志虽然出刊年份长、数量多，但由于岁月更迭，大多已经销毁了，存世量极为稀少，弥足珍贵。《民国时期期刊全文数据库》共收录了该刊的一千四百八十四期，六万一千九百二十三篇文章。又如《北京银行月刊》，它不仅报道北京的金融状况，而且对各埠金融、各省财政、银行界近况都有详细的报道，是研究近现代金融的重要刊物之一。

3. 画报类期刊

画报，作为近代期刊的翘楚，记载了历史足迹，展现了人生百态，描绘变革时代的众声喧哗，映衬出社会历史图景的整体观照。数据库中对画报类期刊文献也有大量的收录。如影响一个世纪的中国著名画报——《北洋画报》，库中收录了一千五百八十六期。《北洋画报》内容丰富多样，形式轻松活泼，原汁原味地反映出当时的社会风尚，鲜明生动地展示了中国 20 世纪 30、40 年代社会生活的众生百态。当时的社会重大事件、重要人物，都能在其中找到图文线索。该刊不仅对于研究中国北方、中国现代史和"九一八"至抗日战争爆发前夕的华北政局等等都有一定的参考价值，还可以为研究京剧、电影等艺术，中国近代书画艺术和近代教育、体育等方面提供史料。其他如《良友》《故宫周刊》等，数据库中都收录得非常完整，且品相齐整良好。

4. 大学校刊

对于当时不少极具影响力的学生刊物——大学校刊，数据库中也有收录，如著名的《清华周刊》，库中共收录了其 1915—1947 年的一万四千三百八十二篇文献。《清华周刊》创刊于清华建校后三年——1914 年（开始几期叫《清华周报》）。初创时只是校内"记录和评论校园生活"的一张小报，在四开大小的几页纸上，分成"校闻""文苑""警钟"等几个栏目。发展到后来有人评论其称："论历史，不但国内各大学的学校刊物中没有比得上的，即便是全国各大杂志，有这么悠久的历史的，也是绝无仅有；论内容，《清华周刊》的质和量，比之社会上的一般月刊，也并不多让；不仅在全国学生所举办的刊物中堪称独步，即使在社会上，出这种大规模的周刊的，亦不多观；除《国文周报》外，几乎难以找出第二个和《清华周刊》有同样分量的周刊。……"①此外，还有《约翰声》《同济校刊》《齐鲁大学校刊》《燕京大学校刊》等，数据库中都有较为完整的收录。大学校刊是该库收录的独具特色的珍贵资源。

5. 地方期刊

近代地方期刊是近代地方社会发展的一面镜子，展示的是地区政治、经济、文化、教育、军事的生活画卷，是研究地方历史和文化不可或缺的文献资料。近代地方刊物是数据库收录的又一特色。数据库中全面汇集了民国时期各地的地方期刊史料，如《无锡县政公报》，刊登了无锡建设计划大纲，关于教育、财政、农业、司法等方面的文告，为县政府发布各种政策、法规和反映民众所关心的问题的专业期刊；又如《杭州市政季刊》，为政府机关刊物，主要刊登有关市政建设问题的论著和译述，发布社会、工务、财政、卫生、教育等方面的市政消息，同时颁布中央法令、法规，省市条例规程及各类统计表、财政报表等。该刊栏目包括论著、译述、专载、计划与方案、市政消息、调查统计、法规、会议录等；再如《江苏党务周刊》，为江苏省国民党党务刊物，主要刊载党务文件、公函和会议录等，并有时事述评。其他如《鄂报》《湖北教育月刊》《汉口商业月刊》《绥远建设季刊》等皆较为完整地囊括在数据库中。这些地方性报刊真实反映了近代中国地方的真实情况，已经成为当前近代史研究的热点之一。同时，库中还包括不少方志文献：如《方志之价值》《中国地方志统计表》等，能为广大读者和专业研究人员提供更完整、更专业的信息服务。

三、《民国时期期刊全文数据库》的特色和价值

1. 内容完整权威

民国时期的期刊文献是上海图书馆在国内外具有举足轻重地位的一类资源。《民国时期期刊全文数据库》是基于上海图书馆的丰富馆藏近代文献的基础上精心研发制作的，共收录了1911—1949年间的近两万五千种期刊、一千万篇文章，为目前市场同类数据库收录数量之最。该库严格按照期刊种类号，从每种期刊的创刊至终刊，完整连续加工而成，因此，《民国时期期刊全文数据库》的内容

---

① 王瑶：《为〈清华周刊〉的光荣历史敬告师长同学》，载张玲霞编《藤影荷声：清华校刊文选》（1911—1949）（第4期），北京：清华大学出版社，2001年，第307页。

具有很好的完整性和连续性，收录的期刊不仅在数量上远超其他同类产品，在对刊名及篇名信息的深度加工和准确揭示上，也同样经得起用户的考验。

2. 期刊特色明显

《民国时期期刊全文数据库》收录了很多特色期刊：如内容丰富，流派纷呈的文学类期刊《论语》《莽原》《宇宙风》《礼拜六》《语丝》等；存世稀少的金融类期刊《银行周报》《北京银行月刊》等；作为近代期刊翘楚的画报类期刊《北洋画报》《良友》《故宫周刊》等；极具影响力的大学校刊《清华周刊》《约翰声》等；具有地方风情特色的地方报刊等，均收录得非常完整，且品相齐整良好。由于民国期刊不易保存且年代较为久远，其中相当一部分期刊存世稀少，极难获得，这使得《民国时期期刊全文数据库》的价值更为珍贵。

3. 平台使用便捷

《民国时期期刊全文数据库》平台提供多种检索字段：如题名、著者、单位、刊名、分类号、年份及期号；同时，平台还具备期刊导航功能、文献聚类等特色功能，友好的平台界面大大方便了使用人员对于民国期刊文献的检索和获取，能为广大读者提供更为便捷和精致的服务。

4. 传承文化精华

多年来，上海图书馆《全国报刊索引》一直秉承"普及知识、传承文明"的出版理念，制作并推出了一系列近现代报刊数字化产品，旨在促进近代报刊的保护性开发和利用，受到了广大读者和用户的广泛好评。《民国时期期刊全文数据库》（1911—1949）是基于上海图书馆的丰富馆藏近代文献的基础上精心研发制作的，资源特色显著，内容涵盖丰富，收录全面，一库尽揽，具有市场同类产品无可比拟的全面性和独特性，拥有极高的史料价值和学术价值，能够从最大程度上满足广大读者和专业研究人员的使用需求。数据库一经推出，便在业界反响强烈，现已逐渐成为研究近代历史的专业人士必备的数据库检索工具。《民国时期期刊全文数据库》数据库的诞生，不仅抢救和保护了珍贵的历史文献、服务了广大读者和专业研究人员，更是中华传统优秀文化的继承和延续，将为学习和掌握中华文化思想精华、促进文化研究、文化传承和中华文化大发展大繁荣作出贡献。

（作者单位：上海图书馆）

杂缀

论顾宪融的词学师承及其《填词百法》

陈水云

一

　　顾宪融（1898—1955），字佛影，号大漠诗人，笔名佛郎、呆斋、红梵精舍主人，斋名临碧轩，以字行，江苏南汇人。佛影早年才思敏捷，在诗、词、曲等方面造诣甚深，与王小逸、张恂子并称"浦东三才子"。曾任教大同大学、持志大学、金陵女子大学，为上海商务印书馆和中央书店编辑，七七事变后避居四川，抗战胜利后返沪，在无锡国专上海分校任教。著有《大漠诗人集》《红梵词》《红梵精舍笔记》、杂剧《四声雷》《谢庭雪》、小说《新儒林外史》，辑录《元明散曲》，评注《剑南诗钞》，刊刻《红梵精舍女弟子集》等，词学方面的著述有《增广考证白香词谱》《红梵精舍词话》《填词百法》《填词门径》等。

　　顾佛影曾拜陈栩为师，陈栩是著名的南社文人，以创作诗词曲小说闻名民初海上文坛，有各类作品多达百余种。陈栩（1879—1940），字栩园，号蝶仙，别署天虚我生、太常仙蝶、惜红生等，浙江钱塘（今杭州）人。《天虚我生传》云："生为月湖公（陈福元）第三子，钱塘优附贡生，两荐不第；而科举废，遂以劳工终其身。夙擅诗文词曲，而不自矜，生平但以正心诚意、必忠必信为天职。凡事与物，莫不欲穷其理以尽其知，故多艺，然不为世用，因自号曰天虚我生！"（《中国纸业》1940 年征求号）陈栩是民国初年鸳鸯蝴蝶派的代表作家，曾在上海编创《申报·自由谈》《女性世界》《游戏杂志》《礼拜六》等，有小说《泪珠缘》《情网蛛丝》《玉田恨史》等，戏剧《花木兰传奇》《落花梦传奇》《桐花笺传奇》《媚红楼传奇》《白蝴蝶传奇》等，诗词文集有《天虚我生诗词曲稿》《栩园唱和集》《栩园唱和录》等。陈栩园不但是闻名的诗词大家，而且还乐于提携引导后进，出版《文艺丛编》，刊载《栩园弟子集》，这些弟子主要有陈翠娜、张默公、龚存诚、冯漱红、陈承祖、郑留隐、叶月澄、顾青瑶、温倩华、江素琼、陈小翠、朱穰存、陈小蝶、郑伟光、顾佛影等。值得注意的是，陈栩园还编有《作诗法》《填词法》以为门弟子之写作指导，这是近现代较早出现的关于诗词作法的入门指南。顾佛影学诗填词均受老师陈栩之影响，亦仿效老师之先例辑有《红梵精舍女弟子集》，并在陈栩《考正白香词谱》基础上编有《增广考正白香词谱》，又在《填词法》基础上编有《填词百法》，与刘铁冷的《作诗百法》同时发行，这两本诗词作法的入门读物在当时影响甚巨，一版再版，后更名为《无师自通作诗门径》《无师自通填词门径》。大约是受时代风气之影响，由崇新书店出版的这两本诗词作法书在当时甚为流行，引起了上海最有影响的出版机构世界书局的青睐，也专门请了一位叫刘坡公的，先后编写了《作诗百法》《学词百法》，这两本入门读物在结构安排和内容组织上，都明显受到顾氏之书的影响，因为世界书局的发行力和影响力，以致在后世人们只知刘氏之书而不知有顾氏之书也。

谈起顾佛影的词学，不得不提到他的几本词学专书，这几本书也与他的老师陈栩有关。第一本是《填词百法》。《填词百法》于1925年2月由上海崇新书局出第三版，大约初版最迟应在1924年底，这本书是在陈栩《填词法》（1919）、《考证白香词谱》（1918）的基础上，结合自己的创作经验编写而成的。第二本是《增广考正白香词谱》，1926年9月由中原书局出版，次年七月再版，该书凡四卷，是对陈栩《考正白香词谱》的增广与补订。第三本为《填词门径》，1936年由中央书店出版，这是一本在《填词百法》基础上改编而成的通论性著作。较之《填词百法》，《填词门径》体系更完善，结构更完整，理论性更强。它在结构与内容安排上与吴梅《词学通论》有异曲同工之妙。如果说，《填词百法》是一本关于填词作法的入门读物，那么《填词门径》则可称是一本全面论述词学相关问题的理论读本。该书上篇涉及词与音乐、词与诗文、词与四声、词之句法、用韵、词谱、词调、词法等问题，下篇则专论历代名家词，依年代先后论述了唐五代词人四家，北宋词人七家，南宋词人六家，清代词人十五家，兼及不同时期的其他词人，论及各家创作风格，可称得上是一部简明词史。《填词门径》是顾宪融词学观念走向成熟的标志，也是1930年代现代词学走向成熟的重要标志。

二

《填词百法》由上、下篇组成，上篇围绕词体谈词法，下篇围绕词人谈词法，涉及词派、词史、词风诸问题，各有侧重，互为补充。《填词百法》虽然带有浓厚的经验色彩，但它是顾宪融从事词学研究的起点，相对于热闹一时的诗词研究而言，它是第一本较为完备论述填词之法的重要入门读物，值得重视。

一般说来，词体常识由音乐与文学两部分组成，音乐涉及到音、韵、律等要素，文学则关乎立意、谋篇、措辞、使事、用典等，对于填词之法的了解也应从这两个大的方面入手。在《填词百法》之前，陈栩《填词法》已涉及字法及辨体，但较为简略，其时亦有如王蕴章《词学》（1918）从辨体、审音、正韵等角度谈的，比较重视音乐性，更为前面的论述是吴莽汉的《词学初桄》（1920），从律谱、审音、用韵、用字、属对、练句、咏物、言情、使事等方面展开。《填词百法》上篇从"法"的角度着眼，将上述几个方面的问题细分为四十九种"法"。

从第一到第五法，论述了词的四声、阴阳、五音、词谱、词韵，都是着眼于词的外在形式，也有将词与诗、文等文体形式相比较的意味，强调词在四声、阴阳、五音、词谱、词韵等方面与诗文的差异性，后来他在《填词门径》中将这部分内容统归之为"绪论"。因为是填词的入门指南，所以对于四声、阴阳、五音、词谱、词韵的相关知识也作了比较系统的介绍。

第六到第二十五法，主要论及词的字法、句法、章法，层次虽不是特别分明，但条理大体清晰。比如字法有上去辨微、填词释义、虚字衬逗等；句法有二字句、三字句、四字句、五字句、六字句、七字句，还有深浅当体法、填词属对法、填词炼句法等，前者就句子的结构而言，后者就句子的写作而论；章法则有填词布局、小令起结、长调起结、填词转折、警句揣摩、叶韵宜忌、空际盘旋、命题选调、声律指迷等，都是就整篇作品而言的，尤重小令与慢词在结构上的差异性，在具体的作法上也就要求不一样，还有词调与立意的关系也很重要。

第二十六到第三十八法，是从内容角度谈到词的作法和要求，有从言意关系而论的，如意内言外、先空后实、言浅意深、十六要诀等，有从表达手法而言的，如写情铺叙、即景抒情、登临怀古、咏物取神、咏物寓意等，也有如隶事用典、运用成语、和韵叠韵、俗语入词等具体的创作技法。这些言论大抵是对前人相关论述的继承，但也确实是初习填词者所必须了解的。

第三十九到第四十三法，从形体角度而言，谈到词的一些特殊形态，如书函体、告诫体、集句体、福唐体、回文体等。因为这些词体，在填词中比较特别，作法有别于一般词体，作者特地拈出，目的是为了让初学者有所认知，并能较好地把握相关词体的写作尺度。

第四十四到第四十九法则是从词的音乐性角度谈词的形体与作法，包括令慢辨体、制腔参考、词曲辨体、调名辨异、调名考正、宫调溯源等，这些恰好是词不同于诗的外在表征。

对于上述内容，顾佛影在 1936 年出版的《填词门径》中作了简化，将这49 种 "法" 归纳为三大类。第一类 "总论"，主要论述词与诗文、音乐、四声的关系，包括四声的辨别和练习，以及读词的方法等等；第二类 "论词之形式"，包括句法、词韵、词谱、词调等，主要着眼于词的外在形构；第三类 "论词之内容"，则包括意内言外、先空后实、十六字诀、起结与转折、用韵、属对、衬逗、选调等，则是关于词的内在构成要素及其要求。这样的分类更为简明，条理也更为清晰，对于《填词百法》而言，《填词门径》是必须阅读的参考书。

较之一般入门读物而言，《填词百法》一书不但论词体之 "法"，而且还论及词人之 "法"。在下篇 "词派研究法" 一节中，他对晚唐五代、两宋、清代的词派作了简单的梳理，谈到每一时期重要词派及其创作特点，并介绍了重要的有代表性的词人，而后总结说："综讲由唐及清，先后凡四十八人，分为四十八章，每章先陈其人出处，次为博彩诸家评语，参以己意，一一论次之，后列其词，自三四阕至于十余阕，虽多寡详略不同，而初学得之，梗概略具矣。" 这就是他所说的 "词派研究法"，下篇每节在结构上由词人生平、诸家评论、代表作品三部分组成。

虽然顾佛影着眼于词人之 "法"，但也可看出词史在 "词法" 上的进步。晚唐五代以小令为主，词藻以雕琢为工，立意则托兴闺帏。两宋由短及长，体制日繁，词人日众，但南北两朝，风格迥异。比如北宋用重笔，南宋用深笔；北宋主乐章，南宋则以巧争胜；北宋无门径，南宋则按迹可寻。至于清代，他的总体认识是："虽乐谱失传，管弦已废，而文藻之工，转轶前代。" 因此，他把自己的论述重心也放在有清一代，重点论述了清代词人十八家，在《填词门径》一书中，他论及唐五代 4 家、北宋 7 家、南宋 6 家，清代多达 15 家，为全书之冠。

对于晚唐五代词人，重点谈了十三家，以李白为词之鼻祖。他认为李白的词未脱诗之痕迹，是将诗制谱入乐，但《菩萨蛮》《忆秦娥》二阕开始表现出与诗迥异的特征。关于温庭筠，对张惠言"感士不遇"的说法，他认为不必拘泥，"飞卿词佳处在语重心长，神理超越，句句绮琢，而字字有脉络"，对于温词的认识能不为常州派所拘牵，强调读者见仁见智，各极其妙。其时，在后代影响较大者为李后主、韦庄，他对后主的评价是"清逸绵丽，本色当行"，特别是亡国之后所作，"全用赋体作白描，语语惊心动魄"；对于韦庄的评价是"清艳绝伦，如初日芙蓉，晓风杨柳"，其《菩萨蛮》诸什，"眷眷故国之思，尤耐人寻味"。比较重视其艺术性，对于其他词人，也特别注意揭示其表现手法或审美品格，并能指出各家在表现技法上的缺陷和不足。如牛松卿的"浅而不露，拙而不率"，魏承班的"淡而近，宽而尽"，孙光宪的"情致极胜，而微伤于碎"，李德润词笔致的"舒卷自如，不假雕琢"，欧阳炯词的"粗中见细，拙中见巧"，等等。这些评价，固然也吸收了前人的一些看法，但也确实揭示了各家创作之特点。

对于两宋词人，他论述有十七家，并以两宋为时限。他认为北宋初年虽承晚唐之绪余，但已洗刷浮尘，气韵渐变，晏、欧为其代表。晏殊之词多小令，和婉明丽，与南唐为近，"一洗《花间》之浮艳，蓄情于物，疏淡中自见脉络"；欧阳修亦未脱南唐风习，"大率皆中小令，和平宽厚，如不自经意，自见沉着"。词到柳永手中，境界渐开，"体制既繁，意境亦富"。顾佛影概括柳词的特点是："音调谐婉，尤工于羁旅悲怨之辞，闺帏淫媟之语""词之由小令、中调以递至慢词，耆卿其关钥也"。其后，特色较鲜明者为苏轼、秦观，前者以豪健胜，后者以婉约胜，顾氏把苏轼与柳永相比对，认为"坡词自有横槊气概，固是英雄本色，与柳之以纤艳见长者不同"；又引蔡伯世语，将柳永、苏轼、秦观三人相比较："子瞻辞胜于情，耆卿情胜于辞，辞情相称者，惟少游而已。"比较清晰地揭示了三家创作之特征。此外，他还谈到贺铸的"丽而不淫"，陈克的"能拾唐韵"，特别推崇周邦彦的"集大成"。指出："美成词，其意淡远，其气深厚，其音节又复清妍和雅，最为词家之正宗。"他还引用毛先舒的评价，指出美成之妙在一"浑"字，并征引周济对周邦彦的评论，认为《清真词》在艺术表达上的特点就是"勾勒"。对于南渡以后词人，他着重论述了李清照、辛弃疾、刘过、史达祖、姜夔、吴文英、王沂孙、周密、张炎等九家，这九家大约可归之为三大派。李清照乃女中豪杰，与李煜齐名，独成一派。顾氏认为，"易安词浓淡各极其妙，究苦无骨，不脱为女郎语也"，指出她作为女性词人自身存在的不足，见解独到。辛弃疾、刘过属于豪放派，顾氏并没有直接发表意见，只是不避繁复大量征引前人评论，强调稼轩词的"重才""尚气""雄深雅健"。至于其它六家都属于典雅派词人，但在创作技法和风格上却是各有千秋，如姜夔的"高远峭拔，清气盘旋"，吴文英的"运意深远，用笔幽邃"，张炎空灵而雅正，王沂孙有白石意度，周密有"韶倩之色，绵邈之思"，等等。这些论述虽多取前人之成说，但也说明顾氏对于诸家之"法"的感悟和体认，并能准确地把这一词派的创作倾向揭示出来。

清代词人是顾佛影着墨较多的地方，他将清代词史分为四个时期，清初为一期，浙派为一期，常州派为一期，清末为一期，不同的词人被他纳入到不同时期展开讨论。对于清初词人，他推许龚鼎孳、吴伟业、王士祯、曹贞吉诸人的振兴之功，而于清初三大词人——朱彝尊、陈维崧、纳兰性德所论尤高。他认为朱彝尊所作"高秀超诣，绵密精严，标格在南宋诸公"，但也有其不足，亦即"以姜张为止境，好引经据典，饾饤琐屑"。陈维崧为词"天才艳发，辞锋横溢，驱使群籍，举重若轻""然其弊在叫嚣粗野，未夺稼轩之垒，先蹈龙洲之辙"。纳兰性德更被他推为清初词坛一大宗，其地位堪与朱彝尊并驾齐驱。"容若则瓣香重光，幽艳哀断，小令之美，古今无匹。"其余诸家，若彭孙通、吴绮、顾贞观，亦各有其短长，顾佛影亦多征引前人之评论作为断语。对于清代中叶词人，他选取了厉鹗、郑燮、张惠言三大家，从这三家见出其时词坛之格局，厉鹗为浙派在清代中叶的杰出代表，郑燮为陈维崧豪放作风在清代中叶的承续，张惠言则是常州派的开派领袖，顾佛影的选人选词可谓独具只眼，从风格与流派角度准确地反映了其时词坛之风貌。关于嘉道以还之词人，分别有项廷纪、龚自珍、蒋春霖、郭麐、周之琦、吴藻、王鹏运七大家，这几位词家既见证浙派在清代中叶的影响力及其新变气象，也可看出常州词派在晚清势力逐渐强大并成为词坛之主流，像项廷纪、郭麐、吴藻之近于浙派，龚自珍、蒋春霖、周之琦、王鹏运之近于常州派，这表明晚清词坛浙、常两派交互影响并趋于融合的发展态势。

以上所述，既是顾佛影对词人之"法"的描述，也表征着他对于词史演进的基本认知。如果说上篇着眼于实际性的写作指导，那么下篇则有助于初学者开拓眼界，对于词史发展及词体演进有比较深刻的认识，从而更好地找到切合自己的填词门径，进而登堂入室，趋于大成。从这个意义上说，它不但是一本知识性的入门读物，而且也是一部切实可行的填词指南，后来，在这本书基础上改编而成的《填词门径》，将顾佛影的这一用意更明确地表达出来了。

三

从《填词百法》自身而言，它有两大特点是值得我们注意的。一是，它不着意知识体系的建构，而更着眼于切实性的写作指导，从词体的构成要素，到字法、句法、章法，再到具体的写作技巧和特殊形态，而后是从唐而清重要词人词作的介绍，由浅而深，循序渐进，具有较强的操作性，后来改写本名之为"填词门径"，更为贴切。尽管所论之内容，是对传统词话有关论述的清理与总结，但无论是体例还是观念都与传统词话迥然不同。传统词话带有较强的经验色彩，有的甚至还有浓厚的派性意识，着意突出某派审美主张而贬抑某些审美倾向，比如清代浙西派的崇雅黜俗，常州派的尚意抑格，而顾佛影只是从客观的立场介绍有关常识，总结某种写作方法，体现了一种客观求实的态度，甚至对词史上某些词人的审美偏向作了批评和纠正。二是，它将词体、词人、词史糅合在一起，这样的体例结构对于后起之吴梅《词学通论》应该是有影响的。其实，这一做法，在刘勰《文心雕龙》之文体论已肇其端，所谓"原始以表末，选文以定篇，敷理以举统"是也。对于论词之书而言，刘熙载《艺概·词曲概》也有类似于论词法与论词人的内容，惟是缺少作品的介绍，而在民国初年出版的王蕴章《词学》、谢无量《词学指南》、吴莽汉《词学初桄》已有改进，特别是后两者还加入了作品的内容，但这两本书更着力于词之体式（即词谱）的介绍，而于"选文以定篇"却了无用心。顾佛影《填词百法》一书在各家评论之后选入代表性作品，以印证评论部分之所言并示初学者以轨范，可以说是对上述两书之不足的重大改进。

正如前文所言，《填词百法》是顾佛影词学研究的起始点，也是现代词法研究史上的重要转折点。在《填词百法》之前，主要有陈栩的《作词法》和傅汝楫的《最浅学词法》，其后有刘坡公的《学词百法》，而后是吴梅、刘永济、唐圭璋、夏承焘诸人相关论著涉及到"论词之作法"，《填词百法》则在现代词法研究史上充任着承前启后的重要角色。关于陈栩《作词法》的过于简略，前已论述，不再赘述，这里着重谈谈傅汝楫的《最浅学词法》。"本书定名学词法，专就浅近立说，为已解吟咏，而欲进窥倚声者，指示门径"。分列七章：寻源、述体、论韵、考音、协律、填辞、立式，有一定的体系性，对词的体式作了比较全面而系统的介绍，但基本上是对王蕴章《词学》和谢无量《词学指南》两书所论内容之综合。我们初步推断，顾佛影编写《填词百法》一书应该是参考了上述诸书特别是傅汝楫《最浅学词法》的，但是他却不受诸书内容和体例之限制，别出手眼，以"法"为全书立论之主线，将词体与词史、形体与结构、词人与词派等不同内容，分条分类串联起来，这一新颖而别致的编排体例和方法，既眉目清晰，又便于查询，类似于"填词百法辞典"，具有较强的实用性。它一经出版，便即售罄，先是崇新书局印过五版，后是中原书局印过六版，在市面上可称得上是畅销读物。

受其影响，世界书局也乘势推出刘坡公编写的《学词百法》，《学词百法》无论是在结构组织与内容安排上都可看出《填词百法》的印迹。如第一章"音韵"内容有：审辨五音法、考证音律法、分别阴阳法、剖析上去法、检用词韵法、配押词韵法、变换词韵法、避忌落韵法；第二章"字句"内容有：填一字句法、填二字句法、填三字句法、填四字句法、填五字句法、填六字句法、填七字句法、填对偶句法；第三章"规则"内容有：检用词谱法、研究要诀法、衬豆虚字法、锻炼词句法、揣摩词眼法、选择调名法、布置格局法、运用古事法、填词起结法、填词转折法、填词言情法、填词写景法、填词纪事法、填词咏物法；第四章"源流"内容有：探溯词源法、分别词曲法、辨别词体法、考正调名法、讲究令慢法；第五章"派别"内容有：晚唐诸家词法、五代诸家词法、两宋诸家词法、金元诸家词法、明代诸家词法、清代诸家词法。尽管《学词百法》在后世影响更大，但绝不可忽视《填词百法》在体例设计、内容安排、章节布局上的开拓之功。《填词百法》《学词百法》的多次重印和广泛流行，对推动民国时期的词法研究有重要的导向作用，后来吴梅《词学通论》、刘永济《诵帚堪词论》、唐圭璋《论词之作法》、夏承焘《作词法》等，将相关问题的研究引向深入，从而在现代词学史形成了一条以"词法研究"为主脉的历史线索，开拓出现代词学研究的新领域。

《填词百法》一书从首次印行，距今已有九十多年的历史，对当代读者学习欣赏旧体诗词仍有借鉴和指导意义。一是，它的编者顾佛影作为一位现代词人，以现身说法的方式，从词之作法层面，亦即从文体论的角度，为当代读者作了一次旧体诗词知识的普及工作，作为欣赏者应该从哪些方面了解词的特点，认识词作为一种不同于诗的文体的体性和特征；二是，在本书的下篇，顾佛影对词史上的重要词人、词派、词作作了比较系统的介绍，《填词百法》作为一本入门读物，也为初学者了解词史，掌握词史上重要词人和经典词作，提供了一个可供借鉴的读本；三是，这本书在写作方法上也是值得我们注意的，它的出发点是为初学者提供入门指南，在行文与结构上都非常浅显易懂，不作故作艰深之辞，语言明白畅达，把深奥的意思，用浅近的语言表达出来，因此，对于远距古典的当代读者而言是一本深浅比较适中的入门读物，以此可以登堂入室而进乎道矣。（本文为笔者整理《填词百法》"导读"，略有删节，该书为叶嘉莹主编、陈斐执行主编《民国诗学论著丛刊》之一种，即将由文化艺术出版社 2017 年出版。）

（作者单位：武汉大学文学院）

读半塘词笔记（一）

李保阳

丙戌秋初，读半塘词。迄于今日，时恰十年。幞被南北，日无暇晷。轮蹄流转，舟车南北。奔走江南、陕南、岭南，每有一得，辄笔之卷端。寸积铢累，遂有读半塘词笔记若干篇。壬辰山居，独学无友。雌黄笔墨，董理成帙。迨乙未夏秋间，负笈岭表。读词有得，再续前事。继有所作，复入笔记中。全帙时为文言，时为语体，盖因先后十年，情境变迁之故也。吾师尝有《倦月楼诗话》正续编，行文于白话、文言间。后生及门，循例出之。或有一得之见，难免一隅之失。读者诸君，有以教我。丙申腊月初五关中李保阳记于嘉兴鸳鸯湖畔之抱月楼。

一、四印斋刻本《樵歌》

朱敦儒（1081—1159）《樵歌》单行本几乎都是以钞本形式流传。所见著录有一卷本、二卷本、三卷本和不分卷本等系统，目前存世的版本有明吴讷辑《唐宋名贤百家词》本二卷，原为范氏天一阁旧藏，后辗转归天津图书馆，1989 年天津古籍出版社将其套色影印，线装四十册，限量发行。另据邓子勉先生考证，北京大学图书馆藏有一部《宋元名家词七十种》，二卷，邓先生疑即傅增湘先生《藏园群书经眼录》中所提及的明乌丝栏写本；国家图书馆藏瞿镛旧藏钞本，三卷；南京图书馆藏张蓉镜校本；南京图书馆藏刘继增原藏钞本，三卷；刘继增钞本又衍生除了一个光绪十九年（1893）许巨楫听香仙馆刻本；台湾"国立中央"图书馆藏旧钞《樵歌词拾遗》本，一卷；台湾"国立中央"图书馆藏常熟周季佐旧藏铁琴铜剑楼朱丝栏钞本；民国十一年（1922）朱祖谋辑刻《强村丛书》本，三卷。其他书目中所记载的旧本尚多，但都不能确知是否还留存人间。王鹏运四印斋曾先后两次刊刻《樵歌》，第一次是光绪十九年，王鹏运从况周颐处得到了毛氏汲古阁未刻词本朱氏词三十四首，刻为《樵歌拾遗》一卷，收入其汇刻的《宋元三十一家词》中。先是，半塘苦觅《樵歌》不得，故在《樵歌拾遗》后跋云："希真词清隽谐婉，犹是北宋风度。《樵歌》三卷，求之屡年，苦不可得。此卷钞自知圣道斋所藏《汲古阁未刻词》本，先付梓人，它日当获全帙，以慰饥渴。珠光剑气，必不终湮，书此以为左券。癸巳初冬三日晨起秉烛记。吟湘病叟。"毛氏汲古阁未刻词本先后经过纳兰揆叙谦牧堂、彭元瑞知圣道斋、况周颐第一生修梅花馆等递藏，后来辗转流入日本大仓文化财团，近年由北京大学图书馆出面整体收购大仓文库藏书，不知此本是否也在其中。王鹏运除了从《汲古阁未刻词》中钞出朱敦儒《樵歌》三十四首刊为《樵歌拾遗》外，还钞出《阳春集》，其四印斋刻本《阳春集》跋云："右冯正中《阳春集》一卷，宋嘉佑戊戌陈世修辑。陈振孙《书录解题》云：《阳春录》一卷，崔公度跋称其家所藏最为详确。《尊前》《花间》，往往谬其姓氏。近传永叔词亦多有之，皆失其真也。此本编于嘉佑，既去南唐不远，且与正中为戚属，其所编录，自可依据，益见崔跋之不谬。《书录》又云'风乍起'一阕，当是成幼文作，长沙本以置冯集中。此集适载此阕，殆即长沙本也。刻本久佚，从彭文勤传钞《汲古阁未刻词》录出斠勘授梓，并补遗若干阕。《未刻词》前后有文勤朱书序目，兹附卷末，亦好古者搜罗之一助云。光绪十五年六月己卯临桂王鹏运跋。"况周颐还曾经据《汲古阁未刻词》校勘过四印斋辑刻朱淑真《断肠词》[①]。这个《汲古阁未刻词》后来归况周颐收藏，再后流入日本。日本词学家村上哲见先生曾为这部《汲古阁未刻词》编写过提要，云："《汲古阁未刻词》，存二十二种，清彭氏知圣道斋转钞本，六册，东京，大仓文化财团藏。半叶十行，行二十四字。四周双边，版心下边象鼻有'知圣道斋钞校书籍'双行八字。彭元瑞跋云，于谦牧堂藏书中得《汲古阁未刻词》云云。其本定为汲古阁原钞。今不知何在。此本清末光绪间尝为况周颐所藏，王鹏运及

---

① 四印斋本《断肠词》况周颐跋云："右校补汲古阁未刻本宋朱淑真《断肠词》一卷"，许玉瑑在该本序中也说："夔笙舍人以校补汲古阁未刊本宋朱淑真《断肠词》一卷刊成，属为之序。"《宋元三十一家词》本《樵庵词》、四印斋刻本《樵庵词》况周颐跋："真挚语见性情，和平语见学养。近阅刘太保《藏春乐》，其厚处、大处亦不可及。孰谓词敝于元耶。癸巳上巳据御选《历代诗余》《花草粹编》《词综》校知圣道斋旧钞本，并遵《历代诗余》补《菩萨蛮》《玉楼春》两阕于后。玉梅词隐并记。"

江标前后从以转录，各取其几部刊入《四印斋所刻词》及《宋元名家词》。"① "幼霞云，当时此本前后有朱书序目，但今只存最后书衣里面'此本内五代一家宋十五家元六家见前'一行，及南词本和宋元人小词本目录，共十六行朱书，确是文勤手迹以外，佚去卷首识语及此本目录，赖为幼霞及建霞所迻录，可窥汲古原钞面目。"② 幼霞即王鹏运，建霞是江标，江标也曾将知圣道斋本从况周颐处录有副本，汇刻为《宋元名家词》十五家，其中有十三家出于这个《汲古阁未刻词》，并明言"去临桂王氏四印斋已刻者不重出"，半塘当日据此本选刻在前，不知何以不收此十三家，煞是费解。光绪二十六年春，王鹏运校刻四印斋本《樵歌》，卷末跋云："右朱希真《樵歌》三卷，长洲吴小匏钞校本。初，于校刻《樵歌拾遗》，即欲求齐全帙刻之，而不可得。甲、乙之际，小山太史归田，嘱访之南中，逾五年而后如约。亟校付手民，以酬夙愿。词三卷，凡若干阕。"这里所谓"甲、乙之际"，指的是光绪二十年甲午五月二十一日，缪荃孙从北京中转天津、烟台，搭海轮南下上海、南京，赴武昌，旋返南京。据半塘所云，缪荃孙此行，曾受托于半塘，在南中寻觅《樵歌》足本，但这次缪氏南行，似乎搜求无果。迨光绪二十四年三四月间，缪荃孙在南京，半塘再次致函嘱为留意搜求《樵歌》足本，略云："前年在丁松生先生处抄得宋元词二十余家，秘本佳词，正复不少，唯《樵歌》苦不可得，如何？如何？"迨光绪二十五年初，缪荃孙求得长洲吴翌凤钞本《樵歌》三卷，详加校勘后，并加校订题跋，于当年二月十八日邮付半塘于京师。缪氏跋云："《樵歌》三卷，宋朱敦儒撰……《樵歌》三卷，阮文达《经进书目》依汲古阁旧钞本进呈，而书亦罕见。吾友临桂王佑遐给事汇刻宋元人词钞，得知圣道斋所藏汲古阁未刻词，内《樵歌拾遗》三十四首，先梓以行。今年正月，新安友人以吴枚庵钞本见贻，如获瑰宝。三卷，计二百五十五首，首尾完善，亦无序跋，不知源出何所。第与《拾遗》相校，均在其中。同为汲古钞本，何以别出《拾遗》，殊不可解。惟《贵耳录》所举二词俱在，相无甚遗佚矣。"光绪二十六年春，半塘将缪氏跋刊入四印斋校本《樵歌》卷首。光绪二十七年四月，半塘邮赠四印斋刻本《樵歌》样书四册给缪荃孙以为谢，《艺风老人日记·辛丑日记》四月初七日云："接朱古微、王信，

① 村上哲见：《日本收藏词籍善本解题丛编类》，载台湾"中央研究院"中国文哲研究所编委会主编《第一届词学国际研讨会论文集》，"中央研究院"中国文哲研究所 1994 年，第 483 页。

② 同上，第 492 页。

寄《樵歌》四册。"同年八月，缪荃孙又邮赠其中一册给好朋友，《艺风老人日记·辛丑日记》八月二十三日云："发刘光珊信，并《樵歌》一册。"但这个吴翌凤旧藏钞本，在王鹏运从缪荃孙处借刻之后就消失了，至今不知所归。而王鹏运的四印斋刻本《樵歌》的刊刻，要在光绪二十六年之后，未及，王鹏运就挂冠南下，此后几年一直往来扬州、南京、开封等地，没有来得及将这个本子收入其《四印斋所刻词》和《宋元三十一家词》中，直到 1989 年 8 月，上海古籍出版社将《四印斋所刻词》和《宋元三十一家词》合辑为《四印斋所刻词》影印出版，才得以将四印斋本《樵歌》附印于卷末，从此，这个本子才广泛地流行开来。

二、王鹏运与朱祖谋合校《梦窗甲乙丙丁稿》

半塘与古微校梦窗词先后凡三刻。据半塘《梦窗甲乙丙丁稿序例》，1899 年五月五日写本确定，六月即将成书，即初刻本寄给郑文焯。但其《札记跋》的落款时间又是当年十二月十六日，符合半塘在《梦窗甲乙丙丁稿》卷首跋中所谓"是刻与古微学士再四雠勘俶落，于己亥始春至冬初断手，约计一岁中，无日不致力于此"符契，则知当时送给郑文焯的本子是初刻本，同时得到初刻印本的还有缪荃孙。现在看到的上海古籍出版社影印本中《梦窗甲乙丙丁稿跋》应是第二次增刻时附入的。初刻本中原为汲古阁异文出了校勘记，第二次增刻时将这些校勘记删去了，原因是可能已有《札记》了，汲古阁本的异文校勘记没必要留存。即"未注毛作某者，皆板成后刊改者也"，这个校改过的增刻本极有可能是在初刻本版片的基础上局部剜改的一个本子，其版片在光绪二十七年五月赠送给了滞留京师的朱祖谋，即半塘三校重刻本《梦窗甲乙丙丁稿》跋所谓"辛丑五月，请急出都，此刻移赠古微"。这个第二次刊刻的修订本在光绪壬寅（1902）九月赠送给郑文焯一册，郑氏曾以之为底本进行过多次认真的批校，其中有郑氏记录云："光绪壬寅九月二十八日，半塘前辈来自大梁，以是刻整装本见贻。"这个本子后来展转为杭州大学中文系收藏，20 世纪后期，杭州大学中文系吴熊和先生曾将这个本子复印给台湾"中央研究院"中国文哲研究所林玫仪先生，后来在林先生的主持下，中国文哲研究所将此书影印出版。第三个本子是半塘在扬州重校后再刻的，即"客授维扬，因重校付梓"，这个本子刻成后没有刷印，半塘即逝。即缪荃孙所谓："到扬州又校刻之"，这个版

子版心有"四印斋校本，甲辰重刻"字样。半塘未印书即卒于苏州旅馆，1905
年扬州刻工刷了两册样本给况周颐，况氏分其中一册给缪氏，两人各留一本作
为纪念。缪氏的那本后来归了黄永年先生收藏，1989年，上海古籍出版社将
之作为《四印斋所刻词》影印本的附录影印出版，而半塘移赠郑文焯的初刻本、
朱祖谋的增刻本版片，以及扬州三刻本的辗转流传情况就不得而知了。

三、朱祖谋与《半塘定稿》之编选

半塘致朱祖谋书云："沤尹大兄阁下：前上书之次日，邮局即将《东塾读书
记》《无邪堂答问》各书交来。大集琳琅，读之尤歆快无量。日来料理课事毕，
即焚香展卷，细意披吟，宛如故人酬对昨况夔笙渡江见访，出大集共读之。以
目空一切之况舍人，读至每周送春、人境庐话旧之作，亦复降心低首，曰：'吾
不能不畏之矣。'夔笙素不满某某，尝与吾两人异趣。至公作，则直以'独步
江东'相推，非过誉也。若编集之例，则弟日来一再推求，有与公意见不同之
处，请一陈之：公词庚、辛之际是一大界限。自辛丑夏与公别后，词境愈趋于
浑，气息亦益静，而格调之高简，风度之矜庄，不惟他人不能及，即视强村己
亥以前词，亦颇有天机人事之别。鄙意欲以己见《庚子秋词》《春蛰吟》者编
为别集，己亥以前词为前集，而以《庚子·三姝媚》以次以迄来者为正集，各
制嘉名，各不相杂。俟放暑假后，再为吹求，续航奉告。自世之人知学梦窗，
皆所谓但学'兰亭'面者。六百年来，真得髓者，非公更有谁耶？夔笙喜自诧，
读大集竟，浩然曰：'此道作者固难，知之者并世能有几人？'可相见其倾倒
矣。拙集采用《味梨集》体例，则春明花事诸词，其题目拟《金明池》，下书
'扇子湖荷花'，题序则另行低一格，而去其'第一'、'第二'等字，似较大方。
公集去之良是，体例决请如此改缮。暑假不远，拟之若耶上冢，便游西湖。江
干暑湿，不可久留。南方名胜当亟游，以便北首。弟王鹏运再拜上言。五月
二十六日。"按：半塘上言"春明花事诸词"，是指《春蛰吟》中的《金明池》（环
佩临风）咏扇子湖荷花、《大圣乐》（国色朝酣）咏法源寺牡丹、《帝台春》（村
坞十八）咏丰台芍药、《八犯玉交枝》（门掩青槐）咏寄园朱藤、《梦横塘》（段
埼飞雪）咏野凫潭芦花、《夜飞鹊》（芳菲旧盟在）咏花之寺海棠等六阕作品，
朱祖谋（沤尹）、刘福姚（忍盦）、张仲炘（瞻园）、刘恩黻（麟樾）等皆有和
作。这里应该是半塘托付朱祖谋为其校订《半塘定稿》之事进行协商。《春蛰

吟》光绪刻本中此六阕作品第一阕有小序云："东华尘土，惟四时芳事差可与娱。三百年来，名流觞咏屡矣。今年夏秋以还，高台曲池，禾黍弥望，遑问一花一叶哉。春风当来，旧游如梦。闭门蛰处，益复无聊。偶忆展齿常经，芳事最盛之处，各赋小词，以寄遐想。盖步兵之涂既穷，曲江之吟滋戚已。嗟乎！慈仁之松，廉墅之柳，足以坚岁寒而资美荫者，既邈不可得。即秋碧春红，媚兹幽独，亦复漂摇如此。风月有情，当亦替人于邑也。赋扇子湖荷花弟一。"第二阕词题为《法源寺牡丹弟二》、第三阕及以下诸阕词题依次为《丰台芍药弟三》《寄园朱藤弟四》《野凫潭芦花弟五》《花之寺海棠弟六》等，在朱祖谋原藏批校本中，朱氏在第一阕半塘词之词牌下墨笔注云："半塘赋春明花事六词，依调和之，其一扇子湖荷花。"又在小序书眉处墨笔注云："双行写上行'荷花'下，回行仍平'池'下半字写。"这是朱祖谋给刻工的版式说明，今存《半塘定稿》有一部光绪三十一年徐凤衔篆书题写书名叶的刻本，牌记云"旃蒙大荒落徐凤衔署检"，书名叶只"半塘／定稿"四字，这个本子按照朱祖谋在《春蛰吟》底本中的校语，在《金明池》（环佩临风）词牌下刻了"荷花"二字，并在小序中删去了"弟一"两字，但回行不是双行小字排列。现存还有一部《半塘定稿》，书名叶换作三行篆书"半塘填词／定稿二卷／剩稿一卷"，牌记云"小放下庵藏版"，这一版的《金明池》（环佩临风）词牌下"荷花"二字被一张小纸条黏贴覆盖，纸条上方体字五字"扇子湖荷花"，这显然是遵从了上引半塘致其信中的意见。其他版式与徐凤衔署检本全同。这个本子的卷末有朱祖谋选录《半塘剩稿》一卷，朱祖谋跋尾落款时间是"丙午八月"。据此我们可以推测：《半塘定稿》的编刊工作都是由朱祖谋主持的，书版很可能是在半塘逝世前就已刻竣，徐凤衔题写书名是在朱祖谋光绪三十一年粤东学政任上时书写的，次年朱祖谋选订《半塘剩稿》，再续刻书版，并用《半塘定稿》旧版合印《定》《剩》两稿，并将《金明池》（环佩临风）这一首的词题进行了技术处理。实际上徐凤衔署检本和小放下庵本是同一个本子。

四、《校梦龛集》两稿本

广西图书馆稿本《校梦龛集》之成书当在上海图书馆藏稿本《校梦龛集》之后。如上图本《宴清都》（愁沁眉根懒）词序作："闺怨。用苹洲韵。此戊戌吟社应作。《蜩知集》失载，偶于夹袋中得之，附录于此。"郑文焯以墨笔勾去"此戊戌"以下二十三字。此段文字也可知定稿卷端所标年月并非确凿。广西图书馆本词序就只剩下"闺怨。用苹洲韵",可见是广西本遵从上图本。又《东风第一枝》（膏润铜街）上图本词序作："元夕雨中用梅溪均同梦湘作，并约次珊、古微和。"郑文焯墨笔勾去"并约"后七字，广西图书馆本无此七字，亦是遵从上图本。又《三姝媚》唐花一阕上片结句上图本作"蝶蜂醒未"，郑氏于"醒"字处打乙勾，并于书眉处批云："苏甦。拟易此字如何？"广西本即遵从郑改，作"蝶蜂苏未"，又此阕结句上图本作"月明似水"，郑氏于"明""似"二字处打乙勾，并在书眉处给出两个对应的替换字"寒""照"，广西本遵从郑改作"月寒照水"。又《校梦龛集》末首《琐窗寒》上片第三句上图本作"淡烟初惹"，郑氏于"惹"字处打乙勾，并于书眉处给出校改字"袅"，广西本即采郑改，作"淡烟初袅"，又此词下片第三句上图本作"看瘦入梅梢"，郑文焯将"看"径改作"又"，广西本即从郑改，作"又瘦入梅梢"。《校梦龛集》中有《三姝媚》若干阕，上海图书馆、广西图书馆藏两种稿本，无一例外皆作《三株媚》。上图本曾经郑文焯校改，郑氏对"株"字未作订正，广西本曾经朱祖谋校阅，朱氏亦未作订正。广西本"蘼芜春思远"一阕词牌原衍作《三姝妹媚》，后有墨笔点去"妹"字，亦未订正"株"字。半塘嗜金石，故其词稿中亦好用生僻字。意者半塘、强村、大鹤皆不以"三株媚"为非？然强村为半塘刊《定稿》《剩稿》则俱改作"姝"。张祥龄《半箧秋词》中亦作《三株媚》，不知是否别有说解，识此以待考。

五、《半塘词稿》

南宁刘映华先生芝香室所藏民国间吕集义先生钞本《半塘词稿》凡若干种，其中《庚子秋词》是以有正书局石印本为底本，盖上卷《更漏子》（绣帘低）下片"闲梦新来慵作"之"作"字下有正本注一小字"去"，吕钞本如之，而光绪刻本无"去"字；又上卷《蝶恋花》（海色云光摇不定）一阕有正本词牌下有"和复庵韵"四字，吕钞本如之，而光绪刻本无；又上卷《满宫花》（书参差）词末有小注："此词'懵''懂''蜃''汞'四字，皆诗牌所无，以借用过多，罚令再作，复成二阕。沤、忍二公皆从而和之。烛未见跋，共得九阕，为向来所未有。天下事，顾不利用罚哉。九月初三夜记。"光绪刻本"二阕"作"一阕"，吕钞本从有正本作"二阕"，是，因为此阕之后另有半塘同调之作二首。又上卷《惜春郎》（灵椿坊里闲风日）光绪刻本结句作"惨入暮天寒碧"，有正本、吕钞本皆作"惨入暮天愁碧"；又卷上《万里春》（春寒尔许）上片结句光绪本作"怕难藏春住"，有正本作"怕藏春难住"，吕钞本从有正本；又上卷末首《红窗迥》（绛蜡残）上片第四句"乱山暗愁争埽"，有正本在"争"字下注一"上"字，吕钞本也注一"上"字。又下片第一调《西溪子》半塘二首，光绪刻本词序是"梦醒泪痕犹在"在前，"吟望凤楼烟霭"在后，有正本将二者词序颠倒，吕钞本与有正本一致。又下卷《怨春风》（大堤官柳）下片"溅泪雨"，有正本作"溅枕雨"，虽不通，吕钞本亦从之。

六、四印斋刻本《词林正韵》

半塘重刊戈载《词林正韵》，依道光元年翠微花馆本为底本，顾千里之序末款署"道光辛巳七月一云散人顾千里书于邗江旅次"，半塘删作"道光辛巳七月一云散人顾千里书"；朱绶序款署"辛巳长至日元和朱绶仲环氏序"，半塘删作"辛巳长至日元和朱绶序"；目录半塘刻将之逯于《发凡》之后；"词林正韵发凡"六字同行之下径书"顺卿自志佑遐重斠"，《发凡》落款"道光元年岁在辛巳孟夏之月朔日顺卿戈载识"，半塘删去末五字。半塘颇以顺卿论韵为是，顺卿云："词学至今日可谓盛矣，然填词之大要有二：一曰律，一曰韵。律不协则声音之道乖，韵不审则宫调之理失。"其编辑此书的目的是"欲正近人之谬，庶几韵正而律亦可正耳"。跋云："夫词为古乐府歌谣变体，晚唐北宋间，特文人游戏之笔，被之伶伦，实出声而得韵。南渡后，与诗并列，词之体始尊，词之真亦渐失。当其末造，词已有不能歌者，何论今日。故居今日而言词，韵实与律相辅，盖阴阳清浊，舍此更无从叶律。是以声亡而韵始严，此则戈氏著书之微恉也。"词律与词韵为词的两大本体特征，但词律多是口耳相传通过横向的方式传播，随着历史环境的变迁以及文体、音乐、语言本身的发展，以及记录技术本身的客观限制，词律在纵向的历史传承中很容易就出现断层和难以发展承继，南宋时期词已不能歌唱，有一部分原因就是词律的逐渐消亡。面对这样的情形，戈载在分析辨别前人论见的基础上提出的解决办法是通过规正词韵来达到合于词律的目的。半塘赞同戈氏这个办法，所以刊刻了戈氏《词林正韵》，并盛赞"戈氏书最晚出，亦最精核，可谓前无古人矣"，推崇备至。

七、《袖墨集》

《袖墨集》现存十一个不同版本（不含《箧中词》选的三首《袖墨集》之作）可确信经过半塘本人删订的本子有如《薇省同声集》本（五十九）、国图本（三十七）、乙稿本（四十一）、况周颐旧藏本（十五）、《半塘定稿》本（七），以上括弧中的数字是每种版本的选词数量。《半塘剩稿》本是半塘逝后朱祖谋在广州捉刀待选，不代表半塘本人意愿，民国间朱荫龙辑校的《半塘七稿》本祖出《薇省同声集》本；国图本与浙图本皆祖出中科院本；吕集义抄本也是以薇省本为据，又衍出二首半塘其他作品二首；《广箧中词》是叶恭绰选录《袖墨集》中三首作品，皆可不予置论。则现存《袖墨集》各版本的次序应该是薇省本、中科院本（1895）、乙稿本（1898）、况周颐藏本、《半塘定稿》本。从各本的时序来看，随着时间的推移，半塘不断在删减《袖墨集》的作品数量。中科院本虽然在《四印斋词卷·袖墨集》绝对数量上少于后来的乙稿本，但是如果加上《四印斋词卷》中另外三个集子《梁苑集》《磨驴集》《中年听雨词》中与《薇省同声集》本《袖墨集》重出的作品，其数量还是超过了乙稿本。至于况周颐藏本仅有七首，为什么前后延宕十数年编订而未定稿的《袖墨集》会出现这样的数量递减之现象，就是因为半塘认为《袖墨集》所收录的都是其"少作"，到晚年时编选定稿时，只将此"少作"录取七首。但是乙稿本录于光绪二十四年，至光绪二十九年重订时，仍未作一首之删，则能看出半塘对这个第一次解集的作品集，有着欲行绌落、又还不舍的矛盾心理。至于《四印斋词卷》，半塘已明确说明是要将之删汰为甲稿的，但是这个集子中又有许多作品与稿本《梁苑集》重出，因而在重编半塘词集时，不必考虑《梁苑集》及《四印斋词卷》中四个分集的存在，直接将乙稿本这个半塘最后认可的《袖墨集》和《虫秋集》编为乙稿；《梁苑集》稿本不变，将《四印斋词卷》本《梁苑集》不见于稿本者补入，余者各自归入《磨驴》和《中年》，如此一来，重编本《梁苑》《磨驴》《中年》统称为《半塘甲稿》，则甲稿既在，完成了半塘晚年欲编甲稿之愿望，也不会强行将半塘晚年按照自己意见编订的各子集人为消灭不见。

八、王鹏运与人比"黄花"瘦

李清照拈菊清瘦肖像，至今流播天下，其始作俑者即半塘。此图原为居士拈兰而非拈菊，图藏明诚故里诸城某氏家，诸城人王志修曾将摹本赠送半塘，半塘再属刘炳堂重摹，刘氏重摹时，将易安手中之兰易为黄菊，半塘将此拈菊画像刊入四印斋刻本《漱玉词》卷首。民国二十四年，李辉群选编《注释历代女子词选》，即以半塘所刊拈菊像作为唯一插图弁首。余未冠时所读历史教科书中有易安像，亦手黄花一枝。一九五七年《文学研究》第三期刊载《诸城县署所藏之清照小像》，并有题跋云："像旧藏诸城县署楼中，贮以竹筒，今为邑人裴君玉樵所得。按，易安嫁赵明诚，明诚诸城人而家于青，此图在诸城固宜画笔古雅，其为当时真本可知。"此像之来历，"此像系作者在刘半农先生语音乐律研究室旧藏照片中找得"，但陈祖美先生并不认同这个说法，他认为不管是王志修还是《文艺研究》文中作者所云都是靠不住的，原因是"后世据王本所刊载的所谓'易安居士三十一岁之照'（保阳按：李辉群书中易安像插图标题即为《易安居士三十一岁之照》，周说当本此），像主竟是一个满脸皱纹的大铹儿头，这副尊容实在无法与清照的名字联系在一起。笔者每逢看到这帧'小照'，心里总是很不舒服，很为易安俊俏的面容被损伤而抱屈。今天看来，此'照'及所谓明诚题词之伪迹并不难识破。一则画中衣饰不类宋人，且彼时把画像称作'照'，亦很令人费解；二则甲午系政和四年（1114），此时有充分根据说明明诚夫妇在青州而不在诸城。'归来堂'系赵、李在青州的书房而绝不在诸城。本书第二章第五节的'归来堂中读书乐'中已作了考索，从而可以断定所谓'政和甲午新秋德甫题于归来堂'及'归来堂旧址，乾隆间同邑李氏改名易安园，今亦荒芜矣'云云，均为伪造。其三，一九五七年第三期《文学研究》曾刊登所谓《诸城县署所藏之清照小像》及题跋云……（略，见前文所引）此类煞有介事的说法，同样是不可信的"。今南京王氏后人处藏有四印斋刻《漱玉词》之半塘《易安居士画像题辞》刻样一叶，其旁有半塘墨笔审校记一段云："案原本手幽兰一枝，刘君摩本取居士词意，以黄花易之。半僧再识。照添○下。"今检四印斋刻本，悉依刻样所改，唯"蓄奇石"刻本作"旧蓄奇石"。

（作者单位：中山大学中文系）

《固哉叟诗集》《寄傲山房诗钞》前言

谢　泳

　　本辑收入《固哉叟诗集》《寄傲山房诗钞》两种，现将作者及诗集版本情况略作说明。张茂椿《固哉叟诗集》，厦门地方文献中偶有提及，但作者详情及诗集保存情况较为罕见。现将诗集中作者自传抄出如下：

　　仆闽南金门县东人也。名茂椿，字冰如，别号清波。清诰封昭武都尉张公澄源之次子也。咸丰九年己未十一月初四日吉时即仆堕地时也。幼知学成，童颇通经，及冠喜制艺，虽官师月课，迭蒙首列，同安县考，屡拔前茅。即提学院试，并登草案而艰于一衿。直至壮岁，始由府试冠曹，旋入邑庠，素景仰郑广文之高风，爰就教职。在强盛年华，历任长泰县学教谕、海澄县学训导兼教谕并漳州府学教授，间亦应龙溪秦大令德埏、诏安县陈大令庆家及漳州府刘太守湘育等聘，先后襄校府县试卷，盖至是，身已历困秋闱，嗣奉闽藩司札，委署罗源县学教谕，而行年已五十矣。寻由交涉使司给护照游历英荷群岛，参考学务。游踪未遍，适逢民国光复，因应吾乡各社会函召，归充农会副长兼商会坐办并禁烟所所长，然皆任期甚短，以衰病相兼，猛作急流之想故也。退而家居休养，日惟览史阅报，高吟小酌，悠悠忽忽几经年，岁月蹉跎，衾影亦觉抱惭。民十部令修《金门县志》，仆亦忝与协纂。私心窃喜，以为得赞一辞，微名并垂志乘于不朽，沾沾引为荣幸，一转瞬间，距修志又六年矣。除夕家人团聚，为炉相与叙年，发妻卢氏则曰，我年已届六十有七，副室纪氏则曰，我年已届五十有三。回忆当年初任长泰学，卢氏随任，正在中年；继任海澄学，纪氏随任，尚称少妇，畴昔携眷宦游，依依如昨日事，今则年纪皆老大，去日苦多，犹幸向平之愿已了，抑且子孙绳绳方兴未艾也。游子有方，能谋菽水，诒孙燕翼，不数簏金，吾衰已。假我数年，阶前兰桂腾芳，得于吾身亲见，是亦人生一大快事。未识苍苍者其许我乎？仆现年六十有九，景入桑榆，忾然有无穷思想，爰就生平历略辑成小传纪实也。

民国十六年二月二日即夏历丁卯元日得闲老居士张茂椿自记于闽南金门县东之别墅

《固哉叟诗集》小传后另有一段文字涉及作者情况较详，其中记述："溯自岁次丁卯，予年六十有九，因重咏杜诗'人生七十古来稀'之句，忾然者久之。是年元日，所由将生平历略辑成小传，盖为垂后计也，不图天遗一老，假我以年。于兹五度，自维才浅学荒，生平对于著作家，真成门外汉。晚年始有《固哉叟诗存》，协纂《金门县志》摘录并《清河氏笔记》诸稿件，分为三部，非敢言著作也，直视同记事云尔。朋辈闻之，辄造庐索阅，谓是宜保存，俾后之征考者，作吉光片羽观焉可。窃不自揣，信其说非无因，用缀数语附于小传之后。时在民国二十年五月即夏历辛未季春。"

《固哉叟诗集》线装一册，铅印本，封面由虞愚题签。一九四〇年前后，由其子张炳蔚编成，厦门风行印刷社承印，系私印的个人诗集，流传不广，一般图书馆未见著录。

诗集分为《固哉叟诗集》初集和《固哉叟续吟草》两部分。诗属旧文人的个人吟咏感怀和一般酬赠之作，但诗中叙述个人平生经历较多，事涉晚清闽南地方人物及事务丰富，尤其是抗战期间，作者个人感受强烈，时有真挚情怀流露。作者是金门人，强烈的家国感受，今天读来也很令人感动。诗中保存了很多国民政府积极抗战的史料。如其中一首《重庆援军出动》："十万川军入汉阳，坚持抵抗在期长。平津断绝交通线，陇海展开大战场。最是同仇能敌忾，拼教积弱转为强。骄兵一败终涂地，伫看请成还我疆。"

诗集中对厦门抗战也多有吟诵，虽是文学，但仍不失为一种有用的地方文献。

翁吉人，祖籍安溪，生卒年不详。据《寄傲山房诗钞》前苏逸云序言，知其"戊子（一九四八年）"已六十六岁，推断其生年当在一八八三年。青壮年在厦经商，爱好诗文，曾任厦门商会监事长。《寄傲山房诗钞》，一九四九年铅印本，线装一册。收翁吉人诗一百四十余首。本辑底本为翁吉人亲笔题赠厦门大学图书馆。诗集题签洪晓春，随后有苏逸云、李禧短序及作者自序各一篇。台湾王伟勇主编《民国诗集丛刊》第一编（台湾台中文听阁图书公司，二○○九年）收录了翁吉人《寄傲山房诗钞》，若论当年厦门诗人，翁吉人诗坛地位当在谢云声、苏警予、苏眇公等人之下，丛刊收入《寄傲山房诗钞》，或许与此诗集相对易得有关。本辑再选翁吉人则出于集中保存厦门本土诗集目的。

由集中自序所知，作者早年受过旧式教育，曾应童子试，后因家道中落，遂经商，但本人爱好诗文，曾参加过厦门的诗社并与李禧等厦门知名诗人有交往。

《寄傲山房诗钞》作者本为商人，但热爱传统文化，有旧诗修养。诗集中涉及厦门地方风物很多，体现了作者浓厚的乡土情感，既是文学作品，更是珍贵地方文献。

（厦门大学人文学院）

《红兰馆诗钞》前言

洪峻峰

《红兰馆诗钞》是闽南近现代文化名人苏大山的诗集，一九二八年聚珍仿宋排印，线装二册。"红兰馆"是苏大山的书斋和藏书楼名，苏大山自号"红兰馆主"。书前有菽庄吟社吟侣沈琇莹和林小眉序二篇，书后有作者外甥杨昌国跋。扉页系厦门著名书家欧阳桢题端。牌记"着雍执徐之岁余月刊"，即戊辰年（一九二八年）农历四月。据杨昌国跋，诗集是苏大山的子女和外甥等亲属，为庆祝其六十寿辰而出资刊印的，由苏大山自己手辑编订。今据厦门大学图书馆藏本影印。

一

苏大山（一八六九——一九五七），初名有洲，字君藻，又字苏浦，自号"红兰馆主"。福建晋江（今泉州市鲤城区）人。关于他的生平尤其是早年经历，资料甚少；唯其嫡孙苏彦铭所撰《苏大山事略》一文（载《泉州鲤城文史资料》第二十九辑，二〇一一年十二月），介绍颇详，是了解苏大山生平的重要参考。

据《苏大山事略》，苏大山早年任泉州文化名人陈棨仁藤花吟馆西席，后参加清末的"选士"考试。该文称："一九〇七年考上选士后，非素志也，于是他加入了同盟会，于一九〇七年至一九一〇年去汕头主舆论笔政，做辛亥革命的宣传工作。"这里所介绍的经历颇重要，因为这段经历奠定了苏大山的政治思想基调。苏大山曾入同盟会一事，是该文作者从一九五六年苏大山受聘福建省文史研究馆馆员填报简历时获悉的，而去汕头主舆论笔政则有据可查，但时间上可能有出入。田若虹撰《蔡瀛壶年谱》引了苏大山的一段话："苏君称：'客汕十月，独知己竹铭，然竹铭亦苏君外无知己。'"又称："瀛壶与苏大山苏浦福建泉州交，始丙午，识于汕头。瀛壶囊与苏大山同主汕头〈潮报〉〈公报〉笔政。"竹铭即蔡竹铭（一八六五——一九三五），自号瀛壶居士；丙午年即一九〇六年。年谱"一九一七年"条又称："友人苏大山与瀛壶别，十有一年。"（见田若虹《岭南文化论粹》，光明日报出版社二〇一三年版，第二一三、二〇七、二一一页。）另据查，《潮报》约创办于一九〇六年十一月间（见曾旭波《故纸堆里的〈潮报〉》，载《汕头日报》二〇一二年三月四日）据此，苏大山应是在一九〇六——一九〇七年间，客居广东汕头十个月，与蔡瀛壶等同主汕头《潮报》《公报》笔政。

苏大山于一九一〇年至一九三二年，寓居厦门长达二十二年。

在民国初年的厦门，苏大山是舆论界和教育界的著名人士。一九一一年十月厦门同盟会创办《南声日报》，苏大山即到报社任职，与黄幼垣（一八八一——一九四四，名鸿翔）等同为该报主笔。一九二六年苏眇公（一八八八——一九四三，名郁文）撰《厦门报界变迁述概》文，称："辛壬之际，《南声》颇负一时之誉，因由执事者之尽属人选……"（载陈佩真、苏警予、谢云声编《厦门指南》，厦门新民书社一九三一年版，第十篇"附录"第一页。）一九一三年《南声日报》改名为《闽南日报》，《苏大山事略》一文认为，苏大山仍任《闽南日报》主笔，然而，相关当事人的说法却有不同。苏眇公在一九一六年入《闽南日报》主笔政，他的上引文章附录《十四年来厦门报界调查表》中列举《闽南日报》主笔，已无苏大山之名："《闽南》，民二出版，民三被封，民五复版，民六再被封；经理吴济美，前后主笔黄幼垣、林籁余、苏眇公、杨持平、徐屏山等。"而介绍《南声日报》则云："《南声》，民元以前出版，民二停办；经理吴济美，主笔黄幼垣、张海山、苏君藻、郭公阙等。"（同上书，第十篇第四页。）黄幼垣先后任《南声》《闽南》二报主笔，《苏大山事略》一文引其一九三一年所作《题苏甫鹭门归舟图》诗"苏子我故友，囊笔同砚几"句自注曰："清季辛亥同主《南声》笔政。"这里也仅提到《南声》，而没有提及《闽南》。当时的报纸已难寻觅，而两位主要当事人的记述均如此，所以说，苏大山可能只担任《南声日报》主笔，而没有担任《闽南日报》主笔。当然，由于二报的渊源关系，苏大山与《闽南日报》后期主笔苏眇公也有交往和唱和。

在此期间，一九一一年原厦门公立两等小学堂改办商业学堂，苏大山受聘为厦门商业学堂堂长；一九一三年商业学堂改称崇实小学，苏大山任校长。（见《民国厦门市志》卷十二《学校志》，方志出版社一九九九年版，第三四〇页。）

其时苏大山未继续担任更名后的《闽南日报》主笔，很可能就是因为他出任崇实小学校长，把主要精力放在办学上。此后，他竭尽全力办好崇实小学，使之成为当时厦门的小学名校，而他也被推任"厦门道教育会"会长。（据张棻《清选士邑庠生荪浦苏君墓志铭》，转引自苏彦铭《苏大山事略》）一九一七年苏大山辞去崇实小学职位，由其外甥杨昌国接任校长。离开学校后，苏大山开始了近两年的外出游历。一九一七年三月至一九一八年三月，先后游武夷山和延平；七月至十二月，又北上游沪、宁、鲁、京师。游历归来后，于一九一九年冬受聘于鼓浪屿菽庄吟社。

苏大山是菽庄吟社的核心社侣，菽庄"十八子"之一。他客居厦门后，即与鼓浪屿"林氏府"主人林尔嘉交往，出入于林氏府。一九一三年十月，林尔嘉于菽庄花园建成之时创立菽庄吟社，他便经常参与吟社赏菊、宴集、酬唱等活动。一九一四年五月菽庄主人四十寿辰，诸吟友以诗文为寿，苏大山亦有七律一首："正声吾代已沉沦，振响骚坛起海滨。富贵最难能本色，园林大好见天真。浩然亭筑刚强仕，子羽家传有替人。自笑东坡慵太甚，也歌南鹤厕嘉宾。"（载林景仁辑《菽庄主人四十寿言》，一九一四年冬月刊印）此诗《红兰馆诗钞》未收。诗的首联点明创建菽庄吟社的意义，而尾联已然表明作者厕身于诗社嘉宾之列（"东坡"乃作者自喻）。而后菽庄主人开东阁招揽诗客，苏大山即于一九一九年仲冬正式成为菽庄主人的宾客，入驻菽庄。《红兰馆诗钞》沈琇莹序称："菽庄主人开东阁招诗客，有古月泉之风。予与荪浦先后来集，忽忽逾十年矣。"卷八《鹿礁集》作者小序则云："己未仲冬，予始馆菽庄，为幼安之渡海，作皋羽之入社。"此后十三年，他一直在菽庄吟社，参与诗社活动的组织。

张棻撰《清选士邑庠生荪浦苏君墓志铭》称："鼓浪屿菽庄主人好客，喜文士，延之以主吟社，日与诸名流唱和，凡十三年。"（转引自苏彦铭《苏大山事略》）这里"主吟社"有歧义，有的论者直接称为"主持菽庄吟社""主盟吟坛"。然而，考诸史实，苏大山在菽庄吟社中并无担任类似职位或起到这种作用，所谓"主吟社"可能是担任吟社社课主持人。社课主持人制是菽庄吟社的基本组织形式与运作机制，黄乃江《东南坛坫第一家——菽庄吟社研究》第三章第二节对吟社的社课主持人制有详细介绍。（详见黄乃江《东南坛坫第一家——菽庄吟社研究》，武汉出版社二〇一一年版，第一七二至一八五页）尽管如此，苏大山作为驻社宾客，参与了吟社活动的组织，是吟社的核心成员；特别是一九二四年七月林尔嘉出国欧游后，吟社一时涣散零落，他与主盟人沈琇莹一起，发挥了台柱作用。其间，苏大山于一九二二年夏携家避乱，居于鼓浪屿鹿耳礁。然而，人渐迟暮，久客他乡，苏大山也有了"有家未归，依人海上"（见杨昌国《红兰馆诗钞·跋》）的落寞感慨。这在他的诗中多有表现，如："垂老客中愁万叠"；"断梗生涯只自怜"（《稚纯病后以感怀诗见寄作此慰之》二首其二，卷八）。他深感"莼鲈久负吾将老"（《岁暮杂咏》二十九首其一，卷六），遂起落叶归根之思。一九三〇年林尔嘉结束七年欧游返回厦门，苏大山便请辞菽庄职，拟结束寓公生涯。

苏大山是福建近代著名藏书家。寓居厦门时即致力于搜集积书，曾于一九二九年编《红兰馆藏书目》一册（手稿现藏于泉州市图书馆），著录藏书四千五百余卷。此后在厦两年，又大量购书，至一九三一年，已有藏书一万二千九百余卷。（藏书数据《苏大山事略》）他藏书注重搜集、购置乡邦珍稀文献和乡先贤遗物，一九三一年，他为所收清乾嘉时闽南藏书大家张祥云（号鞠园）旧藏《范文忠公诗文集》写的题跋，颇能反映其心迹："吾乡张鞠园先生藏书甚富，咏樵太史《薇华吟馆书目·序》谓其家藏书多明刊、绵茧纸本及手抄未刻书，可称精善。所积亦不寂寞，但佚弃已尽。山少时曾见一二，苦于家贫无力购置，恒深慨惜。明季《范文忠公诗文集》十二卷为先生旧藏本，有'温陵张氏藏书''鞠园藏书'二印。岁庚午冬，山向省垣旧书肆购数十种，是集在，为惜残破殊甚。以为乡先正故物，手为补缀装潢以存之。全书缺二叶，当竣觅他本，景抄补之，以成完帙。独念是书出先生家，后百余年中不知几经流落，而仍还于温陵，亦可为之一幸。书刊于康熙十七年癸丑，距今辛未已二百五十九年矣。古上巳日有苏氏荪浦识于鼓浪屿鹿礁扇楼。"（转引自尤小平《苏大山与红兰馆藏书》，载《泉州师范学院学报》二〇〇九年第五期）从这段题跋，亦可窥见其在厦藏书之一斑。一九三二年他离开厦门时，雇用木船满载书篓，把这一万多卷的藏书从鼓浪屿运回泉州，又请友人以此事绘《归舟载书图》，遍征荐绅题咏，成为当地传诵一时的雅人韵事。

一九三二年返回家乡泉州后，苏大山便活跃于泉州文坛。

一是与吴增、林骚等倡组温陵韬社。一九三三年八月，温陵韬社成立。温陵韬社是泉州近代诗坛继晚清桐荫吟社之后最有影响的诗词团体，"萃郡中名宿为侣，以时会吟，风雅丕振。有《温陵韬社诗稿》之刻"（张棻撰《清选士邑庠生荪浦苏君墓志铭》，转引自苏彦铭《苏大山事略》。）苏大山书斋红兰馆也成为诗社聚会活动的场所之一。

二是致力于泉州地方文献的搜集、收藏和整理。苏大山回泉州后继续大量购书、积书，而以地方文献为重点。"极力购置、抄录、征集地方文献及黄宗汉、陈棨仁、许祖涝等藏书家身后流散的书籍。"（《鲤城区志》，北京：中国社会科学出版社一九九九年版，第九三五页。）黄、陈、许都是泉州近代著名藏书家，苏大山费尽心力收购他们的旧藏，其中包括陈棨仁著述的手稿等珍贵文献资料。抗战后期，他还出任晋江县文献委员会主任，编印《晋江文献丛刊》。苏大山还着力进行地方文献整理，尤其是从大量藏书中选抄、辑录地方先贤著述，编成《红兰馆小丛书》。这部小型文库抄本，保存了不少珍贵的地方史料，令人惋惜的是，这些抄本大部分在"文革"中遭弃毁，现仅存残稿二十二册四十七种，藏于泉州市图书馆。

苏大山一生勤于著述，作品颇多。除了代表作《红兰馆诗钞》二册八卷外，还撰有《红兰馆游仙诗册》《红兰馆文钞》《温陵碎事》《鹿礁随笔》《东国杂事诗》《晋江私乘》，编有《简明诗韵》《清人万首绝句》《温陵文征》《温陵诗征》等。其中《晋江私乘》是他个人编纂的晋江县志，《温陵诗征》辑录泉州桐荫吟社、温陵韬社两诗社成员诗作数千首。这些著作手稿大多已散佚，现只存部分残稿。新中国建立后，苏大山曾任中国人民政治协商会议泉州市第一届委员会委员，一九五六年十月受聘为福建省文史研究馆馆员。他逝世后，其后裔遵其遗愿，于一九五八年将红兰馆藏书悉数捐赠泉州市图书馆。

二

《红兰馆诗钞》共收苏大山六十岁以前诗一千余首。作者在卷一《桐南集》小序中云："余少作辄随手弃去，间有存者仅十之一二。"杨昌国跋亦称其"中岁以后身经世变，多作客游，所有著作均散佚，诗不多作，作亦旋弃去。集中所录，多十余年来近作存诸行箧者。"然据田若虹《蔡瀛壶年谱》，苏大山曾于一九二四年致书友人蔡瀛壶，"述存诗二千余首，将来或以相托"（田若虹《岭南文化论粹》，第二一八页）。显然，苏大山其实还保存很多诗稿，诗集所收尚不足存稿的一半，至少还有一千多首存诗没有收录（卷七全部与卷八部分作于一九二四年之后）。可以说，苏大山的这部自编诗集是他的诗作的精选，是他诗作中的代表性作品。

《红兰馆诗钞》共八卷，按内容或创作时间划分和排序，各卷均有题名。卷一《桐南集》，录少作偶存者，因家在刺桐城（泉州）南，故名。卷二《桐南后集》，录丁未年至辛亥年间（一九○七——一九一一年）所作存稿，是为《桐南集》后续，故名。卷三《幔亭集》，录丁巳年（一九一七年）三月起游武夷山近百日所作，计古近体诗一百三十四首；因游武夷时寓于幔亭峰下，故名。此集为丙寅年（一九二六年）六月删存整理。卷四《镡州集》，录丁巳年（一九一七年）九月至戊午年（一九一八年）三月游延平（旧延平府治所在今南平）所作，计古近体诗九十三首；延平古镡州地，故名。卷五《鹭门集》，录庚戌年（一九一○年）客居厦门至一九一九年九年间，除《幔亭集》《镡州集》外所存诗作，因居厦门，故名。此集当为一九一九年汇辑编录。这九年作者多游历，此集含戊午年（一九一八年）北上纪游诗四十余首。卷六《甲子诗卷》，录甲子年（一九二四年）一年所作，因仿王渔洋《丁卯诗卷》之例，故名。作者在卷前小序中自称，辑录此诗卷，"不谋酒脯，为补精神也"。卷七《婆娑洋集》，录丁卯年（一九二七年）一月至二月，与沈瑞莹应林小眉、林希庄兄弟之邀游台湾所作，计九十八首；台湾古称婆娑洋，故名。卷八《鹿礁集》，录己未年（一九一九年）冬入菽庄吟社后九年间部分诗作，因作者于壬戌年（一九二二年）（按：卷八小序误为壬戌，书后勘误表未列出）夏携家避乱居鼓浪屿鹿耳礁，故名。

沈瑞莹在《红兰馆诗钞·序》中对苏大山诗的艺术造诣及神貌、骨体予以很高评价，认为往往有近似于"寝馈乎三馆四库、诸子百家之书"的才识和"驰驱乎汉魏六朝、三唐作者之林"的藻思，是衰世之麟角。而从思想内容看，这部诗集同样具有重要意义。

《红兰馆诗钞》最值得关注的是感时诗，这些诗始终把视野放在国家前途、民族命运上，体现了一个同盟会会员在民国初年动荡局势中的政治关切和理想追求。这首先突出表现为秉笔反袁，抨击当时形形色色的复辟和独裁。如《癸丑除夕》（七律四首，卷五）其三句云："八表喁喁争望治，分明约法更何疑。"癸丑除夕为一九一四年一月二十五日，"约法"指以孙中山为首的中华民国临时政府制定的《中华民国临时约法》。当时的政治局势是，在一九一三年二月依据临时约法举行的国会选举中，国民党所得议席最多；按约法精神应出任内阁总理的国民党理事长宋教仁在三月二十日遇刺身亡，证据指向时任国务总理的袁世凯亲信赵秉钧涉嫌教唆杀人。于是，孙中山于一九一三年七月发动二次革命，武力讨袁；袁世凯则于十一月四日下令解散国民党，一九一四年一月十日又宣布解散国会。《诸将五首》（卷八）写民初诸将，也突出了反袁护法的主题，如其二写蔡锷将军，中二联："筹安失策哀名士，脱险归功赖美人；大宝难干天厌莽，匹夫突起地亡秦。"《杂感六首》（卷五）则直写袁称帝及倒台前后几年间的政局，颇能表明其政治态度。如其一："北斗京华感不胜，凄凉天外望瓠棱。六年已见三登祚，孤注还拼一堕甑。袍笏升场长乐老，袈裟劝进少师僧。可怜济济从龙彦，珥笔雍容纪汉兴。"其二："太息推袁计已差，灵辐终见出新华。元凶帝殛方宁国，骄子天生欲覆家。郿坞枉思奸大位，旄邱忍见蹈前车。闭门且向津桥住，寂寞鹃声落日斜。"《岁暮杂咏》（七律二十九首，卷六）亦如是，如其五句："衰周乃启共和局，篡汉还争再造功。子玉岂因骄始败，世充已藉乱称雄。"苏大山的感时诗多为七律组诗，这些组诗大多聚焦于当时的重大历史事件，写出自己的深切感受，具有"诗史"意义。

"毁室漂摇乍雨风，年年都在乱离中。"（《岁暮杂咏》其五，卷六）苏大山诗有着深沉的忧患意识，充满对民国初年动荡时局、离乱社会和潦倒民生的忧伤。如《书感》（卷八）："破碎河山两鬓丝，不胜惆怅入皱眉。功收屈突额宁烂，劫急残棋角已危。饮鸩何心愁止渴，补疮无术讳言医。十年吴沼浑闲事，夕阳川原万古悲。"有的诗篇直写凋残民生和连年兵祸，颇为沉痛。如《冬夜书感》（四首，卷四）句："地瘦但闻民疾苦，天骄孰使汝纵横。伤心忍说崔苻盗，破胆惊传草木兵。""一炬尽教付劫灰，苍生胡罪剧堪哀。"《岁暮杂咏》（卷六）其十六句："高家兵马原无赖，南国山川已不毛。"《冬感》（四首，卷八）其四："菩萨何曾开杀戒，黔黎早已陷危机。筹边浪说瓯无缺，防海其如舰不飞。"这些诗句把当时的内忧外患表现得淋漓尽致，也展示了作者哀时悯人的情怀。

除了感时诗外，《红兰馆诗钞》以纪游诗居多，约占总数的五分之二；八卷中有三卷为三次游历所作诗的结集。这些纪游诗，无论是放怀山水、凭吊史迹之题咏，或是体察民情、嘤鸣求友之篇什，都表达了作者在游历中对动荡时局和寄寓生涯的独特感受，显示出鲜明的特色。如《舟次鼓山下有感》（二首，卷四）其一："不被山嗔也佛嗔，布帆底事去来频。茫茫沧海微尘劫，落落孤舟一叶身。天地于吾原似客，鼓旗此日更何人？闭门大笑称天子，潮没岩头迹已陈。"

其中卷七《婆娑洋集》是一卷内容丰富的台湾纪游诗集，记录了作者一九二七年偕沈琇莹、林小眉、林希庄游台湾二十余天的履迹、见闻和交游，留下了与台湾诗家文士蔡谷仁（澍村）、林南强、魏清德（润庵）、谢雪渔、林石厓、洪以南、杨宜绿、庄嵩（太岳）、杜仰山等人，以及与南社、瀛社诸公的一批酬赠唱和之作。可以说，《婆娑洋集》是近代闽台文学交往的一份难得的珍贵史料。

（《厦门大学学报》编辑部）

《梦梅花馆诗钞》前言

何丙仲

《梦梅花馆诗钞》，李禧著。李禧（一八八三——一九六四），字绣伊，号小谷，福建厦门人。父石谷，擅书法，居恒与当地吴大经、苏元诸文化名流为友。故李禧先生少承家学，很早就接受传统文化的熏陶。古文辞师从名儒许文渊，诗词则承王步蟾、吕澄等名诗人之指授。及长，赴省垣福州的十三本梅花书屋（致用书院）就读。清光绪三十一年（一九○五年）科举废，书院改为全闽师范学堂简易科，越二年又易名为福建师范学堂（今福建师范大学前身）。先生即于丁未年（一九○七年）毕业于该学堂。在庠序时，先生受知于宣统帝师陈宝琛，晚年犹作诗怀念恩师，书斋和诗集乃以梦梅花馆为名，示不忘母校也。

时当辛亥革命前后，李禧先生学成归来，辄于厦门从事新学教育。一九一二年起，先后担任公立竞存小学校长等职。教学之余，先生勤于读书作诗，进而倾心乡邦文化，关心桑梓。二十世纪二十年代起，厦门的近现代城市规划建设，以及稍后的抗争海后滩事件，先生皆以教育会的身份，积极参与焉。

丁巳、戊午间（一九一七——一九一八年），先生随厦门教育参观团赴江浙访问，遍览苏杭和金陵诸多胜迹，于是文化涵濡，恣其孕蓄，发之于诗，益炳若舒锦，孟晋不已。时台北板桥望族林尔嘉愤于清季割台而携家内渡，在鼓浪屿筑菽庄花园并创立吟社。闽台诗坛名宿如陈石遗、许南英、施士洁、汪春源以及湘潭王闿运之诗弟子沈琇莹诸辈相继为吟社祭酒，一时风雅之士云集，骎骎然有东南坛坫之誉。先生与泉漳诗人苏大山、江煦、龚显祚、龚显鹤、龚显禧等，厦门诗人周殿熏、施干、卢心启、马祖庚等，皆社友也。春秋佳辰，飞笺分韵；海山漱枕，击钵谈诗。先生之诗文造诣与思想情操则与日俱增。岁庚申（一九二○年）重阳，菽庄主人有赏菊征诗之雅。先生作《菽庄看菊》七律八首，为侪辈击赏，遂被推为"吟社十八子"之列，先生之诗始有声闽南矣。

当是时也，东邻日本方伺机侵略中国。丙子（一九三六年），先生参观省垣教育，特地到于山祭谒戚继光祠，作诗抒怀。翌年三月，奉省府训令，成立厦门市文献委员会，先生受聘，职其事。一九三八年五月，日军攻占厦门。先生不愿做亡国奴，沦陷前夕之四月二十日，只身走避香港。太平洋战争爆发后，香港旋也陷敌，先生不得已于一九四二年返回厦门。时虽家无儋食，惟以舌耕艰难度日，然保持了中国人高尚的民族气节。至是，先生道德文章益为社会所敬重。抗战胜利后，先生受任为厦门市第一图书馆馆长。丁亥（一九四七年）六月，兼任《厦门市志》分纂。

新中国成立年后，李禧先生虽年近古稀，犹老当益壮，竭诚为国家和社会做出许多有益的贡献。在他续任馆长期间，为厦门市图书馆的恢复和发展奠定了基础。工作之余，先生还参加各种社会活动，创作大量诗词和书法作品，热情讴歌祖国的新气象，在海外侨界中产生了良好的影响。由是先生被福建省文史研究馆聘为首批馆员。一九五九年起，连任政协厦门市第二、三届委员会常务委员。先生于一九五八年荣休，一九六四年三月十四日辞世。

李禧先生晚年精选其一生所作格律诗凡二百七十一篇（三百二十余首），分为鹿呦、解放二集，卷首更附以清道光诗人李正华之《问云山房诗存》，名曰《梦梅花馆诗钞》付梓。先生自谓"余夙读诗，爱青莲之高旷，昌谷之谲诞，玉溪之工丽，欲冶三李于一炉"（见诗钞后跋）。夫三李者，唐诗人李白、李贺与李商隐也。先生尤工七言律诗。其《郑延平遗迹》《菽庄即事》《庚申菽庄看菊》和《春柳》诸篇，构思凝练，辞藻清丽，读之令人回肠荡气，显然更近李商隐之诗风。其郑氏遗迹组诗及《绿珠井与秋影作》诸怀古七律，既多义山韵致，犹略有杜少陵沉郁苍茫之旨趣。先生的七言绝句多以飘逸潇洒、自然明快的语言，表达其无尽之情思，佳者如《山行》《过旧游处》《过外家》《参观汀溪水库止高崎堤听金凤南乐团奏曲》等，皆有《姜斋诗话》所谓"情中景，景中情"之境界，的确堪称其平生得意之作。先生深于情，诗钞中还有不少其赠友、悼亡的诗篇。癸亥（一九二三年），夫人赖仪娟去世后，李禧先生连续作了《无赖》《率诸儿展先室墓》等五律诗多首，以寄托缠绵的哀思，至今读来，人犹酸鼻。尤为可贵的是新中国成立后，先生自觉投身于时代洪流中，以诗笔抒发了自己对社会主义祖国的热爱。诗钞中的《鹰厦路敷轨至杏林》《参观禾山农工合作社》《扑蚊》《炼钢》《积肥》《春节吟》等诗，不但记录了当年的历史痕迹，亦堪称"旧瓶新酒"的典范之作。

　　李禧先生有言，其作诗"拟效金亚匏、梁任公诸彦广搜史迹"，希望能"以篇什补志乘之未备，以讴歌系掌故之长存"（见诗钞后跋）。清后期诗人金和（号亚匏），擅长以古诗叙事；近人梁启超（号任公）提倡"诗界革命"，先生以他们为楷模，体现了他对文学创作推陈出新之积极态度。其诗篇及简注为后人保存了不少厦门已渐消失的风土人情和人文轶事，有的甚至是颇有价值的史料，如《林桃师》揭露鸦片战争后，西方列强在厦门掠卖"猪仔"的罪行。《悼欧阳彩云》让后人记住在抗战期间，以身殉国的这位青年女义士。《悼陈树》则表彰了在近代厦门的一次火灾中见义勇为的普通市民。凡此种种，还有许多。先生不仅是诗人，还是一位名副其实的地方历史文化学者。

　　《梦梅花馆诗钞》于一九六三年交由厦门市第一印刷厂出版问世。当时只印制三百部，其中有若干部抽去《解放集》，分赠海外亲友。故存世以有《鹿呦集》和《解放集》（卷首附《问云山房诗存》）合订者为全本。李禧先生与我家有世交之谊，我生也晚，一九六二年读高中时，奉先大父仰潜公之命，始辱承颜。先生去世后，我于工作之余，遍寻旧书故纸，搜集其零金片玉数十首而抄存之。兹者厦门市社会科学界联合会、厦门市社科院辟"同文书库"，广搜近代地方文献，重新出版以存文脉，邀我承接李禧先生《梦梅花馆诗钞》的重刊事宜。于是我将昔之抄件，与厦门大学洪峻峰先生所提供的先生佚作，计有二十世纪五十年代江煦在澳门所编印《闽四家诗》之李禧卷以及《纪游十五首》手抄本，持与诗钞全本对校，剔其重复部分，共得诗五十篇，作为"补遗"，附于诗钞之末。当年闽南诗友的挽诗则殿其后，重刊之诗钞于是乎成。

岁丙申端午之日，后学何丙仲谨识于一灯精舍

（作者单位：厦门市博物馆）

民国诗词学高端论坛发言记录

李鹤丽　伏蒙蒙

　　2016 年 11 月 4 日至 6 日，首届"民国诗词学高端论坛"在北京会议中心成功召开。本次论坛由中华诗词研究院与南京师范大学词学研究中心、民国旧体文学文化研究所联合主办，胡韵琴学术基金、河南文艺出版社、大象出版社、《全国报刊索引》编辑部、东方出版中心、浙江古籍出版社、国家图书馆出版社、上海书店、凤凰出版社、采薇阁书店、辽宁社会科学院中国语言文学重点学科等单位共同协办。来自中央文史馆、清华大学、北京大学、澳门大学、中国人民大学、南京大学、武汉大学、南开大学、南京师范大学、中山大学、苏州大学、吉林大学、扬州大学、中国社会科学院等单位的近百名专家学者参与了本次论坛的学术研讨。会议主要安排了"民国诗词学论坛主题发言""民国旧体文学与出版专场""民国旧体文学文献与文化专场"三场专题讨论。此外，会议还专门研讨了曹辛华教授在民国诗词学文献整理与研究方面的成果，研讨了中华诗词优良传统问题，举行了"首届龙榆生韵文学奖"颁奖仪式，发布了由曹辛华教授主编的丛书《民国词集丛刊》。

　　会议首项议程以民国诗词学研究为中心。由马卫中、查洪德、张廷银等先生主持。来自各大高校、科研院所的杨志新、忽培元、赵仁珪、杨天石、傅康生、施议对、陶文鹏、莫砺锋、杨海明、朱万曙、解志熙、王兆鹏、杜晓勤、彭玉平、张剑、李琳、廖生训、崔向东、曹辛华等二十余位专家学者就当前的研究现状、成果以及可能存在的不足展开了讨论，为研究者们提供了新的启示和有益的参考。会议第二项重要议程是关于民国旧体文学与出版的研讨，由马大勇与陈斐先生主持。会上来自河南文艺出版社、大象出版社、东方出版中心、浙江古籍出版社、国家图书馆出版社、上海书店、凤凰出版社、采薇阁书店等出版界的廖生训、尹利欣、钱之江、王国钦、张前进、王强等专家发表了高见，并与科研单位学者们进行了互动交流。会议的最后一项议程是关于旧体文学文献与文化的讨论。会议由林敏洁、赵维江教授主持，来自各研究机构的专家，如曹书杰、朱德慈、钱锡生、王昊、秦燕春、汪梦川、吴秋野、莫真宝、张芬、王贺等人参与了本场会议讨论。会议主要围绕民国诗词学各方面热点问题、民国旧体文学文献及其电子资源问题、民国新旧文学关系问题以及民国文史文献成果的出版问题等展开了热烈的研讨。此次会议的顺利召开将有利于推进民国旧体文学与文化、民国诗词学研究工作的深入开展。以下是与会各位专家的发言实录，附于此，以供取资。

"民国诗词学论坛"上午第一场专家发言

主持人：莫真宝（中华诗词研究院学术部主任）、杜晓勤（北京大学教授）、马亚中（苏州大学教授）、彭玉平（中山大学教授）、马卫中（苏州大学教授）

杨志新（中华诗词研究院副院长）：各位专家学者和新闻界的朋友，今天中华诗词研究院与南京师范大学词学研究中心——民国旧体文学文化研究所，联合举办民国诗词学论坛。受中央文史馆馆长兼中华诗词研究院院长袁行霈先生委托，我谨代表中华诗词研究院向与会的各位嘉宾和朋友表示热烈的欢迎！在筹办这次会议时，袁行霈老师很支持。当时中华诗词研究院成立的时候，马凯副总理有一个重要的讲话：要求中华诗词研究院多关注近现代这一块的学术问题，而且要把民国这一块作为学术研究的重点。我们今天开这个会也是贯彻落实马凯副总理的指示精神。袁先生最近在忙文化部交给他的任务，很遗憾今天不能参会。他委托我向各位专家、各位教授问好！今天到来的嘉宾在专业上都很有成就，不少名教授都是长江学者，在自己的专业上很有成就。还有一些学者如马大勇教授、曹辛华教授，也通过多种方式参与我们研究院的工作，给了我们很大的帮助。有些专家也很忙，为了参加我们的这次学术活动，做了不少精心的准备，推掉了很多事情。我也向大家致以敬意和感谢！

中华诗词研究院，非常关注民国时期的研究。我院是国务院参事室、中央文史馆下属的一个机构。不少老一辈的国务院参事、中央文史馆馆员，如南社的重要创始人柳亚子先生等，都是那个时代的风云人物。2009 年，我们中央文史研究馆和中华诗词学会就一起举办了民国诗词这方面的学术活动——"纪念南社成立 100 周年座谈会"。当时马凯同志也参加了。今天与会的像杨天石先生、赵仁珪先生，在我印象中也参加了那次活动。印象中，杨先生早在读书时代就出版了研究南社的专著。我们中央文史馆还编了一本收录了所有馆员作品的书。当时新闻记者还报道这件事，那个题目叫《让诗河流过世纪》，其实说的就是诗学的传承和我们优秀传统文化的积蓄和发展问题。包括成立中华诗词研究院，一个重要的工作也是组织协调服务。之前我们已经做了一些这方面的相关工作。今年我们还向财政部申请了30万元，正在开展"旧体诗词史料的收集与整理课题"研究。主要的目标是，按照诗学体例再出几本选优的书。有一次我去拜访杨先生，他给我院提出很多建议，其中就有应该多做选优的工作。

从我们中华民族的历史进程来看，民国的确是个大时代。从诗词学的角度来看，民国也是一个以诗词凝聚国魂的年代。现在越来越多的学者把研究重点放在这个时代，出了不少成果。像曹辛华教授，在民国时期史料收集和整理方面，我认为他先行做了大量的工作，出了不少资料集。这是一个功德无量的事。我也向他和南京师范大学词学中心，包括河南文艺出版社等一些出版机构、研究机构和学术机构，表示敬意。中华诗词研究院对曹辛华教授的工作很支持，真诚地希望和曹教授以及在座的各位合作，我们一起推动民国时期诗词学的研究和史料整理，以此助力我们优秀传统文化的传承和我们中华民族的伟大复兴。谢谢大家！

忽培元（国务院参事）：我很荣幸能够参加此次学术问题。在座的都是专家、学者，有些是很知名的，在这方面有长期积累和研究成果。我作为一个作家和诗词爱好者参加这个会议，这对我来讲也是个新课题。我谈一点看法抛砖引玉。

诗词是时代的产物，诗人是时代的歌手。民国古典诗词，同样也是岁月的律动，是历史洪流中的波涛与浪花。当历史前进了，我们回顾民国时期，研究它的古典诗，就绝不仅仅是对诗词艺术的鉴赏和玩味了，更是在触摸那个时代的脉搏，怀念或者触动那些留下不朽或者是灾难的岁月的印痕。那些苦难，典雅、崇高、卑鄙、伟大或者渺小。那些历史教科书和边缘史中，很难寻找到的活的灵魂和水与火的颜色和温度，这显然是很有意义的一件事情。当然，也有人认为，诗歌就是诗人心灵的独白，是个人情绪的释放。这话表面上看起来也不错，但却忽略了个人与时代的关系，忽视了人的社会属性和群体意识的存在。这样的认识和实践，实际上是对诗歌本质价值的蔑视和背离，也是一种亵浸。但是，当下此种理论与实践还很时尚，并且左右着创作。今天的这个会议论坛，我觉得也是一种诗词创作中的正本清源。鲁迅先生认为：即使是从前的人，那诗文完全超脱于政治的所谓"田园诗人""山林诗人"，是没有的。完全超出于人间世的，也是没有的。既然是超出于世，则当然连诗文也没有。诗文也是人事，既有诗，就可以知道于世事未能忘情。这是鲁迅先生在《魏晋风度及文章与药及酒之关系》中讲到的观点。这是我的一个观点供大家参考。

第二，民国在中华民族的历史上是一个十分重要的时期，在文化发展史上，当然也是无法绕过的一个重要的阶段。孙先生在同盟会提出来"驱除鞑虏，恢复中华"的口号。大约百年之内，社会由封建家天下到并不成熟的民主立宪共和制，由军阀的混战到革命运动、民族斗争，民不聊生。直至新中国诞生之前，植根于封建土壤之上的中华民国，就像一株伤残的大树。这个大树，电打雷劈、千疮百孔。同时，民国的大舞台也是除旧布新、风云际会、人才济济，思想文化领域异常活跃，同时也是国门大开、五湖动荡、八面来风、国破家亡、生灵涂炭。就是这样一个空前的氛围孕育了民国的诗歌，这是我的第二个观点，这个也是民国时代的特点。也是刚才我们杨院长讲的民国是一个大时代，是大变革的时代，也是大分化的时代。

我再谈一个观点，说到底民国是社会政治大变革的年代，这一时期的古典诗词创作也一样，蓬勃而起的新诗虽然在当时宣传上占据了上风，但是并不代表旧诗的水平差。因为历史原因，当时认为它是一种旧的东西就不认真地进行研究。所以这也是一个造成好多人不知道这一段情况的一个原因，但历史的存在是不可消解的。民国许多诗人是实实在在存在的，其实也出现了很多成就大的，在人们心目中留下较深印象的，还关注家国情怀的政治抒情诗。古体诗的成就和其他年代的诗相比毫不逊色。由于时间关系我不赘述。另外中共的老一辈国学基础深厚的领导人，像毛泽东、朱德、周恩来、董必武、叶剑英等这些老革命，在工作之余，在诗词创作上有很高的造诣。特别是延安时期，就有怀安诗社，诗词创作影响是非常大的。特别是孙中山作为民主主义革命的领袖人物，也是一个诗词的创作者。像秋瑾、徐锡麟、黄兴、陶行知、戴安澜、汪精卫，好多民国的一些政府的领导人物和革命家，也是诗词积极倡导者和杰出的诗人。当然时代变迁，总有落伍者发出颓废低迷的声音，还有很多人写赋闲的诗词。有的价值不高，在流传过程中就消失了，搜集起来也比较困难。特别要提出来的是，革命派诗人的创作还是值得关注的。这些革命家把中国的革命和新理想熔铸于旧风格中。总之，诗人之多、创作者之多都是民国的现象。其实新诗不是完全受西方的文学影响，而是首先受古典文学的影响，如郭沫若、徐志摩、林徽因、茅盾、田汉等等，包括鲁迅、郁达夫，这些人在古典诗词上都是很有修养的。他们在语言锤炼方面受中国古典诗词影响很深。好多年轻时候写新诗的人到了中老年以后开始写古典诗写得也很好，这种现象也值得我们注意。我抛砖引玉就先谈到这里，谢谢大家！

赵仁珪（**中央文史馆馆员**）：我谈两点感想。第一点感想，我看这么多的专家学者，都很热情、很踊跃地来参加这次会议，说明对于民国诗词的研究，或者说对于现当代诗词的研究，在社会上、在学界已经得到了广泛的认可。这是非常值得高兴的事儿，也是令人振奋的一件事。这说明我们的诗词研究正在不断地拓展、正在逐渐地填补原来诗词研究所出现的一些空白。确实，现当代诗词的研究，长期以来比较受到冷落。现在有这么多人来参与这项课题的研究，说明我们的诗词研究正在兴旺发达，不断地发展。而且我看到这么多的，来自各个年龄阶段的人都来参与这项研究。我相信我们的诗词研究，特别是现当代诗词研究，必定逐渐地走向繁荣昌盛，这是一件非常值得高兴的事儿。也说明我们中华诗词研究院原来建院的方针是正确的，我们始终是把当代诗词研究作为工作的重点。现在看来，这一个方向是和社会上现在的整个的大的趋势是相吻合的，所以就更加坚定了我们诗词研究院今后的工作方向。这是我第一点的感受。

第二点感受，从今天我们开会要讨论的这些课题，比如说这个《民国诗词编年叙录》《民国旧体文学史料丛刊》《民国诗词丛刊》等等。刚才杨院长说的，我们诗词研究院也正在进行当代诗词史料的整理。我觉得出现这个局面非常非常值得庆幸、非常值得肯定。它说明我们现在没有社会上那种浮躁之风，而是扎扎实实的从基础来起步。我们只有在这个基础上，才可以再往前推进。比如说大家都很关注当代诗词入史的问题，我们想，如果没有这些扎实的努力，"入史"也会是空中楼阁。所以现在出现了这种现象，充分说明我们的学风是非常正确的，是从基础入手，所以我相信，我们的前途应该是非常美好的。有这扎实的基础，我们今后会能够结出更丰硕的果实。以上是我的两点感想，预祝大会成功，谢谢！

杨天石（**中央文史馆馆员**）：各位专家好！能够邀请参加民国诗词学论坛，我感到非常荣幸。大家知道，我是研究民国政治史的，是研究孙中山、蒋介石这样一些民族重要的政治人物，我和民国的诗词研究也有一点因缘。50 年代我在北京大学中文系读书的时候，参加过编选《近代诗选》，另外参加过《中国文学史》的写作。那个时候，研究民国史和民国的诗词历史的学者还很少。今天来参加这次会议，看那些材料，我的感觉是，这些年来民国诗词的研究，有了巨大的发展。我们的队伍逐渐壮大，又有了很完备的研究民国诗词的规划和出版计划，也产生了一些初步的研究成果。这些情况是我过去在大学念书时候所不可同日而语的。

关于今后的研究我想提一点建议。民国诗词的研究，一方面是收集资料。民国时候的出版事业空前发达，所以诗词著作的数量远远超过前代。那么要研究民国诗词第一项基本的工作，就是要收集资料编写作家的全集，编这个时代的总集。另外建立数据库，这一方面，很多的学者、很多的研究机构都在做。

第二个方面，我觉得可以做的就是作家和作品的研究。在开会之前，我收到几本书，其中马大勇先生的《晚清民国词史稿》让我印象深刻。他对晚清民国时候的词的发展、重要的作家、重要的集子都做了很深入的分析。另外，我也看到，对于民国女词人沈祖棻的专题研究，都是民国时期研究里的重大的成果。所以说，对于民国词史的重要的作家、作品的研究，我们还应该有很大的空间，有很大的发展天地。

我还想提的另一个建议就是，我们应该重视民国诗词的普及和推广工作。也就是说，我们在出全集、出数据库，出作家、作品研究的时候，能不能向广大的读者推荐民国诗词里的优秀的作品。我想我们好像应该有这么一本书，就是《民国精品诗词》，或者叫《民国好诗词》。中华人民共和国建立以来，我们编辑出版过《诗经选》《楚辞选》《汉魏六朝选》《唐诗选》《宋诗选》等一系列的选本。我觉得我们现在缺少的一本书是《民国好诗词》，或者叫《民国精品诗词》，只有把这个工作做好了，我们才可能把民国诗词推向广大的读者、广大的诗词爱好者里面。所以我希望通过我们大家的合作和努力，能够尽早地出版这样一本书。同时我也希望我们的学者和专家里边，能够有像叶嘉莹教授那样做民国诗词的推荐和讲解工作的。民国古典诗词，应该说，在广大的中国群众里边有深远的影响。民国诗词，虽然距离我们很近，可是读者对民国诗词还是很陌生的。所以我很希望我们的学者们能够像叶嘉莹教授一样来做民国诗词的讲解、推荐、分析、欣赏的工作。这次会议是一个民国诗词研究的重要的起点。希望通过这个起点，我们能够把民国时期的研究向前大大的推进一步，这个是我一点点小小的希望。谢谢大家!

傅康生（南京师范大学副校长）：尊敬的各位先生、各位专家、各位来宾、各位朋友，大家上午好，首先请允许我代表此次民国诗词学论坛的主办方之一，南京师范大学向前来参加论坛的各位先生、各位专家、各位嘉宾、各位朋友表示最真挚的感谢和热情的欢迎！与此同时还要感谢中华诗词研究院为此次会议筹办所付出的辛劳，感谢胡韵琴学术基金、河南文艺出版社、大象出版社、国家图书馆出版社以及全国报刊索引编辑部等单位资助此次论坛，再次表示衷心的感谢。

南京师范大学建校于 1902 年，也就是我们所称的三江师范学堂。以后历经变化，到 1952 年的时候，在前南京大学和国立金陵大学的基础上，我们和穆先生这个南京大学是叫同根、同生、同源。52 年分出了六所学校，就是南京大学、南京工学院（就是现在的东南大学），包括南京农业大学、南京师范大学等等。然后又分出了三所大学，所以这个学校后来分出了九个学校，其中有六个学校，是以 1902 年作为建校的时间。其他三所学校以 1902 年作为办学的时间，所以我们南京师范大学今年建校已经一百一十四周年，是一所 211 的学校，也是一所部省共建的师范大学。应该说经过改革开放，尤其是进入 211 以来，我们学校在各个方面有了一些小小的进步。目前，我们学校有三个校园，其中最老的校园，就是我们在南京市宁海路，原金陵女子大学，现在我们称其为随园校区。传说袁枚的私家花园，就在我们这个老校园的那个地方，所以我们把它称之为随园校区。当然，我们还有一个最大的仙林校区在南京城东，是 1998 年我们开始启用的一个新的校区。目前学校大概本科生有一万六千三百来人，我们每年招收四千个本科生，有研究生一万一千多人，我们在校的教职工有三千三百人，大概是这样的规模。那么同时呢，我们在近年来的建设当中，我们有六个国家重点学科，还有三个培育点。我们的博士也算比较多。现在我们有一级学科博士点二十三个，有三个二级学科的博士点，还有三十七个一级学科的硕士点，还有十个二级学科的硕士。应该说近年来在学科建设研究方面都取得了一点小小的进步，尤其是我们的文科资源，有几个简单的数字。去年我们全校文科获得了六项国家重大招标项目，然后在去年的这个教育部的人文社科奖当中，我们有两个一等奖、有五个二等奖、有六个三等奖。那么今年我们学校获取的这个国家社会社科基金有三十项，其中有七项是属于重点项目。应该说，近年来我们的这个科学研究的工作啊，包括我们的人文社科的这个科学研究工作，也是在不断的稳步地向前推进的。那么其中呢？近年来与民国文化政治研究相关的国家重大招标项目呢，我们就有四项。比如说这个曹辛华老师的"民国诗词编年叙录与提要"。那么与此同时，还有我们倪延年教授所承担的民国新闻史，还有这个陈书录老师的这个《明清民国歌谣整理研究》。还有一个，我们历史的，张连红教授的《抗战口述历史文献整理研究》。那么应该这样说，南京师范大学近年来也成了研究民国历史文化的一个学术的聚集地。

曹辛华老师从 2013 年得到了《民国词集编年叙录与提要》，那么当时是作为一个非常年轻的专家成为首席专家。应该说他去年来了，带领着他的团队取得了一些成果，也出版了几套书，还办了像《民国旧体文学研究》的这种杂志。本次会议他还要发行一部新书《民国词集丛刊》，这也是他近年来研究的一项成果。当然，曹老师他不仅有科研的能力，也有组织能力。更重要的是，他在这个科研工作当中得到了很多出版单位，以及很多公司的这样一种支持和帮助。不仅取得了图书文献的捐赠，还获取了像《民国旧体文学研究》杂志的出版资金的资助，尤其还得到了香港的胡韵琴学术基金的大力支持。这也表明，我们无论是做文学，还是做当代的经济政治，无论是做现当代的文学，还是做旧体的诗词研究，都离不开学界和其他领域的这样一种通力合作。应该这样说，曹老师是我们学校一个年轻的学者，在他努力的工作的同时，他所在的文学院，以及我们学校，不仅对他予以厚望，同时我们也极力支持每一位潜心治学的老师，尽可能地帮助他们排忧解难，来更好地沉下心来从事科研工作。

最后要再次特别感谢胡韵琴学术基金会、大象出版社、河南文艺出版社、采薇阁书店、全国报刊索引编辑部、国家图书馆出版社、浙江古籍出版社、上海书店、人民出版社等单位，对我们曹老师以及对我们民国这个诗词学研究工作的支持。

最后请允许我代表南京师范大学，感谢在座诸位先生和专家学者，长期以来对南京师范大学的支持。希望在座的各位先生、各位专家，今后将一如既往地支持我们学校的教学科研和人才培养工作，也诚恳地希望各位在座的先生能够莅临南京师范大学。如果关心、喜欢那种老的格调的话，请大家今后有时间到我们老的校区，就是随园校区。因为这个校区是属于全国文物保护单位，最近我们在江苏省人民政府和文化部申请到一笔资金，我们在对这个校园进行改造，希望它能够有一点点恢复过去民国时期的建筑和园林风格。在座的文人、诗人也许到了那样一个境地，会诗兴大发。谢谢大家，也欢迎大家来看！

廖生训（国家图书出版社编辑总监）：尊敬的各位领导、各位专家上午好，非常荣幸参加民国诗词学论坛。我们是一个学术服务机构，在一线，包括在宁波市这个文献的整理和出版上做了很多工作。尤其是近年来和曹辛华老师合作了很多项目，所以我觉得有必要在这个论坛大会上向大家介绍一下我们所做的工作，请大家来批评指正。

傅斯年先生有一句话，他说研究历史要"上穷碧落下黄泉"，动手动脚找东西，应该是说文献是一切研究的一个基础。包括民国诗词学文献方面，实际上特别是在曹辛华老师的支持下，我们做了很多工作。这一块呢，因为我们是背靠国家图书馆，背靠图书馆的系统和档案馆、一些重要的藏书机构。所以，在文献的收集和整理上，有一些先天的优势。

我们和曹老师合作的项目，我大概介绍一下。曹老师一直是致力于诗词学、近代文学等领域的研究，尤其是对民国时期旧体文学的研究，成果非常多。我们是 2013 年开始跟曹先生合作，出版了《清末民国旧体诗词结社文献汇编》，这是请曹先生作序，一共二十六册。《清末民国旧体诗词结社文献续编》是曹先生主编的，一共四十册，合计收入了清末民国旧体诗词的结社集子，包括会员名录，各种文献一百多种。今年 7 月，我们又合作编辑出版了《民国旧体文学研究》的第一辑，大家在会上都拿到了，主要刊登与民国旧体文学文化相关的各种文献、史料论述，还有各种文章，给大家提供了一个民国旧体文学的话语平台，来积极推进民国旧体文学的深入研究与发展。

这个会上要发布的是《民国词集丛刊》，一共三十二册，这是曹老师主持的国家社科基金重大项目《民国词集编年叙录与提要》的重要阶段成果，也是中华诗词研究院支持的一个重要成果，是第一次对民国词集进行大规模地系统梳理，收录了二百四十九位民国词人的二百七十六部词集。从时间跨度上讲，涉及到民国时期的四代词人，第一代是以晚清遗民为主，创作成就非常突出，在民国初期占据主流地位，实际创作的成就和影响高于其他诗人群体。比如收录的晚清四大家中的朱祖谋、郑文焯、况周颐等人的词集；第二代词人中有不少是南社的成员，有王蕴章、陈匪石、吴梅、汪东、吕碧城等。另外收入有叶恭绰、夏敬观等人的词集，这个是民国时创作中的中坚力量；第三代词人，包括赵尊岳、龙榆生、夏承焘等人，这是第三代；第四代词人兼擅新闻学和古典文献，沈祖棻先生等为代表。这个是从咱们这个词人的时代来说。

从那个地域的分布来说，所选词集涉及全国各个地区词人的重要词作。从版本来说，这有各种版本，包括刻本、铅印本、活字本、石印本、油印本，包括一些那个价值很高的稿抄本，以前一直没有披露过的，比如稿本的《鸳摩馆词钞》《钱仲英诗词》等，都是难得一见的珍本文献。为了方便大家使用，曹辛华老师编写了小传，附在书后。

为了提供更多的文献资料，方便大家研究利用，我们还与曹辛华老师合作了一系列的民国旧体文学方面的项目，比如马上这个《词集丛刊》要做续编，包括我们要在这个民国期刊里面搜索民国的文话，就是这个民国的剧话、民国的新诗话、民国联话、民国曲话，这样的资料编成五套丛书。《民国旧体文学研究》这个大家拿到的这本书，第二辑也已经开始征稿，准备明年出版。除了和曹老师合作的这些项目之外，我们在民国文学方面还做了一些其他工作。比如《民国旧体诗词期刊三种》《民国时期中国文学史著作七种》《民国名家词集选刊》《词学季刊》等等。这些都是前期我们在这个民国旧体文学方面做的一些工作。

当然民国诗词学，包括民国文学的文献的开发和出版，只是我们在这个民国文献整理方面很小的一部分。还有从 2007 年开始，我们经过近十年的努力，逐步形成了有影响力的专题文献，比如《民国文献资料丛编》《抗日战争史料系列》《民国档案系列》《历代名人事迹手札》《近现代中国学外文文献系列》。我们带了一点样书，各位专家如果有时间的话，可以翻看一下，都是跟民国史实相关的一些选题。目前一共出版了一百○五种民国专题史料，总计四千一百五十二册，收录民国的图书、期刊、档案、文献一万多种。2012 年全国范围内的民国时期文献保护计划全面展开。这个民国时期文献的整理出版作为重要的一环，得到了我们馆领导和民国时期文献保护工作办公室的重视，所以我们现在，包括各成员馆，像上海图书馆、浙江图书馆、南京图书馆，包括一些高校的图书馆、重庆图书馆，这些馆藏的重要的特色文献都在我们这进行整理，准备结集出版。

其中就是这个民国时期文献保护计划，我们基本上承担了绝大部分的收费项目，90% 以上。我们除了专题资料的出版之外，我们还在 2015 年出版了《民国文献类编》，一共一千册，分为十卷，包括这个社会卷、政治卷、法律卷、军事卷、经济卷、教育卷、文化卷，一共十卷。收入的文献是三千多种，这里编的这个，它和大象出版社，大家都知道大象出版社出过一套民国史料丛书，我们的跟他们的差异是比较大的。内容上我们是以呈世较少、比较珍稀的官方出版物、档案资料、机构出版物和内部文件为主，所以，文献基本上都是内部印制，不用于流通、有限流通或者不用流通的文献，所以很多是孤本，有比较高的文献价值。

除了图书的出版之外，我们在民国文献资料的整理开发上，还做了一个民国文献总库，这是一个数据库，计划是要把民国时期的图书、档案、期刊，包括报纸，这些所有文献类型的资料最后都汇到一起。目前我们把民国时期的图书，一共已经做到了十万册放在这个数据库里头。

那我就简单做结尾吧。有一句话，"兵马未动，粮草先行"。我们老馆长特别重视这个文献的整理开发，他认为中国文化的高潮马上要到来，所以这个要前期做的工作就是文献资料的整理和出版。我们出版社是依托于国家图书馆，依托于图书馆各个藏书机构，所以一直是在做这个工作。但是这个需要我们学界的专家来进行指导和支持。所以我在这也是恳求各位专家、各位老师能够关注我们的书，支持我们的出版工作。最后祝这个论坛成功，谢谢大家！

崔向东（河南文艺出版社社长）：各位尊敬的专家和领导，各位朋友，大家上午好。河南文艺出版社在 2012 年申请立项的国家出版基金项目《民国诗词学珍本整理与文献研究》，经过几年的努力已经在 2015 年的 12 月正式出版。在这个项目实施的过程中，作为参与的专家和学者，以及我社的各位人员，都抱着对项目认真负责的态度。对遇到的问题反复讨论沟通，不厌其烦，精益求精。在这个过程中，我们感受很深的是丛书的主编曹辛华教授，在过程当中不仅对专业问题做了大量的释疑解难的工作，同时还在团队的沟通、协调和双方合作等方面，都做了卓有成效的努力，给我们留下了深刻的印象。这套丛书的出版，有利于民国时期优秀文化遗产的继承与发扬，有利于民国文学史、文化史、文化人物研究的进一步深入，为国内有关民国诗词文献领域的研究，提供了一个良好的学术基础。因而，这个项目具有学术奠基的意义和重要的文化价值。

河南文艺出版社是一家地方文艺专业出版社，长篇小说和人物传记是我们社的主要的优势和特色。虽然成立的时间只有短短的二十年，但是我们已经先后成功地推出过《康熙大帝》《乾隆皇帝》《大清帝国》等在全国引起轰动和关注的长篇历史小说。曾经荣获过中国图书奖等多种国家级奖项，在国内外均产生了良好的社会影响。目前，我社已成功申请到多个国家出版基金项目，而《民国诗词学珍本整理与文献研究》，这个是我们最大的一个出版项目。在这个过程当中，我们一方面有机会向各位专家学者请教学习，使我们得到很多学术教育。另一方面，我社这一支由文学、历史学和编辑学专业人才组成的出版团队，也经受住了考验。

作为今天这个高端论坛的协办单位之一，我代表河南文艺出版社向丛书的两位主编钟振振先生和曹辛华先生表示衷心感谢，也向多位分卷主编、全国数十位各册图书的整理、编著、校注等作者表示衷心感谢，同时也向光临今天研讨会的各位领导、各位专家表示衷心的感谢。我们希望这一套丛书的出版能为民国诗词学的研究出一份力、尽一份心，为弘扬我们的优秀文化添一块砖、加一片瓦，同时我们也期待并相信在下一个项目《全民国诗话》的出版过程当中，与曹辛华先生继续进行更加深入的、愉快的友好合作，谢谢大家。

曹辛华（南京师范大学民国旧体文学文化研究所所长）：大家好，我很高兴各位专家学者参加这次论坛。在这里，我说几句话，感谢的话！

第一个是感谢大家的光临；第二个就是感谢中华诗学研究院的支持；第三个感谢胡韵琴学术基金、大象出版社、河南文艺出版社，还有全国报刊索引编辑部，他们的资助；第四就是感谢各位出版社的老师，为出版这个民国旧体文学文化研究所成果提供的这种帮助。另外感谢各位专家对这个方向的支持，再一个感谢我的母校苏州大学、南京大学、南京师范大学的老师和专家的关爱。最后一个就是感谢我的导师杨海明教授、莫砺锋教授、钟振振教授的指导与栽培之恩。

"路漫漫其修远兮，吾将上下而求索。"这个民国旧体文学研究，不是一个人的事业，应该是大家的事业，希望大家都能够深入其中，共同研究。谢谢大家，谢谢！

施议对（澳门大学文学院教授）：各位专家早上好，准备讲这么一个小题目《以史观、史实看民国诗词学研究问题》，就讲这个史观与史实这样两个关键词。什么叫史观与史实呢？嗯，讲一讲自己的理解。一般讲史观，我们是上大学的时候，就有马列主义的历史观、唯心主义史观跟唯物主义的史观。唯心就是英雄创造历史，唯物就是人民群众创造历史，这样的。那这个史观与史实，我相信到现在不一定能分得清楚，史观跟史实。笼统地讲，像胡适，就是说我的历史的见解就包括史观跟史实。

那我来推出这两个概念，我往往是从这个结果推上去的，比如说，胡适历史的见解里面，怎么样包括他的史观跟史实呢？不是没这么讲，那我们来推看他的结果，他是觉得这个一部中国文学史是一部怎么样的文学史，如果回答这个问题，那就是史观。从胡适的一些表述看，我觉得他的史观应该是：一部中国文学史，就是一部白话的文学史。这是他的史观，但是这句话他著作里面没有，全是我给他加上去的，到底正确不正确，就不理它了。这个是叫史观，那什么叫史实呢？史实就是分期、分类，比如说他以后的文学是怎么样，死文学？活文学？还有词学呢？是宋代，是自然生成的词学，以后就变成这个，到了元明之后，这个什么的文学啊？这个就投胎换骨的那个再生的职业。到了清代呢，就是鬼的时期啊，那这个就叫史观和史实。

那我们要研究民国时期的这个诗词学，民国的政治局势好办（从1912到1949），就是好办。诗词学就不好办，你要从哪一天算起，从1912吗？是不是刚生出来你就会作诗词？噢，那到底这个要什么时候生出来的，他写的诗词算民国的诗词，这个就是一个重要的问题。再来，尾巴到哪里？到哪里、什么时候才算过潮？我们现在是共和，我们要研究民国，就要顾前顾后。民国，最近这几年是大兴旺，那研究民国什么时候开始的呢？谁先提出来的呢？知道不知道。那现在我们是什么时代了，共和已经六十几年了啊，有没有共和的第一代呢？要从谁开始呢？民国有诗词学，共和有没有诗词学呢？代表人物是谁呢？能不能讲一讲啊？那我这个史观与史实就要解决这个问题。那在6分钟可能很难说清楚，就像什么时候开始。马大勇说晚清民国，晚清民国，这里头是一堆乱麻在里面，你就没分清楚哪个是民国？哪个是晚清？那这个我提出一个，给你们参考。唐圭璋他编《全宋词》那个时候就宋跟元那个交接的时候，你怎么处理。他就立了范例，凡是这个宋亡了的时候，他满了二十岁，那就算是宋的。不满20岁就算新朝。那这个赵孟頫，他满二十岁了，为什么还算元朝的呢？因为他到元朝做大官，所以是一个例外。毛泽东属于什么的呢？毛泽东生于清朝啊，这个民国的时候，他已经满二十岁了，但是他是共和国的领袖啊，你能跟他说清朝的吗？也不行啊。像这些要怎么处理啊？刚刚这个图书馆的那个出版社的讲的第一代、第二代、第三代，分的太密了。那怎么第一代是谁？第二代跟到了沈祖棻，已经隔了三四代了。其实他们都是一代的噢，所以分得这代不能乱分啊。一代要几年呢？一般二十年，像二十世纪要到几代了呢，五代就已经完了。那现在看看有没有能力来说说我们共和的第一代从谁开始？这个民国政治上好说，如果用朝代的划分，用朝代的划分是以事件为主，但是我们研究诗词呢，就不能单单以事件。民国四九年就没戏了，今天没有台湾来的。有台湾来了，你怎么说呢？我应该是共和的第一代，但我不是第一个人，第一个可能是袁行霈，袁行霈是不是三五年的？如果三五年的，而且学术上影响我们，可以树他共和的第一代。共和国的第一代，我和陶文鹏也是共和的第一代，但我们不是带头人啊，所以说这个需要说清楚。

现在如果说在座的好多年轻人，你研究共和的你就在前面了，再过二十几年，人家都跟上来了，也是这么多人围着研究过朝的这个事情啊。所以说这个往前往后都要看清楚，中华好诗词，中华诗词从什么时候开始的，到什么时候为止，现在不会为止，为止是没有。什么时候开始？从时间开始吗？那民国的吃得下吗？冒出一个民国来，你首先民国你都吃不下了，你还要中华好诗词。中华好诗词怎么算呢？从《诗经》算起行不行？是不是中华好诗词？所以说我们这个划分有两个线，一个是朝代，一个是世代。朝代呢，是以事件为主；世代是以你的思路为主。搞清这个就能弄清楚了，要不然就纠缠不清啊，这个能划分就叫史观与史实。给大家参考，谢谢。

朱万曙（中国人民大学文学院）：参加这个会议我完全是来学习的，所以我到了。莫砺锋教授在这里面，还有很多我尊敬的学者。嗓子也不太好，前两天感冒。

我参加这个会，我就有三点感想：第一点感想。现在讲民国、讲民国文人，讲民国文人的生活，这已经是一个热点。我们经常都是要讲王国维、讲梁启超这样的，讲这样一些民国文人。那么现在讲的比较多的，是讲的民国文人，他们有多少的工资，那个工资能在北京买几个私人住宅。他们的薪水也比较高，但是他们的这种生活情趣，他们的这种在新旧交际碰撞之间的生活状态、心理状况，可能还有很多东西和我们有关。其中我想这个旧体诗词写作恐怕是他们的这个生活状态的一部分。我们反过来从旧体诗词创作中留存的这样一些文献中，我们可以回望当时他们的生活状态、他们的心理状态、他们的这种文化情趣。在新旧碰撞、新旧交替那样一个特殊的历史时期，他们有一种特殊的情趣，而这种情趣要挖掘出来，可能对我们今天理解民国文人大有好处。实际上呢，也可能会使我们当代人，更能够真实地认识它，这是我想讲的第一点。因此这第一点，也就是说这个民国诗词学论坛，我觉得它的意义之所在。因为我们研究既往是和我们的当代的生活连接在一起的，这是我想说的第一点。那么第二点，就是接着刚才施议对老师的话来说，这个民国诗词的研究的确就牵连到文学史的问题。我因为工作的原因，现在有很多这边的复印资料，包括中国古代近代文学研究，然后又有现代文学研究。我觉得这个民国诗词和民国诗词研究的论文两块都不太好弄，因为我放在古代和近代呢，你从时段上又归不到我这儿来，要是现当代呢，恐怕他对这个旧体诗词呢，他们就觉得不是主流的文体，所以这里面实际上隐含着深层的文学、文学史的观念。我们现代文学到底就是一个时段的这个划分问题，还是刚才讲的这个晚清、民国时间的衔接的问题。那么现代文学如果从时段来说，它完全应该要把旧体诗词纳入自己的文学史的叙述的内容之中，但是我们的现代文学史基本上不说。但是我们古代文学呢？如果打破时段，这个旧体诗词文体上，它是古代文学的一个延伸，那也应该要把他拉在古代文学里面。民国诗词、旧体诗词这一块的研究，所以过去受冷落，就是受到这样一种机械的文学史观的这样一种支配的结果。那么这些年来民国诗词的研究，像曹辛华教授，包括我们彭玉平教授的王国维词学研究，都是使这一块日益彰显出来。那么我们这个在文学史上怎么来重新来审视这一块的文学遗产呢？这个是需要我们大家共同思考，共同努力的。这是我想说的第二点，我想文学史观它都是一定时期的产物，在随着研究实践的深入，它会发生变化的，我觉得我们应该要有这样一种变通的一种意识。

第三个想法就是我觉得民国诗词这一块的这个研究，实际上空间非常大。刚才也说了从文献做起，曹辛华教授他们都在做这个叙录、提要等词集的整理工作，这个都是基础性的工作。但是呢，我觉得这个研究，其实还有很多的话题，因为我是安徽人，我比较关注安徽的，比如我们安徽有一个学者刘梦芙，他就是专门搞这个。民国诗词的这个研究，像我们胡适、陈独秀，他们都有大量的诗词创作。我准备想写一个戏曲，就是安徽有一个才女吕碧城，吕碧城的这个诗词也写得很好，我昨天查了一下，她那个《满江红》，这里面有一个《满江红·感怀》，这里面写的真的是有那种时代感，"遍地离魂招未得，一腔热血无从撒"。就像刚才忽培元先生所说的，诗词和反映那个时代的他那种面对时代的郁闷。我说的这个意思就是有很多可以研究的：有作家作品的研究，有这个不同地域的研究，有流派的研究。把它展开来，我想尽管这个时段虽然短，但是这一段时段呢，真的是中华大地轰轰烈烈的时期，有很多很多可以书写、被书写下来的那样一个时代的风云。那么我们去展开研究就一定能够把这个领域做得非常的有滋有味，有声有色，非常有价值。我就说这么多，谢谢大家。

杨海明（苏州大学教授）：非常惭愧，因为我对这样一个民国时期的有关研究不是很熟悉，关键是来学习的。那么我来了以后看了会议材料，我感觉到这个气象很新，研究得很好。在 2013 年的时候，曹辛华第一次拿到这个重大项目，那个时候到现在三年出了这么多成果，这个很惊人。我们原来是做唐宋词起家的，他本来是跟我做这个，现在是异军突起，所以这个是新气象。事业要有人做，要有人做才行，所以我看到现在参加会议的很多年轻的一辈都聚起来了，像马大勇、彭玉平等等，我感到由衷地高兴，再向他们表示敬意，这是一点。

第二点，我非常赞同这个杨天石先生的讲话。它里面讲到最好要编一本好的民国时期的选本，名字怎么样还在考虑，像好选本啊，优秀选本啊，经典选本等等。一个好选本，从某种意义上，我强调，某种意义上也胜过很多很多的全集。我们学古代文学一本《唐诗三百首》，一本《古文观止》，一本《唐宋名家词选》《近三百年名家词选》和胡云翼的《宋词选》，对我们一代一代的年轻人走向古典文学启发很大。所以我觉得这个要把民国诗词里面好作品、好东西向大家推广，这杨先生（天石）的建议很好，要精选一本。这个又从某种意义上讲，以一当十可以使我们这个民国诗词得到推广。

第三，就是民国诗词这个概念我到现在比较混淆，琢磨不定。我翻了一下，这个煞费苦心啊：有的说是当代诗词，有的说是近代诗词，有的说是晚清民国诗词，有的说 20 世纪以来诗词，有的说百年以来（这个也就是五四以来），大概就是这个范围。所以大家煞费苦心，苦练武功费精神啊，好像有点很吃力。所以我觉得呢，如果我们不弄清怎么样界定它，什么叫民国时期？否则的话，当然也可以你唱你的，我唱我的，各唱各的调子，百花齐放。但是我觉得最好还是要有一个比较相对稳定的一个界定。学术上你来讲比较，要有一个学术上的界定。

我就讲这个三小点，那么最后一点来讲讲曹辛华。因为他一定要叫我来参加，我一路上来很辛苦。但是呢，很高兴看到他这个事业搞得这么兴旺发达。那么针对这个曹辛华我简单讲几句，这个学生是很好，很不错的。当年考博士的时候有十个人，他跟我无亲无故，没有任何人介绍，是个农村的小孩，很穷。我记得他来的时候带着两斤小米在火车上长途跋涉。一个很贫寒的家庭，后来勤奋努力，又经过了莫砺锋先生、钟振振先生严格的训导，使他在这个学术上规范化，所以他现在有这个成果。一个是老师的培养，但最主要的是他自己的勤奋努力，所以我希望他在事业上更上一层楼，但是一定要注意身体。好的！谢谢！

赵生群（南京师范大学教授）：我的研究方向并不重点在民国这一块，所以只能谈一点感想。民国我觉得是中国历史上一个非常重要的时期，同时，它在思想文化上面也是一个非常重要的过渡的时期。它本身非常有特点，这个时期中国的内部社会正在经历绝对的变革制度，比如说前面科举废除了，甚至包括语言上面白话文的推广，从这个文言到白话了。那么各种各样的东西，其实他都会影响到文学的发展，包括政治的剧烈的变革，政权的更迭等等，所以这个时期它是非常有特色的，时代的特点非常地鲜明。同时因为种种原因，又是我们在研究当中非常薄弱的一块地方，所以这个研究我觉得是非常有意义，也非常有价值的。这个我感到曹辛华教授是非常有眼光的，用这样一个题目了。

我个人觉得如果有些问题要说清楚的话，因为它是一个过渡性非常强的一个时期，它一定有一些过渡性的特征。人们的这个知识结构变了，语言的方式变了，可能思维的习惯，思维的方式也会变化，而可能还不光是这些了，都会影响到我们的这个诗词创作，所以这是我们讲民国诗词的研究，恐怕也不能太纠结于哪一年或者是某一个省，具体的这个时间点，恐怕都要上连下挂是吧？看出它的这个传承和发展的一种趋向，我觉得用这样子这个想法是不是可以作为一种考虑的方式？另外，我觉得一个很有趣的现象是，民国时期这个旧体诗词创作，其实是非常丰富，同时新体诗、白话什么也很多。这两者之间也是一种非常有趣的共生的关系，那么他们怎么样互相有联系甚至互相会有影响，我觉得是不是也可以做适当的考虑。我觉得辛华教授，这个项目最重要的价值和意义在于它的资料性。我觉得资料的工作一定要做得非常的全，为将来的研究打下一个扎实的基础。但同时呢，这个难度也是很大的，因为民国时候，这个出版非常发达，各种出版社这种这个报刊杂志等等。那么又是一个动荡的时期，内忧外患，日本入侵，那么国共两党有很多这个故事在里面。那么人生也会受到历史大环境的影响，很多人他的诗词创作可能是昙花一现的。有些人，他的集子可能是经过自己整理的，有些是后人可能整理的。又因为诗词的它的特殊性，他发表以后，可能还会寄给自己这个朋友，是不是要适当地考虑一下版本的问题呢？我们古书讲校勘，民国也需要考虑这个问题。有时"文化大革命"前后同一个作品，也有改了三四次的。甚至学术著作，包括哲学研究的著作等等，也有这种情况，那么我们是不是也要关注一下这方面的问题？好，我简单地就讲这么一点，谢谢。

张剑（中国社科院文学研究所研究员）：时间关系，我把三点感想集中到一点，看能不能节约一点时间。我们都知道现代文学史的研究，它有一个遮蔽，什么遮蔽呢？就是文学革命的遮蔽，就是说它遮蔽了旧体文学，主要是推广这个白话文学。那么这样就导致了整个的现代文学史的研究，实际上是残缺的，是不完整的。从这个实际来看，民国旧体文学呢？它是有着一个丰富的这个发展的空间。据有关数据统计呢，就是 1927 年到 1937 年之间，文学期刊就是达到了一千一百八十六种，副刊就有五千多种，社团有一千○八十二个，出处我就不再说了。就是那么相当多的团体、期刊，它都是旧体文学的，都是确定的定论。所以说这个史料的挖掘是非常值得的，这个空间非常巨大。而且我让一个学生北京师范大学那个肖亚男来做民国旧体文学题跋汇编的时候，他已经查出来，这个民国旧体文学的诗集别集非常巨大。那么我们知道任何一个学科的飞跃式的发展，它是需要史料大规模的而且非常扎实的整理，都离不开这个规模大的大型文献基础的建设。

那么，刚才我抽空拜读了一下曹辛华教授《论民国旧体文学大系的编纂语义》这个文章，我感到他对这个民国旧体文学大系整个的编纂，有一系列的想法，有系统的考虑。那么虽然我自己是没有能够参与到这项事业里面，但是我相信以这个辛华教授人脉的广泛，为人的热情，他的活动能力和组织能力之强，那么这个这项事业是肯定能够蓬勃发展，并且最后取得成功的。而且辛华教授这么多年，一直在做民国的很多的文献的一些整理，他的这个逐步、阶段性地推出了很多东西，大家都是有目共睹的。所以最后呢，我就对这个辛华教授他未来的这个成就表示预祝，表示期待。谢谢。

王兆鹏（武汉大学文学教授）：各位先生上午好，应辛华教授的邀请非常荣幸地参加这个会议。但是非常惭愧，因为来之前我还没有确认这次会议的主题是什么，所以这段发言也没有什么高见。

第一，表达一个意思就是表示敬意。刚才杨老师和张剑也说到辛华教授把一个项目，把一个课题现在做成一种事业，这个非常不简单，按照现在流行术语这个叫做现象。现在曹辛华可以成为一种现象，民国文学也可以成了一种现象，也就是现象级的人物和现象级的课题。这个在短短时间内能够达到这种水平真是不容易，这也值得我学习，表达敬意。

第二个，就是回应一下杨老师，两位杨老师都不约而同地谈到这个普及化的问题。现在民国文学的研究或旧体文学是在学术化的层面，也要往学术化的路上走。我要说一点意思呢，就是普及化其实也是经典化的一个过程。宋词的经典化，唐宋词的经典化，都跟着历来的普及是分不开的。我们现在提到唐宋词，我们心目中都能够举出每个心目中的经典，能够举出一些自己喜爱的作品。但是说到民国的作品，虽然我们知道一些名人，但是说到名作，似乎现在还没达到那个层次。我们可以知道沈祖棻先生，可以知道很多名家，但是沈先生我们能够脱口而出的有几篇名作呢？似乎不太多。那么这种工作就需要我们通过这个普及来实现一个经典化。这是我要说的第二层意思。

第三层意思就是咱们这个民国文献在现在这个时代，就不仅仅是一个文献整理的问题，纸本我也建议也能够实现电子化。国家图书馆现在有民国图书数据库，可以把这二者正好是结合起来，把现在整理的成果能够融入到数据里面，此外其他的出版社是不是也能这样，就把整个这个项目的纸本的成果能够电子化。现在这个数据库的检索功能是比较全了，但是我觉得可以，这个功能还可以进一步的扩大。目前这个检索还只有像书名、作者、出版社、出版地、出版时间、关键词，这六个方面的检索。实际上还能不能够出现一个上面没看到的同位语的检索，就是我们只能够检索到一个作家，那么他的一些字号能不能检索？我还没有看出来，除了字号以后，我们的很多诗歌，旧体文学这个数据库里头不仅仅是作品，还有很多的评论，怎么能够实现这个关联检索？就是我当查到一个作家的这个作品资料的时候，我能不能够立马就关联到有关这个作品的评论，这个方面可能会要做一些标注和处理，不仅仅是这个原始数据。觉得可能一时难以达到，但是我觉得按照现在这个技术应该是可以实现的。所以我是期待咱们这个数据库今后不仅是能够实现关键词的检索，也能够实现同位语和观点检索，而且能够有统计的功能，不仅仅是一种检索，能够更有统计。现在武汉大学信息管理学院在做这个信息挖掘工作，他们这个技术发展是很快的，我觉得咱们现在数据库不能仅仅停留在一个基本资料的检索上，还进了第二个层面的信息挖掘。因为时间的关系啊，就只说这一层建议。谢谢大家。

杜晓勤（北京大学教授）：各位专家，各位老师，上午好。其实我坐在这儿很诚惶诚恐，刚才有老师说，他是来学习的，我更是来学习的。因为今天大家讨论的这个问题，民国诗词的这个资料整理和研究的工作，其实我对这方面关注的不多，但是我对这个问题比较感兴趣。刚才几位老师从三四个方面，就是谈到了大家对这个课题的一些思考和建议。

第一个，就是民国诗词、民国词史和古近代和现当代这样的概念的问题，还有它的这个开端和它截止的这个时期到底怎么处理，怎么处理这个问题？当然啊，还有学者指出，如果今天有台湾的学者在场的话也会涉及到一些政治问题，所以这个还是挺复杂的一个问题。当然，在这个方面，我想曹辛华教授已经做了很好的一些思考和考虑了。所以他编这套诗词学论丛的时候、民国词集的丛刊的时候，应该考虑到很多这样的问题。

第二个方面，就是旧体诗词和新文学之间的关系。这个我们在座的有现代文学的研究的专家，其实我们北京大学中文系现在我的一些现当代文学的一些同仁、同事，也在关注这方面的问题，像陈平原、王峰。这些老师也都开始关注到现当代作家，尤其是现代作家，他们和古代文学之间的关系。我在三四年前曾经写过一篇《胡适与白居易》，就是因为胡适先生，他搞新文化运动白话文运动，其实它是在某种程度上很受白居易的影响。他对白居易的诗歌、诗集、文集，就是钻研很深。还有很多白话文的理论和思想，包括他自己写的新闻学的小说和白居易很大的关系。所以我觉得这方面呢也值得进行重点关注。另外一个方面呢，就是普及化和这个资料全集的整理的这个方面的工作，我觉得这方面目前这个民国词的这个作品全集的汇编工作，现在曹辛华教授已经做得很好了。刚才两位杨先生都提到，这个普及化的问题，就是名家词选的这个问题。我觉得也是一个迫在眉睫的工作，原来龙榆生先生编过这个《唐宋名家词选》《近三百年名家词选》，编的都很好。我想现在曹教授接着还可编一个《民国名家词选》，因为就是我在上硕士期间，当时买的这一本书，这个就是沈尹默手书词集四种，这个里面有很多很好的，包括汪东先生的，包括这个程千帆先生，包括沈尹默自己的词。我买他的目的就是两个，一个是读他们的词，以及读这个前辈先生的评语。再有一个呢，就是书法，因为当时我看了，我发现沈尹默先生的书法太棒了。

接下来我想谈第三个建议就是版本问题。就是这个民国词呢，因为它离现在比较近，所以它的版本形态我们可以能够收集到不同的形态。第一就是像这种全集整理的这种铅排版。第二如果手稿版能够找到就更好了。另外还有缩减版，他经常是寄给朋友的那一种，只言片语的，一下子写几首，给好朋友这个进行请教进行欣赏，互相切磋的。这样的一些资料，能够汇集在一起，然后做校勘，那就更好了。另外，数据库我想可以收一些图文对照的这样的数字文献，大家读的时候，使用的时候，可能会更好一些。所以各位先生谈得都很好，让我很受教育，我是来学习的，我自己的思考呢，很不成熟，而且对这个问题就是没有什么研究，很惭愧。这次我收获了很多，谢谢大家。

"民国诗词学论坛"第二场专家发言

主持人：查洪德（南开大学教授）、张廷银（《文献》编辑部编审）

解志熙（**清华大学中文系教授**）：我之前写过一篇关于钱钟书和龙榆生先生在抗战时期旧体诗词的文章，今天受曹教授邀请来参加会议，谈一点自己的感想。刚才两位先生也说到有些困惑，比如朱先生说，他编人大复印资料时，就不知道把关于民国诗词的研究文章放到古典还是现代。这就反映了我们的学科问题，或者是观念的差异问题。刚才张剑提到，民国诗词之所以受到忽视，是因为有些研究遮蔽了它。我更正一下。在新世纪之初，我曾经受老师严先生的要求，参加《中国现代文学史（二十世纪）》的编写，负责 40 年代抗战文学的编辑。当时严先生就特别叮嘱我，在讲到这一段有些作家时，如钱钟书、沈祖棻先生，也顺便讲讲他们旧体诗词的成就。由此可见，严先生没有忽视民国旧体诗词。而且在 20 世纪 80 年代初，他就质疑现代文学研究格局的不合理，名为现代文学，实际上只讲新文学，不讲这个阶段存在的旧文学、不讲鸳鸯蝴蝶派文学。这是严老的观点，可是另外一个老专家不答应了。唐先生提出，为什么现代文学要讲旧体诗词呢？为什么要讲鸳鸯蝴蝶派？我的老师承认，尽管我是严老的学生，但在这个问题上我是唐派，不是严派。这不是说我对旧体诗词有偏见，相反我很喜欢旧体诗词，喜欢古典文学，但是确实新文学和旧文学是有很大的文化差异的。如果讲民国文学，将新文学与旧文学纳入一起，我是赞成的；但是如果讲现代文学，也将旧体诗词甚至旧派小说拉进来，那我是怀疑的，因为二者不是一种性质的文学。民国旧体诗词长期受到忽视，我觉得是政治和文化的原因。现在我们正处于文化多元、比较自由、传统复归的时代，我们重视旧体诗词是很对的，因此我很赞赏咱们古典文学专业来重视旧体民国词。

曹教授负责这一系列的项目，首先是从基础资料做起来，这非常好。因为只有把文献收集起来，整理出版，才能把它传下去，而且可以给研究者提供第一手的文献资料，这是非常重要的事情。这么大规模的资料工作，从批评到诗词集的整理，同时提供第一手资料。

第二，对民国旧体诗词的评论和研究，以这个资料为基础，我们还要深入一点，具体一点，不要简单地以某种从古心理、奇货可居心理或者文学欣赏角度去评论。我举个例子，几年前我收到台湾师范大学中文系主任高先生寄的一本书，是他和他的古典文学专业的研究生对于任援道的词作进行的评析。我看完之后大吃一惊，完全是望文生义，只是就所谓艺术模式而进行艺术赏析的，完全不结合历史背景来讲。任援道是汪伪里的实力派，掌握军权的人物。但是该书的评析却把任援道讲得像花儿一样美，这让我非常吃惊。所以，研究要有实事求是的历史的态度。同时我也想起20多年前我在北京大学念书的时候，跟图书管理员很熟，他就让我进到图书馆里面去。我挨个翻书架上的书，突然找到一本叶遐庵先生的书，他是近代著名的词学家，比民国四大词家更有名，更有成就。叶先生编过《遐庵词话续编》，是一本很破旧的书，封面都撕掉了。叶遐庵先生，我们知道，他是民国的政治家，是国民党中宣部长，很看重我们民国的旧体诗词。这些大量的旧体诗词，其实是反革命的，是怎么回事情？我举个例子，比如黄侃先生，是位大学者，也是位革命者。他学问很好，读了很多书，喜欢辞章。五四时期，钱玄同的师兄弟曾在一篇文章里不点名地写他，说有一位先生望着故宫写了一首词，完全是个遗老。可是，其实这个人就是革命家黄侃。再比如毛泽东，二三十年代时他还是个革命者，在写《沁园春·雪》时明确标明是反封建。很多人提出各种解读，毛主席无奈地说他这样写，仅仅是因为这是在写旧词。还有沈祖棻先生，我很崇敬她。八一年我大学毕业的时候，她的《涉江词》出版，我专门看了一遍，特别喜欢。当时人们都说她是"李清照之后第一家"。《浣溪沙》是在九一八事变以后写的，那是一首春愁词，一个少女的春愁词，我觉得写得非常棒，因此她获得了"沈斜阳"的美名。可是后来程千帆解释说，"斜阳"是有典故的，就是指的日本。我看了这个注解，让我理解了这首词的争议，可是又觉得何必呢？觉得旧词太束缚人了，这么一个现代才女，却只能写春愁词来表现和寄托抗日情感，完全被委曲了。

所以，我只有带着这个问题，作为一个现代文学研究者去思考该怎么澄清它、怎么深入研究它、怎么给它评价。曹教授做基础工作很好，给我们提供一个平台，我也希望搞古典研究的、搞近代文学研究的，能够实事求是地深入探讨，而不要轻易满足于简单的表面。我的话完了。

陶文鹏（中国社会科学文学研究所研究员）：我对于民国诗词也是一点都没有研究，我非常赞赏曹辛华，后生可畏，开拓了民国旧体文学的新领域。在研究过程中，我们存在三方面的偏差。第一方面，我们长期以来，重视白话文学而忽视文言文学。第二方面，从政治出发，只研究革命文学，而不革命的、中间的那种旧体诗就被忽略了。第三方面，受西方四分法文学的影响，重视小说、戏剧、诗歌、散文，而对于中国文学中很有特色的，但是不属于四分法的文体都不研究了。所以，研究民国旧体文学，起到纠正这三方面的作用。

另外，对于我们熟悉整个民国社会、历史文化以及新旧文学的关系，效果都是很好的，所以我非常赞赏。曹教授现在已经有那么多成果了，而且他的组织能力那么强，相信将来他的成果会越来越大。对于民国旧体文学理论批评，我有几点建议。

一是完全赞成杨先生的意见，如果想让该学科吸引大众，必须首先让大家喜欢他、了解它，群众感到该领域研究不是曲高和寡的。所以我们必须要编经典作品，如《民国诗三百首》《民国词三百首》等，将诗和词分开编写，再按照文、赋等一一排下去，以此来吸引大家。第二，文献研究整理应该打头，但与此同时不要放弃学术研究，应该两条腿走路，使理论研究与文献研究紧密联系在一起。第三，就是普及工作跟学术研究也要两条腿走路。在收集整理数据的时候，可以力求齐全，但是在编大系的时候，就不要太过分贪多，需要分清轻重缓急，把精品先挑出来，这里要有眼光。如果把一些新闻稿、文学家的传记、日记、笔记都编进去，那没完没了了。因此，我们应该先把精彩的东西呈现出来，将诗词赋先整理好。在整理时，如果整个集子都很好，那可以整个集子都收进去，否则只选一些收录就好。我感到这个学科将来前途无量，我也是佩服曹老师后生可畏。谢谢大家！

曹书杰（**东北师范大学古籍所**）：我对于这个领域没有过研究，也没有梳理过民国的历史文化。但是我们生活的时代距离民国不远，对这段历史还是有一些了解。关于旧体诗词研究，我提两个问题。

一个是前面有的先生已经说到了，是关于民国时期旧体诗词研究的范畴问题，这里面包含两个方面，一个是体制内，一个是体制外的。举一个例子，吉大的古代文学博士生答辩，有同学写了民国时期的旧体诗词，那么有的体制内的人员就提出，这属不属于古代文学研究的范畴。恐怕这种体制内的问题，还不仅仅吉林大学有，我们也有，而且很多高校很快都会遇到这些问题。还有一个体制外的问题，比如，编刊物时遇到民国时期作家的一些旧体的文学，他的研究、创作属不属于古籍研究的范畴，它属于非体制问题。至于说技术上的问题，比如说他属于民国人，还是清末的人，是新中国的人，还是民国末年的人，这些都是历史上有成果可借鉴的，因而不需要讨论。不过我刚才说的，是没有成果可借鉴的，这是一个实际需要操作的问题。

第二个问题，就是我们这个时代和以往的任何一个时代都不一样。在历史上，所有的时代结束以后，后人都想总结潜在的文化和文学。在以往的时代，他们想做却没有能力，或者条件不够，而今天这样的时代，科学技术已使我们有能力承担对潜在文学的总结和出版工作。所以曹辛华教授抓住这个具有特殊时代意义的文学现象，做总结性的研究工作，我觉得这个选题是非常富有前景。但是这个时期并不长，它只有四十年的时间，而且在这四十年当中，新旧两种文学的碰撞，一直是非常尖锐的。从五四时期中国语言的汉语拼音化运动，一直到今天的新文学，研究现代文学的人，对旧体文学的认同感有多少？就刚才解老师所讲，对于这个时期，虽然属于旧体文学，但是不能估计太高。从这个角度来讲，我支持杨海明老师的这个观点，要选择精品，从文献学来看，要做总结性的工作，我们今天有这个条件，这些文献还没有得到历史的淘选。比如说我们对待唐宋文学、明代文学，这些作品都是经过历史淘选的。而民国时期文学作品的淘选任务，第一次就落在了我们这一代人的身上，而且淘选工作是必须做的。

第二个想法，在那个旧体文学，特别是旧体诗词方面，我让我的博士生从清末民初的报纸中选择旧体诗词来研究。打开作品后发现，有水平的、值得研究的实在太少了，很多作家作品都不出名，作者情况都没有办法找，完全没有资料去查。整个报纸，三十多年发表了旧体诗词四千多，能查明作家的也不过二三十人，大部分作家不可考，这是困惑。预祝辛华教授在他的领域里面取得更大的成就。谢谢大家！

莫砺锋（南京大学教授）：各位同仁，各位朋友，我谈谈两点感想。第一，目前民国诗词研究的主要工作，是资料的收集和整理。我们都知道，对于一个学科学术工作的推进，一个是新观念，一个是新资料。一个世纪以前，王国维那一代学人正因为有了新发现的甲骨文，所以证明司马迁《史记》中对商代帝王世系的描述大致上是真的。第二，也正因为敦煌洞窟里面出现了敦煌的一些卷子，王国维从中发现了久已失传的诗集材料。这些新材料的出现，极大地推动学术的前进。关于民国诗词，这个材料一直在，它一直在图书馆里，但是长期以来，得不到任何人的关注，所以尘封数年也成为历史材料了。现在我们再把它发掘出来，进行一个资料的整理编撰的，将来肯定会推动古代文学学术上的进步。所谓的古代文学、近代文学、现代文学、当代文学，都是人为划分的，

而一刀切在哪里，本来就没有客观上的合理性。我一直觉得近代文学起端划在
1840年，那么近代文学的人都会谈到龚自珍，但是龚自珍于1841年就去世了。
所以这个划分实际上是人为的，古代文学研究者希望扩展到民国时期，应该说
没有问题的。

第二点想法，是所谓的入史的问题，刚才解教授的发言，又使我们回顾了
这个话题。对于民国诗词的研究，实际上在曹辛华2013年获得这个课题以前
已经有人开始了，但是当时从事研究的人往往有这样一种焦虑感，希望通过研
究民国诗词写出的论文，能够得到研究现代文学的学者承认，希望现代文学史
能够关注到这一部分作品。前几年还有一位学者专门写了一个文章呼吁这个问
题。但是，很快就有现代文学界的朋友反对说，一部分作品是不可以入史的。
我认为在这一点上完全不必有交流，这些作品假如有价值，那么它当然客观存
在，假如没价值，通过研究把它搞清楚，这本来也是学术的一个目标。更何况，
在我看来，民国时期的那一代文人，不管是旧文人还是新作家，有几个人不写
旧体诗词？不要说其他人，鲁迅、闻一多都写过旧诗。所以尽管这部分作品可
能不能很好地表现当时时代潮流，但是对于文人内心比较隐秘的情感和感受的
抒发，是很有价值的。所以研究民国诗词的人，完全可以理直气壮地来研究，
至于说能不能入史，写现代文学史的朋友，能不能把它吸收进去，这完全是另
外一回事。它有价值，把它解释清楚就可以了，怎么产生是另外一个问题。现
在有一种景象，就是拔高，把不那么好的作品，人为地拔高了。但是反问一句，
对新文学的评价，难道没有这种倾向？也有的，这个问题上还是存在的，所以
我觉得完全不必焦虑。谢谢大家。

李琳（**中国社会科学院研究员**）：各位前辈学者，大家好，我对这个领域
不太熟悉，我也是抱着学习的态度来参会的。关于民国旧体文学的研究，是这
些年来我们学术界的一个热点问题。刚才解志熙先生也说了，他的老师严先生
在80年代的时候就已经有这种意识了，但是实际上学术界这么多年来，该研
究领域真正热起来也就是这十来年左右。那么为什么？就是说这个领域之前一
直不受关注。刚才解先生讲了一个政治文化方面的理由，除此之外，我再补充
一个观点，是文学史观的局限作用。在这个交叉领域，它时间段上，处于现代
史阶段，但是在文体上，属于古典型，对于这样的作品就关注较少。

随着学界近些年来古今通变文学史观的兴起，现代文学界和古代文学界都
把目光投到了这个以往受忽视的领域。刚才解老师和莫老师都讲了现代文学史

里面的一个热门话题，就是民国旧体诗词是否入史的问题。其实这个问题我们古代文学的学者很少谈论，但是我看到了大量的文章，包括在《中国社会科学》上都发过，比如关于20世纪旧体诗词的合法性问题，是否入史的问题等等，包括一些学术性的报纸上面也有这种讨论。关于讨论的结果，我发现很多学者表示认同，认为可以把它写入现代文学。杨海明老师对于这个时间段，提出更广泛的说法，比如说二十世纪的文学史，不用现代、当代这种概念，而是用一个纯粹的时间段表述该概念。这是关于入史的问题，不过我觉得更有意义的一个问题是如何入史。如果说现代文学史的史学界，注重的是从文学史观角度来探讨民国入史合法性问题，那么实际上更多的工作就是具体深入地探讨民国旧体诗词的面貌究竟是怎么样的？它的文学史意义具体体现在什么方面？它如何入史？我觉得出于知识结构、学科素养的原因，这个工作应该是由古代文学学者来承担。

刚才大家都讲了，民国旧体诗词文献整理的工作是非常基础的，那么在目前这种大量的文献积累的基础之上，将来可能要回答关于它在文学史上的定位问题，也就是如何入史的问题。这里面有很多复杂的问题，刚才解老师谈到了革命性、内在的张力和矛盾等等。再比如说，作为文体，它是一种古典形式，但在精神内容上又有新变的文学作品，该怎样界定它的地位？有老师也讲晚清和民国的区别，那么如果用近代文学的概念来探讨，民国旧体文学和近代文学是否有质的变化？我们还可以再追问，在文体形式上、文体体制上，是否有质的变化？从整个时代的文化精神和学术训练来看，民国旧体文学是否可以真正称得上是我们古典文学的一个终结？还有很多疑问，我觉得都可以在将来的具体的研究工作中来体现。以上是我不成熟的一些想法和问题，希望各位老师指正。

彭玉平（中山大学中文系教授、长江学者）： 关于这个话题，我们研讨会上曾经讨论过，主要观点是比较一致的。关于什么是现代文学史，就是在现代发生发展的文学的历史。那么无论是否是旧体文学，只要发生在这个时期就可以。后来有现代文学老师说，我们所谓的现代文学史，是现代性的文学史。但是我认为，如果称中国新文学史或中国现代新文学史，那与古代文学无关，可使用"现代"这个词就是关于时代的观念了。台湾有位黄老师也一再地积极坦白，为什么现代文学比较排斥该研究的领域，是因为虽然从晚清自然地过渡到了民国时期，但是在文体上、在审美范式上，都是一种古代的方式。那么现代文学研究者，将他对作品的判断、价值的考量、审美的标准等移植到古体诗词时，显然是相对立的。所以我认为可能是这个原因。其实我觉得是否入史的问题，可以告一个段落，我们先把这一段时间的文学研究好，等有了足够的亮度和深度的时候，那会从"两边不管"的局面变成"两边都抢"。当然，这就意味着我们从事民国文学研究的人任重而道远。谢谢大家！

　　记得当时在审读徐燕谋先生的一篇研究文章的时候，我看到徐先生的诗词写得真不错，就想找一本徐先生的诗集看一下。结果调查了北京、上海、南京、广东很多地方图书馆的馆藏，都找不到。后来我搜索的结果是，徐先生去世后，他的家人为他编辑过一个诗集，印了200册。但这些图书馆都没有，网上曾经仅有一册在售，拍卖价在3万块钱。后来我就问作者是怎么找到这本书的。他说徐燕谋是昆山的文化名人，他去世以后家人给他老家的图书馆寄了一份，结果才有这样的这一册书。我们想，这一本书是90年代印的，当时有200册，到了现在已经没有了。那民国距我们现在已经是多少年了，我觉得抓紧整理这些民国文献是非常紧迫的一个责任。如果我们现在再不去整理，这些文献再过10年、20年、50年，可能就是灰飞烟灭掉了。这些饱含着先辈心血的精金美玉，可能就永远湮没在历史的尘埃中。谢谢大家！

"民国旧体文学与出版专场"下午第一场专家发言

主持人：陈斐（中国艺术研究院）、马大勇（吉林大学文学院）

廖生训（**国家图书馆出版社编辑总监**）：我今天下午主要讲的是文献出版与学者之间结合的一个问题。在说这个话题之前，我想先对曹辛华老师表示由衷的敬意和感谢。我们从2007年开始推动民国时期文献的保护计划，但是一直在史料的领域打转。比如抗日战争、对日审判的资料汇编等。在文学这个领域，实际上所做的工作比较少。最早是我们的南江涛编辑看到了曹老师的一些文章，然后萌生了编辑出版《清末民国旧体诗词结社文献汇编》的想法。然后逐步地发展到现在民国文献出版这么多的内容。今天是曹老师的主场，在这里我就不举曹老师的例子了。我想谈的是学者和出版社怎样结合，让项目变得更加完善，形成的成果能确确实实经得起考验，其质量和内容都能够达到我们学术研究的需要，以推动学术的发展。

　　第一个例子是我们编了一套《楚辞文献丛刊》。我们国图出版社在文献开发领域是有一些优势的。因为我们自己掌握的资源比较多，一是背靠国家图书馆，另外跟全世界范围内的常驻机构都有合作。所以在选题上，我们自己的编辑在掌握了各个馆馆藏的情况下还是有着一定的策划能力。比如《楚辞文献丛刊》最早是由我们的编辑室主任，现在的副社长殷梦霞老师提出来的。但是在编的过程中，她觉得如果以比较原始的状态，即将国图、上图或者北大的馆藏资料直接收集起来汇编一下，这当然也是一种思路，可以给学术界提供很多内容。但要编得更完善的话，就需要借助学术的力量，尤其是权威的学者。于是我们就请到了浙江师范大学的黄灵庚先生。黄先生是楚辞文献研究的大家，他对编这个丛刊特别感兴趣。他在接手这个项目以后，首先是对学术史进行系统地梳理，把楚辞文献的脉络、体系进行了一个很完整的分析。在这个体系之下按门类把各类比较珍稀的版本汇聚在一起。第二，我们拿到底本的能力也比较强。比如像美国哈佛燕京的底本，国会图书馆的底本，或者其他一些单位的底本我们都能拿到。还有些底本是藏在学者手上的。比如有一个日本的学者，黄先生知道他手上有八九种孤本，就亲自跑到日本去，通过拍照的方式，把那八个本子从日本弄回来了。包括香港、台湾的一些版本，都是黄先生做的工作。黄先生还联系到了首都师范大学的赵先生等几位老师一起做这个工作。这样整套书出来以后，就很经得起考验。可能会有个别的遗漏，但是重要的底本基本上我们都收集齐了。黄老师自己也很自豪，在发布会上就说，用这样的模式做出来的文献，100年后如果要编楚辞文献丛刊的话，就不用再折腾，用这套书就可以了。这是一个例子。

跟学术界合作的第二个很重要的例子，是我们做《民国文献类编》。我们知道，国家图书馆的典阅部是大家不怎么关注的一个部门，因为它基本上都是提供现代的出版物。但实际上典阅部有很多民国时期的书刊和我们不怎么外借的一些文献，都是官方的出版物和内部的一些文件，包括一些档案。这些是读者看不到的。我们下库看了以后，就知道这些资料很有出版价值。虽然大象出版社出了一套民国史料丛刊，但是我们这一套和民国史料丛刊完全是两个概念。从学术方向来说，一个以著作为主，我们是以政府出版物或档案为主。在定了选题以后，第一时间我们就联系到了社科院近史所的王健朗老师、金以林老师，他们几位都参与进来，这样做的结果好处在哪呢？从底本来说，社科院本身就收藏了很多跟我们要出版的内容相关的一些资料，我们这儿没有，但是社科院图书馆有。从内容的编排来说，我们跟近代史所联合组成了一个专家组，能够很充分地讨论内容，讨论怎么去选择、编排等，这个就处理得特别详细。还有就是社科院，包括国图民国文献保护中心，这些机构的影响力对这套书的推广也特别有好处。所以我们这套书就发行得特别快。

我举这两个例子是想说明，出版社依靠学术界的权威学者或者专家来进行选目、编排，包括对于推广都是有特别大的好处。民国文献旧体文学方面我上午已经说了很多，包括与曹老师这边的合作为主。我想这也是我们这些文献得以被学者重视的一个很重要的原因。谢谢。

尹利欣（上海书店总编）：曹老师在诗词学方面做了这么多的事情，我觉得非常有意义。就我们出版社来讲，从出版的角度当然要全力支持。那么我想主要有这样几个方面的考虑。

一个是民国的文化遗产面临一个非常重要的抢救与保护的问题。上海占据着近代以来出版界的半壁江山，民国时候保存了大量珍贵的出版资料和学术上的一些历史文化遗产。我们现在知道这些东西是不可再生的，需要我们去做一些保存和梳理。我们最近在做一个事情，申报馆留下了很多从民国1930年一直到新中国成立之前的剪报。这些剪报不仅仅局限于《申报》自家，而是全国有代表性的三十六家大的报纸按照门类做的一些剪报的汇总。现在这些剪报的保存状况堪忧，没有很好的恒温恒湿条件，有的都已经脆掉、风化了。我们接手后，要做的第一步就是逐本扫描，把这些纸质的东西用数字化的手段保存下来。第二步就是根据它的分类，有计划、有步骤地进行出版。有些资料是非常珍贵的，包括一些按照地域分类、按照经济政治文化分类、按人物分类，如蒋介石、宋美龄等等。这些东西，刚才大家讲到了，我们一定要有这样一个保存的责任。现在外地很多出版社已经走在上海的前面，我们的时间已经到了一个刻不容缓的地步。

第二个，我觉得就是出版社在新的形势下如何转型、如何重新定位的问题。和中华书局和上海古籍出版社这些一流的巨头相比，我们还是有不少的差距。所以我们的发展战略里面，就是要有所为，有所不为。要有差异化，有我们自己的方向。而我们的方向，就定在近现代这一块，主要是民国的文史文献出版。上海新闻出版局今年八月份正式批复了近现代上海历史文献研究出版中心，这块牌子就落户到我们出版社。我们也想以此为契机，把原来已经酝酿出版的民国类的期刊报纸，一些影印的资料，文史文献研究的资料，在已出版的基础上，我们把这些出版品，和我们的一些社会资源，做一些重新地梳理。另外也根据出版局，包括我们出版集团的一些要求，在"十三五"期间，或者在我们这两年的出版布局当中，重点加强民国出版的这个板块。重新安排后，民国图书的出版比例将从目前的20%左右提升到40%左右。即如果我们二百种出版书的话，就要有将近四十种的这个量。传承是一个方面，实际上我们还要承担一个传播的责任。上海作为一个中外文化聚焦、聚居的这样一个码头、一个点，我们也希望能够在中外文化的交流传播方面，我们的定位有一些变化。这个变化有两方面。一个就是我们的出版板块要新增加几个。比如说，根据四个中心的建设，我们增加了一些银行、金融方面史料的一些重点布局。像我们最近出了民国银行史的资料集成，已经出到三编了。在学者和社会当中的反响都非常好。还有一个就是上海的航运、口岸方面、工运方面的一些史料也是最近刚出版了五大卷。还有上海是中国共产党的诞生地，中国共产党早期文献也作为近代目前的一个重要的一个方面。还有很多上海的外文的报纸，我们现在也在有步骤、有计划地影印或者重新排版出版。

第三个想法就是我们的队伍建设，因为这个也是需要一代又一代的出版人来做。我们现在这个门类都是年纪比较大的一些中老年编辑在支撑。我们的原来的一些总编，像金良年、完颜绍元都是学者型的编辑。那么就有一个传帮带的作用。我们现在也在招一些上海市城市史、民国文献方面的学生进来。还有一方面就是数字化转型的一个想法。我们今年批下来一个项目，就是民国学术精华数据数字馆。就是以原来的申报，包括民国丛书为基础，先做一个资料的录入，以后把它不断地数字化。在结构方面可以检索、分类，也有专家的评论研究的东西放进去，这个数据库也在建设。诗词方面的数据库，我觉得我们已经做得非常好。好吧，那我就讲到这里。

钱之江（浙江古籍出版社总编）：各位先生大家好。我们浙江古籍出版社每年的新书品种有将近二百种，已出的大部头文献整理类的书，包括《李渔全集》《王阳明全集新编》《黄宗羲全集》《马一浮集》《宋濂全集》等，多次获得过中图奖，即后来的政府出版奖。"十二五"以来，我们在做的一个最主要的项目是"浙江文丛"，这是浙江省省委宣传部的一个重点出版工程。我们也承担一些国家出版基金的项目，包括刚出来的《陈登原全集》。现在手上在做的即将出版的是《中日朝笔谈资料》。另外在做的有《夏承焘日记全编》，规模大大地超过原来的《天风阁学词日记》。包括早年的日记，新中国成立以后包括"文革"时期的日记，非常有历史价值。另外一个在做的国家出版基金项目就是曹辛华老师主编的《全民国词》。我们预计《全民国词》第一辑在明年上半年二三月份左右可能会出版。在近代文学这一块，我们社里做得还是挺多的。包括收入我们"浙江文丛"的一些像徐自华的集子、秋瑾的集子、朱祖谋的《强村语业》等。现在我们手上在做的还有《俞樾全集》。去年还出版有中山大学陈永正先生主编的《百年文言》，这在当时非常受好评。词学方面我们一直都比较关注，90年代时候曾经出过《夏承焘集》，现在我们正在着手做夏承焘的全集。除了其中的日记部分已经申请国家基金，另外的一部分也在做了。其他出版过的还有南京大学屈兴国老师主编的《词话丛编二编》，另外还有《复堂词录》《况周颐词话五种》等。大致情况就是这样，我们出版社也是在工作当中积累经验。因为我们的编辑比较年轻，如何按时又能够保证质量地完成这种文献整理工程，我们也是在探索经验。希望能更好地为各位老师服务。谢谢大家。

王国钦（河南文艺出版社总编）：各位专家，大家下午好！我是"民国诗词学文献珍本整理与研究"的项目负责人，今天借这个机会给大家简单汇报一下关于这套书的出版。民国学是最近在全国兴起的一个新的专业学问，今天下午是民国旧体文学的专场。我觉得民国学的研究有一个完成时、进行时和将来时。"民国诗词学文献珍本整理与研究"就是一个完成时。我们这个项目是2012年申请，2013年批准，同年被国家出版基金通报为优秀项目。2015年这个项目已经全部完成了。我们很荣幸、也很高兴能够承担并完成这样一个重大的国家基金项目，也非常感谢曹教授对我们出版社工作的支持和信任。我感到一个新的领军人物正在崛起。民国诗词学研究的第一点，也是最基础的就是资料的收集和整理，我觉得曹教授在这方面的工作，是非常有意义的。所以在这里对曹教授也特别表示感谢。下面就这个项目的编辑情况简单给大家汇报一下。

这个项目共分十一卷五十五册。其中有"诗学研究卷"四种，"词学研究卷"两种，"词学研究整理与研究卷"六种，"诗学整理卷"十种，"诗词法整理卷"五种，"诗选整理卷"五种，"词选整理卷"四种，"民国人选民国词"四种，"民国词学家文集·一"五种，"民国词学家文集·二"六种，各体诗话、词话、曲话、联话整理卷四种。整个项目下来是两千一百万字，对于我们社来讲，是前所未有的一个大规模。项目于2015年结项。对于过去并没有这方面经验的出版社来说，非常艰难。结项报告逾万字。首先是对原稿的编辑，再者是对校稿的编辑。最后是相关专业人员的编辑。由于这套书制作庞大、卷帙浩繁，内容很多，且情况特殊。仅就其性质而言，它有原作者、整理者、编录者、校录者以及现代学者针对某一方面写的研究著作，全编体例就无法达成统一。因此，我们就以关键词来界定，即民国诗词学文献珍本整理与研究。也就是说主要是有关民国的诗词学方面的文献珍本的整理和研究。由于原书的底稿来源于民国时期的图书、报刊和手稿，包括诗词理论、诗词作品、诗词选本、诗词作法、诗词联话相关文集等等，全编形式丰富、内容繁杂。这也是其体例无法达到统一的原因。我们只能在各个门类，各个大卷里面做到相对统一。比如说，在时间上属于民国的范畴，在内容上属于诗词或诗词学之整理或研究；或者是民国学人对民国以前作品进行的研究，这是其中一点。另外，就是版式统一、封面统一也比较困难。再有就是排版校对，整理本为繁体横排，研究本为简体横排。

此外对原稿的录入转换，其中会出现很多可能会出现的问题。为了全书的质量，我们也专门邀请了在河南的外校队伍来保证全编的质量。再者，对上午的发言我想简单说些看法。其一是杨馆员提到的民国词精选的问题，我想说的是就大家都较为关注的这一问题，我们两年前就已经着手在做，并且现在已进入编选阶段。希望大家对我们多多支持。其次还有施议对先生提出的我们在编选过程中遇到的作者年代身份界定问题，我想是不是可以用另一种方法解决。在1998年出版的《文艺新青年》三卷；2015年出版了《文艺新青年》十卷；明年又会出版《百年典藏新青年》，这是我对同一素材不同版本的不同定位。我们所遇到的问题也是考虑这样一个作者按照他年龄阶段来划分，而不是说某一岁。比如一个人活到八十岁，那他二十岁仅占了人生的四分之一，那我们以他人生三分之二或三分之二以上的时间来给他划分年代。比如毛泽东，他在民国时期是多长时间，他在新中国成立以后又生活多长时间。如果说新中国成立以后占他整个生命的三分之二，这样他所受影响、所受浸染、所给这个社会带来的影响才会重大。还有就是诗词入史的问题，因为我是中华诗词学会常务理事，多年以来我对这个问题也非常关注。且我有专门论文专论于此。我个人认为现在大家都是站在各自立场上谈问题，这是肯定谈不到一起的。但是上午解志熙教授谈到文学观的问题，但我不甚苟同于解教授的结论。文学观不仅是个人的问题，还应该关注到文学史实。民国时期，是文言文向白话文过渡，旧文学向新文学过渡，旧文化向新文化过渡的特殊时期，不管你承认不承认，肯定不肯定，或质疑与否，文学史也不可能，也不能肯定一部分、否定一部分。比如藏克家，他是新文化中写了很多新诗的学者，同时他也写了很多旧诗。如果我们研究臧克家，只去研究其新诗而不研究他的旧诗，这本身对他就是一种割裂。

张前进（**大象出版社总编**）：民国文献出版是大象出版社的传统强项，已经进行了十几年。有民国旧体文学史料丛刊和民国旧体文学大系两个宏伟项目。民国旧体文学史料丛刊项目，只能分批分集出版。曹老师的想法是分批分类出版。首先是对别集总集进行出版。出版人的建议是民国时期已经刊行出版的范围内出版，暂不进行辑佚。其次要重视版本的质量，因为是影印。民国旧体文学大系，是填补学界空白的大项目。困惑：第一，选哪些人，选哪些人的作品，对编选者的要求非常高。学识、眼界、文学批评造诣、文学鉴别力。第二，文学史论和作品选结合，需要长篇导言，对文学的脉络、评价、规律的总结，这样大系才能成立。第三，不必贪多求全，首先选择精品，发凡起例。否则将旷日持久。

薛玉坤（**苏州大学副教授**）：我从民国文献出版的使用者的角度，谈谈看法。一，民国文献出版的深加工问题，目前以影印为主。在此基础上，应该进一步深加工。方式有很多种，比如全民国词的整理，全国报刊索引的使用。民国文献类编以政府出版物为主。参考此方式，对全国报刊索引数据库中的论文和作品进行类编式出版。二，丛书的使用，民国图书缺乏丛书综录类的工具书。三，民国文献的出版比较热，所以各个出版社在这一方面也争相投入较大的力度。然而在众多出版社竞相出版民国文献的过程中，就会出现出版重复的问题。我认为就这一问题，各个出版社还是应该就此问题进行相互协商。因此，就文献使用者而言，在查询同一问题时，很有可能再多本书中都有。比如，高校图书馆在选择购买图书时，如果一套资料和现有的资料重复较多的话，图书馆一般选择不去购买。然而恰恰那没有重复的部分对研究者而言，它是有价值的。以上是我个人针对使用者问题所阐述的三方面。

王强（**采薇阁书店负责人，南京师范大学民国旧体文学文化研究所兼职文献顾问**）：采薇阁书店主要出版历史文献等方面的图书。我们主要和凤凰出版社和四川大学出版社合作，有很多影印近代史的文献和系列的硕博士论文。我认为出版和学术是砥砺前行的，学术的读者主要还是自己的同行。我们出版各种文献的标准就是我们出版影印的东西可以支撑起一篇博士论文。我们要以开放的态度面对史料，同时要使用先进的技术和走出对图书馆的依赖。

其次，我认为不要过于在意几套书的经济得失，我们出版的内容是我们经营理念和个人信誉的一部分。至于民国旧体文学，我认为因为它离我们比较近，而且旧体文学也是一个重要的传统文化载体，我们不仅关注国内旧体文学还要关注域外旧体文学，这样一个整体观念研究起来才会更加有趣。另外，是否还有这样的可行性方案，即不在乎评价系统，去发挥我们大胆的想象，这也是时代赋予我们的机会。

苗文叶（国家图书馆出版社编辑）：我们跟曹老师合作是在 2013 年，今年我们跟曹老师合作两种书，一是《民国旧体文学研究》，一是《民国词集丛刊》。《民国词集丛刊》是曹老师一直系统整理的有关全民国词的内容之一，这次丛刊的出版主要是在朱惠国老师出版过的词集选刊基础上，搜索查重浙江图书馆、华东师大图书馆、上海图书馆、天津图书馆和首都图书馆这几个馆的民国词集，将之前未出过的词集收录进来。接下来《民国词集丛刊》续编就是收录国家图书馆和上海图书馆馆藏的文献，并且续编主要侧重于词集版本的选定，其中作家稿本、珍本、稀见文本会占较大比重，在数量上也会比第一辑增多。

王昊（吉林大学教授）：20 世纪 90 年代末，《文学遗产》曾组织了一次专家会谈，具体的内容是请刘扬忠先生、王兆鹏先生等学者预测 20 世纪词学发展的动向。其中基本结论就是清词研究和民国词研究具有极大的发展空间。这是在 1997 年所做的预测。进入 21 世纪以后，曹辛华教授独具慧眼，在相关民国词的整理、编纂、撰述、出版方面取得重大成果。我们东北方面，也在这方面取得一些成果。比如《20 世纪词史研究》《20 世纪诗词史论》和《晚清民国诗词稿》。下面的发言想讨论下个人看法。

首先，我同意上午陶先生所说"两条腿同时走路"的发言，即整理和研究要同时进行，无论是从学术史的经验来看还是学术中具体的操作来看。再如严迪昌先生，在清词的研究中，也是在没有全清词的情况下就研究出来清词史。这就需要撰述者有独到的眼光和高明的手段。再往前推，唐诗研究有总集，而民国时期也是在没有宋诗和宋词总集情况下，学界就进行了通论性质和史论性质的撰述。从艺术发展经验的角度来看，这种取径是完全可以成立的。在研究和普及中，我们也要两条腿走路的话，就是要做好推介。包括像上午场还提及的沈祖棻先生，究竟她有哪些名篇入耳入脑了，这个我们还没做到。

其次，我想谈论下我的史观和评价问题，所谓史观入不入史，实际上是入谁家史的问题。各种提法，诸如民国文学、二十世纪文学，或者是现代文学，这凡此种种的提法，都涉及到事实和评价问题。而且在具体操作过程中，事实和评价这两种问题又不能区别开。比如，二十世纪文学，它不是一个简单的时间观念，它也包含着文化性质方面的判断。即便是我们已经有的现代文学里面，唐弢先生也不可能和夏志清先生的史观完全重合。因为我们大学以前都是学习的唐弢先生的革命文学史观，其他一概摒弃不写。也不可能和司马长风的史观重合，他是站在国民党一派的。这种意识形态较强的文学史观，我们应该逐渐去淡化。但是尽管要淡化，作为撰述者却又不可能不选择一个时段进行撰写。因此，入史便不是入不入史的问题，而是入谁家史的问题。就是说，在这层意义上，我更希望有一家之言出现。

再者，对于评价问题，我们更多地便是对于新文化的反思，这一百年以来保守主义文化的反思。从大方面谈，作为保守主义的守护者，这是一种时代的心向；从小方面而言，一部好的撰述应该是两个方面能够结合，特别是我们现在还面对着后现代史学观的冲击，怎么能够在既定好的撰述框架之下又能突显个人心态问题，这两方面并不矛盾。而现实中，我们的个人心态可能不符合过去历史目的论的时代强音。怎样能在长远的世俗之下突显个人心态，好的撰述应该是做到两方面的调和处理。因此，我在翻阅材料时看到的分类，可以有一点作为补充就是讲义类。讲义类的整理我并没有看到，然而这一部分内容可能不是很多。其实民国时期有的词学撰述，就是大学讲义形成的，像刘毓盘的《词史》。至于具体多少，我没有普查，但我粗略估计至少有十个人以上。比如孙人和的讲义，他的讲义就没被整理。并且他的讲义在不同的学校，翻印的也不同。因此，讲义的整理也很有价值。最后预祝学界在曹教授的带领下，汇聚力量，分头行动，集中整合，我相信民国词学研究一定会由亮点而成为品牌。我个人的学术兴趣和学术力量也会逐渐转移到这方面来。

马大勇（吉林大学教授）：好像是第一次，这么一个大群体，这么大规模的出版人参加一个学术会议。之前可能就是三个、两个可能就比较多了，这次我们这么多的出版单位，那么各位老总也都亲临现场发表宏论，那这个实际上也体现了辛华做事情的一个眼光、风格。这么大规模的一个广泛、共同商榷的讨论问题的一个气氛。同时，我觉得在一定程度上体现了我们现在在做这个民国诗词学研究的时候，和出版单位这种深度的合作，这种密切的互动，这样一个基本的态势和关系。那么实际上呢，我们也都体会到在整个的学术活动当中，这些学术成果最终的转化，出版社是我们特别重要的一个平台。有出版人的学养和眼光，那么我们才能够把自己的东西更好地实现出来，传播出去，并且产生影响，对学术产生一定的推动作用。在我们现行的评估体制当中，尽管可能我们出书，反正我们在大学里面大概是这么一个情况，出的书常常不如一篇论文。如果发一篇高等级论文，比如说到陈兄那儿发一篇回忆研究，那我们就很神气了，是吧。可能出几本书都不一定比得上一篇论文。但我想论文和著作各有所长，就论文，常常好的文学需要打磨很久，或者说是很多年的学术思想的体现。但是由于篇幅的问题，由于其他的一些问题，它毕竟不如著作那样可以传之久远。在我们心目当中另有一套评估价值，我觉得是这样的一个意思。所以从这个意义上说，我们确实要非常依赖出版人的学养和眼光，来实现我们学术的传播和推动的作用。所以，我想对此包括我在内的这个学界同仁，对出版人，特别是以我们在座的几位为代表的出版界，对我们民国诗词学研究的这种大力的推动，提供非常好的平台，我自己也是受益者之一了，我们都是表示由衷的敬意和谢意。这是我说的一个意思，而且期待我们进一步的深度合作。

第二个意思，我还有些感想，这里边除了出版人提供的这种出版的眼光和平台，还跟各位出版人的学养，也有非常密切的关系。我们听各位出版界同仁的发言，这些老师都同样是专家级的，特别是我印象比较深的，像钱之江老师。钱老师，从我自己的角度来讲，他是唯一一个可以进入我的《近百年词史》的。我们在座的所有人里面，进入我的《近百年词史》的，是我的研究对象。钱老师还有一个身份，他在网络上名字叫莼客是吧，莼鲈归客，杭州留社的祭酒负责人。这也是我们网络诗词界的风云人物，而且是重量级的巨头，那么他以这种眼光来做诗词学的研究也好，做出版事业也好，那这个眼光和出发点是非常非常高的。包括王国钦老师，刚才王老师自己也说过，是中华诗词学会的常务理事，之前也读过王国钦老师一些相关的文章，所以这样的学养，实际上对我们整个的诗词学的研究出版，包括我们刚才说的这种整体性的进步和推动，都是一种非常好的一个榜样。所以，我想最后还是期待更进一步的密切合作。我们岗位、具体的工作分工有点不一样，但我们殊途同归。最后都希望对这份有价值的学术遗产，能够做一点自己力所能及的工作，我想这是我的一点小小的感想。我就总结这么多，谢谢大家！

"民国旧体文学文献与文化专场"下午第二场专家发言

主持人：林敏洁（南京师范大学教授）、赵维江（中山大学教授）

朱德慈（**扬州大学教授**）：不好意思啊，这个会议虽然辛华老早就跟我说，但是我一直不知道他的内容是什么，昨天才发短信告诉我具体内容是啥，我也来不及准备，有更多的时间可以让比我还年轻的同志去发挥。我只说一点点关于民国诗词研究的感想。关于民国诗词研究就我所了解的情况，现在大概可以分为两个层次。

第一个层次就是咱们现在讨论以辛华兄为代表的文献整理的这么一群人。辛华是其中之一，当然另外还有其他人，比方说华东师范大学的朱惠国兄。一批人在从事着基础文献的搜集和整理工作，这是第一个层次。第二个层次就是关于民国诗词史的研究。我所认识的同仁当中，有在座大勇兄的《晚清与民国词史稿》，有江西社科院的胡迎建兄的《民国旧体诗史稿》。或许还有其他关于诗词史的研究，现在也已经开始，并且初具规模。文献基础整理的研究，我可以称之为"摸清家底"。诗词史的研究，我也给他一句话来总结，那就是"理清头绪"。那么下边咱们这一辈人要在这两个项目上、两个方向上继续努力，继续完善，是必须的。在这样一个基础之上，我还想，那作为咱们这边人，咱们后来者，是不是还应当考虑能有所突破？能有新的发现？能比民国诗词家、民国诗词研究家、诗词研究学者们，能不能力所能及地有一点超越吧！从严格意义上说，他们那些人都是咱们的师爷，是吧，咱们要说超越他们应该是犯错误的，应该是僭越。但是作为后来者，咱们没有一点超越，可能也对不起咱们自己。因此，在这样两个已经取得成就的领域里面，期待着咱们的同仁们，当然最主要的是期待比我还年轻的同行们，因为我马上都快要退休了，这个有宏图也实现不了（笑）。能在有关方面，比方说在学术史研究上，我最近就发现，民国时期的有一批学者，在他们的著作当中，不是没有可讨论的、可商量的余地。他们的有些可商量的结论，一直还延传到今天。因此这些问题，我想，是否可以作为咱们下一步努力的方向。嗯，就说这么多，好吧，谢谢！

秦燕春（**中国艺术研究院**）：我就在北京，所以我要赶的是晚上讲课的火车了。第一，曹辛华老师能有这样大的一套书出来，我们都很赞叹。各位能各执高见地来进行，我觉得很开心。实际上来讲，我之前都没有特别清楚这样一个会议的意思，也没有去题写论文，所以所有的思路是今天早上开始，边听大家的这样一个发言，边在总结我在这个领域曾经做过什么，以及还想做什么的问题。今天早上听下来，至少在这个房间里，感觉到民国很热，民国诗词之内也洋溢到了民国诗词之外，它变成一个被称作"民国学"的东西。作为线下的民国，作为普及的民国，作为经典的民国，作为名人的民国，作为名作的民国，不断以各种方式被诠释、建构和想象出来。有点特殊的因缘吧，今天有几个老师都感叹说，今天很遗憾没有台湾学者到场，否则我们的民国会更加地热闹。我自己有点因缘，跟台湾，家世的关系有比较深的因缘，所以我不知道我可不可以说一点，至少在这两者之间，这样以一个小故事开始。去年我陪我一个台湾的亲戚，他是个收藏家，我们去北京去见一位很有名的大画家，一位将近80岁的老人。其实我也是第一次见他，虽然说之前因为各种因缘，都是彼此相知的。老先生也是第一次见到我和我的台湾的亲属，然后我们相见，就是现在类似的日子。去年10月2号，我们去他家，相见甚欢。第二天，因为他在琉璃厂有自己的艺术馆，我就陪我的台湾亲属，我们一起去看他的艺术馆，也非常的精彩。当时，台湾的亲属出于感动，就让我写一个短信给这位老人家。老人家非常热情，马上就给我来短信表达说："昨天见到你们，我非常开心。我看到你，觉得你宛如从民国走来的人。"这个，我先不说这句话意味着什么，但是站在一个真正的民国人旁边，我当时觉得有点尴尬。因为我的台湾的亲属看到那份短信，他也觉得很有趣，他在大笑，他说这是一个表扬吗？我说，对。这件事情其实不是说我的这个评价的问题，而这个非常显性地表现了民国想象，民国的一个概念，一种精神的范畴。因为一个画家，他从这种学术、政治、思想，整体地去把握这样一个历史的流脉，不是他的强项，他只是凭一个优秀的、人物画的直觉，下这样一个判断。这个判断只是一个他的某种喜爱而已，所以这是个很有趣的事情。为什么在我们的新中国如此久远之后，"你像一个民国人"成为一个这样大的表彰？我觉得这句话给我们今天这样一个诗词溢出之后的民国学，因为我相信要对民国的诗词有一个更高瞻远瞩、准确全局的把握的话，那么相当的益处是有意义的，所以今天我就整理一下我自己的一些感触。

当我们针对一个作为全局的一个民国，民国是一段历史，是一种文化的记忆，它的性格，它的特色，它的这样一个非常独到的气韵，我们应该怎么来规约它、定制它，它的这样一个总体的评价，是完全能够影响到我们来处理一个比较具体的，比如说民国诗或民国词的这样一个内部研究的，而且显然这样一种定位，并不是那么的不够重要。我们知道，在一百二十年前的甲午之交，1894和1895年，正是台湾这样一个非常伤痛淋漓的一个年代。因为割给日本，以及台湾人拒绝日本去入驻台湾的这样一个反抗，这场仗打得很缠绵，而且在这中间，日本人其实也死了不少人。因为这样一个伤痛的记忆。

　　我们重新来面对一个民国的资源，民国的诗、词，民国的一切的资源和记忆，一定不是为了重建历史，也不仅仅是为了重建历史，也是为了重建我们当下的生活。面对这样一种文化资源和历史记忆，我们将如何安置自己在当下的身位。无论是关于民国作品经典的一个遴选，还是对于民国历史的重写，它同时意味着我们不光是对于民国性格的某种把握，更是对当下自己的文化生成和文化定位的一个带有回溯性的重新的安置。

　　而我自己来讲的话，虽然说我比较早地研究，做得更远一点，明白以下的这样一个历史才是我在博士生前后用功最早的。因为我的硕士本来就是做古代的文学和文化研究。后来到了博士，因为年轻人想换一下那种尝试和挑战。都说新文化是北大的，那么我来尝试一下，在北大研究这样一个更近现代一点的这样一个感觉，所以，其实我自己倒真是对这个时段具体的这种研究涉猎是有的。而且我自己也感觉到，不仅是因为一个家族的姻缘，我对民国这个时段对于中国的意义的确有一种非常深切的感情和认同。我相信古今中西的这样一个撕裂和对决，在这个时代，如此浓集的其中，是她最吸引我的地方。你做其他，比如说一个比较纯粹的古人的话，他有很多的典雅蕴藉，一种风味，但离你很遥远。民国的很多问题，疼痛是当下的。你一定能够感觉到从民国带来的问题到今天还没有解决，其实那个民国真的离我们不太遥远。而且我相信当我们要更好地把握这样一个民国时期研究的风味的话，那么对它的溢出和对他的治理之外，对于这样一个整体的民国，学术的民国，文化的民国，社会的民国，生活情味的民国，这样一个整体的把握和定位的话，是对我们对于民国文学的研究，会有一个比较大的帮助。一些非常散淡的想法。谢谢大家！

　　林敏洁（主持人）：真的非常感谢秦老师对于这个民国时段对中国历史的意义，以及对民国文学定位的思考。对民国文学意义的思考，我觉得这是我们这个会议可以考虑的一个问题。那么正好说到这儿，我也突然想起来，因为我自己呢，不仅是台湾人，也是抗日战争军人的孤儿，所以我对台湾也有一份格外的感情，也经常去台湾，去日本，那么我对民国文学还是非常有感触的。正好顺便提一句，前段时间我写了一个影评，至今还没有发表，我觉得最近我们对这个民国热，是一件好事儿。但是呢，有的时候，对民国的这个认识是否正确，我表示怀疑。比方说，我看的萧红的一个电影，我对萧红已经研究了十五年，我还比较熟悉一些细节吧。《黄金时代》的名字，大家就有很深很深的错觉。其实萧红写那个文字，根本就是在日本最痛苦的时候，萧军那时离开了她，萧军跟别的人有那种关系，所以她生活是很孤独的，在一个人都没有认识的情况下，写出了这样一个《黄金时代》的文字。结果我们这个广告上，媒体上宣传，竟然有这样的文字，说萧红是想去哪儿就去哪儿，说她是个流浪人士。还说萧军是想爱就爱，再说鲁迅是想骂就骂。这都是打在很大的广告上的，还是发了很多媒体的新闻广告。所以我觉得好像对民国文学的意识呢，有点不太正确。那我希望我通过我们的这个学会，让他们有更好的意识。这是我的想法。

汪梦川（南开大学中文系）：今天上午听了各位先生的那些发言，我深受启发。自己有一些感触，我也可以跟大家汇报一下，请大家指点。因为我个人觉得吧，就是民国文学研究，对我们现在来说，在文学史上吧，上午大家也讨论过，确实到最近才开始热起来，以前是很不受重视的。民国文学研究在我看来，简单地说有两个问题吧，第一个就是，民国的诗，比如我是研究诗歌的，民国诗歌，我们碰到第一个问题，就是看不到，很多人就看不到，民国、民国研究就是基础比较薄弱吧，这就是因为那些东西，你看不到，看不到你怎么研究，对吧？没有一个研究的一个资料的东西。那现在这种情况，他就已经可以说今天上午那么多，在座那么多的出版界的朋友，也就是说出版界和那个研究界的合作就现在已经有很好的改观了，就出了很多这种资料性的书。就现在，大家如果想看，很多是可以看到的，这是一个很好的现象，那么当然希望这种合作能够继续进行下去，也要感谢出版界的这些朋友。

第二个我觉得还有一个可能更难解决的问题，就是我刚才第一个是"看不到"，第二个"看不懂"。我们好像觉得就是，民国离我们最近，因为最近，可是说实话看民国时候，那些人写的诗集其实恐怕比以前看唐宋的还难懂，为什么这样，因为他没有研究基础就是这样，因为唐宋的那些人就稍微有一点名气的，基本在后来的几百年之间都被人事先有过研究，我们现在有一定基础了，也基本上稍微用点心，没什么阅读障碍，但是民国就不一样。民国时候那些到现在基本上大多数，除少数几位之外，都较难理解。另外一个值得注意的点，就几个名家，大家反复地去研究它会有很多研究，但其他人就没有人理了，而且这些大家关注的那些人也未必真的就是最有成就，或者说只是看看有名气，或者是还有别的原因。其实我们大家都知道，比如说刚才上午也有一些要有，包括是现当代的一些先生也谈到，就好像民国时期的成就不高，比如说他们觉得秋瑾、柳亚子这些人，可是我就说我觉得这个话很不公平，为什么？如果你只是拿柳亚子、拿秋瑾他们的水平代表民国诗歌的水平的话，那真是太不公平了。说实话，他们在民国不算是一个很优秀的诗人，那为什么他们会这么说呢？就因为真的看不到啊，对吧？很多东西没看到，或者看了看不懂，说白了这个没有嘲笑，我自己看也是一样，民国时期，看懂非常不容易，因为我们没有任何研究基础，你都得自己一点一点去找。那民国时候的资料太多，找起来那个人的交际交往交流非常复杂，就是说懂这些非常困难，所以我觉得这个是我在教学和研究中最大的问题，因为我现在代课的时候，也给学生讲当代文学史，就是学业要求随便讲一段，你愿意讲哪一段就哪一段，我就自不量力，选了近代到民初这段时间，因为文学史上一般来说，据我了解，很多大学文学史里边一般都讲不到这里，因为这个文学史课程虽然很长，可是中国文学史确实太长了，几千年，所以往往讲到后来两年时间根本讲不到，所以清朝都讲不到，不用说民国了，所以我是确实有点不自量力。我自己想去做这个尝试，但教学过程中我自己发现确实非常困难，因为很多时候你想讲的你觉得确实也很好，可是你不敢准确地说，你懂了。这个就不能乱讲，对吧？你想想可以，但是不能乱讲，所以有时候也很为难，就碰到一些好诗，我就发现我没有把握，我真的能准确地理解他，这个就不能乱讲。所以普及工作其实相当困难，这是我自己一点想法，所以我想尽量还是做一些基础性的工作。因为民国时期到我们现在时间不长，我们可能只是做一个开路的人，没办法，就是因为民国的研究就是从我们才开始，以前没有过这样子。那这个我具体来说，第一个，就是当时跟刚才说的根据出版界的朋友把那个资料整出来，让大家都能看到。首先大家都能看到，我相信中国还是有很多读者，他有自己的眼光，他只要觉得能看到，他绝对能分辨出好坏出来，高低高下很快还是能分辨出来。

第二个就是研究上的普及，这就是包括马大勇先生，他做这个包含民国诗词史这些，首先从史的角度去普及一下，不像我们一般的主流的教科书上写这么简单，你就好像民国时期就有什么柳亚子，有秋瑾那么几个人，这个太片面了，实在是我们首先要把这一点先改变过来，就普及性的研究上给个大的史的角度让一般的研究者，或者甚至一般的读者都知道，民国不是我们以前想的那么简单的问题，还有一个就更具体一点，可能也是因为现在有一些关于科研评价制度，可能还有这个体系，现在有很多人不大愿意做，这吃力不讨好，就是有一些基本的就从具体到个人方面，可能有些诗词集之类的，这个就校注吧。校注现在很多出版社也出了很多书，像民国时候，这个时期做了很多，很多都是白文的，但是说实话，出来的价值，我表示怀疑，因为这个很难看懂。说实话，就像刚才说很难看懂，我希望有学者你愿意做这种事情，把你感兴趣的那些人一个个做出来，如果能一个个做出来的话，哪怕做不好或怎么样，那毕竟我们是开先路的人，给后人留下一点点研究基础多好。如果我们再不做，也就是到现在这个趋势下去，也许后来人越来越难做了。如果能做到这一点……也可以说这就是我现在应该做的吧，我自己也愿意做这方面的工作，就做最基础的校注，当然能够笺注可能更好一些，这就是我自己的一点感想，以后大家也能够请教一下，谢谢大家。

吴秋野（中华诗词研究院研究员）：非常非常感谢曹老师这次会议的邀请，我也特别幸运，这一场赶上林老师来主持，她正好是外语翻译方面的专家。因为我的这个课题，也是一个关于翻译的问题，所以我是很幸运的。曹老师，对这个工作就是现在这个成果，就关于民国时诗词学成果，我今天才看到，让我非常地吃惊，这个工程做到这个份上真是让人很惭愧，我们看一看前面努力的学长们都是怎么做的，曹老师民国诗词学这一部分的，我们自己真的是很惭愧。因为我在中华诗词研究院是负责网站工作的，我们中华诗词研究院做了一个网站，这个也请大家给予支持，给予批评，多多帮助。曹老师他的民国诗词学，我们网站准备专门做一个板块，一个是在文献上做民国诗词学，在文献板块上加一块，还有就是诗词学这一块也是专门做一个板块。这样就丰富我们整个的中华诗词的研究。我今天刚刚还一件很幸运的事情，我今天看到赵维江老师来自我的母校暨南大学。好，我简单说一下我这个课题。其实这个课题是非常非常有趣的，一个是自五四革命以来就是文化革命以来，实际上在中国内陆旧体诗词的创作和旧体文学创作一样，是呈式微趋势的，很多诗人就离开了旧体诗词的创作直接去写新诗，还有一些就是新生代的诗人，比如像那个徐志摩、林徽因、戴望舒这帮人，就是直接从新诗崛起，几乎没有，就是旧体诗词创作的经验，但是也就是在这几十年，就是在我们所谓的旧体文学很式微的，在内陆和大陆很式微的这几十年，也正是中华诗词对世界文学影响最为剧烈的时期。这个是非常有趣的一件事，我们总说，西学东渐，实际上在西学东渐的过程中，也是东学西渐的一个过程。

因为今天时间还有点，我就讲很多很好玩的故事。这个林老师因为搞外语的一定也很知道，在到国外读书的时候，刚开始的时候，那个学生会的学长们都会给你一个很友好的启示，就是一个忠告说，如果有异性的同学跟你讨论那个李清照，你不要就跟人讨论，也不要特别轻易就赞扬李清照。我一开始我就不理解，我说一个中国人讨论李清照有错吗？这有什么错呢？但是当你进入真正的寻找西方社会对于李清照的理解，你就会发现，这样的学长的忠告是非常非常的诚恳的，因为我们的这个旧体诗词的传播过程中，它是一次文化的跨越，它也是一次文化的，新的解读，也就产生一种新的文化生命。它的文化生命的那个面貌呢？可能跟我们原先的文化生命完全不一样，所以李清照包括婉约词，它在德语，因为我学德语先说德语，她最早的一本就是婉约词派的，最早的一本就叫黄色的诗，这个黄色的诗在这个西方，这个黄色的，它就是一种生命，很活泼，带一种生命的感官性比较强的这个意味。它跟我们现在说的黄色还不是很一样，但是也正是因为这个趋势，后来就婉约词派，包括李清照，这样的婉约词派的那个词，他竟然启发了西方的非常重要，注重感官的诗派，甚至"垮掉的一代"曾经把李清照的词作为词宗代表。1923 年的世界博览会，美国是这场博览会的大赢家，在美国馆的那个门口，挂了一张高高大大的非常巨幅的红艳女郎的那个像，这个像旁边一行一行的题字，就是李清照的那个点绛唇的英语。这是一个非常有趣的事，因为我知道这个故事之后，我就对旧体诗词的外域传播的问题，我就非常感兴趣。我简单地就几个方面介绍一下。第一个方面就是民国时期，外域诗词传播的概况，我们知道早期的中华古典文化的传播主要是通过传教士、旅游者，但是进入到民国时期以后，也就是 20 世纪初期以后，他越发趋于学者化，参与到这种就是文化翻译、文化传播的那个人群，不仅有那个学者，也有我们到外面去的一些使者、使官，还有一些就是专门的专家团体。那么对这个我做了一个德语、英语、法语等各个语种，在 20 世纪初期就民国时期翻译中国旧体诗词，包括经典诗词和他当时的那个诗词的一个翻译的名录。对这旧体诗词在德语中的译介，我做了个小小的简单的历史表，最早的德语应该是可以上溯到 18 世纪，到了那个 18 世纪晚期，婉约派在德国的发展就已经非常有趣了，呈有趣的趋势。那到了民国时期，实际上我们来往于中德的大使、学者，还有那些留学生们对中华，包括从诗经楚辞，包括唐宋诗词都已经遇到了德文。当时的一些著名词家包括龙榆生先生，他的词也译成了德文。我在海德堡大学图书馆还找了一个非常有趣的资料。咱们不是有史料整理这一块吗，我还跟曹老师说应该把这些都弄回来，龙榆生先生跟一个德国也是一位汉学家吧，一个女士 LS·matin 的七封信，这七封信是用汉文写的，讨论的是中国的一个是元稹，一个是辛弃疾，主要是讨论这两位诗人。同时，有 LS·matin 译的两首龙榆生先生的词，我就在对是哪两首词，但是从那个标题上看应该是两首蝶恋花，而且这个 LS·matin 她是谁的夫人呢？是方志彤的夫人。方志彤是一个朝鲜籍的学者，他长期任教于哈佛大学，但是始终没有获得哈佛大学教授职位，可能出版的东西比较少，那方志彤是一个什么样的专家呢？他是庞德研究专家，这个我们以后再说，就德语大概是这个情况。在英语、法语、俄语中我都列了一个简单的民国翻译年表，但是俄语比较特殊，因为我不懂俄语，俄语对中华古典文献的翻译和其他语种不太一样，它很笼统，文化很交融，不像在德语中有什么黄色的诗，在法语中有宋诗，在英语中有什么李白集啊、华夏集啊，它都没有。它是跟自己的文化融在一起的，所以他经常在一些教会文献中出现，有个别的诗人的记载和个别的诗派的传播。还有就是它研究别的文化，比如研究易经，研究老子，然后中间就夹杂了对中国诗的研究。但是这些，并不影响中华诗词在德文中的传播，就是因为有这样的剧烈的传播，中华诗词在民国时期，可以说它产生了前所未有的世界性的文学影响力，那个海德堡大学汉学系的 Matin教授讲课的时候就说过一句话，这话我记得非常清楚，他说，在一定程度上中国诗词是世界现代诗词流派的一个母校武器，就是它是一种酵母力量，它的传播促进了世界 20 世纪从 19 世纪中期到 20 世纪上半叶欧美的一些现代诗派的出现。当然，我这里现代诗派不是仅仅指的那个 Modern，就是现代主义，我是一个时间的概念，就这里头的诗派有的还是言传着传统的诗派，它是在这个时期出现的。那我就举一些有趣的例子，其实我这点出的都是非常典型的、大家耳熟能详的，比如说表现主义。德国表现主义发生于 20 世纪 20 年代，它一直到 50、60年代非常盛行，他最早是发生于这个绘画，但是德国表现主义，他最早的精神寄托是来源于对中国的老庄的译介，那么到了 20 世纪的早期就出现了专门的翻译中国诗词的汉学家，当时有一本很出名的叫《中国笛》。后来很有趣的一件事就是 1998 年 Mathew 他在中国演出一场音乐会，叫大地之歌，说是根据《中国笛》中的七首译成的汉诗谱写的曲子。后来大伙就研究这究竟是哪七首诗呢？听说李岚清副总理当时还组织了一个专家组来研究，后来终于确定了是元稹、杜甫几个人的七首诗，这个小问题也说明一个问题，就是说汉诗是在译介的过程中就不同的文化，它会产生非常不同的发酵作用，它会呈现出一种非常有趣的变化的生命力量，而且就是在翻译的过程当中有些事情，有些翻译必须跟当地的文化相结合，所以这样就会产生一些意想不到的效果。你比如说，就像我刚才举得那个例子就是李清照的《点绛唇》，《点绛唇》那个德文译文也好，英文译文也好，它的那个点绛唇三个字的意思就是把我的嘴唇点红，他那个 red，不是用 dark red，不是绛本来是深红色吗？我也问过我的同学，我说为什么你们这绛是深红色啊，应该 dark red 是不是更准确呢？但是我的同学就回答说那个意象就不对了，因为那个深红 dark red 在西语中，它主要是巫师的一种符号代表，所以不能够翻译成那个，只能是翻译成 red，就这样才是一个娇艳的女郎。所以这个就是说翻译过程有很多很艰辛、很细微的工作，就是因为这些，我们做了这些工作，我们的汉语诗词才传播的这么远。像德国表现主义的一个著名诗人忒修，就直接打出说，你如果问我的精神上我喜欢谁，我就说我向往的是老庄。阿格梅流派是产生于 20世纪早期的俄罗斯一个重要流派，它的主要的代表是古米廖夫、阿赫马托娃。实际上古米廖夫、阿赫马托娃都是跟中国文化渊源特别深的。阿赫马托娃在长期的肃反时期，就是靠翻译中国的《楚辞》来生活的。古米廖夫的第二个事迹就是青花瓷的陈列馆，实际上用了很多的中国印象。阿赫马托娃自己一直认为自己是匈奴后代，这个是非常有趣的事，你看那以色列大诗人马茹，他一直认为自己是商代的，也不知哪个第几代的什么子孙，他是商纣王的什么子孙西传之后，产生了那个以色列民族，为什么这个学说在西方它有市场？曾经有一个西亚史教授就跟我谈，说你再读一个西亚史的博士吧，你给我研究商代的移民西传问题，我觉得他们甚至就是以色列人，甚至找出了很多的理由，它以文字为文物，找出了很多理由，说明以色列人跟商代移民有关系。这个是在西方近期的几个大学都在研究这个课题，实实在在的研究。还有意象派和中华诗词的这个关系我就不说了，因为这太典型了。庞德是印象派的庞德，是中国诗的一个诗民，1919 年他出版了《华夏集》，就是以中国诗词为基本来发的新诗。他说的译诗实际上是在中国的意象基础上来重新写作，他自己不懂汉语。但是目前，我跟曹老师刚才说了，有些史料，确实是特别的，有待于整理。就是有几个图书馆，如果我没记错，我因为我记得不是很清楚，我先不说这几个图书馆的名字，还有三家私人手里现在保存的四百封庞德和中国的一些文人的来信，这些文人涉及到一些当时非常重要的一些人，比如这些文人中间就包括张君劢，这都是末代翰林，包括张幼仪就是张君劢的妹妹，是徐志摩的原配夫人，还包括像方立俊，这个是丽江方氏的一个后代，美国著名的科学家，这都是咱们中国人出去的。他这四百多封信，现在保存的不好，因为有的在私人手里，当然这四百封信我没有看到，听说钱赵明先生都看到了，因为他是在美国读的博士，是不是我们可以跟杭州师范大学的钱赵明先生联系一下，把这四百封信看怎么把它保存下来，因为我刚才提到的就像我在海德堡大学发现的龙榆生先生和 LS·matin 的七封信，我觉得我们有待于把它拿过来，但是目前就是因为我还有个学生账号，所以我可以借到那个图片，如果你是外面的不是用于研究的，可能还是要交涉一下。而且这个不仅仅是这些，就是这方面的中国诗词外佚的文献太多了，包括现在在海德堡大学里还有三十封 LS·克拉斯特，就是一战时期，德国一个非常重要的戏剧家，他就是一个中国文化的迷，他在死之前一个未完成稿，就是以中国的宋徽宗为基本原型，写了一部戏剧。他认为那个宋徽宗可以以一个国家的代价来追求艺术和高贵的精神生活，这个人是太宝贵了，他是这样认为的，所以他特别有趣，现在海德堡大学存了他三十封跟他女朋友之间就讨论中国古典诗词的信。可是这些文字都是意大利文，我一个字也看不懂，所以这个课题真的，如果深入下去，真的是需要林老师、需要外界很多老师来帮助我，来指教。还有那个后期的就是后浪漫主义，这个耳熟能详的黑塞，后浪漫主义的代表，德国一个重要的诗人，黑塞他就直接把王维的诗译过去就当自己的诗，黑塞他是对易经、对老庄，他就是痴迷，非常痴迷于这些。垮掉的一代，垮掉的一代就非常有趣，中国的婉约派启发了垮掉的一代诗派的那种对感官的描绘，对感官的兴趣就是中间有着很明显的关系。所以这我就简单地说了这一个课题，这个课题是非常有趣的，但是真是工程浩大，我对这样的课题我很早就感兴趣。但是，我始终就没办法深入做下去，因为一个人的能力实在太有限了，而且就是这些资料的整理，你就算庞德的四百封信，而且外文，他都写的花体，你就认吧，你得认一段时间。如果就说这个课题，我也跟曹老师谈，如果他确实是民国旧体文学可以支撑的一个课题，那我就在这里呼吁一下，能不能得到一些老师的帮助和指导。起码就是就一定的范围内把它做下去，我愿意在德语和英语这方面的意见做一个非常基础的工作，我就讲讲这些。

熊烨（南开大学中文系）：我不是老师，我只是学生啊，今天来是向各位学习。我硕士的时候研究的是龙榆生先生的词学。我对民国这个时代感兴趣，主要是受我师兄汪梦川的影响，因为我师兄的长处就在于它可以造成一个一个的值得消化的人格，所以我后来通过对民国时期的这些人物的了解，我就对他们的那种人格魅力发生了很大的兴趣。我从最开始研究那个龙榆生先生，我也发现龙先生当年在上海和厦门也接触了当时新派和旧派的不同的人物，可是通过他自己写的那个《苜蓿生涯》对他生平的一个回顾，他叙写他当时接触这些人物的心态。他在厦门也见了鲁迅，然后他在上海也见了朱祖谋、夏敬观这些老辈，他就觉得他跟这些老辈特别的亲近。那我想他当时是怎么样做出一个选择呢？我觉得从他的所有的这些论著里面，或者从他的诗词里面来看的话，还是受到当时那些旧派人物的人格的熏染，在他们的他们身上可能看到更值得自己去尊敬和佩服的一种人格魅力啊。所以我就后来对这个龙榆生先生发生了很大的兴趣，今天早上很多教授、先生都谈到新旧文学啊，或者是这种文学断代的问题，还有刚才我师兄和秦燕春老师也都说民国离我们其实并不遥远，但是我是作为我 80 后八四年出生的人，我就感觉其实从某种意义上来说，民国其实离我们挺远的。因为根据那个余英时先生的研究呢，他认为 20 世纪这 100 年，按照陈寅恪他们的说法是三千年来未有之巨劫奇变，所以从晚清就开始变化，西方文化过来，然后西方文化跟传统的文化在一起激荡，然后产生了一种全新的局面。那么这个文化里面人也就发生了很大的变化。为什么我感觉他们那个时代或者他们那个时代的人跟我们比较远的。从我自身的体会来说，就是觉得我们不管现在的学者也好，还是现在的诗人也好，我们的学养，我们的知识结构，还有更重要的就是我们所信奉的文化上的价值系统发生了很多基本的改变，那么我们在判断他们的这个作品或者他们的诗词的好坏的时候呢，可能我们所根据的标准，跟他们那个时代的标准就很不一样。比如说我的老师叶嘉莹先生经常在私下班上讨论的时候，讲到她喜欢的她所欣赏的一些作者啊，这个跟她在外面平常的讲座呢，可能讲的一些人就不大一样。在外面可能讲这个苏辛啊，这种可能大家都能够接受这种正能量的东西比较多。可是她私下讨论的时候，她讲了一些作者，比如说这个陈曾寿，甚至讲这个汪精卫，那么就是在这个民国时期，这种历史的激荡和巨变之下经历了很多这种时代的这种苦难和个人内心有很多痛苦。但是在我们今天看来，他们感觉可能做了很多错误的决定和选择。这样一些个在今天，我们是以我们现在的评价标准来说可能是一些负面的人物，但是他们的这些文学作品，他们的诗词呢，反而更有一种文学的感染力。这些人可能是遗老，可能甚至是汉奸，可是他们的作品，当然更加不会进入这种经典化、普及化的这种叙述里面，可是他们觉得其实更让我们这个真正深入研究的人有兴趣啊。所以我觉得我们如果是真的要研究民国的文学的话，还是要结合他们的时代。我想那个时代人，他们有他们的错误，但是他们也有他们的痛苦。但是正是他们在那种激荡之下啊，在时代的这种困难的选择之下所做出的一些事情和他们所写的诗词啊，可能如果我们用另外一种标准来衡量，用他们那个时代的眼光来看待，虽然我们可能不同意他们的选择，但是我想我们至少可以，去觉得哪些是值得尊敬的，或者哪些是值得同情的，作为一种就是陈先生所说的同情的了解。我想这个是我们研究的时候，一个很重要的一个心态。我就讲这些，谢谢。

林敏洁（主持人）：年轻人嘛，本指望你去能多发挥一点充满着激情的那个研究，就这么简单的结束了。好，我正好看一下时间，我们正好现在还有半个小时。在座有这么几位大师，我觉得应该现在再请他们好好地发挥一下。比如说我今天早上呢，听着听着，我非常欣赏这个陶文鹏老师的发言，讲得非常激情，当时我就觉得刹不住了。当时呢，我就觉得特别想听下去，所以我们现在呢，有请我们陶老师再来给我们延续一下好吗？谢谢您补充一点啊，你今天早上没有说完的话。

陶文鹏（中国社会科学文学研究所研究员）：那么我接着刚才的讲下去了，从感性体会的话，就是民国这个时期吧，就拿旧体诗来讲，或者拿其他社会科学来说，他都趋大势。你想从胡适、从钱玄同，他做出那么多吧，旧体诗词也写得好。汪精卫的诗我读得少，但是有几首词确实是写得好。所以，我认为读书进去了研究也应该进去，只要找到研究角度，那么都可以研究。我做研究法，研究实事求是，他是怎么回事，他前期革命，后期不革命了，他选择要在中国，选择去当汉奸了，我们都可以评价。但是他的事实是什么事实，那我们也可以客观的评价他。艺术性，可能达到这个水平。这个我认为没什么，没什么大碍。在思想上这种情况应该是可以的。我们应该实事求是的说明清楚，包括以前有些人老是提到龙榆生、钱仲联先生，他都首先带着一种政治框框，那你就是文学。我们研究的是客观的一个词史，客观的文学史，这个文学是客观描述，而且可以正确的评价，我认为这个没有意义，没什么关系。而且从目前思想解放也可以，毕竟我们是实事求是，不掩饰他不正确的选择，但是给他的诗词以正确的地位。我们把它放在词史上，也就是这样。

曹书杰（东北师范大学古籍所）：那么多词学、诗词理论，艺术标准又多样化，难道我们就不能按照我们的诗词修养来正确评价他们吗？这完全是可以的。这个就是艺术的客观标准。昨天我想了这个问题。现在我再想这个美学问题，答案就是，美是客观的。

美是客观的，因为什么呢？大家都知道，夏梦死了。所有人都认为，她很美。我见过她的样子，认为她确实很美。连外国人、小孩、老人都认为她长得漂亮。如果你反驳我，说没有见过她，怎么知道她很美呢？她为什么美呢？我认为这里主要还是有一个客观的标准，还是有共同的东西的，比如说符合黄金分割的，那这个造型就是美的。从数学的角度判断，它就是这个道理。

那么诗词也是一样，我们这么多年，哪些诗词是美的，哪些是不美的？我们心里应该有数。我当过毛泽东诗词学会的副会长，现在已经退下来了。毛泽东的诗词，首先撇开他伟大领袖的身份，他的诗词是不是第一？我认为这有待于评价。他可能自己也认为他没有达到很高的水平，说过"我发表了十几首七言律诗，没有一首是我满意的"这样的话。然而你非得说他的每首诗都好得不得了，这个评价就不客观了。但是他的词写得很好，我个人看法也可能与别人不同，但是我认为他的词在近代中间可以排第一名。无论是从别的方面如革命、艺术性角度，他也是第一名。尤其是第一首《沁园春》，他写作时还很年轻，这么多年基本没人改动过。大家应该都知道那首词，就是那首"独立寒秋"。我没有找出什么毛病，这首词写得就是好。还有一首，你或许可以从各个方面来批评他有哪些地方不好。例如"秦皇汉武"，有人认为这就是在谈文谈古，可不可以稍有变化呢？但是《沁园春》，这首的艺术性绝对好，没什么可说的。另外，他的"西风烈"，就是在跟李白较量，这很明显。那个调子用的就是李白的《忆秦娥》。一个是"西风残照，汉家陵阙"，一个就是"苍山如海，残阳如血"，谁更胜一筹呢？我认为毛泽东那时候有动态，说不定他更强。我个人认为用近代或者现代的眼光，把他的词放在第一位没什么可说的。至于诗的话，你还可以实事求是地斟酌。所以我说一方面我们要思想解放一点。另一方面呢，就是关于新文学的若干问题，我没有深入研究过，但是，我认为那几个大系写得很好，导言很重要。将来我们曹辛华编出的"民国旧体文学"这一部分，导言就要写得很好，这个才叫眼光。如果简简单单写两个，这就不行。光是把资料收集起来，那也是不行的。我认为民国文学，例如新闻学部分，他们已经研究很透了。

陶文鹏（中国社会科学文学研究所研究员）：但是旧体诗词、旧体文学这一部分非常空白。前几天我就指出了这样一个问题。几个月前在河北大学开词学会，彭玉平先生有一篇文章叫《论罗庄》，罗庄就是那位民国女词人。我看完后觉得写得很漂亮，应该拿到《文学遗产》上发表。我就跟主编提议，赶快发，写得那么好。民国已经过了那么多年了，也可以把它当作古代。但是人家说，你们那些是民国的东西，我们发的是古代的，到民国来干什么？我想做些说服工作，要把它发出来，但是没成功。他们说要发的话，只能发到晚清的四大词人，这个才可以考虑一下。我认为，我们说民国、说近代，是1949年后分的这个时间段。现在已经到了2016年了，它理应归为古代部分。但现实是民国部分成了"三不管"。为什么呢？古代文学和新文学都不接纳，按照"四分法"的西方文学标准也不要。那这个问题就糟糕了，中国民族的特色，中国很多文章、传记之类的都不能研究了。所以我说曹辛华做的这件事，先从民国旧体文学中把精彩的找出来，全都弄出来，文章学也找出来。我只读点诗，词都懂得少，那么我想看看民国的赋写得怎么样？民国的骈文写得怎么样？民国的日记写得怎么样？这样一点点弄出来，我认为将来是很有前途的。我就随便讲点，我也没什么可讲的。

林敏洁（主持人）：非常感谢陶老师精彩的讲解，您比上午的时候更有激情。接下来再请我们的老前辈施议对老师再来补充几句。

施议对（澳门大学教授）：我想讲一个问题，就是民国离我们越来越近，还是远？应该说是很近的。活到现在，还有没有民国时期的人呢？应该还是有的。如果论起关系来那就更多了。现在来判断这段历史，不管是诗词还是什么，一定要出于公心。刚刚曹老师讲毛泽东，他对他评价很高，这是一种看法。另一种看法也许就是说，毛泽东根本就不能进入我们这个词典里面。有一部 20 世纪的词选，就不收入毛泽东（的词）。这也许是因为毛泽东太近的缘故。所以王国维讲，要去掉一切关系限制之处，使其呈现自然的美学、艺术，这样才能够做得好。所以这条很重要。

因为近的缘故，了解情况多，如果私心杂念不去掉，损失就很大。我接触过一些老前辈，在这个接触的过程中，我熟识了好多人。我以后写这些东西时也会伴有一些感情色彩，我熟悉的那就写得比较多一点。另外，我要讲一件事情，现在我们是对事不对人。2001 年，钱仲联先生 95 岁，快过生日了。那个时候我在南京大学开宋代文学第二届会议，趁这个机会就到苏州去拜访钱老先生。钱老先生的话我一句都听不懂，还是杨海明给我翻译的。他跟我讲了一些故事。在现场时先生就是这样，一见如故。一坐下来马上就开题，他不跟你说类似"今天怎么样""到哪里怎么样"这些话，不会讲这些。钱先生讲，那个时候好像刘先生的《20 世纪中华词选》已经出来了，稿子已经出来了。他以前选择六七个人写序，既然那些人有资格给你写序，那么你选他们的时候比例就要大一点，最少也得六十首。叶嘉莹可能有九十首，我是当代词中最多的，三十三首。我的老师，夏承焘先生，我比他多了三首。唐圭璋和其他的大概就是三十首。但他一下就六十首、九十首，最多的时候有没有一百首？

接下来他讲到龙榆生的故事。龙榆生究竟怎么样呢？他和钱仲联先生是朋友。钱先生到了南京，龙榆生就请他到家里做客，那个时候他还是比较风光的。龙榆生是忍寒居士，他能忍寒却忍不了热，寒的时候那么困难都挺过来了，那么热的时候呢？陈老总邀请他到北京开政协会议，作为特邀代表，坐着专机去的。他坐在毛主席的左边，右边是周总理。那时候在吃鲍鱼，毛主席就讲到了秦始皇的故事。龙榆生就说这不是鲍鱼，是鲥鱼。毛主席就讲做学问还得是龙先生。他当场就写了首词，歌颂红太阳。第二天他就不回去了，在北京到处拜访老朋友。朋友都问："你来干什么？"他回答说："毛主席请我吃饭。"这还不够，回到上海还继续讲。这是钱仲联先生讲的，他讲的很有依据，将来如果要平反，可以拿这个当材料。讲这些故事是为什么呢？那就是做事情要出以公心，社会公器不能据为己有，变成自己的，该怎么写就怎么写，历史不是讲的，历史任你打扮，但是最好还是要客观一点，特别是跟自己有关系的人，他究竟如何要客观地讲出来。

赵仁珪（**中央文史馆馆员**）：民国旧体文学这个概念，有人说了，如果台湾的学者到这边来可能会产生一些困惑，我想这确实是一个问题。台湾学者来的话，他们认为他们现在仍然是处在中华民国。当然这并不是说有两个中国，中华民国也好，中华人民共和国也好，都是中国的一部分，所以我觉得这个题目政治性有点太强，这是从政体的这个概念切入。我有一个想法可不可以将其改为"民国以来旧体文学文献什么什么的研究"？这样我们就可以尽可能削弱它的政治性部分，而是强调它的起点，也就是民国以来。我们并不强调它的终点，尽量去避免这些分歧，这个是我个人初步的一些想法。曹老师，您觉得呢？

林敏洁（**主持人**）：好的，现在一个非常精彩的提议就是将"民国旧体文学"改为"民国以来旧体文学"，好，我们现在向曹老师传达这个提议。

曹辛华（**南京师范大学民国旧体文学文化研究所所长**）：由于时间关系我简短地回答一下赵老师的发言。我很早以前就建立一个微信群，名字就叫"民国以来旧体诗词文学文化交流群"，现在已经有很多人参与进来。为什么要强调民国以来呢，因为民国实际上是一个相对尴尬的时期，更多起到的是一个枢纽作用。它向前连接着清代，向后又连接着现代。用"民国以来"这个概念，行不行呢？行，但是，就像我刚才说的枢纽作用，我更倾向于将民国这一阶段当作是一个过渡阶段。我们的前辈施议对先生整理的《当代词综》，把 1900 到 20 世纪 80 年代的词全都纳入进来，而我提出"民国词史"的这个概念是受严迪昌先生《清词史》的启发。严先生在《清词史》已经说得很清楚了，"民国词史"这个概念最早也是由严先生提出来的。我读严先生的《清词史》，最大的收获就是得到了"民国词史"这四个字的概念。

迄今为止，我做民国词史方面的研究已经有十年，我的感受就是，还是应该将这些时代划分清楚，民国归民国时期，当代归当代时期。当然大家提出的这个概念是非常好的，这也是对我前半段时期以来文献整理以及民国文学研究的一种肯定。我刚刚想向廖老师诉点儿苦，你们给我的稿费很低。在研究的过程当中，我带领学生做民国词人小传，需要大量的时间。在这个过程当中，我深刻地体会到，做这些东西绝不是一人之力所能做到，需要大家的共同努力。说了这么多，其实我想表达的是民国这个概念需要"断代"。像台湾那边出版的《民国文集丛刊》《民国诗集丛刊》，而《民国词曲丛刊》夭折了。为什么呢？因为在台湾断代的时候，他断的是 1911 年至 1949 年，这在台湾显然是行不通的，甚至一度遭到弹劾，出版商也终止了一系列的活动。但是在我们大陆，民国的定义就是 1911 年到 1949 年，所以还是需要分别来看待这个事情。当然，赵老师提的这个概念是很好的。但是如果要完成"民国词史"的话，就一定要有一个具体的时间段，否则，一方面工程量实在是太大，另外一方面也会造成很多认知上的误区，认为民国词史就是民国以来一直往后的一个时段。

林敏洁（主持人）：好，到现在觉得我们这个会的讨论是越来越激烈了，下面我们有请我们非常尊敬的赵维江老师，也就是我们曹老师的大师兄，由他来为我们这一组的会议进行一个总结概括，下面有请赵老师。

赵维江（暨南大学教授）：首先容我表示一下歉意，本来早晨就应该到会。昨天晚上我以为已经到了北京，结果飞机上的播报说我们已经到了济南机场，我是今天上午从济南坐高铁到的，就当给大家一些有趣的谈资吧。很遗憾今天上午各位专家前辈的发言我没有听到，但是下午的这个发言就已经让我受益匪浅。各位老师的发言，也确实提到了很多值得我们思考的问题。辛华兄让我来参加这个会议，我知道是关于民国旧体文学的一个研讨会。这几年辛华兄一直在做，我的研究生很大的一部分精力也是投入在民国诗词研究这上面。像现在正在做的一个项目，叫粤词研究，是专门研究一些广东从清代到民国时期的很有成就的诗人。这几年我的研究生的毕业论文的选题也在往民国这方面涉及，我本人对民国这一时期也很有兴趣，也想在以后不算长的职业生涯当中，能够继续深入地去研究它。

下面我来简单地谈一下我的一些看法。刚才赵老师和辛华兄都谈到了关于这个名字的问题。确实，这个名字也值得讨论。辛华兄说民国这个概念利于断代，但确实政治意味又太浓。最近台湾那边蔡英文也是说要大陆正视中华民国的存在。所以从政治上来讲，我们也不应该说中华民国已经完结了，去给它一个时间上的终结。介于两岸关系现在比较敏感，所以这个究竟该怎么处理，确实需要考虑一下。比较谨慎地来讲的话，我觉得前半叶，也就是 10 年到 49 年这个概念会比较好一点。还有一个问题就是，我看到这个名称里的"旧体"，我觉得很不舒服。诗词现在还活着，我们在座的很多专家学者都还在进行诗词创作，说旧体，但是我们也不是"旧人"呐。我去买中国画，不能说我去买旧画，我去看中医，我不能说是去看旧医，当然这是一个约定俗成的专业术语，我只是设想有没有这样一种可能，就是不要去过多地强调它是一种旧的东西，或者我们可以改为传统诗词会不会更好一点。当然这个也不是我重点要讲的一个问题，我只是提出来，可不可以有这样一种可能，或者改为古典文体等等。

另外一个问题，对于民国旧体文学的研究，我们首先需要从文献做起，这也是辛华兄和其他老师这几年一直在做的一个事情，我觉得非常有意义。没有文献方面的整理，那么理论研究也就没有了基础，当然我们也不可能等到所有的文献都得到一个完整地、精到地处理之后，我们才开始进行研究。个案的研究和理论的研究，应该是和文献研究齐头并进的。在全面整理材料的同时，我们要加强个案的研究。现在民国时期一些名家大家的研究已经比较深入，需要注意的是，有一些文献不太全，或者说名气不太大的小众的作家也不能忽视掉。这几年我的研究生也对一些民国时期的大家有所研究，比如詹安泰等。很多的老师、专家学者也纷纷对民国时期的一些名家有所研究。但是相较于唐宋，这个研究的数量是远远不够的，研究的深度上也远远达不到唐宋时期的水平。基于此，我建议就是在做文献的同时也要加强对这些个案的深入研究，我本人以后也会侧重于民国时期的文学研究，也希望更多的同仁能够加入进来，我就先讲这些，谢谢大家。

林敏洁（主持人）：好，谢谢赵老师，您让我们感受到我们这个论坛啊，越是看到后面越是有论的感觉了，但是时间真的过得好快，一开始我还觉得时间很难熬，现在时间反倒过得很快了，现在我们就要有请我们这次的主办方之一曹辛华老师来给我们这次论坛致闭幕辞。

曹辛华（南京师范大学民国旧体文学文化研究所所长）：首先这个闭幕词我并没有事先准备，开玩笑地说赵师兄像是来拆我的台的啊。首先是师兄提出来的民国旧体文学中旧体这个概念啊，如果真是要改变的话，那么国家图书馆那边的小苗同志他们可能就不愿意了，因为他们早前跟我商量的刊物就是《民国旧体文学研究》，如果改题的话就很麻烦。师兄一直在强调的是文言文学和旧体文学，包括古典体的文学或者传统文体之间究竟该怎么去定义。林敏洁老师呢又将我一军。让我来做这个闭幕词，那我就简单地来说几句话。

第一，我真心感谢这些前辈学者，像陶文鹏先生、施议对先生等等，都是我们的楷模。施议对先生从澳门特地飞过来参加这个会议，真的感谢。包括施先生对浙江古籍即将出版的《全民国词》作序，都是反复修改，一丝不苟。前辈学者的这些精神确实值得我去学习，这并不是指个人的可贵，而是我们研究话题的可贵。虽然有一些学者因为有事已经提前离席，还是有很多的老师留在这边。特别像马大勇老师，本来是不能来参加这个会议的，但最终还是于百忙之中赶来参加会议。他和我都不约而同地走到民国领域。还有朱德慈老师、王昊老师等，都是一起团结做研究。我侧重于文献研究，而马大勇老师侧重于批评。马老师著作颇丰，这令我非常惭愧。陶老师的弟子张剑老师十多年前跟我讲，辛华，你做民国词史怎么做，我回答他多做批评。后来张剑老师提醒我趁着年轻多做文献方面的工作，多做目录。真正涉及到这个领域之后，才发现民国词真的数量太庞大，光是民国词人小传，我才做一千五百多个。人民出版社急着要出版，但是我回答他们的是还有很多问题没有弄清楚，但后来一想又不能够长期这么去做，因为万事都没有完美的，我们现在要做的是尽可能地去做到完整，然后让后来的学者去批评，去不断地完善。如果我们过多地去纠缠尽善尽美，那么这条路是走不完的，这些都是靠前辈学者和同辈学者的共同努力一起做到的。在这里我说最后一段话，就是感谢前辈学者的鼓励！另外就是感谢各个出版社，我做的第一个国家出版基金选择的是我们河南老家的河南文艺出版社。这么多年下来，我最深切的感受就是没有这些出版社对我的支持，这个课题就没法顺利地进行。

接下来，我对诗词研究院表个态，你们支持我的科研，我也一定会支持研究院的工作。第二点就是也请你们多包容，如果我们这次的会议有什么做的不对的地方，还请多提建议！

最后再次感谢在座的各位老师能够来捧场，能够来参加这次会议，谢谢大家！

林敏洁（主持人）：谢谢曹老师发自内心的感谢！我们的研究会已经进入最后一个阶段了，闭幕词也已经由曹老师讲过了。我和曹老师作为同校，也再一次向大家表示感谢！这次会议集中了老中青三代学者，真的是一次盛会，我们也很高兴能有这样一次机会齐聚一堂。今天的会议就到此结束了。谢谢大家。

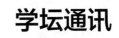

学坛通讯

"民国诗词学高端论坛"在北京会议中心举行

2016年11月5日，由中华诗词研究院、南京师范大学词学研究中心、民国旧体文学文化研究所联合主办的民国诗词学论坛在北京会议中心举行。国务院参事忽培元、中央文史研究馆馆员、民国史研究专家杨天石、中央文史研究馆馆员、中华诗词研究院顾问赵仁珪、中国社会科学院、北京大学、清华大学、人民大学、国家图书馆出版社、河南文艺出版社等四十余名专家学者参加了本次论坛，并围绕"民国诗词学研究""民国旧体文学文献及其电子资源问题""民国诗词学相关成果及其出版""民国新旧文学关系"等议题展开热烈讨论。

中华诗词研究院副院长杨志新在致辞中表示，中华诗词研究院非常关注民国时期的研究，目前正在开展"旧体诗词史料的收集与整理课题"研究，主要目标就是按照诗学体例再出选优书刊，并呼吁在座专家学者精诚合作，一起推动民国诗词学的研究和史料整理，以此助力优秀传统文化的传承和中华民族的伟大复兴。国务院参事忽培元在致辞中说到，诗词是时代的产物，诗人是时代的歌手。民国古典诗词同样也是岁月的律动，是历史洪流中的波涛与浪花。我们回顾民国时期，研究它的古典诗词，绝不仅仅是对诗词艺术的鉴赏和玩味，更是在触摸那个时代的脉搏，怀念或者触动那些留下不朽或者是灾难岁月的印痕。中央文史馆馆员赵仁珪在发言中指出，现当代诗词的研究长期以来受到冷落，今天有这么多的专家学者热情踊跃地来参加这次会议，说明对于民国诗词的研究，在社会和学界已经得到了广泛的认可。这是非常值得高兴的事，也是令人振奋的一件事。说明我们的诗词研究正在不断地拓展、正在逐渐地填补原来诗词研究所出现的一些空白。今天开会要讨论的这些课题，如《民国诗词编年叙录》《民国旧体文学史料丛刊》《民国诗词丛刊》等，都是对当代诗词史料的整理。出现这个局面非常值得庆幸、值得肯定，它说明学界摒弃了社会上的一些浮躁之风，扎扎实实地从基础来起步。

南京师范大学曹辛华教授编纂的新书《民国词集丛刊》在会议期间正式发布，这是其主持的国家社科基金重大项目"民国词集编年叙录与提要"的重要阶段成果。与会学者认为，该丛刊是第一次对民国词集进行大规模地系统梳理，不仅关系着文学研究的新进展，更是对晚清民国旧体文献的维护。从时间跨度上讲，该丛刊涉及到民国时期的四代词人；从地域的分布来说，所选词集涉及全国各个地区词人的重要词作。从版本来说，包括刻本、铅印本、活字本、石印本、油印本、稿抄本等，都是难得一见的珍本文献。该项成果对民国旧体文学研究具有推动意义，对晚清民国旧体词集文献的整理也具有多方面的学术价值与现实意义。国家图书馆出版社编辑总监廖生训在发言中表示，国家图书馆出版社背靠国家图书馆和一些重要的藏书机构，在文献的收集和整理上有一些先天的优势。2013 年出版了《清末民国旧体诗词结社文献汇编》，今年 7 月又编辑出版了《民国旧体文学研究》第一辑，主要刊登与民国旧体文学文化相关的各种文献、史料论述，给大家提供了一个民国旧体文学的话语平台，来积极推进民国旧体文学的深入研究与发展。除了图书的出版之外，国家图书馆出版社在民国文献资料的整理开发上，还做了一个民国文献总库的数据库，计划是要把民国时期的图书、档案、期刊等所有文献类型的资料汇总起来，目前数据库里关于民国的图书已经有十万册。

会议主题部分，各位专家学者就民国诗词的现状及发展各抒己见。南京大学文学院教授莫砺锋认为，文学史阶段划分不应"一刀切"。民国诗词材料长期以来得不到关注，若能将其发掘出来并进行资料整理编纂，将会推动学术上的进步。对于学界一直存在争议的民国诗词入史问题，莫砺锋教授肯定其意义与价值，鼓励学者大胆研究民国诗词，进一步拓宽该领域的研究。中国人民大学文学院朱万曙教授分享了参加此次论坛的感想：民国文人以及他们的生活状态现在是学界的一个热点，旧体诗词写作是他们生活状态的一部分，我们从旧体诗词创作中留存的一些文献中，可以回望当时民国文人的生活状态、心理状态以及文化情趣，这对我们今天理解民国文人大有好处。武汉大学文学院教授王兆鹏提出，普及化也是经典化的一个过程，因而学界需要通过普及民国旧体文学来实现民国旧体文学的经典化，建议民国文献的整理纸本能够实现电子化。中国社会科学院文学研究所研究员陶文鹏针对民国旧体文学研究提出几点建议：一是着力编排经典作品，二是坚持理论研究与文献研究的紧密联系，三是突出精品的价值与地位。此外，傅康生教授、施仪对教授、赵生群教授、张剑研究员、李琳研究员、杜晓勤教授、解志熙教授、彭玉平教授等专家学者分别作为嘉宾发言，为民国诗词学的研究建言献策。在随后的首届"龙榆生韵文学奖"颁奖典礼上，由王兆鹏教授宣读获奖名单，南京师范大学曹辛华教授与中山大学彭玉平教授荣获特等奖。

　　本次研讨对谈会为民国诗词学学科的建立和进一步深入研究奠定了较好的基础，有利于推动民国诗词学的研究和史料整理工作，以此助力我们优秀传统文化的传承和中华民族的伟大复兴！

（邰旻整理）

"民国旧体文学高端对谈"在南京师范大学举行

2016年12月23日，由南京师范大学词学研究中心、民国旧体文学文化研究所、文学院与图书馆共同主办，《光明日报》国学版、《光明日报》文学遗产版、胡韵琴学术基金、采薇阁书店等单位协办的"民国旧体文学高端对谈"，在南京师范大学随园校区100号楼二楼会议厅举行。我校副校长潘百齐教授、图书馆馆长管红星教授、《光明日报》国学版主编梁枢教授、北京语言大学方铭教授、中山大学彭玉平教授以及文学院钟振振教授、曹辛华教授等专家出席了本次对谈，并就"民国旧体文学"相关话题展开了热烈的讨论。

此次对谈由南京师范大学副校长潘百齐教授主持。潘校长在致辞中介绍了南京师范大学在民国文学、文化等方面做出的努力和成就，并提出，与近代文学、现代文学相较，民国旧体文学目前还没有学科归属，还没有引起人们的足够重视。所幸的是，学界已经注意到这一领域的空白，目前已有多个与民国旧体文学及文献相关的国家社科基金重大项目正在进行中。可以说，未来很长一段时间，民国旧体文学都是中国文学研究的学术热点。潘校长还指出，召开此次会议的目的是为了促进南京师范大学在民国旧体文学与文化研究方面的科研工作，刺激当前学术界对民国旧体文学这一研究领域的密切关注，同时也为民国旧体文学的学科性质及其发展走向、意义等问题进行深入的交流和探讨。

此后，在潘百齐教授主持下，钟振振教授、彭玉平教授、曹辛华教授围绕"民国旧体文学"相关话题展开了对谈。在对谈中，三位学者就"民国旧体文学的性质、风貌、学科定位、研究意义与存在的问题，及其与古代文学、现当代文学的关系"等议题阐述了各自的观点，同时围绕民国旧体文学与新文学的关系展开了激烈的讨论。

针对旧体文学的表现，彭玉平教授认为，旧体文学虽然与新文学有诸多方面的重合，但是差异性还是客观存在的。同样表达一种情绪、一个场景，旧体文学和新文学在表现手法等方面都有很大差异。另外，旧体文学和新文学在内容选择上也有很大不同。就总体表现来说，旧体文学创作业绩非常突出，创作数量相当可观。曹辛华教授将民国旧体文学的表现总结为几点：一是作家众多。目前经考证有诗词创作的作家大约有一千五百人，考证清楚的大约有一千人以上，不清楚的应该更多。单就这个数字就很能说明问题。二是作品众多。民国时期究竟有多少词集，目前难以有一个准确的数字，因为一些收藏家或者一些人的后代手中尚有大量未问世的集子亟待进一步搜寻。三是由旧体文学衍生出了新的文学形式。关于"民国旧体文学的时代性"的讨论，钟振振教授认为，旧体文学在民国时期有杰出的表现，并没有因为新文学的势头而掩盖自身的光辉。民国时期，旧体文学已脱离了文人言志抒怀、娱乐遣兴的传统，在该时期成为激发革命斗志的有力武器。无论是戊戌时期的维新人物，还是民国时期影响颇大的南社社团，乃至后来的抗日战争等大批文人志士都以旧体文学的形式反映时代新变，并以此来凝聚人心，因此旧体文学的斗争性特征不容忽视。曹辛华教授也认为，民国时期对旧体文学的教学以及学术研究是很发达的。民国时期对中国古代文学文体的批评、对中国古代文学的批评、对民国人的诗词创作的批评尤其充分。同时，民国旧体文学的革命性是该时期文学创作的一大特点。

最后，三位学者一致认为，尽管新文学的受众更加广泛，但是不能以此来评判旧体文学与新文学的优劣，也不能以此否定旧体文学的地位，二者有各自的研究价值和意义。同时，文学研究应当是多方兼顾的，不能厚此薄彼。当前民国旧体文学之所以没有得到广泛的关注，是因为缺乏必要的梳理工作，只有通过整理才能引起人们的广泛关注和重视，故而民国相关文献的整理工作就变得尤为重要。同时，钟振振教授认为，民国旧体文学的研究领域亟待拓展。针对未来民国旧体文学研究的要点，曹辛华教授表示，民国旧体文学大系的编纂工作亟待提上日程，从而让更多人了解民国时期的作家作品，进一步推动民国旧体文学的研究工作。此次对谈的成功举办，为民国旧体文学的研究提供了更多思路和方法，对于进一步促进民国旧体文学的深入研究意义重大。

（宋亚凤整理）

《同文书库·厦门文献系列（第一辑）》陆续出版

    "同文书库"是由中共厦门市委宣传部和厦门市社科联联合主编、厦门市社会科学院执行编辑的，"厦门文献系列"是"同文书库"近期推出的专题，该系列第一辑共十册，均为影印本精装，集中收录了厦门近现代诗词集，包括稀见绝版旧书、境外和海外私印本以及未曾刊印的稿本。这部丛书中的诗词内容丰富，表达主题多样，既有文人唱和，又有军旅忧思，更有家国沉沦之痛，为地方文献的研究提供了宝贵资料。现将《同文书库·厦门文献系列（第一辑）》中的十册分别简介如下。

    《小兰雪堂诗集》为清代王步蟾所撰，共辑入其各体格律诗四百七十三篇（九百零二首）。集中不仅有怀人酬酢、感赋述志、抒发爱国情怀及记游等内容，其七绝组诗《鹭门杂咏六十首》更全面展示了近代厦门风土人情、岁时民俗。王步蟾（1853—1904），字桂庭，一字金坡。厦门人。清举人。清末曾任闽清县教谕。王步蟾曾掌教禾山、紫阳书院，门下多出名士。原书共四册，影印底本为清光绪二十九年（1903）石印本。

    《固哉叟诗集》《寄傲山房诗钞》两种，本辑中合一册。《固哉叟诗集》是近代金门名士张茂椿先生的诗集，由其子张炳蔚编成，含《固哉叟诗集》初集和《固哉叟续吟草》两部分。影印底本为厦门风行印刷社1938年排印本。《寄傲山房诗钞》是近代厦门儒商翁吉人先生的诗集，收录作者1938年后所作诗约一百四十首，诗集中涉及很多厦门地方风物，既体现了作者浓厚的乡土情感，更是珍贵的地方文献。影印底本为1949年刊印本。

    《红兰馆诗钞》是闽南近现代文化名人苏大山的诗集，共收苏大山六十岁以前诗一千余首。该书共八卷，按内容或创作时间划分，分别为：卷一《桐南集》，卷二《桐南后集》，卷三《幔亭集》，卷四《镡州集》，卷五《鹭门集》，卷六《甲子诗集》，卷七《婆娑洋集》，卷八《鹿礁集》。原书共两册，影印底本为 1928 年红兰馆铅印本。

《寄傲山馆词稿·壶天吟》是近代厦门流寓文人沈琇莹词集和诗集各一种的合编。词集《寄傲山馆词稿》十四卷，是作者不同时期自编的五部词稿之总汇，囊括了他三十岁以后的主要词作。原书共两册，影印底本为 1940 年刊印本。诗集《壶天吟》六卷，原书共两册，影印底本为 1943 年刊印本。

《林菽庄先生诗稿》是闽台近代名人林尔嘉（字菽庄）的诗集，由沈骥腾整理。林尔嘉是台湾板桥林家代表人物之一。这部诗稿流传不广，大陆图书馆鲜有收藏，虽也曾为其他两岸出版的丛书收录，但均非完璧。诗集包括诗稿和附录两部分。诗稿收录林尔嘉诗三百多首。并今次纳入"厦门文献系列"第一辑出版时专门收入颇有价值的六种附录，另从其他文献史料辑录菽庄佚诗四十三首，附于卷后。是目前收入其诗最全的版本。这部诗稿虽只是林菽庄一生诗词创作的一小部分，但亦属劫后余稿，弥足珍贵。影印底本为 1973 年初版私印本。

《梦梅花馆诗钞》是厦门近现代文化名人李禧的诗集。卷首附以清道光诗人李正华之《问云山房诗存》，《鹿呦集》和《解放集》二集是李禧先生晚年精选其一生所作格律诗凡二百七十一篇（三百二十余首）所作。集中诗篇及简注为后人保存了不少厦门已渐消失的风土人情和人文轶事，有的颇有史料价值。影印底本为厦门印刷厂 1962 年排印本。另有两个附录，收录作者佚诗三十多首和李禧逝世后海内外各界人士的挽诗六十多首。

《宝瓠斋杂稿（外三种）》是近现代著名学者、厦门大学教授余謇的诗、联及相关作品的合集，影印底本均为作者 20 世纪 40、50 年代手稿和抄本。《宝瓠斋杂稿》是作者诗词曲稿，为作者 50 年代手抄本。外三种包括：《诗钟第六唱附楹联》，为余謇诗钟、楹联作品集；《厦大学生词曲习作观摩录（第一次）》，为余謇手录所教学生习作；《律诗杂钞》，为余謇手抄所选宋代近体诗。今据厦门大学图书馆藏余謇捐赠稿本合编为一集，套色影印刊行。

《甲子杂诗合刊·菲岛杂诗·海外集》是厦门近现代文化名人苏警予和谢云声二人的三种诗集合编。包括：（1）《随天付与庐·灵箫阁甲子杂诗合刊》是谢云声和苏警予诗的合集。影印底本为厦门文化印书馆 1926 年刊印本；（2）《海外集》是谢云声生前编定，去世后由其子谢宗群整理的诗集。影印底本为新加坡彩虹彩印有限公司 1967 年刊印本；（3）《菲岛杂诗》是苏警予的诗集。影印底本为菲律宾 1940 年刊印本。三个集子印行时间不同，但均为私印本，流传不广，今已难得一见，并合为一辑。

《稚华诗稿》是厦门近现代文化名人罗丹先生的诗集。是集为作者自编诗稿，由罗丹先生精选其 1932 至 1950 年之间的诗作编成。内由"袖海吟集""燕尾楼集""闽台行集"和"鹭门集"组成，共辑入古今体格律诗一百三十五篇（一百五十九首）。影印底本为厦门风行印刷社 1949 年排印本。附录《稚华诗稿续编》，为新辑罗丹先生新中国成立后诗词，约一百八十首。

《同声集》是 1918—1919 年间厦门同安驻军中的诗社——同声诗社的诗集，诗社发起者徐原白选辑。诗集分上、下二卷。影印底本为同声诗社（同安）1919 年 12 月刊印本。附录为新辑驻军首长童保喧将军旅厦诗抄录，计三十多首。

《同文书库·厦门文献（第一辑）》的出版，致力于厦门近代文献典籍的"旧书重版"和"遗稿新刊"，对保护厦门历史文献、传承近代文脉，以及厦台文化交流具有重要意义。其范围之广泛，内容之丰富，主题之多样，在当时中国近现代的特殊时代背景下，称其为"衰世之麟角"亦不为过。本丛书也为研究厦门近现代文化史提供了重要资料和宝贵文献。

（马李莉整理）

《潮汕文库·文献系列》图书陆续出版

　　《潮汕文库》分为《潮汕文献》《潮汕文化专著》《潮学研究》《潮汕历史资料义编》《海外潮人》《潮汕民俗文化》《近现代潮汕文化艺术史研究》《潮汕侨批》等各个系列。至 2005 年 4 月，统计共编辑出版二十五本，约三千多万字。2016 年，暨南大学出版社又先后出版《潮汕文库》中陈龙庆编撰的《百怀诗集·龙泉岩游集》、陈锦汉编撰的《四如堂诗集》、饶宗颐所著的《饶宗颐绝句选注》等民国旧体文学文献。

　　《百怀诗集·龙泉岩游集》由陈龙庆编撰、陈琳藩整理。该书据陈龙庆刊印的"小蓬莱丛书"之《百怀诗集》《龙泉岩游集》影印，于 1914 年春月，由"潮城林文在楼刊刷"。《百怀诗集》为陈龙庆所写怀念朋友诗一百首。《龙泉岩游集》精选明嘉靖至 1918 年三百多年间咏龙泉岩的诗词文章。全书计十五卷，卷一为杂文、卷二至十二为古今体诗，卷十三为词，卷十四、十五为补遗。陈龙庆（1868—1929），字芷云，自号潜园老人，广东澄海人。近代潮汕地区著名人士，长于诗词，极力推动诗词本土化；任清季《岭东日报》主笔，开启民智；创办渝智两等小学堂等一系列新式学校，培养新式人才。著有《龙泉岩游集》，编有《百怀诗集》。陈琳藩，别署巽楼，室名岭东知不知之室，1978 年生，广东汕头人。从蔡仰颜、黄赞发游，治学涉及书画、诗词、潮学、评论等，著作有《江耆旧诗选》《巽楼臆语》《巽楼题跋》《南粤先贤丁日昌》（传记，与黄赞发合作）、《比翼与君期》（诗集，与杨碧丽合作）、《潮汕史稿·宋元篇》《潮汕文化大典·华侨文化篇》《近现代潮汕文学·诗词部分》。陈琳藩现为广东历史学会理事、汕头市政协文史特约研究员、全球汉诗总会副秘书长、汕头市岭海诗社秘书长。

　　《四如堂诗集》为陈锦汉所撰。本书据陈锦汉《四如堂诗集》七卷手抄本影印。该集收录诗四百一十九首，词二十六首。集前有陈占鳌、郑国藩、黄寿河、王慕韩四家序，集后有其子陈仲良跋。手稿现存于陈锦汉后人陈植涛处。陈锦汉（1853—1924），字名立，号倬云，又号韩山山人。海阳（今潮州市）人。光绪二十三年拔贡。在清末民初的潮汕地区是一位卓然成家的诗人。

《饶宗颐绝句选注》为饶宗颐所著，陈伟作注。饶宗颐先生五言、七言绝句成就卓著，用典丰富。本书选取饶先生的绝句二百首，融合传统的训诂学以及当代西方诠释学、符号学进行详细的笺注和赏评，探究饶先生绝句的文学特色和精神内蕴，令普通读者也能体会大师佳作之内涵，领略其神韵。饶宗颐，1917 年生于广东潮安，祖籍广东潮州，字固庵、伯濂、伯子，号选堂，是享誉海内外的学界泰斗和书画大师。他在传统经史研究、考古、宗教、哲学、艺术、文献等多个学科领域均有重要贡献，在当代国际汉学界享有崇高声望。陈伟，字渺之，斋号弥纶室。广东潮州人。生于 1982 年。现任教于韩山师范学院中文系。任《诗词学》副主编。著有《岭东二十世纪诗词述评》《弥纶室诗词钞》。

《潮汕文库·文献系列》现已出版十余册，内容极为丰富，无论是诗歌还是散文，都从各个方面反映了潮汕地区的民俗文化、风物人情，极大地推动了潮汕地区民国旧体文学的研究。

（李爽整理）

《中国现代作家旧体诗丛》陆续出版

  《中国现代作家旧体诗丛》（以下简称《诗丛》）是由李遇春先生主编，北岳文艺出版社于 2016 年 9 月出版的一套大型丛书。《诗丛》旨在收集、整理中国现代大家的旧体诗创作并将其集齐成册，以备学者查阅研究，兼及感兴趣的读者阅读之用。《诗丛》将所收录的旧体诗作品每首分为正文、题解、注释、评点四个部分：题解部分是对该诗的写作时间、背景和诗题本身的说明，多结合背景知识及相关研究者的说明，为读者提供创作背后的信息；注释部分主要解释诗中难解的词语、典故，并注明出处和用法；评点部分是对该诗的思想内容、艺术风格所作的粗浅点评，以期对读者的使用有所帮助。目前该《诗丛》已推出八种。如《鲁迅集》由李聪聪整理，以编年体的形式，收入鲁迅的绝大部分旧体诗，创作时间为 1900 年至 1935 年，共计六十一首。《胡适集》由朱一帆整理，以《胡适诗存（增补本）》为底本，以其他版本和手稿为参考，以编年体的形式，收入胡适的绝大部分旧体诗，创作时间为 1907 年至 1958 年，共计一百〇五首。《郭沫若集》由王丽整理，以《郭沫若旧体诗词系年注释》为底本，其他版本和手稿为参考，以编年体的形式，收入郭沫若的绝大部分旧体诗，创作时间为 1904 年至 1972 年，约一百二十首。《郁达夫集》由刘婷婷整理，精选了郁达夫在留学日本时期、归国时期、南洋时期创作的百余首旧体诗词，其内容有爱情诗、咏史诗、政论诗、写景诗等，其形式也有七律、七绝、五律等，可为郁达夫之研究提供新的文献支持。《萧军集》由叶澜涛整理，收录了萧军《忆踪录》《还乡杂咏并叙》等篇章，从其《黄花吟草》《梦回吟草》《故诗拾遗录》《囚庭吟草》《陶然吟草》《悸余吟草》等诗集中精选出百余首经典旧体诗，是了解萧军旧体诗创作的极好范本。其他如《闻一多集》由王艳文整理、《沈从文集》由王彪整理，《茅盾集》由李燕英整理，这些作品取材丰富，意蕴深远，具有很高的艺术价值。《诗丛》的出版，对民国旧体文学史，特别是民国旧体诗的研究具有填补空白的意义，必将有助于广大学者的相关研究工作，有助于读者对现代作家的深入认识，对中国传统文化的传承与发展亦将大有裨益。

（吕克整理）

国家社科基金重大项目阶段成果
《民国词集丛刊》出版

    2016年10月29日，《民国词集丛刊》（以下简称《丛刊》）由国家图书馆出版社正式发行。该丛刊为南京师范大学曹辛华教授主持的国家社科基金重大项目"民国词集编年叙录与提要"（13&ZD118）的重要阶段成果。《丛刊》总三十二册，收录了此前《民国名家词集选刊》（朱惠国、吴平编）未曾收录的二百四十九位民国词人的二百八十九部词集，是学界第一次系统全面地对民国词进行大全式的文献汇集。从时空跨度上讲，《丛刊》广泛收录了创作完成于民国（1912—1949）这一历史时期的各种词集文献，涉及全国大部分地区词人的重要词作，努力为读者呈现一个较为完整、真实的民国词坛原生态。从词集版本上讲，该丛刊所收录的词集，不仅有刻本、铅印本、活字本、石印本、油印本，还有不少价值较高、首次进入学界视野的稿本和钞本文献，如稿本《鸳摩馆词钞》一卷、《钱仲英词》一卷等。此外，曹辛华教授参照传统纪传体史书的方式，从生卒、里籍、行迹、著述等方面对《丛刊》中所收词人详加考述，一一编写了小传附于书后，大大方便了读者的使用。《丛刊》的问世，填补了词学研究与民国旧体文学研究领域的巨大学术空白；推动了"全民国词"这一重大学术工程的编纂工作；有利于民国文学文献学（特别是民国词学文献）的发展和民国文学文化史料的展示，必将在民国旧体文学研究领域产生极其深远的影响。为方便学界对该丛书的了解，兹附其分册词集的名称、版本于此。

《民国词集丛刊》总目录

第一册

《寄沤止厂词合钞》二卷，丁立棠、杨世沅撰，民国二十九年（1940）鹤天精舍刻本。

《还轩词存》三卷，丁宁撰，一九五七年油印本。

《檗坞词存》一卷，王以敏撰，清光绪刻本。

《碧栖词》一卷，王允皙撰，民国二十三年（1934）铅印本。

《铁盦诗余》一卷，王永江撰，民国铅印本。

《负斋词钞》一卷，王耒撰，一九五七年油印本。

《莫哀歌草》一卷，王苁生撰，民国三十四年（1945）油印本。

《仁安词稿》二卷，王守恂撰，民国十年（1921）刻本。

《传恨词》一卷，王守恂撰，民国铅印本。

《青箱书屋两世词稿》两卷，王守义辑，民国十二年（1923）铅印本。

《蚓篓词》一卷，王揆墀撰，民国十二年（1923）铅印本。

第二册

《观堂长短句》一卷，王国维撰，民国二十二年（1933）刻《强村遗书》本。

《瀎碧词》一卷，王景沂撰，清光绪二十五年（1899）刻本。

《蛰庵词》一卷，王嘉诜撰，民国十三年（1924）彭城王氏刻本。

《劫余词》一卷，王嘉诜撰，民国十三年（1924）彭城王氏刻本。

《南华词存中集》二卷，王鸿年撰，民国十九年（1930）铅印本。

《击缶词》一卷，甘大昕撰，民国三十四年（1945）木活字本。

《缀芬阁词》一卷，左又宜撰，民国二年（1913）刻本。

《甓湖草堂诗余》一卷，左桢撰，民国十一年（1922）铅印本。

《剪春词》一卷，石志泉撰，民国二十二年（1933）铅印《殆隐遗稿》本。

《几士居词甲稿》不分卷，史树青撰，民国三十二年（1943）铅印本。

《绝俗楼词》一卷，白采撰，民国二十四年（1935）铅印本。

《锦霞阁词集》一卷，包兰瑛撰，清宣统三年（1911）刻本。

《留我相庵词》一卷，吕光辰撰，民国二年（1913）刻本。

第三册

《信芳词》一卷，吕碧城撰，民国十八年（1929）铅印本。

《染雪盦词》一卷，朱兆蓉撰，民国六年（1917）石印本。

《片玉山庄词存》一卷，朱彦臣撰，民国二十四年（1935）刻本。

《鸳音集》两卷，朱祖谋、况周颐撰，民国七年（1918）铅印本。

《朱强村先生手书词稿》一卷，朱祖谋撰，民国二十三年（1934）影印本。

《彊村词钞》一卷，朱祖谋撰，王煜纂录，民国三十六年（1947）铅印本。

《荡澜簃词钞》一卷，朱应征撰，民国铅印本。

《青萍词》一卷，任援道撰，民国二十九年（1940）金陵刻本。

《柳溪长短句》一卷，向迪琮撰，民国十八年（1929）刻本。

第四册

《穷塞微吟》一卷，志锐撰，清宣统二年（1910）石印本。

《达观斋十忆词》一卷，杜敬义撰，民国铅印本。

《宜秋馆词》一卷，李之鼎撰，民国刻本。

《墨巢词》一卷，李宣龚撰，民国二十九年（1940）铅印《墨巢丛刻》本。

《墨巢词续》一卷，李宣龚撰，一九五〇年铅印《墨巢丛刻》本。

《瘦蝶词》一卷，附《李筱崖先生哀挽录》一卷，李国模撰，民国二十二年（1933）铅印本。

《懊侬词》一卷，李遂贤撰，民国十九年（1930）铅印本。

《听风听水词》一卷，李绮青撰，民国八年（1919）铅印本。

第五册

《潭心诗余》一卷，利瓦伊藩撰，民国三十一年（1942）铅印本。

《栖香阁藏稿》一卷，李藻撰，民国木活字本。

《问月词》一卷，李宝泠撰，民国十一年（1922）铅印本。

《式溪词》一卷，吴士鉴撰，民国二十五年（1936）铅印本。

《城东唱和词》一卷，吴昌绶、张祖廉撰，民国十四年（1925）刻本。

《石莲闇词》一卷，吴重憙撰，民国四年（1915）刻本。

《佞宋词痕》五卷，补遗一卷，《绿草词》一卷，《佞宋词痕外篇》《和小山词》一卷，吴湖帆、潘静淑撰，一九五四年石印本。

第六册

《陶陶集》一卷，附词一卷，吴庆焘撰，民国十五年（1926）铅印本。

《叙圃词》不分卷，何遂撰，民国三十七年（1948）铅印本。

《官梅阁诗余》一卷，何适撰，民国二十四年（1935）铅印本。

《鞮芬室词甲稿》一卷，《樱云阁词》一卷，何震彝撰，李家璇撰，清光绪三十二年（1906）铅印本。

《八十一寒词》一卷，何震彝撰，清宣统元年（1909）活字本。

《蕙风词》二卷，《和小山词》一卷，况周颐、赵尊岳撰，民国十四年（1925）刻《惜阴堂丛书》本。

《秀道人咏梅词》一卷，况周颐撰，民国九年（1920）铅印本。

第七册

《灰木词存·梦痕词》一卷，辛际周撰，民国三十二年（1943）铅印本。

《雨屋深灯词三编》一卷，汪兆镛撰，民国二十九年（1940）铅印本。

《双蝶馆词稿》一卷，汪怡撰，民国油印本。

《瘦梅馆词钞》一卷，汪浣沄撰，民国三十五年（1946）铅印本。

《悔盦词钞》一卷，汪曾保撰，民国二十三年（1934）铅印本。

《瑶天笙鹤词》二卷，汪渊撰，民国四年（1915）铅印本。

《长公词钞》一卷，沈昌眉撰，民国二十年（1931）铅印本。

《驾辨顾词》一卷，沈修撰，民国钞本。

《倚梅阁词钞》一卷，沈韵兰撰，清宣统元年（1909）刻。

《蕤红词》一卷，宋伯鲁撰，民国三年（1914）铅印本。

《云淙琴趣》一卷，邵章撰，一九五三年油印本。

《夷门乐府》一卷，邵瑞彭编选，民国二十二年（1933）刻本。

《山禽余响》一卷，邵瑞彭撰，民国二十五年（1936）刻本。

第八册

《广咏梅词》一卷，林鹍翔撰，民国九年（1920）铅印本。

《松峰词稿》一卷，林岩撰，民国铅印本。

《大厂词稿》九卷，易孺撰，民国二十四年（1935）影印手写本。

《琴思楼词》一卷，易顺豫撰，民国三年（1914）石印本。

《红鹤山房词》一卷，金天翮撰，民国二十一年（1932）铅印本。

《药梦词》二卷，续一卷，《七十后词》一卷，金兆蕃撰，民国二十年（1931）铅印本。

《拾翠轩词稿》一卷，金兆丰撰，一九四九年铅印本。

《謇灵修馆词钞》一卷，金嗣芬撰，民国二十一年（1932）铅印本。

《长江词》二卷，周岸登撰，民国三年（1914）刻本。

第九册

《邛都词》二卷，周岸登撰，民国四年（1915）刻本。

《蜀雅》十二卷，《别集》二卷（卷一——十），周岸登撰，民国二十年（1931）铅印本。

第十册

《蜀雅》十二卷，《别集》二卷（卷十一——别集卷二），周岸登撰，民国二十年（1931）铅印本。

《香草词》一卷，周曾锦撰，民国十一年（1922）铅印本。

《无悔词》一卷，周树年撰，民国三十五年（1946）铅印本。

《霞栖词续钞》一卷，周应昌撰，民国二十一年（1932）铅印本。

《笏园词钞》一卷，周麟书撰，民国三十年（1941）铅印本。

《维心亨斋词集》一卷，冼景熙撰，民国二十五年（1936）铅印本。

《霜红词》一卷，胡士莹撰，民国二十年（1931）刻本。

《卷秋亭词钞》二卷，胡念修撰，清光绪二十四年（1898）刻本。

《为无为堂诗词集林》一卷，查猛济撰，民国三十四年（1945）铅印本。

《临漪馆词稿》一卷，俞珽撰，一九五五年铅印本。

第十一册

《蜕尘轩诗余》附存一卷，施赞唐撰，民国八年（1919）木活字本。

《天泪盦词》一卷，姜继襄撰，民国元年（1912）刻本。

《候蛩词》一卷，洪汝冲撰，民国六年（1917）铅印本。

《寸灰词》一卷，宣哲撰，民国三十三年（1944）刻本。

《弗堂词》二卷，附录二卷，姚华撰，民国二十五年（1936）铅印《黔南丛书》本。

《蕴素轩词》一卷，姚倚云撰，民国二十二年（1933）铅印本。

《沧海归来集词》一卷，姚倚云撰，民国二十二年（1933）铅印本。

《谦斋词集》一卷，秦之济撰，民国三十年（1940）铅印本。

《芳杜词剩》一卷，马一浮撰，民国三十六年（1947）刻本。

第十二册

《晦珠馆近稿》一卷，马汝邺撰，民国十七年（1928）铅印本。

《笳音词钞》一卷，马念祖撰，民国二十五年（1936）铅印本。

《问蕖亭纪恨诗词稿》一卷，华谌撰，清光绪刻本。

《爱余室词集》一卷，莫永贞撰，民国二十二年（1933）铅印本。

《静妙斋词》一卷，庄梦龄撰，民国二十八年（1939）木活字本。

《和白石词》一卷，夏仁虎撰，民国二十七年（1938）铅印本。

《悔龛词》一卷，续一卷，夏孙桐撰，一九六二年铅印本。

《映盦词》三卷，夏敬观撰，民国二十八年（1939）铅字本。

第十三册

《销魂词》一卷，毕振达辑，民国三年（1914）铅印本。

《蚁珠精舍遗稿》一卷，徐大坤撰，民国三十三年（1934）铅印本。

《忏慧词》一卷，《度针楼遗稿》一卷，徐自华、徐蕙贞撰，清光绪三十四年（1908）铅印本。

《生花馆词》一卷，徐承禄撰，民国铅印本。

《纯飞馆词初稿》一卷，徐珂撰，清光绪刻本。

《纯飞馆词续》一卷，徐珂撰，民国十二年（1923）铅印本。

《徐陈唱和词》一卷，徐映璞、陈瘦愚撰，一九七九年油印本。

《碧月楼词钞》一卷，徐炳煊辑钞本。

《济游词钞》一卷，徐寿兹撰，民国五年（1916）铅印本。

《亢盦词稿》一卷，徐寿兹撰，民国十一年（1922）铅印本。

《碧春词》一卷，徐鋆撰，清光绪三十二年（1906）铅印本。

《碧梦龛词》一卷，徐树铮撰，民国二十年（1931）刻《视昔轩遗稿》本。

《花隐词剩》一卷，徐钟恂撰，民国二十二年（1933）铅印本。

第十四册

《溉泉楼词》一卷，凌学攽撰，民国十二年（1923）铅印本。

《天梅遗集词》六卷，高旭撰，民国二十三年（1934）刻《天梅遗集》本。

《半秋轩词续》一卷，高肇桢撰，民国三十六年（1947）铅印本。

《鲟隐词钞》一卷，高德馨撰，民国二十四年（1935）铅印本。

《天人合评吹万楼词》一卷，高燮撰，民国三十四年（1945）铅印本。

《丹隐词》一卷，《滋兰馆词》一卷，郭延、王德方撰，民国二十四年（1935）刻本。

《习静斋词钞》一卷，郭昭文撰，民国二十一年（1932）铅印本。

《惜斋词草》一卷，郭传昌撰，民国十五年（1926）刻本。

《洞仙秋唱》一卷，唐咏裳撰，民国刻本。

第十五册

《西村词草》二卷，陆日章撰，民国十六年（1927）刻本。

《花村词剩》一卷，陆日曛撰，民国十六年（1927）刻本。

《一峰词钞》一卷，陈一峰撰，一九六一年铅印本。

《十万金铃馆词》二卷，陈步墀撰，民国石印《绣诗楼丛书》本。

《南疆词草》一卷，陈希豪撰，民国三十七年（1948）石印本。

《和白香词》一卷，陈协恭撰，一九四九年铅印本。

《二十四花风馆词钞》一卷，陈昭常撰，民国十九年（1930）刻本。

《朱丝词》二卷，陈衍撰，民国七年（1918）刻本。

《海绡词》一卷，陈洵撰，民国十二年（1923）铅印本。

《海棠香梦词》二卷，陈栩撰，清光绪二十六年（1900）刻本。

《栩园词集》五卷，《香雪楼词》一卷，《香雪楼词二集》一卷，陈栩撰，民国石印《栩园丛稿》本。

第十六册

《末丽词》一卷，《紫荑词》一卷，《吉留词》一卷，《缆石春草》一卷，陈训正撰，民国铅印《天婴室丛稿》本。

《观尘因室词曲合钞》一卷，陈景寔撰，民国二十六年（1937）铅印本。

《春水集》，陈复撰，民国二十年（1931）铅印本。

《蜕词残稿》一卷，陈梦坡撰，民国三年（1914）铅印《蜕翁诗词刊存》本。

《绿梦词》一卷，陈翠娜撰，民国石印《栩园丛稿》本。

《褰碧斋词》一卷，陈锐撰，民国二十六年（1937）铅印本。

《听水斋词》一卷，陈宝琛撰，民国二十七年（1938）刻《沧趣楼诗集》本。

《寄盦词稿》一卷，孙汝怿撰，清宣统三年（1911）刻《寄盦诗词存稿》本。

《箫心剑气楼诗余》一卷，孙肇圻撰，民国十九年（1930）铅印本。

《二家词赓》二卷，陶方琦、樊增祥撰，清光绪三十二年（1906）重刻本。

第十七册

《痴梦斋词草》二卷，黄玉堂撰，民国四年（1915）石印本。

《飞情阁词钞》一卷，黄光撰，民国铅印《飞情阁集》本。

《词盦词》四卷，黄福颐撰，民国二十二年（1933）铅印本。

《凹园词钞》一卷，黄荣康撰，民国十年（1921）刻《凹园诗钞》本。

《聆风簃词》一卷，黄浚撰，民国十四年（1925）刻本。

《云瓾词》一卷，曹元忠撰，清光绪二十五年（1899）刻本。

《凌波词》一卷，曹元忠撰，民国二十二年（1933）刻本。

《壶隐词钞》一卷，崔宗武撰，民国八年（1919）铅印《壶隐诗词钞》本。

第十八册

《璚笙吟馆诗余》二卷，扶荔词一卷，崔瑛崔肇琳撰，民国十四年（1925）铅印本。

《窥园词》一卷，许南英撰，民国二十二年（1933）铅印《窥园留草》本。

《亭秋馆词钞》四卷，附录词一卷，许禧身、周韵珠等撰，民国元年（1912）刻本。

《长沙章先生桂游词钞》一卷，章士钊撰，民国三十年（1941）铅印本。

《看月楼词》一卷，章衣萍撰，民国二十一年（1932）铅印本。

第十九册

《盋山旧馆词》一卷，章华撰，清光绪二十四年（1898）刻本。

《艺蘅馆词选近人词》二卷，梁思顺辑，民国二十四年（1935）铅印《艺蘅馆词选》本。

《海波词》四卷，梁启勋撰，一九五二年铅印本。

《款红楼词》一卷，梁鼎芬撰，民国二十一年（1932）刻本。

《瞻园词》二卷，张仲炘撰，清光绪三十一年（1905）刻本。

第二十册

《绿天簃词集》一卷，张汝钊撰，民国十四年（1925）铅印《绿天簃诗词集》本。

《如法受持馆诗余》一卷，张克家撰，民国八年（1919）铅印本。

《红树白云山馆词草》一卷，张昭汉撰，民国二十三年（1934）刻本。

《笔花草堂词》三卷，张逸撰，民国二十一年（1932）铅印本。

《惜余春馆词钞》一卷，附《耦园课存》，张荣培撰，民国十六年（1927）铅印本。

《耕烟词》五卷（卷一——三），张德瀛撰，民国三十年（1941）铅印《阁楼丛书》本。

第二十一册

《耕烟词五卷》（卷四—五），张德瀛撰，民国三十年（1941）铅印《阁楼丛书》本。

《闇斋词》一卷，张学华撰，民国三十七年（1948）铅印本。

《柳斋词选》一卷，张锡麟撰，民国四年（1915）铅印本。

《蛮巢词稿》一卷，《怀琼词》一卷，张鸿撰，民国二十八年（1939）铅印本。

《环山楼词》一卷，项炳珩撰，民国三年（1914）铅印本。

《铸铁词》一卷，董受祺撰，清光绪二十五年（1899）刻本。

《碧云词》一卷，董受祺撰，民国十一年（1922）刻《广川词录》本。

《戊午春词》一卷，叶玉森等撰，民国七年（1918）石印本。

《雷塘词》一卷，闵尔昌撰，民国十三年（1924）刻《云海楼诗存》本。

《香雪盦词剩》一卷，程松生撰，民国二年（1913）铅印本。

《纫秋轩词钞》一卷，程松生撰，民国十年（1921）铅印本。

第二十二册

《梦芛词》二卷，程宗岱撰，民国五年（1916）铅印本。

《美人长寿盦词》六卷，程颂万撰，清光绪二十六年（1900）刻本。

《三借庐词剩》一卷，邹弢撰，民国三年（1914）铅印《三借庐剩稿》本。

《落花词》，曾今可撰，民国二十二年（1933）铅印本。

《桃叶词别集》一卷，曾念圣撰，一九六〇年铅印本。

《浣月词》一卷，曾懿撰，清光绪三十年（1904）刻本。

第二十三册

《影观词稿》一卷，汤国梨撰，民国三十年（1941）油印本。

《怡怡室词》一卷，汤声清撰，民国十二年（1923）刻本。

《宾香词》一卷，汤宝荣撰，民国十四年（1925）刻《汤氏家集》本。

《彝罍词》一卷，温匋撰，民国铅印本。

《椿荫庐词存》一卷，杨延年撰，民国七年（1918）铅印《椿荫庐诗词存》本。

《江山万里楼词钞》四卷，《饮露词》一卷，杨圻、李国香撰，民国十五年（1926）铅印《江山万里楼诗词钞》本。

《花笑楼词四种》，杨其光撰，清宣统元年（1909）铅印《绣诗楼丛书》本。

《梦花馆词》一卷，杨俊撰，民国二十六年（1937）铅印本。

第二十四册

《湘潭杨庄词录》一卷，杨庄撰，民国二十九年（1940）铅印《湘潭杨庄诗文词录》本。

《鸳摩馆词钞》一卷，杨寿楠撰，稿本。

《鸳摩馆词》一卷，补钞一卷，杨寿楠撰，民国十九年（1930）刻本。

《绵桐馆词》一卷，杨调元撰，民国三年（1914）活字本。

《呻吟诗词》一卷，裘岳撰，民国二十九年（1940）铅印本。

《乙庐老人词》一卷，赵恒撰，钞本。

《小鸥波馆词钞》六卷，赵藩撰，民国三十二年（1943）石印本。

《珏盦词》二卷，寿玺撰，民国刻本。

《雁村词》一卷，附外编，蔡晋镛撰，民国二十二年（1933）刻本。

《文笔峰词章》一卷，蔡璧珍辑，民国三十二年（1943）铅印本。

第二十五册

《一粟盦词集》二卷，蔡宝善撰，清宣统元年（1909）铅印本。

《替竹盦词》五卷，蒋彬若撰，清光绪铅印本。

《醉园庿臼词》一卷，蒋尊撰，民国二十九年（1940）铅印本。

《怀亭词录》二卷，蒋学坚撰，清光绪二十一年（1895）刻本。

《香草亭词》一卷，裴维侒撰，民国二十二年（1933）刻本。

《廖仲恺先生自书词稿》一卷，廖仲恺撰，民国十九年（1930）影印本。

《扪虱谈室词》一卷，外词一卷，廖恩焘撰，民国三十七年（1948）铅印本。

《天香室词集》一卷，郑元昭撰，民国油印本。

《冷红词》四卷，郑文焯撰，民国九年（1920）刻本。

第二十六册

《苕雅余集》一卷，郑文焯撰，民国九年（1920）刻本。

《瘦碧词》二卷，郑文焯撰，民国九年（1920）刻本。

《樵风词钞》一卷，郑文焯撰，王煜纂录民国三十六年（1947）铅印本。

《太一词钞》一卷，宁调元撰，一九五六年油印《太一诗词合钞》本。

《六一消夏词》十八集，附和作一卷，邓邦述辑，民国十八年（1929）石印本。

《晴花暖玉词》二卷，邓嘉缜撰，民国八年（1919）刻《双砚斋丛书》本。

《野棠轩词集》四卷，奭良撰，民国十八年（1929）刻本。

第二十七册

《瑶瑟余音》一卷，《画眉词》一卷，楼巍撰，张敬熙撰，民国二十一年（1932）铅印《楼幼静张穆生诗词合稿》本。

《东溪草堂词》二卷，樊增祥撰，清光绪十九年（1893）刻《樊山集》本。

《五十麝斋词赓》三卷，樊增祥撰，清光绪二十八年（1902）刻《二家词钞》本。

《咏物词》一卷，樊增祥撰，民国六年（1917）石印《娱萱室小品六十种》本。

《樊山词稿》二卷，樊增祥撰，民国十五年（1926）铅印《樊山诗词文稿》本。

《玉蕊楼词钞》五卷（卷一——二），黎国廉撰，一九四九年铅印本。

第二十八册

《玉蕊楼词钞》五卷（卷三——五），黎国廉撰，一九四九年铅印本。

《山阳笛语词》一卷，刘冰研撰，民国二十一年（1932）铅印《寒杉馆丛书》本。

《尘痕烟水词》一卷，刘冰研撰，民国二十一年（1932）铅印《寒杉馆丛书》本。

《江山帆影词》一卷，刘冰研撰，民国二十一年（1932）铅印《寒杉馆丛书》本。

《蓊淞梦雨词》一卷，刘冰研撰，民国二十一年（1932）铅印《寒杉馆丛书》本。

第二十九册

《无长物斋词存》三种，刘炳照撰，民国三年（1914）刻本。

《左盦词录》一卷，刘师培撰，民国二十五年（1936）铅印《刘申叔先生遗书》本。

《苍斋词录》一卷，刘得天撰，民国三十年（1941）刻本。

《实君词稿》一卷，刘虚撰，民国二十二年（1933）《实君词稿》《丰年诗草》合刻本。

《废墟词》一卷，刘尧民撰，民国二十八年（1939）铅印《废墟诗词》本。

《琞园词录》一卷，刘富槐撰，民国十五年（1926）刻本。

《花雨楼词草》一卷，刘翰棻撰，民国刻本。

《分绿窗词钞》一卷，刘鉴撰，民国三年（1914）铅印本。

《饮琼浆馆词》一卷，潘飞声撰，清光绪三十四年至宣统三年（1908—1911）铅印《晨风阁丛书甲稿》本。

第三十册

《说剑堂集词》一卷，潘飞声撰，民国二十三年（1934）铅印本。

《萃堂词录》一卷，潘鸿撰，清光绪三十三年（1907）刻本。

《黛韵楼词集》二卷，薛绍徽撰，民国三年（1914）刻本。

《红冰词》一卷，卢前撰，民国铅印本。

《卧云楼词草》一卷，卢敏撰，民国二十三年（1934）铅印《卧云楼吟草》本。

《相思词》，卢葆华撰，民国二十二年（1933）铅印本。

《放如斋词草》一卷，钱世撰，民国十年（1921）铅印本。

《星隐楼词》一卷，钱振锽撰，清光绪二十五年（1899）刻本。

《谪星词》一卷，钱振锽撰，民国木活字本。

《名山词》一卷，钱振锽撰，民国活字本。

《名山词续》一卷，钱振锽撰，民国木活字本。

《海上词四编》一卷，钱振锽撰，民国木活字本。

《钱仲英诗词》一卷，钱耆孙撰，稿本。

第三十一册

《端夷阁近三年诗词》一卷，魏友枋撰，民国二十三年（1934）铅印本。

《端夷六十后诗词》一卷，魏友枋撰，民国三十五年（1946）铅印本。

《寄榆词》一卷，魏諴撰，民国二十六年（1937）刻本。

《餐菊词》一卷，储蕴华撰，民国三十七年（1948）铅印本。

《闻妙香室词钞》四卷，钱锡宷撰，清宣统二年（1910）石印本。

《华鬘室词》一卷，阔普通武撰，民国石印本。

《鸡肋集》二卷，缪金源撰，民国十七年（1928）铅印本。

《灾梨集》一卷，缪金源撰，民国十七年（1928）铅印本。

《含美书屋词稿》一卷，关榕祚撰，民国铅印本。

《初日楼少作词》一卷，严既澄撰，民国十三年（1924）铅印本。

《驻梦词》一卷，严既澄撰，民国二十一年（1932）铅印本。

第三十二册

《徵声集》一卷，罗振常撰，民国十年（1921）刻本。

《初日楼正续稿》二卷，罗庄撰，民国十年（1921）刻本。

《玉玲珑馆词》一卷，庞树柏撰，民国六年（1917）铅印《庞檗子遗集》本。

《小绿天盦词草》一卷，窦镇撰，民国八年（1919）活字本。

《无病词》三卷，顾随撰，民国十六年（1927）铅印本。

《味辛词》二卷，顾随撰，民国十七年（1928）铅印本。

《荒原词》一卷，《弃余词》一卷，顾随撰，民国十九年（1930）铅印本。

《留春词》一卷，顾随撰，民国二十三年（1934）铅印本。

《霰集词》二卷，顾随撰，民国铅印本。

投稿须知

一、刊物介绍

《民国旧体文学研究》为纯粹的学术刊物，为中国韵文学会、中国近代文学学会的会刊之一。暂定半年刊。目前采取以书代刊的方式。创刊号 2016 年 7 月已由国家图书馆出版社出版。本刊物由上海大学中华诗词创作与研究中心、现当代旧体文学研究所、诗礼文化研究院主办，由胡韵琴学术基金会、国家图书馆出版社、《全国报刊索引》编辑部、中华诗词研究院、上海大学图书馆、上海大学文学院、复旦大学中国语言文学研究所、河南大学近代文学研究中心、苏南文学与文化协同创新研究中心（常熟理工学院）、南京师范大学图书馆、南京师范大学词学研究中心、中国古代文学研究中心、玉林师范学院、采薇阁等单位协办。目的为推进民国旧体文学及其文化、民国文献等方面研究的深入，开拓民国旧体文学研究领域。此刊刊登的内容主要有七大板块。

板块一，民国旧体文学本体类。 专门针对民国旧体文学本身相关问题进行的各种研究，属于民国旧体文学史领域。其中设置诸如唐圭璋研究、龙榆生研究、夏承焘研究等专栏。

板块二，民国旧体文学学术研究。 专门探讨民国时期对古代、近代的诗词、曲、赋、文及其批评的研究，属于民国阶段的古典文学学术史领域。

板块三，民国旧体文学与文化。 研究民国旧体文学与西方文化、传统文化、新文化以及当代文化等关系。

板块四，民国域外汉学与旧体文学。 主要针对民国阶段域外汉文学、汉学。

板块五，民国文献电子资源研究。 专门对当前有关民国旧体文学等电子资源进行学术性的评估与推广，促进民国旧体文学等文献的数据化。此板块主要由《全国报刊索引》编辑部负责编辑。

板块六，民国以来旧体诗词曲赋创作。 适当对民国以来（包括当代）的旧体诗词曲赋进行搜录、评选、刊登。

板块七，学术资讯与研究动态。 专门针对当前与民国旧体文学有关的各种学术资讯与研究动态。如学术杂著、研究综述、学术活动信息、著述评介等。

凡与民国旧体文学相关的各种文献、史料（如目录、年谱、话体文献以及各种稿本稀见文献等）与论述等文章，均可。欢迎投稿。

二、投稿事宜

1. 投稿方式

本刊只接收电子稿件。请在稿件上标明个人简介、单位及通讯地址与联系电话、电子信箱。投稿邮箱：mgjtwxyj2016@126.com

2. 论文格式规范

（1）全文为 WORD 文档，简体排版。主要参考《文学遗产》格式。

（2）标题：三号宋体，居中。作者姓名，四号楷体，居中。作者下方为作者单位，五号宋体，居中，不加括号。

（3）正文：五号字体；行距：18 磅。正文中小标题：四号黑体居中。

（4）注释，小五号字。采用页下注（脚注），用①②格式，每页重新编号。注释格式按照：作者名(编者名)+《作品或文集名》+ 出版社 + 日期 + 引用页码。如林立：《乡邦传统与遗民情结》,《民国旧体文学研究》第二辑，国家图书馆出版社，2017 年，第 3—11 页。